Contraste insuffisant

NF Z 43-120-14

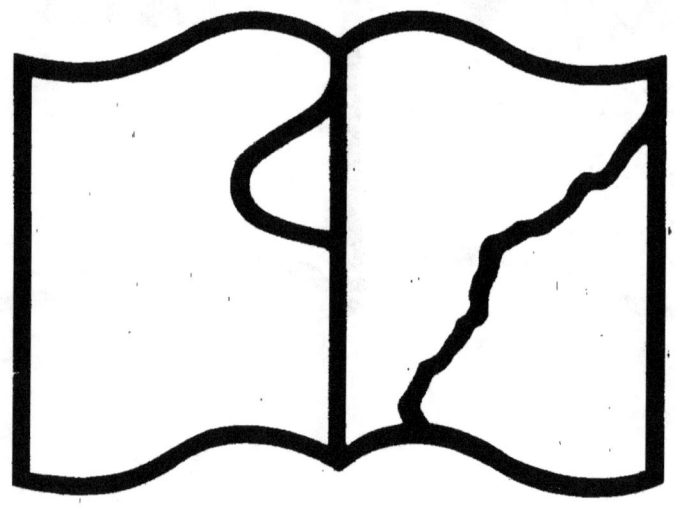

Texte détérioré — reliure défectueuse

NF Z 43-120-11

un exemplaire

MAURICE BARRÈS

De l'Académie française

VINGT-CINQ ANNÉES

DE

VIE LITTÉRAIRE

PAGES CHOISIES

Introduction de Henri BREMOND

TROISIÈME ÉDITION

PARIS
LIBRAIRIE BLOUD ET Cie
4, RUE MADAME, 4

1908

les mêmes ou mois

Le nouvel [...] sera : M. M.
les radicaux, un [...] par ce
[...], le code civil 7 / 6
[...] de la 3ᵉ République

hay 7 6 — Dailloz

VINGT-CINQ ANNÉES

DE

VIE LITTÉRAIRE

Z Barrès

34

IL A ÉTÉ TIRÉ DU PRÉSENT OUVRAGE

22 exemplaires numérotés sur papier de luxe.

———

3 exemplaires sur papier de Chine (N⁰ˢ 1 à 3). . . . . 3o fr.

5 exemplaires sur papier des manufactures impériales du
Japon (N⁰ˢ 4 à 8) . . . . 2o fr.

14 exemplaires sur papier de Hollande (N⁰ˢ 9 à 22). . . . 12 fr.

MAURICE BARRÈS

De l'Académie française.

_____

VINGT-CINQ ANNÉES

DE

VIE LITTÉRAIRE

PAGES CHOISIES

Introduction de Henri BREMOND

_____

PARIS

LIBRAIRIE BLOUD ET Cⁱᵉ

4, RUE MADAME, 4

1908

INTRODUCTION

Qu'il plaise ou non à M. Barrès de célébrer sa Lorraine natale, il ne lui appartient pas de se cantonner dans ce qu'on appelle la « littérature régionaliste ». Ce qui nous intéresse d'abord dans ses livres, c'est lui-même et non sa province. D'ailleurs, si réelle et si vivante qu'il nous la montre, la Lorraine est avant tout pour lui un symbole. « Si j'étais un jour poète, — disait-il récemment aux provençaux de Paris, — ce serait pour exprimer un désir insatiable du ciel immense. Mais si j'étais un plus grand poète, je chanterais un héros qui se meut volontairement dans un horizon plus étroit que sa rêverie. Connaissons, acceptons, aimons nos fatalités qui nous bornent. Ce que j'appelle Lorraine, ce que je décris sous le nom de Lorraine, n'est peut-être qu'un sentiment très vif de mes limites. J'ai reconnu le vieil arbre lorrain comme le poteau où ma chaîne me rive. » Les anciens donnaient un autre nom et plus énergique à la Lorraine ainsi comprise. M. Barrès, qui n'a pas le temps de relire Erasme, n'aura pas remarqué ce curieux parallélisme, mais enfin le discours qu'on vient de citer semble n'être que la paraphrase élo-

a

quente du vieil adage : *Spartam nactus es, hanc adorna*. C'est la devise des classiques, opposée à la chimère du romantisme. Le classique se résigne à n'être qu'un spartiate, sauf à embellir de son mieux son maigre pays. L'autre se révolte contre ses limites naturelles, dieu méconnu, que tourmente « un désir insatiable du ciel immense » et qui, s'il tombe avant d'avoir assouvi ce désir, se fera du moins reconnaître à la magnificence de ses cris.

Spartam nactus es, ces mots résument le développement littéraire et moral de l'auteur de *Au service de l'Allemagne*. En effet, il n'a pas atteint dès ses débuts la résignation courageuse dont témoignent ses derniers livres, et, bien au contraire, il a longtemps voulu secouer le joug de cette Sparte où le sort l'avait placé. Classique invinciblement, mais classique malgré lui, nous l'avons vu s'engager dans toutes les avenues du romantisme. Comme un fils pieux, il a mis ses pas dans les pas des grands ancêtres, il a prié sur leur tombe, il a levé des bras suppliants vers le char de feu qui roulait dans les nuages. Vains efforts ! Saturé d'effluves romantiques, aussitôt qu'il veut écrire à l'unisson de ses modèles, une muse lucide et moqueuse ordonne malgré lui le rythme de ses propres discours, courbe son ambition jusqu'à la sagesse résignée des classiques, l'empêche en un mot de « faire le dieu ». Singulier voyageur qu'une force invincible ramène constamment à la frontière qu'il voulait fuir, prisonnier plus étrange encore qui finit par préférer aux plus splendides paysages le préau de sa prison.

Je voudrais suivre dans le détail l'histoire de cet

intime conflit. Sans doute, il est toujours vain de réduire les inspirations ondoyantes d'un poète à une trop rigide unité. Néanmoins le point de vue où j'essaierai de me tenir me semble un de ceux qui permettent le mieux d'envisager l'originalité de M. Barrès et de « situer » son œuvre dans l'histoire de notre littérature. Combattu entre son instinct et ses lectures, entre son goût presque infaillible et le tumulte de ses désirs ; héritier légitime des moralistes français du xviiᵉ et du xviiiᵉ siècle et en même temps fils adoptif de Rousseau et de Michelet, il réconcilie dans sa méthode des disciplines ennemies. Si, d'une part, ayant constaté en soi-même la faillite des ambitions romantiques, il proclame la nécessité littéraire et morale de « l'acceptation », de l'autre il entend bien défendre et pousser les conquêtes des génies romantiques dans ce qu'elles ont de compatible avec l'intégrité de la raison française. Tel est, semble-t-il, je ne dis pas le secret indéfinissable de M. Barrès, mais le trait le plus significatif de son génie. Avec lui et par lui, le romantisme fait amende honorable à la tradition et il rentre dans le rang, mais en vaincu glorieux qui poursuivit « une belle aventure ». « Avec tous mes pères romantiques, écrivait M. Barrès dans le plus récent de ses livres, je ne demande qu'à descendre des forêts barbares et qu'à rallier la route royale, mais il faut que les classiques à qui nous faisons soumission nous accordent les honneurs de la guerre, et qu'en nous enrôlant sous leur discipline parfaite ils nous laissent nos riches bagages et nos bannières assez glorieuses. »

§ 1. — Le culte du Moi.

Chargés de sens, lourds de symboles et voilés par une brume d'ironie, il est communément admis que les premiers livres de M. Barrès ne peuvent se déchiffrer sans le secours d'un scoliaste. L'auteur l'a si bien compris qu'il a daigné rédiger de ses propres mains un manuel de métaphysique barré-sienne. Les personnes graves qui affectent de tenir M. Barrès pour un écrivain frivole, n'ont assurément jamais ouvert ce petit livre, mais la critique n'a eu garde de négliger un si précieux commentaire. Je crains même qu'on n'ait souvent donné plus d'attention à la glose qu'au texte lui-même. « On se souvient, — écrivait jadis ce délicieux radoteur de Cazotte, — on se souvient qu'à vingt-cinq ans, en parcourant l'édition complète du Tasse, on tomba sur un volume qui ne contenait que l'éclaircissement des allégories renfermées dans la *Jérusalem délivrée*. On se garda bien de l'ouvrir. On était amoureux pas-sionné d'Armide, d'Herminie, de Clorinde; on per-dait des chimères trop agréables si ces princesses étaient réduites à n'être que des simples emblèmes. » On eût de même été plus sage de ne pas ouvrir le petit bréviaire du *culte du moi*. Mais aujourd'hui nous sommes plus pressés de comprendre un livre que désireux de le goûter à loisir. Il est si doux et si facile de philosopher. Quoi qu'il en soit, le manuel de M. Barrès a été reçu comme l'interprétation orthodoxe de la première trilogie. Culte du moi, *Sous l'œil des Barbares*, culte du moi, l'*Homme libre*, culte du moi, l'exquise *Bérénice* ; la vive formule, amie de la mémoire — comme presque toutes les formules barrésiennes — offrait un piquant mélange de clarté, d'impertinence et de mystère qui fit sa fortune. Accueillie par les uns avec componction, avec horreur par les autres, elle semble inséparable du nom de M. Barrès, elle est son *Vase brisé*. Qui dit Barrès, dit culte du moi. Ainsi l'a-t-il voulu lui-même, et après lui, l'imposant cortège de tous ceux qui l'ont commenté.

Je ne sais trop de quelle humeur M. Barrès, ainsi prisonnier, traîne aujourd'hui ce boulet sonore. Mais il est galant homme et n'a jamais boudé les caprices de sa prime jeunesse. Souple d'ailleurs, et dialecticien comme pas un, il n'a point eu de peine à nous démontrer que la seconde de ses idées maîtresses n'était que le développement de la première. Le culte de la Lorraine est au culte du moi ce que la fleur est à la tige : se cultiver c'est s'approfondir, et on ne va pas au fond de soi-même sans y trouver « la terre et les morts ».

Penser solitairement, c'est s'acheminer à penser solidairement... Le travail de mes idées se ramène à avoir reconnu que le moi individuel était tout supporté et alimenté par la société [1].

Il a raison. Bien loin de se contredire, les deux systèmes se tiennent. Le premier appelle le second, le second achève et couronne le premier. Il n'y a pas

1. *Scènes et doctrines du Nationalisme*, p. 15, 16.

eu d'enfant prodigue, pas de conversion. Que M. Barrès se rassure, nous ne tuerons pas le veau gras.

Aussi bien, que nous importe le culte du moi, cette bizarre et trompeuse enseigne que M. Barrès a suspendue au portique de son œuvre ? En vérité rien ne nous oblige à accepter de confiance le commentaire étriqué, rectiligne, à fleur de texte que l'auteur de Bérénice, scoliaste et bourreau de soi-même, nous a donné de ses premiers romans. Il n'appartient pas à un artiste, si bon philosophe soit-il, de réduire à quelques abstractions les vivantes richesses de ses livres. A l'âge où l'on s'enivre de formules et où l'on pense enfermer l'univers dans un tableau synoptique, un écrivain, né poète, peut bien dédier sa plume à quelques fantômes intellectuels, mais pour lui, par bonheur, promettre et tenir sont deux. Le dieu qui le mène n'a cure de ces pauvretés qu'engendre la sèche raison, et la courbe de lumière que décrit le cheval ailé met en déroute ces épures laborieuses. Ni le développement de la fable, ni la vie des personnages, ni la couleur des paysages, ni le rythme du discours ne s'ajusteront complaisamment aux idées générales qu'on s'est flatté de leur donner pour mesure. Que la glose ait osé s'insinuer dans le roman, ou qu'elle se pavane dans les appendices, elle reste ce qu'elle est, chose de rien, grêle théorème couvert par la musique du livre, fleur de papier piquée sur la fraîche tige, mourante liane qui cherche en vain à tirer un peu de sève de la pierre du monument.

Le culte du moi est une de ces gloses impuissantes qui n'éclairent pas le texte et qui risquent de le fausser. Synthèse hâtive, échafaudage branlant, il n'y avait pas là de quoi crier au miracle, — le miracle était ailleurs, — ni encore moins au scandale. Est-ce bien rare, en effet, et bien sacrilège de nous rappeler qu'il faut cultiver notre jardin, et de s'abandonner, mais de parti pris et avec méthode, à « la pente involontaire que nous avons à nous représenter sans cesse à nous-mêmes »[1] ? Je le sais bien, être, vouloir être le plus possible, en un certain sens, toute philosophie, toute religion se ramène là; mais rien ne prouve que M. Barrès ait dès lors entrevu les vraies richesses de sa propre formule[2]. Qu'il redige donc le rituel du culte du moi, que son héros, Philippe, par endroits, s'arrête de vivre pour réciter la savante leçon qui lui fut apprise, c'est leur affaire à tous deux; la nôtre, plus délectable et beaucoup moins simple, est de retrouver, dans les expériences de Philippe, la pensée profonde de M. Barrès.

  J'insisterais moins sur ces évidences, si l'illusion *intellectualiste* que je dénonce n'avait pas contrarié l'essor de cette magnifique jeunesse. Par son éducation déracinante, et par les rencontres qu'il fit à ses premiers pas dans la vie littéraire, M. Barrès était fatalement prédisposé à se méprendre sur les rapports entre l'art et la pensée. Naturellement porté à la réflexion et à l'analyse, l'enseignement qu'il avait reçu au lycée de Nancy lui avait fait aimer

1. Malebranche. *Conversations chrétiennes*, chap. II.

2. Cf. dans les *Annales de philosophie chrétienne* l'article de M. Charlaix que nous citerons plus loin, et qui corrige, avec une subtilité cordiale, mes propres duretés envers le culte du moi.

la séduction des systèmes, et lui avait donné le goût de toutes les joies de l'esprit. Or les joies de cet ordre n'étaient pas tenues en grande estime par les cénacles que fréquenta notre débutant. Ces messieurs abusaient vraiment du droit qu'un honnête homme a de ne pas penser. Parnassiens épuisés que la mode soutenait encore, mais dont la morgue et l'ignorance devaient paraître intolérables aux jeunes intelligences qui allaient bientôt donner le mot d'ordre à la génération montante. Quand aujourd'hui nous lisons dans les écrits de jeunesse de M. Barrès que « même en art, il y a profit à ne pas être un imbécile », nous ne voyons là qu'une boutade. Mais, en 1885, le lecteur averti aurait pu citer le nom des cibles vivantes que visaient de pareils traits. Ces premières escarmouches n'annonçaient rien moins qu'une orientation nouvelle ou, pour mieux dire, qu'une restauration des lettres françaises ; mais pour l'instant, on en était encore au primesaut et aux excès d'une guerre de partisans. C'était le temps où les symbolistes arboraient leur formule : « une œuvre d'art, c'est une pensée inscrite dans un symbole ». Rien de plus juste à le bien entendre, mais la définition, telle que ces jeunes gens la réalisaient, était courte par trop d'endroits. Je crois bien qu'ils n'auraient trouvé ni chez Racine ni chez La Fontaine ce qu'ils appelaient une « pensée », et qu'ils croyaient ingénument présider à la naissance du symbolisme. Certes, M. Barrès, qui a toujours parlé de Racine avec une pieuse tendresse, ne les aurait pas suivis jusque-là, mais enfin ce beau dédain et ces exigences étaient alors dans l'air que nous respirions. On se piquait de métaphysique, on s'abandonnait éperdument à la fascination de l'abstrait. Le plus grêle des joueurs de flûte aspirait à résoudre l'énigme du monde et l'on pensa mettre en rondeaux la *Critique de la raison pure*. Philosophe d'abord et de haut vol, poète ensuite, et, si j'ose dire, par-dessus le marché, après avoir laborieusement couvé quelque système, on cherchait, au petit bonheur, dans la forêt des symboles, quelque fable aux plis complaisants dont le système put se vêtir ; enfin dans le détail même et le plus menu de la composition littéraire, la doctrine réglait l'inspiration, la pensée primait le symbole ; l'art, jadis maître chez lui, n'était plus que le traducteur servile des spéculations de l'esprit.

M. Barrès frôla ce travers. A certaines heures, il eut honte, semble-t-il, de n'être qu'un poète et il envia la faconde idéologique de son professeur Bouteiller. C'est ainsi que furent écrites les quelques pages abstraites de la première trilogie, et rédigée la synthèse du culte du moi. N'est-ce pas encore sous le coup de la même obsession, qu'il a voulu donner à ses *Déracinés* l'apparente rigueur d'une démonstration géométrique? Certes je n'oublie pas qu'un des grands services que M. Barrès nous ait rendus, a été précisément d'aider à rétablir les communications entre l'art et la pensée, et de ramener la littérature au souci des choses sérieuses. Considéré de ce point de vue, le roman des *Déracinés* est une date dans l'histoire de notre littérature contemporaine. Mais enfin l'art a sa façon d'être sérieux qui n'est assurément pas la façon des philosophes, et M. Barrès apprenait à ses dépens que le vrai symbolisme ne consiste pas à juxtaposer des raisonnements et des images. « Dites-lui, écrivait Joubert à Mme de Beaumont au moment où Chateaubriand se fatiguait à barder d'érudition son *Génie du christianisme*, dites-lui qu'il en fait trop ; que le public se souciera fort peu de ses citations, mais beaucoup de ses pensées ; que c'est plus de son génie que de son savoir qu'on est curieux ; que c'est de la beauté et non de la vérité qu'on cherchera dans son ouvrage ; que son esprit seul, et non pas sa doctrine en pourra faire la fortune..., qu'il fasse son métier, qu'il nous enchante »[1]. Ce qui est dit ici de l'érudition, pourrait s'appliquer aussi bien aux raisonnements et à la « doctrine » dont un artiste trop sérieux voudrait charger ses ouvrages. Par malheur, M. Barrès n'a pas eu, à côté de lui, un Joubert pour lui faire entendre ces vérités libératrices. Il n'est arrivé que lentement à se convaincre qu'un roman n'est pas une thèse, que les poètes ont un chemin qui leur est propre pour atteindre et pour démontrer la vérité. « Je crois de moins en moins, — dit-il dans la préface de *Au service de l'Allemagne*, — à l'efficacité des explications didactiques », et, ce faisant, il obéit au conseil que Joubert lui aurait sûrement donné, il fait son métier, il nous enchante.

§ 2. — *Les Barbares.*

Le titre que M. Barrès a donné au premier volume de la trilogie du culte du moi, me semble plus révé-

1. Joubert, II, p. 284.

lateur que celui de la trilogie elle-même. A la vérité, ces trois mots : *Sous l'œil des Barbares*, ne laissent tomber sur l'ensemble du volume qu'une clarté sibylline. Pour être à même d'en dégager le sens prophétique, il faut avoir accompagné M. Barrès jusqu'à son discours de réception à l'Académie. Là est précisément l'extraordinaire intérêt de ce premier livre et de la trilogie toute entière. Ce que le talent de M. Barrès a de plus intime, de plus original, et, si l'on peut dire, de plus nécessaire, éclate déjà dans cette œuvre que certains juges, trop ennemis de leur propre plaisir, absolvent d'un revers de main, comme péché d'une impertinente jeunesse. Jeunes, à coup sûr, mais d'une jeunesse déjà presque trop grave, impertinents, si l'on veut, mais d'une impertinence qui n'a pas tué le sens du respect; offrant d'ailleurs un mélange peut-être unique de candeur et d'ironie, d'enthousiasme et de clairvoyance, moins achevés que Le *Voyage de Sparte*, mais plus spontanés, plus divers, plus naïvement sincères, les vrais barrésiens restent obstinément fidèles à ces trois chefs-d'œuvre d'humour, de poésie et de divination introspective, ils estiment que M. Barrès, vainqueur en tant d'autres rencontres, n'affirma cependant jamais avec plus de décision l'originalité conquérante de son génie.

N'est-il pas en effet merveilleux que dès son premier livre, l'auteur de *Sous l'œil des Barbares*, ait démasqué ses ennemis naturels, et leur ait livré, dans l'ombre brillante de cet essai de jeunesse, une première bataille ? Bataille décisive et dont les conséquences, pour lui et pour nous, seront infinies. Ces ennemis, à vrai dire, il les devinait alors plutôt qu'il ne les connaissait, mais déjà pourtant il les nommait de leur vrai nom, et par là, il s'obligeait soi-même à ne jamais capituler devant eux.

Il y a barbare et barbare. C'est ainsi, par exemple, qu'on rencontre, rôdant autour du *Jardin de Bérénice*, un barbare inférieur à peine digne de ce nom, à qui M. Barrès a fait vraiment trop d'honneur en l'appelant l'*adversaire*. Le barbare authentique est bien autrement redoutable que ce Martin. « Grave erreur, lisons-nous dans le livret métaphysique, de prêter à ce mot *barbares* la signification de « philistins » ou de « bourgeois »... Si Philippe se plaint de vivre sous l'œil des barbares, ce n'est pas qu'il se sente opprimé par des hommes sans culture ou par des négociants ; son chagrin, c'est de vivre parmi des êtres qui de la vie possèdent un rêve opposé à celui qu'il s'en compose. Fussent-ils par ailleurs de fins lettrés, ils sont pour lui des étrangers et des adversaires [1] ».

Ce n'est pas assez dire, et c'est trop simplifier le conflit qui se prépare entre l'armée des barbares et ce lorrain de vingt-cinq ans. « Des étrangers, des adversaires, oui, sans doute, mais on ne les reconnaît pas encore comme tels. Ils parlent notre langue presque sans accent, et quelques-uns la parlent en maîtres. D'ailleurs rien de menaçant dans leur attitude. Ils ne font pas mine de nous détruire, et, bien au contraire, ils nous proposent l'expansion indéfi-

[1]. *Sous l'œil des Barbares*, p. 22. 23.

nie de notre moi. S'ils ne cachent pas leur mépris pour notre grêle Sparte, ils n'en exaltent qu'avec plus d'ardeur les rares facultés qu'ils pensent découvrir en nous et qui leur semblent mériter, sur un théâtre moins sordide, des objets plus dignes d'elles. Beaux magiciens, somptueux bateleurs, n'attendez pas qu'une âme encore frémissante échappe tout à fait à la séduction de leurs sophismes. N'en croyez pas le jeune désabusé qui les aime encore au moment où il les maudit avec le plus de passion.

« Les barbares, s'écrie Philippe, ces barbares par qui plus d'un jeune homme impressionné faillira à sa destinée, et ne trouvera pas sa joie de vivre, je les hais ». Non, cela n'est pas encore exact, vous ne les haïssez jusqu'ici que par la fine pointe de votre solide raison. Votre cœur est encore en leur puissance. Vous, les haïr ! auriez-vous bien le courage de cette haine, si je vous disais le nom de quelques-uns de ces hommes, que votre imagination adore comme autant de dieux ? Rousseau, Michelet, Hugo, Byron, Baudelaire, Bouteiller, et que sais-je encore, ces héros qui ont peuplé vos premières solitudes, tous ou presque tous, ils campent avec les barbares, et comme ils sont enfin une partie de vous-même, vous voilà déchiré entre vos puissances de vénération qui veulent leur rester fidèles, et votre jeune ironie qui déjà confusément commence à discuter leur prestige.

Ces complications rendent plus passionnant et plus incertain le duel qui s'engage entre Philippe et les barbares. Il ne s'agit pas simplement de se défendre contre des ennemis redoutables, il faut

encore, et au préalable, s'affranchir de leur sorti-
lège, briser des chaînes qu'on aime encore, reprendre
des gages qu'on avait cru donner pour toujours.
Comme c'est là tout le drame que nous présente l'évolution littéraire de M. Barrès, ne craignons pas d'in-
sister un peu sur les préludes d'une si belle aventure.

Est barbare, au sens barrésien du mot, quiconque
nous prêche la révolte contre nos limites naturelles.
Soit que pour cela il nous fasse rougir de nos misérables origines, soit qu'il étende démesurément les
perspectives où il nous appelle, son but constant est
de nous entraîner le plus loin possible de l'humble
Sparte où nous sommes nés. Une adolescence grise,
avide et comprimée, livrait sans défense le jeune
Philippe à la première troupe de bohémiens qui lui
offrirait une place dans leur roulotte. Il accueillit
donc, avec une sorte de transport religieux, les tziganes de la métaphysique hégélienne et du romantisme, les *Fleurs du mal* et le kantisme de Bouteiller.
Au lieu de lui apporter quelque vive chanson matinale
de Ronsard ou de Joachim, son aîné Stanislas de
Guaïta le réveillait au son des musiques baudelai-
riennes, exaspérant, dès la première heure du jour,
« le point névralgique » de cette âme.

> Vois sur ces canaux
> Dormir ces vaisseaux
> Dont l'humeur est vagabonde ;
> C'est pour assouvir
> Ton moindre désir...

« Mon moindre désir, écrira-t-il plus tard, j'entendais bien que la vie le comblerait. »

La sensibilité qui se déchaînait ainsi, venait-elle des sources profondes de ce jeune lorrain, et lui révélait-elle sa vraie nature ? Je n'ose encore aborder de front cette question capitale ; j'incline pourtant à modifier quelque peu le jugement que M. Barrès a porté sur ces premières explosions. « Après tant d'années je ne me suis pas soustrait au prestige de ces pages sur lesquelles se cristallisa soudain toute une sensibilité que je ne me connaissais pas. » « Se cristallisa », est-ce le mot propre ? « se modela », « se haussa », « s'exagéra », serait peut-être plus juste, car M. Barrès, doué d'une prodigieuse facilité d'assimilation et d'une imagination royale, peut se donner, quand il lui plaît, l'illusion des émotions les plus vives, sans perdre pour cela la sobriété et l'équilibre de ses ancêtres lorrains. Mais, pour l'instant, il est bien question d'équilibre ! Oublieux de ses limites que d'ailleurs il maudirait si quelque fâcheux les lui rappelait, notre lycéen se consume de désir et d'impatience. Auprès du mirage romantique, sa terre natale, son propre « moi », lui seraient odieux comme un lieu d'exil, étroits comme une prison.

Il se pourrait que les leçons de son professeur de philosophie aient eu sur M. Barrès encore plus d'influence que la lecture de *Joseph Delorme* et de Baudelaire. D'ailleurs, la philosophie, telle du moins qu'elle lui fut présentée, est encore une muse romantique. Chose curieuse et qu'on n'a pas assez remarquée, les émotions les plus troublantes et les plus tenaces qu'ait peut-être jamais éprouvées l'auteur de *Du sang*, il ne les doit pas à ses poètes, ni à Venise, ni même à Tolède, mais bien plutôt à ces classes de philosophie où son adolescence s'enivra « d'une poésie qui ressemblait à de l'épouvante ». Bouteiller, son professeur de métaphysique, l'a marqué d'une empreinte que Napoléon, son professeur d'énergie, n'effacera point.

Les pages où M. Barrès a décrit la fièvre que lui donnait alors la passion des systèmes, comptent parmi les plus aiguës et les plus bienfaisantes de son œuvre. Ceux qui n'ont pas commencé leurs études au lendemain de la guerre auront sans doute été déconcertés par le prélude des *Déracinés*. C'est un fait pourtant, — il serait trop long ici d'en chercher les causes —, c'est un fait qu'à l'âge des premiers enthousiasmes, cette génération de lycéens a été fascinée par ses professeurs de philosophie. Bouteiller n'est pas une exception, mais un type. Aux sobres et solides cartésiens de l'ancien régime, à l'équipe somnolente des cousiniens avaient succédé de jeunes maîtres d'une érudition, d'une curiosité et d'une assurance également intrépides. Graves comme des Germains, ardents comme des apôtres, la philosophie, telle qu'elle s'incarnait en eux, présentait, avec je ne sais quoi de vague et de passionné, le sérieux tragique d'une religion. A ce prestige personnel que devait fatalement subir la meilleure moitié de la classe, s'ajoutait la magnificence capiteuse des systèmes que le professeur évoquait tour à tour devant cette jeunesse éblouie. Déroutés par tant de sophismes, grisés par tant de rêveries somptueuses, gagnés à l'indépendance et à l'enthousiasme de leurs maîtres, ces enfants de dix-sept ans goûtaient,

comme de jeunes dieux, la joie de se choisir à eux-
mêmes une explication du monde, ou l'orgueil d'har-
moniser sceptiquement le cliquetis des systèmes en
une suprême volupté[1].

On comprend sans peine que ce romantisme
métaphysique produise les mêmes ravages que le
romantisme des poètes. Ici et là, c'est toujours la
même rupture d'équilibre, le même ferment de
révolte, les mêmes ambitions, la même tendance à
chercher dans l'abstrait et le chimérique une patrie
moins étroite que le monde réel, la même illusion
qui nous fait croire que nous pouvons refaire et
l'univers et nous-mêmes au gré de nos désirs, la
même ignorance de nos limites naturelles, en un
mot, la même dictature des barbares.

Ni l'école de droit ni les années d'apprentissage
littéraire ne semblent avoir modifié sensiblement la
première orientation de M. Barrès. Il s'exerce, il
s'enrichit, mais toujours dans le même sens. Les
cénacles poétiques l'ont admis à leurs séances.
Renan, Hartmann et d'autres ont continué pour lui
les leçons de Bouteiller. Enfin, ô joie accablante, il
a vu de ses yeux Victor Hugo. Au demeurant, le
philtre métaphysique et romantique l'entête encore.
Quelques pages datées de cette époque et qu'il a
depuis très habilement glissées dans la trame de
Sous l'œil des Barbares nous donnent une idée assez
exacte des brillants exercices auxquels il se livrait

1. Qu'on relise par exemple ces lignes de *l'examen* de la première trilogie. « M'étant proposé de mettre en roman la conception que peuvent se faire de l'univers les gens de notre époque
décidés à penser par eux-mêmes... »

alors. Je veux parler du joli, trop joli conte dont la strophe initiale est d'une si tendre élégance :

Toujours triste, Amaryllis...

Avons-nous assez aimé cette savante merveille ! Relue de sang-froid, elle ne trahit cependant ni un penseur original, ni un écrivain de race, mais simplement un prestigieux imitateur de l'auteur des *Dialogues philosophiques* et de celui des *Noces corinthiennes*. Les autres chapitres, et surtout cette extraordinaire seconde partie qui commence par la bastonnade lyrique de M. Renan sont de bien autre conséquence. Il y a là nombre de passages que seul M. Barrès pouvait écrire, mais enfin, tout le long du livre, l'influence des barbares se fait encore sentir, des barbares, c'est-à-dire de tous les maîtres, poètes ou philosophes, « qui ne sont pas de la patrie psychique de M. Barrès » et qui cependant « veulent le plier à son image ».

L'ingénieuse théorie du culte du moi ne nous explique pas comment l'auteur a pris conscience de cette servitude ancienne déjà, et que jusque-là il portait avec allégresse. Car enfin, il entendait bien, dès Nancy, pratiquer cette religion, et ses maîtres barbares, bien loin de lui proposer la suppression de son moi, l'exhortaient plutôt à en grossir démesurément le personnage. La question est de savoir comment, au culte romantique du moi qui entraîne l'assujettissement aux barbares, M. Barrès a été amené à substituer cet autre culte qui consiste à accepter docilement ses propres limites. C'est là, comme nous l'avons dit, le problème barrésien, et il faut bien que, dès son premier livre, M. Barrès nous aide à résoudre ce problème.

Non pas, on l'entend de reste, que dès cette œuvre de jeunesse, il se prononce nettement entre ces deux disciplines. Non, mais sans le vouloir, sans presque le savoir, il commence à se déprendre de l'image trop idéale qu'on lui présentait de lui-même, et sur laquelle il essayait laborieusement de calquer sa propre vie. Croyez-en plutôt la longue plainte qui s'exhale presque à chaque page du livre. A n'en pas douter, ce jeune héros se meurt de fatigue et d'ennui. Ecoutez-le dire à son amie :

Mais vois donc que je suis las, las avant l'effort et que j'ai peur.

et la pauvrette de lui répondre :

Ah! tu sais trop de choses.

Qu'elle a raison, juste ciel! Et encore « savoir » n'est pas assez dire. Toutes ces idées qui encombrent sa mémoire, il a tâché de les vivre, de les transformer en poésie. Comme un enfant, stoïquement docile aux manies de ses pédagogues, il s'est fatigué à transvaser, si j'ose dire, dans sa propre vie intérieure les déliquescences de ses poètes, les quintessences de ses rêveurs. Faut-il s'étonner qu'il tombe de lassitude « au fossé de son premier chemin »! Il se relève, car il est d'une bonne volonté sans limites ; mais il n'ira pas longtemps. A chaque pas, l'ennui l'arrête, l'ennui, ce bon serviteur, cet inexorable gardien qui ne nous permet pas de courir loin des frontières de notre moi et qui donne la chasse aux barbares.

Suprême fleur de toutes ces cultures, l'héritier d'une telle sagesse, étendu sur le dos, bâillait.

De tout ce livre si jeune, si curieux, si rare, je voudrais retenir ce bâillement libérateur plus éloquent que les plus belles invectives et qui sonne la déroute des barbares. Il bâille, donc il est sauvé. Le voilà rendu à soi-même. Vienne le maître, « axiome, religion ou prince des hommes », qui lui montre « le sentier où s'accomplira *sa* destinée. »

§ 3. — *Première évocation de la Lorraine.*

On connaît le sujet de *Un homme libre*. Semblable à un nouveau converti qui, pour mieux rompre avec le monde, court s'enfermer dans un monastère, et là, seul avec son directeur, se fixe, par le menu, le programme d'une existence nouvelle, Philippe — c'est le héros de la première trilogie — imagine une sorte de retraite où il puisse se consacrer uniquement aux vrais intérêts de son âme. Son ami Simon se cloître avec lui. Toujours pressés de rire à la lecture de M. Barrès, parce qu'ils craindraient, en ne riant pas, de paraître béotiens, plusieurs n'ont pas admiré, comme il fallait, le sérieux et le courage de cette entreprise. Que l'auteur s'amuse en cent endroits, que, par exemple, il se reproche,

comme un « péché », de n'avoir pas accepté un fauteuil
à oreillettes où il aurait médité plus noblement, qu'enfin, il mette constamment une sourdine ironique à
ses confidences, les belles nouvelles ! Mais cette
ironie même, vous n'en goûtez pas la saveur native,
si vous ignorez le fond d'amertume sur lequel elle a
germé. Refuge contre les pédants qui n'ont jamais
aimé un livre sincère, détente d'un jeune esprit qui
a poussé trop loin les cruautés de ses analyses,
l'ironie de ce livre admirable est en somme comme
un premier pas vers cette philosophie de l'acceptation que l'auteur entrevoit déjà confusément au
terme de ses expériences, et contre laquelle il ne
se révoltera pas toujours.

Comme tant d'autres livres de M. Barrès, *Un homme
libre* est un palimpseste, où des spéculations abstraites se superposent au texte et risquent de tout
embrouiller. Ainsi, dès le début, Philippe, installé
« sur un rocher en face de l'océan salé », découvre
« au bout d'une heure » les deux fameux axiomes du
culte du moi.

PREMIER PRINCIPE. — *Nous ne sommes jamais si heureux que dans l'exaltation.*

DEUXIÈME PRINCIPE. — *Ce qui augmente beaucoup le
plaisir de l'exaltation, c'est l'analyse.*

1. Le cadre du présent travail ne me permet pas d'étudier par
le menu l'humour de M. Barrès. Je dis humour au sens propre,
ou, pour ne pas trancher une délicate controverse, au sens anglais
de ce mot. Il y a là du reste, pour moi, un problème déconcertant.
Comment le talent de M. Barrès présente-t-il sur un ou deux points
tant d'affinités avec une littérature et une race qu'il ne semble pas
avoir beaucoup fréquentées ? Je parlerai bientôt de Sterne, mais j'aurais pu, sans peine, multiplier d'autres rapprochements analogues.

CONSÉQUENCE. — *Il faut sentir le plus possible en ana-lysant le plus possible*[1]. .

Ce besoin d'exaltation, cette rage d'analyse, Philippe peut-il savoir avant même de s'être mis en retraite, si, oui ou non, il ne les tiendrait pas, en tout ou en partie, des barbares? Faux départ, erreur de méthode, excès de zèle, je reconnais là, non pas Philippe lui-même, ni son camarade Simon, mais quelque autre élève de Bouteiller, un parasite, un fâcheux que les deux amis ont laissé pénétrer dans leur ermitage, et qui va suivre, d'un pas boiteux, les exercices de la retraite.

Mais c'est bien, en revanche, le propre génie de M. Barrès qui a dessiné le plan du livre, fixé les trois étapes, ou, comme dirait saint Ignace, les trois semaines de cette retraite. « Les intercesseurs », la Lorraine, Venise, vingt années d'exploitation n'ont pas encore épuisé les richesses que le jeune écrivain jalonnait dès lors, comme à vol d'oiseau, pour ses conquêtes futures. Culte des héros, discipline lorraine, pèlerinages passionnés, du *Jardin de Bérénice* au *Voyage de Sparte*, M. Barrès a-t-il fait autre chose que reprendre les trois thèmes essentiels de *Un homme libre*, soit pour les pousser davantage, soit pour les maîtriser et les fondre dans une souple et vivante synthèse.

Nous retrouverons bientôt et Venise et les héros ; aussi bien *Un homme libre* contient-il un chapitre plus significatif encore que les autres et qui doit nous retenir sans partage.

1. *Un homme libre*, p. 31.

Nos deux ermites ont commencé leurs exercices
par se chercher eux-mêmes dans leurs livres et leurs
auteurs préférés. La méthode a du bon, mais nos
héros spirituels, nos « intercesseurs », comme disent
Philippe et Simon, ne nous éclairent le plus souvent
« que les parties les plus récentes » et les plus artifi-
cielles de nous-mêmes. Philippe s'en aperçoit à la
sécheresse que lui laissent tant de lectures, et bientôt le pressentiment d'une source plus profonde
l'incline à sortir de sa bibliothèque et même de
son ermitage.

A mesure que les livres cessaient de m'émouvoir, de
cette église où j'entrais chaque jour, de ces tombes qui
l'entourent et de cette lente population peinant sur des
labeurs héréditaires, des impressions se levaient, très
confuses, mais pénétrantes. Je me découvrais une sensibilité nouvelle et profonde qui me parut savoureuse.
C'est qu'aussi bien mon être sort de ces campagnes.
L'action de ce ciel lorrain ne peut vite mourir. J'ai vu à
Paris des filles avec les beaux yeux des marins qui ont
longtemps regardé la mer. Elles habitaient simplement
Montmartre, mais ce regard qu'elles avaient hérité d'une
longue suite d'ancêtres ballottés sur les flots, me parut
admirable dans les villes. Ainsi, quoique jamais je n'aie
servi la terre lorraine, j'entrevois au fond de moi des
traits singuliers qui me viennent des vieux laboureurs. A
suivre comment ils ont bâti leurs pays, je retrouverai
l'ordre suivant lequel furent posées mes propres assises.
C'est une bonne méthode pour descendre dans quelques
parties obscures de ma conscience[1].

Mieux que le désordre impétueux des lyriques,
cette petite page paisible et volontaire donne l'idée

1. *Un homme libre*, p. 102, 103.

de ce que nous appelons l'inspiration. La thèse
de M. Taine — la race, le milieu, le climat — flot-
tait sans doute alors dans l'esprit de M. Barrès,
vague, lointaine et froide comme toutes les vérités
que ne réchauffent en nous ni les souvenirs du passé,
ni le pressentiment des expériences qui nous attendent. Assurément, rien n'était plus simple que de
se dire : ce qui est vrai de la littérature anglaise,
ne l'est pas moins de notre propre littérature et de
moi-même, Maurice Barrès. Simple, oui, comme
une déduction logique, mais il y a loin de la conclusion d'un syllogisme à la vive intuition qui
seule enfante les chefs-d'œuvre. Intuition, inspiration, syllabes orgueilleuses et qui néanmoins s'af-
faissent sous le poids sublime qu'elles portent. Quoi
de plus humble et quoi de plus grand ! On croit ne
penser à rien, on va, on vient, lassé du bavardage
des livres. De la fenêtre, on voit, sans les voir, une
plaine, un ruisseau, quelques arbres, ou bien les rues
mortes d'une petite ville, une vieille femme arrêtée
sous le porche de l'église, un enterrement qui se
hâte dans la pluie ; et soudain, cet humble tableau,
où pourtant rien n'est imprévu, s'anime et se transfigure. De toutes ces anciennes choses une voix
semble sortir : « Toi qui souffres de ne pas te connaître, viens à moi qui sais ton secret. Regarde-moi,
ne recule pas et lis dans mon regard tes vraies
pensées. Obscure et laide, peut-être, mais quoi !
serais-tu plus riche pour avoir hérité en rêve du
palais des doges, et, pour avoir fui ta propre image,
serais-tu moins loin de l'impossible perfection que
les barbares t'ont proposée ? Et puis, que sait-on si

je suis laide ? Le jour où mes enfants me rendront leur tendresse, peut-être retrouverai-je quelque beauté. *Spartam nactus es, hanc adorna.* Cesse donc de te hausser « tant bien que mal à des rêves conçus par des races étrangères », et reviens « cultiver le simple jardin sentimental hérité de tes vieux parents ».

Ce chapitre sur la Lorraine est incomparable. Depuis le dernier *lundi* de Sainte-Beuve, je ne sache rien, dans notre prose, qui réalise davantage l'idée qu'on se faisait autrefois de la perfection à la française. On trouvera certes, dans l'œuvre de M. Barrès, bien des pages plus éblouissantes, mais rien qui respire une pareille aisance. Chose rare chez ce maître, ici le style coule comme d'une source abondante et paisible, sans perdre toutefois son originalité brusque et son imprévu. Il est grave, sans fièvre, pénétré d'une mélancolie discrète et virile. Imaginez un Michelet maître de ses nerfs qui soufflerait à la Lorraine assez de vie pour qu'elle cessât d'être une statue, pas assez pour qu'elle devînt une femme. Des historiens de métier ont vanté l'érudition de ce chapitre, la solidité de ces raccourcis pittoresques, mérite d'autant plus remarquable que l'auteur prenant ici la Lorraine comme un miroir aurait pu être tenté de retoucher à son gré cette image de soi-même. Aussi bien, rien de plus léger, de moins appuyé que la superposition de ces deux tableaux. C'est une merveille de symbolisme dont le détail se dérobe aux profanes et ravit d'aise les initiés. M. Barrès, qui a essayé vingt fois de se peindre, n'a rien écrit de plus ressemblant que ce délicat filigrane. Telle phrase aiguë sur les artistes lorrains, Callot, Gavarni, — « c'est de la caricature sans joie », — vaut tout un commentaire de *Leurs Figures* ; « l'*agonie de la Lorraine*, avec « l'extraordinaire Charles IV », c'est déjà l'*Appel au soldat*.

A ce titre, Lorraine, tu me fus un miroir plus puissant qu'aucun des analystes où je me contemplai.

Un miroir, mais cruel, décourageant, comme tout miroir fidèle, voilà ce que présente la Lorraine à l'auteur de *Un homme libre*.

Plus tard, elle sera pour lui un ressort, une discipline, une source d'enthousiasme, mais, à vingt-cinq ans, l'ayant regardée bien en face, il ne songe qu'à la fuir.

Jusqu'à toi, j'avais sur moi-même des idées confuses. Tu m'as montré que j'appartenais à une race incapable de se réaliser. Je ne saurais qu'entrevoir. Il faut que je me dissolve comme ma race[1].

Comme on le voit, ses maîtres barbares pèsent encore sur cette jeune pensée, et ne lui permettent pas de dégager le stimulant déterminisme de la terre et des morts. A vingt-cinq ans, il n'y a pas d'ermitage qui tienne, on ne saurait être un homme libre. Croyez-en plutôt la perverse résolution qui couronne cette retraite :

Je vais jusqu'à penser que ce serait un bon système de vie de n'avoir pas de domicile, d'habiter n'importe où dans le monde. Un chez soi est comme un prolongement du passé : les émotions d'hier le tapissent. Mais, coupant

1. *Un homme libre*, p. 134.

sans cesse derrière moi, je veux que chaque matin la vie m'apparaisse neuve et que toutes choses me soient un début [1].

Laissons-le croître. Il faut que barbarie se passe, et que Philippe achève son tour du monde romantique. Nous l'en croirons mieux lorsque, de retour, il nous dira que seule, sa Lorraine ne l'a point déçu. Qu'il coure donc « s'enfermer dans Venise », « confiant que cette race lui sera d'un bon conseil » ; qu'après Venise — « encore un citron de pressé » — il aille se déchirer à « la pointe extrême de l'Europe » ; en un mot, qu'il exalte et brise tour à tour les splendides miroirs où il essaiera de se reconnaître ; il aura beau faire, il n'effacera pas de son esprit l'image que lui a laissée le miroir lorrain et qui l'*immunise* d'avance contre les poisons de la route. Cette image le suivra comme un remords au pied des autels barbares, et, aux plus brillantes étapes du voyage, elle hâtera l'heure de la satiété et de l'ennui. Tôt ou tard elle le ramènera, et c'est ainsi qu'il n'aura « tant marché que pour revenir à cette petite plage où naquit sa tendresse ».

Plus que tout au monde, écrira-t-il enfin, j'ai cru aimer le musée du Trocadéro, les marais d'Aigues-Mortes, de Ravenne et de Venise, les paysages de Tolède et de Sparte, mais à toutes ces fameuses désolations, je préfère maintenant le modeste cimetière lorrain où, devant moi, s'étale ma conscience profonde [2].

1. *Un homme libre*, p. 224.
2. *Amori et Dolori sacrum*, p. 288.

Avant de l'accompagner dans ses longues erreurs, arrêtons-nous à Aigues-Mortes, où s'achève la trilogie du culte du moi. La sensibilité qui se laisse voir dans ce décor un peu fiévreux est encore respectueuse de ses propres limites. La légère crise de paludisme qui l'excite la met en valeur sans altérer ses proportions naturelles. Il y a donc intérêt à l'étudier avant le surmenage romantique auquel l'*homme libre* a résolu de la soumettre.

§ 4. — *Bérénice*.

« Parle du moins, parle beaucoup, et tu croiras vivre ». Tel est le malicieux conseil que Philippe donnait un jour à sa petite amie Bérénice. La délicieuse créature s'est bien gardée de lui obéir. Elle sait trop qu'elle n'est qu'un fantôme. Toute résignée à ne pas vivre, elle se contente de laisser beaucoup parler autour d'elle. Ses amis d'abord, puis les amis de ses amis. Que de monde, juste ciel ! Sa pâle villa peut à peine recevoir tous les étrangers qu'on lui amène, M. Renan, M. Chincholle, Sénèque le philosophe et un professeur allemand. Si jamais on lui en laissait le temps, que dirait la pauvre petite en face de ce jury d'agrégation ? Les écouter, c'était déjà trop pour elle. Assise au bord de la fenêtre qui ouvre sur les étangs, on la voit qui s'évapore et bientôt disparaît dans la fumée de ces interminables discours. « Nous disions donc, chère madame, que l'inconscient... » Herr professor, rabattez vos lunettes et vous verrez que la « chère madame » n'est plus là.

Pourquoi regretter la fragilité qui fait une partie de son charme ? Cette filleule de Racine n'est pas une héroïne de tragédie, quelque Andromaque exilée sur le boulevard. Ce qu'il y a de moins irréel en elle, la chair et le sang de cette figurine de rêve, c'est encore la précieuse musique de son nom. Tendres syllabes mouillées de larmes, et qui s'harmonisent si bien avec Aigues-Mortes, cette « consonnance d'une désolation incomparable ». Aigues-Mortes, Bérénice, M. Barrès attend de ces deux mots et des images vaporeuses qu'ils mettent en branle, le genre de volupté que Jean Racine allait demander à une prise de voile. « Ni amour, ni amitié », mais la satisfaction « d'un besoin extrême de douceur et de pleurs. » Bérénice est le nom qu'il donne aux délices platoniques d'un tel désir, une prière, un exercice, en vue d'amollir la sécheresse lorraine et d'obtenir « le don des larmes » :

J'ai rencontré, dit-il, au tournant de mon ascension la chapelle aux arceaux nerveux, le coin secret où le roi (saint Louis) s'agenouillait et suppliait Dieu qu'il lui accordât le don des larmes. Cette forte prière n'exprime-t-elle pas, avec la netteté des cœurs sans ironie, la volupté où j'aspire et que Bérénice semble porter aux plis des dentelles dont elle essuie ses tendres yeux [1]?

Ceux qui pensent trouver dans ce passage la clef du *Jardin de Bérénice* entendent bien savourer autant que personne ce livre charmant. A la vérité,

1. *Le Jardin de Bérénice*, p. 48.

rien n'est plus accessible au commun des hommes que la rêverie sentimentale d'où est née la Bérénice de M. Barrès, mais la simplicité du thème ne fait que mieux ressortir l'art infini de l'écrivain. Croit-on que le premier venu puisse donner ainsi un air de rareté à la plus ordinaire des expériences, et comme une saveur nouvelle au goût de pleurer? Pour trouver dans l'histoire littéraire un livre d'une inspiration et d'une excellence analogue, il faut peut-être remonter jusqu'aux *Reisebilder*, et, mieux encore, jusqu'au *Voyage sentimental*. Un Sterne qui aurait d'instinct la distinction et le goût classiques, un Racine dont l'Iphigénie ne dédaignerait ni l'âne ni les canards de Bérénice, tel nous apparaît M. Barrès dans ce joli caprice qui n'est pas le moins révélateur de ses livres.

Du reste, il jouait vraiment de bonheur, le jour où l'idée lui vint de « prêter son cœur à cette petite mendiante d'affection » pour qu'elle « le rafraîchît entre ses mains ». Les dissertations des amis de Bérénice illustrent le livre sans l'alourdir, et comme le voile noir de Célimène, la gravité de ces propos rend la grâce des autres chapitres encore plus prenante. On remarque bien, au début, quelque hésitation entre les divers symbolismes qui attiraient tour à tour les préférences de M. Barrès. Le *culte du moi* — cela va sans dire — les antinomies entre la contemplation et l'action, la poésie et la politique, les mains de Bérénice sont trop petites pour tenir à la fois de si lourds trésors. Quant à l'apologie du dilettantisme, écrite par Sénèque le philosophe et traduite par M. Anatole France, c'est par mégarde que

M. Renan l'aura laissée tomber des poches de son pardessus. Mais, en revanche, les méditations sur Bérénice, l'âme des foules et l'inconscient, font partie intégrante du livre, et en soulignent le sens profond. Idéologie sans doute, mais idéologie passionnée, philosophie, mais, humaine, vivante, et qu'on ne saurait distinguer de la poésie.

§ 5. — *Du Sang, de la Volupté et de la Mort.*

Je n'ai pu qu'indiquer, par quelques traits rapides, le contraste que nous offrent les œuvres de jeunesse de M. Barrès, et la double image qu'il nous a jusqu'ici tracée de lui-même. D'une part le Barrès théoricien d'un individualisme exaspéré, de l'autre le Barrès artiste qui accepte d'instinct et sans révolte les limites de sa propre nature. Le premier trace complaisamment le programme de l'émancipation romantique, le second avoue à chaque pas la faillite de ce programme ; celui-là constate amèrement l'insuffisance de l'âme lorraine qu'il a héritée de ses ancêtres, celui-ci pense, sent, imagine allégrement comme un pur lorrain. Le goût très sûr de l'écrivain semble pressentir, et, dans tous les cas, réalise par avance les théories que formulera plus tard l'auteur des *Amitiés françaises*. Jusqu'à *Du sang, de la Volupté et de la Mort*, M. Barrès, considéré simplement d'un point de vue littéraire, n'est pas encore romantique. Il ne l'est qu'en théorie et de désir.

Aussi bien que la première trilogie, *L'ennemi des*

lois, qui suit immédiatement *Le Jardin de Bérénice*, atténue et redresse par une sagesse, une mesure et un goût classique, les désordres d'une pensée romantique. Mais soudain ce bel équilibre chancelle. Les deux Barrès en viennent aux mains ; le théoricien veut avoir raison de l'artiste, et le soumettre au fastueux programme qui jusque-là, bien que proclamé sans relâche, était presque resté une lettre morte, *Du Sang, de la Volupté et de la Mort*, ce livre dont le titre même résonne comme une déclaration de guerre, rend magniquement témoignage au plus violent effort que M. Barrès ait jamais tenté pour sortir de soi et se transformer en reniant sa Lorraine.

En effet, pour bien saisir l'inspiration de ce livre, nous devons nous rappeler la détresse de *l'homme libre* après ses rigoureux exercices d'exaltation et d'analyse. Il s'était dit qu' « il faut sentir le plus possible en analysant le plus possible », et il n'avait pas pris garde qu'il est beaucoup plus facile à un Barrès d'analyser que de sentir. *Un homme libre*, au besoin, en ferait foi. Pour un assez maigre filet de sensation, quelle vivacité et quelle richesse d'analyse ! Il y a plus et l'on peut craindre qu'une analyse trop pénétrante ne réduise encore ce filet. De fait, bien loin d'exalter indéfiniment ses puissances de sentir, *l'homme libre* n'était guère arrivé qu'à l'âpre joie de définir son incurable sécheresse et de mesurer l'étroite prison de son cœur. Que faire donc, après ces expériences décourageantes ? Se soumettre à n'avoir qu'une sensibilité moyenne, la sensibilité d'un Callot, d'un Gavarni et de tout le monde, renoncer à jamais « produire un romanesque qui contracte et déchire le cœur », à Dieu ne plaise, mais bien plutôt recommencer la tentative avortée, se créer de toutes pièces une sensibilité nouvelle, tâcher de s'approprier les plus violentes façons de sentir et se déchirer les nerfs à force de les tendre vers les merveilleux frissons que nos poètes nous ont promis. Voilà précisément ce que M. Barrès a voulu faire dans *Du Sang, de la Volupté et de la Mort,* et cet exercice romantique est conduit avec une telle méthode, voulu avec tant d'acharnement, secondé par une telle splendeur d'imagination, que plusieurs ont cru voir dans ce livre le chef-d'œuvre de M. Barrès et la formule même de son génie.

Il y a loin du *Jardin de Bérénice* à un *Amateur d'âmes* — ce conte morbide et cruel qui ouvre le livre — et cependant cette dernière œuvre n'est que la transposition romantique de l'autre. Poussez Philippe au monstre, au maniaque, tuez en lui le bon sens, l'humour, la simple et vulgaire pitié, vous aurez Delrio. Faites de la fuyante Bérénice une vraie malade et vous aurez La Pia. Il n'est pas jusqu'au bon petit âne qui ne reparaisse, mais écrasé sous des branches de magnolia. Seuls les canards de Bérénice manquent à l'appel. Ces sages bêtes trop classiques n'ont pas voulu se risquer à la pointe extrême de l'Europe et nous ne saurons jamais quelle figure elles auraient faite dans l'horrifique tragédie.

Mêmes personnages et même intrigue, ou plutôt même jeu de sensibilité, mais sur une note plus aigue.

Si j'ai tant aimé ma petite amie, — disait Philippe en parlant de Bérénice, — c'est qu'elle était pour moi une chose d'amertume. Mon inclination ne sera jamais sincère qu'envers ceux de qui la beauté fut humiliée : souvenirs décriés, enfants froissés, sentiments offensés [1].

Voilà qui est bien, ou du moins voilà qui peut indifféremment servir de prétexte à une fade romance ou à une œuvre charmante comme *Bérénice* ou le *Voyage sentimental*. Mais que l'auteur prenne garde. Il touche ici aux limites de sa propre sensibilité. S'il va plus loin, s'il isole le sentiment qui a dicté le *Jardin de Bérénice*, au lieu d'une douceur légère s'il tâche d'en faire une volupté, et si pour cela il le force dans une sorte de serre tropicale, il aboutira forcément à quelque fantaisie capiteuse dans le goût de *Un Amateur d'âmes*, il se débattra dans l'artificiel, le pervers et le faux.

On ne nous dit plus, en effet, avec le poète :

> Aimez ce que jamais on ne verra deux fois,

mais on nous invite à aimer, sur le visage de celle qui ne sera plus demain, les signes trop réels de la mort qui vient, et déjà la mort elle-même.

Une merveille qui est en train de disparaître : voilà le trait qui complique de fièvre toute volupté. Etre périssable, c'est la qualité exquise... Il n'est point d'intensité véritable où ne se mêle l'idée de la mort [2].

Ainsi encore dans cette étonnante *Mort de Venise*,

1. Le *Jardin de Bérénice*, p. 31.
2. *Du Sang, de la Volupté et de la Mort*, p. 144.

qui appartient à la même veine que *Du sang, de la Volupté et de la Mort* [1].

La puissance de cette ville sur les rêveurs, c'est que dans ses canaux livides, des murailles byzantines, sarrasines, lombardes, gothiques, romanes, voire rococo, toutes trempées de mousse, atteignent, sous l'action du soleil, de la pluie et de l'orage, le tournant équivoque où, plus abondantes de grâce artistique, elles commencent leur décomposition. Il en va ainsi des roses et des fleurs du magnolia qui n'offrent jamais d'odeur plus enivrante ni de coloration plus forte qu'à l'instant où la mort y projette ses secrètes fusées et nous propose ses vertiges.

« Ivresse », « vertige », poète, poète, laissez-moi me ressaisir et lutter contre la magie de ces grands mots que peut-être vos propres émotions ne parviennent pas à égaler. Je vois bien là un violent effort de volupté cérébrale, mais je ne suis pas sûr que le cœur et les sens aient suivi docilement la consigne du paroxysme que vous leur donniez. En vous relisant, en voyant combien brusquement tombent vos pires transports, je me rappelle un petit mot d'un de vos pères en clairvoyance. « La facilité, — disait le héros de *Volupté*, — avec laquelle l'objet lui-même s'affaiblit dans ma pensée me montra mieux la folie de mon transport et combien nous nous créons au cerveau de fausses ardeurs par caprice forcé et à coups d'aiguillon ».

Êtes-vous bien loin vous-mêmes de vous juger de la sorte, vous qui avouez ne plus trop vous reconnaître au milieu de ces débauches et complications sentimentales ?

1. *Amori et dolori sacrum*, p. 21, 22.

Je me déchire sur leur beauté... Volupté, douleur ? Je ne sais. Morne insensibilité, exquise émotivité? Je ne veux dire, je ne puis distinguer [1].

Croit-on qu'au milieu de ses transports une sensibilité naturelle se pose une pareille demande, s'embrouille entre le morne et l'exquis [2] ? C'est ainsi que, chez M. Barrès, la raison fait de l'ordre avec le désordre même, substituant, à la sensibilité en détresse, une curiosité implacable. Qu'on relise, en se plaçant à ce point de vue, la *Mort de Venise*. On sera surpris de voir comment, presque à chaque ligne, dans ces pages admirables, l'atmosphère lumineuse des ta- bleaux, la précision des moindres détails, triomphent sur le vague et le ténébreux du sentiment.

Ce silence (à Venise), à bien l'observer, n'est pas absence de bruits, mais absence de rumeur sourde : tous les sons courent nets et intacts dans cet air limpide, ou les murailles les rejettent sur la surface de la lagune qui elle-même les réfléchit sans les mêler [3]...

Comme on le voit, le remède chez M. Barrès, n'est jamais loin du mal. Il faut bien donc que les esthètes

1. *Amori et dolori sacrum*, p. 117.

2. Le parfait romantique s'embrouille aussi dans sa rêverie, mais d'une toute autre façon. Ainsi René : « Je retrouvais à la fois dans ma création merveilleuse toutes les blandices des sens et toutes les jouissances de l'âme. Accablé et comme submergé de ces doubles délices, *je ne savais plus quelle était ma véritable existence*. J'étais homme et n'étais pas homme; je devenais le nuage, le vent, le bruit... « *Mémoires d'Outre-Tombe*, I. 187. Jamais M. Barrès n'est devenu tant de choses.

3. *Amori et dolori sacrum*, p. 25.

qui mettent au-dessus de tout, dans l'œuvre barrésienne, l'inspiration de *Un amateur d'âmes*, et qui
conjurent M. Barrès de revenir à ce qu'ils appellent
sa vraie manière, il faut que ces néo-baudelairiens
impénitents en prennent leur parti. *Du Sang, de la
Volupté et de la Mort*, ainsi que *Dolori et amori sacrum*, les deux livres où M. Barrès s'est le plus
compromis avec le romantisme, reviennent, par
vingt chemins de traverse, à la tradition classique. Car on pense bien que nous faisons la part
du feu aussi petite que possible, et que nous n'aban-
donnons pas intégralement aux barbares des œuvres
où par endroits le maître écrivain s'est surpassé
lui-même. A partir de *Du Sang, de la Volupté
et de la Mort*, la prose de M. Barrès, qui jusque-là
ne parvenait pas toujours à dissimuler une certaine sécheresse, brûlée par le soleil des Espagnes,
a gardé la tiédeur, la coloration et le parfum d'un
fruit mûr. Quoi d'étonnant si, dans la première conscience qu'il a prise de cette transformation,
ébloui par les transports d'une imagination qu'il
ne se connaissait pas encore, M. Barrès fut tenté
d'exalter aussi la sensibilité lorraine en la condui-
sant à pareille fête. Erreur sans doute, mais généreuse, et qui ne fut pas sans récompense. Dans l'effort impuissant qu'elle a fait pour sortir de ses
limites, cette sensibilité a appris le secret de relever, d'orner sa propre misère. Revenue à sa naturelle
sérénité, elle exaltera désormais par la magnificence
de ses expressions, des sentiments plus modestes, plus
vrais et plus simplement humains. Réfractaires au
surmenage voluptueux de Delrio, nous l'écouterons,

sans défiance ni surprise, quand elle célébrera, dans une sorte d'ivresse attendrie et paisible, la douce beauté des paysages lorrains.

Je me livre aux immenses mouvements doux de la terre lorraine, je contemple ses villages égayés d'arbres à fruits, ses petits bois de hêtres, de charmes, de chênes, je m'enivre de sa lumière douce et noble qui met sur les premiers plans des couleurs de mirabelle et, sur les lointains, un sublime mystère d'opale, de jeunesse et de silence. Je distingue dans la prairie les éphémères colchiques violettes, dans la plaine les graves villages séculaires, et sur l'horizon, nos déesses, nos vertus lorraines, Prudence, Loyauté, Finesse, qui sont des personnes immortelles [1].

§ 6. — Culte et critique des héros.

S'il y a, comme le veut Pascal, « des mots déterminants, et qui font juger de l'esprit d'un homme », M. Barrès, à ne le juger que par son vocabulaire, n'est assurément pas l'égotiste forcené que plusieurs s'attardent à célébrer ou à combattre. « Magnifique » et « discipline », ces deux mots qui lui sont chers entre tous [2], suffisent presque à nous découvrir deux des tendances essentielles de sa nature, un immense

1. *Les Temples de l'âme au village* (*Le Gaulois* du 8 janvier 1907).

2. Qu'il me soit permis d'indiquer à ce propos qu'une étude attentive du lexique barrésien confirmerait, je crois, les conclusions littéraires de la présente étude. Certes, les métaphores étincelantes, comme par exemple « fusées », reviennent souvent sous sa plume, mais plus souvent encore des images vastes, paisibles, puissantes, « atmosphère », « nappe », etc.

besoin d'admiration, et un instinct profond de docilité. De ces deux tendances est né chez lui ce culte
des héros, que nous avons vu paraître dès les premiers chapitres de *Un homme libre*, dont s'inspire,
ensemble et détail, toute la seconde trilogie, et qui
est resté depuis un des thèmes principaux de la
littérature barrésienne. A première vue, on pourrait
se demander si la pratique d'une pareille religion ne
risque pas de contrarier la courbe rentrante que le
développement de M. Barrès nous a paru suivre.
Qui peut en effet nous répondre que l'influence des
héros sera bienfaisante, et n'y a-t-il pas plutôt lieu de
craindre — l'exemple des élèves de Bouteiller le
montre bien — qu'elle ne contribue à nous déraciner
de nos traditions les plus intimes ? Il y a plus, et ce
danger trop réel, inhérent à toute éducation qui
ne veut pas être simplement machinale, semble être
plus menaçant, plus grave pour un esprit aussi avide
d'enthousiasme que M. Barrès. Celui-ci, en effet,
n'est pas loin de ressembler à tels de ses héros qui
« eussent été capables d'illuminer d'une auréole
les vieux habitués du café Voltaire pour ne pas se
priver d'admirer ». Toute excellence le séduit, toute
supériorité lui en impose. Napoléon et Boulanger,
Pascal et Renan, Racine et Bouteiller, Louis Ménard
et Déroulède, la vierge lorraine et la troublante arménienne qui lui versa tous « les poisons de l'Asie »,
comment s'y prendra M. Barrès pour résoudre le
conflit de ses admirations rivales et se reconnaître
dans le labyrinthe de ses chapelles ?

Il ne semble pas néanmoins que les inconvénients
que peut amener cette héroïque faiblesse contre-

balancent la valeur éducative d'une religion qui
courbe l'âme devant tous les ordres de grandeurs.
Même quand il s'égare dans le choix de ses objets,
le culte des héros ne laisse pas de nous enlever à la
contemplation et à l'adoration de nous-mêmes. Il
reste une discipline, un principe d'ordre, la reconnaissance des hiérarchies nécessaires. D'ailleurs
toutes les soumissions s'entr'aident les unes les
autres, toutes les disciplines fraternisent. Qui
accepte joyeusement la direction que lui dictent ses
héros, s'apprête, sans le savoir, à subir l'autorité
de sa terre et de ses morts.

Celui qui, dans la mêlée politique et littéraire,
semblable au jeune boulangiste Sturel « connaît sa
place, celle d'un partisan, fier de servir », celui-là
n'est pas loin non plus d'accepter l'humiliation
encore plus bienfaisante que nous donne le sentiment
de nos limites. Il n'est pas jusqu'à Bouteiller — ce
héros semeur de nuées, — qui n'ait droit à la reconnaissance de ses élèves. Son prestige personnel qui
les asservit, combat les vagues idées d'émancipation que ses leçons leur enseignent. Divinisé par
l'enthousiasme de ces enfants, il devient lui aussi un
faiseur d'ordre, semblable à un capitaine d'insurgés
qui ramènerait au cœur de sa bande l'obéissance et
le respect.

M. Barrès nous initie à l'esprit et à la pratique du
culte des héros dans un chapitre qui émerge ainsi
qu'un vieux chêne dans le bois taillis des *Déracinés*, et qu'on voudrait faire relier à la suite des
lectures de Carlyle. Je veux parler du fragment
épique sur le pèlerinage des sept lorrains au tombeau

de Napoléon, pages mémorables où l'on ne sait ce qu'il faut le plus admirer, ou de l'ivresse qui « gonfle amoureusement » ces jeunes poitrines « contre la balustrade de marbre », ou de la méthode impérieuse qui maîtrise, gradue et organise tous ces mouvements déchaînés. Au lyrisme des invocations liturgiques : « Napoléon, notre ciel... » s'unit la sécheresse d'une méditation scientifique, et, tour à tour, chacune des puissances de l'âme est subjuguée. Penchés sur le « César cadavre », ces ardents catéchumènes, indifférents aux divers « Napoléons de l'histoire », somment le « Napoléon de l'âme » de ressusciter devant eux, et de leur dire « sous quelles espèces il veut être adoré par la jeunesse d'aujourd'hui ». Le héros paraît. Il dit son vrai nom : « Napoléon professeur d'énergie. » Alors les incantations s'apaisent. Un des initiés se tourne vers ses camarades, et, comme un diacre à la foule des fidèles, il leur jette : « Ce n'était d'abord qu'un jeune homme dépourvu !... »

Instinctivement, ils l'entraînèrent plus à l'écart, dans la chapelle du roi Jérôme, et lui dirent :
— On sait sa biographie d'empereur, sa gloire, mais sa formation ? Et sa candidature à la gloire, comment la posa-t-il ?
— Dans leur île, à la fin du dernier siècle, les Bonaparte, mes amis [1]...

Tout ce qui suit est admirable de précision et d'élan, véritable cours, théorique et passionné, d'entraînement à l'énergie. Un grand maître de l'Uni-

_____

1. *Les Déracinés*, p. 224.

versité, qui aurait des lettres et assez de courage
pour braver parfois les criailleries des imbéciles,
veillerait à ce que de telles pages fussent inscrites
d'office dans les anthologies scolaires. Quel éduca-
teur français ne préférerait cette brûlante leçon de
choses aux plus belles phrases d'un Bouteiller ?

Napoléon symbolise, dans la pensée de M. Barrès,
cette classe de héros vers lesquels une force irrésistible nous entraîne et que notre instinct nous impose.
Il en est d'autres qu'aucun tressaillement intérieur ne
nous révèle, et que seule notre volonté déifie. Taine
appartient, si l'on veut, à cette dernière catégorie.
Lorsque M. Barrès eut la pensée d'évoquer ce philosophe dans un autre chapitre des *Déracinés*, l'auteur
des *Origines* n'était encore qu'un homme célèbre, et
il y avait alors une réelle originalité à le transformer ainsi, parallèlement à Bonaparte, en une sorte
de demi-dieu. Cette originalité paraîtra plus rare
encore et plus touchante si l'on songe à tout ce qui
sépare Taine de tels autres héros du panthéon de
M. Barrès. Lui aussi pourtant, ce chétif intellectuel,
cet universitaire, aux yeux inégaux, aux gestes de
professeur, aux manières inélégantes, la méthode
barrésienne nous apprend à l'aborder dans un esprit
et avec des sentiments religieux. Non pas que
l'auteur de *Au service de l'Allemagne* et de tel chapitre de *Du sang* éprouve, à l'égard de Taine,
les belles ardeurs d'un Paul Bourget. On montrerait
aisément le contraire. Mais si nos sympathies ne dé-
pendent pas de nous, M. Barrès entend bien commander à ses puissances d'enthousiasme. Il appli-
querait volontiers au culte des héros ce que Térence

disait de l'amour : *extrema linea amare haud nihil est* : les plus humbles pratiques de ce culte sont encore d'un très grand prix.

D'ailleurs cette religion, aux rites si bien réglés, aux formules si précises, a ses fièvres tout comme l'amour. « Rien ne ressemble plus aux troubles d'un amant que l'émulation de celui qui sent les prestiges de la supériorité ». C'est le jeune auteur de *Du sang* qui parle; bientôt cette image, que d'autres trouveraient excessive, ne lui paraîtra plus suffisante. Idolâtrie plus forte que l'amour, hanté par la vision de la blessure que vient de recevoir son héros, François Sturel, jusque dans les bras de son amie, se demande : le cou du général va-t-il se cicatriser?

Est-il besoin, maintenant, français que nous sommes, est-il besoin que nous expliquions à ceux du dehors qu'un pareil enthousiasme n'est pas ruiné, pas même gêné par notre irrévérence naturelle. Ce carabin de Rœmerspacher, au plus fort de son extase, fait d'étranges remarques sur le bas du visage de Taine, et Sturel regarde bien en face le Napoléon de Saint-Hélène, « obèse avec un grand chapeau de planteur ». Encore ces menues libertés paraissent-elles innocentes auprès de tel chapitre de *Sous l'œil des Barbares*, et de la brochure sur M. Renan. Car, n'en doutez pas, M. Renan, beaucoup plus que Taine, fut un des héros de M. Barrès, « un de ces hommes d'exception » qu'avaient construit les rêves de sa jeunesse, « et à cause desquels il s'était méprisé pendant des années ». Depuis lors, M. Barrès avoue bien s'être un peu ressaisi, mais, en 1888, sa ferveur renanienne ne le cédait à aucune autre. Alors, je ne dis pas comment pardonner le péché irrémissible commis par le jeune écrivain, mais comment expliquer que l'on puisse être ainsi, au même moment, fanatique et sacrilège ? M. Renan, à qui pourtant pareille antinomie eût jadis paru délectable, M. Renan faillit y perdre son breton ; il fit, et d'autres avec lui, comme ces hommes du Nord que scandalise la bonne familiarité des églises italiennes. Il n'y avait pas plus de blasphème à s'amuser un peu de M. Renan qu'à parler fort sous le dôme de Saint-Pierre. D'ailleurs, le maître, vu de plus près, n'avait peut-être pas répondu de tous points à l'idée que se faisait de lui son jeune disciple ; quoi d'étonnant si celui-ci, désappointé, se permit quelques violences lyriques, à l'adresse du grand homme, semblable à ces paysans napolitains qui mettent leur saint en pénitence, quand le miracle attendu tarde à venir ?

Les vrais *hero-worshippers* se reconnaissent à ce signe qu'ils n'attendent pas qu'un héros soit mort pour lui dresser des autels. Un Napoléon, — et même, pour M. Barrès, un Renan, un Taine [1], — c'est le héros fantôme, l'ombre, le saint de légende, qu'on n'a jamais rencontré qu'à travers ses livres ou dans le récit de ses aventures. Quand elle sort de prier sur ces tombes glorieuses, la jeunesse cherche d'instinct d'autres prophètes, en qui s'incarne l'âme

---

[1] « Pour moi,.. il (M. Renan) était trente chefs-d'œuvre sans plus que mon âme seule animait .. Vivant, le vieux M. Renan pour le jeune M. Barrès ? Quelle folie ! Croyez-vous donc qu'il soit jamais venu s'asseoir à ma table de la bibliothèque Sainte-Geneviève ? » *Huit jours chez M. Renan* (préface de la dernière édition).

des grands disparus, des maîtres en chair et en os dont elle puisse entendre la voix, serrer la main, sonder le regard, moins parfaits que les morts; puisque l'oubli n'a pas effacé leurs misères, mais non moins aimés, adorés, servis, puisque, d'une certaine façon, déifiés par nous, ils semblent nous appartenir davantage. Fi d'une avare prudence qui se prive du plaisir d'admirer les gloires toutes neuves que les siècles n'ont pas contrôlées! Le risque est noble et beau de se donner à un de ces « princes des hommes », — penseurs, poètes, conducteurs de foules — dont la fortune oscille encore et qui, peut-être, doivent périr tout entiers. Ainsi pense l'auteur de *l'Appel au soldat*, qui modifierait volontiers le mot de Vauvenargues pour dire que rien n'est plus doux que les premiers feux de la gloire sur le front du héros choisi.

Je ne crois pas qu'on ait rendu justice à ce roman du boulangisme, *l'Appel au soldat*, à ce beau livre, moins riche peut-être que *Les Déracinés*, moins inspiré que *Leurs Figures*, mais d'un si noble accent et d'une allure si dramatique. C'est l'histoire du héros manqué — encore un chapitre qu'il faut ajouter à Carlyle — écrite avec la sérénité d'un critique, la tendresse fidèle, la piété d'un partisan et d'un ami. En méditant, en revivant l'histoire de Boulanger pour la transformer en œuvre d'art, M. Barrès fait un pas de plus vers la philosophie où toutes ses expériences le conduisent. Les limites trop sensibles de son chef l'amènent à se résigner à ses propres limites : le néant de ce héros d'occasion le fait se replier vers les solides réalités de sa Lorraine ; enfin il apprend que les causes héroïques ne sont pas à la merci du mortel qui par

instants les représente et semble les absorber en sa
propre personne ; « Boulanger n'est qu'un incident,
nous retrouverons d'autres boulangismes. »

§ 7. — *Méthode et volonté.*

Avec cette dévotion instinctive pour les héros, le
sentiment de la discipline qui pénètre, soutient, et
anoblit les trois romans de l'énergie nationale,
s'établit, d'une façon définitive, dans la littérature
barrésienne. Les nombreux voyages de M. Barrès
ne le distrairont pas de cette docilité généreuse par
où l'auteur de *Du Sang* s'achemine inconsciemment
vers la philosophie de l'acceptation. D'ailleurs on
n'est pas moins vagabond que M. Barrès, pas plus
réfractaire au caprice, pas plus patient, plus volontaire et plus méthodique. J'aurais dû le répéter à
chaque page de mon travail, mais il semblait plus
piquant de réserver cette constatation pour le chapitre des voyages.

Pour un véritable homme, — écrit-il lui-même dans un
de ses livres les plus romantiques, *Amori et dolori sacrum*, —
la discipline, c'est toujours de se priver et de maintenir
fortement sa pensée sur un objet. Rien de pire que des
divertissements et des excitations de hasard, quand il
faut veiller que toutes nos nourritures profitent au dessein
déjà formé[1].

Se priver, éliminer, n'est-ce pas déjà au prix de

1. *Amori et dolori*, p. 63.

cette méthode appliquée rigoureusement, que *Du Sang, de la Volupté et de la Mort* est devenu comme le Bædeker du romantisme? Côme, le Lac Majeur, un ou deux tableaux à Milan, Venise, Ravenne, notre touriste systématique et passionné va droit à ce qui peut l'exciter à « sentir le plus possible », brûlant, avec une décision très consciente, les haltes classiques du voyage, le lac de Garde, les églises lombardes, et la parfaite Vérone. C'est ainsi encore que l'*amateur d'âmes* a dessiné l'itinéraire d'Espagne avec une dialectique aussi impérieuse que perverse. Enfin, on sait trop que rien n'est laissé au hasard dans le *Voyage de Sparte*, vrai miracle d'élimination, et de résistance inflexible aux tentations du chemin.

Méthodique dans le plan général de ses voyages, M. Barrès sait aussi ne pas se disperser dans la contemplation des objets qu'il a choisis.

Au risque, — écrit-il encore, — de laisser en chemin une partie des sentiments dont Venise nous charge, essayons de les dénombrer. Révisons avec une volonté systématique ce que nous avons d'abord enregistré à notre insu. Le plaisir d'une longue réflexion méthodique n'est pas inférieur aux abandons de la rêverie[1].

Une préoccupation morale guide le plus souvent, toujours même, cette revision.

D'Athènes à Sparte, — se dit le voyageur au début de ses expériences, — mon objet, c'est de reconnaître quel bénéfice moral nous pouvons encore tirer de la Grèce[2].

1. *Amori et dolori sacrum*, p. 56.
2. *Le voyage de Sparte*, p. 121.

Aussi bien, les voyages barrésiens sont-ils avant tout des pèlerinages. « C'est possible qu'en tous lieux la nature révèle un Dieu, mais je ne peux entendre son hymne que sur la tombe des grands hommes ». Pour s'arrêter aux plus beaux paysages, M. Barrès « y veut des tombes parlantes ». Pèlerin dévot, mais qui, jusque dans ses oraisons, se propose obstinément un but précis, une activité sanctifiante.

Quand nous trouvons un lieu tel que les grands hommes le connurent et que nous pouvons nous représenter les conditions de leur séjour, ces réalités, qui pour un instant nous sont communes avec eux, nous forment une pente pour gagner leurs sommets : notre âme, sans se guinder, approche des hauts modèles qu'elle croyait inaccessibles, et par un contact familier de quelques heures, en tire un notable profit[1].

Le séjour des héros, le cadre de leur vie, les spectacles qui les ont nourris, la recherche exacte de toutes ces réalités exige une nouvelle application à laquelle la méthode barrésienne ne permet pas qu'on se dérobe. D'ailleurs, ce ne sont pas là de ces résolutions trop parfaites qu'emporte le premier tour de volant. Il serait aisé de montrer sur de beaux exemples, en étudiant par exemple le chapitre de *l'Appel au soldat* sur la *vallée de la Moselle*, avec quelle rigueur M. Barrès obéit, point par point, à cette consigne, rigueur d'autant plus inflexible qu'elle semble plus spontanée, et qui se déguise le plus souvent sous des airs de voluptueuse nonchalance. Il ne laisse rien à l'inspiration du moment que puisse

1. *Appel au soldat*, p. 22, 23.

—

lui donner la préparation attentive de son voyage,
prêt du reste, le moment venu, à illuminer ces éruditions par toutes les fusées de la passion et du rêve [1].
Après vingt ans de journalisme, il se refuse encore
à écrire avant de savoir. *Au service de l'Allemagne*
nous montre le poète de la *Mort de Venise* con-
duisant d'étranges enquêtes dans les études des
notaires lorrains, et telle page de lui sur les splen-
deurs du cadastre épouvanterait les pseudo-barré-
siens qui n'ont jamais lu que l'histoire de la Pia.
Mais pourquoi chercher des exemples? Dans ce
livre trop peu connu de *Scènes et doctrines du nationalisme*, M. Barrès nous détaille par le menu, et
nous laisse prendre sur le vif le protocole compliqué
de ses promenades. Je veux parler de la visite qu'il
fit à Combourg pendant un entr'acte du procès de
Rennes. Le choix même de Combourg est déjà caractéristique. On voit M. Barrès parcourant la carte des
environs de Rennes et cherchant des promenades qui
conviennent à l'émotion qui le remplit. Comme il
ne veut rien qui le « détourne de la discipline nationale », il élimine sans hésiter « les bois immenses
de Brocéliande », et, de tout ce qui jadis aurait pu le
séduire, il ne retient que trois points, trois sanc-
tuaires proprement, exclusivement français, Les
Rochers, La Chenaie, Combourg. Va pour Combourg, mais avant de partir, le pèlerin veut relire
le premier volume des *Mémoires d'outre-tombe* et se

---

1. Il serait piquant de faire le départ entre les émotions préparées et les surprises de la route. Ainsi, dans le voyage de Grèce,
Daphné est une surprise, au lieu que le lyrisme des promenades
dans Sparte était savamment préparé par la lecture de Buchon.

munir des monographies locales que lui signale
quelque savant de l'endroit. N'oubliez pas que tout
ceci n'est qu'une distraction, un repos entre deux
séances du Conseil de guerre, entre deux de ces
articles que, chaque soir, le télégraphe transmet à
Paris. Il sait donc, avant de partir, et dans le plus
infime détail, ce qu'il veut voir à Combourg, et l'objet
précis des lyriques expériences que, « fils des romantiques » et rentrant « dans sa maison de famille »,
il compte faire là-bas. Ce n'est pas encore assez de
lumière. A Combourg, il cherche patiemment à des-
siner la carte minutieuse de cette jeunesse qu'il voudrait revivre lui-même. Dans l'espoir d'éclaircir un
point controversé, « je vais, dit-il, à la mairie,
consulter le cadastre. »

Il ne donna jamais son cœur aux poètes, celui qui peut
sourire des efforts que tout un jour je multipliai pour toucher exactement ces lieux où j'entrevois que la sauvage
et la druidesse soupirèrent d'abord et prirent leurs premières couleurs [1].

C'est qu'en effet, chez un romantique aussi dis-
cipliné que M. Barrès, ces humbles liturgies, bien
loin de gêner l'inspiration proprement dite, l'atti-
sent au contraire en la dirigeant. Ces apparentes
contraintes rendent plus intense l'émotion du pèlerin, et plus active sa prière. J'emploie à dessein
ces métaphores pieuses. M. Barrès nous y invite
lui-même, et l'on peut répéter de ses plus belles
impressions de voyage ce qu'il a dit de sa première
étape dans la *Vallée de la Moselle*.

1. *Scènes et doctrines du Nationalisme*, p. 147.

S'il avait pu, dans cette minute, rendre intelligible son état, Mme Gallant de Saint-Phlin se fût écriée : « Mais voilà ce que j'appelle la religion [1] ».

Est-il besoin d'ajouter que la méthode minutieuse, sévère et fervente dont on vient de résumer les principes, n'impose pas à l'auteur de la *Mort de Venise* une sécheresse ascétique. Bien, au contraire, cette préoccupation morale, cette concentration des plus nobles facultés de l'âme en face d'un paysage donnent une richesse et une chaleur spirituelles au pittoresque barrésien. Pittoresque moral, et, si l'on peut dire, saturé d'un lyrisme grave et profond, beaucoup moins éloigné de la vieille tradition latine et française d'un Catulle ou d'un Du Bellay par exemple, que de l'impressionnisme moderne et de la photographie des couleurs.

§ 8. — Le Non-Moi.

Il semble, au premier abord, que cette façon originale d'envisager l'histoire ou de voyager implique une large dose d'égotisme. Tout ramener aux héros, c'est encore tout ramener à soi-même, puisqu'on ne les célèbre que dans l'espoir de se hausser jusqu'à eux, et, d'un autre côté, chercher, avant tout, le « bénéfice moral » que peuvent nous conférer un paysage, une ville d'art, c'est, dirait-on, rapetisser le monde à notre mesure. Vieille antinomie que la religion rencontre elle aussi devant elle.

1. *L'Appel au soldat,* p. 263.

On lui objecte que toute prière est égoïste, et elle répond que la plus sublime prière s'appelle : contemplation. « Invincible égotisme, soupirait jadis M. Barrès, qui me prive de jouir des belles formes ! Derrière elles je saisis leurs âmes pour les mesurer à la mienne et m'attrister de ce qui me manque[1]. » En vérité, le danger n'était pas si redoutable que le lui faisait croire une conscience trop timorée. Egotiste ou non à son point de départ — cela n'a pas d'importance — un artiste tel que M. Barrès, dès que l'enthousiasme le soulève, ne saurait manquer de s'oublier soi-même dans la contemplation du « non moi ».

Le merveilleux chapitre sur la *Vallée de la Moselle*, (*L'Appel au soldat*) dans ses parties descriptives, les portraits d'un Boulanger (*L'Appel au Soldat*), d'un Déroulède, d'un Morès, d'un France (*Scènes et doctrines*) les vastes fresques grouillantes du départ de Boulanger pour Clermont, et de l'élection de Paris (*L'Appel au soldat*), les journées de caserne d'un volontaire alsacien (*Au service de l'Allemagne*), et tant d'autres pages qui sont du meilleur Barrès, respirent une sérénité, un détachement classique. Mais il y a plus impersonnel encore, dans cette œuvre, il y a *Leurs Figures*.

Qu'on a mal lu ce chef-d'œuvre, et qu'il serait dommage que la postérité regardât M. Barrès comme le Paul-Louis Courier de la troisième république. Ni le parti pris, ni la violence; le livre n'a rien d'un pamphlet. Saint-Simon plutôt, le normalien Sarcey osa ce rapprochement redoutable, un Saint-

1. *Un homme libre*, p. 158.

Simon qui se griserait, non de sa propre vengeance, mais du spectacle qu'il raconte, et qui « n'assènerait » ses regards que pour le plaisir de les asséner. Pour ma part, je ne vois de violent dans *Leurs Figures* que ce plaisir. Ce n'est pas le frémissement d'une volupté de surface, mais le jeu grave, patient, magnifique d'une curiosité ardente et réfléchie. Impassible à force de passion, l'auteur trahit cependant, d'ici de-là, en lignes de feu ses délices de contemplateur. Il parle de « la magnificence » et de la « poésie infernale » de cette « épopée ». Il est reconnaissant « aux formes convenues des milieux parlementaires », grâce auxquelles les colères les plus forcenées, ne pouvant s'éventer en effusions trop rapides, font un spectacle plus beau que celui du sang.

Deux lignes de lui en disent plus long à ce sujet que tous les commentaires.

En ce temps-là, écrit-il, conséquence d'une surproduction de drames, il y eut d'irréparables gaspillages de physionomies tragiques [1].

Le partisan s'efface devant le peintre, la passion politique devant la fièvre de voir, de comprendre et de décrire. N'était cette fièvre, vous le prendriez presque pour un dilettante. Indignation, haine, mépris, par un suprême effort de discipline, et par un sens infaillible des lois de son art, il concentre, en une flamme unique de curiosité, tous les sentiments qui grondent en lui. Ni bourreau, ni accusateur, ni même juge, simple spectateur, mais d'autant plus

1. *Leurs Figures*, p. 93.

redoutable qu'il est plus calme, il choisit méthodiquement, paisiblement, dans le tumulte de ces ter-
ribles journées, l'attitude, le geste, le mot qui perdent un homme. Cruel, si l'on veut, féroce même,
mais d'une férocité d'artiste, son enthousiasme passé,
quand le pinceau lui tombe des mains, il n'est plus
qu'indulgence, que pitié pour les figures qu'il vient
de peindre. « Le malheureux ! » écrit-il, sans se
douter qu'il répète le mot de sainte Thérèse sur les
démons. Mais chez lui, de tels mots trahissent moins
les attendrissements soudains de la sensibilité que
les hésitations de l'esprit. Vérité d'un côté de la
Chambre, erreur au-delà. « Décidément — écrit-il —
elle est vraie, cette parole qui toujours me tenta
par sa désolation : Il n'y a de justice que dans
l'intérieur d'une même espèce ». Un fanatique ne
parlerait pas de la sorte, et ce n'est pas là une boutade, mais l'expression raisonnée d'un relativisme
dont la pensée de M. Barrès est toute imprégnée.

§ 9. — Le rythme de M. Barrès.

Ainsi plus nous avançons dans nos recherches et
plus nous semblons reculer. A chaque pas, de nouvelles antinomies nous arrêtent. M. Barrès nous
apparaît comme un artiste aussi passionné que
volontaire, aussi curieux de « sentir » qu'habile à
se maîtriser dans ses émotions les plus vives. Nous
le croyons perdu jusqu'à la subtilité dans les
paralysantes délices de l'analyse intérieure, et au

même temps il se révèle à nous comme tellement
idolâtre de ses héros que les justes sévérités de sa
propres critique ne parviennent pas à le défendre
de ce culte. Fils des romantiques, les paysages les
plus troublants ne lui font pas négliger les rigoureuses disciplines qu'il s'est prescrites, et jusque
dans les fièvres de l'action, il garde la sérénité d'un
contemplateur. Indolentes voluptés d'une imagination qui semble se laisser aller à la dérive, et netteté extraordinaire d'une intelligence qui se rend
compte de tout, langueur et fermeté, faste et sécheresse, Saint-Simon et Nicole, Renan et Bonald, tant
de conflits, qui nous gêneraient fort si nous avions
entrepris de découvrir la faculté maîtresse de notre
écrivain, se résolvent harmonieusement dans son
œuvre, comme se fondent, dans une atmosphère
unique, les caractères opposés du paysage lorrain.

Divine douceur de ce chétif paysage, si mol et si fort,
racinien et cornélien. Il brise le cœur et l'affermit. Perpétuel attendrissement, mais qui formerait des héros.

Il semble donc que nous n'ayons pas fait fausse
route, en admirant, de préférence à tant de beautés
plus surprenantes, la belle ordonnance classique à
laquelle ce tempérament romantique a voulu se soumettre, et l'heureux équilibre que l'auteur des *Amitiés françaises* parvient à maintenir entre tant de
puissances contraires. Cet équilibre est un des
aspects les plus imprévus peut-être, mais assurément
les plus caractéristiques de son talent. Un menu

1. *Les Amitiés françaises*, p. 186.

trait nous le rappellerait au besoin, un de ces riens révélateurs comme les aimait Sainte-Beuve. Aux routes romantiques dont les tragiques détours amènent presqu'à chaque pas une émotion nouvelle, M. Barrès préfère pour sa promenade habituelle les paisibles chemins qui font terrasse et d'où l'on peut embrasser, d'un seul regard, le développement d'un vaste paysage. Ainsi du moins nous le montrent ses familiers, et d'ailleurs l'examen attentif de ses livres confirmerait cette observation. « Où que je sois, écrit-il, je suis mal à l'aise, si je n'ai pas un point de vue d'où les détails se subordonnent les uns aux autres, et d'où l'ensemble se raccorde à mes acquisitions précédentes ». On peut, sans craindre de se tromper, appliquer cette confidence à toutes les formes de l'activité barrésienne. Cette Lorraine à laquelle il revient toujours, c'est le « point de vue », la terrasse d'où ses diverses expériences s'ordonnent, et sur laquelle, volontairement, par devoir et par plaisir, il se limite lui-même.

Je ne veux pas prétendre qu'il ait atteint à cet équilibre du premier coup et sans effort. Classique un peu malgré lui, nous l'avons dit, il fait parfois d'étranges détours pour revenir à la tradition. Mais c'est là, précisément, ce qui assure l'originalité et détermine l'importance de son œuvre. Moins hésitant, moins partagé, moins sensible aux mille séductions qui le tentent, il ne nous intéresserait pas autant, et son exemple nous serait moins profitable. Lui-même d'ailleurs, il décrit, il chante, sur le modèle des stances de *Polyeucte* et du *Cid*, les oscillations de son âme ainsi combattue. Je ne vois pas de livre de lui où on ne rencontre quelqu'un de ces soliloques, de ces examens de conscience lyriques dans lesquels il se complaît, et qui nous permettent de suivre exactement le rythme de la pensée et de la sensibilité barrésienne. Rythme à trois temps, qui scande d'abord les « extases » puis les « dépressions » de cette frémissante et clairvoyante nature, et enfin se repose dans une modération courageuse. Oubli de soi, ou révolte consciente contre ses propres limites, on se porte d'abord violemment vers le monde extérieur, dans un élan d'enthousiasme et de conquête ; puis, bientôt, averti par le sourire ironique et déçu du guetteur intime que rien ne peut endormir, on se replie découragé sur soi-même et on se délecte amèrement à contempler sa propre impuissance ; enfin on se reprend, on accepte la médiocrité de tout ce qui est humain, et on se résigne à orner de son mieux une inguérissable misère.

Ce n'est pas ici le lieu de montrer par le menu avec quelle docilité le style de M. Barrès se prête aux pulsations de ce rythme. Comment célébrer dignement en quelques paroles cette langue tantôt « chétive » et lucide, comme la vive prose de Voltaire, tantôt lourde et chaude de volupté, ici nonchalante et paisible, là, soudain, raide, âpre, tendue ; cette phrase « si noble et si forte », d'une contagion si troublante et d'un relief si vigoureux. A quoi bon d'ailleurs nous essouffler à la décrire? Il y a là le *je ne sais quoi*, le rayon, la marque des maîtres qui défie tour à tour la critique et l'éloge, la beauté insaisissable qui ne se mesure qu'au plai-

sir qu'elle nous donne et qu'il serait impertinent de
prétendre définir [1].

§ 10. — L'acceptation.

La merveille est de voir un pareil style au service
d'une pensée dont la sévérité touche à l'ascétisme.
Qu'on imagine un Epictète qui frapperait ses maximes
dans la langue de *René*. Car enfin, cette doctrine de
l'acceptation, qui s'affirme à chaque nouveau livre
de M. Barrès avec plus de décision, cette doctrine
n'offre rien de commun avec les philosophies cha-
toyantes, rêveuses ou enivrantes dont l'intelligence des poètes a coutume de se nourrir. Discipline mortifiante, à laquelle les classiques de tous
les temps se soumettent sans dire mot, et contre
laquelle tous les anarchistes de l'idée ou du
sentiment ne cessent de faire rage, c'est, je crois
bien, la première fois qu'un fils des romantiques se
présente pour l'exalter.

Doctrine, système, théorie, je n'oublie pas qu'aux
premières pages de cette étude, ces grands mots

---

1. On voit bien que je me console, comme je peux, de ne pas
entrer à fond dans ce beau sujet, il y faudrait un volume. Qu'on
me permette cependant une rapide remarque. Le *je ne sais quoi*,
le *proprium quid* du style barrésien est fait, en grande partie, de
dissonances. Plus voisin de Pascal que de Fénelon, M. Barrès peut
bien être virgilien, quand il lui plaît, mais alors il n'est pas pleinement lui-même. Maurras à qui rien n'échappe, l'a fort bien dit à
propos de cette phrase des *Amitiés françaises* : après moi « nul ne
saura plus les mots ni les vertus des miens. leurs portraits même
seront brutalement maniés et rejetés parce qu'ils manquent de

nous faisaient peur. Médiocrement éblouis par la synthèse précipitée du *culte du moi*, nous en appelions du Barrès métaphysicien au Barrès artiste, et nous préférions hardiment le génie de l'un aux idéologies de l'autre. Allons-nous maintenant nous contredire, et donner comme souverainement importante telle construction provisoire que professe actuellement M. Barrès et qu'il oubliera demain ? Je ne le crois pas. Il y a doctrine et doctrine. « Culte du moi », défense de l'individualisme, autant de systèmes préconçus que l'artiste caresse un moment avec la complaisance des idéologues, et auxquels il s'efforce de plier ou de rattacher ses inspirations les plus spontanées. La philosophie de l'acceptation, au contraire, M. Barrès l'a vécue, si l'on peut dire, longtemps avant de la formuler. Émergeant peu à peu du crépuscule de l'inconscient, elle éclairait déjà, elle animait, elle rachetait les pages les plus révoltées de son œuvre, préparant ainsi, par une suite d'ébauches de plus en plus lumineuses, les nobles livres où elle devait enfin se révéler dans son austère splendeur. C'est là qu'il faut chercher le secret profond, l'orientation, l'unité complexe et pathétique de ces vingt-cinq

valeur artistique. » Il y a là, manifestement, quelque chose qui d'abord nous gêne, ou, du moins, devrait nous gêner. Écoutez Murras à propos de ce « dur trait de réalisme lorrain » : « On peut aimer ou n'aimer pas de pareilles notes. On peut les trouver discordantes ou sentir à quel point elles enrichissent l'ensemble, mais le caractère particulier de la musique de Barrès ne se comprend point sans ces brusqueries. Elles sont, à mon sens, dignes de tant d'admiration, que j'irai jusqu'à dire qu'elles lui constituent sa *prose* et qu'elles donnent à cette prose... grand air et classique figure. Elles la distinguent de la poésie dérimée ou de l'éloquence de chaire. »

années de vie littéraire, l'aiguillon intérieur qui stimulait l'apparente frivolité de l'*homme libre* et de l'ami de Bérénice, et qui ne laissait pas l'enthousiasme de Sturel sombrer avec la faillite de ses héros.

L'acceptation, on pourrait peut-être préciser le lieu et l'instant où M. Barrès rencontra pour la première fois cette rude maîtresse. C'était à Milan, dans le réfectoire de Sainte-Marie-des-Grâces, devant la *Cène* du Vinci. « Le Vinci médite, trouve l'acceptation », écrivait-il au sommaire de ce chapitre, et, méditant sur le Christ de cette divine fresque, il ajoutait :

Le geste de ses mains et ses traits qui sont, pour notre constante indignité, le plus douloureux des reproches, signifient qu'à comprendre tout, à distinguer la bassesse irrémédiable qui est à l'origine de chacun de nos sentiments, le sage, celui qui sait tout, pardonne tout. Tel est le mot suprême d'une connaissance complète et d'une méditation de la réalité : c'est l'acceptation[1].

Oui, mais pas encore l'acceptation absolue, complète et vraiment libératrice. Tout pardonner est encore moins difficile et moins vivifiant que de s'accepter soi-même. Le poëte était encore trop jeune pour tenter ce pas décisif. Du reste, il ne croyait pas, non plus, à cette date, que l'acceptation fût le dernier mot de la pensée, de l'art et de la vie.

Accepter, disait-il encore, voilà le terme de ce sublime

1. *Du Sang, de la Volupté et de la Mort*, p. 236. 237.

Vinci. Michel-Ange, par un élan brusque, nous emporte bien au delà [1].

C'est, je pense, vers cette époque d'aspiration tumultueuse que M. Barrès se procura les vastes reproductions des fresques de la Sixtine dont on nous le montre entouré dans son cabinet de travail. A un ami qui l'interrogeait récemment sur cette galerie surhumaine, M. Barrès, avoua, dit-on, que son culte pour Michel-Ange avait un peu perdu de sa ferveur première. Insensiblement, et malgré lui, il en était venu à se fixer le même terme que « le sublime Vinci ». *Les Déracinés* marquent une étape de ce retour. « Accepter, voilà ce que n'enseigne pas l'Université » ; ainsi l'auteur formule-t-il lui-même le plus grave des reproches qu'ait mérités Bouteiller. Le fameux discours qu'il prête à M. Taine se condense en « une doctrine d'acceptation ». Ainsi préparée par de multiples pressentiments, la doctrine éclate enfin, et prend sa forme définitive, dans cet incomparable chapitre de l'*Appel au Soldat* sur la *Vallée de la Moselle*. Des deux inspirations maîtresses de M. Barrès, c'est la seconde. Jadis, s'étant heurté à ses propres limites en méditant l'histoire de la Lorraine, il avait décidé d'effacer, s'il se pouvait, cette fatale ressemblance ; aujourd'hui, cette Lorraine, où il se reconnaît plus que jamais, il l'aime, il la chante, dans ses limites mêmes, comme saint François la Pauvreté. Dans *Le 2 novembre en Lorraine*, il lui élève un temple immortel, et dans *Les Amitiés françaises* nous le voyons

---

1. *Du Sang, de la Volupté et de la Mort*, p. 237.

mettre cette philosophie douloureuse et souriante à la portée d'un petit enfant.

Est-il besoin d'en faire ici la remarque, « acceptation », dans la langue barrésienne, n'a pas du tout le même sens que « résignation ». Se résigner c'est toujours subir, tandis que l'acceptation est essentiellement agissante. Profondément pessimiste, cette philosophie permet, encourage, commande même toutes les joies de l'action. Au même temps qu'elle nous humilie en nous ramenant aux conditions fatalement médiocres de notre vie, elle nous stimule, elle nous impose le culte et l'imitation des héros. « Il est des lyres sur tous les sommets » de l'étroit pays où elle nous emprisonne.

« L'honneur comme dans Corneille, l'amour comme dans Racine, la contemplation telle que les campagnes françaises nous la proposent... Quand une âme lorraine se forme une haute conception de sa terre et de ses morts, cette idée, avec l'occasion, deviendra le principe de grandes actions lorraines [1]. »

En reconnaissant ici les strophes tendres et viriles des *Amitiés françaises,* plus d'un lecteur aura retrouvé du même coup l'inquiétude où ce chef-d'œuvre nous laisse, l'objection qu'il provoque à chaque page sans la résoudre jamais. « Les trois déesses », « les lyres sur les sommets », l'apothéose de la Lorraine et de la doctrine de l'acceptation, tout cela peut-il bien se réduire en une discipline pratique, en une science de la vie? Il y a du vague dans tout lyrisme. Ébranlés par ces musiques splen

[1]. *Amitiés françaises,* p. 249.

dides, nous cherchons instinctivement « les vivantes
réponses des actes »; la lumière moins éblouissante
et plus sûre des exemples, et, si modeste soit-il, la
conduite d'un héros.

Des actes, des exemples, un héros de l'acceptation, à première vue n'y a-t-il pas là de quoi faire
frémir un poète? Ombres de René, d'Amaury, et de
Del Rio, laisserez-vous le dernier des romantiques
ressusciter le pieux Enée?

M. Barrès est un logicien trop courageux, un
artiste trop volontaire pour s'incliner devant de semblables défis. Il a accepté, il a tenu l'impossible
gageure de proposer à un public français l'acceptation dans ce qu'elle peut présenter de plus rebutant,
il nous a fait comprendre, approuver, aimer un
volontaire alsacien engagé *au service de l'Allemagne.* Comme enivré à la pensée de cette hardiesse, il a voulu compliquer encore ce tour de force
en préludant à l'aigre cantique de l'acceptation par
une symphonie somptueuse. L'auteur de *Du sang,*
et d'*Amori et Dolori sacrum,* n'a rien orchestré de
plus splendide que les trois chapitres sur *Sainte-
Odile,* qui conduisent, dans son roman, à la grêle
épopée du volontaire alsacien. Tout est réuni pour
rendre ce navrant récit plus insupportable. Les
« couleurs provinciales » du jeune Ehrmann parais-
sent encore plus « germaniques » à côté de la délicieuse frivolité, de la raison agile de Mme d'Aoury.
Bref, pour nous intéresser au récit de ses aventures, M. Ehrmann ne peut compter que sur la poésie de l'acceptation, et sur la « beauté morale » d'une
libre volonté qui « se range dans sa prédestination ».

Tel quel, néanmoins, *Au service de l'Allemagne* est un chef-d'œuvre, le plus beau livre peut-être, que M. Barrès ait publié jusqu'à ce jour. Je serais infini si je voulais célébrer dans le détail l'ordonnance un peu capricieuse de cet ouvrage, la richesse des images et des pensées qui relève une si mince matière, la modération que garde l'auteur aux endroits les plus critiques, la convenance parfaite entre le symbole et la doctrine, l'éloquence discrète et persuasive de ce plaidoyer en faveur de l'acceptation.

Car on entend bien que l'aventure du volontaire alsacien est un symbole, tout comme la Lorraine de *l'Appel au soldat*, et que le bénéfice de cet exemple héroïque n'est pas réservé aux seuls Alsaciens. *Au service de l'Allemagne* est le commentaire vivant, l'illustration pittoresque du vieil adage que je rappelais au commencement de cette étude : *Spartam nactus es, hanc adorna.* Timide formule du classicisme littéraire et moral, prudente devise ennemie des trop longs espoirs et des trop vastes pensées, mélancolique bréviaire de la sagesse des vieux âges, pour que l'auteur de *Du Sang, de la Volupté et de la Mort* en soit venu, non seulement à vous répéter de toute son âme, mais encore à vous amplifier magnifiquement dans son œuvre, n'a-t-il pas fallu un véritable miracle de la tradition et de la raison française ?

§ 11. — *L'œuvre de M. Barrès et le problème religieux.*

Certains de ceux qui auront accepté les conclusions littéraires et morales de nos analyses, se demanderont peut-être avec quelque surprise d'où peuvent venir l'admiration et la sympathie d'un prêtre pour un Barrès ainsi défini. Le temps n'est plus des Bouhours ou autres hommes d'église qui, lorsqu'ils parlaient littérature, semblables de tous points aux humanistes laïques, s'exprimaient bonnement en libres citoyens de la République des lettres. C'était peut-être un excès. L'excès contraire qui règne aujourd'hui veut que notre inquiétude religieuse nous poursuive au sein même du plus délicat et du plus jaloux de nos plaisirs. Il ne nous est donc plus permis d'être un simple gourmet de lettres, comme le fut avec délices le très saint homme qui enseigna la rhétorique au jeune Arouet. Ainsi vont les choses, et, si le goût a quelque peu souffert de ce changement de régime, les demi-lettrés que nous sommes devenus rachètent peut-être cette déchéance par la richesse et la gravité d'une discipline qui nous force à juger les livres du point de vue de l'éternité.

Néanmoins, je ne me suis pas hâté de me placer à ce point de vue parce que j'estime qu'il ne faut pas tout brouiller et que le premier devoir de la critique est de « définir et de peindre » un écrivain, en lui arrachant, parfois peut-être, en lui apprenant à lui-même son propre secret. Il est sain d'ailleurs et bienfaisant d'admirer un noble artiste sans qu'aucune arrière-pensée vienne compliquer ce plaisir. Mais enfin, M. Barrès nous invite, par la gravité croissante de ses livres, à nous poser, à son sujet, des questions d'une plus haute importance, et, en confiant ce volume de pages choisies à un éditeur catholique, il nous permet de songer — qu'on me passe cet affreux mot que M. Brunetière a mis à la mode — de songer à l'utilisation de son génie.

À dire vrai, si jusqu'ici j'avais été plus soucieux de le tirer à nous que de le connaître tel qu'il est, j'aurais moins insisté sur la pensée profonde de son œuvre. La doctrine de l'acceptation n'est pas, si j'ose dire, un ferment de christianisme. Bonne peut-être pour un chrétien qui serait tenté de regimber contre le mystère, elle risquerait, semble-t-il, d'apaiser l'agitation intérieure d'un libre-penseur. « Se faire une raison », se contenter de l'humble Sparte ou de la chétive Lorraine, c'est bien aussi couper court au « tourment de l'infini ». Dire tristement adieu au Parthénon parce qu'il nous offre une image de beauté trop parfaite, je crains que ce ne soit aussi renoncer à une religion trop sublime et trop éloignée de notre bassesse. Sans doute, en un sens, christianisme et résignation se confondent. La prière du Christ au jardin des Oliviers nous le montre bien, mais cette résignation suppose la foi et s'appuie sur elle. Pour un incroyant, au contraire, accepter ses propres limites, c'est renoncer à la grâce. Tout converti est fatalement un romantique au sens barrésien de ce mot, un homme qui se décide à rompre le cercle trop étroit où l'enserrent ses traditions et ses préjugés, sa terre et ses morts. « Je m'accuse, disait l'*Ennemi des lois*, le premier Barrès, je m'accuse de désirer le libre essor de toutes mes facultés, et de donner son sens complet au mot exister[1] ».

1. *L'ennemi des lois*, p. 22.

Un chrétien peut faire sienne cette ambition, il doit même l'exalter, obligé qu'il est de prendre comme règle de ses désirs la propre perfection du Père céleste. « Etre le plus possible[1] », cette formule du « devoir intégral » selon le jeune héros des *Déracinés*, le dogme chrétien l'accepte et la consacre en nous proposant la merveilleuse métamorphose qui divinise notre nature. Bref la présente résignation de M. Barrès semble plus contraire au véritable esprit du christianisme qu'une de ces révoltes passionnées où gronderaient encore les « colères de l'amour ».

Néanmoins, depuis le Sainte-Beuve de *Volupté* si chaudement accueilli par la critique catholique, je ne sache pas d'auteur incroyant à qui les *revues* catholiques aient témoigné autant d'amitié. Ceux-là même ont fait grâce à M. Barrès, que le magnifique talent, la noblesse et le « romanisme » de Charles Maurras n'ont pas encore ébranlés. Je connais de saints moines, appartenant au moins moderne de tous les ordres religieux, qui ont bien voulu me dire leurs vues sur l'évolution religieuse de l'auteur de *Bérénice*, leur confiance dans la valeur apologétique de son œuvre. « Il me semble, m'écrit l'un d'eux, que l'œuvre de notre ami romantique et ayant subi l'influence du panthéisme (Gœthe), accuse chronologiquement une orientation très nette vers la conception personnaliste qui a inspiré nos philosophies et nos formes d'art occidentales, et que, pour M. Barrès, synthétise Pascal. Le culte du moi, tel qu'il l'a pratiqué, la lutte contre la mort, doivent conduire à

1. *Les Déracinés*, p. 206.

nos croyances en l'immortalité et en un Dieu personnel. Son égotisme sauve la personnalité du danger panthéiste : il semblait nietzschéen et il devient au contraire chrétien. L'acceptation de nos fatalités, le culte des morts, etc., doit conduire aux vertus chrétiennes, même à l'humilité. » Cette dernière ligne essaie de répondre, comme on le voit, aux inquiétudes que je formulais tout à l'heure. Réponse incomplète, mais précieuse et qui atténue du moins les difficultés qu'une synthèse trop rigoureusement *intellectualiste* découvrira toujours dans la doctrine de l'acceptation. Les deux remarquables articles que le R. P. Ferchat a publiés dans les *Etudes* des Pères jésuites [1], ne sont pas moins affirmatifs sur l'orientation et, si l'on peut dire, les *implications* chrétiennes de la pensée barrésienne.

« Qui donc, écrit le révérend père, à propos du 2 *novembre en Lorraine*, qui donc lira (ces pages), sans reconnaître que si la terre natale, si un humble cimetière lorrain exercent sur l'âme de M. Barrès une vertu éducatrice, cette vertu est toute pénétrée de la pensée religieuse ! Qui les lira, sans voir qu'à l'insu même de celui qui en subit l'influence, l'idée chrétienne est le ressort caché de la rénovation qu'opère en cette âme le souvenir de ses morts ».

Je ne suis pas tout à fait sûr de la parfaite logique de cette assimilation entre « pensée religieuse » et « pensée chrétienne », et le P. Ferchat ne me persuade pas davantage lorsque, plusieurs pages plus bas, il prend comme moyen terme, comme pont entre.

---

1. *L'itinéraire d'un intellectuel.* (*Études*, 20 janvier-5 février 1907.)

les deux mondes, non plus l'office des morts, mais
le musée alsacien. « J'admire, écrit-il, celui qui a
écrit *Au service de l'Allemagne*, lorsqu'il parle de
ce musée alsacien, où l'on a réuni les ustensiles, les
costumes, les meubles, tous les objets en usage en
Alsace aux différentes époques de son histoire... Et
cependant, même dans ces lignes d'une si belle virilité intellectuelle, on souhaiterait que l'auteur fût
allé plus explicitement, et avec une logique encore
plus courageuse, jusqu'au bout et jusqu'au haut de
sa pensée... Si l'on veut aller jusqu'au bout de cette
idée, jusqu'à son application la plus importante, il
y a en chaque ville, en chaque bourg, en chaque
village de France, un musée plus précieux encore
et plus sacré que celui dont M. Barrès se promet à
bon droit de si heureux effets. Ce musée, c'est
l'église. » M. Barrès n'ignore pas ces musées, et je
croirais volontiers qu'il les préfère à tous les autres.
Il a même répondu d'avance à l'invitation de son critique en écrivant son article sur les *Temples de
l'âme au village*. Mais ce n'est pas là encore du christianisme. Virgile aurait signé avec cet article tout ce
que M. Barrès a écrit sur la terre et les morts, et le
R. P. Ferchat est un trop fin psychologue pour
croire que la conversion de Virgile aurait présenté
moins de difficultés que celle de Lucrèce. Qu'importe? Ce qu'il y a là de charmant et de touchant,
c'est le ton accueillant, la sympathie cordiale
de ces jugements, le zèle qu'apporte l'auteur à
minimiser les distances qui le séparent encore de
M. Barrès. Au cours du dernier siècle, la critique
catholique a trop souvent dévié de la tradition médié-

vale qui vit pleurer saint Paul au tombeau de Virgile.

Quem te, inquit, reddidissem
Si te vivum invenissem,
Poetarum maxime.

Une telle sympathie voit souvent plus clair que la raison pure. Elle découvre, au fond des cœurs, un christianisme qui s'ignore encore et dont les vives racines échappent au court regard des logiciens.

Ces quelques réserves n'enlèvent pas leur valeur foncière à ces interprétations catholiques de la pensée barrésienne. L'essentiel n'est pas de fixer en détail les conditions d'un traité d'alliance offensive et défensive, mais bien de sentir instinctivement qu'avant toute discussion on se trouve d'accord sur une foule de points, et qu'on n'est en présence ni d'un ennemi, ni même d'un étranger.

Rien n'est plus net que l'attitude présente de la pensée barrésienne en face du problème religieux. Je parle bien entendu de cette pensée telle que nous la trouvons formulée dans les livres de M. Barrès, car toute autre curiosité serait pure impertinence. D'un mot, ces livres sont catholiques, jusqu'à la foi exclusivement. Tout respecter, tout admirer, tout aimer du catholicisme, mais ne voir dans le dogme chrétien qu'une belle métaphysique et que le levier d'une magnifique organisation, telles sont aujourd'hui les dispositions d'un nombre toujours croissant d'intelligences, et parmi elles, au premier rang, de l'auteur des *Déracinés*. Ecoutez plutôt ce bout de dialogue, où vous n'aurez aucune peine à reconnaître les vrais interprètes de M. Barrès.

Robespierre a raison, dit Rœmerspacher ; pour créer le devoir social, il faut une religion. Pas la religion d'un côté et la science ailleurs, mais l'une et l'autre se pénétrant (*je recommande ce dernier mot à ceux qui n'auraient pas encore pris garde à l'intellectualisme décidé de M. Barrès*). Seulement à qui demander cette unité vitale ?

— Au catholicisme, dit Saint-Phlin.

— Le catholicisme en France, répliqua dédaigneusement Suret-Lefort, c'est les congrégations, le parti jésuite : immédiatement vous serez impopulaires...

Saint-Phlin surexcité l'interrompit.

— Tu réduis le catholicisme au cléricalisme, état d'esprit éphémère entretenu par des taquineries administratives. Les catholiques, qu'on chasse le plus possible du gouvernement, contre qui l'on gouverne, ce sont des gens du type français, et on leur substitue le plus possible des protestants et des juifs dont beaucoup possèdent encore des habitudes héréditaires opposées à la tradition nationale. Sturel, Rœmerspacher, laisserez-vous confondre avec sa caricature de sacristie une religion d'une puissance de vie sociale incomparable et qui depuis des siècles anime ce pays ?

— Ecoute, mon bon Saint-Phlin, répondit Rœmerspacher ce n'est pas nous qui avons créé cette confusion ? Suret-Lefort constate qu'elle existe. D'autre part, est-ce ma faute, si mon intelligence se refuse à croire à une révélation, alors même qu'elle reconnaît l'utilité de l'admettre... [1]?

Quelques pages plus bas, la conversation recommence. Saint-Phlin, le seul catholique parmi les

1. *Les Déracinés*, p. 306, 307.

rédacteurs de *la Vraie République*, propose un article
sur ce thème :

« Le ton de sacristie vous dégoûte. Mais les Homais,
les Bouvard, les Pecuchet, les professionnels de l'anticlé-
ricalisme vous semblent-ils préférables aux bedeaux ? C'est
dans leurs expressions élevées qu'il faut comparer le
système scientifique et le catholique. Celui-ci fournit
aux nations modernes une discipline morale que jusqu'à
cette heure personne n'a pu dégager de la science. Pourquoi chercher autre chose ? La vérité, c'est ce qui satisfait les besoins de notre âme, comme une bonne nourriture, se reconnaît à ce qu'elle assure notre prospérité
physique. »

Rœmerspacher... conteste l'article de Saint-Phlin :

— Pardon, dit-il, j'admets bien le catholicisme comme
supérieur à toutes les doctrines révélées actuellement en
cours ; il a fourni à l'humanité une discipline sociale
incomparable. Mais que voulez-vous que j'y fasse si ma
raison s'insurge contre un certain nombre de ses dogmes
et si ces incrédulités partielles entraînent l'écroulement
de tout l'édifice ?

Sturel... se désintéresse de ce qu'il appelle le « catholicisme administratif » pour louer la poésie de l'ascétisme, la doctrine du sacrifice volontaire, toutes ces parcelles de pessimisme...

Suret-Lefort de qui la mémoire, véritable *conciones*, est
pleine de magnifiques appels religieux, se montre pourtant incapable de comprendre l'importance d'une théo-
logie et que c'est la base de toute civilisation. Intérieurement, il ricane...

et comme il déclare ne pouvoir collaborer au journal
que s'il est bien entendu que la profession catholique de Saint-Phlin n'engage que celui-ci, Saint-
Phlin offre de s'effacer :

— Je ne veux gêner personne, je me retire.

Rœmerspacher et Sturel ne peuvent consentir à sa

retraite. Ils apprécient la saveur naturelle de leur ami. Dans ses idées, ils reconnaissent quelque chose de la beauté d'une vieille maison bourgeoise bâtie au XVIIᵉ siècle, qui ne fut jamais élégante, mais qui a la noblesse de ses bons matériaux où rien n'est frelaté [1].

N'oublions pas que ce roman des *Déracinés* est vieux de dix ans. Les idées qu'il exprimait sont aujourd'hui une monnaie courante, mais je crois bien qu'il fut un des premiers à les formuler avec une pareille rigueur. Il ne semble pas d'ailleurs que M. Barrès ait rien ajouté d'essentiel au programme que l'on dégagerait aisément de ces quelques pages et de vingt autres semblables. Mais ces idées, toujours les mêmes, il les a poussées en profondeur, selon son expression favorite et se les assimilant d'une façon plus complète, il les a transformées en poésie. Ceux qui ont médité dans *les Amitiés françaises* le récit de la visite à Lourdes entendent ce que je veux dire. De ces pages immortelles, que le lecteur trouvera plus loin, je ne veux retenir ici que les passages les plus révélateurs. A Lourdes, le petit Philippe et son père se mêlent à la procession solennelle.

Je vivais — dit celui-ci — l'un de ces moments exceptionnels où l'on comprend et savoure en toutes choses la substance unique et qui ne meurt pas. C'est alors que l'on se surprend à songer avec toute la tradition chrétienne, qu' « une seule chose est nécessaire », mais sans pouvoir nommer cette chose. Je jouissais de mon extrême solitude d'esprit, jouissance qui vaut souffrance, car je me prête à ce beau chant, à cette plainte suppliante :

1. *Les Déracinés,* p 322, 323.

« Tour d'ivoire, priez pour nous... Porte du ciel, priez pour nous », mais je sais dans la même minute qu'une mésentente foncière me soustrait au bénéfice de cette intercession...

Quelle douceur virgilienne dans ce culte d'une Vierge institué par une enfant auprès d'une eau courante. Ces beaux lieux où l'humanité se dilate le cœur à chanter le *Miserere* ne se laissent pas aisément quitter. On y éprouve des transports qui font monter à la surface tous nos secrets et dont la cadence seule attendrit. C'est ici une promenade du sentiment. Elle s'oppose dans mon esprit à la froide charmille à la française où le jeune Renan médita les lettres de sa sœur si raisonnable. Ici le cœur ne laisse pas la raison décider rien à elle seule...

Il est des Lourdes sur toute la terre : il y a pour les incrédules d'absurdes promesses de bonheur. De telles minutes où l'on s'enfonce plus avant que l'espérance nous maintiennent sur le fil de notre mince et pure destinée. Je me croyais si loin ! Bien au contraire, j'ai tant reculé ; nos voix de désir font un écho de nos vies antérieures. Ma chanson heurtée, elliptique[1], c'est le haut chant de mes profondeurs c'est un oiseau de mes ténèbres qui volette dans mon plein jour. Quel scandale ! Mon cri qui m'étonne, m'oblige tôt à m'interrompre... O terre mangée de caresses, ô belles grottes de l'espoir, conseillères de toute confiance, combien vous êtes douloureuses !..

La contemplation donnait une certitude ; nos recherches nous mènent à l'incertitude. Que l'analyse efface au moins dans le cœur de nos fils le désir, le regret des sûretés divines que par elle nous avons perdues...

Quand tout est perdu, hélas ! hors le désir, heureux qui sait encore le chemin des antiques autels ! Ménageons-nous cette réserve. Mais surtout, Philippe, qu'il plaise à

1. Ces trois mots sont à faire mourir de jalousie un critique littéraire. Que dire du style de M. Barrès qui soit plus expressif et plus juste que ce merveilleux raccourci : ma chanson, heurtée, elliptique.

nos seigneurs les morts que tu sois un homme actif et quelque peu rude[1] !

Les mots me manquent pour célébrer la candeur ingénieuse, la troublante sérénité de ce cantique, j'allais dire de cette confession. Que le lecteur catholique ne prenne pas garde aux quelques mots sacrilèges que la tendresse paternelle arrache à M. Barrès, ou plutôt qu'il se réjouisse de voir le poète de l'acceptation avouer ainsi que, pour sa part, il n'est pas encore résigné à la « perte des sûretés divines ». « Regret ». « désir », inquiétude, assurément nous voilà bien loin de cette « affirmation explicite de la vérité chrétienne », de cette « confession catégorique de la vérité transcendante du catholicisme » que le R. P. Ferchat, en dépit de son exquise bienveillance, regrette de ne pas trouver dans l'œuvre de M. Barrès. Mais quoi, irons-nous défendre à M. Barrès de « s'incliner avec le commun » devant « les antiques autels » ? Condamnerons-nous son traditionalisme « comme étant sans racines dans l'intelligence » ? Lui dirons-nous qu'il s'illusionne lorsqu'il pense communier aux vrais sentiments de ses morts et lui objecterons-nous que « pour aimer ce qu'ils ont aimé, il faut croire ce qu'ils ont cru » ? Non, tout cela est bien tranchant et d'un *intellectualisme* trop sévère. Ne dirait-on pas plus justement que, aimer ce qu'ils ont aimé, c'est déjà croire ce qu'ils ont cru, ou que, du moins, aux yeux de celui qui fit les premiers pas vers l'enfant prodigue, et qui nous défendit d'éteindre la mèche qui fume encore,

1. *Les amitiés françaises*, 218-233.

le désir de croire est déjà presque un acte de foi.

Quoi qu'il en soit, en effet, de l'attitude présente de la pensée barrésienne en face du mystère, on peut soutenir que quelques éléments de cette pensée appellent, impliquent déjà, ou du moins préparent la foi chrétienne. C'est la conclusion d'une des plus solides études qui aient été consacrées à M. Barrès et que je voudrais pouvoir reproduire ici tout entière. En voici du moins les dernières pages. Le jeune écrivain qui les a publiées dans les *Annales de philosophie chrétienne* s'adresse à des philosophes et parle leur langue. Il faut donc un léger effort pour le suivre, mais ce penseur original et généreux est de ceux qui méritent un pareil effort.

« *Amori et dolori sacrum!* M. Barrès reconnaîtra-t-il que cette dédicace où de divins souvenirs se mêlent à l'émotion humaine n'est bien à sa place qu'au fronton des temples ? Sera-t-il invité un jour, par la vigoureuse sincérité avec laquelle il proclame tout ce qu'il reconnaît en lui de nécessaire, à se poser d'une façon plus immédiate et plus détaillée les problèmes religieux ? Dans la portion d'elle-même où elle s'appartient le plus étroitement, c'est-à-dire où elle réalise, sous une forme personnelle et intraduisible, les lois générales de l'activité psychique, chaque vie comporte un drame dont il est impossible que le dénouement soit prévu, une métaphysique dont il n'est pas permis qu'on préjuge. Aussi bien il ne s'agit pas de prédire ce que deviendra la pensée de M. Barrès, mais simplement de prolonger un peu la route qu'on a suivie avec elle et de rechercher, en utilisant les méthodes qu'elle préconisa et les certitudes qu'elle a atteintes, si le moi, dans l'action collective, trouve à s'employer tout et à s'expliquer pleinement.

De même que le besoin de vivre avec intensité et de s'épanouir autour de soi, dans un système déterminé de relations, passa peu à peu à travers la chrysalide de l'individualisme pour s'exalter dans le lyrisme social, le désir qu'on a de s'assurer une consistance absolue et une survie, stimulé plutôt que satisfait par l'expérience de la solidarité, doit aboutir à l'adoration. Peut-être bien ne sera-ce d'abord, comme on l'a vu une fois déjà, qu'une curiosité mêlée de divination, une façon légère ou même irrespectueuse d'interpréter le mystère ; en se pénétrant d'une religiosité mal définie, une aspiration vers je ne sais quoi de tutélaire et d'amical, de paisible et d'enveloppant qui flotte au-dessus de l'amour et dont la présence n'est pas encore assez précise ni assez poignante. C'est très distant d'un culte et d'une foi, mais c'est une préparation de la conscience à accepter les révélations essentielles, une inquiétude où se défait ce qu'il y a d'anticipé dans la négation et où l'âme s'établit pour ainsi dire en état d'accueil et de réceptivité ; peu à peu, à l'usage, la valeur ontologique de la vie religieuse s'impose, comme s'impose la valeur psychologique de la vie sociale, et cela finit par un assentiment où la nécessité tient lieu d'évidence et provoqué par l'accord de l'enseignement qui vient du dehors avec l'exigence interne, dans l'expérience. C'est le point où le réel et l'idéal coïncident et l'on peut se demander avec quelle clairvoyance et quelle ardeur se con-

sommerait cette rencontre dans un génie à la fois positif et passionné dont l'originalité est qu'il donne au
réalisme le plus minutieux une envergure d'hymne.
Les effusions ne manquent pas qui autorisent cette
conjecture et l'on peut voir ici et là que le lyrisme
social tend à se dépasser comme avait fait le lyrisme
individuel, qu'il laisse en friche une partie féconde
de la sensibilité, qu'il est impuissant à fournir, dans
un équilibre définitif, le sens total de la destinée et
qu'en dévoilant tout ce qu'il est il sert d'initiation à
ce qu'il ne peut pas être.

Par le développement en profondeur, dont nous
avons parlé, on est descendu jusqu'à une région de
soi-même où ne parviennent pas les influences
sociales; où, de nouveau, l'on se trouve seul et
pourtant où l'on voudrait se sentir étreint par une
puissance amie et s'enrôler, sans perdre la conscience de son être propre, dans une réalité dont la
protection soit immanente et indéfectible.

« Il est trop certain que la vie n'a pas de but et
que l'homme pourtant a besoin de poursuivre un
rêve. » Comment va se résoudre cette antinomie
intérieure entre l'affirmation qui exclut du monde
une raison supérieure ordonnatrice et l'inévitable
désir qu'on en a? L'insistance que le rêve mettra à
se prolonger, en dépit de la certitude qu'on lui
oppose, ne fera-t-elle pas, à la longue, plier le
doute et la négation, aussi bien que l'expansion
sociale a fait fléchir les axiomes individualistes? Et
si, parmi les contingences journalières, le divin se
manifeste, faisant de la joie avec ce qui avait été de
la souffrance, mettant de la plénitude là où il y avait

du vide, comme autrefois, sur le rivage, lorsque les
pêcheurs travaillaient, ce sera fini des questions
vaines : « Personne d'entre les disciples n'osait lui
demander : qui es-tu? sachant que c'était le Sei-
gneur. »

Le moi, pour triompher du temps qui le restreint
et pour égaler sa vie à son rêve, s'enorgueillit d'être
le passé qui survît et d'être l'avenir qui se prépare :
« C'est tout un vertige délicieux où l'individu se
défait, pour se ressaisir dans la famille, dans la
la race, dans la nation, dans des milliers d'années
que n'annule pas le tombeau ». Pour se ressaisir,
rien n'a pu faire que le moi abdiquât cette prétention qu'il eût d'emblée, à être pour lui-même, en
tant que moi; et cette immortalité inconsciente que
lui ménage la postérité, qu'elle soit selon la chair ou
selon l'esprit, ne suffit pas à le contenter; il faut
que s'appuyant à l'absolu, dont il avait paru qu'il
usurpât les prérogatives dans sa première vanité, il
reconnaisse la dépendance suprême qui le fait souverain et par laquelle il participe de l'éternité.

Le mysticisme hégélien, avec sa doctrine de
l'écoulement des choses emportant et dissolvant les
formes passagères dans le tourbillon universel, heurte
de front la loi primaire de l'activité individuelle
qui est qu'on se perd pour se trouver et qu'on se
défait pour se ressaisir; quel consentement serait-il
possible qu'on donnât à cet avenir posthume qui équivaut au néant, puisque la conscience par laquelle gra-
duellement nous nous identifions à notre être propre,
n'y persiste pas? Tout ce qu'on aspire à fixer qui vient
de soi ou qui vient des autres nous échapperait et nous

ne réussirions pas à nous posséder nous-mêmes, par un acte qui ne peut être que décisif, si nous n'étions soutenus et comme portés par une réalité dont, en y participant, on ne relative pas la consistance, par un Dieu dont, en l'aimant, on ne rétrécit pas le mystère. Notre existence conçue en dehors de Dieu se contredit elle-même, parce qu'elle pose des exigences qu'ainsi isolée elle est incapable de satisfaire, et chacun peut atteindre, en traversant les diverses phases de l'expérience et de la pensée, le point où son être personnel implique et, pour ainsi dire, circonscrit l'être de Dieu. C'est là que, par l'adoration et les vertus théologales, nous nous saisissons en Dieu qui se donne et cette magnifique certitude peut aller, agrandie par la grâce, jusqu'à l'extase où sainte Thérèse entendit une voix qui lui disait : « Cherche-toi en moi. »

Si loin de l'état d'âme de M. Barrès que soit cette conception religieuse, elle paraît être le prolongement normal de la ligne selon laquelle il se développe, dans une psychologie où se constitue, intérieure et concrète, la métaphysique du moi. Qu'on relise ce qu'il écrivait, en terminant *Sous l'œil des Barbares* : « Toi seul, ô mon maître, m'ayant fortifié dans cette agitation douloureuse d'où je t'implore, tu saurais m'en entretenir le bienfait et je te supplie que, par une suprême tutelle, tu me choisisses le sentier où s'accomplira ma destinée. Toi seul, ô maître, si tu existes quelque part, axiome, religion ou prince des hommes ». Suffit-il d'avoir reconnu des paroles qui avaient cours et dont la jeunesse s'était engouée, pour dire que c'est là de la littérature où le sentiment se subordonne à l'effet ? Ceux qui savent que, dans les formules apprises, on peut loger son âme à soi et toute sa perplexité, discerneront à l'intonation et à un certain tremblement des mots sous l'ordre plastique une inquiétude qui n'est pas feinte.

Peut-être même cette tendance à n'envisager la vérité que sous des aspects relatifs, comme liée au sol et entourée de frontières, qui semble s'opposer au caractère universel des affirmations dogmatiques, prépare-t-elle pratiquement à la certitude religieuse. C'est au milieu des habitudes familiales et des paysages fraternels que notre âme s'initie le mieux au secret du monde et de l'au-delà; c'est comme si, à force d'accoutumance et d'intimité, le mystère s'apprivoisait autour de nous ; ce qu'il y aurait eu de sauvage et d'inaccessible dans la destinée est devenu en quelque sorte domestique et maniable.

Puisque la personnalité se développe en réalisant les puissances qui lui sont transmises, et puisque l'expansion du moi n'est que le déroulement progressif de ses origines, ne faudra-t-il pas, continuant l'acte où Dieu, pour ratifier l'amour et la fécondité, créa l'âme, qu'on découvre en soi-même, mêlées au rêve des ancêtres et au sourire des aïeules, les pensées divines qui nous rattachent à l'infini [1] ? »

De ces marques unanimes d'intérêt, de ces témoi-

---

1. F.-G. CHARLAIX. *Le développement de la personnalité dans l'œuvre de Maurice Barrès. (Annales de philosophie chretienne,* mars 1907.)

gnages qu'on est allé demander tour à tour aux écoles les plus diverses il est aisé de conclure que la pensée religieuse, — soit explicite, soit implicite — de M. Barrès présente le caractère de riche diversité et l'équilibre que nous remarquions tantôt dans les tendances littéraires de cet écrivain. Nous avons vu en effet que les classiques aussi bien que les romantiques pouvaient le revendiquer pour un des leurs. On en dirait autant des diverses écoles qui représentent aujourd'hui la pensée chrétienne. C'est ce que je voudrais indiquer en peu de mots avant de finir.

Deux grands partis travaillent l'indivisible Eglise, elle-même au-dessus des partis et qui signerait sa déchéance, le jour où, par impossible, elle réserverait le monopole de sa défense à l'un ou à l'autre de ces deux partis qui prétendent la représenter.

Les uns exaltent en elle la charte de liberté que nous a donnée le Christ ; les autres l'étroite discipline qui seule peut sauver de l'anarchie un des plus vastes royaumes qui soient au monde. Ceux-ci regardent le dogme comme une barrière, ceux-là comme une nourriture, comme un stimulant. Ceux-là s'enivrent de l'impeccable précision de sa doctrine, les autres des richesses mystiques cachées sous la rude écorce de ses formules de foi. Ils ont raison les uns et les autres, aussi longtemps que leur adhésion à une des prérogatives de l'Eglise ne les égare pas jusqu'à la négation de la prérogative opposée. En effet, reine d'une société que cimentent des lois rigoureuses, l'Eglise est en même temps une maîtresse incomparable de vie intérieure et de sainteté.

Divine sous l'un et l'autre de ces deux aspects, les attraits et l'influence qu'elle exerce sur chacun de nous s'adaptent aux dispositions particulières de notre esprit et de notre cœur. Elle éblouit, elle rassure, elle maîtrise les uns par l'éclat de son diadème, et la sereine clarté de ses affirmations doctrinales; elle séduit, elle retient les autres par l'excellence du message que lui a légué celui qui n'est pas venu pour être servi, mais pour servir. Qu'importe d'ailleurs la voie par où l'on arrive jusqu'à elle, et celles de ses grandeurs qui nous plaisent davantage? Une fois dans les remparts de la cité impériale et de la patrie des saints, on réalise, sans même le savoir, la synthèse nécessaire de ces éléments divers qui se soutiennent mutuellement sans se contredire. Tout catholique sent d'instinct que le contrôle de l'autorité est indispensable au plein épanouissement de la vie intérieure, et que tous les ressorts de l'impérialisme romain n'ont pas d'autre règle suprême que la charité, d'autre fin que le triomphe de la divine miséricorde.

Cette riche unité semble parfois disparaître dans le tumulte des controverses. Il arrive que les « intérieurs » transforment la liberté chrétienne en une déesse révolutionnaire et que les enthousiastes de toutes les disciplines offrent la dictature des Césars au vicaire de Jésus-Christ. Écarts bizarres, exagérations redoutables, principes de schisme et de mort que les incroyants dévoués à l'Église — ceux qu'on pourrait appeler d'un mot les apologistes du dehors — accusent davantage encore. C'est ainsi que nous avons vu, au cours du dernier siècle, tant d'incrédules professer une admiration sans réserve pour nos mystiques, et les opposer aux contraintes de la juridiction et des docteurs officiels de l'Eglise, ainsi qu'aujourd'hui, dans un sens tout opposé, les positivistes catholiques de l'action française se glorifient d'être « romains ».

M. Barrès, au contraire, donne, tour à tour, des gages solides à chacun de ces deux partis. Un philosophe discernait tantôt dans la vie profonde de l'auteur des *Amitiés françaises*, une inquiétude, des émois proprement chrétiens, —l'accent d'un Pascal mais incroyant, et qui ne sait même pas encore qu'il souffre de ne pas croire. Nous avons vu d'autre part comment le respect et l'amour de la tradition acheminent fatalement cet écrivain « né français » vers les autels du catholicisme.

J'entends l'ami Simon, l'ancien co-ermite de M. Barrès, qui se fâche. D'un trait si fuyant qu'on les indique, ces prémisses de conversion ne sont pas de son goût, cette procession de moines et de clercs pas davantage. Anticlérical, ce parfait dilettante, à Dieu ne plaise, il a bien trop d'esprit pour cela. J'ai même quelques raisons d'affirmer que, s'il lui fallait choisir entre la sacristie et la loge, son choix serait bientôt fait. Mais il n'admet pas que des préoccupations trop graves viennent passionner une œuvre d'art. Il retarde d'un ou de deux siècles. Il n'a jamais voulu voir dans M. Barrès que le prince des humoristes français. A l'en croire, son ami n'a jamais écrit qu'un seul livre, *Un homme libre*, et il ne lui pardonne ni *Les Déracinés*, ni *Les Amitiés françaises*, ni l'Académie. Il craint que, dans une atmosphère trop

chargée d'éloquence, l'ironie de M. Barrès ne perde
ce qu'elle a de plus rare et de plus exquis. Tout
n'est pas à dédaigner dans cette belle violence, et,
pour ma part, je souhaiterais aussi et très vivement
que, chaque année, M. Barrès fît une sérieuse
retraite avec Simon. Mais je ne voudrais pour rien
au monde qu'il négligeât le pèlerinage de Sainte
Odile. A l'heure où nous sommes, un Barrès, si
dégagé qu'il soit par nature, doit prendre parti contre
les barbares de la politique, répondre aux défis
d'une canaille imbécile, accepter des ovations qui
n'ajoutent rien à sa gloire d'écrivain. Dure condition pour l'ancien *homme libre*, mais comme il l'a dit
lui-même en un de ces alexandrins qu'il se permet
quelquefois :

> *Philippe, il faut pourtant nous en accommoder.*

D'ailleurs, est-il bien sûr que cette acceptation,
impossible au bon citoyen, ne soit pour l'artiste
qu'un sacrifice stérile. Nés cent ans avant la révolution, Burke n'aurait fait peut être que des pas-
tiches de Addison, Joseph de Maistre n'aurait été
qu'un Saint-Evremont supérieur. Il est, de même,
des lettrés d'un goût très sûr, qui préfèrent *Les
Amitiés françaises* et *Au service de l'Allemagne*, aux
premiers livres de M. Barrès, et même à *Un homme
libre*. Je n'ai pas qualité pour trancher cet inutile
conflit. D'ailleurs, rien n'est plus loin de ma pensée que de présenter ici M. Barrès comme un apolo-
giste.

Mais de plus autorisés que moi m'ont appris à

m'intéresser aux éléments religieux de cette œuvre. Si le vingtième siècle doit avoir son *Génie du catholicisme*, ni les artistes ni les docteurs ne s'étonneront de lire à la première page d'un pareil livre le nom de M. Barrès.

*Quelques brèves indications semblent ici néces-
saires pour que le lecteur, à qui les œuvres de M. Barrès ne seraient pas encore familières, puisse se
retrouver dans ce volume de pages choisies.*

*Dans la première partie de notre préface, simple
essai de critique littéraire, nous n'avions pas à
rappeler que les vrais admirateurs de M. Barrès ne
s'attardent pas à toutes les phrases du* Jardin de
Bérénice, *ils n'attachent pas le même intérêt à toutes
les distractions de François Sturel. Je sais un ardent contre-révolutionnaire qui, sans rien perdre
de sa ferveur royaliste fait ses délices quotidiennes
de Paul-Louis Courier, et un catholique décidé
qui savoure l'atticisme des Provinciales, sans se
permettre d'avoir un avis de son cru sur les questions de la grâce. Autre chose est d'étudier la
littérature barrésienne, autre chose de diriger les
lectures des jeunes gens. Notre plus vif désir est
que la présente anthologie rende populaire dans
toutes nos maisons d'éducation l'auteur des* Amitiés françaises *et de* Au service de l'Allemagne ; *aussi
quoique nous ayons puisé indifféremment dans presque
tous les ouvrages de M. Barrès, nous n'avons cité
aucun passage qui ne pût être placé sous les yeux
de tout le monde. Nous avons eu moins de scrupules*

à retenir, dans un passage qui nous semblait très important, une ou deux lignes abstraites, où la première métaphysique de M. Barrès se laisse entrevoir. Les jeunes lecteurs, s'il en est, qui seraient assez murs pour s'arrêter à la méditation de ces lignes, trouveront une ample et décisive réponse aux objections qu'elles feraient naître, dans les fécondes remarques de M. Charlaix (pp. LXXVI-LXXXI).

Dans un premier chapitre, nous avons recueilli ce que M. Barrès appelle ses Sources, c'est-à-dire les expériences premières autour desquelles son œuvre littéraire s'est lentement cristallisée. On a suivi autant que possible, dans ce chapitre, l'ordre chronologique, pour que cette chaîne d'impressions et de souvenirs formât une sorte d'autobiographie.

Ce qui vient d'être dit dans notre préface explique suffisamment le sujet du second et du troisième chapitre : culte et critique des héros ; le miroir lorrain.

Viennent alors, un chapitre consacré aux paysages barrésiens, un autre aux stances, méditations et examens de conscience, en un mot aux fragments proprement lyriques où nous croyons qu'il est plus facile de discerner le rythme de la pensée barrésienne.

Nous avons groupé dans le sixième chapitre quelques pages plus objectives qui nous montrent M. Barrès complètement dégagé de tout retour sur lui-même et s'abandonnant aux plaisirs aigus de la vision.

L'avant-dernier chapitre « Les disciplines » nous montre la méthode éducative, et le dernier, la philosophie de M. Barrès.

Presque tous les ouvrages de M. Barrès ayant été

mis à contribution, le lecteur ne sera pas fâché d'en trouver ici la liste, disposée d'après l'ordre chronologique, et accompagnée de quelques éclaircissements.

Sous l'œil des Barbares, — son premier ouvrage — paraît chez Lemerre à la fin de 1888[1]. C'est le récit symbolique des années d'apprentissage d'un jeune homme de notre temps. Nous avons cité de ce livre, la célèbre prière qui le termine, et tout le chapitre intitulé Paris à vingt ans, où l'auteur exprime, en termes un peu vifs, la désillusion que lui causèrent dès lors quelques-uns de ses héros. Le vénérable vieillard qui figure ici, « ce causeur divin, qui constitua des doubles à toutes les certitudes et dont le contact exquis amollit les plus rudes sectaires », nous avons pris, de nous-mêmes, la liberté de lui donner son vrai nom, et c'est ainsi que l'on retrouvera le M. X... de Sous l'œil des Barbares, dans le paragraphe du chapitre des héros qui est consacré à M. Renan.

Un homme libre (1889) a été analysé dans la préface. Nous en reproduisons plusieurs passages, notamment, le chapitre sur la Lorraine, et la méditation sur Sainte-Beuve. On trouvera aussi dans la préface quelques indications sur le Jardin de Bérénice (1891).

Ces trois volumes forment ce que M. Barrès appelle la trilogie du culte du moi. L'auteur a expliqué le

1. Ce qui n'infirme pas l'exactitude du présent titre Vingt-cinq années de vie littéraire, M. Barrès ayant débuté dans les lettres, articles de revue, brochures, presque à sa sortie du lycée de Nancy.

sens caché de ces trois idéologies dans une brochure que l'on trouve aujourd'hui en tête de la nouvelle édition de Sous l'œil des Barbares\.

Nous n'avons presque rien cité de L'ennemi des lois (1892).

Des trois stations de psychothérapie (1891) qui se trouvent aujourd'hui réimprimées à la suite de Du Sang, de la Volupté et de la Mort (1ʳᵉ édition, 1894 ; nouvelle édition remaniée, 1903), nous avons détaché le chapitre sur Léonard de Vinci, et, du texte primitif de Du Sang, plusieurs paysages.

M. Barrès publia Les Déracinés, premier volume du roman de l'énergie nationale, en 1897. Ce livre raconte les aventures de sept élèves du lycée de Nancy qui viennent chercher fortune et gloire loin de leur Lorraine natale, victimes, de l'éducation déracinante qu'ils ont reçue de leur professeur de philosophie, M. Bouteiller. Il a été longuement parlé de ce dernier dans notre préface. Des sept jeunes gens, Sturel, Rœmerspacher, Gallant de Saint-Phlin, Suret-Lefort, Renaudin, Racadot et Mouchefrin, les trois premiers nous ont retenu davantage. Il est en effet hors de doute que François Sturel représente sur plus d'un point M. Barrès lui-même. C'est François Sturel qui fait à ses camarades la mémorable leçon sur Napoléon, professeur d'énergie : c'est lui encore que nous retrouverons au premier rang de la phalange boulangiste. Rœmerspacher reçoit la visite de M. Taine, visite dont nous ne pouvions pas ne pas reproduire le récit ; enfin Gallant de Saint-Phlin, catholique et vite reenraciné, joue un rôle important dans le chapitre qui est intitulé La

Vallée de la Moselle, *chapitre dont nous avons conservé les principaux passages.*

Le second roman de l'énergie nationale, L'Appel au Soldat (1900), *raconte l'épopée boulangiste, le* troisième, Leurs Figures (1903), *la crise panamiste et l'effondrement de Bouteiller.*

M. Barrès fit paraître en 1902 *sous le titre de* Scènes et doctrines du nationalisme, *différents articles écrits pendant la campagne nationaliste et pendant le procès de Rennes.* La visite à Combourg *est empruntée à ce volume.*

Amori et dolori sacrum (1903) *nous a fourni quelques pages sur la* Mort de Venise, *et la méditation sur le* 2 novembre en Lorraine.

Des Amitiés françaises (1903) *nous aurions voulu tout reproduire. Le sous-titre de ce livre en dit exactement le sujet :* Notes sur l'acquisition par un petit Lorrain (*Philippe, le fils de M. Barrès*) des sentiments qui donnent un prix à la vie. *On trouvera des extraits de ce livre, presque dans tous les chapitres de la présente anthologie.*

Nous avons analysé dans la préface Au service de l'Allemagne, *premier volume d'une série sur les Bastion de l'Est* (1905).

Enfin le lecteur n'a besoin d'aucune glose pour savourer les pages du Voyage de Sparte (1906), *le dernier ouvrage paru de M. Barrès.*

Des nombreuses brochures de M. Barrès nous n'avons cité que Huit jours chez M. Renan (1888), *et de même, nous n'avons fait aucun emprunt à ses nombreux discours. Néanmoins les paroles que le député de Paris vient de prononcer à la Chambre*

(28 octobre 1907) ont eu un tel retentissement dans le pays, que nous avons cédé à la tentation de les reproduire. On les trouvera à l'appendice [1].

1. Dans la brochure de M. R. Gillouin (*Les célébrités d'aujourd'hui*, MAURICE BARRÈS (Sansot, 1907), M. A. B. a réuni les premiers éléments d'une bibliographie barrésienne.

CHAPITRE I

LES SOURCES

Pourquoi donc après quatorze ans, Sturel évoque-t-il ces enfantillages? C'est qu'ils demeurent à la racine de toutes ses pensées[1].

A mesure qu'il s'éloigne de sa jeunesse, chacun se sent une vie moins maigre. La solitude surtout est peuplée; elle est le lieu de nos plus abondantes conversations. Certains jours, si je me promène, il me semble qu'en moi une digue se crève et qu'ardentes et colorées mes pensées transfigurent le monde. Tout m'arrête, me parle, m'écoute, tout m'est un buisson ardent. J'ai fait beaucoup d'étapes diverses sur la vie, et dans chacune, quand je marchais, une cadence passait de tout mon être dans mes pensées. C'est un rythme que me donna celle qui nourrit mes premières imaginations. Serait-ce assez d'une éternité pour écouter cette multitude d'hymnes et de chants qui m'assaillent, variations indéfinies sur trois thèmes de mon enfance[2]?

1. *Leurs Figures*, p. 272.
2. *Les Amitiés françaises*, p. 37, 38.

Dans l'Attique, seule peut-être la petite Daphné me touche, modeste église, fraîche sous des platanes et sur une prairie où des visiteurs assis sont en train de goûter.

Quand j'étais un petit garçon, j'allais chaque année, le long de la Moselle, à la Saint-Pierre d'Essegney, pauvre fête de village, où, dans une herbe pareille à la prairie de Daphné, il y avait des chevaux de bois, de la fatigue, un malaise d'estomac, du désir sans objet...

Bien chétives images, mais l'une de mes sources et qui s'harmonisent avec le paisible vallon catholique de Daphné [1].

* * *

Une autre image, une autre source, voulez-vous ? Quand j'avais dix ans, d'une petite ville alsacienne, avec mon père encore jeune, tous deux seuls, le matin, par les longs circuits forestiers, nous montions aux ruines mystérieuses du château d'Andlau ou bien du Spesbourg. Forteresses féodales que j'apercevais continuellement sur la montagne depuis notre jardin, mais qui me semblaient inaccessibles, presque inconnues des hommes, toujours prêtes à loger des puissances redoutables.

[1] *Le Voyage de Sparte*, p. 96

C'était neuf, dix heures, et déjà le radieux soleil de septembre. Mon père, assis près de l'abîme, fumait ses
cigarettes devant la plaine sublime d'Alsace; je négli-
geais les mûres aux ronces, et, surexcité par la solitude,
par le silence, par le désastre de toutes ces ogives, je
jouissais d'un double songe sur l'espace et sur le passé!
O chétif bonheur! Au bout de trente années, il me porte
encore; il ne laisse point que je me plaise dans les
théâtres ni dans les salons. Leur encombrement me gêne
et me stérilise, quand la solitude toujours me dispose à
m'ébranler sous le moindre choc...

Mais écartons ces images qui s'appellent les unes les
autres, comme les échos dans la montagne où j'ai ma
source [1].....

        *
      * *

Un de ces matins, à Nuremberg, le plus insigniflant
magasin de jouets fit remonter en lui, du profond de sa
petite enfance, ses impressions puériles, dont il reconnut
qu'elles avaient changé d'objets, mais non pas de qualité.
Devant cette vitrine, il se rappela les journées d'étrennes,
si vides derrière les tristes vitres de janvier, alors
qu'épuisé d'avoir trop désiré les arches de Noé coloriées,
il avait connu la désillusion des mains pleines. En était-
il resté ébranlé pour jamais?... Se sentant à l'étroit dans
les bras d'un seul être, il avait voulu entrer en relations avec d'autres hommes, avec tous les hommes. A
leur contact, pensait-il, son moi trouverait seulement son
aise et son équilibre. Espoir déçu. Aucun des systèmes

---

1. *Les Amitiés françaises*, p. 24, 26.

sociaux qu'il venait d'étudier ne lui offrait sa patrie morale. Il avait toujours le mal du pays, d'un pays que nul réformateur ne savait lui proposer[1]...

*
* *

Il se rappelait que, petit collégien, les jours de sortie, il s'attardait déjà aux vitrines des papetiers, non pas à regarder les filles de théâtre si laides de vulgarité, mais la série des princes ou des hommes d'État européens : sans curiosité de surprendre le secret de leur génie et parce que leurs physionomies si diverses et tant de races mêlées l'émouvaient profondément. La vue de tous ces types éveillait en lui fort avant une inquiétude, un désir de se mêler à toutes ces humanités[2].

*
* *

Une centaine de petites anecdotes grossières inscrites sur mon carnet me donnent sûrement les rêves les plus exquis que l'humanité puisse concevoir. Elles sont les clochers qui guident le fidèle jusqu'à la chapelle où il s'agenouille. Mon âme mécanisée est toute en ma main, prête à me fournir les plus rares émotions. Ainsi je deviens vraiment un homme libre.

Pourquoi, mon âme, t'humilier, si de toi, pauvre désorientée, je fais une admirable mécanique ? Simon m'a dit, qu'enfant, il savait se faire pleurer d'amour pour sa famille, en songeant à la douleur qu'il causerait s'il se

1. *L'Ennemi des lois*, p. 197, 198.
2. *L'Ennemi des lois*, p. 192.

suicidait. Il voyait son corps abîmé, l'imprévu de cette
nouvelle tombant au milieu du souper, apportée par un
parent qui peut à peine se contenir, ces grands cris, ces
sanglots qui coupent toutes les voix pendant trois jours.
Et, précisant ce tableau matériel avec minutie, il s'élevait en pleurant sur soi-même jusqu'à la plus noble
émotion d'amour filial : le désespoir de peiner les siens[1].

* *

Il naquit dans l'Est de la France et dans un milieu où
il n'y avait rien de méridional. Quand il eut dix ans, on
le mit au collège où, dans une grande misère physique
(sommeils écourtés, froids et humidité des récréations,
nourriture grossière), il dut vivre parmi des enfants de
son âge, fâcheux milieu, car à dix ans ce sont précisément les futurs goujats qui dominent par leurs hâbleries
et leur vigueur, mais celui qui sera plus tard un galant
homme ou un esprit fin, à dix ans, est encore dans les
brouillards.

Il fut initié au rudiment par une personne apoplectique, M. F..., le professeur le plus fort qu'on pût voir,
car d'une seule main ce pédagogue arrachait l'oreille d'un
élève, qui de plus en devenait ridicule. Jusqu'à l'époque
de sa rhétorique, on ne lui enseigna rien que de sec,
décoloré et formaliste qu'il mâchait machinalement sans
y trouver de saveur.

Dans ces mauvaises conditions matérielles et morales, par manque de globules sanguins et à se sentir différent de ses professeurs et camarades, il devint timide.

1. *Un Homme libre*, p. 74.

Or, son agitation faite d'orgueil et de malaise déplut.

Comme son tour d'esprit portait notre sujet à généra-liser, il commença dès lors à ne penser des hommes rien de bon.

Bientôt, pour relever ces humiliations quotidiennes, il eut des lectures qui lui donnèrent sur les choses des cer-titudes hâtives et pleines d'âcreté.

Le roi Rhamsès II est blâmé par les conservateurs du Louvre d'avoir usurpé un sphinx sur ses prédécesseurs. Le jeune homme de qui je parle inscrivit de même son nom sur des troupes de sphinx qui légitimement appar-tenaient à des littérateurs français. Il s'enorgueillit d'étran-ges douleurs qu'il n'avait pas inventées.

On serait tenté de croire qu'il se donna, comme tous les jeunes esprits curieux, aux poésies de Heine, au Tho-mas Graindorge de Taine, à la Tentation de saint Antoine, aux Fleurs du Mal ; il lut cela en effet et bien d'autres littératures, des pires et des meilleures, mais surtout dans « les bibliothèques de quartier » du lycée, il se pas-sionnait pour les doctrines audacieuses qui sont mieux exposées que réfutées par la lignée classique qui va du charmant Jouffroy à M. Caro. Là est le grand secret de l'éducation d'un jeune homme ; il s'attache aux auteurs qu'on prétendait ne lui faire connaître que pour les acca-bler à ses yeux. A dix-huit ans, il était gorgé des plus audacieux paradoxes de la pensée humaine, il en eût mal développé l'armature, c'est possible, mais il s'en faisait de la substance sentimentale [1].

1. *Sous l'œil des Barbares*, p. 73-77. Nous citerons toujours ici l'édition remaniée que M. Barrès a donnée de son premier livre. La première édition (Lemerre, 1888) est beaucoup plus savoureuse, et les barrésiens n'en veulent pas d'autre. La nouvelle édition

*
* *

J'ai passé mon enfance au collège, au milieu d'abominables imbéciles.

Au bout de cinq ans j'y trouvai une légère distraction : pour exercer notre mémoire on nous donna une anthologie des prosateurs français du XIXᵉ siècle. Je possède encore ce gros volume bleuâtre. A chaque fois que je l'ouvre, je retrouve cette joie aiguë et tremblante, joie enveloppée de tristesses, que me faisait ce bon livre pendant les longues études du soir, quand, après une journée terrible, je me consolais parmi ces enchanteurs jusqu'à l'heure bénie du coucher. J'avais pour d'excellentes raisons une peur terrible des récréations. Et il ne faut pas sourire, si je dis que Charles Nodier (avec *Trilby*), Alexandre Dumas (avec une *Soirée chez Charles Nodier*), Veuillot (avec *Maître Aspic*), quelques autres encore, étaient mes vrais camarades. Depuis ce temps, je les ai un peu mieux connus, les prosateurs français du XIXᵉ siècle. Tour à tour j'ai admiré ou négligé sur ma bibliothèque chacun de ces vieux maîtres. Que sont nos sympathies littéraires, nos opinions que chaque année modifie ! Mais jamais je ne cesserai, quoique dise mon esthétique, de les

s'adresse au grand public et a pour but de rendre plus abordable le symbolisme du livre. C'est pour cela que M. Barrès a donné à ce qu'il appelle les « concordances » plus d'ampleur et de précision. La page qu'on vient de lire est une de ces *concordances*. Outre un certain nombre de corrections, M. Barrès a ajouté au texte primitif, le premier et le dernier paragraphe. Dans la première édition, la fameuse phrase sur les sphinx était ainsi rédigée : *Le roi Rhamsès II est blâmé par les conservateurs du Louvre, ayant usurpé un sphinx sur ses prédécesseurs* (Éd.).

aimer, de les chérir avec un sourire un peu triste, de bénir en eux les bienfaiteurs de ce misérable temps-là.

Ah! comme je les savourais, les moins ravissants de ces bouts de prose avec longues notices pleines d'anecdotes et de regrets sur le goût du siècle ! Pourtant la lecture n'en était pas aisée. Je veux dire qu'il était sévèrement défendu de feuilleter le volume, et dans l'étude consacrée aux leçons, le maître veillait à ce que nul ne se permît de lire une autre page que celle à apprendre par cœur. Quand on aime on devient subtil. J'avais des ruses. Donc un jour que je lisais adroitement la notice sur Augustin Thierry, elle me transportait. Cet homme fut si noble, si désintéressé, aveugle et parlant de ses souffrances supportées pour la science, avec une délicieuse simplicité de héros. Je ne puis vous dire combien ces détails m'emplissaient de générosité et de trouble. Quand j'atteignis à l'histoire de ses débuts, comment il devint historien, et que j'appris comment à quinze ans lisant le beau chant des *Martyrs* : « Pharamond, Pharamond, nous avons combattu avec la hache, » etc., il se leva, criant qu'il serait historien, je me mis à gesticuler d'aise, répétant moi aussi : « Pharamond, Pharamond... » O désastre !

L'homme, le préposé, le surveillant, bondit... Je me souviens qu'il lisait alors, comme toujours, *Les Faucheurs de la Mort*. C'était sa lecture favorite et stupide... Par terreur et prudence, je m'étais coulé sous la table. D'un adroit coup de pied, m'en ayant fait sortir, il me précipita dans la boîte à houille. C'était le lieu d'humiliation habituel. Pourquoi ce singulier et incommode pénitencier ? Aujourd'hui encore je ne comprends rien à la fantaisie de l'affreux drôle. D'ailleurs, à cette époque, je

n'essayais guère de connaître les motifs d'un dieu. Je
m'agenouillais, terrifié, dans la houille, et au bout de cinq
minutes, l'horrible chaleur du poêle de fonte où j'étais
presque adossé m'avait perdu d'apoplexie, névralgie et
autres barbares douleurs, sans oublier l'humiliation [1].

**

Si l'on ignore la platitude, l'anarchie et le vague
d'une vie d'interne dans un collège français, on ne comprendra pas la puissance que prit, sur moi, la beauté
lyrique, quand elle me fut proposée par un de mes
camarades du lycée de Nancy, Stanislas de Guaita.
En 1878, il avait dix-sept ans et moi seize. Il était externe ;
il m'apporta en cachette les *Émaux et Camées*, les *Fleurs
du Mal*, *Salammbô*. Après tant d'années, je ne me suis
pas soustrait au prestige de ces pages, sur lesquelles se
cristallisa soudain toute une sensibilité que je ne me connaissais pas. Et comme les simples portent sur le marbre
ou le bois dont est faite l'idole leur sentiment religieux,
l'aspect de ces volumes, leur odeur, la pâte du papier
et l'œil des caractères, tout cela m'est présent et demeure
mêlé au bloc de mes jeunes impressions. Il n'est de vrai
Baudelaire pour moi qu'un certain exemplaire disparu à
couverture verte et saturé de musc. M'inquiétais-je beaucoup d'avoir une intelligence exacte de ces poètes ? Leur
rythme et leur désolation me parlaient, me perdaient
d'ardeur et de dégoût. Une belle messe de minuit boule-

1. Ces pages qui datent de 1887 ont été recueillies par M. René
Jacquet dans son livre *Notre Maître Maurice Barrès*, p 33-35 (Ed).

verse des fidèles, qui sont loin d'en comprendre le symbolisme. La demi-obscurité de ces œuvres ajoutait, je me le rappelle, à leur plénitude. Je voyais qu'après cent lectures je ne les aurais pas épuisées ; je les travaillais et je les écoutais sans qu'elles cessassent de m'être fécondes. Force des livres sur un organisme jeune, délicat et avide !

Dans une règle monotone, parmi des camaraderies qui fournissent peu et un enseignement qui éveille sans exciter, voilà des voix enfin qui conçoivent la tristesse, le désir non rassasié, les sensations vagues et pénibles, bien connues dans les vies incomplètes [2].

***

Nous n'admettions pas qu'un romantique ou que le moindre parnassien nous demeurât fermé. Toute la journée, et je pourrais dire toute la nuit, nous lisions à haute voix des poètes. Guaita, qui avait une santé magnifique et qui en abusait, m'ayant quitté fort avant dans la nuit, allait voir les vapeurs se lever sur les collines qui entourent Nancy. Quand il avait réveillé la nature, il venait me tirer du sommeil en me lisant des vers de son invention ou quelque pièce fameuse qu'il venait de découvrir.

Combien de fois nous sommes-nous récité l'*Invitation au Voyage*, de Baudelaire ! C'était le coup d'archet des tziganes, un flot de parfums qui nous bouleversait le cœur, non par des ressouvenirs, mais en chargeant l'avenir de promesses. « Mon enfant, ma sœur, — songe à la douceur — d'aller là-bas vivre ensemble ! — Aimer à loi-

1. *Amori et dolori sacrum*, p. 123, 124.

sir, — aimer et mourir — au pays qui te ressemble... »
Guaita s'arrêtait au tableau d'une vie d'ordre et de beauté :
« Des meubles luisants, — polis par les ans, — décore-
raient notre chambre ; — les plus rares fleurs — mêlant
leurs odeurs — aux vagues senteurs de l'ambre... » Mais
le point névralgique de l'âme, le poète chez moi le touchait, quand il dit : « Vois sur ces canaux — dormir ces
vaisseaux — dont l'humeur est vagabonde ; — c'est pour
assouvir — ton moindre désir... » Mon moindre désir !
j'entendais bien que la vie le comblerait.

En même temps que les chefs-d'œuvre, nous décou-
vrions le tabac, le café et tout ce qui convient à la jeunesse. La température, cette année-là, fut particulièrement
chaude, et, dans notre aigre climat de Lorraine, des
fenêtres ouvertes sur un ciel étoilé que zébraient des
éclairs de chaleur, la splendeur et le bien-être d'un vigoureux soleil qui accablait les gens d'âge, ce sont des sensations qui dorent ma dix-huitième année. Voilà le temps
d'où je date ma naissance. Oui, cette magnificence de la
nature, notre jeune liberté, ce monde de sensations sou-
levées autour de nous, la chambre de Guaita où deux cents
poètes pressés sur une table ronde supportaient avec nos
premières cigarettes des tasses de café, voilà un tableau
bien simple ; et pourtant rien de ce que j'ai aimé ensuite
à travers le monde, dans les cathédrales, dans les mos-
quées, dans les musées, dans les jardins, ni dans les
assemblées publiques, n'a pénétré aussi profondément
mon être. Certainement Guaita, avait, lui aussi, conservé
de cette époque des images éternellement agissantes [1].

1. *Amori et dolori sacrum*, p. 127-129.

* *

Depuis 1870, une caractéristique des jeunes gens, c'est qu'ils font de médiocre rhétorique et d'excellente philosophie. Pendant quelques années, l'humanité dans un pays montre avec surabondance une aptitude qui disparaîtra presque de la période suivante. Nés pour s'émouvoir des problèmes philosophiques, ces pauvres êtres, entravés sur les bancs de la classe, tandis que la beauté se révélait à eux, — puis, en étude, sous les lampes qui leur chauffaient le crâne, relisant leurs notes, — puis au dortoir, maintenus en veille par une fièvre d'imagination, parmi les souffles réguliers des rhétoriciens et des scientifiques, — connurent ces incomparables exaltations qui deviennent, passé trente ans, le privilège de quelques natures royales.

A la fin de novembre, quand Bouteiller commença d'expliquer à ses élèves les vieux penseurs de l'Ionie et qu'il voulut retrouver chez eux les conceptions les plus modernes de la science, quand sa voix grave montra comment la doctrine orientale des épurations et des métempsycoses, enseignée dans les temples et les grandes écoles de la Grèce, est confirmée par les théories modernes qui rattachent la destinée humaine aux métamorphoses de la nature et aux lois de la vie universelle, ces graves problèmes, ce recul au fond des siècles, cette certitude créée par la concordance des religions du passé avec les académies de Paris et de Berlin, enivrèrent ces enfants d'une poésie qui ressemblait à de l'épouvante. Plus de salles d'études pour écoliers, plus de préaux pour camarades, mais d'immenses horizons imprévus et mouvants ? Des phrases se détachaient du cours avec la force d'un thème musical qui leur faisaient sensible la loi des choses, et cette loi variait chaque semaine selon le philosophe de la leçon : ils devenaient éperdus devant la multiplicité, la splendeur et la contradiction des systèmes.

M. Bouteiller se hâta de les fixer. Kantien déterminé, il leur donna la vérité d'après son maître. Le monde n'est qu'une cire à laquelle notre esprit comme un cachet impose son empreinte... Notre esprit perçoit le monde sous les catégories d'espace, de temps, de causalité... Notre esprit dit : « Il y a de l'espace, du temps, des causes » ; c'est le cachet qui se décrit lui-même. Nous ne pouvons pas vérifier si ces catégories correspondent à rien de réel.

En décembre, après une affreuse semaine de brouillards et comme les leçons de cette métaphysique désolée avaient encore été aggravées par les lumières de rouille qui pesaient sur la classe, Maurice Rœmerspacher écrivit aux siens une lettre vraiment douloureuse sur les limites de la connaissance...

Leur état n'avait rien de commun avec les angoisses d'un Jouffroy ou les balancements d'un Renan. La grande affaire pour les générations précédentes fut le passage de l'absolu au relatif; il s'agit aujourd'hui de passer des certitudes à la négation sans y perdre toute valeur morale. Soudain un homme d'une grande éloquence communiquait à ces jeunes garçons le plus aigu sentiment du néant, d'où l'on ne peut se dégager au cours de la vie qu'en s'interdisant d'y songer et par la multitude des petits soucis d'une action. Dans l'âge où il serait bon d'adopter les raisons d'agir les plus simples et les plus nettes, il leur proposait toutes les antinomies, toutes les insurmontables

difficultés reconnues par une longue suite d'esprits infiniment subtils qui, voulant atteindre une certitude, ne
découvrirent partout que le cercle de leurs épaisses
ténèbres. Ces lointains parfums orientaux de la mort,
filtrés par le réseau des penseurs allemands, ne vont-ils
pas troubler ces novices ? La dose trop forte pourrait
jeter chacun d'eux dans une affirmation désespérée de
soi-même ; ils se composeraient une sorte de nihilisme
cruel.

M. Bouteiller, après une étape dans le scepticisme
absolu, et sitôt les vacances du nouvel an passées, croyait
bien avec Kant et par l'appel au cœur reconstituer à ses
élèves la catégorie de la moralité et un ensemble de certitudes. Ils ne le suivirent pas.

C'est que la force vive de la puberté s'amassait dans
leur sang. Les plus banales mélancolies ont une puissance
infinie dans les jeunes poitrines qu'elles emplissent. En
vain, le 8 janvier 1880, il se surpassa en dignité et,
comme on dit des prédicateurs, en « pectus », pour leur
commenter la page sublime : « Deux choses comblent
l'âme d'une admiration et d'un respect toujours renais-
sants, et qui s'accroissent à mesure que la pensée y revient
plus souvent et s'y applique davantage : le ciel étoilé au-
dessus de nous, la loi morale au dedans. » Ce n'est pas
la loi morale qu'éveille le ciel étoilé dans la conscience
de François Sturel. Au dortoir, couché auprès d'une
fenêtre, jusqu'à ce que le sommeil apaisât le tumulte de
ses sensations, il s'attachait de toute son âme à la plus
brillante des clartés célestes, et, sachant par la biographie
de Napoléon que les ambitieux ont leur étoile, et aussi
les amoureux, et aussi les grands poètes, il pleurait par
crainte de vivre sans génie, et cherchait à surprendre aux

constellations les secrets de gloire et d'amour. Ce qu'il
adressait aux profondeurs du ciel, c'était le cri des jeunes
âmes exaltées : « Trouverai-je mon objet dans la vie? »
Mais il le formulait ainsi : « Égalerai-je jamais en génie
Bouteiller? »

Au matin, avec ses beaux yeux largement cernés par
l'ardeur de ses rêves, il était plaisanté par ses pauvres
camarades qui, tous, du lycée, avaient reçu le ton obscène
de la caserne, et lui-même l'adoptait, déjà gâté de grossièreté. Ce milieu, s'il salit tout l'extérieur des adoles-
cents, du moins fortifie la puissance du rêve en le refou-
lant. Celui qui grandit hors de la société des femmes,
appliqué à ne pas différer de compagnons vulgaires et
railleurs, n'épanouira jamais sur son visage et dans tous
les mouvements de son corps la grâce sublime d'une âme
confiante ; mais ses jouissances intimes, qu'il ne pourra
partager avec personne, y gagneront en âpreté.

De l'ambition mêlée à la mélancolie romanesque, voilà
ce que l'on retrouve au cours de ce siècle, chez des
milliers de jeunes gens, les Julien Sorel, les Rubempré,
les Amaury [1]...

* * *

À vingt ans, il sentait comme à dix-huit, mais il était
étudiant et à sa table d'hôte (celle des officiers à cent francs
par mois) mangeait mieux qu'au lycée ; en outre il pouvait s'isoler.

L'usage de la solitude et une nourriture tonique augmentèrent sa force de réaction. Les éléments divers qui

1. *Les Déracinés*, p. 13-16.

étaient en lui : 1° culture d'un lycéen qui a passé son baccalauréat en 1880 ; 2° expérience du dégoût que donnent à une âme fine la cuistrerie des maîtres, la grossièreté des camarades, l'obscénité des distractions ; 3° désir et noblesse idéale, aboutirent au rêve.

En frissonnant, il s'enfonçait dans cette façon de rêve scolaire et sentimental où l'on retrouvera juxtaposées de confuses aspirations idéalistes, des tendresses sans emploi et de l'âcreté.

En vérité, ceux qui se retournent avec, ferveur vers des images d'outre-tombe ne témoignent-ils pas qu'ils sont mécontents de leurs contemporains, échauffés de quelque sentiment intime, inassouvi [1].

**

Parmi ces ombres qui m'accompagnaient (sur la terrasse de Pau), je ne tardai pas à distinguer une voix qui m'avait été chère. Un des amis de mon enfance, mon aîné de douze ans, vint jadis demander à ce ciel un sursis pour le mal dont il mourut vers la trentaine. Suis-je seul déjà sur la terre pour le maintenir au-dessus du gouffre d'oubli ? J'ai cherché le toit qui l'abrita quelques hivers. Dans le livre de mes dettes morales, que j'aime à méditer, je l'ai inscrit comme mon bienfaiteur à cause d'une phrase qu'il dit devant moi quand j'avais quinze ans.

Il venait d'étudier la médecine à Paris ; il en rapportait une remarque très juste : « L'avantage de Paris, c'est

[1]. *Sous l'œil des Barbares*, p. 139, 140. Voici encore une *concordance*. Les deux premiers paragraphes ont été ajoutés au texte primitif (Ed).

qu'on voit de près les grands praticiens et qu'on admet alors de les égaler un jour. » Ces mots tombés au hasard d'une conversation s'étant fixés sur l'heure dans mon esprit ne cessèrent pas de s'y enfoncer. Je dois beaucoup à cette pensée ; elle me pressa, je crois, d'aller visiter à Paris les maîtres. Qui oserait, en effet, lutter avec des hommes mystérieux ? Mais étudier un homme en chair et en os, et prendre sa suite à force de travail et de discipline, l'imagination d'un adolescent courageux accepte que cela soit possible.

Aujourd'hui, je donne à cette phrase de mon aîné un sens plus subtil et plus fort : je pense qu'il faut aller aussi dans les endroits où l'on meurt, pour apprendre à se résigner[1].

*
* *

Ce nouveau pensionnaire a le bonheur de voir Paris avec des yeux tout neufs[2] il est une chose qui vient subir sa destinée, une force qui désire s'épuiser !... De telles réflexions, que François Sturel, dans sa fleur de jeunesse si fière, eût éveillées chez un esprit philosophique, ne se formulaient pas nettement pour ces retraités de l'existence qui le virent un matin prendre place à leur table ; tous, pourtant, il les rajeunit d'une aimable impression de sympathie. Il n'en eut pas conscience ; il y serait, d'ailleurs, demeuré insensible. En ce jeune homme d'esprit audacieux, mais timide d'allure jusqu'à

1. *Amori et dolori sacrum*, p. 251-253.
2. Il s'agit de François Sturel, un des héros du roman *Les Déracinées* (Éd).

la sauvagerie, s'engendraient et grandissaient des sentiments nouveaux dont le dénombrement l'occupait tout entier.

Le désir sensuel, l'amour de la gloire, la mélancolie tourbillonnaient chez cet évadé. Depuis deux ans, la nuit, des cauchemars lui évoquant le lycée, il se réveillait en sursaut pour crier à son oreiller : « Je suis libre ! libre ! » Il ajoute maintenant : « Libre dans Paris ! » Il lui manque de comprendre sa pleine puissance et de dire : « J'ai dix-neuf ans ! ».

Le jeune roi de l'univers !... Ces premiers jours furent animés de la plus violente ivresse. Il aimait le froid qui, par une douleur légère, lui prouvait que cette belle vie toute neuve n'était pas un rêve. Il trouvait de la saveur à l'air qui emplissait sa jeune et fraîche bouche, ouverte pour crier son bonheur. Ce n'était point Paris, mais la solitude qui le possédait. La solitude, plus enivrante que l'amour ! Comme il l'a désirée ! Sa passion s'est encore irritée, depuis le collège, dans les quatre rues de Neufchâteau ; maintenant il reçoit d'elle des jouissances qui dépassent son attente. Les rues, les jardins publics, sa chambre lui offrent des voluptés qui le transportent de reconnaissance. Enfin il pourra donc s'occuper de soi-même, et non plus dans le désert lorrain où ses appels ne levaient nul écho, mais dans la ville aventureuse qui suscite et parfois récompense la hardiesse.

Les méditations, les lectures, les fièvres de Sturel ne se souciaient d'aucune morale ; il se demandait seulement les moyens de s'associer à cette vie immense, étendue devant lui. — Misérable singulier ! ce n'est pas assez de dire : « Il se demandait !... » Toutes les énergies assemblées de sa jeunesse aspiraient l'air, frappaient le sol de

leur pied et hennissaient comme un régiment de hussards
qui attend le signal de la charge [1].

*
* *

En ces rêves, l'adolescent parait de noms pompeux ses
premières sensibilités. Durant trente jours et davantage,
il gonfla son âme jusqu'à l'héroïsme. De sa tour d'ivoire,
— comme Athéné, du Serapis, — son imagination voyait
la vie grouillante de fanatiques grossiers. Il s'instituait
victime de mille bourreaux, pour la joie de les mépriser. Et cet enfant isolé, vaniteux et meurtri, vécut son
rêve d'une telle énergie que sa souffrance égalait son
orgueil.

Solitaires promenades jusqu'à l'aube dans l'ombre de
Notre-Dame !

C'était une philosophie abandonnée qu'il venait là
pieusement servir. Que lui importait alors une vaine
architecture ! Ces pierres, si ingénieux qu'il en sût l'agencement, ne paraissaient à son esprit que le manteau d'un
Dieu. Sa dévotion, soulevant ce linceul qu'elle eût jugé
grossier de trop admirer, frissonnait chaque soir d'y
trouver l'enthousiasme.

Quartier déchu ! ruelles décriées, d'où ombragèrent
la chrétienté d'incomparables métaphysiques ! sa fièvre
vous parcourait, insatiable de vos inspirations, et ses
pieds à marcher sur tant de souvenirs ne sentaient plus
leurs meurtrissures.

Soirées glorieuses et douces ! Son cerveau gorgé de

1. *Les Déracinés*, p. 62, 63.

jeunesse dédaignait de préciser sa vision ; ainsi son génie lui parut infini, et il s'enivrait d'être tel [1].

*
* *

Fréquemment donc il se chagrina.

Et les soirs suivants, jusqu'à l'aube, s'échauffant l'imagination, il ennoblissait son aventure de symbolismes vagues et pénétrants, en sorte qu'elle devint digne 'de son désir de se désoler et de la niaiserie inévitable de son âge [2].

*
* *

Oui, déjà j'avais été traversé de ce délire d'animer toutes les minutes de ma vie. Sur les petits carnets où je note les pointes de mes sensations pour la curiosité de les imaginer, quand le temps les aura émoussées, je retrouve une matinée de juillet que, malade, vraiment épuisé, tant mon corps était rompu et mon esprit lucide d'insomnie, je m'étais fait conduire à la bibliothèque de Nancy, pour lire les *Exercices spirituels* d'Ignace de Loyola. — Livre de sécheresse, mais infiniment fécond dont la mécanique fut toujours pour moi la plus troublante des lectures. Livre de dilettante et de fanatique, il dilate mon scepticisme et mon mépris ; il démonte tout ce qu'on respecte, en même temps qu'il réconforte mon désir d'enthousiasme ; il saurait me faire homme libre, tout puissant sur moi-même.

1. *Sous l'œil des Barbares*, p. 187, 188.
2. *Sous l'œil des Barbares*, p. 104.

Alors que j'étais ainsi mordu par ce cher engrenage, des militaires passèrent sur les dix heures, revenant de la promenade matinale, avec de la poussière, des trompettes retentissantes et des gamins admirateurs. Et nous, ceux de la bibliothèque, un prêtre, un petit vieux, trois étudiants, nous nous penchâmes des fenêtres de notre palais sur ces hommes actifs. Et l'orgueil chantait dans ma tête : « Tu es un soldat, toi aussi ; tu es mille soldats, toute une armée. Que leurs trompettes levées vers le ciel sonnent un hallali ! Tiens en main toutes les forces que tu as, afin que tu puisses par des commandements rapides prendre soudain toutes les figures en face des circonstances. » Et, frémissant jusqu'à serrer les poings du désir de dominer la vie, je me replongeai dans l'étude des moyens pour posséder les ressorts de mon âme comme un capitaine possède sa compagnie. — Quelque jour, un statisticien dressera la théorie des émotions, afin que l'homme à volonté les crée toutes en lui et toutes en un même moment.

Et puis ce fut la vie, car il fallut agir ; et je me rappelle cette douloureuse matinée où je vis un de ma race, mais ayant toujours résisté à l'appétit de se détruire, qui me disait dans un accès d'orgueil : « Ma tête est une merveilleuse machine à pensées et à phrases ; jamais elle ne s'arrête de produire avec aisance des mots savoureux, des images précises et des impérieuses idées ; c'est mon royaume ; un empire que je gouverne. » Et moi, tandis qu'il marchait dans l'appartement, j'étais assombri et congelé par le bromure, au point que je n'avais pas la force de lui répondre, et je me raidissais avec un effort trop visible, pour sourire et pour paraître alerte. Et je

revins à midi, seul, par la longue rue Richelieu (une de
ces rues étroites qui vous donnent un malaise), plus
accablé et plus inconscient, mais convaincu, au fond de
mon découragement, que le paradis c'est d'être clairvoyant
et fièvreux [1].

* *

Je fus obsédé, à cette époque, d'un sentiment intense,
qui, sans raison apparente, se leve en moi à de longs
intervalles : l'idée qu'un jour, ne fût-ce qu'à ma dernière
nuit, sur mon oreiller froissé et brûlant, je regretterai de
n'avoir pas joui de même, comme toute la nature semble
jouir de sa force, en laissant mon instinct s'imposer à
mon âme, en irréfléchi.

Persécuté par cette idée fixe, je serrais mon front dans
mes mains, et me rejetais en arrière avec une détresse
incroyable. Je crois bien que je ne désire pas grand'chose,
et les choses que je désire, il serait possible de les
obtenir avec quelque effort ; aussi n'est-ce pas leur
absence qui m'attriste, mais l'idée qu'il viendra un jour
où, si je les désirais, ce serait trop tard. Et, seule, la
probabilité que, dans la mort on ne regrette rien, peut
atténuer ma tristesse [2].

* *

J'ai un sentiment d'inutilité, aucun ressort. Je crains
demain ; saurai-je le vivifier ? L'énergie fuit de moi comme
trois gouttes d'essence sur la main.

1. *Un Homme libre*, p. 39-41.
2. *Un Homme libre*, p. 141.

Pour que mon ami comprît cette anémie de mon âme, je lui rappelai un café qui nous était familier. « Que de fois je suis sorti de là vers les dix heures du soir, dégoûté de fumer et avec des gens qui disaient des niaiseries ! Les feuilles des arbres étaient éclairées en dessous par le gaz ; la pluie luisait sur les trottoirs. Nous n'avions pas de but ; j'étais mécontent de moi, amoindri devant les autres, et je n'avais pas l'énergie de rompre là. »

Simon connaissait la sensation que je voulais dire, et il m'en donna des exemples personnels.

— Par contre, lui dis-je, des niaiseries me firent des soirs sublimes. Une nuit, près de m'endormir, je fus frappé par cette idée qui vous paraîtra fort ordinaire, que le Don, fleuve de Russie, était l'antique Tanaïs des légendes classiques. Et cette notion prit en moi une telle intensité, une beauté si mystérieuse que je dus, ayant allumé, chercher dans ma bibliothèque une carte où je suivis ce fleuve dès sa sortie du lac, tout au travers du pays des Cosaques. Grandi par tant de siècles interposés, Orphée m'apparut *errant à travers les glaces hyperbo-rëennes, sur les rives neigeuses du Tanaïs, dans les plaines du Riphé que couvrent d'éternels frimas, pleurant Eurydice et les faveurs inutiles de Pluton.* Cet esprit délicat fut sacrifié par les femmes toujours ivres et cruelles. On s'étonnera que je m'émeuve d'un incident si fréquent. Il est vrai, pour l'ordinaire, ce mythe ne me trouble guère ; mais ce soir-là, mille sens admirables s'en levaient, si pressés que je ne pouvais les saisir. Et ces désolations lointaines, évoquées sans autres détails, m'emplissaient d'indicible ivresse. Ainsi s'achève dans l'enthousiasme une journée de sécheresse, de la plus fade banalité. Qu'ils sont beaux les nerfs de l'homme [1] !

*
* *

Dans cette ville de l'inquiétude, je connus toutes les délices. Jamais pourtant, oserai-je le dire ? je n'oubliai de sentir couler lentement les heures. Aux meilleurs détours de cette Venise si variée et dans une telle surabondance d'imprévu, toujours j'attendais quelque chose.

Vers le crépuscule, après une journée de travail, quand je débouchais de mes *Fondamenta Bragadin* en face de la Giudecca, soudain je voyais le soleil comme une bête énorme flamboyer au versant d'un ciel délicat, pardessus une mer élégante et de tendresse vaporeuse. L'admiration m'envahissait. « Je suis certainement, pensais-je, devant un des beaux paysages du monde. » Puis, avec une vitesse singulière de réaction, mon âme désœuvrée me disait : « Quoi donc ! es-tu certain que cela t'intéresse ? » [2].

*
* *

Un homme s'imagine qu'il serait mieux où il n'est pas. Il s'occupe à feuilleter des albums en attendant de pouvoir jouir des beautés qu'ils représentent.

Il se berce dans quelque inexprimable rêverie orientale toute pleine de reflets d'or, imprégnée de parfums étranges et retentissante de bruits joyeux ; il y développe des

1. *Un Homme libre*, p. 52, 53.
2. *Amori et dolori sacrum*, p. 94

sentiments d'élégance, de fierté et de sensualité, et, au lieu de se dire que par leur nature même de tels états demeurent intérieurs, il pense qu'il les trouvera réalisés dans d'autres lieux.

Mais peu à peu il se convainc que toute la terre est gâtée, et sans cesser de poursuivre les parties excellentes qu'elle conserve, il éprouve un dégoût fait de saturation et d'exigence et d'impuissance, parce qu'il voudrait participer à la civilisation totale dont il croit que ces parties sont des survivances fragmentaires.

Cela produit une satiété particulière : non pas l'ennui que connaissent les gens qui ont abusé de tout, mais cette nostalgie, cette grande fatigue que cause une perpétuelle et une vaine tension de l'âme [1].

* * *

Mai 1884 est, pour eux tous (*Sturel et ses camarades qui viennent de fonder un journal*), une période d'allégresse vitale : c'est enfin un objet extérieur qui est le mobile de leurs jeunes énergies. On ne les a élevés qu'avec des livres : les voici arrivés au moment où leur éducation produit son effet normal et complet ; ils vont ajouter à la masse des imprimés. Tous les jeunes Français, dans les lycées, sont dressés pour faire des hommes de lettres parisiens. C'est l'affirmation de leur virilité totale, leur premier acte après tant de singeries qui les y préparaient.

Un tel bonheur décolore le monde : que nous souffrions, voilà ce qui le nuance et qui lui donne une voix. Joyeux

1. *Amori et dolori sacrum*, p. 89, 90.

soldats en marche, ils voilent de leur poussière la jeune robe du printemps. Ces mois de mai et juin 1884, où les premières journées douces et le vert tendre des arbres font une volupté dont il y a peu de chances pour qu'un homme — l'enfant ne comptant guère — jouisse plus d'une quarantaine de fois dans sa vie, ils les passent comme Racadot, comme Mouchefrin et la Léontine, ces ilotes, dans l'abominable rue du Croissant, tous pêle-mêle, à combiner, chacun de son point de vue, les meilleures conditions de réussite du journal.

Ils sont inexpérimentés, mais c'est précisément pour cela qu'ils prennent un si vif intérêt aux événements où ils se mêlent et qu'ils ont l'énergie et la fantaisie de former des vœux et d'étudier des plans [1].

*
* *

C'est chez Leconte de Lisle, il y a vingt-quatre ans, que j'ai vu Heredia pour la première fois. L'appartement où le Sénat logeait son glorieux sous-bibliothécaire, un honnête premier étage de l'École des Mines, sur le boulevard Saint-Michel, nous semblait un sommet redoutable, un des lieux sacrés de Paris. J'aime d'aller encore dans ce lointain quartier, pour ranimer les sentiments avec lesquels, à vingt ans, je pénétrais, le samedi soir, dans ce salon présidé par un moulage du *Moïse* de Michel-Ange.

Le lieu exerçait en nous le sentiment de la hiérarchie. J'ai vu les jeunes poètes s'incliner devant Heredia, qui s'inclinait devant Leconte de Lisle, qui s'inclinait devant

1. *Les Déracinés.* p. 294, 295.

Hugo, lequel ne rendait d'hommages qu'à la démocratie. Tous ces messieurs vivaient selon le principe du
XVIIᵉ siècle : qu'il n'est jamais permis à un inférieur de
s'égaler en paroles à celui à qui il doit du respect, quoi-
qu'il s'y égale dans l'action.

Leconte de Lisle, debout dans le cercle étroit de ses
hôtes, et laissant parfois tomber avec un dédain incom-
mensurable son large monocle, nous donnait son exemple
et quelques préceptes.

C'est malheureux qu'on n'ait pas noté les propos de
Leconte de Lisle. Il ne disait rien qui ne fût excellem-
ment rédigé. Quel amour et quelle science des lettres !
Quelle justice féroce ! Mais il y faudrait l'accent ; il y faudrait ses yeux illuminant son noble visage rasé de pon-
tife.

Ce grand poète ne croyait pas que l'art eût pour objet
la reproduction de la nature ; il nous prêchait qu'il faut
transformer en matière poétique les éléments que nous
fournit la vie. Une autre de ses maximes, c'était qu'il n'y
a pas à distinguer entre le fond et la forme, et que l'art
d'écrire, c'est l'art même de penser. Enfin il disait : « A
chaque mot d'un poème je me demande : Que veux-je
prouver ? et je rejette ce qui ne contribue pas à mon effet
d'ensemble. »

Je crois qu'il exagérait le rôle de la volonté dans l'art.
Il s'est trop méfié du beau trésor qu'un artiste porte dans
son cœur. Mais on lui doit cette justice qu'il a réagi contre
la bassesse du goût et le désordre de la pensée. Il a dis-
crédité l'improvisateur. A sa voix, la passion se souvint
qu'un peu de retenue la ferait plus émouvante. Nul de ses
familiers ne me démentira, si je lui vois quelques traits
d'un Malherbe et d'un Boileau.

Pour comprendre la raison qui soumettait à Leconte de Lisle des maîtres comme Heredia, il faut se représenter son salon, tel que je l'ai vu, vers 1883, en face des cénacles rivaux. C'était l'époque où Zola, qui possédait plusieurs vertus professionnelles, mais qu'une irrémédiable vulgarité condamnait aux rangs subalternes, faisait rage pour transformer en gloire de lettres des succès de librairie. C'était l'époque où le fort prosateur Vallès, irrité contre la culture de collège qu'il rendait responsable de ses déceptions, car il eût été naturellement heureux dans la culture des champs en Auvergne, prêchait d'incendier nos Musées et nos bibliothèques. C'était encore l'époque où Verlaine, véritable poète et parfois grand poète, mêlait à d'émouvants soupirs les hoquets les plus affreux, et risquait de nous faire oublier l'importance pour l'artiste d'un perpétuel perfectionnement de l'âme.

Leconte de Lisle croyait à l'éminente dignité du poète. A l'écart de toutes les intrigues, il décrivait son rêve de la vie, qui fut constamment énergique, sérieux et chaste. Il n'a rien cédé aux demi-lettrés, aux esprits secondaires; il n'a même pas flatté la jeunesse des écoles. Il ne confondait pas la notoriété avec la gloire. C'était une sorte de prêtre, qui dénonçait le siècle au nom du Beau éternel.

Comme il trouvait dans les régions du passé le contentement de ses besoins moraux, et qu'il puisait toute son inspiration dans la poésie antique, il ne prit jamais son parti de ne pas vivre au temps d'Homère. Mécontent de sa vie trop rude, il met en accusation les temps modernes, toute la chrétienté, et ne se demande jamais si le christianisme, quelque opinion que l'on ait de sa vérité historique, ne serait pas la source où nous alimentons notre sens de l'honneur et du sacrifice. Ce n'est pas sans grandeur qu'il reprend ainsi le contact, par-dessus les romantiques, avec les écoles d'art qui, au début du XIXᵉ siècle, s'inspirèrent du goût gréco-latin et de la philosophie des Encyclopédistes, mais on distingue dans son paganisme quelque chose qui sent le paradoxe d'atelier. Il y a dans ce noble poète certains éclats, des truculences pour étonner le philistin. Heredia excellait à remettre les choses au point. Parfois, après des tirades d'un pittoresque féroce contre la littérature facile ou contre la religion, et quand nous étions ébahis, l'auteur des *Poèmes Tragiques* rencontrait le regard joyeux de l'auteur des *Trophées*, et, s'interrompant de prophétiser, il riait comme un boulevardier [1].

*\
* *

Neufchâteau n'est point un endroit où l'on affiche, comme dans les bureaux de *la Vraie République*[2], la prétention de modifier les âmes ; on y suit modestement toutes les inventions de Paris, et cependant, c'est un lieu qui durant des siècles a créé des âmes.

C'est là que Sturel naquit, qu'il a passé ses dix premières années et qu'il va trois fois l'an embrasser sa mère. C'est un petit coin perdu où il y a d'antiques églises et quelques « bonnes familles ». Mais peu à peu les gens ayant une saveur terrienne ont disparu. Il ne reste plus que des très vieilles femmes, adonnées sans

1. *Discours de réception à l'Académie française.*

2. Journal fondé par les jeunes gens dont le roman *Les Déracinés* raconte les aventures (Ed).

mysticisme, par désœuvrement et par instinct autoritaire,
à la dévotion : des sortes de mères de l'Église, interprétant les usages pieux, surveillant le curé, lui remontrant
au besoin, capables de médisance et d'une certaine violence à trop parler de premier jet, mais prêtes à s'en
excuser si l'on fait appel à leur cœur. Elles aiment l'argent, parce que la famille l'a amassé péniblement et
qu'elles se savent bien incapables de l'augmenter, voire
de le défendre; elles lui préfèrent la considération et ne
feraient pas tort d'un sou à leur prochain. Elles ont un
haut sentiment de la dignité de leur rang et, se sachant
des bourgeoises, mettent leur juste orgueil à être de
bonne bourgeoisie. Elles connaissent des histoires du
passé et les content avec une verve pittoresque. Elles
aiment la jeunesse et sont indulgentes aux garçons. Sans
qu'on puisse en rendre un compte exact, on voit qu'avec
elles meurt une part essentielle de la France, la vieille
vie provinciale, celle qui avait ses racines profondes.

De quoi ces petites villes perdent-elles l'âme ? Du départ des fils pour la ville ; de l'arrivée des Allemands. La
race germaine se substitue à l'autochtone dans tout l'Est
de la France. Vaut-elle moins ? — Oui, car elle est étrangère. Par ces immigrés, le type se modifie et se gâte. Il
se maintient encore en Sturel qui fut vraiment l'enfant
des femmes. Il doit tout à sa chère mère, si curieuse de
la vie, à ses grand'tantes, qui furent les plus caractéri-
sées de ces vieilles Lorraines. Sturel serait porté à leur
reprocher leurs idées stationnaires, et même rétrogrades,
parce qu'elles s'opposaient à son départ pour Paris. Il
les juge superficiellement : elles conservaient tant bien
que mal l'esprit de cette honorable et vigoureuse bourgeoisie provinciale, qui semble aujourd'hui saignée ou

supprimée par les grandes secousses de la Révolution,
par les guerres de l'Empire, par le fonctionnarisme,
mais qui tout de même a duré assez pour assurer aux
idées de l'Encyclopédie une diffusion telle que jamais
plus, semble-t-il, la France ne sera privée de leurs parties essentielles.

En vain Sturel est-il légèrement prévenu contre ses
excellentes parentes par son grief de jeune homme : il
jouit sans en prendre conscience du contact avec ce qui
subsiste de cette forte espèce disparue ; il trouve parmi
ses vieux compatriotes et dans les parties anciennes de
sa petite ville le bien-être de sympathiser. Peu importe
qu'il soit incapable d'analyser, à la façon d'un Rœmerspacher, les éléments de son pays ! L'intelligence, quelle
petite chose à la surface de nous-mêmes ! Certains Allemands ne disent pas « je pense », mais « il pense en
moi » : profondement, nous sommes des êtres affectifs.

A l'occasion des vacances de Pâques, Sturel, cette
année même, passant quelques jours à Neufchâteau, de sa
fenêtre du rez-de-chaussée apercevait des juifs arrivés de
cet hiver et qui avaient loué la maison en face : ils recon-
duisaient des visiteurs jusque dans la rue. C'était peut-
être la dixième fois depuis le matin ; et toujours des
personnes que Sturel, né dans cette ville, ne connaissait
pas. Chez le père et la mère étaient venus se loger le fils
et la bru. Le dernier dialogue sur le trottoir, à chaque
visite, — on le devinait aux gestes, aux physionomies, —
c'étaient des compliments sur la naissance d'un enfant
survenu le mois d'avant. Et, de voir les quatre juifs recevant ces amabilités, parlant eux-mêmes de leur fils et
petit-fils avec amour, c'était un spectacle beau et touchant,
oui, un spectacle d'une animalité émouvante... On sen-

tait que ces gens-là eussent été magnifiques dans leur
ghetto de Francfort, prolifiques et préparant des humiliés et des vainqueurs du monde ; mais ceci restait que,
ruisselant d'une certaine intelligence, ils étaient laids
tout de même, avec leur mimique étrangère, sous le
porche d'une vieille maison de Neufchâteau. Sturel, tout
imbu des idées que, petit garçon, il avait pris au collège
de Neufchâteau, mais sans nulle animosité, se sentit, à les
regarder, envahi de tristesse : « Avec ceux-là, comment
avoir un lien ? comment me trouver avec eux en commu-
nauté de sentiments ?... Moins instruits que ces nomades,
moins liseurs de journaux, moins avertis sur Paris, les
bourgeois de Neufchâteau, qui sont en train de périr,
submergés sous leurs bandes, avaient une façon de sentir
la vie, de goûter le pittoresque, de s'indigner et de s'attendrir, enfin, qui faisait qu'avec eux je m'accordais et je
profitais. Nous avions, ce qui ne s'analyse pas, une tradition commune : elle nous avait fait une même conscience... »

Ce dernier voyage à Neufchâteau aura été très utile à
Sturel. Quitte à les élucider plus tard, il a emmagasiné
ces sensations. C'est sous leur influence mélancolique
qu'il vient d'écrire un article [1].

_____

1. _Les Deracinés_, 319-320. Quelques lignes plus bas, l'auteur
ajoute : « L'appel de Sturel au Français-type ne serait-il pas plus
puissant s'il nous disait son voyage à Neufchâteau, la genèse de
cet article... Il n'a pas encore filtré... ses idées », p. 321. Il les
filtrera plus tard, car voici déjà en germe le fameux chapitre de
l'Appel au soldat consacré à la _Vallée de la Moselle_. La page
qu'on vient de lire a donc une importance de premier ordre. Il
semble en effet que c'est au cours de cette visite de vacances, et
peut-être autour de ce grêle incident que la doctrine de M. Barrès sur
la Lorraine s'est cristallisée pour la première fois. Certes il s'était
déjà étudié dans le _Miroir lorrain_ (cf. chap. III). Mais de cette pre-

*
* *

Sturel acheva la journée avec sa mère. Jamais elle ne
lui inspira une plus tendre et plus respectueuse affection.
C'est qu'on souffre trop d'attribuer tout son échec à sa
propre faute et que Sturel, abjurant sa confiance habituelle
dans la puissance des volontés particulières, soumettait
l'individu aux circonstances, le rattachait à de vastes
ensembles, comme la feuille au chêne que secoue la
tempête. Dans son père regretté, dans sa mère assise
auprès de lui, il reconnaissait les maîtres de sa destinée,
des êtres de qui il n'était que le prolongement. Nos pères
ont mangé des raisins verts, nous ne le leur reproche-
rons pas, mais voilà pourquoi nous avons les dents
agacées. Saturé et humilié de soi-même, Sturel, à se
comprendre comme conditionné et nécessité, ressentait
cette sorte de paix morne que donne le bromure.

Avec une singulière persistance, un tableau qu'auraient
remplir d'ombre les années se levait du fond de sa
mémoire et l'émouvait. C'était une promenade en voiture
après une maladie. Jeune garçon de seize ans et déjà
orienté vers les magnificences de la poésie et les grandes
rêveries sur le « moi », il faisait sa première sortie de
convalescent avec sa mère ; mais, au bout d'une heure,
les cahots l'ayant fatigué, ils s'asseyaient dans une prairie et déballaient un goûter d'écolier, du pain, des fruits,
une « raie » de chocolat. Petite fête d'enfant modeste t.
elle contrastait aimablement avec les orgueilleuses idées

mière rencontre avec son vrai « moi », il avait conclu qu'il devait
fuir sa Lorraine et se fuir lui-même. Le voici, après une nouvelle
rencontre, le voici qui pressent une conclusion toute différente (Ed.).

qui commençaient de croître en lui et qui peut-être
n'avaient pas été étrangères à sa fièvre ! Cependant il ne
mangeait pas, se voyait pâle dans les yeux de sa mère
inquiète et respirait avec une intensité prodigieuse l'air,
le soleil, les forces éparses de la Lorraine...

Pourquoi donc, après quatorze ans, Sturel évoque-t-il
ces enfantillages ? C'est qu'ils demeurent à la racine de
toutes ses pensées ; c'est qu'aujourd'hui, dans ce soir
d'été, convaincu de ses échecs de politique et d'amour,
se sentant de toutes parts « en l'air », auprès de sa mère
encore il se retrouve tout naturellement et, derrière elle,
en fond de tableau, il voit les horizons de son pays, des
lignes simples, où rien ne l'étonnerait ni le dominerait.
Prompt à se décourager, à détester les lieux de sa défaite,
il entrevoit sur un terrain moins vaste et dans une discipline toute prête la possibilité d'agir avec effet. Au cours
de cette soirée, il lui demanda :

— Pourquoi ne retournerions-nous pas en Lorraine ?

— Qu'y faire ? dit Mme Sturel. Nous n'y connaissons
plus personne, et personne, François, ne t'y reconnaî-
trait.

Ils se virent comme deux exilés [1].

*
* *

— Achetez une maison, lui disais-je, dans l'allée des
Poivriers, à Athènes. Pour moi, mon rêve demeure une
vérandah, pleine d'œillets blancs, là-bas, sur l'Indus, aux
extrémités de l'empire d'Alexandre... Combien j'aime
aussi ce lac d'un bleu intense dont parlait Ximénès,

1. *Leurs Figures.* 271, 272.

l'Espagnol né à Avila. et qu'il vit dans les montagnes pleines de neige et de myosotis d'où il embrassait toute la Perse !

Ainsi je me plaisais à contrarier, à exciter Tigrane jusqu'à ce qu'il me dénonçât une nouvelle fois les ferments malsains de l'Asie et je pensais : « Bonheur ! voilà encore qu'il va maudire, et de l'objet que ces malédictions me décrivent si beau, j'enrichirai mon imagination[1]. »

* *

(*Le petit Philippe et son chien le Velu.*)

L'animal qui fut de toutes les promenades et de tous les repas, qui assista au « Je vous salue, Marie » du coucher, et au chocolat du matin, s'attacha de tout son cœur et de tout son estomac à son petit maître, car il apprit à le connaître comme un inépuisable sucrier. Et quand ils avaient joui de la journée en commun, c'est avec un même sentiment du devoir accompli que, vers les huit heures du soir, l'un en Z dans son lit, l'autre en O sur le tapis, commençaient de souffler régulièrement. Mais le souffle de Philippe dans la nuit, sans être plus honnête, me semble plus noble. Toute la maison se taisant, alors que le balancier de la pendule se hâte et nous entraîne vers ceux qui partirent, ce petit souffle me dit : « Que t'importe ! moi, je viens, et je serai toi-même après ta mort. »

On voit que l'éloquent Bossuet n'a jamais eu de petit garçon dans sa chambre à coucher pour écrire que « l'enfance est la vie d'une bête ». C'est vrai que sur le gravier d'un jardin, par une matinée de soleil, un *Velu*

1. *Le Voyage de Sparte*. p. 155.

qui remue la queue et qui jappe ressemble beaucoup à un
Philippe qui gazouille et qui saute à cloche-pied. Mais
sur ce brave caniche à la physionomie sans rayonnement
et qui demeurera stationnaire l'enfant exerce des pensées
déjà fortes.

Quand on est encore à ras du sol, ce sont les chiens
qu'on voit le mieux face à face; d'autant que Philippe,
d'un beau ruban rouge, sur le front de son ami, lie les
poils noirs pour dégager les yeux. Ses parents, s'il a fait
quelque chose de tout à fait gentil, — par exemple, s'il a
montré son affection pour eux devant des étrangers, —
baissent leurs paupières pour cacher leur bonheur, mais,
sur la face énamourée du *Velu* qui frétille, Philippe connaît toutes ses puissances. Il éprouve le plaisir sans être
jugé. C'est ce qu'on ne trouve pas chez les grandes personnes, parce que, tout de même, elles tâchent qu'on
soit bien élevé. Et puis un chien avec qui son petit maître
cause et mange des gâteaux n'a jamais ces mouvements
d'humeur, ces sautes brusques, comme on en voit aux
meilleures personnes qui font gonfler le cœur des enfants
sensibles. Il semble alors, rappelez-vous, que l'on soit
précipité d'une chambre pleine de musique et de bougies
dans de froides ténèbres...

Entre Philippe et le *Velu*, c'est maintenant une allégresse constante, c'est franchise et despotisme. Que
Philippe froisse cette fâcheuse oreille droite, qui toujours
est douillette, le chien crie comme devant, car ce cri,
c'est un réflexe, une sonnette d'alarme que lui a donnée la
nature, mais, loin de se sauver, il redouble ses caresses.
Et si je dis machinalement (un peu agacé par ce bruit) :

— Je t'assure, petit, que tu martyrises cette pauvre
bête !

Philippe, qui se fût autrefois fâché, n'en retient qu'un mot :

— Pourquoi que tu as dit que c'était une pauvre bête ?

« Pauvre », cela l'attriste, éveille en lui des images de faim, de froid, de pluie dans la nuit et de petits sous insuffisants. Et je le vois qui serre son ami dans ses bras, le réchauffe, le protège et l'examine [1].

1. *Les Amitiés françaises.* p. 67-70.

CHAPITRE II

CULTE ET CRITIQUE DES HÉROS

§ 1.

De tous ses désirs, le plus pressant tendait vers des êtres pour qui il pût s'enthousiasmer, contrarié par l'angoisse de leur paraître indigne [1].

Les voilà, comme les orientaux du désert qui cherchent un prophète [2].

. . enfiévrés par l'esprit d'imitation en face d'un héros [3].

. ,. impatients de recevoir une direction [4].

*
* *

Le plus subjectif des hommes, il ne se désintéressait de soi-même qu'en faveur de rares personnages avec qui il se croyait d'obscurs rapports [5].

*
* *

Quelle belle biographie romanesque on pourrait composer de ce Manso de qui l'on ne sait rien, sinon que, tendre, courtois et extrêmement beau, après avoir servi les derniers jours du Tasse demi-fou et humilié par la misère, il

1. *Les Déracinés*, p. 21. — 2. *Ib.*, p. 214. — 3. *Ib.*, p. 243. —
4. *Ib.*, p. 355.
5. *L'Appel au soldat*, p. 21.

distingua et aima cet autre grand poète, Milton ! Ainsi capable de reconnaître les génies, Manso assurément excusait leurs particularités. Il sollicitait d'entrer dans leurs beaux palais imaginaires sans prétendre qu'ils s'intéressassent eux-mêmes à sa petite maison d'honnête homme [1].

Quand j'avais dix-neuf ans et que je vis le grand Victor Hugo tout croulant de vieillesse, je souhaitai d'avoir ses quatre-vingts années ; joyeusement, pour vivre ses brèves dernières heures de gloire, j'aurais donné les longs espaces ouverts devant moi [2].

Que les moralistes excommunient Byron ; que les sages humilient Lamartine, nous sommes tous avec cette femme qui, vers 1860, étant par hasard dans un bureau de journal, vit un homme misérablement vêtu toucher à la caisse quelque argent d'un article, et, quand elle l'entendit nommer : M. de Lamartine ! elle tomba raide, évanouie de douleur.

Femme, chère femme, bien digne de comprendre la gloire, c'est-à-dire de serrer dans son cœur le nom, l'image, toute l'âme de ces véritables princes, de ces « puissances de sentiment » ! Les admire-t-on comme des phénomènes prodigieux, les aime-t-on comme les plus intimes amis ? Ils enthousiasment, intimident, désespèrent

1. *Du sang, de la volupté et de la mort*, p. 114.
2. *Du sang, de la volupté et de la mort*, p. 109.

et font pleurer. « *Si les pleurs et les soupirs ne peuvent* *porter le nom de plaisir, — disait dans une phrase d'ex-* *trême tendresse l'abbé Prevost, — il est vrai qu'ils ons* *une douceur infinie pour une personne mortellement affli-* *gée.* » Rien ne ressemble plus aux troubles d'un amant que l'émulation de celui qui sent les prestiges de la supé- riorité[1].

§ 2.

(Les intercesseurs.)

Ayant touché avec lucidité nos organes et nos agitations familières, sachons utiliser cette enquête. Que notre âme se redresse et que l'univers ne soit plus déformé ! Notre âme et l'univers ne sont en rien distincts l'un de l'autre ; ces deux termes ne signifient qu'une même chose, la somme des émotions possibles.

Hélas ! devant un immense labeur, mon ardeur si intense défaille. Comment, sans m'égarer, amasser cette somme des émotions possibles ? Il faut qu'on me secoure, j'appelle des intercesseurs.

Il est, Simon, des hommes qui ont réuni un plus grand nombre de sensations que le commun des êtres. Echelonnés sur la voie des parfaits, ils approchent à des degrés divers du type le plus complet qu'on puisse concevoir ; ils sont voisins de Dieu. Vénérons-les comme des saints. Appli- quons-nous à reproduire leurs vertus, afin que nous appro-

1. *Du sang, de la volupté et de la mort,* p. 108.

chions de la perfection dont ils sont des fragments de grande valeur.

Aisément nous nous façonnerons à leur imitation, maintenant que nous connaissons notre mécanisme.

D'ailleurs, il ne s'agit que de trouver en nous les vertus qui caractérisent ces parfaits et de les dégager des scories dont la vie les a recouvertes. Comme une jolie figure qu'un maître peignit et que le temps a remplie d'ombre, réapparaît sous les soins d'un expert, ainsi, par ma méthode et ma persévérance, réapparaîtront ma véritable personne et mon univers enfouis sous l'injure des barbares.

Courons dès aujourd'hui rendre à ces princes un hommage réfléchi. Je veux quelques minutes m'asseoir sur leurs trônes, et de la dignité qu'on y trouve je demeurerai embelli. Figures que je chérissais dès mes premières sensibilités, je vous prie en croyant, et par l'ardeur de mes désirs vos vertus émergeront en moi; je vous prie en philosophe, et par l'analyse je reconstituerai méthodiquement en mon esprit votre beauté.

Je passai les mois de novembre, décembre et janvier avec les morts qui m'ont toujours plu. Et je m'attachai spécialement à quelques-uns qui, au détour d'un feuillet, me bouleversent et me conduisent soudain, par un frisson, à des coins nouveaux de mon âme.

Des figures livresques peu à peu vécurent pour moi avec une incroyable énergie. Quand une trop heureuse santé ne m'appesantit pas, Benjamin Constant, le Sainte-Beuve de 1835, et d'autres me sont présents, avec une réalité dans le détail que n'eurent jamais pour moi les vivants, si confus et si furtifs. C'est que ces illustres esprits, au moins tels que je les fréquente, sont des fragments de moi-même. De là cette ardente sympathie qu'ils m'inspirent. Sous leurs

masques, c'est moi-même que je vois palpiter, c'est mon
âme que j'approuve, redresse et adore. Leur beauté peu
sûre me fait entendre des fragments de mon dialogue intérieur, elle me rend plus précise cette étrange sensation
d'angoisse et d'orgueil dont nous sommes traversés, quand,
le tumulte extérieur apaisé quelques moments, nous assis-
tons au choc de nos divers Moi[1].

§ 3.

Mais j'entrevois que ces couches superposées de ma conscience, à qui je donne les noms d'hommes fameux, ne sont
pas tout mon Moi. Je suis agité parfois de sentiments mal
définis qui n'ont rien de commun avec les Benjamin Constant et les Sainte-Beuve. Peut-être ces intercesseurs ne
valent-ils qu'à m'éclairer les parties les plus récentes de
moi-même[2]...

§ 4.

Quelques mois avant d'être majeur, il quitta sa province
pour terminer de niaises études, probablement son droit, à
Paris. Il y vécut la vie des conversations interminables qui
est toute l'existence d'un étudiant français un peu intelligent.

Il fréquenta habituellement :

1° Des cafés où se retrouvaient des jeunes gens ambitieux ou artistes ;

1. Un Homme libre, p. 77-80.
2. Un Homme libre, p. 102.

2° *Quelques cabinets de travail de littérateurs connus ;*

3° *La Bibliothèque Nationale, l'École des hautes études, des concerts le dimanche, des musées.*

Dans cette vie où il se dispersait, il apportait en somme assez de clairvoyance. A Paris, il ne trouva pas ces hommes d'exception qu'il imaginait, et à cause desquels il s'était méprisé pendant des années. Quant à l'aimable plaisir qu'on y rencontre à chaque heurt de rue ou de conversation, il estimait qu'il en faudrait davantage pour que cela suffît [1].

§ 5.

C'est en écoutant les légendes des autres que nous commençons à limiter notre âme : nous soupçonnons qu'elle n'occupe pas la place que nous croyons dans l'univers [2].

---

1. *Sous l'œil des Barbares,* p. 185, 186. Cette « concordance » est placée en tête du chapitre V de *Sous l'œil des Barbares,* chapitre que nous allons bientôt reproduire lorsque, dans la série des héros nous serons arrivés à M. Renan (Ed.).

2. *Sous l'œil des Barbares,* p. 62.

BOUTEILLER[1]

En octobre 1879, à la rentrée, la classe de philosophie du lycée de Nancy fut violemment émue. Le professeur M. Paul Bouteiller était nouveau et son aspect, le son de sa voix, ses paroles dépassaient ce que chacun de ces enfants avait imaginé jamais de plus noble et de plus impérieux.

Un bouillonnement étrange agitait leurs cerveaux et une rumeur presque insurrectionnelle emplissait leur préau, leur quartier, leur réfectoire et même leur dortoir : car, pour les mépriser, ils comparaient à ce grand homme ses collègues et l'administration. Ce bâtiment d'ordinaire si morne semblait une écurie où l'on a distribué de l'avoine.

A des jeunes gens qui jusqu'alors remâchaient des rudiments quelconques, on venait de donner le plus vigoureux des stimulants : des idées de leur époque[2] !

1. Il est parlé longuement dans la préface, de ce héros qui exerça une si grande influence sur le développement de M. Barré.

2 *Les Déracinés*, p. 1.

4

*
* *

Devant ces pauvres enfants, vulgaires, cyniques, habitués à craindre des maîtres que les plus développés s'élevaient seulement jusqu'à mépriser, M. Bouteiller tint l'emploi d'un jeune dieu de l'intelligence... Jeunes sauvages, serrés sur leurs bancs, ils l'écoutent, l'observent, un peu méfiants, le guettent et s'apprivoisent par l'admiration... Quelle matière sublime, qu'un troupeau de jeunes mâles reclus, confiants et avides ! Par ses actes, même indifférents, M. Bouteiller les modelait... C'était exactement le sorcier de jadis, mais d'aspect moderne... Eux le regardaient marcher, jouissaient de sa voix, contemplaient son autorité, plus avidement qu'ils n'eussent écouté un héros de tragédie... « Il va à Paris, comme il avance, si jeune ! Et moi, aurai-je une telle vie ?... » Ses phrases, durant une demi-année, avaient conseillé la soumission aux besoins de la patrie, le culte de la loi, mais son image triomphante dominait ces enfants, les faisait à sa ressemblance et obligeait leur volonté... Les sorcières annonciatrices de Macbeth dansent, pour les jeunes imaginatifs, sur les préaux de tous les lycées [1]...

*
* *

(*Lettre de Saint-Phlin à Sturel.*)

Veux-tu me permettre de te citer Pascal (d'après Mme Périer) ? Vous vivez à Paris avec des esprits supérieurs, nous sommes obligés de les suppléer par des livres :

1. *Les Déracinés*, ch. Ier Le Lycée de Nancy.

« Les discours de Blaise Pascal sur les pauvres exci-
taient parfois ses familiers à proposer des moyens et des
règlements généraux qui pourvussent à toutes les nécessités : cela ne lui semblait pas bon et il leur disait qu'ils
n'étaient pas appelés au général, mais au particulier, et
que la manière la plus agréable à Dieu était de secourir
les pauvres pauvrement, c'est-à-dire chacun selon son pouvoir, sans se remplir l'esprit de ces grands desseins qui
tiennent de cette excellence dont il blâmait la recherche
en toutes choses. »

Cette excellence et ces grands desseins, je les trouve
chez toi, mon cher Sturel. Je suis tout prêt à secourir
mon pays, mais passe-moi la plaisanterie, pauvrement.

Tu te fais le vengeur de la morale publique ; c'est
un beau rôle, mais bien pénible, car te voilà engagé à
ferrailler indéfiniment avec des gens que tu méprises.
Eviteras-tu le danger trop certain de ressembler pour
finir à ceux qu'on guette en tous leurs mouvements ?
Quoi qu'il en soit, tu nous serviras moins que si, leur
tournant le dos, tu poursuivais le bien public par tes
moyens propres.

Moi, homme du terroir, éloigné de vos querelles
parisiennes, j'embrasse la situation mieux que vous ne
le pouvez. Ce n'est pas d'aujourd'hui, François, que tu
souffres des Bouteiller. Te rappelles-tu, en 1879, au
lycée de Nancy, notre classe de philosophie si fiévreuse ?
Bouteiller nous promenait de systèmes en systèmes, qui,
tous, avaient leurs séductions, et il ne nous marquait
point dans quelles conditions, pour quels hommes, ils
furent légitimes et vrais. Nous chancelions. Alors il nous
proposa comme un terrain solide certaine doctrine
mi-parisienne, mi-allemande, élaborée dans les bureaux

de l'Instruction publique pour le service d'une politique.
« Je dois toujours agir de telle sorte que je puisse vouloir
que mon action serve de règle universelle », tel était le
principe kantien sur lequel Bouteiller fondait son enseignement. Il y a là une méconnaissance orgueilleuse et
vite tracassière de tout ce que la vie comporte de varié,
de peu analogue, de spontané dans mille directions
diverses. En effet, pour conclure, Bouteiller nous enseignait qu'un certain parti possède une règle universelle,
propre à faire le bonheur de tous les hommes.

Cette prétention, qui fait de Bouteiller avec toutes
ses tares, un apôtre, un fanatique religieux [1]...

*
* *

Sturel voyait de face, à quelques mètres au-dessus de
lui, Bouteiller [2]. Le coup de théâtre du jour, l'échec de la
manifestation annoncée, le sentiment très juste que la
campagne boulangiste n'avait pas entamé le formidable
état-major groupé là, et tout au fond la fureur du sang
versé, remplissaient le député d'une joie que ses nerfs ne
parvenaient pas à maîtriser. Lui, si froid dans sa chaire
de lycée, il gesticulait, se penchait, suivait avec un rire
franc tous les mouvements de Floquet. Sa belle pâleur, si
noble, quand de sa voix grave il commentait la sérénité
des penseurs, semblait à son ancien élève déplacée et

1. *Leurs Figures* 221-222.
2. Bouteiller était sur l'estrade avec l'état-major opportuniste
lors de l'inauguration du monument de Gambetta dans la cour du
Carrousel. Ce jour-là même, Floquet venait de blesser en duel le
général Boulanger (Ed.)

vraiment compromise par ces hommes d'affaires, par
ces reporters, par ces individus insouciants et durs qui
grouillaient sur cette estrade avec le sans-gêne et la vulgarité d'une réunion de chasseurs. Autour de Gambetta,
représentatif du patriotisme quand même, de la foi
obstinée en la patrie, ils n'apportaient qu'une certaine
fraternité d'associés qui se frottent les mains et clignent
de l'œil, ayant fait dans la matinée une bonne opération.
Leurs lourdes physionomies révélaient bien des êtres
bas, façonnés pour les plus grossières jouissances, à qui
sont inconnues et même interdites de naissance toutes les
hautes curiosités intellectuelles, aussi bien que les délicatesses de l'âme.

A un instant, Floquet ayant ouvert une dépêche dit
avec animation quelques mots qui remuèrent son entourage. L'excuse d'un invité ? la félicitation d'un personnage
important ? Dans cette foule qui n'avait en tête que le
tragique du jour, une rumeur courut : le président du
Conseil venait d'apprendre que Boulanger entrait en
agonie. Les cris féroces de : « Vive Floquet ! » redou-
blèrent ; il y eut une nouvelle poussée vers son estrade,
et Sturel, à travers les chapeaux agités à pleines mains,
ne perdait pas de vue Bouteiller, parce que, sur ce
visage associé aux plus hautes méditations de sa première
jeunesse, il espérait surprendre une interprétation supérieure de ces abjectes réalités.

Ce jeune homme attardé au vestibule de la vie, qui est
sentimental, apportait dans ce tourbillon un idéalisme
tout à fait excentrique : il surveillait Bouteiller, sans se
montrer lui-même ; il craignait de le gêner en le dévisa-
geant dans l'exercice de ses fonctions un peu basses et
au milieu de passions dont la cruauté devait les choquer

l'un et l'autre ! Aussi quelle stupeur et très vite quel âpre
dégoût, quand, au milieu de ces vivats qui tournaient à
l'ovation, il vit Bouteiller s'interrompre de sa causerie,
se tourner vers Floquet, s'associer à l'enthousiasme
populaire, l'exciter, et bientôt, dans la frénésie qui sou-
levait ces vastes espaces, se faire l'entraîneur des personnes dont il était le centre, sauter des deux pieds
en l'air avec allégresse et fureur, et le bras tendu,
— comme un jeune ouvrier, à la sortie de sa fabrique,
secoue sa casquette en l'air, se détend les muscles
et crie par bouffonnerie : « Vivat ! » à quelque camarade, — imposer aux siens, communiquer plus loin et
peu à peu à toute la foule un cri affreux de : « A bas la
Boulange ! »

De cet homme blême et grave, jadis un dominateur
que les jeunes lorrains du lycée de Nancy ne pouvaient
concevoir agité par aucun désordre, dansant maintenant et vociférant avec une fureur contrariée et exagérée par sa maladresse d'homme de bureau, Sturel, en
une seconde, prit une image inoubliable, dégradante et
macabre. Mais avec cette esthétique du bon fils qui
jeta un manteau sur Noé, ivre et tout nu, il s'effaçait
d'autant plus par crainte que son regard ne fît rougir le
malheureux.

Quelle erreur de jugement ! Bouteiller, dans sa chaire
de philosophie, adoptait une certaine tenue glaciale et
hautaine, mais c'était une attitude professionnelle, une
tradition reçue à l'École normale. Pour le vrai, ce brutal,
en étudiant par métier les diverses conceptions que
l'humanité s'est faites de la vérité, n'admettait dans sa
partie profonde et héréditaire la légitimité d'aucune
espèce intellectuelle autre que la sienne. A sentir ses

fureurs blâmées, il n'eût réagi que pour les exagérer. Sturel allait s'en convaincre.

Au terme de cette longue cérémonie, sur le pont des Saints-Pères, encombré de foule, il croisa son ancien maître, et comme des agents déblayaient brutalement la chaussée, il l'entendit déclarer d'une voix trop haute à son entourage :

— La bête n'est pas morte ! mais mort est le venin.

Cette provocation et surtout l'accent de sèche impériosité soulevèrent des protestations parmi les petites gens, déjà bousculées pour leur lenteur à circuler, qui se nommaient au passage les personnages officiels. Le bras de Sturel prêt à saluer son maître s'arrêta. Bouteiller vit le geste interrompu. A vingt ans il avait eu l'orgueil, bien moderne, de son humble naissance ; il méprisait les fils de famille. Dans sa haute situation et parce que son intelligence à l'usage des affaires s'était dépersonnalisée, son sentiment de classe sommeillait : avec quelle soudaineté et quelle violence le réveilla ce heurt d' « un jeune impertinent » ! Son regard, en riposte, n'était plus du métaphysicien de jadis : il délaissa cette sévère impassibilité où ses élèves admiraient les prestiges de la supériorité morale. Toutes barrières étaient tombées : c'était un regard non plus d'homme à enfant, mais provoquant, d'homme à homme, et par lequel Sturel se sentit libéré. Le boulangiste n'avait plus à retenir le cri défié sur ses lèvres. D'une voix retentissante, pleine de fureur, il lança :

— A bas les voleurs [1] !

1. *L'Appel au soldat*, p. 169-172.

*
* *

— Monsieur Sturel, ma démarche seule vous fait assez connaître si votre projet me touche[1]. J'ignore quelles apparences se liguent contre moi pour vous autoriser à un tel éclat, mais nous traversons une crise de fébrilité où l'imagination publique, prête à délirer, admet des fantômes dont il faudrait hausser les épaules. Étrange désordre où les meilleurs serviteurs de la République doivent se défendre et qui bouleverse tous les rapports puisque moi, votre aîné et votre adversaire, je viens ici faire appel, dans notre commun intérêt, à votre sens politique.

Sturel, assis et les bras croisés, se livrait à la volupté d'entendre cette belle voix, qu'une dure circonstance ne changeait pas et qui touchait dans son âme les bases mêmes de la vie intellectuelle qu'elle y avait posées en 1882. Il eût voulu que l'ombre dans la pièce fût encore plus épaisse pour mieux cacher le sentiment âpre et tragique dont l'emplissait cette scène. Bouteiller semblait à son ancien élève, à son ancien croyant, un prêtre défroqué. Mais quand le député prononça qu'il venait en appeler au « sens politique » du jeune homme, celui-ci éprouva une désillusion : il reconnut le professeur, le marchand de leçons, il ne distingua pas le pathétique dont il espérait souffrir. Son émotion diminua ; la gêne seule subsista.

— ... Ce m'était déjà une souffrance, continuait Bou-

---

1. On est en pleine crise panamiste. Sturel se trouve en mesure de faire des révélations qui compromettraient son ancien maître. C'est ce qui explique la visite qu'il reçoit de Bouteiller (Éd.).

teiller, que des dons appréciés par moi avant tous ser-
vissent contre mes idées, mais voici qu'ils se tournent
contre ma personne ! J'ai voulu apprendre de vous-même
vos intentions.

— Nous représentons deux systèmes, — dit Sturel,
avec la dureté d'un homme déçu de son plaisir, le plaisir
de s'émouvoir noblement ; — croyez, monsieur le député,
que je regrette de trouver mon ancien maître derrière le
système que j'attaque.

Bouteiller, tout entêté de politique, ne comprit pas que,
pour toucher Sturel, il devait parler du lycée de Nancy
et des obligations qu'alors il pouvait avoir prises sur un
petit garçon de Lorraine. Il fallait sortir du Parlement,
entrer dans l'humanité. Il ne sut que mêler le ton perfide
à l'ennuyeux [1].

*
* *

*(Bouteiller, supplanté à la Chambre, par
son ancien élève Suret-Lefort.)*

Au milieu d'un morne silence on vit une scène dépouillée
de pittoresque, mais infiniment tragique dans ses dessous.

Suret-Lefort aspirait à prendre dans la majorité républicaine la place que Bouteiller compromis et décrié ne
semblait plus en puissance de tenir. Et puis le jeune
ambitieux était excédé de la suprématie que son collègue
exerçait en Lorraine. Il faut reconnaître une grande
vérité d'où naissent les amertumes des hommes de parti :
un soldat déteste plus son lieutenant que le lieutenant

1. *Leurs Figures*, p. 255, 256.

de l'armée ennemie. Les intolérables dégoûts qui saturent bien vite un homme plongé dans la politique lui viennent moins de ses adversaires que de ses coreligionnaires.

Suret-Lefort osa dire :

— Je réclamerai un crédit supplémentaire et déposerai une motion, mais je demande ici que M. Boutéiller n'intervienne pas pour faire perdre quarante voix, comme il y a cinq jours.

Un silence succéda ; on baissait les yeux. Le coup si rude ne fit pas chanceler Bouteiller. Il répliqua. C'était improvisé et ce fut superbe. Il savait qu'en politique il faut toujours se composer, au mieux des circonstances, l'attitude d'un homme qui n'envisage rien que l'avantage général. Et puis, pas d'injustice : il y a une chose qu'on ne peut contester à ce désagréable Bouteiller, c'est une sorte de magnanimité professionnelle ; il se prise si haut qu'il confond toujours ses propres intérêts et les intérêts de son parti.

— Je remercie, dit-il en substance, mon ami Suret-Lefort de m'avoir fait songer que l'heure est peut-être venue de céder la place à des talents plus jeunes. Je répondrai pourtant à ce qu'il dit de mon impopularité devant la Chambre. Ce qu'on poursuit en moi, c'est l'homme qui s'est mis en travers du honteux torrent boulangiste, c'est l'homme qui s'est opposé à la campagne d'outrages et de soupçons menée au nom d'une honnêteté suspecte contre la politique républicaine. Le boulangisme, sous quelque nom qu'il se masque, a-t-il fini ses entreprises ? Je renoncerai à la vie publique quand les nouveaux venus de mon parti m'auront prouvé qu'ils sont à même de triompher sans leurs anciens.

Il traita ce thème avec un admirable vigueur, brièvement. Mais quand il eut terminé, lui qui avait si fort l'habitude de la parole, il était trempé de sueur. On l'admira ; on ne changea point des résolutions arrêtées en secret : Suret-Lefort fut désigné pour parler seul.

Certes, aux yeux du psychologue, l'extérieur de Bouteiller ou de Suret-Lefort ne promet rien que de mauvais. Chez le souple Suret-Lefort comme chez Bouteiller durci déjà par quelque usure, les yeux se montrent ardents, la bouche sans humanité, la physionomie fausse et terrible. Ni l'un ni l'autre n'ont d'amis : ils ne se proposent jamais rien que pour surnager et pour dominer, et ils ne s'interrompent jamais de cette fureur. Toutefois, Suret-Lefort, plus éloigné que Bouteiller de la première fournée républicaine où il y eut des hommes d'État, est avant tout « électoral », c'est-à-dire amène, bénisseur et sachant rire. Par là il comptait chez ses collègues et chez les journalistes plus de sympathies que son rival du jour : ce fut une traînée de poudre pour se réjouir de son succès.

En sortant de la Commission, Bouteiller ne quitta point le Palais-Bourbon ; il prit sa place en séance, et les félicitations qu'à deux pas Suret-Lefort recevait lui firent comprendre à quel complot il succombait. Son échec prenait l'ampleur d'une exécution. Il crut sentir au dedans de lui-même des cavernes qui s'ouvraient, des réservoirs obscurs de sensibilité. Chez tout homme il paraît y avoir une âme de poète. Certains meurent sans l'avoir entendue. Bouteiller ne l'entendait pas alors qu'il était jeune, enivré par ses succès, amoureux tout frais de sa cause. Mais cet après-midi quand, pour le bien de ces idées mêmes auxquelles il s'est donné corps et âme, tous ses amis se rallient au médiocre et brillant Suret-Lefort, Bouteiller trahit dans son regard et jusque dans son teint terreux une extraordinaire puissance de tristesse. Contre ses adversaires et pour son parti, il eût avec ivresse trouvé d'immenses réserves d'énergie, mais être renié, livré en dérision ! Et quel moyen de se venger ? En s'arrachant de ces coreligionnaires qui le sacrifient, il romprait des liens faits de sa chair et par où un même sang les vivifie [1].

[1] *Leurs Figures.* p. 275-278. On trouvera plus loin, p. 202-212, les adieux de Sturel à Bouteiller (Ed.).

M. RENAN [1]

C'est M. X***, M. X***, causeur divin, maître qui ins-
titua des doubles à toutes les certitudes, et dont le contact exquis amollit les plus rudes sectaires... Il nous conquiert tous par l'approbation perpétuelle de sa tête qui
s'incline... Ses paupières sont alourdies, car sur elles
repose la vierge fantaisie. Mais le jeune homme, parce
qu'il aimait, sut voir les prunelles bleues du sophiste
rêveur. Il l'aborda sans hésiter; il lui dit son inquiétude,
qu'une bourrique pessimiste et un théoricien ne surent
apaiser, ses amours anémiques, ses rêves de haut désintéressement et ses piétinements. Il le pria de lui indiquer
le but de la vie, en peu de mots, dans ce décor d'une fête
de Paris.

Le philosophe voulut bien sourire et le comprendre
sans plus.

« Je pense que nous pourrons vous tirer de peine,
mon ami, et vous procurer le bonheur, puisque, en vos

1. Rappelons que M. Renan est pris ici comme symbole des
héros que l'auteur de *Sous l'œil des Barbares* s'était de loin repré-
sentés comme des êtres d'exception. Il ne s'agit, en aucune façon,
de le définir lui et son œuvre. (Ed.)

successives incertitudes, vous respectâtes la division des
genres. Vous connûtes l'amour, et hier encore vous
frissonniez des plus nobles enthousiasmes. De telles
expériences bien conduites sont précieuses... Vous avez
sans doute vingt-un ans ? »

Il sourit et se frotta les mains.

« S'il vous plaît, continua-t-il, goûtons quelque
absinthe. Voilà des années que je célèbre les jouissances
faciles sans les connaître. A mon âge, imaginer ne suffit
plus ; de petits faits, de menues expériences me ravissent. »

Et battant son absinthe avec une délicieuse gaucherie,
l'illustre vieillard se complut encore à quelques compliments ingénieux, tandis qu'à chaque gorgée leur soir se
teintait de confiance.

« Mon jeune ami, permettez que je retouche légèrement votre univers. Il est assez du goût récent le meilleur, je voudrais seulement le préciser çà et là.

« Vos maîtres, leurs livres et leurs pensées diffuses
vous firent une excellente vision, un monde d'où est
absente l'idée du devoir (l'effort, le dévouement), sinon
comme volupté raffinée ; c'est un verger où vous n'avez
qu'à vous satisfaire, ingénuement, par mille gym-
nastiques (je vous suppose quelques rentes et de la
santé).

« Et pourtant vous vous plaignez ! Certes, tant de tendresse, dont vous me disiez les soupirs, n'assouvit pas
votre cœur, et vos bras sont rompus pour avoir haussé
dessus les barbares un rêve héroïque. Mais quoi ! faut-il,
à cause de ces lendemains désabusés, que votre cœur
méfiant oublie des instants délicieux ?...

« C'est à vous-même qu'il faut vous attacher et non aux imparfaites images de votre âme : femmes, vertus, sciences, que vous projetez sur le monde.

« Les petits enfants, entre deux travaux de leur âge, jouent au voleur ; ils goûtent avec intensité les plaisirs de l'astuce, de l'indépendance et du péché, entre quatre murs, de telle à telle heure. Ainsi faites, et créez-vous mille univers. Que votre pensée vous soit une atmosphère aimable et changeant à l'infini. Lord Beaconsfield, qu'il nous faut honorer, écrit « s'il chercha un refuge dans le « suicide, ce fut, comme tant d'autres, parce qu'il n'avait « pas assez d'imagination ».

« Sûtes-vous jouer de l'amour ; en tresser des guirlandes à votre vie et à votre rêve ? Je vous vis à l'écart, froissé... »

Le jeune homme frissonna sous ce dernier contact trop intime, et le vieillard qui s'en aperçut fit obliquer son discours :

« Hélas ! je négligeai moi-même les mimiques d'amour. Je serai plus compétent à vous décrire un autre synonyme du bonheur ; c'est la recherche de la notoriété que je veux dire : réputation, gloire, toute publicité suivie d'avantages flatteurs. Des hommes mûrs et des jeunes même s'y complurent, que l'amour n'avait su retenir. Sans doute, à tendre la main derrière ces instants aimables que je veux vous indiquer, vous ne trouverez rien de plus qu'après le baiser de votre amie ou l'enivrement de votre vertu, mais, pour créer cette troisième illusion, les méthodes sont très amusantes.

« Jeune, infiniment sensible et parfois peut-être humilié, vous êtes prêt pour l'ambition. Permettez que je vous trace un itinéraire sûr, que je vous signale les tournants pittoresques, que je vous tende la gourde et le manteau à cause des désillusions et du soir où, lassé, on bâille dans l'auberge solitaire. — Donc qu'un garçon me verse et l'absinthe et la gomme, puis parlons librement et sans crainte de commettre des solécismes, comme faisaient jadis deux cuistres, discutant de la grammaire en cabinet particulier.

« Et d'abord instituez-vous une spécialité et un but.

« J'ajouterai et j'y appuye : Ne t'arrête jamais à mi-chemin dans ce jeu d'ambition. Réalise ou parais réaliser ta formule entière ; acquiers toute la gloire que tu t'es ouvertement proposée. Ceci est une nécessité : il ne s'agit plus seulement de te réjouir, en un coin de toi-même, de tes contenances savantes ; il s'agit d'être ou de ne pas être battu quand tu seras vieux.

« Pour moi, jeune homme, — il vida son verre et prit sa voix grave, — à cause qu'étant jeune j'eus des besoins d'expansion sur l'exégèse et la morale, je me vis contraint de pousser jusqu'à cette notoriété considérable où l'on m'honore. Je ne songeais guère à rire. J'avais dès mon départ avoué des buts trop hauts, il me fallut y atteindre ou qu'on me bâtonnât. Aujourd'hui, ayant satisfait à ma formule, je salue et j'aime qui je veux, je souris et je m'attriste à mon plaisir ; tout le monde, et même des personnes convenables, raffolent de mes petits mouvements de tête, de mon grand mouchoir et des ironies, où j'excelle. Je dîne tous les soirs en ville avec des dames décolletées, un peu grasses, comme je les préfère, qui m'entreprennent sur la divinité, et avec des messieurs qui rient tout le temps par politesse. Voilà quelle belle

chose est la notoriété ! Ah, jeune homme ! soyons opti-
mistes ! »

Le vénérable M. X*** se prit à rire un peu lourdement,
puis se leva et sur le talon, malgré sa corpulence,
pirouetta : ce fut presque une gambade. Ensuite, excu-
sez-moi, il porta les mains à son cœur, en ouvrant brusquement la bouche, comme un homme incommodé qui va
vomir. D'un trait pourtant il vida son verre. Et, après un
silence :

« Oui reprit-il, c'est le paradis, cette nouvelle vision
de la vie : les hommes convaincus qu'on se crée ses
désirs, ses incertitudes et son horizon, et acquérant
chaque jour un doigté plus exquis à vouloir des choses
harmonieuses. — Hélas ! il y aura toujours la maladie.
— Oh ! je suis bien souffrant (et il appuyait son front
dans sa main, son coude sur la table). C'est toujours
l'extériorité qui nous oppresse. Mais vivons en dedans.
Soyons idéalistes... (Il s'essuyait le visage). A l'alcool
qui n'est décidément qu'une vertu vulgaire, préférez la
gloire, jeune homme... (Il s'éventait avec le *Figaro*). Elle
te permettra tout au moins, sur le tard, de donner des
conseils, de te raconter, d'être affectueux et simple, car
le grand idéaliste se plaît à tresser chaque soir une
parure de héros pour sa patrie. — Mais buvons à ceux
qui nous succéderont et qui, soit dit sans te rabaisser,
produiront des problèmes d'une complexité autrement
coquette que tes mélancolies, s'ils ajoutent au fonds de
la nature humaine la curiosité et la science de tous ces
jeux que nous entrevoyons ». (Et le vieillard un peu
chancelant se leva.)

Mais j'abrège ce pénible incident. Le jeune homme,

naïf, inculte ou piqué ? ne sut comprendre l'agrément de
cette philosophie, et poussé, je suppose, par un respect,
peut-être héréditaire, pour l'impératif catégorique. il
passa tout d'un trait les bornes mêmes du pyrrhonisme
qu'on lui enseignait, jusqu'à soudain administrer à ce
vieillard compliqué une volée de coups de canne. Celui-
ci s'affligea bruyamment, mais lui triomphait disant : « Eh
bien ! grattez l'ironiste, vous trouvez l'élégiaque. » Même
il eût répliqué par des choses de la morale et de la métaphysique aux arguments de M. X*** si les garçons et le
maître d'hôtel ne les avaient poussés dehors.

Et le peuple ricanait.

De ce jardin, de ce printemps où Paris lui était apparu
élégant et sec, le jeune homme sortit fort énervé. Il élevait jusqu'à la haine de tout son mécontentement intime.
Ardeur étrange et dont je le blâme, il eût volontiers con-
senti à la dynamite, car sa confiance dans ce qu'il désirait s'écroulait, et au même instant il revoyait toutes les
déceptions et humiliations déjà amassées.

Après s'être ainsi meurtri, s'inquiétant d'avoir battu le
glorieux vieillard qui fait partout autorité, il cherchait
une justification raisonnable à cet accès injurieux de sa
sensibilité étonnée. Et il disait :

« Si la gloire (académie, tribune française, notoriété,
Panama) n'est que cette combinaison qu'il m'indiqua,
pourquoi la respecterais-je ?

« S'il mentait, d'autre part, je fis bien de le châtier, car
il salissait un des premiers mobiles de la vertu humaine.

« Enfin, s'il n'était qu'ivre, joueur de flûte ou cory-
bante, je ne l'endommageai guère, car les os de l'ivrogne
sont élastiques, nous enseigne la science, qui est une
belle chose aussi. »

C'est ainsi que tout à la fois trop grossier et trop sensible, il s'éloigna de cette prairie, la plus riante qu'ouvre ce siècle aux viveurs délicats [1].

* *
*

Cette après-midi, quand je fus introduit dans le cabinet de M. Renan, l'illustre académicien sommeillait légèrement sur d'antiques grimoires. Avec une parfaite aisance, il se réveilla, sans secousses, comme un sage qui est accoutumé de passer du rêve aux affaires. Et déjà il m'approuvait.

— Monsieur, lui dis-je, avez-vous été ému de l'assaut qu'on vous fit, pour votre *Abbesse de Jouarre* ?

J'avoue que ma question me paraissait déjà maladroite. Mais cette chaleur, cette digestion du milieu du jour, m'ont toujours diminué.

M. Renan (qui me traite avec faveur, parce que je n'interroge que pour plaire), ayant levé sur moi son regard qui vaut le magistral petit coup d'œil d'un énorme éléphant, me rassura d'un dodelinement, puis il installa son corps pour parler plus à l'aise...

« Le *Figaro*... m'a reproché d'avoir trop d'esprit. Est-ce donc en avoir trop que d'envier ses rédacteurs ? Un journal est la meilleure forme que je sache pour l'exposition de la vérité. A côté d'un premier-Paris, qui est une affirmation de principes, voilà le portrait d'un homme politique, un tableau de la situation du pays, les ruses électorales, mille petits faits qui corrigent l'absolu des doctrines affichées en première page ; puis viennent

1. *Sous l'œil des Barbares*, p. 195 211.

les échos avec leurs *Five o'clock*, leurs intrépides vide-bou-
teilles et autres détails de luxe. Par ces contrastes vous
indiquez que les hautes recherches, si belles qu'elles
soient, ne sont pas toute la vie, que les sourires, les pri-
meurs et la lumière électrique ne sont pas une quantité
négligeable. Ainsi, les divers articles d'une gazette donnent à chacun de nous la vision du monde qui nous convient particulièrement, mais en même temps un journal,
puisqu'il renferme toutes les visions qu'on peut se faire
de la vie, est bien la forme la plus approchante que nous
ayons de la vérité. Il n'est pas jusqu'à cette formule : *La
suite au prochain numéro*, qui ne soit excellente, car elle
nous fait souvenir que Dieu, ce merveilleux romancier,
n'a jamais dit son dernier mot.

« Vous êtes un peu journaliste, monsieur, avouez-le,
votre art exquis ne peut être compris dans ses intentions
que des intelligences très averties. Ce n'est pas votre
affaire de rien expliquer ; vous vous bornez à noter ce
que l'on voit quand on regarde par la fenêtre. Mon métier
est plus triste ; je suis un pédagogue. C'est moi qui com-
mente toutes les jolies choses que les journalistes à travers les siècles ont vu passer. (Les journalistes jadis,
c'étaient les prophètes ; ils faisaient des *premiers-Paris*
très violents sur la place publique : Rochefort ou mieux
encore Mlle Michel m'aident souvent souvent à me figurer
Ezéchiel).

« Je dois montrer le rapport des divers idéals de l'humanité et faire luire toutes les facettes de la vérité : à cet
effet je n'ai rien trouvé de mieux que d'incarner chaque
opinion en une personne et de la faire se comporter
comme un être vivant. J'ai écrit des dialogues pour nuan-
cer plus vivement les états de ma pensée. Mais vous pen-

sez bien que je n'ai aucune intention scénique. Le théâtre
vit de la passion qu'y porte la foule. Les applaudissements populaires nous effrayeraient, nous autres abstrac-
teurs de quintessence. Il ne serait pas bon que des
esprits neufs, ou du moins mal renseignés, fussent mêlés
aux jeux de la métaphysique. Ils pourraient tirer des conséquences dangereuses de propositions que nous aventu-
rons, bien qu'elles ne soient, après tout, que des vérités
incomplètes. Car, je vous le dis en confidence, nous
sommes d'étranges amoureux, nous faisons des monstres
à notre maîtresse, qui est la vérité. Nous avons créé des
diables, des dieux, des loups-garous et des constitutions.
Quand ils s'échappaient par le monde, c'était un grand
malheur. Une sécurité nécessaire au penseur est qu'il se
dise : Je fais mes expériences dans un cabinet bien clos ;
si mes calculs sont faux, si mes cornues éclatent, je ne
tuerai guère que mon préparateur et une paire de disciples. Bref, nous avons des idées qu'il faut tenir en cage
comme les chiens sur lesquels travaille M. Pasteur.
M. Pasteur tient ménagerie pour le bien de l'humanité,
mais il peut être un danger pour la rue d'Ulm. Ne lâchez
pas plus en représentations publiques les idées d'un philosophe que les chiens de M. Pasteur. »

J'objecte alors à M. Renan que le *Dialogue des morts*,
qu'il a consacré à Victor Hugo, a été représenté par les
artistes de la Comédie-Française. M. Renan me répond
que seule cette grande circonstance a pu le décider à
cette publicité.

Et pourtant, je surprends chez lui une complaisance à
parler des répétitions qu'à cet effet il suivit au côté de
M. Claretie.

— Je craignais M. Coquelin cadet, me dit-il, parce

qu'on m'avait prévenu qu'il fait sans trêve des calembours. Quoique j'aie vu Victor Hugo y exceller, je vous avoue que je ne goûte guère cet exercice. C'est que j'y suis inférieur. Peut-être, comme érudit, m'est-il arrivé de jouer sur les mots : les évêques me l'ont reproché ; mais c'était sur des mots syriaques, avec mes confrères de l'Académie des inscriptions. Dans notre ère, je ne comprends plus le calembour.

Eh bien ! M. Coquelin m'a surpris. Le croiriez-vous ? Il ne me parlait que de l'Institut. Il préparait déjà la candidature de Claretie. Et puis, ne le répétez pas, il ressemble un peu à ce père Le Hir qui fut mon professeur à Saint-Sulpice. C'est d'ailleurs un artiste de grand talent.

Je finissais même par craindre M. Sarcey, car Mlle Reichemberg me disait toujours : « Qu'est-ce que pense Sarcey ? Avez-vous fait parler à Sarcey ? Comment voulez-vous débuter si vous n'avez point Sarcey ? » J'essayais de la rassurer; mais son amie; Mlle Réjane, a ajouté, en regardant ma redingote, qui est un peu longue, paraît-il, et a un air de soutane : « Ah ! vous savez, Sarcey n'aime pas les cléricaux ! »

Elle est tout à fait charmante, cette demoiselle Réjane. »

— Mais, lui dis je, en poussant avec plus d'audace mon idée, n'avez-vous pas souffert, quand M. Sarcey malmenait l'*Abbesse de Jouarre* ?

— Je vais, me dit-il, vous raconter un mot que je lui fis à ce propos. Comme il se plaignait sans trêve qu'on lui eût volé sa montre au théâtre : « Monsieur Sarcey, lui dis-je, qu'est-ce que cela vous fait? Vous avez toujours regardé l'heure à la montre des autres... D'ailleurs, vous avez bien raison : il vaut mieux retarder avec tout le monde que marquer l'heure juste tout seul. »

Puis cessant de tourner ses pouces, de balancer sa tête et de donner à ses phrases un ton vulgaire, M. Renan me dit en face :

— Vous ne comprenez rien qu'à la littérature. Ne parlons que de cela. Eh bien ! je suis sûr d'avoir fait une bonne tâche et durable, puisque mon contemporain Sainte-Beuve m'a aimé, et puisque vous-même, Monsieur, d'une génération qui, pour moi, est déjà l'avenir, *vous m'inventeriez plutôt que de vous passer de me connaître*. Ainsi, je fis avec Jésus, avec saint Paul, avec Marc-Aurèle, — et avec moi-même, je puis bien l'avouer, quand j'écrivis mes *Souvenirs d'Enfance* [1].

1. *Huit jours chez M. Renan*, p. 47-55. Cette petite brochure fit scandale dans l'entourage de M. Renan. M. Barrès s'est expliqué à ce sujet.

« Les amis de ce grand homme, dit-il, eussent voulu que je le traitasse avec plus de réserve qu'il n'avait lui-même traité les héros et les saints. Ils disaient, en levant les bras, qu'il était un auteur vivant. Pitoyable raison ! Que pour les gens de l'Institut, des salons et de sa famille, M. Renan fût un homme en chair et en os, c'est possible, c'est indéniable, et par la suite moi-même je le vis sourire, parler, manger, mais pour moi, dans ma petite chambre d'étudiant ignoré, il était trente chefs-d'œuvre sans plus, que mon âme seule animait. Vivant le vieux M. Renan pour le jeune M. Barrès ? Quelle folie ! Croyez-vous donc qu'il soit jamais venu s'asseoir à ma table de la bibliothèque Sainte-Geneviève ?

« Le jour qu'il protesta, je faillis m'étouffer de mes rires. Qu'on fasse taire ce plaigneur, disai-je, il va me gâter l'auteur des *Dialogues philosophiques*.

« En mûrissant, en vieillissant, j'ai perdu de mon idéalisme. Je n'excuse plus aujourd'hui cette sorte d'ivresse que me donnait la pensée renanienne et qui me poussait, explique qui pourra, à bâtonner lyriquement mon maître » (Préface de la nouvelle édition de *Huit jours chez M. Renan* (Sansot).

MÉDITATION SPIRITUELLE
SUR SAINTE-BEUVE

———

Les froids et la brume qui salissaient la Lorraine rétré-
cirent encore l'horizon de notre curiosité. Enfermés plus
dévotement que jamais dans les minuties de notre règle,
nous jouissions des vêtements amples et des livres entas-
sés dans nos cellules chaudes.

Je lus *Joseph Delorme, les Consolations, Volupté* et le
Livre d'amour, avec les pensées jointes aux *Portraits du
lundi*. Écartant les œuvres du critique, je m'en tins au
Sainte-Beuve de la vingtième année, aux misères de celui
qui s'étonnait devant soi-même et qui, par la vertu de
son orgueil studieux, trouvait des émotions profondes
dans un infime détail de sa sensibilité...

Application des sens.

Au Louvre, dans la salle Chaudet, musée des sculptures modernes, parmi les médaillons de David, en se
dressant sur la pointe des pieds, on peut étudier le
Sainte-Beuve de 1828. Sa vieille figure des dernières
années, trop grasse et d'une intelligence sensuelle, ne

fait voir que le plus matois des lettrés, tandis qu'il est
vraiment notre ami, ce jeune homme grave, timide et
perspicace qui a senti deux ou trois nuances profondément.

Il s'était composé de la vie une vision sentimentale et
dominée par un dégoût très fin. Cette intelligence frissonnante fut la plus minutieuse, la plus exaltée, la plus
érudite, la plus sincère, jusqu'au jour où, envahie de
paresse, elle se négligea soi-même pour travailler simplement, et dès lors eut du talent, de l'avis de tout le
monde, mais comme tout le monde. Jeune homme, si
dégoûté que tu cédas devant les bruyants, ne souillons
pas notre pensée à contester avec les gens de bon sens
qui sacrifient ton adolescence à ta maturité. Il n'est que
moi qui puisse te comprendre, car tu me présentes,
poussés en relief, quelques-uns de mes caractères.

A vingt-cinq ans, sous le même toit que ta mère, dans
ta chambre, tu travailles. Je vois sur tes tables des
poètes, tes contemporains, des mystiques, tels que
l'*Imitation* et Saint-Martin, des médecins philosophes,
Destut de Tracy, Cabanis, puis des journaux, des revues,
car ton esprit toujours inquiet accepte les idées du
hasard, en même temps qu'il poursuit un travail systématique. J'entends ta voix, un peu forte sur certains
mots, et qui n'achève pas ; à peine tes phrases indiquées,
tu sembles n'y plus tenir.

Dans cette belle crise d'une sensibilité trop vite desséchée, Sainte-Beuve attachait peu d'importance au fruit
de sa méditation. De la pensée, il ne goûtait que la chaleur qu'elle nous met au cerveau. Il aimait mieux suivre
les voltes de sa propre émotion que convaincre ; il
dédaignait les sentiments qu'on raconte, et qui dès lors

ne sont plus qu'une sèche notion. De là cette mollesse à
soutenir son avis, ce brisé dans le développement de ses
idées. Il savait que Dieu seul, pénétrant les cœurs, peut
juger la sincérité d'une prière... Ceux de ma race, eux-
mêmes, imagineront-ils l'ardeur du sentiment d'où sort
ici cette tiède méditation ?

Méditation.

À considérer longuement Sainte-Beuve, je vois que
son extrême politesse et sa compréhension ne sont accom-
pagnées d'aucune sympathie pour ceux mêmes qu'il
pénètre le plus intimement. Il est là, très timide et très
jeune, avec une indication de sourire dans une raie au-
dessus des yeux et quelque chose de si complexe dans
l'intelligence qu'on ne le sent qu'à demi sincère. Que sa
bouche et ses joues indiquent de réflexion ! Est-ce une
nuance d'envie, ce mécontentement qui pâlit son visage ?
C'est la fatigue, l'inquiétude d'un voluptueux las, d'un
voluptueux qui ne fournit pas à ses sensualités des satisfactions larges, parce qu'il faudrait de la persistance, et
que, les crises passées, son intelligence ne s'attarde pas.

Tu n'as pas d'yeux pour vivre sur un décor, tu ne te
satisfais qu'avec des idées ; et tu te dévorerais à t'interroger si l'on ne te jetait précipitamment des systèmes et
des hommes à éprouver. C'est ainsi qu'il me faut sans
trêve des émotions et de l'inconnu, tant j'ai vite épuisé,
si variés qu'on les imagine, tous les aspects du plus
beau jour du monde.

Dans la suite, la sécheresse t'envahit parce que tu
étais trop intelligent. Tu dédaignas de servir plus longtemps de mannequin à des émotions que tu jugeais.

Heureux les pauvres d'esprit ! comme ils ne se forment pas des idées claires sur leurs émotions, ils se plaisent et ils s'honorent ; mais toi, tu t'irritais contre toi-même, et tu n'étais pas plus satisfait de ta vie intime que des événements. Tu savais que tu vivais médiocrement, sans imaginer comment il fallait vivre.

Colloque.

Je t'aime, jeune homme de 1828. Le soir, après une journée d'action, j'ai senti, moi aussi, et jusqu'à souhaiter que soudain dix années m'éloignassent de ce jour, un triste mécontentement ; je me suis désolé d'être si différent de ce que je pourrais être, d'avoir par légèreté peiné quelqu'un, et encore d'avoir donné à ma physionomie morale une attitude irréparable.

Parfois, je suis touché de regrets en considérant les hommes forts et simples, et j'approuve ton Amaury qu'impressionnait le caractère poussant droit de M. de Couaen. Parfois, et bien qu'ils nous gênent, ils nous arrive de fréquenter des sectaires, pour surprendre le secret qui les mit toute leur vie à l'aise envers eux-mêmes et envers les autres. Mais, aussi fermes qu'eux dans les nécessités, nous leur en voulons de ce manque d'imagination qui les empêche de supposer un cas où ils pourraient ne plus se suffire, et qui les rend durs envers certaines natures chancelantes, plus proches de notre cœur parce qu'elles connaissent la joie douloureuse de se rabaisser.

Je crois que, dans l'intimité de ton cœur, tu haïssais, au noble sens et sans mauvais souhait, Cousin et Hugo. Mais tu as voulu penser et agir selon qu'il était *convenable* ; et, autant que le permirent tes mouvements instinctifs, tu côtoyas ces natures brutales dont tu souffris.

Ainsi, peu à peu, tu quittais le service de ton âme pour te conformer à la vision commune de l'univers. C'était la nécessité, as-tu dit, qui te forçait à abdiquer ta personnalité excessive ; c'était aussi lassitude de tes casuistiques où toujours tu voyais tes fautes. Tu t'es moins aimé ; tu t'es borné à ce Sainte-Beuve compréhensif où tu te réfugiais d'abord aux seules heures de lassitude cérébrale. Oublieux de toi-même, tu ne raisonnas plus que sur les autres âmes. Et ce n'était pas, comme je fais, pour comparer à leurs sensibilités la tienne et l'embellir, c'était pour qu'elle existât moins. Je te comprends, admirable esprit ; mais comme il serait triste qu'un jour, faute d'une source intarissable d'émotions, j'en vinsse à imiter ton renoncement !

Ce n'est pas à la vie publique que tu demandais l'émotion. A l'âge où Benjamin Constant était ambitieux et amant, tu fus amoureux et mystique. Si tu n'as pas eu ce don de spiritualité chrétienne qui retrouve Dieu et son intention vivante jusque dans les plus petits détails et les moindres mouvements, du moins tu te l'assimilas. Tu pleurais de dépit de n'être pas aimé et de ne pas aimer Dieu... Dès que ce sentiment te parut vain, tu ne t'obstinas pas à te faire aimer et vers le même temps, tu cessas de vouloir croire. C'était fini de tes merveilleux frissons qui te valent mon attendrissement ; tu ne fus désormais que le plus intelligent des hommes.

Oraison.

Toi, qui as abandonné le bohémianisme d'esprit, la libre fantaisie des nerfs, pour devenir raisonnable, tu étais né cependant, comme je suis né, pour n'aimer que le désarroi des puissances de l'âme. Ta jeune hystérie se plaisait dans la souffrance ; l'humiliation fit ton génie. Ton erreur fut de chercher l'amour sous forme de bonheur. Il fallait persévérer à le goûter sous forme de souffrance, puisque celle-ci est le réservoir de toutes les vertus.

... Et nous-mêmes, malheureux Simon, qui ne trouvons notre émotion que dans les froissements de la vie, n'installons-nous pas notre inquiète pensée dans un cadre de bureaucratie ! Ah ! que j'aie fini d'être froissé, et je n'aurai plus que de l'intelligence, c'est-à-dire rien d'intéressant. Mon âme, maîtresse frissonnante, ne sera plus qu'une caissière, esclave du doit et avoir, et qui se courbe sur des registres [1].

1. *Un Homme libre*, p. 92-99.

VISITE DE TAINE A RŒMERSPACHER

Le journal *la Vraie République* [1] avait publié une
étude de Rœmerspacher sur Taine, un peu longue
et mal éclairée, mais notable. On y sentait une
intelligence mâle qui s'applique uniquement à son objet
et ignore les ménagements et les compromis imposés à
la plupart des écrivains par leurs soins de carrière. En
outre, la page était noble parce que, d'instinct, le jeune
auteur pratiquait la grande règle de la compréhension,
— qu'il faut toujours dégager, ce qui, dans une œuvre,
dans un homme, est digne d'amour.

Renaudin n'en eut pas de compliment à son journal ;
ses collaborateurs déclarèrent l'article assommant et le
prièrent de laisser là ses « littérateurs ».

Or, le surlendemain, étant à sa table de travail,
Rœmerspacher entendit qu'on frappait à sa porte, — la
troisième à gauche, au deuxième étage de l'hôtel Cujas,
— et, du fond de son unique chambre, sans bouger, il cria :

— Entrez !

Un inconnu, presque un vieillard, plutôt petit, d'aspect
grave et simple, apparut, examina d'un coup d'œil cette

1. Cf. p. 32 note 2.

installation d'étudiant, le lit avec des vêtements épars,
l'étroite table de toilette, les livres nombreux, tout un
ensemble joyeux et sympathique.

— Vous êtes bien monsieur Rœmerspacher ? dit-il. Je
suis monsieur Taine.

Évidemment l'illustre philosophe, intéressé par le travail de cet écrivain ignoré, avait passé aux bureaux du
journal ; et de là, cédant à sa bienveillance, à la curiosité,
il était venu jusqu'à l'hôtel garni où, le jeune garçon
s'enivrait de travail.

Et maintenant, M. Taine est assis auprès de Rœmerspacher, il l'examine, il lui applique ces mêmes regards,
cette même intelligence, cette méthode aussi, qui ont été
ses instruments pour contempler tant d'œuvres d'art,
tant de figures historiques, tant de civilisations.

Sturel, dans cette situation, eût ressenti les mouvements
de honte et de bonheur suprême que put éprouver Lamartine quand M. de Talleyrand, en 1820, ayant lu les *Méditations*, lui envoyait un brevet de gloire ; attentif à se
montrer digne de cette visite, peut-être, sur le moment,
n'en eût-il point joui. Rœmerspacher sut témoigner son
profond respect avec simplicité. La seule gêne dont il
souffrit, c'est qu'au fond de son âme mille notions se
levaient, saluant leur auteur dans ce visiteur royal, et qu'il
devait observer les distances entre un modeste étudiant
et celui dont il se savait le familier. Rœmerspacher n'est
pas un esprit qui subit ; même dans cet instant, il juge.
Ce n'est pas sous une impulsion de poète ou de nerveux,
c'est par un naïf sentiment de l'équité, encore intact des
« trop de zèle ! » que nous jette l'expérience, qu'il voudrait, dans son premier élan, dire à ce vieux monsieur :

« Voici ce que je tiens de vous, et il y a en vous ceci

que je comprends, que j'aime et que j'essaie d'acquérir...
Mon maître, mon père, comme je suis heureux de vous
voir et de me faire reconnaître aux signes indéniables que
je porte ! »

Heureusement, ce jeune homme, s'il avait du cœur,
possédait aussi du tact ; il s'en tint à répondre quand
M. Taine l'interrogeait. Surtout il tâchait de bien le voir,
pour en garder une image complète.

Le philosophe avait alors cinquante-six ans. Enveloppé
d'un pardessus de fourrure grise, avec ses lunettes, sa
barbe grisonnante, il semblait un personnage du vieux
temps, un alchimiste hollandais. Ses cheveux étaient
collés, serrés sur sa tête, sans une ondulation. Sa figure
creuse et sans teint avait des tons de bois. Il portait sa
barbe à peu près comme Alfred de Musset qu'il avait
tant aimé, et sa bouche eût été aisément sensuelle. Le nez
était busqué, la voûte du front belle, les tempes bien
renflées, encore que serrées aux approches du front, et
l'arcade sourcilière nette, vive, arrêtée finement. Du fond
de ces douces cavernes, le regard venait, à la fois impatient et réservé, retardé par le savoir, semblait-il, et
pressé par la curiosité. Et ce caractère, avec la lenteur
des gestes, contribuait beaucoup à la dignité d'un ensemble
qui aurait pu paraître un peu chétif et universitaire dans
certains détails, car M. Taine, par exemple, portait cette
après-midi une étroite cravate noire, en satin, comme
celle que l'on met le soir.

Le jeune carabin démêla très vite que ces yeux gris de
M. Taine, remarquables de douceur, de lumière et de
profondeur, étaient inégaux et voyaient un peu de travers ;
exactement, il était bigle. Ce regard singulier, avec quelque chose de retourné en dedans, pas très net, un peu

brouillé, vraiment d'un homme qui voit des abstractions et qui doit se réveiller pour saisir la réalité, contribuait à lui donner, quand il causait idées, un air de
surveiller sa pensée et non son interlocuteur, et ce défaut
devenait une espèce de beauté morale.

— Ma santé est un peu mauvaise, — dit M. Taine que
vieillissait déjà le diabète, dont il devait mourir dix ans
plus tard. — Je suis obligé de me promener tous les jours
au moins une heure : voulez vous m'accompagner ? nous
causerons en marchant.

Sa voix était très prenante : une voix comme teintée
d'accent étranger, qui prononçait les finales *euse* comme
les Lorrains exactement...

Mais, où le jeune homme fut ému, c'est quand le philosophe parla de soi-même :

— Jusqu'au bout, disait-il, j'espère pouvoir travailler.

Ce beau mot, vivant et fort, « travailler », prononcé
avec simplicité, prenait dans cette bouche un son grave
qui fascina le jeune homme. Un être qui pressent la
mort, s'il nous disait : « J'espère, jusqu'au bout, marcher,
voir la lumière, entendre la voix des miens », déjà nous
émouvrait par ce mélange de faiblesse, de résignation,
mais ceci : « Jusqu'au bout j'espère pouvoir travailler ! »
quelle superbe expression de l'unité d'une vie composée
toute pour qu'un homme se consacre à la vérité ! et soudain, relié à cet étranger par un sentiment saint, oui,
par un lien religieux, Rœmerspacher sentit dans toutes
ses veines un sang chaud que lui envoyait le cœur de ce
vieillard.

Voilà donc qu'un jeune garçon qui, de Kant, croyait
ne pouvoir utiliser que la dialectique destructive, brusquement par un très simple accident de la vie, sent jaillir

6

de sa conscience l'acte de foi nécessaire aux opérations
élevées de l'esprit. Il dépasse le point de vue rationnel
qui, dans l'étude des hauts problèmes, nous fournit seulement des probabilités ; il affirme le vrai, le bien, le beau,
comme les aliments qui lui sont nécessaires et vers lesquels aspirent les curiosités de sa raison et les effusions
de son cœur. A cette âme de bonne volonté, il faudrait seulement qu'on proposât une formule religieuse acceptable.

Ils étaient arrivés devant le square des Invalides ;
M. Taine s'arrêta, mit ses lunettes et, de son honnête
parapluie, il indiquait au jeune homme un arbre assez
vigoureux, un platane, exactement celui qui se trouve
dans la pelouse à la hauteur du trentième barreau de la
grille compté depuis l'esplanade. Oui, de son parapluie
mal roulé de bourgeois négligent, il désignait le bel être
luisant de pluie, inondé de lumière par les destins alternés
d'une dernière journée d'avril.

— Combien je l'aime, cet arbre ! Voyez le grain serré
de son tronc, ses nœuds vigoureux ! Je ne me lasse pas
de l'admirer et de le comprendre. Pendant les mois que
je passe à Paris, puisqu'il me faut un but de promenade, c'est lui que j'ai adopté. Par tous les temps, chaque
jour, je le visite. Il sera l'ami et le conseiller de mes dernières années... Il me parle de tout ce que j'ai aimé : les
roches pyrénéennes, les chênes d'Italie, les peintres
vénitiens. Il m'eût réconcilié avec la vie, si les hommes
n'ajoutaient pas aux dures nécessités de leur condition
tant d'allégresse dans la méchanceté.

Sentez-vous sa biographie ? Je la distingue dans son
ensemble puissant et dans chacun de ses détails qui
s'engendrent. Cet arbre est l'image expressive d'une
belle existence. Il ignore l'immobilité. Sa jeune force

créatrice dès le début lui fixait sa destinée, et sans cesse
elle se meut en lui. Puis-je dire que c'est sa force propre?
Non pas ; c'est l'éternelle unité, l'éternelle énigme qui
se manifeste dans chaque forme. Ce fut d'abord sous le
sol, dans la douce humidité, dans la nuit souterraine, que
le germe devint digne de la lumière. Et la lumière alors
a permis que la frêle tige se développât, se fortifiât
d'états en états. Il n'était pas besoin qu'un maître du
dehors intervînt. Le platane allègrement étageait ses
membres, élançait ses branches, disposait ses feuilles
d'année en année jusqu'à sa perfection. Voyez qu'il est
d'une santé pure! Nulle prévalence de son tronc, de ses
branches, de ses feuilles, il est une fédération bruissante.
Lui-même il est sa loi, et il l'épanouit... Quelle bonne
leçon de rhétorique, et non seulement de l'art du lettré,
mais aussi quel guide pour penser ! Lui, le bel objet, ne
nous fait pas voir une symétrie à la française, mais la
logique d'une âme vivante et ses engendrements. Au
terme d'une vie où j'ai tant aimé la logique, il me marque
ce que j'eus peut-être de systématique et qui n'exprimait
pas toujours ma décision propre, mais une influence extérieure. En éthique surtout je le tiens pour mon maître.
Regardez-le bien. Il a eu ses empêchements, lui aussi ;
voyez comme il était gêné par les ombres des bâtiments :
il a fui vers la droite, s'est orienté vers la liberté, il a
développé fortement ses branches en éventail sur l'avenue.
Cette masse puissante de verdure obéit à une raison
secrète, à la plus sublime philosophie, qui est l'acceptation des nécessités de la vie. Sans se renier, sans s'abandonner, il a tiré des conditions fournies par la réalité le
meilleur parti, le plus utile. Depuis les plus grandes
branches jusqu'aux plus petites radicelles, tout entier il a

opéré le même mouvement... Et maintenant, cet arbre qui, chaque jour avec confiance, accroissait le trésor de ses énergies, il va disparaître parce qu'il a atteint sa perfection. L'activité de la nature, sans cesser de soutenir l'espèce, ne veut pas en faire davantage pour cet individu. Mon beau platane aura vécu. Sa destinée est ainsi bornée par les mêmes lois, qui, ayant assuré sa naissance, amèneront sa mort. Il n'est pas né en un jour, il ne disparaîtra pas non plus en un instant... Déjà en moi des parties se défont et bientôt je m'évanouirai ; ma génération m'accompagnera, et puis un peu plus tard viendra votre tour et celui de vos camarades... »

M. Taine, quand il était heureux d'une idée, d'un développement d'idées surtout, avait pour conclure un sourire extrêmement doux qui plissait ses paupières et jouait autour des lèvres sans presque remuer les joues. Il regarda un instant avec cette bienveillance son compagnon...

Comme ils tournaient sur eux-mêmes pour regagner le quartier Saint-Sulpice, il heurta, laissa tomber son parapluie ; et dans l'effort qu'il fit pour le ramasser, devancé d'ailleurs par le jeune homme, il advint que son pantalon découvrit son cou-de-pied. Rœmerspacher remarqua la forte cheville du vieillard, puis observa son mollet assez développé ; il pensa qu'il devait être de constitution vigoureuse, d'une solide race des Ardennes, affaibli seulement par le travail, et, pour la première fois, il lui vint à l'esprit de considérer M. Taine comme un animal. Précisément le philosophe, qui mâchait d'ordinaire un petit bout de bois pour tromper sa nervosité et sans doute son besoin de fumer, et qui avait toujours sous la main plusieurs de ces morceaux préparés, en prit

un dans sa poche et le porta à sa bouche. L'avance du
bas de son visage lui donnait, quand il se livrait à cette
distraction, l'apparence d'un rongeur. Aux yeux de Rœmerspacher, jusqu'alors, ce qui constituait l'auteur des
Origines de la France contemporaine, c'était exclusivement
ses idées, sa méthode, ses abstractions. Qu'il fût un corps
et le parent des bêtes, cette constatation le surprit : elle
le choqua légèrement, parce qu'elle ramenait du ciel sur
terre l'objet de son admiration ; en même temps elle
l'émut d'une façon indéfinissable, parce qu'un tel homme
était assujetti à toutes les conditions de l'animalité.....
Voilà des naïvetés, ou plutôt d'excellentes délicatesses!
Rœmerspacher s'aperçut que sa vénération se transfor-
mait en un sentiment fraternel...

Le langage de ce maître faisait une nourriture si vigoureuse, un tel alcool, que ce jeune homme s'en trouvait cérébralement troublé... D'avoir approché, à côté
de M. Taine, en union avec M. Taine, et d'un cœur
modeste mais ému, ces problèmes de l'universel et de
l'unité, naît pour Rœmerspacher un contentement joyeux
et d'une qualité apaisante et religieuse. Il voudrait être
relié avec tous ses semblables, leur communiquer et
s'approprier dans l'allégresse, cette curiosité que ne
peuvent manquer d'inspirer les lois de la nature, et en
même temps cette soumission à laquelle elles ont droit.

Cette visite, ce contact d'un homme illustre avaient trop
vivement animé l'adolescent. Il lui fallait communiquer
ses impressions. A qui? au plus digne. Il courut chez
Sturel, tremblant de ne pas le trouver. Au premier mot
de cette merveilleuse nouvelle, l'avide jeune Lorrain le

serrait dans ses bras. Quoi de nouveau allait apparaître dans leur vie ?

Rœmerspacher, ému, rapporta fidèlement les détails de la conversation et de la promenade.

— Je lui ai parlé de vous tous et de Bouteiller. Il sait que la manière dont Kant reconstruit la certitude morale nous semble une duperie... Alors il a voulu plus de détails encore sur notre amitié, sur toi, sur Saint-Phlin. Il m'a dit : « Les idées sont abstraites ; on ne s'y élève que par un effort : quelque belles qu'elles soient, elles ne suffisent pas au cœur de l'homme... » Il nous conseillait de nous unir... A propos d'un arbre, il m'a présenté de la façon la plus émouvante, avec des images extrêmement fortes et vraies, un tableau de la vie tout spinoziste. Évidemment il se rallie à la règle du devoir selon l'*Éthique* : « Plus quelqu'un s'efforce pour conserver son être, plus il a de vertu ; plus une chose agit, plus elle est parfaite... » C'était en même temps une doctrine d'acceptation, car il m'indiquait que nous ne pouvons échapper à nos lois et que la mort nous borne... Ai-je su lui marquer tout mon respect ? Il m'a engagé à l'aller voir. Je m'en garderai. A notre âge et dans notre situation, un jeune homme empressé peut être soupçonné d'habileté... Je suis tout ivre de la force et de la plénitude de cet entretien. M. Taine vaut encore plus que ses livres.

Les esprits pauvres ou mornes trouvent toujours une désillusion auprès d'un homme illustre : il nous faut une imagination vive pour restituer à celui que nous contemplons l'atmosphère de son œuvre ; mais une âme de feu transfigure tous ses objets. Rœmerspacher et Sturel eussent été capables d'illuminer d'une auréole les vieux habitués du café Voltaire pour ne pas se priver d'admirer.

En distinguant l'un d'eux, M. Taine avait justifié leurs ambitions, il les introduisait dans le monde des intelligences, il leur ouvrait les barrières d'un avenir obscur qu'ils sollicitaient de toute leur ardeur. Aussi étaient-ils intéressés à ce qu'il fût le premier génie de l'univers, pour que son témoignage valût davantage. Telle est la récompense du premier grand homme qui tend la main à un adolescent.

Rœmerspacher ayant mené son ami « à l'arbre de Taine », Sturel admira que ce platane poussât contre les Invalides où repose la gloire de Napoléon. Deux éthiques contradictoires se déployaient à cette fin de journée devant leurs imaginations, tandis que du milieu de l'esplanade ils se retournaient pour contempler la glorieuse coupole dorée et le petit bouquet verdissant du square. « J'ai tiré des hommes tout ce qu'ils peuvent donner, dit l'Empereur. » — « Je n'ai pas réveillé les capitales, les peuples, réplique le philosophe, mais j'ai tenu en éveil les parties les plus profondes de mon cerveau. Moi aussi, je domine l'univers : je lui impose les lois de mon esprit. Ce cosmos que je porte passe en beauté le globe que tenait sous sa main Napoléon, car le temps et l'espace ne le bornent point, et il n'est pas une étendue de choses précises et fragmentaires ; en lui, rien n'est isolé, rien ne se termine : tout s'y limite, et s'y prolonge ; rien n'y est faux, rien n'y est complètement vrai : tout y est un élément du vrai, une phase d'un devenir indéfini, dont l'ensemble jamais ne pourra se réaliser que dans mon cerveau. » Ce dialogue du Platane et du Dôme commandait les pensées des deux amis [1].

1. *Les Déracinés*, p. 187-206.

NAPOLÉON PROFESSEUR D'ÉNERGIE

« Cela fait une singulière impres
sion de voir un pareil homme qui
là, sur un point donné, à cheval,
plane sur le monde et le domine... »
(*Lettre de* HÉGEL, *datée d Iéna*, 1806.)

Le 5 mai, avant deux heures, Rœmerspacher, Sturel,
Saint-Phlin, Racadot, se rejoignirent à la grille des Invalides.

Les jeunes gens, à travers les longues cours, se dirigèrent vers la chapelle majestueuse qui possède le cadavre
du héros.

A l'ordinaire, le visiteur, soudain prenant conscience
de son anonymat, s'intimide de l'écho que son pas sur ces
dalles sonores éveille dans les vastes espaces du dôme
funéraire. Mais ces jeunes pèlerins-ci ne s'imaginent
pas troubler le repos de celui dont ils viennent solliciter
la leçon exaltante : ils courent saluer l'Empereur qui
s'achemine le long des siècles. Et tout ce bruit de leurs
talons résonnant, c'est pour leurs nerfs frémissants
un prolongement de cette formidable acclamation, qui
jamais interrompue, montait des peuples massés sur le

passage du héros et l'empêchait de dormir, tandis qu'il parcourait l'Europe dans sa berline de voyage.

Le tombeau de l'Empereur, pour des Français de vingt ans, ce n'est point le lieu de la paix, le philosophique fossé où un pauvre corps qui s'est agité se défait ; c'est le carrefour de toutes les énergies qu'on nomme audace, volonté, appétit. Depuis cent ans, l'imagination partout dispersée se concentre sur ce point. Comblez par la pensée cette crypte où du sublime est déposé : nivelez l'histoire, supprimez Napoléon : vous anéantissez l'imagination condensée du siècle. On n'entend pas ici le silence des morts, mais une rumeur héroïque ; ce puits sous le dôme, c'est le clairon épique où tournoie le souffle dont toute la jeunesse a le poil hérissé

Penchés sur ce puits où les architectes qui désespéraient de lui dresser un trône suffisant, laissèrent s'enfoncer le trop lourd cadavre, les sept Lorrains, tous petits-fils des soldats de la grande armée, sentent leur poitrine de jeunes mâles s'élargir, se gonfler amoureusement contre la balustrade de marbre, à vingt mètres de l'objet en qui ils reconnaissaient leur pareil, mais plus beau qu'eux-mêmes. Ils s'enivrent de l'espoir de respirer, à travers le triple cercueil, des miasmes de mort qui seraient pour eux des ferments d'immortalité.

Ce qui repose sur l'oreiller, dans le cercueil de plomb, nous en avons des documents certains... Les cloches de France portent les traces de leurs battants qui sonnaient ses victoires ; rien d'étonnant que son cœur qui battit trente ans d'épopée ait déformé l'homme d'airain. Sur ce cadavre sont imprimés par un petit signe tous les grands instants de sa vie, la maladie de Toulon, le soleil d'Egypte, l'émotion de Brumaire, l'orgueil de son cœur au sacre, la gloire d'Erfurt, le baiser de Marie-Louise d'Autriche, les neiges de Russie, le froid matin de Fontainebleau, les cris : « Blücher ! Blücher ! » à Waterloo, ses songeries à Sainte-Hélène. Dans Sainte-Hélène, îlot sans arbres et sous le climat des tropiques, il était le roi Lear, proscrit, persécuté par ses filles. Ses filles c'étaient ses idées, le souvenir de ses grandes actions. Il était fou de son génie. C'était un terrible roi Lear, obèse avec un grand chapeau de planteur. Et voilà la dernière forme, le vieux Corse autoritaire que l'on a mis dans le cercueil.

Mais ce César-cadavre marqué des cicatrices et des injures innombrables de la vie, c'est tout de même un des plus beaux parchemins à déchiffrer. A ses rides, se vérifieraient tant d'images de Napoléon accumulées dans les musées, dans les bibliothèques, dans la légende.

Son iconographie physique et morale semble ne pouvoir être dressée complète, tant les numéros en sont nombreux...

« Quoi ! dira-t-on, tant de Napoléons en un seul homme !... » — Nuages, qui colorez diversement le ciel et dont l'ensemble peut faire le ciel même, vous symbolisez magnifiquement le sens universel qu'a pris dans une époque où il ferme tous les horizons cet homme singulier. Les nuages se plaisent à changer, et leur action se déploie tantôt en une demi-sphère magnifique, tantôt en figures innombrables. Ce rapport constant qui s'établit entre la terre et le ciel par les vapeurs qui s'élèvent pour retomber en pluies bienfaisantes, je le retrouve entre l'empereur Napoléon et l'imagination de ce siècle... Napoléon, notre ciel, par une noble impulsion, nous te créons et tu nous crées !... Dès l'abord, les regards

ardents de son armée lui donnèrent son masque surhu-
main, comme une amante modifie selon la puissance de
son sentiment celui qu'elle caresse. Et depuis un siècle,
dans chaque désir qui soulève un seul homme, il y a une
parcelle qui revient à Bonaparte et qui l'augmente, lui,
l'Empereur. Dans sa gloire s'engloutissent des millions
d'anonymes qui lui règlent sa beauté. Comme sa force
était faite, en juin 1812, au passage du Niémen, des hour-
ras de 475.000 hommes, le plein sens de son nom est
déterminé par les plus puissantes paroles du siècle. Les
Sturel, les Rœmerspacher, les Suret-Léfort, les Renaudin, les Saint-Phlin, les Racadot, les Mouchefrin qui,
le 5 mai 1884, entourent son tombeau et viennent lui
demander de l'élan, lui apportent aussi leur tribut. Sous
tous les Napoléons de l'histoire, qu'ils ne contestent pas
mais qui ne les attacheraient pas, ils ont dégagé le *Napo-*
léon de l'âme.

Sans parti pris social ni moral, sans peser les bénéfices
de ses guerres ni la valeur de son despotisme administratif, ils aiment Bonaparte : nûment.

Sa plus belle effigie à leur gré, c'est de Canova, à
Milan, dans la cour de la Brera, son corps de héros tout
nu avec sa terrible tête de César.

Oui, nûment et sans circonstances ! Nul excitant ne le
vaut pour mettre notre âme en mouvement. Elle ose alors
découvrir sa propre destinée. C'est la vertu profonde
qu'il se reconnaissait, disant : « Moi, j'ai le don d'élec-
triser les hommes. » Ce Napoléon-là, celui qui touche,
électrise les âmes, qu'il soit l'essentiel, on le vit bien à
son lit de mort, quand il eut prononcé les dernières
paroles que lui imposait sa destinée : sa volonté pro-
longée par-delà son souffle fit sur ses traits un superbe

travail de vérité ; après avoir flotté un moment, comme s'ils cherchaient leur type pour l'immortalité, ils se rapprochèrent de l'image consulaire. — Aux heures du Consulat, et quand s'élargissaient les premiers feux de sa gloire, on voyait encore un Bonaparte songeur, farouche avec le teint bleuâtre des jeunes héros qui rêvent l'Empire. Monté au rôle de César, ce capitaine de fortune adoucit sa fierté amère, il garnit en quelque sorte le dur, le coupant de ses traits, il prit l'ampleur, la graisse de l'empereur romain... Puis ce furent les dégradations du martyre. — Mais quand on eut sur son visage essuyé les sueurs de l'agonie, on vit réapparaître l'aigu de sa jeunesse, l'arc décidé des lèvres, l'arête vive des pommettes et du nez. C'était cette expression héroïque et tendue qu'il devait laisser à la postérité comme essentielle et explicative. Le jeune chef de clan du pays corse, le général d'Italie et d'Égypte, le Premier Consul, voilà en effet le Napoléon qui ne meurt pas, celui qui a soutenu l'Empereur dans toutes ses réalités, et qui supporte sa légende dans toutes les étapes de son immortalité.

Et comme il convenait que, par-dessus tous les stigmates de la vie et les aspects de son génie, son dur profil de médaille se dégageât pour marquer définitivement son corps où la vie avait clos le cycle de son activité, de même il est nécessaire qu'au bout de toutes les transformations de la légende on aboutisse à ceci : NAPOLÉON, PROFESSEUR D'ÉNERGIE.

Professeur d'énergie ! telle est sa physionomie définitive et sa formule décisive, obtenues par la superposition de toutes les figures que nous retracent de lui les spécialistes, les artistes et les peuples. De tant de Napoléons, les traits communs nous représentent un excitateur de l'âme. Quand les années auront détruit l'œuvre de ce grand homme et que son génie ne conseillera plus utilement les penseurs ni les peuples, puisque toutes les conditions de vie sociale et individuelle qu'il a envisagées se seront modifiées, quelque chose pourtant subsistera : sa puissance de multiplier l'énergie. Que l'élite de l'humanité, pour en user selon ses besoins, le reconnaisse et l'honore comme tel. Par une formule saisissante, on dit en Russie : « Il n'y a d'homme puissant que celui à qui le tzar parle, et sa puissance dure autant que la parole qu'il entend. » Alors même que la parole de Napoléon ne durera plus, quand elle aura cessé d'être une chose positive, quand son code, ses principes de guerre, son système autoritaire auront perdu leur vitalité, une vertu de lui émanera encore pour dégager les individus et les peuples d'un bon sens qui parfois sent la mort et pour les élever à propos jusqu'à ne pas craindre l'absurde...

De quels termes ils usaient, je ne puis le dire exactement, mais je connais les sentiments qui les emplissaient ; j'entends leur parole intérieure, et si je veux l'exprimer, je dois en hausser l'expression : car, au contact de Napoléon, des mouvements lyriques bouleversent l'âme, qui ne peuvent avoir que des traductions lyriques. Tous lui disaient le mot des vingt-quatre mille conscrits de la jeune garde en 1815, dans l'héroïque dessin de Raffet : « Sire, vous pouvez compter sur nous comme sur votre vieille garde. » Enfants qui saisissent maladroitement leurs fusils, mais possèdent la force morale !

Et sans nul doute, par la puissance du lieu et par la contagion qui sous le nom de « napoléonite » sera classée parmi les principaux ferments de notre siècle, tout adolescent placé dans cette atmosphère se fût enfiévré comme ceux-ci, aurait eu leur geste de fierté, de tête levée, leur regard confiant sur l'avenir, quand Sturel leur jeta :

— Ce n'était d'abord qu'un jeune homme dépourvu !...

Instinctivement ils l'entraînèrent plus à l'écart, dans la chapelle du roi Jérôme et lui dirent :

— On sait sa biographie d'empereur, sa gloire, mais sa formation ? Et sa candidature à la gloire, comment la posa-t-il ?

— Dans leur île, à la fin du dernier siècle, les Bonaparte, mes amis, c'était une famille de petite noblesse, sans moyens d'action, mais tenace et ardente à se maintenir et augmenter...

Pour Napoléon, quand il eut neuf ans, ils obtinrent une bourse à l'École de Brienne, et toute la famille, une foule d'amis solidaires, l'accompagnèrent sur le môle avec orgueil, parce qu'il allait devenir un officier. Il connaissait le sentiment de l'honneur.

— Ah ! se disaient les jeunes Lorrains écoutant Sturel, quand on nous a conduits, au lycée, notre père, notre mère étaient seuls, par une triste soirée, et nous ne nous sentions délégués d'aucun clan, mais soumis à des nécessités lointaines, mal définies et qui nous échappaient...

— A neuf ans, au collège d'Autun, puis, de sa dixième à sa quinzième année, écolier à Brienne, il tressaillit et trembla de rage, dans son isolement d'étranger qu'on raillait, et il prenait tout avec exaltation, jusqu'à vomir quand ses camarades et ses maîtres le voulaient humilier. Mais il supportait sans médiocrité cette épreuve ; elle ajoutait encore à l'image qu'il se formait de sa patrie ; il s'efforçait d'être digne de l'injure de « Corse ».

« Nous aussi, pensent ces anciens élèves de Nancy, on nous raillait ; nous souffrîmes de l'isolement ; mais nous n'avons pas su dégager notre idéal et nous tendions à nous renier pour devenir pareils à nos insulteurs... »

— A nulle époque la nature ne produisit en plus grand nombre le type bien connu, le César, l'animal né pour la domination. Qu'à se faire reconnaître il trouve trop d'obstacles, sa plainte sera le principe du romantisme. Bonaparte pouvait être l'un de ces enfants divins qui exprimèrent avec une force contagieuse ce délire mélancolique des grandeurs. Sans doute, Corse francisé, il ne disposait pas des moyens héréditaires d'expression d'un Byron, d'un Chateaubriand, mais la vigueur de son âme aurait bien su imposer un rythme à ses rédactions.

« D'ailleurs un Bonaparte est un plus bel animal que les Byron et les Chateaubriand. Ce sont des frères nourris par le sol riche et puissant des provinces à la fin du dix-huitième siècle et issus de races féodales analogues ; leurs trois noms fameux sont représentatifs d'états d'esprit également nobles ; mais tout de même le nom de Bonaparte évoque un système d'idées infiniment plus logiques et réalistes que ne furent jamais les caprices passionnés de René et le byronisme. Quelle qu'ait été la sincérité de Byron et de Chateaubriand, leurs sentiments déjà nous semblent artificiels. Ils se disaient isolés, se plaignaient des hommes, se cherchaient à travers le monde une patrie. A la fois aristocrates, révolutionnaires, utopistes et nihilistes, ils apparaîtront, de plus en plus, à mesure que l'humanité cessera de produire leur genre de sensibilité, comme un incompréhensible amas de contradictions. Bonaparte, lui, n'était pas homme à flotter. Ce grand homme, naturellement, créait de l'ordre ; il usa de ses propres passions suivant la méthode scientifique qui, en présence de caractères constatés, les ordonne et les relie par une forte hypothèse, de manière à constituer une unité.

Jeune et solitaire, il se persuada qu'il ne devait pas à quelque qualité mystérieuse de l'âme sa répugnance à s'accommoder de sa vie, mais qu'il serait heureux seulement dans la Corse libre et après avoir accompli le relèvement national rêvé par Paoli. Grâce à cette interprétation patriotique qu'il se donnait de son vague, il devint sur le sol français un véritable exilé, tandis que Byron et Chateaubriand sont des exilés imaginaires. Ce personnage d'insulaire mécontent, qu'il faisait de toute bonne foi, lui fut des plus favorables. Cet heureux expédient laisse déjà pressentir l'homme d'État doué pour installer les hommes dans une situation ou dans une opinion qui leur facilite de vivre. En effet, dès qu'il devint à ses yeux un exilé, il put appliquer son esprit à des réalités ; sa mélancolie, loin d'être un épuisant, le stimula ; son amour pour son pays lui fit un centre où tous ses sentiments se rattachaient. Tandis que Chateaubriand et Byron, à chercher partout le bonheur, usent et dégradent leur énergie, lui, l'affermit autour de son idée fixe. Habitant comme eux du monde idéal, il n'y caresse pas des chimères sans forme : il cherche à soutenir son clan, à organiser sa patrie.

La force du rêve chez lui peut dès l'abord se transformer en action. Plus tard, sans doute, cédant à cet orgueil d'occuper les hommes que nous avons reconnu au principe de la mélancolie romantique, Chateaubriand confessera le catholicisme, et Byron, le libéralisme ; mais eux-mêmes douteront toujours de leur mission, d'autant qu'ils ont énervé de la tristesse des débauchés cette première sauvagerie qui faisait leur ressort... Bonaparte, lui, ayant su trouver le but le plus convenable à son ardeur, s'y réserva tout entier, jusqu'à se refuser de distraire en faveur de l'amour rien de sa résistance secrète...

Enfin, ayant un métier, il se préoccupe d'y exceller et il analyse les campagnes des grands capitaines pour se familiariser avec le génie. On possède la liste des travaux que méthodiquement il s'imposa. Ils valent non point par l'étendue, mais par la puissance de sa réflexion utilisée avec constance dans le même dessein. Une méthode au service d'une passion, voilà Napoléon à vingt ans !

« S'attacher à des réalités ! se placer dans des conditions vitales ! » se répètent ces jeunes gens subitement éclairés sur l'art de vivre. Et, dans cet examen, dans cette vision concrète du jeune Bonaparte, leur vigueur trouve sa prise comme s'ils sortaient des sables mouvants où ils s'épuisaient, pour mettre pied sur le vrai sol.

Ainsi parle à peu près Sturel, soutenu, commenté par ses pairs. Mais que le bruit des syllabes restitue mal tous les mouvements d'émulation et de gloire que viennent de subir leurs âmes !... D'un tel Napoléon, pas un trait n'échappe à ces délégués de la jeunesse s'entretenant de l'Imperator à quinze pas de son cadavre : car à leur âge et pleins de beaux désirs, ils ont précisément ce qu'il appelait « l'esprit de la chose », l'intelligence particulière. Nulle nécessité qu'ils traduisent sur l'heure en formules serrées les admirables raisonnements intérieurs que nous essayons de fixer dans une théorie impériale de l'énergie : cette réunion près du tombeau, c'est plus qu'un dialogue ; une action. Tout d'abord, portés par la fièvre qu'exhale un tel caveau, ils s'étaient élevés d'un haut vol et se comparaient au héros pour leur âpreté et leur ardeur ; mais

7

peu à peu il leur échappe et, à chaque coup d'aile, la distance plus grande les fait plus petits. Maintenant, comme des misérables, ils sont à la fois fiers qu'un tel homme ait vécu et désespérés du temps qu'ils ont perdu. Ils se reconnaissent comme des frères. Ils se serrent les mains. Des interjections brûlantes s'échappent de leurs lèvres. Soumis au jeu de forces si puissantes, échauffés par l'admiration et par la solidarité, ils sont prêts pour accueillir une parole décisive...

— Et Nous, dit Sturel, allons-nous déjà glisser sous la vie ?... [1]

1. *Les Déracinés,* p. 215-231.

LE GÉNÉRAL BOULANGER

———

(Conversation entre Sturel et Rœmerspacher.)

— Dame ! — répondait Rœmerspacher aux « à quoi bon » de son ami — on peut soutenir que la vie n'a pas de sens, mais c'est une vérité stérile. Je ne partage pas l'admiration que notre Saint-Phlin, dans ses lettres, me marque pour Le Play ; mais je sais une bonne anecdote. En novembre 1879, Le Play faillit mourir, et, parlant des impressions qu'il avait ressenties, il déclara : « Du coup d'œil suprême, je n'ai point vu le néant de la vie humaine; loin de là, j'en ai constaté l'importance. » L'importance de la vie vue du bord de la fosse ! Cette façon de sentir ne comporte pas les expressions lyriques et désespérées qui donnent aux vues pessimistes une toute-puissante valeur poétique, mais, à l'usage, elle est bien plus féconde...

Il s'interrompit pour dire en souriant :

— Tu me trouves bourgeois ?

— Mais non ! puisque moi, j'aime Boulanger comme un stimulant !

Les deux jeunes gens, dans cette minute, furent con-

tents l'un de l'autre. Ils retrouvaient ce dont ils étaient
privés depuis l'été de 1885 : un vocabulaire commun, et
mieux que cela, une manière analogue d'associer les idées,
ce qui permet dans la conversation de sauter trois ou
quatre idées intermédiaires. Avec les étrangers les plus
intelligents, on n'a jamais ce plaisir là.

— Boulanger, — disait Rœmerspacher, tout plein de
sa notion allemande du devenir, — je vois très bien ce
que c'est. L'homme de qui la foule française s'est éprise
à toutes les époques est fait sur un certain type théâtral,
odéonesque : François Ier, Henri IV, La Fayette, tels
qu'ils se montrent en public, et, tout au bas, le petit marquis, le maréchal des logis et le commis voyageur. Le
héros ingénieux plutôt que la brute, mais avec une légère
vulgarité, car nous ne sommes pas un peuple poète, voilà
celui qui prévaut dans les salons et les grands cercles,
dans les cabarets d'ouvriers ou sur un marché de paysans. L'opinion héréditaire que la France a d'elle-même,
le schéma qu'elle trace de son histoire, c'est que l'Europe
la craint, ou plus exactement l'admire et l'aime. Et, chez
ce peuple de glorieux, il y a un désintéressement tel que
nous permettons de nous opprimer à qui nous donne de
la gloire. Enfin, dans l'esprit de notre nation, un certain
nombre de principes tendent à épuiser leurs conséquences, et, d'abord, le sentiment de l'égalité. Au total,
il faut comprendre Boulanger dans l'imagination populaire comme optimiste et vulgaire ; comme un soldat
brave et galant, qui nous rend du prestige à l'étranger,
un général Revanche ; et, en même temps, comme un
serviteur des ambitions et des jalousies démocratiques.
Ces personnages que, de temps à autre, au cours de l'histoire, le milieu met en valeur, ne sont qu'un instant du

devenir de la nation luttant contre tous les obstacles, pour mieux réaliser son type.

— Je voudrais bien le connaître, disait Sturel.

— Renaudin t'en fournira des anecdotes. Moi, je te donne le fil, et si tu le tiens solidement, tu comprendras mieux Boulanger que s'il s'expliquait lui-même. Ce qui caractérise et actionne les héros populaires, c'est, bien plus que leur volonté propre, l'image que se fait d'eux le peuple.

Rœmerspacher avait raison. Les traits naturels de Boulanger ne comptaient plus ; par la force du désir des masses, il venait de subir une transformation. Aussi, en dépit de sa gentillesse personnelle, mécontentait-il ses inventeurs, les chefs radicaux, par l'image, hors cadre et supérieure au radicalisme, que se composait de lui le public. Il ne pouvait plus disposer pour aucune formule exclusive de la confiance générale qu'il inspirait, et, bien qu'il ne proposât expressément rien qui prêtât à la critique, tous les politiques comprenaient que son emploi était de reconstituer l'unité de sentiment.

L'unité de sentiment, en France, c'est un danger pour l'Allemagne ; c'est aussi la négation du parlementarisme[1].

* *

(*Sturel est présenté au général.*)

Dix minutes encore, et qu'est-ce donc ? Le Général ! Oui, lui-même ! Il reconduit son favori Lagnerre. Debout,

1. *L'Appel au soldat*, p. 56-58.

cette petite foule, et quel enthousiasme ! Il y a deux, trois
« Vive Boulanger ! » apaisés aussitôt de sa main.
Laguerre, d'une voix haute et sèche, avec l'aspect le plus
rare de jeunesse un peu vaine, vient d'appeler Naquet,
et tous trois, sur le pas de la chambre, se concertent.
Des millions de Français voudraient avoir cette photo-
graphie-là.

C'est un chef sur le seuil de sa tente qui confère avec
deux principaux lieutenants pour le salut de l'armée. D'un
prestige admirable et qui donne aux assistants le désir
de se dévouer, comme il se tient avec aisance ! et quelle
jeunesse dans les ovations qui l'assaillent ! « Des armes !
à la bataille ! » crieraient pour un peu des civils en chapeau haut. Voilà des personnages bien divers, et qui
représentent des formes sociales très variées, même
opposées, mais à travers eux tous se conserve l'unité
psychologique du boulangisme : l'élan. Une longue hérédité s'émeut dans leurs cœurs pour ce Brennus. Ils le
voient, l'admirent et lui jurent qu'il vaincra, tandis que
son œil bleu rapidement estime leur degré d'énergie. Cet
œil bleu, à qui l'habitude des ovations a donné, comme
il arrive toujours, quelque chose de voilé, de défensif,
c'est pourtant un joli œil de Breton casse-cou et rêveur,
et ce visage qui, dans l'exil et les calculs de Clermont, a
pris une expression dure, respire naturellement la cama-
raderie la plus aimable...

— Mon général, annonce Renaudin, Suret-Lefort nous
amène un délégué du Quartier latin, où il faut réagir contre
l'influence du Tonkinois...

— Je sais, dit Boulanger ; qu'il entre.

Si Sturel est ému, ce n'est pas d'aborder Boulanger,
car il connaît sa place : celle d'un partisan, fier de servir ;

et dans une même espèce, le besoin qu'on a les uns des autres fixe, justifie, et honore tous les rangs. Ce qui l'énerve jusqu'à le pâlir un peu, c'est que cette chambre pourra devenir, selon la conduite des boulangistes, dont il est, un pèlerinage national. Avec passion il a quêté des souvenirs analogues dans trente villes d'Italie. D'ici part un mouvement qui retentit dans chaque commune pour déplacer des influences, transformer des intérêts, abaisser ou relever des milliers de destinées ; ces ondes pourront bouleverser l'Europe et relever le niveau descendant de la France. Depuis une heure, il jouit des signes de la popularité comme un amoureux s'énivre d'anecdotes sur l'amour et fiévreusement il dit : « Je vous comprends si bien, belles histoires ! »

La richesse des sentiments que lui communiquait le Général, il n'aurait pu la mettre à jour sans ridicule. Mais sa physionomie parlait, tandis que Suret-Lefort, en jargon de la Conférence Molé, constatait longuement qu' « au lieu de s'enfoncer dans les profondeurs du peuple où il a sa base et sa force, le gouvernement s'isole sur le terrain parlementaire, dans des préoccupations de plus en plus individuelles ».

Le Général, la tête un peu penchée à gauche, assis derrière une vaste table couverte de dossiers que maintenaient des petits obus et des boîtes à cigares, faisait, sous cette abondance, une excellente figure à la fois attentive et sympathique. Il savait écouter...

Le groom Joseph annonça que le Général interrompait ses réceptions pour déjeuner. Comme des écoliers quand midi sonne, tous les boulangistes quittèrent bruyamment ces couloirs enfumés de leurs cigarettes. Sturel sentait son corps léger. Aucune chute dans ces escaliers n'aurait pu le briser. Il se laissait aller, comme un voluptueux à son appétit, aux besoins de son âme partisane [1].

*
* *

« Vive Boulanger! » fait pour Sturel un total d'affirmation suffisant : c'est le coup de clairon dont frémit sa moelle épinière, toute la série de ses réflexes, et qui contente ses besoins de discipline et de fraternité, son désir de se rallier à la France éternelle [2].

*
* *

L'aimable Français [3]! Tous ses mouvements, son regard, révèlent de la résolution et, en même temps, le plaisir de séduire. Il éprouve à émouvoir une foule ou le plus simple des hommes le contentement, l'allégresse de celui qui emploie ses dons naturels. Plus encore que d'un chef sur ses lieutenants, son prestige paraît d'un type national auquel nul de nous, à quelque classe qu'il appartienne, ne peut demeurer indifférent. Dans l'ancienne société, cette manière de Boulanger s'appelait « courtoisie », et c'était un mélange de bravoure, de décision, de finesse et de gentillesse, un ensemble de galantes qualités sociales qui n'excluent pas, certes, un joli savoir-faire.

1. *L'Appel au soldat*, p. 191-139
2. *L'Appel au soldat.* p. 120.
3. A propos de la première réunion de l'état-major boulangiste à Jersey (Ed).

Pour éviter de choisir entre tant de rivaux, il a mis
Sturel à sa droite ; il l'interroge familièrement sur leurs
amis de Paris et s'inquiète de Gyp et d'Anatole France,
en qui il montre la plus affectueuse confiance. Parmi les
convives de cette vaste salle en fer à cheval, il y a des
hommes dont les tendances l'inquiètent ; d'autres, avec
leurs appétits insatiables, le pressent jusqu'à l'irriter,
mais il semble jouir de vérifier une fois de plus, après
ses premières solitudes d'exilé, cette familiarité, cette
humanité qu'il introduit dans tous les milieux par les
mêmes moyens, agréables et un peu vulgaires[1].

*
* *

(*Les derniers jours.*)

Ce chef déserté, cet amant assiégé par la mort, ce
double naufragé du bonheur et de la gloire s'engloutissait
dans une mer de désespoir sans rivage. Infiniment noble
de romanesque simple, au milieu de la faiblesse qu'il
avouait, il prit sur une tablette un volume ouvert et lut
à François Sturel, partisan déconcerté, cet admirable
ordre du jour de Bonaparte sur le suicide d'un grenadier
amoureux :

« Saint-Cloud, 22 floréal an X (12 mai 1802).

« Le premier Consul ordonne qu'il soit mis à l'ordre
de la Garde :
« Qu'un soldat doit savoir vaincre la douleur et la
mélancolie des passions ; qu'il y a autant de vrai courage

1. *L'Appel au soldat*, 452, 453.

à souffrir avec constance les peines de l'âme qu'à rester fixe sous la mitraille d'une batterie. »...

Il ferma le livre et dit :

— Mais suis-je encore un soldat ?

Mot sublime et qui découvrit à Sturel l'innocence d'un véritable héros.

Le jeune homme retint ses larmes, ce qui lui donna la physionomie d'un grognard de Raffet, droit au port d'armes devant son Empereur.

Ces deux hommes, Boulanger et Sturel, dignes d'un grand emploi, prenaient les proportions de leur misérable époque.

« Suis-je encore un soldat ? » Cette douloureuse interrogation, ce doute sur soi-même, voilà la destruction suprême. De tant de diminutions, aucune jusqu'alors n'était mortelle; aussi bien toutes ses autres qualités de républicain, d'antiparlementaire, de faiseur de constitution, lui venaient des circonstances ; en les lui contestant, on n'atteignait pas sa source de vie. Du jour qu'il doute de sa qualité essentielle et ne se croit plus un soldat, il meurt, est déjà mort.

Qu'un homme a peu de résistance ! Boulanger, extraordinaire force de sentiment, se chargeait d'énergie au contact de l'armée et de la démocratie ; il vivait de nos grandes passions nationales pour la gloire, pour l'égalité et pour l'autorité, du boulangisme enfin. Il tombe sur les genoux quand se dispersent les foules desquelles il participait, et à terre quand une femme lui manque qui lui donnait la confiance et le désir de plaire[1].

---

1. *L'Appel au soldat*, p. 524, 525.

.*.

Le Général porta son testament chez maître Lecocq, notaire, rue d'Arlon. Il se rendit au cimetière et déposa son bouquet de roses et de reines-marguerites blanches. Il était si fort né avec le désir de plaire qu'il félicita le gardien d'avoir planté un petit sapin dans le sable jaune. Il dit en souriant :

— Dans une année il donnera de l'ombre.

Comme il arrive aux gens braves, s'étant accordé la solution où il penchait, il s'apaisait. Il voyait le bout de sa souffrance. On ne possède aucun détail sur sa dernière nuit[1].

.*.

Sturel voulut mettre dans ses yeux une dernière image du Général. Il cherchait moins à s'assurer le souvenir d'une haute amitié qu'un principe exaltant où il prendrait sans cesse la force de haïr.

Au milieu des fleurs, des bougies dont la flamme attriste la lumière du jour, et près d'une branche de buis bénit, sur un drap blanc, le voilà : lourd, revêtu d'un habit noir, avec la plaque de grand-officier de la Légion d'honneur. Ses mains effrayantes de misère physiologique se croisent sur sa poitrine et au petit doigt de sa main gauche brille un gros anneau d'or. La tête penchée un peu à gauche ; les cheveux et la barbe encore épais ont blanchi. Le visage livide, marbré de taches roses,

1. *L'Appel au soldat*, 530.

annonce la décomposition, mais ce sont les pleurs du vivant qui cernèrent si durement ces pauvres yeux fermés. A la tempe droite, moussent des débris d'ouate sur lesquels le sang est coagulé.

Solitaire et criant vengeance, Sturel se tourna vers Saint-Phlin. A l'ami de son adolescence, il fit les signes de sa détresse. En quittant le cadavre, il lui écrivit d'un ignoble café belge :

« Mon cher Henri,

« Tu connais sa mort. En même temps que ma lettre, tu liras les longues colonnes d'injures sous lesquelles d'ignominieux adversaires veulent l'enterrer. Jusques à quand coulera le flot des outrages ? On prétend nous faire croire qu'un Constans a sauvé l'honneur de la France. Dans les manuels scolaires, on définira le boulangisme une boulange, une bande d'aigrefins. Thucydide rapportant une croyance analogue s'arrête de la combattre et dit : « La légende s'était créée. » Mais laisserons-nous les Hébrard, les Camille Dreyfus, les Portalis, les Canivet, les Edmond Magnier, les Mayer, les Constans, les Thévenet, les Clemenceau et les Reinach créer les légendes françaises ! Que nous servirait-il, mon cher Saint-Phlin, d'avoir reconnu nos âmes sur la Moselle, de leur avoir restitué leur sincérité héréditaire, si nous jugions un Français sur les injures des étrangers et non pas sur l'émotion que nous communique sa biographie ?

« Tu ne peux pas dénier à ce mort ton témoignage. Tu ne refuseras pas ton office funèbre au soldat vers qui nous entendîmes, du cimetière de Metz, l'appel de

notre nation. Quand l'étoile s'efface, je reconnais aux
masses le droit de se détourner. Mais nous ne sommes
pas des instinctifs et notre sentiment se double de raison. Pour le psychologue, aux yeux de qui l'événement,
produit par le concours de circonstances multiples,
laisse intact la volonté, Boulanger est un bon serviteur.
Même l'homme politique, qui juge sur les résultats et
qui n'applaudit que le succès, ne lui sera pas sévère.
Notre chef a totalement échoué, son heure n'était pas
venue ; mais il donne son nom à un mouvement pareil
aux fièvres qui sauvèrent trente fois la France. Ceux-là
seuls hausseront les épaules qui, déracinés de notre sol
et des couches apportées par les alluvions des siècles, ne
comprennent plus les activités propres de notre histoire.
A chaque fois que des hommes nés Français prendront le
temps de se faire par eux-mêmes une idée de Boulanger,
ils honoreront ses intentions au temple de leur conscience ; et dans l'enchaînement inflexible des causes d'où
sortira le relèvement national, notre histoire attribuera
sans doute une part heureuse et préparatoire aux dignes
boulangistes, à ces précurseurs qui, au milieu d'une
atmosphère troublée, abritèrent en eux une conception
française de la France.

« Je te prie, au nom de nos souvenirs communs, que
tu me rejoignes immédiatement à Bruxelles. C'est toute
notre amitié de jeunesse qui s'anéantira, si tu refuses
d'attester par cette démarche le sérieux des idées qui
nous unissaient quand nous partîmes de ta maison paternelle pour visiter la terre de notre race. Je crains un
refus de Rœmerspacher et je ne voudrais pas une acceptation de Suret-Lefort. Je n'ai donc que toi vers qui
tourner mes yeux pleins de larmes et d'indignation. En

t'embrassant, et pour te préciser mon état d'esprit, je te signale le texte que nous méditerons ensemble derrière ce cadavre insulté, c'est l'*Antigone* de Sophocle, et nous affirmerons avec l'héroïne qu'on ne peut jamais rougir d'honorer un frère.

« Ton ami, d'une amitié qu'ont faite nos pères,

« François STUREL[1]. »

*
* *

(*Après les obsèques du général.*)

— Nous sommes battus !

Puis, honteux de mal supporter un désastre et se rappelant ses vues de Lorraine sur la nécessité de secourir la nation contre l'envahissement étranger et sur la continuité des fièvres françaises qui tant de fois sauvèrent le pays, il fit un acte de foi, une élévation qui dépassait ses pensées ordinaires de partisan :

— Boulanger n'est qu'un incident. Nous retrouverons d'autres boulangismes[2].

1. *L'Appel au soldat*, p. 537-540.
2. *L'Appel au soldat*, p. 406.

CHAPITRE III

LE MIROIR LORRAIN

Notre ermitage de Saint-Germain était situé à peu près sur la limite, entre la plaine et la montagne [2]. Le Lorrain de la plaine, qui a derrière lui de belles annales et tout un essai de civilisation, ne ressemble guère au montagnard, au Vosgien vigoureux qui s'éveille d'une longue misère incolore. Simon et moi, qui sommes depuis des siècles du plateau lorrain, nous n'hésitâmes pas à tourner le dos aux Vosges. Puisque nous cherchons uniquement à être éclairés sur nos émotions, le pittoresque des ballons et des sapins n'a rien pour satisfaire notre manie. Même nous nous bornerons à la région que limitent Lunéville, Toul, Nancy et notre Saint-Germain : c'est là que notre race acquit le meilleur d'elle-même. Là, chaque pierre façonnée, les noms mêmes des lieux et la physionomie laissée aux paysans par des efforts séculaires nous aideront à suivre le développement de la nation qui nous a transmis son esprit. En faisant sonner les dalles de ces

1. *Un Homme libre*, p. 133.

2. Philippe et Simon s'étaient retirés dans cet ermitage pour vaquer méthodiquement à la culture de leur moi (Ed.).

8

églises où les vieux gisants sont mes pères, je réveille
des morts dans ma conscience. Le langage populaire a
baptisé ce coin « le cœur de la Lorraine ». Chaque individu possède la puissance de vibrer à tous les battements
dont le cœur de ses parents fut agité au long des siècles.
Dans cet étroit espace, si nous sommes respectueux et
clairvoyants, nous pouvons connaître des émotions plus
significatives qu'auprès des maîtres analystes qui, hier,
m'éclairaient sur moi-même.

PREMIÈRE JOURNÉE

NAISSANCE DE LA LORRAINE

A la station qui précède immédiatement Nancy, au
bourg de Saint-Nicolas, nous sommes descendus du train,
car il convient d'entrer dans l'histoire de Lorraine par
une visite à son patron. Dans son église flamboyante,
nous saluons Nicolas, debout près de sa cuve et des petits enfants. Cette malheureuse localité, qu'illustrent encore cette cathédrale et des légendes, fut ruinée par des
guerres confuses ; elle était riche, et, pour la piller, tous
les partis se mirent quarante-huit heures d'accord. Le
noble évêque de Myre perdit sa domination. Il ne touche
plus aujourd'hui que les petits enfants ; même il prête un
peu à rire comme un bonhomme grossier. Le Lorrain,
comme j'ai moi-même coutume, honore mal le souvenir de ses émotions passées ; c'est bon au Breton de
s'émouvoir encore où tremblaient ses pères. Nous rape-
tissons ce que nous touchons, et nous nous plaisons à
gouailler.

Cet hommage rendu au protecteur, nous prîmes une voiture pour assister au premier jour de la Lorraine, et visiter les lieux où cette nation naquit, en se constituant patrie par un effort contre l'étranger. C'est entre Saint-Nicolas et Nancy que René II, appuyé des Suisses, tua le Téméraire. Victoire de grande conséquence, qui nous délivra des étrangers et d'une civilisation que nous n'avions pas choisie ! Secousse de terreur, puis de joie, dans lequel ce pays s'accouche ! Dès lors il y a un caractère lorrain.

Charles de Bourgogne, le Téméraire ! Quelle magnifique aisance dans ses allures bruyantes et romantiques ! Auprès des grands crus de Bourgogne qui mettent la confiance au cœur le plus hésitant, comment se tiendra le petit vin de Moselle, ce vin un peu plat, froid et dont la saveur n'étonne pas tout d'abord, mais séduit un délicat réfléchi ! Comment René II, faible prince qui parcourt en suppliant les rudes cantons suisses, a-t-il pu triompher ?

Dans la vie, fréquemment, Simon et moi nous avons rencontré ces êtres tout brillantés, menant grand tapage, apoplectiques de confiance en soi ; nous ne les aimions guère et toujours les dépassions. A l'usage, il apparaît qu'un René II, avec sa douceur un peu grise, n'est pas un dépourvu ; il est réfléchi, persévérant, et sa modestie le sert mieux que forfanterie. Dans l'histoire, l'extrême simplicité de sa tenue passe infiniment en élégance, du moins pour l'homme de goût, l'ostentation de votre Téméraire. Après la victoire, quelle gravité ingénieuse dans les paroles modérées qu'il adresse au cadavre vaincu et dans l'inscription que notre cocher nous fit lire à la Commanderie Saint-Jean, où le Bourguignon subit la ruine et de

grands coups d'épée ! La magnanimité de René n'a rien
de théâtral, et s'il honore Charles d'un splendide service
funèbre, c'est qu'il voulait publier devant son peuple
épouvanté la définitive innocuité du brutal adversaire.

Nous avions suivi le corps du Téméraire dans Nancy,
et jusque dans cette partie dite Ville-Vieille, où il fut
publiquement exposé. Quand nous rêvions près la pierre
tombale de René dans la froide église des Cordeliers, le
soir vint, qui, dans les lieux sacrés, nous dispose toujours
à la mélancolie. Une race qui prend conscience d'elle-
même s'affirme aussitôt en honorant ses morts. Ce sanc-
tuaire national, reliquaire des gloires de Lorraine, mais
incomplet comme le sentiment qu'eut jamais de soi ce
peuple, date de René II. Les dentelures dorées qui fes-
tonnent autour de sa statue moderne, toute cette végétation délicate de figurines, et l'élégance de l'ensemble nous
reportaient à ces premières époques de la Lorraine,
d'une grâce bonhomme, si dépourvue d'emphase. Dans
cette maison des souvenirs, nous ne vîmes aucun désir
d'étonner. Ces images de morts sans morgue ne se pré-
occupent ni de la noblesse classique, ni de la pompe.
René II aimait le peuple, c'est ainsi qu'il séduisit les
cantons suisses, et il fêtait l'anniversaire de la victoire
de Nancy, chaque année, en buvant avec les bourgeois ;
Jeanne était à l'aise avec les grands, et la sœur en toute
franchise des petits ; Drouot, quittant la gloire de la
Grande Armée, où il fut le plus simple des héros, acheva
sa vie en brave homme parmi ses concitoyens. C'est mal
dire qu'ils aiment le peuple, ils ne s'en distinguent pas.
Leur race se confond avec eux-mêmes.

Simon et moi nous comprîmes alors notre haine des
étrangers, des *barbares*, et notre égotisme où nous enfer-

mons avec nous-mêmes toute notre petite famille morale.
Le premier soin de celui qui veut vivre, c'est de s'entourer de hautes murailles ; mais dans son jardin fermé il
introduit ceux que guident des façons de sentir et des
intérêts analogues aux siens.

DEUXIÈME JOURNÉE

LA LORRAINE EN ENFANCE

Cette partie ancienne de Nancy, la « Ville-Vieille »,
est bien fragmentaire ; elle fut perpétuellement refaite.
Cette race nullement endormie, mais de trop bon sens,
hésitait à affirmer sa personnalité. Sa finesse, son sentiment exagéré du ridicule l'entravèrent toujours. Chaque
génération reniait la précédente, sacrifiait les œuvres de
la veille à la mode de l'étranger. Leur « Chapelle Ronde »,
monument national s'il en fut, copie la Chapelle des Médicis de Florence, mais avec maigreur, économie. Le
Lorrain n'a pas d'abondance dans l'invention, et ne fut
jamais prodigue. Les successeurs de René, ayant visité les
palais de la Renaissance, rebâtirent le palais ducal. Cette
race à son éveil craint de se confesser ; peu de pierres
ici qui puissent nous conter les origines de nos âmes...
Pourtant une vierge de Mansuy Gauvain, dans l'église
de Bon-Secours, est tout à fait significative. Voilà nos
primitifs ! Nous nous agenouillons devant une Mère, et
dans son manteau entr'ouvert tout un peuple se préci-
pite. Ces enfants me touchent, si intrépides contre le
Bourguignon et qui expriment leur rêve par cette image
sincère, je vois qu'ils ont beaucoup souffert. Ils conçoi-

vent la divinité non sous la forme de beauté, mais dans l'idée de protection. Florence, leur sœur, et qui donne parfois l'image la plus approchante de cet idéal de clarté froide, d'élégance sèche, que les meilleurs Lorrains entrevoyaient, Florence prend les loisirs d'embellir l'univers. Ceux-ci, dans la nécessité de sauver d'abord leur indépendance, mettent leur orgueil, leur art naissant, toutes leurs ressources dans des remparts.

Cernés d'étrangers qui les inquiètent, sous l'œil des barbares, ils n'ont pas le loisir de se développer logiquement. La grâce, qui pour un rien eût apparu, presque mélancolique, dans le petit prince René II, n'aboutit pas en Lorraine. Ils n'ont pas créé un type de femme : Jeanne d'Arc, que d'autres peuples eussent voulu honorer en lui prêtant les charmes des grandes amoureuses, demeure, dans la légende lorraine, celle qui protège, et cela uniquement. Elle est la sœur de génie de René II; persévérante, simple, très bonne et un peu matoise. Celle de qui l'Espagne et l'Italie fussent devenues amoureuses, est ici une vierge nullement troublante : nos pères affirment que Jeanne ignora toujours les misères physiques de la femme. Cette légende de Lorraine n'est-elle pas plus belle, selon le penseur, que les tendres soupirs du Tasse ! Voilà bien le même sentiment qui fit agenouiller ce peuple devant la vierge de Bon-Secours. Et moi, Simon, sous l'œil des barbares, comme eux je ne savais que dire : « Qui donc me secourra ? »

Dans le palais ducal de la « Ville-Vieille », nous avons visité le musée historique lorrain. Les premières salles sont consacrées aux époques gallo-romaines et mérovingiennes; nous y interrogions vainement les plus anciens

souvenirs de notre Être. C'est la même ignorance que
nous trouvions, le lendemain, aux champs où fut Scar-
ponne, chez ces pauvres enfants qui nous vendirent des
médailles romaines arrachées à ces terrains déserts. Et
pourtant, les ondulations de ces plaines où Attila et les
siècles ne laissèrent pas même une ruine, émeuvent des
voyageurs avertis. Quelque chose de nous autres Lorrains vivait déjà à ces époques lointaines. Mais qu'il est
obscur, indéchiffrable, le frisson qui nous attire vers
cette vieille poussière de nos ancêtres ! Nous visitâmes,
sans plus de profit, les fermes mérovingiennes de Sa-
vonne et de Vendières, et près de là des grottes qui jadis
furent habitées. La neige désolait les campagnes. La tristesse de l'hiver, un décor lamentable de pluie et de silence
nous aident d'habitude a imaginer le passé, mais comment retrouverons-nous dans notre conscience aucune
parcelle de ces hommes lointains, qui ne contribuèrent
en rien à former notre sensibilité. A Laître-sous-Amance,
enfin, nous contemplons une des plus anciennes images
où la Lorraine se soit exprimée. Bien pauvre encore,
mal différenciée de tout ce qui se faisait autour d'elle, et
si chétive ! C'est un portail avec quelques sculptures du
xie siècle. A Toul, grâce à des souvenirs de l'organisation municipale romaine, la commune populaire se
forma plus vite, sous la protection des évêques, et le
xiiie siècle s'affirma dans l'église Saint-Gengoult et des
fragments de Saint-Étienne.

En vérité le service que René II a rendu à la Lorraine
est immense ; il lui a créé une conscience. L'enfant, qui
n'avait qu'une vie végétative, s'individualisa ; il existait
confusément, il voulut vivre. Il l'avait montré au Bourguignon, il le rappela aux luthériens en 1522.

TROISIÈME JOURNÉE

LA LORRAINE SE DÉVELOPPE

Cette *Ville-Vieille*, ce *musée lorrain*, tout incomplets, éveillent à chaque pas des traits délicats de ma sensibilité ; ils me ravissent par la clarté qu'ils apportent dans mes émotions-familières, ils m'attristent parce qu'ils me font toucher l'irrémédiable insuffisance de l'âme que me fit cette race.

Deux grandes causes d'échec pour la Lorraine : le pays fut si tourmenté que les artistes, c'est-à-dire une des parties les plus conscientes de la race, désertaient continuellement, s'établissaient en Italie, s'y déformaient ; bons ou mauvais, ils devenaient Italiens, en Lorraine. Puis il n'y eut pas de riche bourgeoisie pour s'enorgueillir d'un art local, mais une aristocratie, sans cesse en rapport avec des pays plus puissants, honteuse de sentir son provincial et prenant le bel air de France ou d'Italie.

Pourtant le palais ducal, modifié dans le goût Renaissance et dont les quatre cinquièmes ont disparu, nous fait voir un côté de l'âme lorraine, l'esprit .gouailleur : une gouaillerie nullement rabelaisienne, jamais lyrique, mais faite d'observation, plutôt matoise que verveuse. C'est de la caricature, sans grande joie. Le sec Callot, sec en dépit de l'abondance studieuse de ses compositions, appartient à la jeunesse de la race ; le grouillement et l'émotion des guerres qu'il a vues le soutiennent. Mais Grandville, si mesquin et pénible, devait être le dernier mot de cette veine qui n'aboutit pas. On la sent pourtant

bien personnelle, la malice de ce petit peuple ; si cette
race eût été heureuse, elle possédait l'élément d'un art
particulier. Les légendes, chansons, anecdotes, la finesse
si particulière de ses grands hommes, et même aujour-
d'hui le tour d'esprit des campagnards établissent bien
qu'un certain comique se préparait. Cette verve, toujours
un peu maigre, épuisée par les guerres et l'éloignement
des artistes, alla se desséchant. Il ne resta plus de cette
promesse qu'une tendance déplorable au précis, au voulu,
un acharnement à l'élégance méticuleuse.

Au xvᵉ siècle, à côté de cette grêle malice, l'âme lorraine fait voir un sens humain de la vie très profond, une
grande pitié. Ce petit peuple, qui s'agenouillait devant la
Dame de Bon-Secours et qui haïssait la servitude, ne
laissait pas de ressentir des frissons tragiques. Comme
Michel-Ange, presque seul au milieu d'un peuple d'imagination riante, fut impressionné des horreurs de l'Italie
guerrière, Ligier-Richier dramatisa parmi les Lorrains
qui, sans trêve foulés, gouaillaient. Quelle simplicité,
quelle franchise ! Il est bien le frère des héros naïfs de
cette race ! Ah ! l'admirable voie que c'était là ! Ne discu-
tons pas la force sublime de l'Italien, mais à Saint-Mihiel,
près de *la Mise au tombeau*, à l'église des Cordeliers,
près du *monument de Philippe de Gueldres*, nous rêvons
un art débarrassé de cette rhétorique qu'à certains jours
on croit toucher dans Michel-Ange : un art ayant toute la
saveur tragique du langage populaire, où n'atteint jamais
la plus noble éloquence des poètes. Mais cette race mal
consciente d'elle-même, qui venait d'enfanter obscuré-
ment le génie de Ligier-Richier, se mit toujours à l'école
chez ses voisins. Elle ignora quel fils elle portait. Cette
beauté impérieuse dont Ligier a vêtu la mort, aujourd'hui

encore est mal connue. Une vague légende, d'ailleurs insoutenable, voilà tout ce que savent les Lorrains : Michel-Ange rencontrant l'artiste lui aurait fait l'honneur de l'emmener avec lui. Eh! grand Dieu! le sot éloge!

Ces deux Lorraines échouèrent, la Lorraine de l'ironie comme celle de la grandeur sans morgue, pour avoir ignoré leur génie et douté d'elles-mêmes timidement. Le sentiment qui donnait à cette race une notion si fine du ridicule lui fit peut-être craindre de s'épancher. A chaque génération, elle se rétrécit. Son art n'a jamais d'abandon ni d'audace, tout est voulu : suppression des détails significatifs, imitation des écoles étrangères. La meilleure partie de la Lorraine, sa noblesse et ses artistes, toujours avaient soupiré avec une admiration naïve vers l'Italie ; à Claude Gellée il fut donné d'y vivre. Il porta dans l'école romaine nos instincts et notre discipline. Il peignit ce ciel, cette terre et cette mer dans une lumière si vaporeuse, avec une harmonie si impossible, qu'on peut dire vraiment qu'en copiant, c'était son rêve, notre rêve, qu'il exprimait. C'était une désertion. Il profitait de l'idéal de ses ancêtres, pour en fortifier l'Italie ; il n'a pas accru la conscience de sa race.

Après lui, la Lorraine, qui l'ignora, comme elle avait méconnu Ligier-Richier, dessèche de plus en plus sa veine. Et l'effort du dernier artiste sorti vraiment de l'âme populaire, le dernier travail ne devant rien à l'étranger, sera cette admirable grille du serrurier Jean Lamour : une dentelle en fer.

Qu'importe si la délicieuse statue de Bagard (1639-1709), garçonnière maligne et touchante qui porte un médaillon, nous ravit et nous retient longuement dans le rez-de-chaussée du *musée lorrain* ! C'est une grande dame

raffinée ; sa spirituelle afféterie mondaine ferait paraître
un peu grossière la simplicité, la gouaillerie de nos meilleurs aïeux. Elle est bien du passé, l'âme lorraine :
Bagard n'y songe guère. — Et nous-mêmes, Simon, il
nous faut un effort pour la retrouver sous nos âmes
acquises. Cette jeune femme, cette Française, c'est toute
notre sensibilité à fleur de peau, une floraison toute neuve
pour laquelle, comme Bagard, comme la Lorraine entière
d'aujourd'hui, nous avons dédaigné de cultiver le simple
jardin sentimental hérité de nos vieux parents.

QUATRIÈME JOURNÉE

AGONIE DE LA LORRAINE

Ne quittons pas si vite un peuple qui voulait se développer. Nous savons quels tâtonnements, quelles misères
c'est de chercher sa loi. Des échecs si nobles valent qu'on
s'y intéresse. Allons voir ces plaines de Vézelize, tous
ces champs de bataille sans gloire où la Lorraine s'épuisa.
Quelques traits de ce peuple s'y conservent mieux que
dans les villes ; car, à Nancy, vingt courants étrangers
ont renversé, submergé l'esprit autochtone.

La campagne est plate, assez abondante, pas affinée,
peut-être maussade, sans joie de vivre. Les physionomies
n'ont pas de beauté ; les petites filles font voir une gri-
mace vieillotte, malicieuse sans malveillance; en rien cette
race, d'ailleurs de grande ressource et saine, n'a poussé
au type. Par les après-midi d'été on se réunit au « Qua-
roi » et les femmes, travaillant dans l'ombre que décou-
pent les maisons, se donnent le plaisir de ridiculiser.

Quels souvenirs ont-ils gardé de jadis ? Par les écoles, les inscriptions locales, ils savent une vague bataille de Nancy, où René II leur donna la vie ; puis Stanislas, qui fut leur agonie. Mais dans le peuple, c'est la tradition des Suédois qui domine ; chaque ville en raconte quelque horreur. Ils tuèrent vraiment la Lorraine. Ils saccagèrent tout, Richelieu s'applaudissant. Même les amis du duc Charles IV estimèrent sage de s'approprier les dernières ressources de ceux qu'ils ne pouvaient défendre. Cent cinquante mille bandits, aidés d'autant de femmes, piétinaient le pays dont la ruine se prolongea jusqu'à la fin du siècle. Cependant la race lorraine affamée s'entre-dévorait. Il y avait dans les campagnes des pièges pour hommes, comme on en met aux loups ; des familles mangèrent leurs enfants, et même des jeunes gens, leurs grands-parents. Toutefois ce pauvre peuple se réjouissait à quelques petits déboires de ses ennemis, tels que des évasions de prisonniers, et surtout prenait son plaisir aux bons tours de l'extraordinaire Charles IV.

Étrange fou, que produisit ce pays raisonnable dans les violentes convulsions de son agonie ! Il semble que Charles IV ait gâché en une vie toute l'énergie qui, dépensée sagement dans une suite d'hommes, eût été féconde en grandes choses. C'est le va-tout d'une situation désespérée, d'une race qui sent l'avenir lui manquer. En Charles IV, il y a pléthore, qualités lorraines à trop haute pression, mais il ne contredit pas les caractères de sa race.

Ce merveilleux aventurier, avec les tresses blondes de ses cheveux pendants et ses souples voltiges d'écuyer devant les femmes de Louis XIII, était sagace, pratique, d'éloquence simple, et pas chevaleresque le moins du monde. Il avait le don de plaire à tous, mais se gardait de tous. Ce fantasque, ce railleur qui ne sut même pas s'épargner dans ses bons contes, ce perpétuel irrésolu désirait violemment, et souvent il demeura ferme dans son sentiment. C'est, au résumé, un Lorrain des premiers temps, mais avec toute la fièvre inquiète d'un peuple qui va mourir.

Charles IV ne nous montre qu'un trait nouveau, le désir de paraître ; c'est qu'il avait été élevé à la cour de France, et que les circonstances le forcèrent toute sa vie à vivre parmi les étrangers ; or nous avons vu le caractère, l'art lorrains, toujours craintifs de paraître ridicules, prendre l'air à la mode. Par-dessous sa brillante chevalerie, c'était essentiellement un capitaine brave et gouailleur, sachant plaire sans effort aux hommes simples, l'un d'eux vraiment, comme on le vit bien, après cette fleur de jeunesse à la française, dans sa tenue de vie et dans ses projets de mariage qui scandalisèrent si fort Paris et Versailles, sans qu'il s'émût le moins du monde. Le malheur l'avait remis dans la logique de sa race.

C'est du haut de Sion, pèlerinage jadis fameux, aujourd'hui attristé de médiocrité, que, moins distraits par le détail, nous prenons une possession complète de la grandeur et de la décadence lorraines. Devant nous, cette province s'étend sérieuse et sans grâce, qui fut le pays le plus peuplé de l'Europe, qui fit pressentir une haute civilisation, qui produisit une poignée de héros et qui ne se souvient même plus de ses forteresses ni de son génie. Dès le siècle dernier, cette brave population dut accepter de toute part les étrangers qu'elle avait repoussés tant qu'elle était une race libre, une race se développant selon sa loi.

Du moins, la conscience lorraine, englobée dans la française, l'enrichit en y disparaissant. La beauté du caractère de la France est faite pour quelques parcelles importantes de la sensibilité créée lentement par mes vieux parents de Lorraine. Cette petite race disparut, ni dégradée, ni assoupie, mais brutalement saignée aux quatre veines.

Depuis longtemps les artistes étaient obligés de s'éloigner, en Italie de préférence, pour trouver, avec la paix de l'étude, des amateurs suffisamment riches. Les ducs enfin quittèrent le pays, où ils se maintenaient difficilement contre l'étranger, emmenant une partie de leur noblesse. Dans la masse de la population cruellement diminuée, les vides étaient comblés par des Allemands, domestiques et autres hommes de bas métier, dont fut épaissie la verve naturelle de ma race, de cette noble race qui repoussait le protestantisme (admirable résistance d'Antoine aux bandes luthériennes, en 1523).

Si je défaille, ce sera de même par manque de vigueur et non faute de dons naturels. Nous avons, mon ami et moi, les plus jolis instincts pour nous créer une personnalité. Saurons-nous les agréger ? Les barbares s'imposeront peu à peu à nos âmes qui les acceptent à cause des basses nécessités de la vie ; j'entrevois les meilleures parties de nos êtres, qui s'accommodent, tant bien que mal, de rêves conçus par des races étrangères.

CINQUIÈME JOURNÉE

LA LORRAINE MORTE

Notre enquête touche à sa fin ; de Sion nous descendrons à notre ermitage de Saint-Germain. Visiter Lunéville ! Retourner à Nancy où nous négligeâmes la ville neuve ! pourquoi prolonger ainsi la tristesse dont m'emplit l'avortement de l'âme lorraine ? Dans ce château de Lunéville, les nôtres furent humiliés. Ce palais ne me parlerait que de Stanislas, un prince bon et fin, je l'accorde, mais entouré de petites femmes et de petits abbés qui, par bel air, raillaient les choses locales et copiaient Versailles. La Lorraine, dit-on l'aima ; c'est qu'elle avait perdu toute conscience de soi-même ; elle était morte ; seul son nom subsistait. A certains jours, mon ami et moi, nous sommes aussi capables de prendre plaisir à des plaisanteries faciles sur ce qu'il y a de plus profond et d'essentiel en nos âmes. C'est que nous vivons à peine ; nous vivons par un effort d'analyse. Comme le nouveau Nancy, je m'accommode de la sensibilité que Paris nous donne toute faite. En échange d'un bonheur calme, assuré, la Lorraine a laissé à Paris l'initiative. N'est-ce pas ainsi que, lassés de heurter les étrangers, nous abandonnions notre libre développement pour adopter le ton de la majorité ?

Je refuse d'admirer, sur l'emplacement du vieux Nancy de mes ducs, la place Stanislas, qui partout ailleurs m'enchanterait. Et s'il m'arrivait, devant l'élégance un peu froide de cette belle décoration, s'il m'arrivait de retrouver quelques traits de la méthode et du rêve constant de l'âme lorraine, je n'en aurais que de la tristesse, me disant : la méthode et le rêve que j'honore en moi avec tant d'ardeur n'apparaissent guère plus dans l'ordinaire de mes actions que, dans ce Nancy moderne, les vieux caractères lorrains. Ah ! nos aïeux, leurs vertus et tout ce possible qu'ils portaient en eux sont bien morts. Choses de musée maintenant et obscures perceptions d'analyste.

Stanislas a créé une académie et une bibliothèque. Dans la suite, une société archéologique fut jointe à ces institutions. Seules elles abritent ce qui peut encore vivre de la conscience lorraine. Elles sont le souvenir de ce qui n'existe plus. Où la mort est entrée, il ne reste qu'à dresser l'inventaire.

Vierge de Sion, je ne puis vous prier pour ce pays de Lorraine ni pour moi. La sécheresse dont je sais que cette race est morte m'envahit. Vous-même m'apparaissez si triste et délaissée que je vous aime avec une nuance de pitié, sans l'élan amoureux de celui qui voit sa vierge éclatante et désirée de tous. Parce que je connais l'être que j'ai hérité de mes pères, je doute de mon perfectionnement indéfini. Je crains d'avoir bientôt touché la limite des sensations dont je suis susceptible. Petits-fils de ces aïeux qui ne surent pas se développer, ne vais-je point demeurer infiniment éloigné de Dieu, qui est la somme des émotions ayant conscience d'elles-mêmes ?

Mais non ! il ne faut pas que je m'abandonne. Je calomnie ma race. Si elle n'a pas utilisé tous les dons qui lui étaient dispensés, il en est un qu'elle a développé jusqu'au type. Elle a augmenté l'humanité d'un idéal assez neuf. De René II à Drouot, en passant par Jeanne, une des formes du désintéressement, le devoir militaire a paru sous son plus bel aspect. Il y a dans ma race, non pas l'esprit d'attaque, la témérité trop souvent mêlée de vanité, mais la fermeté réfléchie, persévérante et opportune. Faire en temps voulu ce qui est convenable. On vit en Lorraine les plus sages soldats du monde, ceux que le penseur accueille. Par les armes, le Lorrain avait fondé sa race ; par les armes il essaye héroïquement de la protéger. Pressé par les étrangers, il n'eut pas le loisir de chercher d'autres procédés pour être un homme libre. Comment eût-il développé ces dons d'ironie, ce réalisme humain si noble qu'il nous fit entrevoir ? Il bataillait sans trêve à côté de son duc. Le loyalisme ducal, en Lorraine, s'est fondu plus étroitement que partout ailleurs avec l'idée de patrie. Dans sa misère, cette race se consolait d'être mutilée de ses qualités naissantes en aimant ses ducs, qui furent souvent des princes exemplaires et jamais de mauvais hommes. Que je dépense la même énergie, la même persévérance à me protéger contre les étrangers, contre les Barbares, alors je serai un homme libre.

SIXIÈME JOURNÉE

CONCLUSION. — LA SOIRÉE D'HAROUÉ

Simon, un peu gâté, selon moi, par l'éducation de la rue Saint-Guillaume, ne goûtait qu'à demi mes intuitions. C'est un historien d'une réserve extrême. Il collectionne et cote les petits faits, sans consentir à recevoir d'eux cette abondante émotion qui pour moi est toute l'histoire. Or, les vieilles choses de Lorraine, en huit jours, avaient réveillé des belles-aux-bois qui sommeillent en mon âme ; Simon me laissa tout à les caresser. Il me précéda à Saint-Germain ; d'ailleurs des repas médiocres, toujours, l'indisposèrent.

Je n'ai pas oublié cette soirée silencieuse, vers les cinq heures, dans la petite ville d'Haroué, où la vieille place est abritée de noyers malades. Le soleil de février, en s'inclinant, avait laissé dans l'air quelque douceur. J'allai, désœuvré, jusqu'à l'étang que forment les fossés écroulés d'un château pompeux, bâti sous Stanislas, et dont la froide impériosité contrarie le paysage. Je m'ennuyais d'un ennui mol, et toujours les plaines d'eau me disposèrent à la mélancolie. Il me sembla que l'eau elle-même, sous ce climat, désormais vivait avec médiocrité. Je sentais bien que des parcelles de l'ancienne âme de Lorraine, éparses encore dans ce paysage malingre d'hiver, faisaient effort pour me distraire; mais la ruine de ma nation m'avait trop lassé pour que sa douceur posthume me consolât de sa vigueur abolie; et une triste migraine me venait du plein air.

Le pâle soleil couchant offensait mes yeux striés de fibrilles par la lampe tard allumée sur les actes et les pensées de Lorraine. Nancy, oublieuse du passé, m'avait choqué, mais dans ces campagnes, où tout est souvenir de nos aïeux et qui, repliées sur elles-mêmes, n'ont pas remplacé la grande morte qui les animait, je me sentis avec une netteté singulière l'héritier d'une race injustement vaincue. De rares paysans — mes frères, car nos aïeux communs combattaient auprès de nos ducs — passaient, me saluant comme un ami d'un geste grave dans ce crépuscule. Tristement je les aimais.

A cause de l'humidité je revins jusqu'à l'auberge. Avec le soir, la voiture du chemin de fer arriva, et j'eus le cœur serré que personne n'en descendît pour me presser dans ses bras.

Je dînai mal, impatient d'en finir, à la lueur du pétrole. Ensuite, quand je voulus, malgré l'obscurité profonde, faire quelques pas à l'air car j'étais congestionné, des chiens hurlant m'intimidèrent. Je rentrai dans l'auberge, disant : « Je suis là, perdu, isolé, et pourtant des forces sommeillent en moi, et, pas plus que ma race, je ne saurai les épanouir. »

Dans cette vieille salle, le silence me pénétrait d'angoisse. Je sentais bien que ce n'était que de l'inaccoutumé, que tout ce décor était en somme de bonté. Dans la nuit répandue, la Lorraine m'apparaissait comme un grand animal inoffensif qui, toute énergie épuisée, ne vit plus que d'une vie végétative ; mais je compris que nous nous gênions également, étant l'un et l'autre le miroir de notre propre affaissement.

Pour rendre un peu sien un endroit qu'on ignore, où l'on n'a pas sa chaise familière, son coin de table, et où la lampe découpe des ombres inaccoutumées, le meilleur expédient est de se mettre au lit. Ce sans-gêne réchauffe la situation. Mais je n'osais appuyer ma joue sur ces draps bis ; tout mon corps se sauvait en frissonnant de ces rudes toiles, — ou, solide et confiant en moi, je me serais brutalement enfoui au chaud.

Alors je rentrai dans mon univers. Par un effort vigoureux que facilitaient ma détresse morale et la solitude nue de cette chambre, je projetai hors de moi-même ma conscience, son atmosphère et les principales idées qui s'y meuvent. Je matérialisai les formes habituelles de ma sensibilité. J'avais là, campés devant moi comme une carte de géographie, tous les points que, grâce à mon analyse, j'ai relevés et décrits en mon âme :

D'abord un vaste territoire, mon tempérament produisant avec abondance une belle variété de phénomènes, rebelles à certaines cultures, stérile sur plusieurs points, où des parties sont encore à découvrir, pâles, indécises et flottantes.

Par-dessus ce premier moi, je vis dessinées des figures

frémissantes qui semblaient parler. Ce sont les maîtres que nous interrogions à Saint-Germain, devenus aujourd'hui une partie importante de mon âme.

Je vis aussi de grands travaux accomplis par des générations d'inconnus, et je reconnus que c'était le labeur de mes ancêtres lorrains.

Or, tous ces morts qui m'ont bâti ma sensibilité, bientôt rompirent le silence. Vous comprenez comment cela se fit : c'est une conversation intérieure que j'avais avec moi-même ; les vertus diverses dont je suis le son total me donnaient le conseil de chacun de ceux qui m'ont créé à travers les âges.

Je leur disais : « ... je me suis reposé dans vos plaies ; j'ai vécu la passion de l'esprit que vous avez soufferte. Quand mériterai-je le bonheur ?... Pourquoi, mes amis, ne fûtes-vous pas heureux ? »...

Alors BENJAMIN CONSTANT : « J'aurais dû ne pas demander mon bonheur aux autres. »

SAINTE-BEUVE : « J'eus tort de chercher à leur plaire. »

... Ainsi parlèrent-ils, et Moi je leur disais :

« Vous souffriez donc pour avoir accepté les Barbares ! Vous, que je pris pour intercesseurs, vous n'avez même pas compris la nécessité de l'isolement, le bienfait de l'univers qu'on se crée. Vous ignoriez qu'il faut être un homme libre ! »

Etendu sur ce lit, à la lueur tragique d'une chandelle d'auberge, je méprisai douloureusement ces gens-là ; je vis qu'ils étaient grossiers. Et ces parties de moi-même, qui m'avaient enchanté jadis, m'écœurèrent.

L'imitation des hommes les meilleurs échouait à me hausser jusqu'à toi, Esprit, Total des émotions ! Lassé de ne recueillir de mes intercesseurs que des notions sur

ma sensibilité, sans arriver jamais à l'améliorer, j'ai
cherché en Lorraine la loi de mon développement. A
suivre le travail de l'inconscient, à refaire ainsi l'ascension
sion par où mon être s'est élevé au degré que je suis,
j'ai trouvé la direction de Dieu. Pressentir Dieu, c'est la
meilleure façon de l'approcher. Quand les Barbares nous
ont déformés, pour nous retrouver, rien de plus excellent
lent que de réfléchir sur notre passé. J'eus raison de
rechercher où se poussait l'instinct de mes ancêtres ;
l'individu est mené par la même loi que sa race. A ce
titre, Lorraine, tu me fus un miroir plus puissant qu'aucun
cun des analystes où je me contemplai. Mais, Lorraine,
j'ai touché ta limite, tu n'as pas abouti, tu t'es desséchée.
Je t'ai une infinie reconnaissance, et pourtant tu justifies
mon découragement. Jusqu'à toi j'avais sur moi-même
des idées confuses ; tu m'as montré que j'appartenais à
une race incapable de se réaliser. Je ne saurai qu'entrevoir.
voir. Il faut que je me dissolve comme ma race. Mes
meilleures parcelles ne vaudront qu'à enrichir des
hommes plus heureux.

Alors la Lorraine me répondit :

« Il est un instinct en moi qui a abouti ; tandis que tu
me parcourais, tu l'as reconnu : c'est le sentiment du
devoir, que les circonstances m'ont fait témoigner sous
la forme de bravoure militaire. Et, si découragée que
puisse être ta race, cette vertu doit subsister en toi pour
te donner l'assurance de bien faire, et pour que tu persévères.
sévères.

« Quand tu t'abaisses, je veux te vanter comme le favori
de tes vieux parents, car tu es la conscience de notre
race. C'est peut-être en ton âme que moi, Lorraine, je
me serai connue le plus complètement. Jusqu'à toi, je

traversais des formes que je créais, pour ainsi dire, les
yeux fermés ; j'ignorais la raison selon laquelle je me
mouvais : je ne voyais pas mon mécanisme. La loi que
j'étais en train de créer, je la déroulais sans rien connaître de cet univers dont je complétais l'harmonie. Mais
à ce point de mon développement que tu représentes, je
possède une conscience assez complète ; j'entrevois
quels possibles luttent en moi pour parvenir à l'existence.
Soit ! tu ne saurais aller plus vite que ta race ; tu ne
peux être aujourd'hui l'instant qu'elle eût été dans quelques générations ; mais ce futur, qui est en elle à l'état
de désir et qu'elle n'a plus l'énergie de réaliser, cultive-
le, prends-en une idée claire. Pourquoi toujours te com-
plaire dans tes humiliations ? Pose devant toi ton pressentiment du meilleur, et que ce rêve te soit un univers,
un refuge [1].

1. *Un Homme libre*, p. 103-135. -

CHAPITRE IV

PAYSAGES

LES JARDINS DE LOMBARDIE

Jardins Giulia, Melzi, Sommariva, Serbelloni, syllabes chantantes, terrasses parfumées et lumineuses ! Pourtant c'est déjà l'automne ; une petite pluie chaude tombe sur les arbres. Sur ces pentes où je me promène et qui enserrent le lac, l'allée est droite comme un balcon et offre partout des bancs ; sans efforts, sans pensée, au milieu des myrtes, des citronniers, des palmiers, on s'enivre à la « coupe de lumière » qu'est ce paysage. Mais c'est de l'automne, plus encore que de la flore méridionale, qu'est fait, selon mon goût, le charme de ces bords.

De vieux arbres qui tendent leurs branches vers la lumière s'interposent entre le promeneur et le cirque. On ne voit plus le bleu du lac, les maisons de plaisance, les forêts de mûriers, d'oliviers, qu'à travers un mince rideau de feuilles immobiles. Ainsi demi-voilée de feuillage jaunissant, la nature dans ce grand silence est plus adorable qu'aucune composition de l'art, et les femmes du *Printemps* de ce fameux Botticelli, enguirlandées, elles aussi, ne sont que de pauvres petits insectes auprès de ce repos, de cette jeunesse, de cette véritable déesse qu'est la Nature aux jardins de Lombardie.

Pourquoi spécifier telle villa ? Toute cette région nous est un jardin, au sens magique que reçoit ce mot quand il désigne les lieux mystérieux de la légende, depuis le jardin biblique des commencements du monde jusqu'aux jardins enchantés d'Armide.

Ce n'est pas l'âpreté de l'Espagne, ni la grandeur de l'Orient, là-bas, à l'entrée du désert. C'est même un peu banal ; mais avec tant de gentillesse ! Sur la marche de Suisse et d'Italie, à Lugano, un pauvre boutiquier à qui j'achète, pour quelque monnaie, de n'importe quoi, exige de verser sur mon mouchoir trois gouttes de « pur chypre ». Cette odeur, qui pour mon ordinaire m'incommoderait, venant de cet adroit courtisan, du premier Italien rencontré, parfume tout ce qui m'entoure, me crée une atmosphère un peu fade, mais plaisante.

A Londres, et d'un Anglais, on n'aurait pas ces gentillesses. Eh bien ! le mauvais goût n'est point chose si méprisable. Je connais un grand travailleur, un savant médecin, qui ne veut que des domestiques italiens. Dans les intervalles de ses consultations, pour se délasser des vilenies physiques que tant de patients lui détaillent, vite, il fait parler son valet de chambre. Peu importe le sens des mots, leur son seul l'a reposé...

Hélas ! ces jardins d'Italie, un jour on les a traversés; jamais on ne s'y fixe. On ne saurait y vivre; ce ne sont que des endroits de loisir. C'est le pays du silence, de l'effacement universel des choses et des êtres. Contentons-nous d'y passer parfois.

En Italie, les vins sont mauvais, les femmes pas jolies, la musique bien grêle, et pourtant tout cela, on se le rappelle avec ivresse. En glissant sur ce facile lac de

Côme, la musique que de pauvres orchestres envoient
d'une rive à l'autre me devient délicieuse. D'un art étroit,
peu abondant, elle témoigne cependant d'une telle bonne
volonté de bonheur ! Ici, le parfum des fleurs et la qualité de la lumière transfigurent les plus pauvres airs. Au
reste, les fidèles de Bayreuth auraient grand tort de sourire si l'on goûte en Italie les mélodies italiennes. Le
Venusberg d'où se dégage si difficilement le chevalier
Tannhauser, les filles-fleurs, qu'est-ce que cela, sinon la
mollesse italienne dont ce sensuel Wagner sentait bien la
divine puissance ?

Et aujourd'hui encore, au sommet d'un des coteaux
qui, mêlés aux montagnes, entourent et dominent le lac
de Côme, sous les arbres et contemplant la nappe d'eau
d'un bleu plombé qui s'épand largement parmi les forêts,
les moissons, les prés et les fleurs, j'ai rencontré le
petit pâtre qui, au dernier acte du *Tannhauser*, joue sur
son chalumeau un air pour ses moutons. Même attitude,
même poésie.

Poésie ! ce mot garde encore pour les bons esprits sa
valeur. Peut-être n'est-il pas de pays où l'on trouve plus
de poésie éparse qu'en cette Italie. Et je ne parle pas de
sa littérature, ni de sa musique, ni du décor des villes, ni
des musées. Tout cela, c'est de la poésie fixée, et par là
même, sinon amoindrie, limitée. Mais dans les jardins
d'Italie, je m'enivre d'une poésie à l'état flottant, essentielle, dégagée de tout remaniement humain. Emotion
indéfinie, par là inférieure aux choses d'art, mais qui
donne une impression d'autant plus profonde [1].

1 *Du Sang, de la Volupté et de la Mort*, p. 173-177.

LES LACS ITALIENS

En avril, la lumière, les fleurs, le bruissement des barques sur l'eau miroitante, tous ces espaces qui nous serrent le cœur, tous ces silences qui crient d'amour, composent, sur ces vallées de Côme, un orchestre magnifique par ses moyens d'expression, un tourbillon délicieux d'harmonie, un pur lyrisme qui magnifie nos bonheurs, nos malheurs, chacun de nos sentiments précis, et qui les élève comme une créature à qui les dieux tendent les bras, hors du temps et de l'espace. Par un temps favorable et au début d'un séjour, chaque minute y prend un caractère d'immortalité. Le printemps à Côme, à Cadenabbia, à Bellagio, sur le vieux port de Pallanza, à Belgirate, à Lugano, c'est de la pure lumière vibrante, c'est le chant qu'entendit le rossignol de Tennyson : « La chanson qui chante ce que sera le monde quand les années seront finies[1]. »

ISOLA BELLA

Ces vieux bosquets qui n'ont plus d'Armide ni d'Alcine valent toujours par une profusion de plantes de tous les climats, et l'impression redouble de terrasse en terrasse, parce qu'on change à chaque fois de culture, sans que l'harmonie, comme c'est l'inconvénient des jardins bota-

1. *L'Appel au soldat*, p. 27.

niques, soit détruite par le mélange d'espèces disparates.
Des groupes abondants de limoniers, d'orangers, de
camélias, de camphriers, de magnolias et de cèdres du
Liban nous composent successivement l'atmosphère de
toutes les provinces du monde méridional.

Je pénétrai sous une haute futaie de lauriers. C'était,
en plein jour, l'ombre la plus saisissante et par quoi
s'augmentait encore la noblesse de ces branches sacrées.
Noirs rameaux et feuilles lisses ! A mon pas, une vingtaine
de colombes se levèrent de terre, mais d'un vol si lourd
qu'on eût pu les prendre dans la main. J'en fus beaucoup
touché, parce qu'elles me parurent demi-ivres des parfums accumulés sur des terrasses si étroites par tant
d'arbres de tous les climats. Cette atmosphère unique
dans l'univers semblait les étouffer. Nul aujourd'hui ne se
promène sans malaise parmi tant d'essences accumulées
par la violence d'un art pompeux. C'est le royaume de la
fièvre ; c'est une beauté irrespirable [1].

DANS LE SÉPULCRE DE RAVENNE

Est-ce un bas village de Bretagne ? sous la pluie, une
plaine désolée de Camargue ? Pour accroître ce silence,
compliquer de la notion de ruine cette vision de pauvreté
et enfiévrer ces moisissures, ce pays nous donne son
nom : Ravenne, tout chargé de siècles, lourd vaisseau
échoué aux sables de l'Adriatique avec son chargement
de Byzance.

On passe huit jours à visiter ici les morts les plus

1. *Du Sang, de la Volupté et de la Mort*, p. 195-196.

morts de l'Italie : des mosaïques, des mausolées et des basiliques qui n'ont plus de culte, de cadavres ni de beauté.

Ci-gît le meilleur document sur la période confuse qui relie l'antiquité au moyen âge. Déjà les catacombes de Rome enveloppaient de cette atmosphère notre imagination, mais dans Ravenne, plus sûrement, une civilisation qui se délite intéresse tout notre être par les miasmes qu'elle exhale...

Ce pays-ci, trop lourd de reliques et de drames, s'enfonce. La crypte de Saint-Apollinaire, hors les murs, est remplie d'une eau verdâtre, décomposée, qui atteint la marche suprême, pourrit lentement le parvis de l'église et ronge les dix sépulcres qui, depuis douze siècles, perpétuent des mémoires indifférentes. Dans tout Ravenne, les choses, lasses de se maintenir, veulent aller où sont déjà les êtres : sous terre. Elles aspirent à descendre dans le sépulcre, à se faire enfin pourriture. Et ce désir des choses s'affirme avec tant de puissance que nous verrions un sacrilège à intervenir contre cette ascension de la mort...

Entre les maisons basses et sur les pavés pointus, nous avons gagné la campagne.

Au sortir de Ravenne, la plaine est immense et grave. C'est l'espace où jadis s'étendait la mer. La route fuit en ligne droite sur une maigre chaussée entre les marécages, et l'on écoute le roulement lointain de l'Adriatique. Nulle beauté, nul plaisir, mais un sentiment violent et indéfini qui intéresse l'âme en la faisant sérieuse...

Nulle enquête n'est forte comme une méditation dans le désert de Ravenne pour nous donner une vue claire de la qualité d'énergie que doit fournir un homme soucieux de garder prise, durant quelques siècles, sur les

imaginations. Les nuances, les gentillesses, les plus ado-
rables finesses, rien ne vaut, rien que d'être violent et
singulier...

Voici le soir. L'Adriatique roule en mugissant ses
lourdes volutes de vert et de jaune splendides. Les
phares s'allument. Le voiturier s'inquiète : son triste
cheval nourri de seules herbes a les reins couverts d'une
affreuse écume. Il faut rentrer dans Ravenne.

Le soir met sur les terres et les étangs son immense
teinte de violet lamé d'argent. Derrière nous court le
gémissement de la mer. Des pensées surgissent de toutes
parts, énergiques et dévorantes comme si elles avaient
été laissées dans ce désert par tant d'hommes passionnés
qui le traversèrent, ivres de désirs, de haines et de violences. Elles sont mêlées de fièvre pour avoir si longtemps
dormi sur les marais. Elles se joignent à nos soucis ordinaires, les enfièvrent jusqu'à ce qu'ils passent toute
mesure et de songes deviennent du délire.

Ce froid me glace. Il pénètre trop avant et l'on ne
sait pas s'en défendre ; aussi bien il se fait aimer. Est-ce
vraiment le vent de la mer ? C'est un souffle du sépulcre.
Il emporte bien loin ces petites illusions que la société
remet à chacun pour qu'il ait le courage de suivre sa destinée.

Aux portes de cette ville, j'ai vu des malheureux en-
foncés jusqu'à mi-cuisse dans la boue qu'ils battaient
pour en faire des briques. Les mausolées et les basiliques
de Ravenne, construits de cette sorte, ont duré ; ils n'ont
pas fini de pourrir, quand déjà deux ou trois civilisations
plus récentes ont disparu. N'importe, cette boue qui
défie la mort me glace ; sortons du sépulcre, revêtons nos
préjugés. Si temporaires, du moins ils nous tiennent

chaud. Recommençons à ne plus penser. Fermons notre cœur sur la vérité [1].

VENISE

Je plains Venise au point où les siècles l'abandonnèrent, mais je ne voudrais point que ma plainte la relevât. C'est une bizarrerie ; s'il faut l'expliquer, je décrirai, entre mille impressions qui, selon moi, la justifient, ce que j'éprouvai quand M. Franchetti restaura la Cà d'Oro.

Pendant longtemps notre plaisir, devant ce chef-d'œuvre du gothique vénitien, eut la qualité douloureuse qu'inspire une beauté imprudente, si elle n'oppose aux fièvres que ses grâces. « Eh ! quoi, se disait-on, avec sa galerie du bas et ses deux loges superposées, avec ses colonnes et ses arcs transparents au soleil qui les baigne, et si délicatement ouvragée que le courant d'air du canal devrait suffire à la déchirer comme une dentelle de femme, cette maison d'Ariel vit depuis le XIVᵉ siècle ? Comment ne pas s'attendrir d'une telle vaillance ? Que n'ai-je la fortune d'intervenir dans les destinées de ce petit palais. Je voudrais le secourir. »

Le secours est venu. L'harmonieuse, l'aérienne demeure ne demande plus notre compassion, elle prétend à notre hommage admiratif. Avec plaisir, je le lui portai, mais tout de suite comme elle me parut luxueuse et d'un goût trop riche ! Je me sentis froid pour un art qu'aucun mystère ne baignait plus.

En face de cet heureux joyau qu'admiraient de nom-

1. *Du Sang, de la Volupté et de la Mort*, p. 205-211.

breuses barques, et sur ce Grand Canal inondé de soleil,
l'image s'offrit à moi, avec une grâce irrésistible, des
régions écartées de Venise.

A côté de cette voie pompeuse où l'on parvient à maintenir, tant bien que mal, quelques beaux instants de l'apo-
gée vénitienne, tous les petits sentiers de pierre ou d'eau,
rio, fondamenta, sallizzada, calle, continuent lentement
leur régression. Ce réseau solitaire nous invite au plaisir délicat du repliement. J'y désirai revoir, entre mille
perles malades, l'humble et délaissée Sainte-Alvise.

Sur la droite de la Cà d'Oro, par le rio San Felice, mon
gondolier s'engagea.

Le charme puissant de ces petits canaux, pleins
d'ombre dans le bas et violemment illuminés au faîte,
vient en partie du contraste de leur fraîcheur avec la
réverbération du soleil sur les eaux plus larges. Jusqu'à
midi, dans ses quartiers pauvres et resserrés, Venise a
cette jeunesse étincelante qui, dès neuf heures, disparaît
de la campagne avec la rosée. Et puis, que les cris sont
jolis dans son grand silence ! Ce silence, à bien l'observer, n'est pas absence de bruits, mais absence de rumeur
sourde : tous les sons courent nets et intacts dans cet air
limpide où les murailles les rejettent sur la surface de la
lagune qui, elle-même, les réfléchit sans les mêler. C'est
ainsi que, dans les solitudes forestières, les trilles des
oiseaux, parce qu'ils gardent pour notre oreille une signification précise, font valoir le repos plutôt qu'ils ne le
rompent.

Le mouvement des ondes sonores va sur Venise,
comme l'ondulation perpétuelle de l'eau, sans heurts et
sans fatigue. Les sons jamais ne nous y donnent de chocs ;
on les goûte, on connaît leurs qualités, leurs sens. Tandis

que l'eau se déplace avec un frais murmure sous le poids de mon gondolier, j'entends au loin s'approcher, s'effacer les pas d'un promeneur invisible, dont je distingue la jeunesse légère ou l'âge alourdi, et dans ces quartiers solitaires la chaussure d'un étranger ne fait pas le claquement des sandales de bois d'une humble Vénitienne.

Inappréciable netteté de ces sensations qui viennent avec abondance émerger sur notre organisme délicieusement hyperesthésié ! Une telle tension nerveuse serait intolérable dans un climat sec, mais Venise nous baigne et, sauf les jours de sirocco, ne nous laisse pas savoir que nos nerfs sont à vif.

Pour les yeux non plus, rien n'est incertain ou confus dans Venise. Nous y recueillons sans trêve des images distinctes, qui jamais ne se heurtent, et, de quelque point qu'on les embrasse, elles se disposent merveilleusement. La pauvre loque jaune, violette ou rouge, qui sèche sur une fenêtre, fait à elle seule une valeur somptueuse, en même temps qu'elle concourt au romantisme général du palazzo, rose et lumineux par en haut, vert et humide par en bas, et de tout le canal qui s'enfonce avec ses barques stationnaires, ses poteaux d'amarres, avec ses eaux miroitantes ou mornes. Dans ces paysages de pierre, si de quelque petit jardin un arbre élève ses hautes branches et par-dessus un mur les abaisse sur le sentier d'eau qui les reflète, cette rareté végétale ajoute un miracle de jeunesse aux prodigalités de l'invention architectonique.

Bien que les choses vénitiennes soient servies par des jeux de lumière, il ne faudrait pas aller jusqu'à dire : Ce sont des artifices de théâtre, toutes les combinaisons des nuages et de l'eau », car au milieu d'une mise en scène assez savante pour que des torchons délavés semblent

les voiles d'une sultane invisible et pour qu'un tilleul
malingre chante, si j'ose dire, et devienne, au tournant
d'un canal, une voix sublime, il y a des ingénuités décon-
certantes : sur ses arrière-plans, cette Venise courtisane
disperse des perfections qu'un musée exalterait dans sa
salle d'honneur. Ce matin d'octobre, sur le chemin parcouru trente fois par où je gagne Sainte-Alvise, je fais
encore des découvertes. Les feuilles rouges d'une vigne
masquent au mur une Vierge de quelque Sansovino, une
belle vierge réaliste qu'on entrevoit humble et belle
comme un fruit et que l'artiste plein de goût posa lui-
même dans cette place.

Mélancolie délicieuse de ces palais déshonorés par des
fenêtres closes de planches, pillés par tous les marchands
et plus dignes d'amour dans leur détresse que leurs
frères du Grand Canal, réparés, irréparables, où je crois
voir à la loggia le visage de Jézabel.

Auprès de Sainte-Marie-de-la-Miséricorde, ma barque
franchit un des rares ponts de bois qui subsistent du moyen
âge. Puis la porte de l'ancienne Scuola me présente, au-
dessus d'un arc exquis, des figures touchantes d'humilité
et d'élégance, cependant qu'à côté de ce précieux mor-
ceau gothique, l'église de la Miséricorde ne veut pas que
je néglige les moyens d'étonner dont la surchargèrent les
Bolonais du xviie siècle. Deux mouvements encore de
mon gondolier, et pour qu'ici toutes les puissances de
Venise, sans se confondre, s'affirment, voici le palais
délabré où vécut vingt années et mourut le Titan Tintoret, auteur de cette *Crucifixion* (à la Scuola San Rocco)
dont je m'étonne que les innombrables personnages, si
furieux de vie, aient pu tenir en même temps dans un cerveau.

Je regarde les balcons croulants d'où cet homme, lourd d'une œuvre qui déconcerte notre expérience des forces humaines, a puisé dans les pompes du levant et du couchant son incomparable tragique. C'était un dur vieillard, et qui devint farouche quand il perdit sa fille María, avec qui sa coutume était d'emplir de beaux concerts cette heureuse maison...

C'est une grande audace qu'un passant ose s'interroger sur les pensées d'agonie, sur les « prières à Dieu » du Tintoret ; mais il y a dans Venise cette douce sociabilité, atmosphère exquise et simple dont un salon aristocratique enveloppe le plus insignifiant invité au point de lui donner la brève illusion qu'il est de la famille. Un étranger, que son aigre pays ne préparait point à s'associer à ces magnificences excessives, va tout naturellement dans l'église voisine, à la Madona del Orto, saluer avec sympathie la tombe du Tintoret.

Le lecteur excusera-t-il que, depuis la Cà d'Oro, nous naviguions si lentement vers la petite église Sainte-Alvise, située à la pointe nord-ouest de Venise, mais où, tout de même, nous pouvions arriver en vingt minutes ? Je cherche à rendre sensibles les impressions d'une flânerie du matin. C'est une des cent promenades, en dehors des magnificences classées, dans la pleine et abondante vie vénitienne [1].

⁎⁎⁎

La journée s'avançait quand nous touchâmes à Saint-François-dans-le-Désert et aux parties les plus sublimes de désolation...

1. *Amori et dolori sacrum*, p. 23-32.

Nul sujet de rêverie ici que la préparation à la mort. Des lieux d'un tel caractère provoquent chez tous les hommes, moines catholiques ou passants sceptiques, quelques doctrines qu'ils professent, un ébranlement de même ordre. Les solitaires chrétiens appelaient vivre pour l'éternité ce que nous appelons s'observer, comprendre le néant de la vie. Plongés dans un même milieu, nous élaborons, tous, des raisonnements et des images analogues. De plus en plus dégoûté des individus, je penche à croire que nous sommes des automates. Nos élans les plus lyriques, nos pensées les plus délicates sont d'un ordre tout à fait grossier et général. Enchaînés les uns aux autres, soumis aux mêmes réflexes, nous repassons dans les pas et dans les pensées de nos prédécesseurs.

Je fus averti qu'un tel jour approchait de son terme par les torrents de sang qui se mêlèrent à la lagune. Le soleil, en la quittant, ne voulait-il laisser derrière lui qu'une belle assassinée ? De monstrueuses araignées travaillaient à relier de leurs fils les chétifs arbustes de la rive. Les crabes se hissaient hors de l'eau. C'était l'heure de la plus active fermentation, et pour gagner Venise j'avais encore un long temps de gondole.

L'eau qui entoure San Francesco est plus morte que sur aucun point de cette mer esclave. Nous serpentions dans un chenal étroit, à travers des terres à demi noyées et faites d'herbes pourries, d'où se levaient de grands oiseaux Tout auprès de nous, les perches dressées pour avertir les bateliers semblaient des tracés posés sur un tableau sublime pour guider d'inhabiles copistes. Là-bas, sur notre droite, Venise, au ras de la mer, s'étendait et devait faire une barre plus importante à mesure que le

soleil s'anéantissait. Des colorations fantastiques se suc-
cédèrent qui eussent forcé à s'émouvoir l'âme la plus
indulgente. C'étaient tantôt des gammes sombres et ces
verts profonds qui sont propres aux ruelles mystérieuses
de Venise ; tantôt ces jaunes, ces orangers, ces bleus
avec lesquels jouent les décorateurs japonais. Tandis
qu'à l'Occident le ciel se liquéfiait dans une mer ardente,
sur nos têtes des nuages enivrants de magnificence
renouvelaient perpétuellement leur forme, et la lumière
crépusculaire les pénétrait, les saturait de ses feux
innombrables. Leurs couleurs tendres et déchirantes de
lyrisme se réfléchissaient dans la lagune, de façon que
nous glissions sur les cieux. Ils nous couvraient, ils nous
portaient, ils nous enveloppaient d'une splendeur totale,
et, si je puis dire, palpable. Vaincus par ces grandes
magies, nous avions perdu toute notion du réel, quand
des taches graves apparurent, grandirent sur l'eau, puis
nous prirent dans leur ombre. C'étaient les monuments
des doges.

Nous rentrâmes dans la ville avec un sentiment de stupeur et de regret, avec la courbature générale que dut
avoir Lazare à sa résurrection. Au sortir des sépulcres
de Burano, de Torcello et de Mazzorbo, nous venions
d'être ravis, la fièvre aidant, jusqu'aux fulgurations que
les croyants placent après la mort.

Au reste, il est impossible de rapporter l'agonie du
soleil sur la lagune vénitienne. Après s'être prodigué
jusqu'à nous contraindre à sortir de notre personnalité,
il nous touche le front d'un dernier rayon pour nous
dire : « Et maintenant, oublie ; il ne faut pas que ces
choses soient révélées. » C'est qu'alors nous atteignons
aux points extrêmes de la sensibilité, quand le rare s'élar-

gît et se défait dans l'universel, et que notre imagination, à poursuivre le but sans trêve reculé de nos désirs, s'abîme dans une lassitude ineffable. La nuit qui succède à ces aspects extraordinaires envahit aussi notre cerveau, et leur conjuration ne nous laisse que des souvenirs vacillants.

Je suis allé respirer un myrte du désert : comment prouver son parfum, dont la poésie provient de ce qu'il se dissipe stérilement et retombe aux miasmes d'un rivage décrié [1] !

A LA POINTE EXTRÊME D'EUROPE

Pour rompre l'atonie, l'Espagne est une grande ressource. Je ne sais pas de pays où la vie ait autant de saveur. Elle réveille l'homme le mieux maté par l'administration moderne. Là, enfin, on entrevoit que la sensibilité humaine n'est pas limitée à ces deux ou trois sensations fortes (l'amour, le duel, la cour d'assises) qui, seules, subsistent dans notre civilisation parisienne. C'est une Afrique ; elle met dans l'âme une sorte de fureur aussi prompte qu'un piment dans la bouche [2]...

Acculées à la pointe de notre continent, dans la péninsule, des sensations grouillent, fermentent et se mélangent qui, peu à peu, ont été chassées des autres pays.

A l'extrémité sud-ouest du royaume de Portugal, dans les déserts pierreux que termine le cap Saint-Vincent,

1. *Amori et dolori sacrum*, p. 50-55.
2. Quelques pages plus haut (p. 159), M. Barrès savourait en Espagne l'épanouissement de « la plus violente vie nerveuse qu'il ait été donné à l'homme de vivre ».

sans qu'un sentier nous guidât, nous avions chevauché
parmi les ronces, les arbousiers et les stevas. C'est la
pointe extrême de l'Europe, en face du grand large
d'Amérique. Sur la terrasse du sémaphore du cap Sagrès,
nous songions. Nous avions drainé à travers l'Europe
toutes les façons de sentir, et nous les voyions qui se
jouaient autour de nous dans cette grandiose solitude.

Nul moyen d'augmenter ce troupeau, de le mener plus
loin. Rien en face de nous que l'Océan illimité. Nous
entendions des cris au large. C'était, dans le brouillard
du soir, le signal des bateaux qui doublent le cap et par-
tent là-bas. Mais *là-bas* n'a plus de terres inconnues,
rien que des répétitions de notre Europe.

On a dit que celui-là seul connaîtrait la saveur vraie de
la vie humaine qui aurait passé quelques semaines dans
une île déserte. Cela nous est interdit. Il n'y a plus de
solitude ; il n'est plus de vie que nous puissions nous
composer nous-mêmes. Toutes les biographies sont pré-
vues, classées, étiquetées. Pour donner quelque saveur
à des sentiments trop banalisés, nous n'avons plus qu'un
expédient, c'est de les mêler : comme l'Espagne, nous
composer une vie intense et contrastée.

L'âpre plaisir de vivre une vie double ! La volupté si
profonde d'associer des contraires ! Comme la sirène
doit être heureuse d'avoir la voix si douce ! Mais rien
qui use plus profondément : c'est la pire débauche.
Quelques-uns sentirent leur âme en mourir à tous sentiments profonds.

Les tentes posées par des nomades, chaque soir, dans
un pays nouveau, n'ont pas la solidité des antiques maisons héréditaires, mais quelle joie pour ces errants de
se mêler aux races autochtones et de dire avec elles

l'hymne du matin, tandis que, pour l'embellir, la mémoire secrètement y mêle les chants appris la veille chez des étrangers[1] !

L'ESCURIAL

Ici tout est brusque et d'un accent qui mord.

Au nord, les Espagnes sont sécheresse : fécondes, abondantes, quand même, leur aridité étant faite de sensibilité contractée. Au midi, c'est un fleuve irrésistible de sensualités ; — mais qui craindrait de s'y souiller ? il nous emporte dans le sens de la nature.

Dans ce pays double, toute mollesse et puis rien que ressort, la lutte est éternelle des Castillans contre les Maures et contre l'enchantement d'Andalousie. Long effort, puissant contraste d'où sortit le génie ascétique de sainte Thérèse, des dramaturges, de tous les artistes et des maisons royales d'Espagne ! Delrio en espérait beaucoup pour la Pia, jugeant cette opposition violente aussi efficace, comme excitant moral, qu'en thérapeutique les douches à jets alternés, brûlants et glacés...

Ce fut d'abord l'Escurial qu'il lui montra, comme le lieu de l'ascétisme et la traduction en granit de la discipline castillane issue d'une conception catholique de la mort.

Monté sur un rocher de cette sombre sierra où fut imposé l'énorme monastère, quel voyageur n'a subi le despotisme de ce paysage et d'une régularité si douloureuse dans cet horizon convulsé ! Mais la plupart, réagissant contre la contraction de leur âme, retournent très

1. *Du Sang, de la Volupté et de la Mort*, p. 161-169.

vite à la misérable auberge, en bouffonnant sur l'humeur mélancolique des maçons de Philippe II. Vains efforts pour renier le tremblement de leur être sous la prise du génie castillan !

Ce roi qui installa sa toute-puissance dans un caveau met sous nos yeux que « la grandeur de l'homme est grande en ce qu'il se connaît misérable ».

Penché sur l'immense Escurial que d'un tertre il dominait, Delrio s'abandonnait au vertige du gouffre ascétique ; il cédait à l'empire catholique de la douleur. Un crucifié en détresse, déchiré par les fouets, les outrages et les terreurs, impose ses couleurs à la terre ; et pour ébranler les ondes profondes de notre conscience, les cordes de l'idéal, rien ne vaut des beautés de léproserie. Ce paysage anarchique, tourmenté par de sombres passions et qui supporte le monastère royal comme une dalle écrasante de granit bleuâtre, lui semblait exactement la *composition de lieu* que présenterait à son imagination, pour la fixer, un Pascal qui médite.

Peu m'importe le fond des doctrines ! C'est l'élan que je goûte. Les ascètes d'Espagne ou de Port-Royal appelaient vivre pour l'éternité ce que nous appelons s'observer, comprendre le néant de la vie. Ces états élevés seraient-ils perdus aujourd'hui ?

Tout le jour, Delrio essaya de communiquer ces réflexions à la Pia, tandis qu'ils circulaient à travers les cours lugubres, sous des voûtes glacées où manque l'air. Ainsi tombés brusquement, du sans-effort de leur terrasse de Tolède, dans un formidable caveau scellé au milieu des sierras pour transmettre à l'éternité le tête-à-tête d'un despote et de Dieu, ils s'y trouvaient perdus comme des enfants dans la *Somme*, le Code et la Géométrie. Malaise d'âme pourtant, plutôt que physique ! Ce qui les oppressait, c'était moins cet impassible et monochrome labyrinthe que toute la conception de vie, la méthode morale, l'éthique qu'il symbolise. Bleu granit éternel, lignes inflexibles qui resserrent l'âme de telle sorte que, ne dépensant rien en gestes, ne perdant rien au dehors de son ardeur, elle soit toute tassée et brisante, comme une cartouche de dynamite placée dans la roche et qui ne peut s'évader qu'en rompant du côté du ciel !

À l'église, centre du monument, toujours ils reviennent, et quand la Pia, à travers les grilles des chapelles latérales, essaie de distinguer les richesses accumulées sur les ossuaires, ou, le long des couloirs, examine quelques portraits sévères, mais qui, du moins, la rattachent à l'humanité dans cet épais brouillard d'ennui et d'ombre mortuaire, Delrio lui dit : « Quel contresens ! des curiosités particulières ne doivent pas détourner nos esprits dans cette caserne de l'abstraction. Tu risques d'amoindrir ce milieu, prodigieux parce qu'il nous met hors le temps et nous donne un sentiment détaché de tout accident individuel. »

Il approuva que, sous ces voûtes pleines de pensées indéfinissables, il n'y eût d'objet à noter que deux groupes de statues royales, par Leone Leoni, plus grandes que nature, somptueuses comme des lingots d'or et si puissantes d'expression qu'à fixer leurs visages on croit entendre leurs aveux ou, mieux encore, derrière soi, dans l'ombre, le chuchotement de leurs valets de chambre. De l'or sur des charniers, c'est tout le divertissement que doit offrir à l'imagination l'Escurial[1].

1. *Du Sang, de la Volupté et de la Mort*, p. 40-43.

TOLÈDE

Le paysage de Tolède et la rive du Tage sont parmi les choses les plus tristes du monde.

Qui les fréquente n'a que faire de considérer le grave jeune homme, le *Pensieroso* de la Chapelle Médicis ; il peut aussi se dispenser de la biographie et des *Pensées* de Blaise Pascal. Du sentiment même qui est réalisé dans ces grandes œuvres solitaires, il sera rempli, s'il s'abandonne à l'âpreté tragique de ces magnificences délabrées sur ces hautes roches.

Un tel fond de paysage nous ramène de force à une vue générale de la nature et à cette philosophie d'ensemble qu'il est nécessaire de conserver, quand on se livre à la volupté de saisir des finesses de sentiment.

Tolède sur sa côte, et tenant à ses pieds le demi-cercle jaunâtre du Tage, a la couleur, la rudesse, la fière misère de la sierra où elle campe et dont les fortes articulations donnent, dès l'abord, une impression d'énergie et de passion. C'est moins une ville, chose bruissante et pliée sur les commodités de la vie, qu'un lieu significatif pour l'âme. Sous une lumière crue qui donne à chaque arête de ses ruines une vigueur, une netteté par quoi se sentent affermis les caractères les plus mous, elle est en même temps mystérieuse, avec sa cathédrale tendue vers le ciel, ses alcazars et ses palais qui ne prennent vue que sur leurs invisibles patios.

Ainsi secrète et inflexible, dans cet âpre pays sur-

chauffé, Tolède apparaît comme une image de l'exaltation dans la solitude, un cri dans le désert [1].

PREMIÈRE VISITE A L'ACROPOLE

Je fis ma première visite au Parthénon une heure après
mon débarquement dans Athènes.

Encore mal débarrassé du sel marin et de la poussière
du Pirée, je me tenais sur le perron de l'hôtel et m'o-
rientais vers l'Acropole, quand de grands cris m'éton-
nèrent.

Une voiture paysanne, sa roue rompue, venait de verser ; douze officieux accourus ramassaient un enfant, et
sur son petit front le malheureux serrait ses mains instan-
tanément sanglantes. Une émotion d'horreur anéantit ma
joie. Un cocher empoigna l'enfant, courut vers son fiacre,
le mit sur le siège à son côté et fouetta vers quelque phar-
macie ; mais la victime, qu'il tenait d'une seule main et
que le sang couvrait de plus en plus, faillit à un tournant
retomber. Le beau ciel me révolta. « Je vais goûter, me
disais-je, un plaisir d'art, le plus grand, je crois, de ma
vie ; que ne puis-je en le sacrifiant racheter la peine de ce
faible ! »

Tandis que je gravissais l'Acropole, non par la route
carrossable, que je n'avais pas su trouver, mais à
travers les masures des pentes et sur les vieux sentiers
turcs, ma pensée, mise en mouvement par ce drame
de la rue, s'en alla, je me le rappelle, vers ces enfants
que la République, peu avant Platées, lapida parce que

1. *Du Sang, de la Volupté et de la Mort*, p. 23-24.

leur père proposait d'accepter les avances des Perses.

C'est peut-être puéril que je teinte avec le sang de ce petit écrasé ma première image du Parthénon, mais c'est un fait, et grâce auquel le Parthénon m'a tout de suite été une émotion vivante. Si je fus sur l'Acropole d'esprit médiocre ou peu rapide, du moins n'y ai-je pas conduit des nerfs enveloppés, protégés par la poussière des livres. Sur la haute terrasse, les Propylées franchies, dans le premier émoi d'un spectacle longuement annoncé, et quand l'harmonie des monuments avec le cercle des montagnes ébranlait en moi ces ressources de respect que nous autres, bons Celtes, nous promènerons toujours à travers les hommes et les choses, je me tournai d'instinct vers Salamine et vers Marathon pour remercier les soldats, les tueurs, qui permirent à la pensée grecque, à la perfection, d'exister. « Non seulement leur pays conserve leurs noms gravés sur des colonnes, mais, jusque dans les régions les plus lointaines, à défaut d'épitaphes, la renommée élève à leur mémoire un monument immatériel. » Ainsi parla, jadis, Périclès. Et ma présence, après vingt-trois siècles, justifiait cet engagement. Mais, en même temps, je sentais combien de choses diaboliques soutiennent ce que nous jugeons divin. J'entendais la mère qui poursuivit Périclès de ses lamentations.

Cette mince circonstance méritait-elle que je la rapportasse ?

Je perdrais sans gloire mon temps si, dans un voyage voulu pour mon perfectionnement, je manquais de sincérité envers moi-même. Qu'ai-je trouvé d'abord au milieu de cet horizon sublime et sur les rocailles de ce fameux rocher ? Quelque chose de ramassé, de farouche et

de singulier, une dure perfection, sous laquelle je crus
entendre des gémissements [1].

LE TAYGÈTE

Sparte, le soir où j'y parvins, embaumait le lilas en
fleur. Parmi les blanches maisons de ce grand village
neuf, je crus, au premier regard, retrouver l'Andalousie,
Grenade par exemple, d'où l'on voit, tout en brûlant, les
neiges du Cerro de Mulhacen. Mais à l'ouest de Sparte,
le fleuve Eurotas, en s'écoulant parmi ses désolations,
fait avec le mont Taygète un accord sublime. Le Taygète vigoureux, calme, sain, classique (bien qu'il porte
dans ses forêts toutes les lyres du romantisme), nous
propose les cimes d'où l'on juge la vie fuyante. Cette
plaine éternelle exprime des états plus hauts que l'humanité. Je puis dire d'un seul mot, le plus beau de l'Occident, ce que j'ai d'abord perçu dans ce fameux paysage :
de la magnanimité [2]...

Au milieu de cette ascension colossale de croupes, de
sombres bois, de gouffres, de faîtes irisés et de glaces, le
Taygète fait éclater de soudaines déchirures, de splendides accents imprévus.

Que de force et de grandeur dans les mouvements du
Taygète, quand il s'appuie largement sur la plaine con-
seillère de voluptés et qu'il se jette par cinq pointes neigeuses dans le ciel ? Nulle hardiesse d'écrivain ne pein-
dra cette épaisseur éclatante et forte, ces couleurs solides,

1. *Le Voyage de Sparte*, p. 45-47.
2. *Le Voyage de Sparte*, p. 213.

entières, jamais équivoques, ces grandes diversités rudes, qui s'étagent avec aisance depuis la zone des orangers jusqu'aux glaces étincelantes. Par quel jet de lyrisme rendre l'esprit qu'exhale cette masse brute ? C'est peut-être une puissance analogue qu'a subie ma jeunesse toute neuve, le jour que, rejoignant au Sénat mon maître Leconte de Lisle, je le vis causer avec un petit homme dont je devinai, par un coup dans mon cœur, que c'était Victor Hugo.

Le Taygète où brille, à travers l'épaisseur des rocs, une immense âme spartiate nous enlève à la volupté triste et lascive de l'Eurotas...

O fuite qui nous ébranle sans nous entraîner, de l'Eurotas roulant dans sa molle vallée vers Gythéion avec Hélène ! Ses méandres qui s'écoulent vers le golfe de Cythère, à l'heure où le soleil, glissé derrière la montagne, fait encore frémir le printemps, sont l'éternel tableau déchirant du départ de la volupté. A quarante ans, c'est Sparte où je veux me fixer. Sparte n'est point comme Venise une note de tendresse qui sonne au milieu du plaisir ; elle ne jette pas comme Tolède un ordre, un cri dans la bataille ; elle laisse Jérusalem gémir. Le Taygète entonne un péan.

Un cœur noyé de poésie, s'il connaît une fois cette virilité du mont sous lequel tressaille la plaine pécheresse, veut mourir pour un idéal. Sa volonté d'être un héros jaillit, claire et joyeuse. Rien désormais ne le contentera qu'un fier repos au sein de la cité, une mémoire bien assise et resplendissante.

Nulle hésitation, aucun tâtonnement. Sparte est toujours la dompteuse d'hommes. Trois couleurs fermes et bien mises lui suffisent pour diriger l'âme. Sparte n'a

point surgi du caprice d'un esprit systématique. Elle fut
la création nécessaire du sol. C'est le paysage où le Taygète, avec un méprisant orgueil, se dresse par-dessus
une plaine enivrante, qui dicta les fameuses institutions
de Lycurgue.

Collines éternellement tragiques du rougeâtre Méné-
laion, Eurotas, qui fuis dans un désert de cailloux et de
lauriers, cimes étincelantes du Taygète aux cinq doigts,
quand le peuple, que vous avez formé pour qu'il fût votre
âme agissante, depuis longtemps a disparu, vous conti-
nuez à disperser sur des pierrailles vos conseils. Les
puissances naturelles qui portaient la patrie d'Hélène et
de Lycurgue demeurent. Ces sublimes indifférentes igno-
rent l'histoire qu'elles encadrent, et, que la cité vive ou
soit morte, elles continuent de parler [1].

JOURNÉES DE MULET DANS LE PÉLOPONÈSE

J'ai fait deux longs jours de mulet depuis les ruines de
Phigalie, qu'on nomme encore Bassae, jusqu'aux fouilles
d'Olympie. Quelle misère ! Quelle splendeur ! Quelle divine vie primitive ! Nous suivions les mêmes sentiers et le
même régime frugal dont s'accommodèrent, d'âge en âge,
les gens de ce fameux pays. Les images de cette course se
sont dissipées aussi vite que les cris gutturaux de l'agoyate
qui, derrière ma bête, criait : « Hourri... oxo... » Mais
il me reste de ce petit effort animal la sensation d'un bain,
d'une plongée dans la plus vieille civilisation.

Pour la visite du temple d'*Apollon secourable* à Bassae,

1. *Le Voyage de Sparte*, p. 235-237.

11

le mieux est de dormir dans le village d'Andrissena, dont les approches, quand j'y vins par les pentes du Lycée, me rappelèrent les environs de la Bourboule en Auvergne : vaste paysage rond et verdoyant, des rochers, des prairies, des vaches et leurs sonneries le soir.

La nuit passée dans un pauvre logis, nous partîmes à la première heure vers les ruines du temple. Depuis longtemps, déjà, il faisait petit jour, quand deux doigts de couleur rose vinrent se poser sur la pointe extrême des sommets ; c'était le reflet des feux du soleil, cachés à notre vallon par les montagnes. Ce rose inimaginable, ce rose franc sur un petit espace de neige fut le brusque signal de la pleine lumière. Une fois de plus, l'antique Aurore venait d'ouvrir les portes de l'Orient. La monotonie du voyage, dans ces premières heures du jour, est d'une douceur incomparable! Sous nos climats, avec nos mœurs, nous voyons mal le vêtement de la nature. Quand je montais les pentes de Bassae, depuis une semaine, je n'avais reçu ni lettre ni journal. Ainsi délivré du monde, l'esprit se donne tout aux sensations immédiates. Une eau qu'on traverse à gué, un arbre sous lequel on se courbe, un parfum fait une délectation. Je me rappelle la branche d'aubépine humide dont était orné mon mulet. Nous allions de colline en colline, à travers les sentiers sauvages et, parfois, dans des lits de torrents. Des vallons de genêts jaunes succédaient à des forêts de ronces violettes. Bientôt nous eûmes, au-dessous de nous, un silencieux pays bleu de montagnes. A huit heures, la chaleur commence et les fulgurations. On avance au milieu des poussières concassées, brûlées, de quarante hauts fourneaux qui, pendant des siècles, auraient, ici, entassé leurs laitiers. Soudain voici Bassae.

Bassae, petit temple dorien, bijou parfait que l'on découvre, à l'imprévu, dans un vallon des sommets. Trente-six colonnes surmontées de l'architrave demeurent debout. Elles sont en pierres bleuâtres, teintées de rose par un lichen. Des chênes clairsemés les entourent, et puis, c'est la solitude lumineuse aux horizons indéfinis sur les montagnes, les forêts et les golfes. Désert qui rend plus émouvante cette petite ordonnance humaine !

Auprès des ruines de Bassae, comme dans les paysages à fabrique de Nicolas Poussin, quelques figures de chevriers donnent les proportions. Sont-ils éloignés ou proches ? Ils sont mangés, vaporisés par l'ardente lumière, fondus dans l'argent liquide de cette atmosphère où leur forme fait seulement un petit brouillard qui tremble. Notre agoyate les appela. Ils m'apportèrent une jatte de quatre ou cinq litres de lait avec une louche en bois...

Aujourd'hui encore, dans mon souvenir, le plus ordinaire des chênes de Phigalie demeure une personne glorieuse de qui je voudrais m'informer auprès de tous les voyageurs. Les chèvres l'ont-elles épargné ? Les pierres du temple ne meurtrissent-elles pas ses rejets ?

Il serait absurde que nos idées modernes et nos sentiments propres voulussent se loger dans la maison d'Apollon. Mais elle nous donne une leçon de goût qui nous contraint à rougir de notre âme encombrée par tant d'images vulgaires, luxueuses ou incohérentes. C'est sur les ruines de Bassae que j'ai compris un mot de Taine (que m'avait transmis Paul Bourget). Taine disait avec indignation : « M. Hugo est un malhonnête homme. Il raconte qu'un lion furieux a broyé entre ses dents les portes d'une ville. Les félins ne peuvent pas broyer ; on ne broie qu'avec des molaires, et les molaires du lion ont évolué en canines, pointues, tout en crochets, sans surface masticatrice. » Excessive boutade, peut-être, mais sa rigueur invite heureusement l'artiste à se régler. Mon ami, le pauvre Guigou, se fâchait contre Taine, il disait que le poète a des droits... Mais un passant, fût-il poète, qui respira la vertu d'un matin grec aux vallons de Phigalie, ne veut plus subir l'attrait des imaginations monstrueuses.

Il y avait trois heures, peut-être, que nous avions quitté le temple. Nous cheminions... Nos muletiers, d'un geste, appellent, à soixante mètres, un paysan, qui accourt avec une petite outre. Il la soulève; ils boivent une lampée chacun, puis ils tirent de leur gousset, celui-ci une pincée de tabac blond, et celui-là quelques feuilles de papier qu'ils lui remettent. C'est l'antique simplicité des échanges pastoraux. A toutes ses étapes, ce brûlant voyage du Péloponèse nous offre des images familières et nobles comme elles abondent dans l'*Odyssée*. Je me rappelle nos haltes brèves aux fontaines. Le muletier fait boire sa bête, puis la chassant d'une tape sur le mufle, il met sa bouche dans la même eau. Après cette fraternité, la caravane reprend sa marche sous le soleil.

Au milieu de ses friches interminables, où nul sentier n'est dessiné, nous traversions des buissons d'arbres et d'arbustes, qu'à ma grande surprise je reconnaissais. Vigoureux, en plein air, voici les jolis seigneurs si frêles que ma mère cultivait en caisses, avec tant de plaisir, dans la maison de mon enfance. C'est bien sûr qu'ils vivent ici leur véritable destin. Mais à mon sentiment, dans cette liberté, ce sont des réfractaires, des esclaves marrons !

Interminables journées ! On rêve d'un chapitre où l'on noterait le cri, l'odeur, les sensations indéterminées qui flottent sur chacun des grands pays romanesques du monde... J'ai dans l'oreille le cri fou des femmes liguriennes, vendeuses de poisson, et de qui la voix se brise en sanglots, en rires, je ne sais, vers neuf heures, par un clair de soleil, au fond des basses rues du Vieux-Nice... Les appels variés des marchands qui poussent leurs charrettes dans la boue du Paris matinal remuent et raniment les sensations fortes et vagues que j'avais, il y a vingt ans, jeune provincial fraîchement débarqué de Lorraine... Et comme l'avertissement mélancolique des gondoliers de Venise s'accorde au clapotis des noirs petits canaux, les deux, trois cris de l'agoyate poussant sa bête, s'associent étroitement avec le soleil, le cailloutis et les yeux brûlés du Péloponèse. Hourri... Oxo... Ce sont juste les syllabes gutturales que Wagner prête aux Walkyries.

J'arrivai vite à regretter les pâturages de France. Dans les misérables *khani* ou bien sur le dos de ma bête, je rêvais, il m'en souvient, de la vallée, si drue de verdure, où des peupliers, des platanes et des tilleuls fraîchissent autour de Nogent-sur-Seine. Parmi ses grandes prairies et annoncée vers Paris par une allée couverte, que Nogent-sur-Seine est aimable, d'agrément naturel, avec son fleuve et ses canaux, où transparaît une forêt d'algues éternellement peignée par le courant ! Le bruit des vannes, l'odeur saine des joncs et des arbres, les glycines qui pendent des modestes maisons, toute cette atmosphère de nos campagnes françaises que nous avons parfois méconnue, mais où notre énergie peut travailler, comme une roue de moulin clapote dans la rivière, ah !

que nous la regrettions, sur l'échine de la bête, qui nous menait, avec trente siècles de retard, aux jeux olympiques, c'est-à-dire en face du secret essentiel de la Grèce[1].

AIGUES-MORTES

Aigues-Mortes ! consonnance d'une désolation incomparable ! dans le train si lent à traverser la Camargue, je m'imagine ces mornes remparts qui depuis sept siècles subsistent intacts. J'évoque ces mystérieux Sarrasins, ces légers Barbaresques qui pillaient ces côtes et fuyaient insaisis même par l'histoire. Aigues-Mortes, le vieux guerrier qu'ils assaillaient sans trêve, est toujours à son poste, étendu sur la plaine, comme un chevalier, les armes à la main, est figé en pierre sur son tombeau[2].

COMBOURG

(Méditation pendant le procès de Rennes.)

Tandis qu'à Rennes je servais selon mes forces, j'avais besoin de me fortifier et de relever mon amour de la France par les plus belles images nationales.

Un jour je profitai d'un entr'acte de la tragédie pour visiter, à une lieue de Rennes, sur la ligne de Saint-Malo, le château de Combourg. Avec quelle allégresse je m'épurais de Dreyfus dans l'atmosphère d'un grand poète de l'honneur !

1. *Le voyage de Sparte*, p. 267-274.
2. *Le jardin de Bérénice* p., 33.

« Enfin nous découvrîmes une vallée au fond de laquelle s'élevait, non loin d'un étang, la flèche de l'église d'une bourgade ; les tours d'un château féodal montaient dans les arbres d'une futaie éclairée par le soleil couchant[1], » Cette première impression, que le jeune René de Chateaubriand reçut de cette terre où il allait passer sa jeunesse, fait encore un tableau exact ; je viens de le vérifier. Chateaubriand ajoute : « J'ai été obligé de m'arrêter : mon cœur battait au point de repousser la table sur laquelle j'écris. Les souvenirs qui se réveillent dans ma mémoire m'accablent de leur force et de leur multitude, et pourtant que sont-ils pour le reste du monde ..? » Ces souvenirs, dont Chateaubriand semble prier qu'on excuse l'ardeur, se propagèrent, pour la féconder, dans toute notre littérature moderne. Nous avons dans le sang la fièvre du premier volume des *Mémoires d'outre-tombe*. Quel admirable contentement de considérer la triste et sévère façade de ce manoir, de s'engager sous ses voûtes, d'en éveiller à notre tour les échos et de prêter notre visage au vent de ses donjons !

J'ai toujours projeté de visiter les lieux où sont les racines des grands arbres à parfums qui, balancés sur le monde, suscitèrent mon imagination. Je ne mourrai point sans m'être assis, pèlerin enchanté, dans Coïmbre et sous le cyprès de la belle Inès assassinée, — en Crimée, sur le temple où Diane transporta Iphigénie, — à Kerbéla parmi les sables qui burent le sang des Alides. Mais dans ce mois guerrier qui me replie sur nos réserves, je ne veux rien qui me détourne de la discipline nationale. J'ai noté autour de Rennes mes pèleri-

1. *Mémoires d'outre-tombe.*

nages : près de Vitré, aux Rochers, qu'habita Mme de Sévigné, j'évoquerai dans ses jardins intacts la plus aimable image de la solide raison française : c'est encore de la raison que j'évoquerai à la Chesnaie où le volontaire Lamennais prit barre sur le mol Maurice de Guérin. En d'autres circonstances, parcourant la forêt de Paimpont qui subsiste des bois immenses de Broceliande, j'eusse aimé y poursuivre Merlin l'Enchanteur et Viviane, mais ce n'est point de rêveries qu'il s'agit pour un soldat des batailles de Rennes! A Combourg je cherche le plaisir d'approcher et de contrôler des magies ; les incantations du poète me deviennent présentes, réelles, concrètes ; je vois, je touche bâti en pierre le premier chapitre des *Mémoires d'outre-tombe*. Fils des romantiques, je rentre dans ma maison de famille et je sonne à l'huis d'un château, survivance du passé, où je reconnais en même temps le principe de mon activité littéraire.

Ces indications feront-elles entendre à quelques amateurs de la mélancolie lyrique les plaisirs abondants que je trouvai sur chaque marche du vieil escalier, en mettant mes pas indignes dans les pas du génie, jusqu'au sommet de la Tour du Chat et sur le seuil de la chambre fameuse où l'enfant prépara son immortalité...

Subsiste-t-il encore, le saule où, isolé entre le ciel et la terre, le jeune René passait des heures avec des fauvettes et avec sa chimère ? Dans quel endroit écarté du Grand Mail la tradition suppose-t-elle que l'amertume de ses goûts l'incita au suicide ? « Au nord du château s'étendait une lande semée de pierres druidiques ; j'allais m'asseoir sur une de ces pierres au soleil couchant. La cime dorée des bois, la splendeur de la terre, l'étoile du soir

scintillant à travers les nuages de rose, me ramenaient à
mes songes. » Il ne donna jamais son cœur aux poètes,
celui qui peut sourire des efforts que tout un jour je multipliai pour toucher exactement ces lieux où j'entrevois
que la sauvage et la druidesse soupirèrent d'abord et
prirent leurs premières couleurs.

Je portais avec moi une brochure de l'abbé Guillotin
de Corson. « Le monument le plus ancien de Combourg,
dit-il, est évidemment une allée couverte mégalithique,
ou dolmen ruiné, situé au Clos de la Pierre, non loin de
l'ancienne maison noble de Chevrot. C'est là qu'allait
rêver Chateaubriand ».....

Nulle voiture qui puisse me transporter ; une chaleur
intense. Avant de m'éloigner de Combourg, pour chercher cette lande où un enfant mélancolique exalta de la
façon la plus désordonnée les facultés de son âme et
entendit le Dieu du désert, je m'occupe d'examiner les
entours immédiats du château.

Le grand bois de chênes a disparu. La route de Rennes
longe toujours l'étang où le petit Breton conduisait son
bateau au milieu des joncs ; j'ai attiré avec ma canne les
larges feuilles flottantes du nénuphar en suivant sur un
chemin abandonné « une onde ornée de plantes rivu-
laires », Chateaubriand écoutait, dit-il, les bruits qui
sortent des lieux infréquentés ; j'ai entendu un roulement monotone et continu (machine à battre ? moteur qui
fournit d'électricité Combourg ?) Si quelques parties
du paysage se sont transformées depuis que le poète en
dispersa l'âme sur le monde, il en subsiste assez pour
éclairer la puissance et la solitude du génie de Chateaubriand. Le paysage de Combourg, que j'embrasse de
la rive méridionale de son petit étang, s'impose par

le même trait qu'il y a un siècle ; par la superbe des tours et par leur domination sur les masures à leur pied.

On s'assure que l'enfant de ce donjon, en même temps qu'il recevait de son père, le négrier farouche, et d'un paysage sévère, pour compagnonnage, l'idée de la mort, installait au fond de son âme la plus intransigeante fierté. Ses qualités et ses défauts d'homme ou d'écrivain sortent de son orgueil. S'il a peint avec magnificence les mouvements nobles de la passion, s'il a sacrifié au bonheur de faire bonne figure tous les avantages immédiats, c'est par un sentiment extrême de sa dignité. Dans cette âme dégoûtée jusqu'au nihilisme, l'honneur est installé solitaire comme le manoir seigneurial sur la lande bretonne. Chateaubriand dépensa dans sa littérature les tristesses hautaines accumulées par des féodaux sans emploi sur leur terre. Il enchanta les premières générations démocratiques avec la sensibilité que lui avaient préparée les derniers représentants d'une France féodale opprimée par une France monarchique qui, elle-même, venait de disparaître.

... Tandis que j'étais assis dans l'herbe, à l'ombre d'une petite haie, sur la rive de l'étang, des impressions amassées en moi par la constante préoccupation de l'affaire Dreyfus se mêlèrent aux pensées que me proposait Combourg. La haute vertu artistique d'un paysage cher aux lettres françaises m'épura de tout ce qu'a de douloureux la grande salle du lycée de Rennes, et par une pente insensible je fus amené à confronter, avec cette grande figure de Chateaubriand, Dreyfus transformé en thème philosophique par la force de sa honte...

Quelle magnifique diversité il y a parmi les hommes !

et savez-vous une besogne plus attachante que d'étudier les conditions où se créent leurs variétés ?...

Telles étaient les pensées qu'un manoir breton me suggérait sur un produit de ghetto. Cependant, la chaleur aidant, je m'inclinai à compenser le sommeil dont nous prive chaque matin le Conseil de guerre et je m'endormis sur l'herbe de Combourg.

... Quand je me réveillai, le soleil s'était fortement incliné ; les hirondelles rasaient l'étang. Je les regardais avec estime, car elles font partie de notre littérature nationale : leur manière de poursuivre les insectes, de s'élancer ensemble dans les airs comme pour éprouver leurs ailes, de se rabattre à la surface du lac, puis de se suspendre aux roseaux que leur poids courbe à peine et qu'elles remplissent de leur ramage confus, fournit un thème à tous les professeurs de rhétorique depuis que Chateaubriand, sur cette rive, les a observées. Il fallait pourtant me lever et je me mis à la recherche de Chevrot et du Clos de la Pierre.

Je traversai, à deux kilomètres environ, le chemin de fer de Rennes et je m'engageai dans un de ces profonds chemins creux qui ne nous laissent nous guider sur aucun clocher. Je ne rencontrai personne; seuls, des chiens me parlaient dans les maisons écartées. Nul guide, nul écriteau ; des fossés, des champs, des marais, des bruyères, la nuit qui venait et la fatigue. Je dus renoncer, ce jour-là, à m'asseoir dans le Clos de la Pierre, sur les dolmens de Velleda [1].

---

1. *Ce que j'ai vu à Rennes*, p. 30-43, cf. la première épreuve de ces pages dans *Scènes et doctrines du nationalisme*, p. 143-154.

ILE DE FRANCE

(A propos de José-Maria de Heredia).

L'automne enveloppe Senlis d'une douceur et d'une
tristesse incomparables. Quand les bois commencent de
s'effeuiller et que les cloches résonnent à travers la
brume d'octobre, les cantons de Chantilly, de Compiègne
et d'Ermenonville exhalent une mélancolie tendre et chantante, celle-là même qu'a recueillie Gérard de Nerval
dans sa divine *Sylvie*. Les ballades que ce fol délicieux
nous a fait aimer sont la voix la plus expressive, le soupir
des campagnes du Valois. Ces vieux airs, d'un français si
pur, raniment les puissances d'illusion que nous transmi-
rent nos pères. Un trouble inconnu s'empare de nous, un
besoin d'amitié tendre et d'amour impérissable, un désir
de mourir pour celle qui nous aime, la certitude qu'elle
est une fée. Ces charmantes inspirations, mêlées d'église,
de guerre et d'amour et qui palpitent demi-mortes sur
d'anciens lieux de fêtes, c'est tout l'idéal mélancolique et
fier des terriens français. Idéal aujourd'hui voilé, souvenir à demi rêvé de notre religion et de notre chevalerie.

Le jeune Cubain, qui venait faire ses humanités chez
les prêtres de Senlis, n'était pas né pour entendre les
chants de *Sylvie* sous les bois de Chaâlis ou de Pontarmé.
Que pouvaient, sur le fils du conquistador, ces vers
rythmés musicalement pour attendrir des cœurs français ?
S'il s'agit d'aborder aux îles du Valois, ombragées de
peupliers et de tilleuls, et qui servirent de modèle à
Watteau peignant le *Voyage à Cythère*, rien ne sert

d'avoir fondé Carthagène des Indes, rien ne dispense d'une longue préparation de la sensibilité. Ce jeune Heredia n'a pas, de père en fils, entendu les cloches françaises, admiré les oiseaux peints de nos chapes d'église, et subi la divine douceur des cierges vacillants au plein jour de nos enterrements. Il lui faut les couleurs bien tenues et les chants accusés de Cuba[1].

1. Discours de réception à l'Académie française.

CHAPITRE V

STANCES,
MÉDITATIONS,
EXAMENS DE CONSCIENCE

SOUS L'ŒIL DES BARBARES

DERNIÈRES PAGES

Le vœu que je découvre en moi est d'un ami, avec qui m'isoler et me plaindre, et tel que je ne le prendrais pas en grippe.

J'aurais passé ma journée tant bien que mal sous les besognes. Le soir, tous soirs, sans appareil j'irais à lui. Dans la cellule de notre amitié fermée au monde, il me devinerait ; et jamais sa curiosité ou son indifférence ne me feraient tressaillir. Je serais sincère ; lui affectueux et grave. Il serait plus qu'un confident : un confesseur. Je lui trouverais de l'autorité, ce serait « mon aîné » ; et, pour tout dire, il serait à mes côtés moi-même plus vieux. Telle sensation dont vous souffrez, me dirait-il, est rare même chez vous ; telle autre que vous prêtez au monde, vous est une vision spéciale ; analysez mieux. Nous suivrions ensemble du doigt la courbe de mes agitations ; vous êtes au pire, dirait-il ; l'aube demain vous calmera. Et si mon cerveau trop sillonné par le mal se refusait à comprendre, et, cette supposition est plus triste encore ; si je méprisais la vérité par orgueil de malade, lui, sans

12

méchantes paroles, modifierait son traitement. Car il serait moins un moraliste qu'un complice clairvoyant de mon âcreté. Il m'admirerait pour des raisons qu'il saurait me faire partager ; c'est quand la fierté me manque qu'il faut violemment me secourir et me mettre un dieu dans les bras, pour que du moins le prétexte de ma lassitude soit noble. Dans mes détestables lucidités et expansions, il saurait me donner l'ironie pour que je ne sois pas tout nu devant les hommes. La sécheresse, cette reine écrasante et désolée qui s'assied sur le cœur des fanatiques qui ont abusé de la vie intérieure, il la chasserait. A moi qui tentais de transfigurer mon âme en absolu, il redonnerait peut-être l'ardeur si bonne vers l'absolu. Ah ! quelque chose à désirer, à regretter, à pleurer ! pour que je n'aie pas la gorge sèche, la tête vide et les yeux flottants, au milieu des militaires, des curés, des ingénieurs, des demoiselles et des collectionneurs...

C'est ce soir-là que décidément, incapable de s'échauffer sans un bouleversement de son univers intérieur, toujours possible mais que depuis des mois il espérait en vain, timide et affaissé devant l'avenir, tourmenté d'insomnies, il eut le goût de se souvenir, de répéter les émotions, les visions du monde dont jadis il s'était si violemment échauffé. Il lui souriait de se caresser et de se plaindre dans cette monographie, aux heures que lui laissaient libres son patron et les solliciteurs de ce député sous-secrétaire d'Etat.

Il ne s'efforça nullement de combiner, de prouver, ni que ses tableaux fussent agréables. Il copiait strictement, sans ampleur ni habileté, les divers rêves demeurés empreints sur sa mémoire depuis cinq ans. Seulement, à cette heure de stérilité, il s'étonnait parfois de retrouver

dans son souvenir certains accès de tendresse ou de
haine. Est-il possible que j'aie déclamé ! J'espérais cela !
O naïveté ! Il rougissait. Et malgré sa sincérité, çà et là
vous devinerez peut-être qu'il a mis la sourdine, par respect pour le lecteur et pour soi-même.

Souvent, très souvent, fatigué, perdu dans cette casuistique monotone, touché du soupçon qu'il n'avait connu
que des enfantillages, plus effrayé encore à l'idée de
recommencer une vraie vie sérieuse, ferme, utile, il s'interrompait :

O maître, maître, où es-tu, que je voudrais aimer, servir, en qui je me remets !

O maître,

Je me rappelle qu'à dix ans, quand je pleurais contre
le poteau de gauche, sous le hangar au fond de la cour
des petits, et que les cuistres, en me bourreaudant,
m'affirmaient que j'étais ridicule, je m'interrogeais avec
angoisse ! « Plus tard, quand je serai une grande personne, est-ce que je rougirai de ce que je suis aujour-
d'hui ? » — Je ne sais rien que j'aime autant et qui me
touche plus que ce gamin, trop sensible et trop raisonneur,
qui m'implorait ainsi, il y a quinze ans. Petit garçon, tu
n'avais pas tort de mépriser les cuistres, dispensateurs
d'éloges et ordonnateurs de la vie, de qui tu dépendais ;
tu montrais du goût de te plaire, de fois à autre, par les
temps humides, à pleurer dans un coin plutôt que de
jouer avec ceux que tu n'avais pas choisis. Crois bien
que les soucis et les prétentions des grandes personnes
ont continué à m'être souverainement indifférents. Aujour-

d'hui comme alors, je sens en elles l'ennemi, près d'elles, je retrouve le dédain et la timidité que t'inspirait la médiocrité de tes maîtres.

Rien de mes émotions de jadis ne me paraîtrait léger aujourd'hui. J'ai les mêmes nerfs ; seul mon raisonnement s'est fortifié, et il m'enseigne que j'avais tort, quand tous m'ayant blessé je disais en moi-même : « Ils verront bien, un jour. » Chaque année, à chaque semaine presque, j'ai pu répéter : « Ils verront bien, » ce mot des enfants sans défense qu'on humilie. Mais je n'ai plus le désir ni la volonté de manifester rien qui soit digne de moi. L'effort égoïste et âpre m'a stérilisé. Il faut, mon maître, que tu me secoures.

Je n'ai plus d'énergie, mais compte qu'à la sensibilité violente d'un enfant je joins une clairvoyance déjà longtemps avertie. Et je te dis cela pour que tu le comprennes, ce n'est pas de conseils, mais de force et de fécondité spirituelle que j'ai besoin.

Je sais que ce fut mon tort et le commencement de mon impuissance de laisser vaguer mon intelligence, comme une petite bête qui flaire et vagabonde. Ainsi je souffris dans ma tendresse, ayant jeté mon sentiment à celle qui passait sans que ma psychologie l'eût élue. Le secret des forts est de se contraindre sans répit.

Je sais aussi, — puisque le décor où je vis m'est attristé par mille souvenirs, par des sensations confuses incarnées dans les tables du boulevard, dans les souillures de ce tapis d'escalier, dans l'odeur fade de ce fiacre roulant, — je sais des endroits intacts où veillent mille chefs-d'œuvre, et quoique j'aie toujours éprouvé que les choses très belles me remplissaient d'une âcre mélancolie par le retour qu'elles n'imposent sur ma petitesse, je

pense qu'une syllabe dite bien doucement les passionne-
rait.

Je sais, mais qui me donnera la grâce? qui fera que je
veuille? O maître, dissipe la torpeur douloureuse, pour
que je me livre avec confiance à la seule recherche de
mon absolu !

Cette légende alexandrine, qui m'engendra autrefois
à la vie personnelle, m'enseigne que mon âme, étant
remontée dans sa tour d'ivoire qu'assiègent les barbares,
sous l'assaut de tant d'influences vulgaires se transfor-
mera. Pour se tourner vers quel avenir ?

Tout ce récit n'est que l'instant où le problème de la
vie se présente à moi avec une grande clarté. Puisqu'on
a dit qu'il ne faut pas aimer en paroles mais en œuvres,
après l'élan de l'âme, après la tendresse du cœur, le véritable amour serait d'agir.

Toi seul, ô mon maître, m'ayant fortifié dans cette agitation souvent douloureuse d'où je t'implore, tu saurais
m'en entretenir le bienfait, et je te supplie que, par une
suprême tutelle, tu me choisisses le sentier où s'accomplira ma destinée.

Toi seul, ô maître, si tu existes quelque part, axiome,
religion ou prince des hommes [1].

1. *Sous l'œil des Barbares*, p. 292-304.

UNE VISITE A LÉONARD DE VINCI

Aux analystes du Moi.

Milan nous touche entre toutes les villes, parce qu'elle fut le lieu d'élection de Léonard de Vinci, et que Stendhal l'adora jusqu'à vouloir pour toute épitaphe : « Citoyen milanais ». Mais de Stendhal, il faudrait parler depuis ce triste port de Civita Vecchia, où pendant trente années il s'ennuya, vieux beau apoplectique qui n'avait d'autre distraction qu'une causerie, le soir, entre huit et neuf, dans la boutique de l'unique libraire. Je veux rapporter une visite que je viens de faire à Léonard de Vinci.

Non pas que l'œuvre de Léonard, qui ne fut jamais considérable, soit à Milan abondante. Des manuscrits, des esquisses, cette admirable fresque de la *Cène* — dont la beauté semble plaire à Dieu même, puisqu'elle n'est pas abolie en dépit des militaires qui l'écaillèrent et des peintres qui la retouchèrent, — la plupart des œuvres exécutées sous son influence par ses élèves : voilà tout ce que l'on peut étudier de ce grand artiste à Milan. Mais sa gloire, qui nous offre un des plus troublants sujets sur quoi puissent rêver les ambitieux et les esthéticiens, quelques traits de crayons suffisent au Vinci pour l'affirmer.

Nous entrevoyons à peine ce qu'il fit et ce qu'il voulut ;
il faut pourtant le saluer comme un des princes de l'art.
Ce peintre exceptionnel est compris par la pensée mieux
encore que par les yeux. Et c'est à Milan, où il a tant
médité, qu'on trouve le meilleur point pour le méditer.

Dans les indications de ses *Livres de dessins*, et sous
les repeints de la *Cène*, nous devinons la beauté qu'il
cherchait aujourd'hui envahie d'ombre, comme, sous le
génie inférieur de ses disciples, nous retrouvons la direction d'art qu'il enseigna.

Intelligence unique par sa pointe et par son étendue,
Vinci apparaît à la fois un grand méditatif et un grand
séducteur. Ses études universelles et profondes ne l'acca-
paraient pas ; il fut encore un magnifique cavalier ; d'une
psychologie désabusée et fine, il évoluait avec aisance
dans la vie décorative de son siècle pittoresque. Que des
dons aussi opposés se soient trouvés dans un même
homme, et poussés à une telle perfection, voilà qui déconcerte les catégories où nous sommes habitués à ranger
les tempéraments ! Et cette dualité éclaire le sourire de
toutes les figures qu'il a laissées, ce sourire que le temps
emplit chaque jour d'une nuit plus profonde, mais qui
parut, dès son éclosion, inexplicable ! Il y peignait sa
propre complexité, son âme habile tout à la fois à la
science et à la séduction.

Je ne saurais trouver d'épithètes pour vous exprimer ce
conflit qui fait le génie mystérieux du Vinci et que tant
d'artistes, tant de penseurs et tant d'amants ont interrogé
à l'*Ambrosienne* et au *Brera*, sur les petites lignes du
visage de ses femmes. J'aime mieux transcrire ce que me
disait, avec une intensité incroyable, une de ces âmes
(jeune fille, jeune homme ?) aux cheveux déroulés, âme

sensuelle pourtant, avec des lèvres, de grands yeux, et
toute une joie divine qui montait de son visage, — ce
que me répétait une autre esquisse, femme adorable, baissant les paupières avec une gravité presque ironique —
ce que toutes me firent entendre :

*Parce que nous connaissons les lois de la vie et la
marche des passions, aucune de vos agitations ne nous
étonne, rien de vos insultes ne nous blesse, rien de vos ser-
ments d'éternité ne nous trouble... Et cette clairvoyance ne
nous apporte aucune tristesse, car c'est un plaisir parfait
que d'être perpétuellement curieux avec méthode... Mais
nous sourions de voir la peine que tu prends pour deviner
ce qui m'intéresse.*

Voilà ce que dit, je l'ai bien entendu, le sourire de
Léonard. Gœthe le répétera plus tard. C'est, avec des
différences sans nombre de siècle et de race, une des
impressions que nous laissent les deux *Faust*...

Les exigences d'un Léonard de Vinci se satisfont dans
le domaine de la pensée, sans se tourner vers des réalisa-
tions voluptueuses. Son intelligence aurait pu se révolter ;
jamais ses nerfs. Les contemporains de ce profond penseur le comprirent. Lomazzo l'appelle un Hermès, un
Prométhée : il leur apparaît l'homme qui sait le secret
des choses. Il savait les lois de la vie.

Cela éclate dans son chef-d'œuvre. Comme elle aura été
étudiée, cette figure de Jésus qui est le centre de la *Cène!*
C'est qu'elle est aussi, pour quelques-uns, le centre de
la conscience humaine. Je veux dire que cette figure que
nous voyons là toute tournée sur soi-même, toute préoc-
cupée de la vie intérieure, est le type parfait de l'analyste
du Moi : c'est l'esprit vivant uniquement dans son monde
intérieur, indifférent à la vie qui s'agite autour de lui.

Qu'un homme du xv⁰ siècle, dans une de ces cours sensuelles et débordantes d'Italie, ait pu créer une telle beauté psychique, voilà qui est prodigieux ! Il n'y arriva pas du premier trait.

Il faut voir au *Brera* l'étude au crayon rouge qu'il fit pour cette tête de Jésus. Là, pas de dédoublement de la personnalité. Bonté triste, pardon, soumission, résignation, sans fierté intérieure, ce me semble. Ce Jésus de l'esquisse est presque un frère de l'apôtre Jean qu'on voit dans la *Cène*, et qui n'est, lui, qu'une vierge, rien qu'un simple. Mais, dans la fresque définitive, Jésus est fortifié : ce haut intellectuel est entouré de douze médiocres, dont les attitudes violentes synthétisent admirablement les sentiments du commun des hommes, et il leur dit :

« *La trahison me viendra de vous, de vous, ô mes amis ! Mais cela ne m'offre rien d'étonnant, car je comprends les tentations auxquelles succombera le coupable, et par là même je l'excuse. D'ailleurs pour que j'aie l'occasion d'être héroïque, ceci était nécessaire, la grandeur morale étant faite des bas traitements qu'elle surmonte* »…..

C'est un coloriste lumineux que Léonard, et les créatures qu'il peint sont les plus ravissantes qu'on puisse imaginer. Pourquoi donc, le quittant, suis-je saisi de tristesse ? Rien ne nous comprime plus que de suivre le travail secret d'un analyste ; on voit que sa vie est un malaise, un frémissement perpétuel. Les grands peintres de Venise furent heureux, qui peignaient d'abondance, sans disputer avec eux-mêmes. Mais quelle angoisse, celle de l'artiste divisé en deux hommes, dont l'un crée, tandis que l'autre, pour la juger, se penche sur l'œuvre en train de naître !

J'ai souvent pensé à l'émotion dont palpitait Béatrice quand, au Purgatoire, elle apparut à Dante. On sait si cet illustre poète avait cherché sa maîtresse ! Enfin, il la retrouvait ; il était éperdu de respect, de crainte aussi, car de faible femme n'était-elle pas devenue une bienheureuse et la compagne des personnes divines ! Elle, cependant, dans la gloire qui l'enveloppait, avait, je le jure, sa fraîche poitrine gonflée d'une angoisse plus insupportable encore, car elle pensait : « *S'il allait me trouver moins belle !* »

Cette imagination m'aide assez à comprendre la vie ardente d'un de ces analystes chez qui l'âme, comme nous avons dit, est double. C'est perpétuellement en eux le drame de Dante rencontrant Béatrice. Leur sourire est lassé et un peu dédaigneux, comme le sourire du Vinci : lassé par ces violentes émotions intérieures ; dédaigneux avec indulgence, parce que la vie extérieure leur paraît une petite chose auprès des profondeurs de leur être que sans trêve ils considèrent [1].

---

[1] *Du Sang, de la Volupté et de la Mort,* p. 291-298. Cf. dans *un Homme libre* (livre III, chap. IX) Veillée d'Italie (Enseignement du Vinci).

MÉDITATION SUR BÉRÉNICE
L'AME DU PEUPLE ET L'INCONSCIENT

(Philippe à Simon.)

L'âme populaire a le dépôt des vertus du passé, et garde la tradition de la race ; en elle, comme dans un creuset où tout acte dégage sa part d'immortalité, l'avenir se prépare. Voudrais-tu la juger sur un peu de poussière et quelque sueur dont la couvre un pareil labeur ?

Ah ! mon cher Simon, que ne sommes-nous dans le triste jardin de Rosemonde ! Comme certains soirs d'automne, mieux qu'aucun soir, exaspèrent la senteur des tilleuls, ce décor qui ne laisse subsister que des idées graves met en valeur les vertus de Bérénice, mieux qu'aucun lieu du monde. Parfois par un simple geste, cette jeune femme me découvre, sur la vie profonde et le sentiment des masses, des aperçus plus sérieux que n'en mentionnent les enquêtes des spécialistes, les programmes des politiciens et les vœux des réunions publiques.

Viens à Aigues-Mortes, dans son étroit jardin qui ne voit pas la mer. Ces murailles closes, cette tour Constance qui n'a plus qu'à garder ses souvenirs, cette plaine

féconde seulement en rêves mettent ma Bérénice dans sa
vraie lumière, — comme l'oiseau du Paradis n'est vraiment le plus beau des oiseaux que sur les branches
suintant de chaleur des mornes forêts du Brésil. Et ses
animaux eux-mêmes, de qui son chagrin se plaît à égayer
les humbles vies, s'accordent avec elle, avec ces landes,
avec ces dures archéologies, et tous se donnent un sens
dont je me suis nourri.

Ah ! Simon, si tu étais là et que tu visses Bérénice, ses
canards et son âne échangeant, celle-là, des mots sans
suite, ceux-ci, des cris désordonnés d'enfants et ce dernier, de longs braiements, témoignant chacun d'un violent effort pour se créer un langage commun et se prou-
vant leurs sympathies par tous les frissons caressants de
leurs corps, tu serais touché jusqu'aux larmes. Isolées
dans l'immense obscurité que leur est la vie, ces petites
choses s'efforcent hors de leur défiance héréditaire. Un
désir les porte de créer entre eux tous une harmonie
plus haute que n'est aucun de leurs individus.

Viens à Aigues-Mortes et tu découvriras entre ce
paysage, ces animaux et ma Bérénice des points de contact, une part commune. Il t'apparaîtra qu'avec des formes
si variées, ils sont tous en quelque façon des frères : des
réceptacles qui mourront de l'âme éternelle du monde.
Ame secrète en eux et pourtant de grande action. Je me
suis mis à leur école, car j'ai reconnu que cet effort dans
lequel tous ces êtres s'accordent avec des mœurs si
opposées, c'est cette poursuite même, mon cher Simon,
dont nous nous enorgueillissons, poursuite vers quelque
chose qui n'existe pas encore. Ils tendent comme nous à
la perfection.

Ainsi, ce que j'ai découvert dans le misérable jardin

d'une petite fille, ce sont les assises profondes de l'univers, le désir qui nous anime tous !

Ces canards, mystères dédaignés, qui naviguent tout le jour sur les petits étangs, venaient me presser affectueusement à l'heure des repas, et cet âne, mystère douloureux qui me jetait son cri délirant à la face, puis, s'arrêtant net, contemplait le paysage avec les plus beaux yeux des grandes amoureuses, et cet autre mystère mélancolique, Bérénice, qu'ils entourent, expriment une angoisse, une tristesse sans borne vers un état de bonheur dont ils se composent une imagination bien confuse, qu'ils placent parfois dans le passé, faisant de leur désir un regret, mais qui est en réalité le degré supérieur au leur dans l'échelle des êtres. C'est la même excitation qui nous poussait, toi et moi, Simon, à passer d'une perception à une autre. Oui, cette force qui s'agite en nos veines, ce moi absolu qui tend à sourdre dans le moi déplorable que je suis, cette inquiétude perpétuelle qui est la condition de notre perpétuel devenir, ils la connaissent comme nous, les humbles compagnons que promène Bérénice sur la lande. En chacun est un être supérieur qui veut se réaliser.

La tristesse de tous ces êtres privés de la beauté qu'ils désirent, et aussi leur courage à la poursuivre les parent d'un charme qui fait de cette terre étroite la plus féconde chapelle de méditation. Sous cette diversité de ruines, de landes, d'animaux et de jeune femme, un diamant luit, qui m'éclaire l'harmonie de ce petit coin et qui m'éclairera le monde.

Cette lumière cachée, c'est l'inconscient, c'est le feu qui entretient l'univers de toute éternité.

Je ne pouvais mieux le percevoir que dans cette campagne dénudée d'Aigues-Mortes où, les choses fugitives étant rares, il semble que nous soyons moins détournés de l'essentiel. Dans cette région de sel, de sable et d'eau, où la nature plus dure, moins abondante qu'ailleurs, semble se prêter plus complaisamment à l'observation, comme un prestidigitateur qui décompose lentement ses exercices et simplifie ses trucs pour qu'on les comprenne, cette petite fille toute d'instinct, ces animaux très encouragés à se faire connaître m'ont révélé le grand ressort du monde, son secret.

Combien la beauté particulière de cette contrée nous offrait les conditions d'un parfait laboratoire, il semble que tous parfois nous le reconnaissions, car il y avait des heures, au lent coucher du soleil sur ces étangs, que les bêtes, Bérénice et moi, derrière les glaces de notre villa, étions remplis d'une silencieuse mélancolie...

Mélancolie ou plutôt stupeur! devant cet abîme de l'inconscient qui soudain s'ouvrait à l'infini devant moi. Réservoir et laboratoire, rien n'a existé qui n'y retourne; il se souvient de tout et tout ce qui vivra s'y prépare. Je suis sur cet océan une vague balancée entre un troupeau illimité de vagues, et trouble comme elles. A peine la lumière pénètre-t-elle une frange légère de la masse que je suis; c'est cette petite écume chatoyante qui jusqu'alors avait suffi à ma frivolité, pour que je me crusse moins obscur et moins secret que le vulgaire des êtres. Bien superficielle, pourtant, cette clairvoyance! En m'approchant des simples, j'ai vu comment sous chacun de mes actes à l'activité consciente collabore une activité inconsciente, et celle-ci est la même qu'on voit chez les animaux et chez les plantes; je lui ai simplement ajouté la réflexion...

Tu souris, Simon, du mot *simplement*... Il te semble que la puissance de notre réflexion est une grande chose ! Petite agitation en vérité auprès de l'omniscience et de l'omnipotence que manifeste dans sa lenteur l'inconscient !

Avec le seul secours de l'inconscient, les animaux prospèrent dans la vie et montent en grade, tandis que notre raison, qui perpétuellement s'égare, est par essence incapable de faciliter en rien l'aboutissement de l'être supérieur que nous sommes en train de devenir et qu'elle ne peut même pas soupçonner. C'est l'instinct, bien supérieur à l'analyse, qui fait l'avenir. C'est lui seul qui domine les parties inexplorées de mon être, lui seul qui me mettra à même de substituer au moi que je parais le moi auquel je m'achemine, les yeux bandés.

Sans doute, dans la suite j'appliquerai ma clairvoyance à cet état qui m'aura conquis. De tous les échelons où l'inconscient nous transporte, nous prenons un plus vaste horizon du monde. Ah ! vienne l'instant où il m'aura avancé si haut dans l'échelle des êtres que j'embrasserai l'univers et que j'en prendrai conscience ! Alors j'aurai atteint à ce moi complet qui est mon principe et ma fin, le but et l'impulsion de ma culture !...

... Voilà ce que m'ont enseigné ces hommes grossiers, ces ignorants que tu t'étonnes de me voir fréquenter. Ils sont de sublimes professeurs, bien qu'ils ne se possèdent pas eux-mêmes. Chacun d'eux représente une des étapes de mon âme le long des siècles. Je me suis penché sur eux, comme sur un pays que j'aurai gravi par une nuit sans lune et sans en garder rien que de confuses images.

Comment pouvais-tu croire qu'à ces masses d'une telle fierté créatrice, désintéressées, spontanées, je préfère-

rais la médiocrité des salons, la demi-culture des bache-
liers. Je vois bien que tu ne connais pas l' « Adversaire » !
Pour le mieux, de telles gens peuvent me communiquer
des faits, quelques notions parfois exactes ; le peuple me
donne une âme, la sienne, la mienne, celle de l'humanité !

J'entends bien l'objection où tu te réfugies :

« Que tu ne sois allé ni au salon, ni à la brasserie,
soit ! » me diras-tu. « Mais, pourquoi aller au peuple ?
Pourquoi ne pas rester parmi les hommes de culture, de
haute clairvoyance ? »...

Eh ! qu'avais-je appris de ces saints divers, le Benjamin
Constant du Palais-Royal, le jeune Sainte-Beuve et quelques familiers de notre institution ? J'avais reconnu chez
eux, et avec plus de netteté que sur moi-même, quelques-
unes de mes particularités... Mais quoi ! ces analystes ne
me parlaient que de mes excès, se limitaient à m'éclairer
sur les pousses extrêmes de ma sensibilité ; ils m'eussent
perdu dans la minutie.

Sans doute, à étudier l'âme lorraine, puis le développement de la civilisation vénitienne, je compris quel moment
je représentais dans le développement de ma race, je vis
que je n'étais qu'un instant d'une longue culture, un
geste entre mille gestes d'une force qui m'a précédé et
qui me survivra. Mais la Lorraine et Venise m'enfer-
maient encore dans des groupes, ne me laissaient pas
sortir de ma famille, pourrais-je dire. Seules les masses
m'ont fait toucher les assises de l'humanité.

Je n'avais su dans l'étude de mon moi pénétrer plus
loin que mes qualités ; le peuple m'a révélé la substance
humaine, et mieux que cela, l'énergie créatrice, la sève
du monde, l'inconscient.

Toutefois j'aurais pu parler dans les comités, dans les

réunions, suffire à toute l'activité d'un politicien, sans rien soupçonner de ses forces spontanées et secrètes. Mes sens furent affinés dans l'atmosphère de Bérénice.

Regarde ma chère Bérénice, sa grâce, sa douceur. Les femmes adoucissent notre âpreté nerveuse, notre individualisme excessif; elles nous font rentrer dans la race. Le fâcheux est que trop souvent nous négligeons d'utiliser pour notre culture morale l'émotion qu'elles répandent dans nos veines. Mais je t'en prie, observe Bérénice, cette petite chose, cette curieuse construction. En voilà une qui sait utiliser la sève de l'humanité. L'as-tu examinée à la loupe ? Quel effort! Certes elle ne se connaît guère. Et comment se posséderait-elle ? Elle ne se regarde même pas. C'est une enfant aveugle, emportée par les forces secrètes de son âme. Interroge-la donc. Elle ne te parlera que de son ami disparu ; elle croit regretter le passé ; simplement dans un effort douloureux elle enfante quelque chose qui sera mieux qu'elle. Par cette tension que lui donnent son chagrin et son regret sans réalité, elle atteint un objet qu'elle n'a pas visé. Ah ! c'est bien elle, la chère petite fille, qui m'a aidé à comprendre la méthode créatrice des masses, de l'homme spontané !...

N'y viendras-tu jamais, Simon, dans le jardin de ma Bérénice, où me fut une nouvelle vision de l'univers !...

Du moins tu pourras admirer qu'une si petite créature ait un tel ressort pour désirer le bonheur, une pareille puissance de parer le monde des vapeurs de son désir...

Comprends-tu, ajoutai-je, car j'étais plein de mon sujet, combien je suis heureux de dévêtir auprès d'elle mon personnage habituel d'indifférence et d'impertinence pour être irréfléchi. Si tu savais combien j'aime les naïfs, ceux

13

qui me disent des choses dont je rirais si j'avais à en parler en conversation. As-tu jamais soupçonné que ma sécheresse n'était que du dégoût pour le manque de désintéressement que je vois partout et pour la frivolité. Mais ceux
qui ne raillent jamais, les gobeurs, si tu savais comme je
les aime, ceux-là ! Si tu savais comme je me sens le frère
des petites filles qui, avec une grande fortune, de beaux
cheveux et connaissant déjà le monde, entrent au couvent. Bérénice, tiens, en réalité, je m'agenouille devant
sa simplicité.

— Eh ! me dit-il, elle est un peu maigre !

— Simon ! lui répondis-je avec vivacité, chaque jour un
écart plus grand se fait entre nous. Parfois je me demande
si jamais, d'un sentiment sincère, tu as aimé la souffrance.

— Tu as de la chance, me répliqua-t-il, tu es tout à fait
dans le ton pour goûter Saint-Trophime.

A cette réflexion très juste sur mon état d'esprit, je
vis bien que Simon comprenait encore ce qu'est la vie
intérieure, mais il ne croit plus qu'aux satisfactions des
choses. Pour ce qui est des variétés de l'idéalisme, il ne
sympathise plus, il classe. C'est là que j'avais été sur le
point d'en arriver, quand mon cœur n'avait pas d'autre
maître que moi-même. Je l'ai prêté à cette petite mendiante d'affection pour qu'elle me le rafraîchît entre ses
mains...

— Pas de subterfuge, m'écriai-je : avoue qu'en réalité tu
n'as jamais aimé que Spencer, tu fais prédominer le
rationalisme... Peut-être vas-tu historiquement jusqu'à
regretter que la France n'ait pas accepté le protestantisme...

Il me déclara qu'il se sentait réellement fatigué.

— Simon, lui dis-je avec amertume, je croyais que j'aurais plus de plaisir à te revoir[1].

DERNIÈRE VISITE AU JARDIN DE BÉRÉNICE

La haie franchie de la villa de Rosemonde, je me retrouvai sur ce sable où nous avions passé tant d'heures, et où je venais sans doute pour la dernière fois. Je revécus avec intensité le chemin que j'avais parcouru auprès de Bérénice, et je sentais que, haussé par cette étrange compagnie d'une année, j'embrassais avec plus de force un plus grand horizon.

Cette nuit d'octobre était si chaude, ou plutôt mon imagination si échauffée, que je résolus, étant un peu las, d'attendre le matin en me couchant sur des touffes de fleurs violemment parfumées. Dans mon état de nerfs, ces arbres et toutes ces choses que je connaissais si bien faisaient se dresser devant moi, à tous instants, des apparences fantastiques. La masse des remparts, l'immensité de la plaine, la voluptueuse désolation de ce petit jardin, mon amour de l'âme des simples, ma soumission de raisonneur devant l'instinct, toutes ces émotions que j'avais élaborées dans ce pays et tout ce pittoresque dont il m'avait saisi dès le premier jour, se fondaient maintenant dans une forme harmonieuse. Et comme ils avaient été dans mon cerveau des mouvements coexistants et simultanés, ils cessaient sous ma fièvre plus forte d'être isolés pour composer un ensemble régulier. Beau jardin idéolo-

1. *Le jardin de Bérénice*, p. 77-87.

gique, tout animé de celle qui n'est plus, véritable jardin
de Bérénice !

Au sens matériel du mot, je ne puis dire que Bérénice
me soit apparue, mais jamais je ne sentis plus fortement
sa présence que dans cette importante veillée où je résu-
mai mon expérience d'Aigues-Mortes. C'est qu'aussi bien,
depuis un an, j'ai resserré autour de Bérénice tous les
mouvements de ma sensibilité. Telle que j'ai imaginé
cette fille, elle est l'expression complète des conditions
où s'épanouirait mon bonheur ; elle est le moi que je
voudrais devenir. Or, pour une âme de qualité, il n'est
qu'un dialogue, c'est celui que tiennent nos *moi*, le *moi*
momentané que nous sommes et le *moi* idéal où nous nous
efforçons. C'est en ce sens que j'ai vu Bérénice se lever
de sa poussière funéraire, et pour apparaître en elle, la
vérité, une fois encore, emprunta les balbutiements d'un
être faible.

— Bérénice, lui disais-je, chacune de tes larmes a été
pour moi plus précieuse qu'un raisonnement impeccable.
Mais ce bénéfice ne survivra pas à ta mort.

— Mes larmes en coulant sur toi ont laissé là comme
un signe particulier auquel les hommes reconnaîtront que
tu as une part de l'âme d'une créature simple et bonne.

— Tu étais, ma Bérénice, le petit enfant sauveur. La
sagesse de ton instinct dépassait toutes nos sagesses et
ces petites idées où notre logique voudrait réduire la
raison...

Bérénice me répondit : ... Je suis demeurée identique à
moi-même, sous une forme nouvelle ; je ne cessai pas
d'être celle qui n'est pas satisfaite.

Cela seul est essentiel. Toi-même tu te désoles de ne
pas avoir de continuité ; tu insistes sur ceci que toute

augmentation de ton âme y suppose quelque chose qui
s'anéantit. Dans cette succession où tu te désespères,
quand comprendras-tu qu'une chose demeure qui seule
importe, c'est que tu désires encore. Voilà le ressort de
ton progrès, et tout le ressort de la nature...

J'étais là ; mais je suis partout. Reconnais en moi
la petite secousse par où chaque parcelle du monde
témoigne l'effort secret de l'inconscient ; où je ne suis
pas, c'est la mort ; j'accompagne partout la vie. C'est moi
que tu aimais en toi, avant même que tu me connusses,
quand tu refusais de te façonner aux conditions de l'existence parmi les barbares ; c'est pour atteindre le but où
je t'invitais que tu voulus être un homme libre. Je suis
dans tous cette part qui est froissée par le milieu. Mon
frisson douloureux agite ceux-là mêmes qui sont le plus
insolents de bonheur, et si tu observes avec clairvoyance,
tu verras à t'attendrir sur eux ; l'attitude provocatrice de
celui-ci cache mal sa faiblesse, à laquelle il voudrait
échapper ; la sécheresse que cet autre pousse jusqu'à la
dureté, n'est qu'impuissance à s'épanouir ; estime aussi
les misérables : parfois il est en eux de telles secousses
que c'est pour avoir tenté trop haut qu'ils glissent bas.
Personne ne peut agir que selon la force que je mets en
lui. Je suis l'élément unique, car, sous son apparence
d'infinie variété, la nature est fort pauvre, et tant de mouvements qu'elle fait voir se réduisent à une petite
secousse, propagée d'un passé illimité à un avenir illimité.
Pour satisfaire ton besoin de simplification qui réclame
de l'unité, comprends qu'il faut t'en tenir à prendre conscience de moi, de moi seule qui anime indifféremment
toutes ces formes mouvantes, qualifiées d'erreurs ou de
vérités par nos jugements à courte vue...

Le jour approchait. Les cimes des rares arbres bleuis-
saient déjà de lumière. Ce soleil qui se lève sur ce pays,
où Bérénice a rempli son apostolat, me sera-t-il une aube
nouvelle ?

J'entendis l'appel des animaux dans leur étable. Je n'eus
pas de peine à leur ouvrir. Tous ces humbles amis de
Bérénice me firent fête, suivant leur tempérament, et quoique les canards filassent du côté des étangs sans politesse, je ne me trompai sur leur misère et sur le contre-
coup qu'ils supportaient, eux aussi, de notre perte
commune. Je restai un long temps à serrer la tête de l'âne
dans mes bras, à plonger mes yeux dans ses yeux. Mais
comme il appartient à une race longuement battue et que
d'autre part cette heure religieuse du levant n'était pour
lui que l'instant de sa pâture, il faisait des efforts pour
brouter. Ah ! me disais-je comment gagner les âmes[1]...

1. *Le jardin de Bérénice*, p 116-120.

LES POISONS DE L'ASIE

(François Sturel médite sur le plai-
sir que lui ont donné les récits exo-
tiques de la jeune arménienne, As-
tiné Aravian.)

Quand Astiné eut fini son récit, le jeune homme désormais avait dans sa conscience, comme un virus dans son
sang, un principe par quoi devait être gâté son sens naturel de la vie.

Je ne veux pas dire seulement qu'il était tourmenté de
voluptés imaginaires et par là dégoûté des imperfections
de toute existence. Cette inquiétude, fréquente à son âge,
est toute analogue à la maladie des jeunes chiens ; l'énergie du sujet en triomphe facilement, aidée par la médiocrité ambiante qui a vite fait de fondre nos humeurs singulières... Mais quelque chose de grave vient de se composer en François Sturel qui commandera son humeur.

Défiance de petit garçon maltraité dans les lycées,
exaltation quand, à dix-sept ans, l'étoile de poésie avait
surgi des livres, songes de la vie et de la mort sous les
premières nuits d'été que distingua de l'hiver son âme

de prisonnier, angoisses métaphysiques au pied de la chaire de Bouteiller. — tous ces éléments et bien d'autres flottaient dans ce jeune homme, de qui la mère à vingt ans avait été rêveuse. Le récit d'Astiné isola Sturel de la vie mesquine, lui forma une sorte d'atmosphère particulière qui, le pressant de toutes parts, détermina une condensation générale de ces vapeurs.

Dans ce premier instant, il put supposer un accroissement de sa force intérieure. Son énergie cessait de sommeiller, bouillonnait dans ses veines. Cependant, les paroles d'Astiné laissaient diffuser leurs dangereux éléments étrangers dans cet organisme en désordre. Sturel qui subit l'invasion énervante de l'Asie, en croit d'abord sa clairvoyance plus étendue. Quelle erreur ! Ce n'est pas une plus-value que lui laisseront ces grands mouvements : les vagues sentiments qui l'envahissent ou qui, déjà présents en lui, s'y développent, ne valent que pour le détourner de toutes réalités ou du moins des intérêts de la vie française.

La première excitation dissipée, il put reconnaître en son âme un principe qui n'était pas de sa nature. Comme une matière dissoute, à mesure que le temps passe, abandonne son dissolvant et tombe au fond du vase, quelque chose s'était déposé au fond de François Sturel qui était l'essentiel de ces vapeurs mélancoliques, un précipité de mort.

Si l'on admet que des poussières toxiques peuvent pénétrer la vie morale d'un adolescent, on s'étonnera peut-être que la conversation d'une femme soit ici leur véhicule. C'est méconnaître les prestiges de la poésie.

Il était naturel qu'un récit apporté des pays de la Toison d'Or remuât le romanesque d'un enfant généreux, grandi entre les hauts murs d'un cachot et dont les puissances n'avaient pas eu d'issue vers la nature, vers le risque et vers l'amour. Les rossignols de qui l'on crève les yeux sont au printemps les plus éperdus de lyrisme... Une ville d'Orient parmi des vergers, assise dans le crépuscule auprès d'un cimetière, telle devait être désormais la patrie de ses rêves, la cité de ses trésors. Elle chantait pour lui, du fond des déserts antiques ; et de ses terrasses se levaient, comme au crépuscule le chant du muezzin, tous les vers qu'il avait élus aux veillées de son collège. Un voile la recouvrait comme une beauté nubile de l'Asie. Et c'était encore une pleureuse qui, sur un cadavre, se déchire le sein et qui fait aimer avec précipitation une vie destinée à si vite se défaire.

Présentée par les mains d'une femme, cette coupe de poison doit d'autant mieux agir que Sturel est mal pourvu, peu préparé à résister. Ses forces vitales héréditaires, on les a par système affaiblies. Il ferait face à l'assaut s'il était, depuis sa petite enfance, demeuré dans son domaine national, par ses vraies propriétés psychiques. Mais l'enseignement universitaire l'a conduit sur le plan de la raison universelle. D'ailleurs, s'il est constant qu'un esprit vigoureux, bien assuré de ses assises, peut se hausser de son étroite patrie, de son milieu et de sa race, pour atteindre à d'autres civilisations, on n'a constaté chez personne l'énergie de faire de l'unité avec des éléments dissemblables. Un enfant de Neufchâteau, le fils d'une province militaire et disciplinée, saurait sans périr prétendre à s'assimiler tout l'héllénisme. Mais le rêve de l'Orient, la cendre des siècles asiatiques, n'est pas pour lui respirable [1].

1. *Les Déracinés*, p. 114-117.

APRÈS UNE DÉFAITE

(*François Sturel, après la défaite
des boulangistes.*)

L'été de la Saint-Martin se prolongeait tard en 1893.
Sturel, tandis qu'au Palais-Bourbon les compagnons de
sa vingtième année jouissaient de leur épanouissement,
alla se promener à Versailles.

Il entra dans la plaine Saint-Antoine, vers une heure
de l'après-midi, par le boulevard de la Reine. Le soleil
d'extrême saison, ce pâle et froid soleil qu'enfant il avait
aimé sur les vignes de Lorraine, couvrait de grands
espaces de verdure, et des vaches éclatantes paraissaient
dans le long cirque de peupliers, d'ombre profonde et
d'humidité. Sur sa gauche, où régnait le Parc, Sturel ne
voyait rien qu'à travers des rideaux miroitants ; la nature
effeuillée sauvait encore le mystère des bosquets... En vain
les premières gelées brûlèrent ces beaux arbres à demi
dépouillés : un froid soleil, souvenir lointain des ardeurs
de l'été, donne de l'âme à leurs branchages, les enrichit
de tous les ors, et quand un souffle détache une nouvelle
volée de feuilles, c'est l'immorale pluie au sein de Danaé.

Ces milliers d'arbres vigoureux qui dessinent une ma-

gnificence abondante et légère comme un tissu brodé de
l'Inde auraient pu reprocher à Sturel son anarchie intérieure ; il ne perçut d'abord sous leurs cimes que du
silence, de la douceur, une crainte flottante. Sublime
monument, ces parcs de Versailles, en même temps
qu'ils donnent une discipline française à leurs visiteurs
bien nés, ébranlent nos puissances profondes de romanesque. Et dans ce début de décembre, au seuil de ce
paysage, la même qualité morale s'exhalait que du calme
d'un malade à la veille d'une douloureuse opération.

"Au milieu de cette grâce, à tous les instants s'ou-'
vraient dans le fourré de profondes allées d'un caractère
grave et solitaire. Sturel vivait une de ces journées où
tout nous propose un examen de conscience. Sous ces
nefs, où les feuilles multicolores de l'automne finissante,
aussi magnifiquement que les verrières de Chartres,
transforment la lumière, il s'engagea comme on descend
aux caveaux et dans les méandres de son passé.

Le tapis du parc varie selon l'essence des arbres et
la facilité qu'eut la pluie à le ternir. Quand le sol se
bombe ou se rentre, les rayons réfractés avec des angles
inégaux y fournissent mille feux non pareils. Parfois,
dans le lointain, un bassin de marbre s'offre au bout des
charmilles dont l'ombre zèbre le sol. Sur les côtés filent
des sentiers étroits entre des haies rigoureusement
taillées, et chacun d'eux aboutit à des petits bosquets
où des bancs de Carrare délavé assistent à la chute des
feuilles dans l'eau des vasques. De ces ronds-points
déserts, huit chemins abandonnés mènent chacun à des
solitudes d'où rayonne encore un système d'allées, toujours mélancoliques et de même enchantement, mais
plus pressantes à mesure que leurs dédales se multi-

plient. Les feuilles se détachaient et glissaient en se froissant de branche en branche. Avec le moindre bruit, elles se couchaient, ne voulaient plus que pourrir. Un vent léger se leva qui les entraînait doucement, les faisait rouler comme des cerceaux d'enfants, les poussait jusqu'aux vasques croupissantes où des plombs bronzés, que gâte l'humidité poisseuse, émergent à fleur d'eau. O mort émouvante, formes ambiguës de la décomposition, douleurs liquéfiées où rampent les animaux répulsifs ! Nul passant, rien que la mort et la gamme de ses marbrures, et des affinités si puissantes qu'un Sturel s'attarde à se mirer dans cette mosquée aux coins d'ombre où flamboient des bijoux, — mais où manquent le Mihrab, le Saint des Saints, — comme dans sa conscience désabusée et pleine des bois morts de son beau roman.

Aujourd'hui, 3 décembre 1893, Sturel atteint précisément sa trentième année ; en voici onze qu'il vint de sa province à Paris ; il se sent plus nu d'amis et plus enveloppé de désert que le soir où il débarquait au trottoir du Quartier Latin. Mais il a vu le nœud des intrigues parisiennes, touché le dernier fond des succès, des échecs, et remonté à l'origine de toutes les opinions. Le déshonneur de Bouteiller, l'honorabilité de Saint-Phlin, la réussite de Suret-Lefort, le bonheur de Rœmerspacher, sont pour lui des petits problèmes, ni obscurs, ni incomplets ; il sait combien les efforts individuels sont dominés par les mouvements de la France, et cette vue le garde de tomber dans une indigne dépression : il ne croit pas s'être mépris sur ses aptitudes au bonheur ; les circonstances le contrarièrent ; il atteint à comprendre les choses et ne renonce pas à les désirer.

Au cours de l'après-midi, son interminable promenade

l'ayant conduit des sombres bosquets au « Jardin du Roi », il frémit d'aise à cette architecture végétale et sous cet art de disposer les réalités de manière qu'elles enchantent l'âme. Dans ce cadre d'arbres et d'essences savamment échantillonnés, la vaste pelouse, avec sa précieuse colonne en marbre vert sous les peupliers idéalistes, c'est-à-dire dont chaque branche remonte vers le ciel, lui parla. « Je suis une scène trop noble, disait-elle, et l'on me voit déserte faute d'acteurs suffisants. » Au fond de ses désastres, il éprouva de cette pensée une consolation et se répéta qu'il vaut mieux faire relâche que se satisfaire d'indignes jeux.

Tandis que des beautés sommeillantes servaient à Sturel pour qu'il se définît et qu'il approchât de ses propres secrets, les jardiniers qui préparaient l'hiver, causaient, riaient entre eux et, sans le remarquer, le forçaient à les entendre.

— As-tu vu le chéquard ? disaient-ils.

Ce beau mot guerrier sortit Sturel de son vague.

Un chéquard ! Il eut le mouvement réflexe d'un chasseur à qui l'on signale un lapin.

— Et lequel ? demanda-t-il.

Ces braves gens lui expliquèrent que « cette canaille de Bouteiller » prenait le frais le long du Canal. Ils ajoutèrent :

— N'y aura donc personne pour l'y pousser ?

Bouteiller n'avait pu se dominer au point d'orner le triomphe de Suret-Lefort[1]. Désireux de réagir contre sa néphrétique et de s'oxygéner, il avait gagné, comme Sturel, Versailles. Et depuis deux heures, sous le soleil de

---

1 Voir plus haut. p. 57-60.

décembre, petite chose désobligeante, dure, cassante, gesticulante, en rédingote et chapeau de soie, il allait et venait le long du Grand-Canal.

D'une rive à l'autre de cette vaste pièce d'eau, qui prolonge le tapis vert et compose une vue aux fenêtres du palais, le promeneur embrasse une muraille de grands arbres. Rien de pathétique comme leurs masses immobiles et courbées sur un morne étang. Incomparable union décorative des verts et jaunes que fournissent l'eau, la prairie et les arbres, et puis de cette vieille pierre grise qui encadre le Canal ! Le même vent ridait le miroir et dépouillait les arbres. Pour un homme que sa passion déçoit, il y a une sorte d'hypnotisme à suivre les feuilles tournoyantes sur des eaux vertes, qui éludent toute curiosité. Que me réservent les événements ? Me perdrai-je comme cette feuille se noie ? Cette eau impénétrable, c'est le sourire de la Joconde qui sait l'avenir et ne révèle rien.

Cette harmonie entraîne-t-elle les sens de Bouteiller ? Ces arbres majestueux, quand nul souffle ne les fait frémir et qu'ils développent en boule dans les airs leur délicatesse, l'émeuvent-ils par leur aspect d'êtres intacts ? Envie-t-il ces géants de ménager avec leurs dépouilles un merveilleux terreau à la clientèle d'arbustes qui les continueront ? Quelle méditation, soudain, vient de suspendre sa marche ? Ses yeux s'élèvent ; il se découvre : serait-ce qu'il prie ?

C'est simplement que, dans cet air vif, son chapeau de haute forme donne à cet homme de cabinet une vague barre de migraine. Quand il presse si fort le pas, et jusqu'à se mettre en nage, il veut brûler ses humeurs. Et s'il ne s'éloigne pas du Grand Canal, c'est que ses yeux, fatigués par quinze nuits d'insomnie et de lecture, s'attachent, se délectent, se fortifient dans cette longue gamme dégradée de verts et de jaunes apaisants.

A Versailles, Bouteillier ne fait que de l'hygiène. Une hygiène instinctive, puisque toutes ses facultés de raison portent sur un seul point, sur sa ruine politique. Hors sa passion de revanche, rien n'est plus chez lui que végétatif.

Depuis le matin il médite la réponse d'un banquier à qui il demandait des moyens d'action : « Je ne ferai plus d'affaires, lui a dit ce financier : on les a rendues impossibles dans ce pays. On est attaqué par les journaux, vilipendé par des ignorants, menacé de correctionnelle par des politiciens, mal défendu par ses amis, — laissez-moi vous le dire, mon cher. J'aime mieux, tout bêtement prendre des fonds en dépôt : je sers 1 o/o et je réalise aisément 6 o/o, en faisant de l'escompte ». Le voilà bien, grommelle Bouteiller, le service que des imbéciles et des misérables viennent de nous rendre au nom de la vertu : leur campagne sur Panama, c'est la ruine des grandes initiatives dans ce pays.

Les épaules bombées de fatigue, mais l'âme plus guerrière que jamais, il ne s'avoue pas vaincu. Il s'abuse lui-même avec ses mots électoraux : c'est pour assurer « le progrès » contre les réactions » qu'il lui faut de l'argent. Dans Versailles, dans cet abîme de méditations, Bouteiller marche comme un loup maigre dans les bois de décembre.

L'air des bois en automne, de la même manière que le chloroforme, contraint à des aspirations profondes. Une senteur, une fièvre s'échappe des morts végétales, très puissante sur un nerveux comme Sturel et sur un déprimé tel que l'était cette semaine Bouteiller. De leur profonde conscience, sous la pression des mêmes événements un double chant s'élève, contradictoire, après douze années d'expériences parallèles :

SENTIMENTS DE STUREL

1. Je souffre du mépris de Saint-Phlin, de Rœmerspacher, de Suret-Lefort, de Mᵐᵉ de Nelles, qui me tiennent pour un révolté. Ils m'admireraient si j'avais réussi. Leur manière de juger n'est pas très généreuse, pourtant je la reconnais légitime. En effet, quelque chose de méritoire existait à l'origine de mes volontés et dans mes intentions qui s'est peut-être voilé durant l'exécution, parce que je devais me soumettre aux moyens. Cette vertu première redeviendrait sensible, une fois mon projet réalisé, mes aspirations satisfaites et ma statue sculptée. Ainsi le succès seul peut aujourd'hui contenir cette vertu civique que mes amis eux-mêmes me dénient. Je dois m'obstiner au succès.

2. C'est bien d'avoir voulu exciter et coordonner les mouvements de l'énergie nationale, mais si je renonçais, si je m'acceptais comme un homme qui a échoué, ainsi que me définissent les passants, c'est donc que j'aurais été engagé dans le principe par une inquiétude toute courte, c'est donc qu'en ralliant un Boulanger, en exploitant un scandale, je prenais mes énergies du dehors et non pas du

SENTIMENTS DE BOUTEILLER

1. Je souffre de l'affront que m'a fait mon parti; si je pense au succès de Suret-Lefort qu'applaudit à cette heure la Chambre, je ressens les tortures d'un amant qui sait qu'à cette minute sa maîtresse caresse son rival. D'ailleurs, je comprends qu'ils me rejettent s'ils peuvent me rejeter. Je dois m'obstiner à leur être indispensable.

2. Je n'ai pas eu tort de demander un journal et des fonds électoraux à des financiers : mon tort commencera si ces moyens d'action qu'ils mirent à ma disposition ne me mènent à rien, c'est-dire si je ne sais pas me les garder et en user efficacement. Le devoir du politique est de tirer le meilleur parti des éléments existants. Il ne dépend pas de moi que le système soit à cette date une démo-

dedans ? Mes résolutions héroïques ne valent que si elles procèdent d'une profonde nécessité intérieure, de quelquechose d'ethnique.

2. C'est à ma nécessité intérieure que je me livrerai. Si je maintiens ma tradition, si j'empêche ma chaîne de se dénouer, si je suis le fils de mes morts et le père de leurs petits-fils, je puis ne pas réaliser les plans de ma race, mais je les maintiens en puissance. Ma tâche est nette : c'est de me faire de plus en plus Lorrain, d'être la Lorraine pour qu'elle traverse intacte cette période où la France décérébrée et dissociée semble faire de la paralysie générale. Un petit monde posé à l'Est comme un bastion du classicisme reçut son rôle d'une antiquité reculée : qu'il garde conscience de lui-même, au moins par ses meilleurs fils, et qu'en dépit des maladies de l'ensemble cette partie demeure capable de fournir des fruits austrasiens.

cratie vertueuse quand la nécessité nous donne à gouverner une ploutocratie.

3. Nous sommes les héritiers de cette noblesse qu'il y a un siècle nous avons dépossédée. Ses privilèges appartiennent légitimement à mon parti qui assume le gouvernement de la France. C'est avec cette élite seule que je dois compter ; c'est par rapport à elle, et selon qu'ils la servent ou desservent, que je dois juger mes actes.

C'est une dure tragédie politique, le duel de ces deux voix qui, désignées pour devenir des autorités dans l'union nationale, pourraient bien aujourd'hui susciter des groupements féodaux !

Après avoir été une cause de déracinement et la doctrine même du déracinement, Bouteiller avait failli retrouver la continuité française. Promu l'un des chefs de la nation, il avait semblé sur le point d'acquérir le sentiment vivant de l'intérêt général. Il y avait échoué. Ayant été presque un homme d'État, il retombait au « chacun pour soi ». Quant à Sturel, séparé de l'innéité française par son éducation, il avait su, d'une manière mystérieuse pour lui-même, ressaisir ses affinités et s'enrôler avec ceux de sa nature ethnique, mais voici que pour la seconde fois ils venaient de se disperser, et, comme Bouteiller, il était rejeté dans un dur « chacun pour soi ».

Ces énergies désorbitées se voient sur tous les points du territoire, hélas ! mais Versailles, harmonieux symbole, contient toute la théorie de la discipline française ; un plan raisonnable et les siècles contraignent les pierres, les marbres, les bronzes, les bois et le ciel à n'y faire qu'une immense vie commune ; la royauté de son décor encadre de la manière la plus saisissante cette discorde d'un Bouteiller et d'un Sturel assez significative de notre anarchie pour mériter les proportions de l'histoire.

Le jour, si bref en cette saison, commença de décliner. Sturel, à quatre heures passées, se tenait en haut des six marches contre le Palais. Des teintes sombres paraient maintenant les espaces du Parc. Les deux bassins de la terrasse, dont les eaux semblaient de bronze vert, frémissaient, enchâssés dans leur étroit gazon. A l'extrémité du perron, un vase sculpté prenait de la perspective une importance énorme, et, vide, égalait presque les belles têtes mouvantes des marronniers sur la pente. Là-bas, le Grand Canal, au delà du char embourbé qui devenait noir, prit une extraordinaire couleur jaune. Un royaume de silence s'étendit jusque sur les parties les moins sombres elles-mêmes du domaine royal. Dans cette puissante discipline, quand les feuilles gelées à terre, les branches noires, les marbres rongés, sous un

ciel où courent les nuages, utilisent en beauté les apprêts
de leur mort, et, précaires, vibrent ensemble comme un
seul grand cœur, quel spectacle pitoyable deux Français
tourmentés, qui n'ont plus une patrie où leur sang puisse
refluer et se recharger d'amour !

Soudain Sturel s'émut. Il voyait s'avancer l'homme à
qui toutes ses pensées se reportaient. Bouteiller s'approchait. « Comme il a vieilli ! » pensa Sturel. Puis aussitôt : « Quel malheur qu'il ne soit pas un aîné pour moi,
un prédécesseur que je vénérerais ! » Or Bouteiller,
aussi, le voyait : « Il est le plus jeune, se disait-il, c'est à
lui de me saluer. » Et ce salut, il le souhaitait à un point
qu'il eût rougi de s'avouer. Mais Sturel descendit l'allée
d'eau qu'on appelle « allée des Marmousets ». Tous deux
se suivaient à trente pas. Près du boulevard de la Reine,
à la porte du bassin de Neptune, Sturel croisa un groupe
d'ouvriers ; il reconnut les jardiniers du Jardin du Roi,
qui l'interpellèrent :

— Eh bien ! l'avez-vous vu, le chéquard ? Le voilà
derrière vous.

Sturel voulut passer outre. Mais l'un deux l'arrêta par
le bras et, montrant du doigt Bouteiller à quelques
mètres, cria : « Panama ! Voleur ! » et les plus véhémen-
tes injures. Bouteiller se méprit : il crut que son ancien
ancien élève le dénonçait à des passants.

— M. François Sturel ! ordonna-t-il.

Le jeune homme se retourna. Il demeura immobile
dans une attitude où d'instinct il cherchait à marquer sa
possession de soi-même. Une magnifique fierté se développa dans son âme pour protester contre la basse péri-
pétie où semblait vouloir glisser une querelle si noble
dans son principe. Serait-ce donc une loi nécessaire

qu'une contradiction poursuivie sans résultats durant des années finît par réduire deux adversaires dans une parité hideuse ?

Bouteiller, tout blême, arrivait, courait presque, comme si toutes ses irritations avaient soudain trouvé leur objet. Sturel lui saisit des deux mains les bras.

— Bouteiller ! dit-il, — et non plus « monsieur », comme il avait toujours dit depuis le lycée, et pour la première fois ce fut un ton d'égal à égal, — Bouteiller, n'avez-vous pas honte !

Le pied du député glissa. Sturel, plus vigoureux parce que plus jeune, le soutint et, sans le lâcher, lui laissa trois secondes pour reprendre son calme.

Ces deux ennemis en se touchant, en se connaissant non plus seulement comme deux systèmes politiques, mais comme deux animaux palpitants, souffrirent de la manière la plus profonde que tout leur interdît d'être des frères, un maître et un disciple, ainsi que l'un et l'autre le désiraient secrètement et qu'une société organisée leur en eût donné la jouissance. Sturel sentit qu'il ne poursuivait pas Bouteiller d'une haine toute simple, mais d'une sorte d'amour trompé. Et quand ils reprirent chacun sa route, ils tremblaient, ils devaient trembler longtemps encore de cette extrême minute d'impuissance et de guerre civile où, déracinés et désencadrés, ils avaient failli en outre se dégrader[1].

1. *Leurs Figures*, p. 287-297.

DÉSARROI EN FACE DE L'ACROPOLE

Heureux celui qui, de l'Acropole, en face des collines classiques, réjouit pleinement son âme ! Quant à moi, je ne viens pas en Grèce pour goûter un paysage. J'ai pu cueillir les gros œillets d'Andalousie et les camélias des lacs italiens, mais, à respirer au pied du Parthénon les violettes de l'Attique, je mésuserais de mon pèlerinage.

Heureux encore qui se satisfait de comprendre, tant bien que mal, des parcelles de beauté ! Moi je ne puis me contenter avec des plaisirs fragmentaires. Où que je sois, je suis mal à l'aise si je n'ai pas un point de vue d'où les détails se subordonnent les uns aux autres et d'où l'ensemble se raccorde à mes acquisitions précédentes.

Il y a quelques années, l'hellénisme, sur le haut de cette Acropole, apparaissait à l'humanité dans une lumière spéciale et, chaque soir, le soleil couchant mettait au golfe d'Athènes une coloration d'apothéose. O beauté, maître idéal, décisive révélation ! Les plus virils penseurs professaient une foi naïve dans le miracle grec. Ils trouvaient ici une beauté, une vérité qui ne dépendaient d'aucune condition et qu'ils regardaient comme nécessaires et universelles : l'absolu. Et de qui veux-je parler ? De ceux-là mêmes qui dénient qu'une vérité universelle existe, des maîtres qui substituèrent à la notion de l'absolu la notion du relatif. Dans le temps où il dépouille Jésus de sa divinité, Renan maintient celle de Pallas Athéné. Il dit qu'Athènes a fondé la raison universelle. Taine nous trace de la société hellénique un tableau où il n'y a plus de place pour le mal, où le rêve et l'action s'harmonisent. Aux yeux de ce savant, enivré par les livres et par les moulages, le Parthénon fonde la religion éternelle des artistes et des philosophes. Je reprendrais volontiers cette thèse. Aussi bien, ce qui me conduit vers Athènes, c'est une affectueuse déférence pour la suite des hommes illustres qui vinrent ici respirer le parfum du vase dont les tessons jonchent le sol. Je serais fier de joindre ma voix aux cantates que sur l'Acropole mes aînés entonnèrent. Mais tout de même, quand je me trouve dans un cadre limité, en face d'objets réels, les litanies admiratives doivent céder à un examen positif. Si plaisant qu'il soit de chanter, dans le cadre authentique, un chant appris sur les bancs de l'école, je dois tirer de mon effort un meilleur parti.

Me voici sur le tas, au pied du mur. En cinq minutes, le contact des choses m'a fait mieux progresser que les plus lyriques commentaires. Après huit jours, je crois sentir que l'interprétation classique ne pourra pas être la mienne. A mon avis, Pallas Athéné n'est pas la raison universelle, mais une raison municipale, en opposition avec tous les peuples, même quand elle les connaît comme raisonnables...

* *

Je ne puis faire emploi d'aucune beauté, si je n'ai pas su établir une circulation de mon cœur à son cœur. Les amoureuses de Racine avec toutes leurs syllabes harmonieuses sont incapables d'éveiller nos échos profonds, jusqu'à ce qu'un hasard nous présente réunies, dans une jeune déesse vivante, la beauté, la tendresse et la mesure. Et le docteur Faust, encore, que m'était-il avant que j'approchasse du temps où, trop tard, je me dirai : « Quand j'étais jeune, plutôt que de tant étudier, j'aurais dû jouir de la vie ? » Les plus justes raisonnements et l'étude la mieux dirigée ne me conduiront jamais jusqu'où me mettrait une soudaine démarche de mon cœur. Comment puis-je utiliser cette fameuse Athènes où je rôde ? Il faudrait qu'en me repliant sur moi-même je trouvasse dans mon âme des réalités morales, des besoins et des émotions, analogues à celles qui s'expriment par ces statues, par ces architectures et par ces paysages grecs Il faudrait..., parlons net, il faudrait que j'eusse le sang de ces Hellènes.

Le sang des vallées rhénanes ne me permet pas de participer à la vie profonde des œuvres qui m'entourent. Je puis avoir quelque révélation. Le grand bas-relief de *Déméter, Koré et Triptolème*, trouvé à Éleusis, les *Amazones* d'Épidaure, les *Charités* de Phidias et la *Niké attachant sa sandale*, me contraignent à reconnaître une suprématie dont Sophocle et Thucydide m'avaient d'ailleurs prévenu. Ces éclairs m'éblouissent, ils ne me guident pas. Après trois semaines d'Athènes, on se dit :

« Il est probable que je suis devant la perfection, mais
tout de même, je suis bien à l'aise... »

Tout est trop clair, hélas ! nous sommes de deux
races.

Ce que les meilleurs d'entre nous appellent leur hellénisme est un ensemble d'idées conçues dans Alexandrie,
dans Séleucie, dans Antioche, et que nos professeurs
débitent. Cette idéologie que nous apportons naïvement
de nos bibliothèques pour la confronter avec ces lieux
fameux ne s'accorde pas avec les odeurs et avec la structure de ces ruines. Nous avons accepté la fiction d'une
sorte de nationalité hellénique où l'on s'introduit par une
culture classique. J'ai bavardé tout comme un autre sur
l'hellénisme de Racine, sur l'atticisme de La Fontaine et,
par vitesse acquise, sur la plasticité grecque de la
George Sand champêtre, d'Anatole France et de Jules Le-
maître. Mais ce ne serait pas la peine que j'eusse fait le
voyage pour que mon esprit restât dans un système.
Quel rapport entre ces barbares héritiers d'une certaine
culture hellénisante et les citoyens de l'Athènes du
vie siècle ? La Grèce, exactement, elle est un arbre mort
après avoir produit certains esprits, auxquels on doit les
principes de notre civilisation. Les libres Hellènes disparus sous la montée des barbares, aucun peuple n'a
sécrété le même génie. Bien plus, aucun de nous ne
repensera leurs pensées.

*
* *

Dès la haute mer, en vue des côtes de la Grèce, j'avais
éprouvé un mouvement de défiance pour mes annoncia-
teurs d'Athènes. A mesure que je m'appliquais à m'adap-

ter au climat des musées de la Grèce, je soupçonnai leurs déclamations d'imposture, et bientôt, je commençai une manière de liquidation. Je congédiai les ombres de Byron, de Chateaubriand, de Lamartine. Je les trouvais grossiers. L'impudence alcoolique du premier, la roide pompe du second, le bavardage du troisième m'apparurent, et l'on imagine ce que je pouvais penser de moi-même si j'en arrivais à traiter ainsi mes illustres maîtres.

Je fus amené à me vider de toutes les idées que je me composais du sublime. Par exemple, j'admirais Michel-Ange et je pouvais, avec son aide, ressentir de l'héroïsme. Comme j'en étais fier ! Mais, en un tour de main ce grand homme vient d'être jeté bas, et je ne puis plus supporter ses contorsions arbitraires en vue d'obtenir un effet.

Ici les œuvres les plus fameuses dédaignent tout moyen théâtral d'éblouir. Elles sont tout l'opposé du Tintoret, de Saint-Pierre de Rome, de nos cathédrales, de notre Victor Hugo... Ah ! les Grecs ne se sont pas « démanchés » ! Seulement ils avaient des âmes grecques !

Après trois semaines d'Athènes, j'ai trouvé sur l'Acropole la révélation d'une vie supérieure qui ne peut pas être la mienne. Cela m'irrite et me peine, me prive du bonheur calme que nous donnent à l'ordinaire l'art et la nature. Je ne souffre pas seulement de mon impuissance à m'identifier avec l'âme athénienne, mais encore de connaître avec évidence mon irrémédiable subalternité. La perfection de l'art grec m'apparaît comme un fait, mais en l'affirmant je me nie. On juge de mon trouble. Je faillis en donner une preuve trop sûre. Des échafaudages

dressés sur la façade occidentale m'avaient permis
d'examiner et de toucher avec la main les jeunes cavaliers de la frise dans la cella ; j'étais si préoccupé de
l'effondrement de mon esthétique qu'en descendant
l'échelle, je perdis l'équilibre. L'accident souligne assez
bien que je progresse mal dans Athènes, et que, si je
fais un pas en avant, c'est pour me détruire. En un tel
lieu, c'eût été un manque détestable de goût. On a beau
n'être qu'un barbare, il faudrait être exceptionnellement
dépourvu d'atticisme pour terminer le petit poème de la
vie sur une chute aussi prétentieuse[1].

1. *Le Voyage de Sparte*, p. 59-68

LES CLOCHES DE DOMREMY

« Jeannette allait *faire ses fontaines* comme ses compagnes, — dit un camarade d'enfance, Michel Leluin, — mais je ne crois pas qu'elle ait été à l'Arbre d'autres fois et pour une autre cause, car elle était toute bonne. »

Toute bonne, quel mot délicieux qui vêt et fleurit de soleil la petite fille ! Quel enchantement parmi tous ces détails ! Nul ne me fera de reproche si je ralentis notre pas. On est près de la terre : on entend respirer cette belle campagne et sa fidèle population ; on voit les points de suture qui relient le monde gaulois au monde catholique romain. Dans ce paysage qui n'a pas bougé, si l'on médite ces vieux textes, on s'enrichit d'une intelligence qui ne diffère pas de l'amour.

C'est à ces lieux que la vierge pensait quand elle dit telle parole qui nous mène, à mon jugement, le plus près de son âme. Elle était prisonnière ; les plus durs légistes la tenaillaient de leurs subtils arguments, car ils eussent voulu qu'elle mourût en doutant d'elle-même et désespérée. Ses apparitions, disaient-ils, étaient diaboliques et l'avaient trompée, puisqu'elles l'abandonnaient. D'un élan sublime de simplicité, elle répondit à ces tentateurs : « Si j'étais au milieu des bois, j'y entendrais bien mes voix. »

Quel silence nous courbe après un tel éclair ! Nous sommes contraints de méditer. Ce n'est point Jeanne seule qu'il illumine. Il nous aide à discerner parmi d'épais nuages le caractère et la formation des faveurs surnaturelles. « Si j'étais au milieu des bois... » Cette parole s'empare de nous, saisit notre cœur et notre intelligence pour toujours. Ce n'est point, comme tant de mots où nous nous définissons, une lointaine traduction, c'est de l'âme nue sous nos yeux. La vierge a révélé son secret et les moyens de son ascension. Il semble que par une fissure nous voyons sourdre la source. Voilà donc comment s'émeut la part divine, pour ainsi parler, qu'il y a dans l'homme. Une jeune fille de dix-neuf ans, illettrée, nous oriente vers la plus poétique et la plus forte conception de la vie ! Souvent nous fûmes dans le sillage de telle femme éclatante, privée de cœur et de cerveau, mais par qui nous entendions les sourdes raisons de l'espèce ; rien ne peut être comparé au bénéfice qui nous augmentera si nous suivons la pure vierge que l'exaltation de son cœur et de son cerveau semble animer de folie : elle nous mène au trésor mystérieux, aux réserves de la Nature. Dans ces paroles de Jeanne fraîchissent les nappes souterraines de la vie, de la vie commune à tous les êtres. Le pauvre oiseau captif qui, dans sa cage, n'entend plus sa volonté de vivre, l'enfant qui s'hébète au collège par manque de tendresse, l'artiste que stérilisent les salons, sentent confusément ce qu'exprime avec une sereine puissance cette vierge pour qui le monde surnaturel existait. Ils se définissent dans son cri : « Si j'étais au milieu des bois, j'y entendrais mes voix... »

Quel délice si nous mettons nos pas dans ses pas,

faciles à suivre, car, depuis qu'elle s'éloigna, son village vit pour se souvenir ! Quelle approche du mystère quand nous retrouvons, défaillants de vieillesse, mais tels encore que sa jeunesse les connut, les humbles objets inanimés dont son âme fut cliente !...

Les chroniqueurs la virent grande et belle, avec des formes très féminines ; le visage plutôt rond, les cheveux noirs, les yeux bleus, un peu à fleur de tête, sous de longs cils bruns. Elle a tout de notre terre et de notre race, mais ce qu'elle a du ciel, c'est, sur son visage rustique, l'enthousiasme et la compassion.

De l'héroïne à sa vallée natale, c'est un tel échange d'influences que je ne m'étonne point si l'image que je garde aujourd'hui de ce canton béni répète les grands traits moraux que j'ai toujours cru voir au visage de Jeanne d'Arc. Oserai-je le dire ? Quand je ferme les yeux pour repenser tous mes plaisirs d'un jour d'automne à Domremy, j'invente des collines rustiques où serpentent les eaux vives de la compassion et que couronnent, pâlies par les clartés du crépuscule, de longues flammes d'enthousiasme.

Terre de repos, car elle a fait sa tâche ; terre d'exaltation, puisqu'elle fit prophétiser la sibylle française. C'est la douceur brisante d'un appartement que la mort a vidé de l'être cher qui l'animait. Certain jour j'ai souffert dans Metz d'une atmosphère analogue, mais la belle tige lorraine, là-bas, fut arrachée, qui n'est ici que défleurie. Dans l'un et l'autre lieu, la saison héroïque a passé, mais à Domremy Jeanne se respire encore.

Pour jouir du soleil couchant, nous étions remontés sur la sainte colline...

Sous la feuillée du Bois-Chesnu, quand nous marchions
silencieux, l'*Angelus* de la paroisse commença de tinter.
Ces sons limpides agrandirent subitement nos méditations
et le paysage. Ils animaient dans ma conscience les documents qu'y accumulèrent de fréquentes lectures du double
procès de condamnation et de réhabilitation. Nous n'avons
jamais lu les interrogatoires de l'héroïne ou les réponses
des témoins sans être frappé de la puissance qu'avait sur
elle le son des cloches.

Au procès de réhabilitation, un laboureur de Domremy
dépose : « Quand elle était dans les champs et qu'elle
entendait sonner la cloche, elle s'agenouillait. » Le mar-
guillier ajoute que Jeanne lui avait promis de la laine (de
ses brebis, sans doute) pour qu'il mît du zèle à sonner les
cloches de complies (pour qu'il sonnât longuement au
coucher du soleil). — Dunois raconte : « Elle avait cette
coutume, à l'heure des vêpres, au crépuscule de la nuit,
de se retirer à l'église et de faire sonner les cloches pendant une demi-heure. » — Elle-même, au cours de son procès, sur interrogation déclare que dans ce jour ses voix la
visitèrent « trois fois, à savoir : le matin, à vêpres et tandis
qu'on sonnait l'*Ave Maria* du soir ». — Mais il lui fallait
le grand silence. « Plusieurs fois, est-il dit au procès,
Jeanne ne parvint pas à comprendre ses « voix » à cause
du bruit de la prison et au milieu du tumulte de ses gar-
diens. » C'est même là-dessus qu'elle prononça la phrase
sublime : « *Quod si esset in uno nemore, bene audiat
voces venientes ad eam.* » — Le vendredi 30 mai 1431,
étant « à sa fin et en l'article de la mort », elle fut inter-
rogée par plusieurs de ses juges avant que d'être emme-
née au bûcher, et la pure victime dit qu'elle entendait ses
voix surtout à l'heure des complies (qui sont le dernier

office du jour), et aussi le matin, quand les cloches sont
en branle. Alors maître Pierre Maurice, un des misérables
habiles hommes qui l'épiaient, l'obsédaient, la poussaient
dans des pièges, dit que « diverses personnes, lorsqu'elles
entendent sonner les cloches, croient entendre et comprendre des paroles ».

Quel méchant homme ! Je me demande s'il fut jamais
rien chuchoté de pire que cette phrase grisâtre qui voulait *in extremis* dépouiller Jeanne de toute confiance dans
son passé et de tout espoir dans son avenir.

S'il s'associe à notre passion de méditer respectueuse-
ment sur le secret de Jeanne d'Arc, le lecteur m'excusera
d'avoir ici rassemblé les textes qui prouvent le rôle des
cloches dans la vie de cette voyante.

Dans ce long calme et ce désert, dans ce jour privilégié qu'est un voyage à Domremy, qu'avons-nous entendu des cloches sous les arbres ? Je connais que le
frémissement des branches fait une vie, un geste, une
phrase. Mais qu'y puis-je distinguer ? Je ne pénètre point
leur domaine mystérieux où la vierge était familière. Les
forêts lui proposent d'agir. Elles m'apportent les enchantements de la mélancolie.

Force sublime de la virginité, qu'avaient reconnue nos
aïeux les Celtes, que soupçonnent les physiologues et
que parfois je crus comprendre. Donner de la vie, c'est
aussitôt connaître dans une lassitude le vrai sentiment de
la tombe. Il se mêle aux vertes ramures, à l'audace
joyeuse des oiseaux, à notre émoi de la beauté, le roman
vaporeux de la mort. C'est qu'à certain philtre on ne fait
pas sa part une fois qu'il s'est glissé dans nos veines où
nos puissances ne sont plus intactes.

Empêché de s'introduire au monde céleste avec les

ramures, mon esprit du moins s'ébranle à l'appel du clocher dont les fondements s'assurent au milieu des tombes. *Deum cano*, dit la cloche dans les airs, sans que je suive sa louange, mais son *Defunctos ploro* se répercute dans mon âme pensive. La cloche mène au cimetière comme elle convoque au baptistère ; de la même voix qui proclame : « Ils ont gagné leur repos », elle annonce à la société de nouveaux collaborateurs. Son joyeux carillon nous assure d'un prochain glas funèbre, mais pour l'entre-deux va-t-elle nous avertir ?

Les cloches disaient à Jeanne un large chant de confiance : « Tu marcheras, tu triompheras... » Et l'enfant soumise s'enivrait des rêveries d'une action glorieuse. Mais trop vite la cloche se taisait... La cloche qui nous fait nous connaître, puisqu'elle ébranle notre émotivité, ne nous dit point les événements. Dès l'aube, je sais ma vocation ; seul mon couchant connaîtra mon destin.

« Sonne, sonneur ; pourquoi t'interrompre ? avec toi je partagerai la laine de mes brebis, si ta cloche claire achève de me dévoiler mon sort... » Hélas ! le battant a cessé de frapper ; des ondes continuent à vibrer dans les airs qui décroissent, se taisent. Extrêmes confidences que Jeanne agenouillée longuement essaie de surprendre. Les sons vaporisés se fondent avec les vapeurs du ciel. Beaux nuages indécis et multicolores, mouvantes constructions, sur ma curiosité vous demeurez suspendus...

L'ignorance est tiède à ceux que glacerait une vue nette des lointains. Je ne paierai point le sonneur pour que les prophétesses plus longtemps au clocher se balancent, puisque ces grandes semeuses de bruit ne peuvent pas jeter sur la terre de la semence de bonheur.

J'ai connu leur psaume, qui n'est qu'une implacable

affirmation de la dure nécessité. Quand survinrent la mort de mon père et puis la mort de ma mère, et que je marchai derrière leur corps vers le cimetière, la cloche de ma paroisse soudain commença publiquement à me parler. Je tremblai quand son premier coup ébranla l'air et qu'au milieu de mes parents et de mes amis je passai le seuil familial, la porte de la maison où désormais j'étais le maître. Grâce à cette annonciatrice, je n'étais plus seul dans une nature indifférente. Les airs retentissaient de ma plainte. Ne te tais pas, glas de terreur! Après toi commencera l'affreux silence, et quand, mon tour arrivé, tu devras retentir pour moi, nul ne saura plus les mots ni les vertus des miens. Leurs portraits même seront brutalement maniés et rejetés parce qu'ils manquent de valeur artistique. Sur cette mer d'anéantissement, tout le salut, c'est un petit garçon, s'il porte dans son cœur l'essentiel que je lui propose...

Cependant les cloches se sont tues, et Philippe, qui n'aime pas qu'on rêve, veut que je lui dise comment furent punies les méchantes gens qui brûlèrent Jeanne au Vieux Marché. Je n'assombrirai pas son imagination. C'est d'un autre qu'il connaîtra l'une des pages les plus dures de l'histoire. Plusieurs des bêtes féroces par qui la Lorraine avait été martyrisée jouirent de la faveur et même de l'amitié royale. Quand Charles VII fit son entrée solennelle à Paris, l'un des tortionnaires le harangua au nom des Facultés. Ce ne serait pas la peine que je me fusse mêlé à quelque politique, si je devais là-dessus me scandaliser. De tels faits, à les bien comprendre, donnent sa véritable couleur à la vie, qui est cruelle. Mais ils ne font point une nourriture pour un pauvre petit garçon...

Il est des jours qui sont des îles... Au bord d'une telle

journée de l'automne en Lorraine, viennent battre les
sombres flots de l'hiver parisien. Mais plus sombres
l'entourent les nuages, les neiges et les pluies de toutes
nos vies médiocres. Divine douceur de ce chétif paysage
si mol et si fort, racinien et cornélien ! Il brise le cœur
et l'affermit. Perpétuel attendrissement, mais qui formerait des héros[1].

1. *Les Amitiés françaises*, 149-186.

LOURDES

Je connais mal, très mal, les Pyrénées immenses. Cloîtré dans la divine douceur et dans le silence de Pau, je suivais mon rêve intérieur plutôt que les aspects du pays. Il y a dans mon rêve une douce terrasse, pareille aux promenades qui dominent le gave et la prairie de Pau ; c'est un espace de méditation qu'aux meilleurs moments, chaque semaine, je parcours ; rien ne m'y heurte, tout m'y rassérène, et dans cette langueur des monts qui, le soir, se vaporisent vers l'azur liquide des cieux, je trouve pour me cicatriser l'apaisante certitude du repos acquis à nos morts.

Pourtant un jour, derrière des accumulations de monotones horreurs, au bout d'un long couloir sinueux, j'ai vu le cirque de Gavarnie. Sa lourdeur stérile, sa majesté morne, me semblent des témoignages géologiques. Mais Lourdes est une rose sur le pied de la Vierge.

Ce jour d'octobre, quand je visitai Gavarnie, tels étaient les arbres épars dans les Pyrénées automnales que je puis dire qu'ils flamboyaient. C'étaient des hêtres brûlés par le gel, et leur masse faisait les montagnes mauves. Hêtres brûlés, pins verts, bouleaux décolorés

jusqu'au jaune le plus clair, le neveu de Charlemagne
vous eut dans sa prunelle indifférente quand il combattit
le Maure. Jusques à quand dureront les cierges perpé-
tuels devant la Vierge de Lourdes? Fussent-elles précaires, leurs flammes, à peine sensibles sous le clair
soleil et qu'allume la foi des pèlerins, me touchent mieux
que ne fait le buisson ardent des montagnes. [1]

A la descente du Calvaire, Philippe et moi, nous visi-
tons les trois églises superposées : la basilique triomphante, sa crypte obscure, taillée dans le roc, puis,
au-dessous encore, la chapelle du Rosaire. La basilique
amuse, bariolée d'or, d'argent, de velours et de soie par
la gratitude des miraculés. La crypte semble trop sépul-
crale pour un petit garçon de qui le piétinement, d'ailleurs,
trouble le chuchotement des innombrables conféssion-
naux. Dans la chapelle du Rosaire, un enfant de-chœur
en soie bleue se détachait sur les brocarts jaunes du
prêtre à l'autel, et les deux faisaient un émerveillement
d'harmonie somptueuse. L'officiant disait d'admirables
mots latins qu'orchestrait mon imagination. Je croyais
respirer les roses impériales qu'un miracle fleurit au giron
de la sainte Elisabeth.

Dans la douceur d'une église, on écoute couler le
temps. Je convoque ici tous mes rêves, je les épure des
médiocrités que nécessiterait leur réussite, et cependant
que je mesure le néant de mes possessions, je me brûle
des feux où je sais ne pouvoir jamais atteindre. Longues
psalmodies intérieures, sentiment égoïste de l'existence,
stérile remâchement, où nous revenons comme à notre
refuge, après avoir participé aux activités du vulgaire...

Vers les trois heures nous quittâmes processionnelle-
ment l'église du Rosaire. Deux files tenant les bas côtés,

le groupe somptueux de l'ostensoir s'avançait seul par le milieu de la chaussée. Les chantres semaient de beaux mots intercesseurs : *Turris eburnea... Vas honorabile... Fœderis arca... Janua cœli.* — *Ora pro nobis,* répondaient celles qui ressemblent à Bernadette et qu'on nomme les *Enfants de Marie de Lourdes.* Des cagoules blanches les vêtaient, liserées de bleu sur un vêtement noir. Les plus petites filles donnaient la main aux chères sœurs. Ces voix en plein air, sous un ciel d'octobre finissant, quelles délices de tendresse et de tristesse !

Les figures des grandes personnes étaient marquées de vulgarité, mais ces figures, ces chapeaux, ces souliers jaunes, ces cravates aux couleurs fortes, dans cette atmosphère de légende et de surnaturel, ne gâtent pas l'harmonie (et l'on me comprendra si l'on a senti parfois ce qu'il y a de reposant — le calme du grand art — dans l'*Enterrement à Ornans,* d'un Courbet, où chaque détail nous devrait heurter par sa brutale grossièreté). Je vivais, d'ailleurs, l'un des moments exceptionnels où l'on comprend et savoure en toutes choses la substance unique et qui ne meurt pas. C'est alors que l'on se surprend à songer avec toute la tradition chrétienne qu' « une seule chose est nécessaire », mais sans pouvoir nommer cette chose. Je jouissais de mon extrême solitude d'esprit. Jouissance qui vaut souffrance, car je me prête à ce beau chant, à cette plainte suppliante : « Tour d'ivoire, priez pour nous... Porte du ciel, priez pour nous, » mais je sais dans la même minute qu'une mésentente foncière me soustrait au bénéfice de cette intercession.

Il y avait sur mon cœur, à Lourdes, ces mêmes nuages gros de pluie chaude qui — dans cette minute où je me ressouviens — pèsent sur les marronniers en fleurs

qu'encadre ma fenêtre. Tombez, douce et chaude pluie
du printemps, qui pouvez faire germer les semences profondes ! Mais, sur Lourdes, — mon cœur excepté, —
c'était un temps de calme et de paix, la grâce, un peu
dure, d'une vierge. Nulle sensualité dans la défaillance,
un agenouillement sur une tombe. Je me sentais un étranger. Que personne du moins n'interroge le passant qui
s'incline avec le commun...

Quelle douceur virgilienne dans ce culte d'une Vierge,
institué par une enfant auprès d'une eau courante ! Ces
beaux lieux où l'humanité se dilate le cœur à chanter le
Miserere ne se laissent pas aisément quitter. On y éprouve
des transports qui font monter à la surface tous nos
secrets et dont la cadence seule attendrit. C'est ici une
promenade du sentiment. Elle s'oppose dans mon esprit
à la froide charmille à la française où le jeune Renan
médita les lettres de sa sœur si raisonneuse. Ici le cœur
ne laisse pas la raison décider rien à elle seule.

Le silence enveloppait la grotte miraculeuse, les cierges
brésillaient davantage, car la nuit descendait. Quelle solitude pour nous deux qui ne songions pas à rien solliciter ! O Philippe, les enfants des pauvres et des simples,
s'ils se penchent sur le creux d'une roche sauvage, ont
plus de chances que les enfants favorisés d'entendre parler l'oracle ; c'est pour eux que les églantiers du buisson
et que les vapeurs du torrent forment quelquefois encore
la robe de la divinité.

Qui démêlera pourquoi de calmes régions, pareilles
en douceur et en humilité, produisent la Jeannette de
Domremy et la Bernadette de Lourdes, enfants pures
comme des perles et vers qui s'inclinent les personnes célestes ?...

Au risque de choquer et tandis qu'elles prient, je cède
à mon imagination, qui convoque à distance une autre
figure de leur âge. Ces deux saintes enfances m'obligent
de songer à la première éducation d'un poète qui d'ailleurs mourut saintement. Je rapproche, presque malgré
moi, du Bois-Chesnu et de la grotte de Massabielle, le
vallon de Port-Royal où le « petit Racine » formait son
trésor de rêverie.

Est-ce une impiété si des soupirs et des pleurs de tendresse, si les effusions, très diverses, que suscitent les
faveurs de Bernadette, les grandeurs de Jeanne et les
voluptés de Racine, m'émeuvent pareillement ? J'y reconnais les plus purs sons de l'âme.

Auprès du gave de Lourdes, sur les côtes de la Meuse
naissante ou dans le fond de Port-Royal, qui de nous saurait recueillir, pour en augmenter sa vie, la rêverie triste,
le lyrisme et l'amour tels qu'ils se lèvent de ces terres
sanctifiées ? Seules, peut-être, des jeunes femmes, pourvu
qu'elles gardent mêlée à leur éclatante beauté leur gentillesse de petite fille. Mais quand elles auraient, par miracle, accumulé dans leurs mains pures les vertus de ces
beaux lieux, quel foyer, quel compagnon entendez-vous
leur choisir? Mieux vaut être un épais bouvier qu'une
tendre perfection, car à celle-ci la grossière vie ne propose rien qui ne soit souillure.

Pour nous débarrasser d'influences trop belles qui
sont en nous comme des poisons et ne nous laisseraient
pas vivre, tâchons qu'elles s'exhalent de notre conscience
en déchirantes cantilènes d'exilés.

Extrémités du désir, pointes vers l'impossible, brûlants appels, sanglots, regrets ! Voici derrière des gril-
lages une jeune force irritée ; voici le fils sur la tombe, le

proscrit à qui l'on rapporte le détachement de ses amis, le jaloux qui n'ignore pas combien elle est charmante dans l'amour. Des images qui ne peuvent plus vivre sollicitent tous mes sens, et c'est à les parfaire, démence ! que j'occupe mon énergie. Il est des Lourdes sur toute la terre ; il y a pour les plus incrédules d'absurdes promesses de bonheur. De telles minutes où l'on s'enfonce plus avant que l'espérance nous maintiennent sur le fil de notre mince et pure destinée. Je me croyais si loin ! Bien au contraire, j'ai tant reculé ! Nos voix de désirs font un écho de nos vies antérieures. Ma chanson heurtée, elliptique, c'est le haut chant de mes profondeurs, c'est un oiseau de mes ténèbres qui volette dans mon plein jour. Quel scandale ! Mon cri, qui m'étonne, m'oblige tôt à m'interrompre... O terre mangée de caresses, ô belles grottes de l'espoir, conseillères de toute confiance, combien vous êtes douloureuses !

Sur l'autre rive, au milieu des pelouses qui montent de la rivière et finissent en faible colline, quelques couvents sont espacés dont les fenêtres voient la grotte. Regard jamais détourné ! Silence ininterrompu ! La contemplation donnait une certitude ; nos recherches nous mènent à l'incertitude. Que l'analyse efface au moins dans le cœur de nos fils le désir, le regret des sûretés divines que par elle nous avons perdues.

Je prolongeai ma promenade de quelque cent mètres plus avant que la grotte, dans une solitude ombragée de grands arbres que ferme à gauche la montagne et que borde le gave courant sur de vertes prairies. Bien que cette paix m'enchantât, il n'était pas en mon pouvoir de la soustraire au troupeau dévastateur de mes pensées. Sous un ciel finissant d'octobre, de tout le poids de mon âme, je me jetais sur toutes les pointes de la vie. Puis l'heure sonna de rentrer à Pau.

Au sortir de la gare de Lourdes et depuis notre wagon, qui roulait d'abord lentement, nous revîmes au passage, dans la demi-nuit, la grotte divine au-dessous de l'église. Les cierges brûlaient par milliers ; je croyais entendre les litanies suppliantes. Quelle fatigue ! Quel dégoût de la vie ! Quelle délectation ! Des larmes de volupté montaient du cœur jusque dans les yeux. L'avenir semblait une plaine stérile.

Quand une angoisse nous oppresse, quand nous sommes pareils à l'amoureux abandonné cherchant à travers le vaste monde sa maîtresse pour jamais enfuie (et de qui les yeux, d'ailleurs, si le hasard faisait leur rencontre, ne lui marqueraient que la plus froide indifférence), quand tout est perdu, hélas ! hors le désir, heureux qui sait encore le chemin des antiques autels ! Ménageons-nous cette réserve. Mais surtout, Philippe, qu'il plaise à nos seigneurs les morts que tu sois un homme actif et quelque peu rude [1] !

1. *Les Amitiés françaises*, p. 213-233.

CHANT DE CONFIANCE DANS LA VIE

Les déesses font toute l'ordonnance et la noblesse de l'univers et de la vie, qui, d'eux-mêmes, sont un chaos.

Si l'on veut bien s'assurer de ses sensations toutes nues, on reconnaîtra que la forme sensible de la vie, c'est la douleur. Pour moi, je connais les heures du jour et les saisons par l'angoisse, la beauté par un délire qui dure autant qu'elle m'enchante, l'histoire par mon désabusement et mes forces par mon usure. Dans ce servage, trois déesses nous entr'ouvrent leur alcôve; leur clair visage nous propose de la joie et de la fierté. Elles se nomment l'Amour, l'Honneur et la Nature. Beaux noms et qui suffisent à mettre dans toute âme une musique jaillissante...

Sois clairvoyant, Philippe, mais ne sois pas si faible que de redouter les amères surprises de la fatalité. Ses coups, ses trahisons, il n'est que d'y répondre en donnant, après un répit, quelque nouvel assaut. Jamais un cœur français n'autorise un jeune garçon à refuser un duel avec la gloire. Et si les échelons rompent, est-ce donc à dire que nous soyons rompus ? Nulle mauvaise circonstance ne nous enlèvera le noble entêtement, l'honneur de vouloir. En vain nous paraissons avoir tout

perdu : il y a le vœu de notre sang, il y a notre imagination forte, hardie, qui place, instruite par Corneille, la
gloire en dehors du succès. Ne nous laissons point debor-
der par le sentiment de notre sujétion ; il faut agir comme
si la vie distribuait ses grâces équitablement. D'ailleurs,
nul n'est vaincu s'il ne s'avoue vaincu. De nos semences
dispersées, quelque chose peut naître où nos yeux l'attendent le moins. J'ai prié sur la Lorraine comme dans
un cimetière, mais précisément une telle prière, sans
objet déterminé, pourrait hausser l'âme lorraine et ranimer cette morne terre. Je commence d'y voir d'ardentes
pensées qui prennent corps ; elles ont de la jeunesse, le
plus vivant enthousiasme...

Ne pouvais-je pas désespérer une heure avant que j'en-
tendisse chanter le rossignol ? Qu'il existât une telle
beauté faite pour m'éblouir, comme je suis propre à la
ressentir, c'était déjà un prix suffisant de la vie. Que
sera-ce si l'un de mes mots, le plus secret et si douloureux d'invincible désabusement, passe dans son divin
gosier et par son chant revient sur mon cœur, comme
une pluie de musique, fondre toute sécheresse ?

La plus belle, la plus sûre, la plus constante des trois
déesses qui donnent un sens à la vie, c'est la Nature en
France, je veux dire nos paysages formés par l'Histoire.
Je leur dois mes meilleurs moments. Devant eux, la
grâce toujours descendit sur moi avec même efficace. A
ma mort, Philippe, il faudra me conduire dans l'ombre
du clocher de Sion et ne point t'attrister, car ma fortune
sera comblée si je me confonds dans cette terre riche de
toute la continuité lorraine.

Une atmosphère enveloppe certains êtres. Leur présence relève, ennoblit. On souffrirait plus dignement en

leur présence, et même l'on voudrait mourir, pour mériter leur regard amical, si l'on ne craignait, hélas ! qu'ils ne le reportassent bientôt sur quelque indigne point de la vie. La présence de ces personnes rares équivaut à de la musique. Parfois leur nom prononcé suffit. Ecartez vos yeux de ces pages trop froides ; laissez tomber à demi voix un prénom dans l'obscurité où vous suivez demi-voilée mon insuffisante pensée.

Que de fois nous gagnâmes ces extrêmes régions où ne subsistent plus d'idées ni de raisonnements, mais, seule, une poussière de douleur, de bonheur, qui nous prend dans son tourbillon ! D'un état d'esprit conscient, il semble que l'on atteigne un pur état physiologique d'angoisse, d'oppression. Parût-elle indifférente, le sombre univers lentement se dispose, s'étage sur notre cœur et nous étouffe. Parfois, au contraire, pour un mot de sympathie, ce fut un hymne qui, sans paroles, montait du fond de notre être. Toute sécheresse se vivifiait : quelle marche légère, quelle jeunesse, quelle certitude de ne jamais mourir ! Et, pour un simple accent plus tendre, quel recommencement de la vie !

Ces grands états d'émotivité que chacun connut de l'amour, qu'un homme viril reçoit des héros et des chefs de sa race, je voudrais que la terre française chargée de tombes les communiquât au promeneur pensif. Il faut qu'autour des lieux classiques de la France Philippe entende cette musique grande, noble, hardie, dont une maîtresse au cœur pur s'enveloppe devant son amant, quand ils surent par une volonté permanente de noblesse créer leur amour comme une œuvre d'art.

Il est des lyres sur tous les sommets de la France. Quelles que soient les vicissitudes de la politique et

quand nous ferions partie d'une génération sacrifiée, les
lyres françaises ne cessent point de résonner. Les alter-
natives de victoires et de défaites ne changent rien à la
profonde nature des choses. Sous la politique, qui ne
peut jamais être qu'une mise en œuvre d'éléments préexis-
tants, la France éternelle demeure. La puissance politique des plus orgueilleux vainqueurs ne peut rien contre
la force du sang. C'est dans la mouvante Alsace, tantôt
française, tantôt germaine, qu'on voit le mieux comment
chaque race possède un chant autochtone. Que le peuple
vaincu garde un sang vigoureux, il produira le même
esprit, comme le Rhin garde sa pente sous les barques,
sous les ponts et dans ses digues, comme la riche plaine
d'Alsace, toujours pareille, fructifie, encore que les im-
pôts s'y lèvent pour Berlin et non pour Paris. Quand
une âme lorraine se forme une haute conception de sa
terre et de ses morts, cette idée, avec l'occasion, deviendra le principe de grandes actions lorraines.

Qu'importe si le rossignol chante sur un arbre étranger ! C'est en moi que sa chanson, qui montait vers le
grand ciel froid, a pénétré pour jusqu'à ma mort.

Que sera-ce si l'un de mes mots, le plus secret et si
douloureux d'invincible désabusement, passe dans son
divin gosier et par son chant revient sur mon cœur,
comme une pluie de musique, fondre toute sécheresse ?

Nous avons marié nos parts immortelles, et la mauvaise circonstance qui ne nous laisse d'appui sur aucune
réalité, qui nous oblige à soutenir notre amitié par la
noblesse permanente de l'intention, deviendra pour nous,
contre toute hypothèse, le douloureux moyen d'une merveilleuse création.

*
* *

Après avoir beaucoup attendu de la vie, de cette brève
« promenade qu'il nous est donné d'accomplir à travers
la réalité », on voit bien qu'il faudra mourir sans avoir
rien possédé que la suite des chants qu'elle suscite dans
nos cœurs.

C'est un problème de savoir si la chanson vaut mieux
que le rossignol ou le rossignol que la chanson. Mais
puisqu'il s'agit de vivre, c'est-à-dire de nous accommoder
avec les circonstances, nous nous tiendrons dans la première affirmative. Par un acte réfléchi de notre volonté,
au rossignol qui nous échappe éternellement, nous pré-
férerons ses trilles soutenus et frémissants où s'exaltent
nos puissances d'amour, d'honneur et de contemplation.

Je roule souvent dans ma solitude une large phrase
d'un humaniste du xvie siècle, citée par Michelet :
« L'Empire de Charles-Quint fait pitié à celui qui sentit
le chant d'Horace à Melpomène. » J'y donne mille sens
dérivés. Quand je n'aurais jamais, comme un gibier vivant,
tenu dans ma main heureuse quelqu'un de ces rossignols
sublimes, l'amour et la gloire, non plus que le couchant
ou l'aurore, je devrais pourtant m'assurer d'avoir possédé
la meilleure part s'ils déchaînent, comme je le crois, jusqu'à l'occident de ma vie, tous les orchestres du désir.

Musiques enchanteresses ! Jaillissantes évocations !
Mais parfois on voudrait mourir pour ne plus entendre
ces promesses de bonheur ! Grandeur d'âme, beauté,
passion, hardies volontés, sacrifices : ces fameuses cantilènes qui convoquent nos désirs et qui, toujours, nous
les retournent déçus, ah ! qu'il serait doux qu'elle se tus-

sent ! Où fuir ? Leur poison pénètre jusque dans le fond
des cloîtres. Trois cents années, une religieuse demeura
dans l'extase à écouter un rossignol. Lui-même, le pauvre
oiseau, que ne souffre-t-il pas de son sanglot inépuisable !
Je songe au trouble de tel visage si fier, à ces mains glacées de froid. La vie n'a pas de sens. Je crois même que
chaque jour elle devient plus absurde. Se soumettre à
toutes les illusions et les connaître très nettement comme
illusoires, voilà notre rôle. Toujours désirer et savoir
que notre désir, que tout nourrit, ne s'apaise de rien !
Ne vouloir que des possessions éternelles et nous comprendre comme une série d'états successifs ! De quelque
point qu'on les considère, l'univers et notre existence
sont des tumultes insensés...

Philippe, il faut pourtant nous en accommoder.

Dans l'un des livres écrits de 1808 à 1811, qui relevè-
rent la nationalité allemande, le patriote Fr. L. Jahn
(suivi de près par Michelet dans son cours de 1848) lance
au passage un cri sublime : « Nos devanciers ont suspendu un étendard et un signe de victoire dans des lieux
saints et consacrés ; une victoire sur la vie et sur le découragement, n'est-ce pas aussi un triomphe ? »

Pour vaincre la vie et pour triompher du découragement, il faut régler la culture de nos sentiments et de nos
pensées. Il s'agit de concevoir une sage économie de nos
forces, d'organiser notre énergie et de sortir d'un désordre barbare pour l'accomplissement de notre destin.
De là le choix systématique des images que je propose à
un jeune Français.

La France a construit une tradition qu'il faut maintenir et développer, et ce soin suffirait presque à donner
un sens à notre activité ; mais, surtout, cette tradition est

faite de mœurs, de délicatesses, d'expériences préalables
les plus propres à nous protéger et à faire digue contre
les brutales poussées de la vie, qui est une inventrice,
jamais lasse, de douleurs. Dans nos rapports avec l'univers, si nous refusons toute contrainte pour suivre nos
impulsions et les circonstances, nous éprouverons plus
d'hostilités que d'amitiés. Ce sera tôt fait de notre dégra-
dation. A sortir des sentiments polis que nous préparè-
rent nos pères, nous rencontrerons les Furies plutôt que
les Déesses. L'Honneur, comme dans Corneille, l'Amour,
comme dans Racine, la Contemplation, telle que les campagnes françaises la proposent, voilà, selon mon jugement, la noble et la seule féconde discipline qu'il nous
faut hardiment élire.

*
* *

Un formidable flot, de ses vagues puissantes, inso-
lentes, vient sans cesse assaillir la France. Il rompt les
liens de rattache entre les générations autochtones. Depuis un siècle, elles s'acheminent à la tombe sans se connaître les unes les autres. En outre, ce flot briseur lance
sur nous des milliers d'étrangers qui nous divisent et
des idées qui refoulent, abâtardissent le génie français.

Quelques-uns de nous se croient l'âme très cultivée
quand ils ne sont que très encombrés. Vois notre char-
don lorrain : comme il monte droit vers sa fleur ! Ecoute
le rossignol de nos nuits d'été françaises ; sa chanson
aussi monte droit, et, comme elle est toute beauté, elle
est encore toute sagesse.

On s'exclame sur des richesses, et des beautés, et des
puissances du dehors. Nous ne les ignorons point. Nous

nous abstenons en connaissance de cause. Affirmation qui choquera fort nos contradicteurs, mais je les prie d'y réfléchir : c'est nous qui sommes les plus délicats comme les plus compréhensifs. Nous avons distingué que ce n'est pas toujours le moment de jouir des choses et qu'il faut subordonner parfois son sentiment à sa raison. Quand je reviens toujours à ma rude Lorraine, croyez-vous donc que j'ignore tant de douceurs, tant de merveilles épandues sur le vaste monde ? Si je m'en tiens à Corneille, à Racine, ne distinguez-vous point que j'ai subi comme d'autres, et plus peut-être, ce flot de nihilisme et ces noirs délires que, par-dessus la Germanie, nous envoie la profonde Asie ?.....

Grandeur d'âme, beauté, passion, sacrifice, l'on vous situe d'abord dans les villes légendaires, car l'on voit trop que vous ne croissez pas aux pavés de notre ville de naissance ; mais au retour d'un long voyage à travers les réalités, quand on n'a vu qu'un sable aride, ou pis encore, d'irritantes fièvres, si l'on garde assez de ressort pour échapper au désabusement, on n'attend plus rien que de cette musique intérieure transmise avec leur sang par les morts de notre race.....

Nous n'espérons point dans la mort rejoindre les magnifiques extases que nous connûmes dans les hauts châteaux wagnériens, mais nous appelons le sommeil, le plus noir sommeil, parce que nous voilà gorgés d'impossibles nostalgies. Voyons clair et, si c'est notre lâche dessein de nous abandonner, livrons-nous à ce flot stérile, à cet appétit du néant. Mais si nous préférons l'allégresse créatrice, la belle œuvre d'art française, rejetons le poison de l'Asie. Aussi bien sa brutale action nous empêche de sentir délicatement. C'est possible qu'il faille frapper aussi

fort sur la blonde Germanie, lourde à s'émouvoir, somnolente de sa longue grossièreté, appesantie de bière.
Peut-être là-bas cet excès est-il nécessaire. Mais nous
sommes d'un pays où l'on ne put impunément permettre
aux jeunes garçons d'écouter les filles de Saint-Cyr qui
disaient les stances d'Esther. Un long stylet pénètre nos
cœurs si nos yeux suivent les vers de Racine.

Comme l'Honneur et comme l'Amour, la Nature, pour
qu'elle s'accommode avec notre faiblesse et ne nous écrase
pas tout de go, doit être épurée, décantée, ménagée par
une longue suite de morts, nos pareils. On parle de certaines îles où les foyers préhistoriques gisent encore à
fleur de terre. Nul passé, nulle poussière humaine. Sur
cette terre crue, rien ne semble viable; l'eau, les fruits,
les œufs y sont insipides. Faut-il donc des cimetières
pour assainir le sol et mettre les choses à notre usage ?
Je le crois, et j'ajoute qu'il faut des cimetières de notre
race.

Que l'univers cesse de me parler, si jamais à son tour
il ne daigne m'entendre. Toujours les tumultes de la mer ;
toujours l'isolement de la montagne ; toujours ce frisson
des plaines agricoles : quelle morne magnificence ! Un
jour enfin j'ai vu mes pensées inscrites sur la nature, et,
tandis qu'elle étalait les puissances qui gisent à la racine
de mes sentiments, je pressentais qu'à son tour elle pourrait recevoir quelques-uns de mes traits propres. Cela
m'advint depuis Sion, à regarder notre Lorraine, où j'eus
mon enfance, où reposent mes tombeaux, où je voudrais
par delà ma mort ennoblir des âmes un peu serves.
Ailleurs, je suis un étranger qui dit avec incertitude
quelque strophe fragmentaire, mais, au pays de la Moselle, je me connais comme un geste du terroir, comme

un instant de son éternité, comme l'un des secrets que notre race, à chaque saison, laisse émerger en fleur, et, si j'éprouve assez d'amour, c'est moi qui deviendrai son cœur.

Viens donc, Philippe, sur la vie, comme nous avons fait tous. Les plus sûres amitiés guident tes pas et sur tes yeux mettent d'abord leurs douces mains [1].

1. *Les Amitiés françaises*, p. 237-267.

CHAPITRE VI

SCÈNES ET PORTRAITS

PARLEMENTAIRES

Dans son hôtel de la rue Murillo, le baron de Reinach, ce soir, réunit à sa table quelques-uns des sujets importants de sa collection parlementaire :

Un sénateur, disert et aimable économiste qui porte dans le monde des rabâchages agréables, une ironie d'intention supérieure, sans mélange de ton aigre.

Le directeur d'un grand journal gouvernemental, farceur merveilleux, de verve un peu vulgaire, mais attrayant par sa bonne grâce et surtout par cette mélancolie indéfinissable des vieux parapluies que leurs longs services bientôt feront déclarer impossibles.

Cinq ou six politiciens, ministres, anciens ministres ou ministrables, figures fermées, masques énergiques. Ce qui frappe ce n'est point leur air endimanché ; ils le sauvent par le négligé même de leur tenue, où se trahit leur complète indifférence à toutes les séductions de vestiaire ; mais, dépourvus de la frivolité ou de la résignation des mondains, ils ont dans les premières minutes du repas l'air boudeur, isolé, voire brutal d'un voyageur qui s'asseyant à table d'hôte, vérifie d'abord son assiette, sa fourchette, son verre, fait jouer sa chaise et ses bras.

Un membre du Parlement anglais, incompréhensible comme tous les étrangers, et qui, d'ailleurs, n'essayant même pas de comprendre ce milieu, pense à ses intérêts d'Angleterre et à la qualité du vin qu'on lui versera.

Deux peintres, qu'on peut sans ridicule appeler « mon cher maître ».

Un grand entrepreneur, apoplectique, réservé et le poil dur, avec l'expression des gens qui pensent à leur argent et ne sauraient le défendre.

Trois banquiers enfin. — L'un d'origine étrangère, lettré, aimable et joli homme. — Le second est un financier jadis associé aux travaux de l'Empire ; en homme solide qui ne se perd pas en intrigues, mais accapare les forces existantes, il s'est donné à Gambetta et à l'opportunisme, comme il faut se donner, en le prenant. — Le troisième banquier, personne ne le traite avec familiarité. Il se distingue de ses deux collègues en ce que ses combinaisons sont exclusivement financières. Il agit par le poids des intérêts qu'il syndique, sans avoir à marchander des complices. De là sa puissance : les deux autres peuvent bien tenir trente-six secrets ; précisément, l'avantage qu'ils ont à maintenir leurs hommes au pouvoir les lie à ce régime ; en l'effondrant, ils se précipiteraient. Ce financier-là, juif lui aussi et venu d'Allemagne, ne s'intéresse pas au détail de la politique intérieure, mais seulement aux rapports des États entre eux. S'il n'était, par caractère, détaché de toute préférence de régime et, d'ailleurs, avec la haute philosophie d'un Gœthe, d'un Vinci, « ennemi des orages », un tel homme serait de taille à ébranler l'édifice gouvernemental. Mais pourquoi ? Dans toutes les administrations de l'État, n'est il pas, comme à cette table, entouré et servi ?

Bouteiller, modestement assis à un bas bout, de suite a distingué le personnage, la magnifique lenteur et le poids de ses phrases, son indifférence un peu morose, propre dans nos ménageries aux bêtes des grandes espèces. Dans tous les sports, la marque du joueur excellent, c'est qu'il s'interdit les gestes inutiles. Toujours intervenir utilement. A la manière dont celui-ci ménage et proportionne ses égards, Bouteiller reconnaît un peseur de forces. Une application constante à deviner le jeu de ses adversaires et l'habitude de songer : « Quoi que ta raison objecte, et même si ton cœur me hait, j'ai tellement d'argent et je sais si bien m'en servir qu'avec tous tes détours, tu viendras à mon heure à mes fins », ont donné à sa physionomie cuivrée et plissée une expression sans aucune noblesse, mais prodigieusement fine, et, à bien voir, insultante.

Il est de ces grands Allemands hégéliens qui se sont répandus sur le monde en disant avec Méphisto : « Je suis l'esprit qui toujours nie, et c'est justice, car tout ce qui existe est digne d'être détruit : il serait donc mieux que rien n'existât. » Mais il n'est pas seulement une survivance archéologique de la vieille Germanie, un philosophe du *devenir* qui est devenu, comme nos saint-simoniens, un puissant brasseur d'affaires. Cet hégélien, selon la loi de son développement national, est aussi un bismarckien, et, dans *Faust*, il a encore compris cette réflexion de Brander : « On ne peut pas toujours se passer de l'étranger. Les choses bonnes sont souvent bien loin. Un bon Allemand ne peut souffrir les Français ; seulement, il boit leurs vins très volontiers. » Pour l'instant, comme s'il soupait avec des filles, il s'amuse de ces farceurs de députés et journalistes, des habiletés de l'économiste à tout faire rentrer dans son système ploutocrate et de l'ensemble de cette tablée que le baron et les deux banquiers en son honneur animent et font briller. Et pourtant ce puissant financier-là, ce n'est point un Rothschild. Un Rothschild peut bien conférer à de rares occasions avec un ministre, mais de préférence se tient à l'écart des figurants officiels.

Le trait commun à toutes ces figures, c'est l'impudence, depuis la bassesse du coquin et du mufle, jusqu'au nihilisme de Méphisto. Il y a surtout des impudences de gras, qui font penser aux valets du répertoire, et des impudences de maigres, qui plaisent par une franchise soldatesque. Mais, pour soutenir la comédie qu'aiment à donner dans le repos d'un bon dîner tous ces visages, quelles énergiques charpentes ! les fortes mâchoires, les fronts de bélier !

Il faut mettre à part l'économiste et les peintres, chez qui l'on distingue de la puérilité. L'économiste, c'est un peu un artiste comique, ou plus exactement une coquette : il ne se suffit pas à soi-même ; il n'a pas le goût de la réflexion ; il attend toujours l'occasion de placer un propos fin, une interprétation heureuse des statistiques, un paradoxe délié et malin à l'usage des riches ; son impatience, son habitude de bavarder sont si fortes que, dans ses silences, son menton marche tout seul, comme il arrive à ceux qui n'ont pas de dents. Les deux peintres, convaincus qu'ils se trouvent là parmi des bourgeois, des ronds-de-cuir, des philistins, sont pourtant si fort animés du désir simiesque des décorations qu'ils approuvent tout ce qu'on dit, sans même attendre la fin des phrases, et, fort éloignés de chercher à rien comprendre, ils ne songent qu'à fournir de soi une opinion favorable. D'ailleurs, tous ces initiés

les traitent avec égards et les tiennent pour des enfants
vaniteux et des ouvriers, sans plus...

Assurément, les amis de Rœmerspacher au café Voltaire, s'ils avaient réfléchi à ce que peut être un dîner
ainsi composé, l'auraient imaginé comme une suite de
« prudhomies » de préjugés professionnels coupés d'hypo-
crisies ; mais, en fait, c'est chez les jeunes gens qu'on
trouve le plus de propos convenus et de niaiseries sans
attaches avec la réalité...

Leurs propos révèlent l'habitude constante de tenir
compte des proportions entre les divers hommes et entre
les divers intérêts qu'ils ont à manier. Ils savent mettre
chaque chose à sa place. C'est la grande sagesse pratique.
Et puis ne partons pas en campagne sur des mots, ne dis-
cutons pas des cas hypothétiques ; seuls les faits comptent... En public, s'ils ont à parler, ce devient du gali-
matias à peine coordonné : — c'est manque de talent et
c'est prudence, rien n'étant plus dangereux à la longue
que les affirmations claires ; dans le privé, ils sont ellip-
tiques et nets, comme des complices qui s'entendent à
demi-mot. Ce ne sont pas des romantiques. En eux se
continue un état d'esprit qui a exprimé son idéal dans le
second Empire : adhésion à l'idée de progrès et de douceur générale des mœurs, nulle notion de moralité ni de
dignité personnelle ; certitude que le troupeau sera bien
soigné si chacun soigne ses propres intérêts. Il en est des
écoles de vie comme des écoles d'art : elles ne disparais-
sent pas sans avoir épuisé tous leurs principes. On les
approuve d'abord, et moins pour leur valeur propre que
par dégoût des formes qu'elles balayent ; puis elles-mêmes
se vident, fatiguent et sont supplantées.

La conception des politiciens du second Empire supposait chez eux une élégante indulgence pour leurs propres faiblesses et pour celles des autres : Morny, avec de jolies manières, de la bravoure et de l'esprit, peut masquer sa médiocrité de fond et faire un agréable personnage. Quand ces qualités tout extérieures manquent, comme il arrive chez des hommes sans éducation, nulle délicatesse profonde ne se trouvant en eux qui puisse y suppléer, les voilà de simples mufles. Ceux-ci, qui se délassent autour d'une table somptueusement servie et dans le bien-être des bouteilles, échangent allègrement une suite de propos pittoresques et professionnels. Et la basse façon de penser qu'ils trahissent forme la plus haute comédie[1].

* *
*

M. NAQUET

Avec sa belle voix, un peu lente, chantante, qui découpe les mots et leur donne un accent à la fois chaud et métallique ; avec ses magnifiques yeux juifs qui semblent tristes et mouillés de pleurs ; avec ses plis sur le front qui simulent un effort cérébral, tandis que sa pensée, au contraire, se déroule en raisonnements d'une prodigieuse aisance ; avec sa petite taille et, sur un corps insuffisant, sa magnifique tête de grand bouc ; avec un cigare à la bouche, avec ses rires aimables, ou ses « parfaitement ! » « c'est très juste ! » qui, sans aucune nuance d'affectation, proclament l'esprit et la clairvoyance de ses moindres interlocuteurs, — cet étrange homme, lucide et aventureux, chétif et infatigable, disait :

1. *Les Déracinés*, p. 259-265.

— Vous avez vu le Général ? N'est-ce pas, personne ne l'aborde sans être conquis... Il rendra un immense service au parti républicain en nous débarrassant du parlementarisme[1].

* *

WALDECK-ROUSSEAU

Waldeck, qui est un peu artiste (il peint à l'aquarelle), un peu rêveur (il pêche à la ligne), affiche dans toutes ses occupations la nonchalance et, envers tous les hommes, le mépris. Il aime qu'on attribue à sa suprême indifférence le goût qu'il a pour s'entourer de parasites et de domestiques, grossiers et parfois tarés. « Qu'est-ce que peut me faire la qualité des gens ? » semble-t-il dire, figé dans son silence comme un brochet dans sa gelée. De taille élancée et raide, il a ces yeux froids et bleus que le peuple appelle des yeux de poisson. C'est une figure de basoche, d'un type fort commun en Angleterre, mais plus rare en France, et qui étonne parce qu'une paralysie des muscles dans les bajoues et le menton lui donne une impassibilité forcée. Cette infirmité pittoresque est cause que beaucoup de gens lui trouvent, quand il se tait, l'esprit glacé d'un Mérimée. A la barre, il n'écoute jamais son adversaire et prononce un discours très préparé où il ne tient aucun compte des faits ni des arguments produits par l'audience. Ceux qui n'aiment pas l'éloquence goûtent sa façon de parler. Il est supérieur à Jules Favre, à Gambetta, à Jaurès, en ce que, les choses médiocres, il les dit à mi-

1. *L'Appel au soldat*, p. 134.

voix. On lui sait gré de donner un relief à peu près suffisant à sa pensée dans une suite de phrases pas trop coton-
neuses, et, bien que, par élégance sans doute, il abuse
des périphrases, on ne le trouve pas ridicule, même à la
lecture. Dans sa gravité pourtant, il y a de l'affectation ;
naturellement, c'est plutôt un pince-sans-rire qu'un homme
austère. Il débite des plaisanteries apprêtées et voulues
sans se permettre de sourire, mais certaines louanges de
la vertu dans une telle bouche trahissent mieux le cynique
amer que ne ferait une franche moquerie. Au cours de sa
plaidoirie pour Eiffel et à propos des traitements élevés
qu'on touchait à Panama, il jeta incidemment cette bonne
insolence :

— Voilà des appointements qu'envieraient nos fonctionnaires, s'ils recherchaient dans leurs fonctions autre
chose que la satisfaction du devoir accompli.

Par cet imperturbable sérieux dont il vernit sa pensée
sceptique, on voit bien qu'il se propose d'augmenter son
autorité, mais, plus qu'en son talent, elle est dans son
influence sur l'avancement des magistrats. Il demeurera
le prince du barreau parisien tant que sa coterie régnera.
Au reste, il s'assure si bien de la servilité générale, qu'en
ce janvier 1893, concluant pour Eiffel, il osa s'écrier que
ce personnage avait donné « à la pauvre humiliée de 1870
l'aumône d'un peu de gloire[1] ».

1. *Leurs Figures*, p. 185-186.

LES INTELLIGENCES JUIVES

Cés intelligences juives ont un caractère commun que chacun peut distinguer chez les israélites intéressants de son entourage. Ils manient les idées du même pouce qu'un banquier des valeurs. Elles ne semblent pas, comme c'est l'ordinaire, la formule où ils signifient leurs appétits et les plus secrets mouvements de leurs êtres, mais des jetons qu'ils trient sur un marbre froid. Non point qu'ils ne goûtent et ne comprennent l'idéologie, mais elle ne les échauffe pas. L'avantage, c'est que leur jugement reste fort net, sans cette buée que l'enthousiasme met sur la clair-voyance de tant de penseurs. Le juif ne s'attache à aucune façon de voir ; il n'est que plus habile à les classer toutes. C'est l'état d'esprit d'un homme habitué à manier des valeurs. Le juif est un logicien incomparable. Ses raison-nements sont nets et impersonnels, comme un compte de banque. Prenez l'*Ethique*, le *Capital*, les articles de M. Naquet, il serait infiniment plus difficile de reconsti-tuer la personnalité de leurs auteurs qu'avec aucune œuvre pour d'autres écrivains. Si la biographie de Spinoza par Colerus est exacte, du moins n'est-elle nullement néces-sitée par l'œuvre de ce penseur. Sans rien contredire de son éthique, on pourrait imaginer fort différente sa phy-sionomie, — ce que, pour ma part, j'incline à croire[1].

1. *L'Ennemi des lois*, p. 170-172.

MORÈS

Bien qu'il ne fût pas un rêveur déprimé par les pressentiments, certes, mais le plus optimiste et le plus entraîné des braves, il admettait lui-même que sa destinée s'accomplirait dans quelque belle embuscade.

Dans tous les milieux qu'il a traversés, ce Morès, mort à trente-huit ans, prît le plus étrange prestige et, pour tout dire, fit révolution. Je n'imagine pas de physionomie plus parfaitement agréable, toute faite de jeunesse, de force gracieuse, de fierté et de sympathie. Et de ces vertus, il usait de telle sorte qu'il semblait vouloir rivaliser avec les prodigalités de la nature à son égard. Ce véritable privilégié, au berceau de qui furent réunis tous les avantages individuels, santé, bravoure, beauté, et tous les avantages sociaux, en a fait un emploi parfaitement noble. Avec des couleurs vives et jeunes, quels travaux on tracerait de son inlassable ardeur quand, jour et nuit, dans les prairies solitaires du Dakotah, il guerroyait contre les chasseurs-trappeurs et échafaudait le premier des trusts américains (1883-1887) ; quand il chassait à pied le tigre dans les jungles indiennes (1887-1888) ; quand, le long du Fleuve Rouge et sur la frontière de Chine, élaborant la construction d'un chemin de fer, il traversait les bandes de pillards affamés (1888-1889); quand il dénonçait Constans, puis les Juifs et les agents anglais (1889-1892) avant de s'orienter, hélas ! vers l'Afrique profonde. Partout où il promena son roman, il apportait de l'agrément et de la chevalerie, un rayonnement à la française. Merveilleux cavalier, excellent tireur, hôte généreux, il a été adoré de ses camarades au régiment, de ses collaborateurs aux colonies, de ses partisans politiques à Paris et en province quand il organisait de si étonnantes réunions politiques.

Mais de quels éléments plus profonds est donc fait ce prestige ? Par une rare combinaison, il joignait les anciennes mœurs, leur brillant, leur frivolité, à la connaissance des intérêts contemporains.

Que la France archaïque et la France moderne se rencontrent sans se désavouer, qu'elles s'unissent dans une même âme, c'est bien rare aujourd'hui que les hommes qui maintiennent le passé boudent le présent, et que les meilleurs ouvriers de cette heure répugnent même aux qualités de l'ancien temps. Morès fait voir ce mélange à la fois si rare et si naturel. Et par exemple, ne distinguez-vous pas confondus en lui un personnage de la Fronde et un membre de la Société de Géographie ?

Rappelez-vous qu'il a vécu telles années de sa courte vie comme le fameux « Roi des Halles », duc de Beaufort ; qu'il a voulu intervenir dans la direction des affaires publiques avec une troupe de partisans énergiques armés de forts bâtons, et qu'enfin il cherchait dans le Sahara une voie, des débouchés pour les chambres de commerce françaises...

Avec les dons complexes et avec l'optimisme que supposent ces deux exemples, pris entre mille de son aven-

17

tureuse existence, comment s'étonner de la séduction qu'il exerçait dans des milieux fort différents ! D'origine sarde [1], mais d'éducation si française, il est entré dans la plus parfaite et la plus simpliste de nos traditions nationales. Je le vois comme un héros moderne, mais aussi comme un document sur les hommes d'action, officiers, agitateurs ou coloniaux, de la vieille France.

L'histoire de la formation du pouvoir anglais dans les Indes offre des types d'officiers, à la fois colonisateurs et soldats intrépides, qu'on voudrait à première vue rapprocher de Morès ; mais s'ils ont des qualités de ténacité que notre compatriote ne trouva pas une pleine occasion de manifester, celui-ci mêlait à tout quelque chose de chevaleresque, une grâce de haute fraternité qui n'existe pas chez les rigides représentants du génie anglo-saxon.

Morès, avec son type si fortement accusé, n'était pas aisément utilisable dans les cadres ordinaires. Il lui fallait des besognes singulières. Si les efforts en France étaient coordonnés, on eût demandé et obtenu beaucoup d'un tel individu.

— Eh ! me dit-on, quoi de plus dangereux qu'un héros !

— Oui : dans un pays anarchique.

Mais laissons ce problème politique pour considérer que nous manquerions de renseignements importants sur la perfection charmante où peut atteindre la civilisation française, si nous n'avions pas connu cette belle physionomie.

1. Antoine-Amédée-Marie-Vincent Manca de Vallombrosa, marquis de Morès, né à Paris le 15 juin 1858. C'est son grand-père qui se fixa en France, vers 1825, où il épousa Claire de Galard de Brassac de Béarn. La formation sarde demeurait néanmoins, et cela se comprend assez, très forte chez Morès en qui il n'est point difficile de distinguer un chef de clan.

Vivant, nous ne pûmes l'approcher sans lui donner la première place dans notre cœur ; par sa mort, il nous convainc qu'il a pu exister des paladins et que les Roland, les Godefroy de Bouillon et les autres ne sont point une invention des annalistes. Essayons de l'employer tel quel dans sa tombe. Disons qu'il a été interrompu, mais non pas qu'il a échoué. Il a le droit de dire, comme le font parler les premiers poètes de sa légende :

> J'aurai touché le but : réveiller l'énergie
> Et perpétuer l'action[1].

Voilà l'utilité à tirer d'un Morès : qu'il nous serve à multiplier les hommes, à les exciter, à élargir l'horizon du possible et à former des petits groupes sensibles aux leçons de choses de l'héroïsme.

Jusque dans les périodes les plus sordides de ce siècle et quand l'opinion publique tient la servilité pour une vertu, on distingue de ces êtres superbes. Les circonstances les font végéter dans la suspicion, dans l'isolement ; la gloire les met en demi-solde. C'est à nous d'essuyer cette figure de brave et d'utiliser ce magnifique exemplaire des grandes vertus nationales. Il dépend de quelques bons écrivains que l'on voie toute l'histoire chevaleresque française réfléchie dans le sang volontairement versé de Morès, comme tout le grand ciel tient dans une vasque d'eau pure[2].

---

1. *La légende de Morès*, poème par MM. Marcel de Lihus et Paul Marval.

2. *Scènes et Doctrines du Nationalisme*, p. 331-334.

DÉROULÈDE

Je le connais bien, l'argument et je l'aborde tout droit :
« Votre Déroulède, c'est un fou ». Que de fois ne me l'a-
t-on pas dit ! Eh bien ! à l'origine cela fut inventé pour
se tirer d'embarras vis-à-vis de l'Allemagne : « Non,
Majesté, nous ne pouvons pas, il y a un Déroulède... »
— « Mais encore... » — « Nous n'y pouvons rien : c'est
un fou qui emballe des fous. » Aussi bien, puisque
Déroulède a sacrifié toute sa jeunesse à la patrie, j'accepte cet expédient de notre diplomatie : elle se tire
d'affaire moins fièrement que je ne voudrais, mais enfin
comme elle peut[1].

Il faut reconnaître que Déroulède ne répugne point
aux effets violents, qu'il affiche sa personne, ses idées,
ses actes. C'est qu'il n'agit point dans les salons ni dans
les académies, mais dans la rue. Préféreriez-vous qu'il la
laissât à tels autres, la rue[2] ?

---

[1]. Le *Temps* a propagé cette manière de voir. C'est qu'il fallait
ne point être interdit en Alsace-Lorraine. « Eh bien ! quoi, me
dirait Hébrard ; préféreriez-vous que les annexés ne lussent plus
un seul journal français ? » Je déclare loyalement que je n'ai rien
à répondre. Mais quand l'heure de la justice sera venue pour Déroulède (peu ou longtemps après sa mort), on reconnaîtra un
héros et un martyr.

[2]. J'exige de mon lecteur et ami qu'il se rende compte des sacri-

Je le connais et je vous dis qu'il possède de naissance
la notion du ridicule, mais qu'il se hausse jusqu'au courage de braver le ridicule. Aussi bien, passons à ce qui
est digne d'arrêter des gens sérieux. Je voudrais brièvement indiquer ce qu'il y a de « raisonnable » dans
« l'emballement » des masses pour Déroulède. Je voudrais montrer les longues préparations de ce qu'on
appelle ses à-coups. Je n'ai aucun goût pour les forcenés.
C'est un sage que reconnaîtra en lui l'historien philosophe...

Voilà par quelles étapes s'est formée la vocation patriotique de Paul Déroulède. Voilà dans quelle préparation

fices d'un Déroulède. Quelle amputation il pratiqua sur lui-même
en se donnant tout à son apostolat? Est-il encore un âne pour
méconnaître, au nom de l'esthétique parnassienne, la qualité
des *Chants du soldat*, des *Chants du paysan* ? L'auteur du *Jardin
de Bérénice*, et de *Du Sang, de la Volupté et de la Mort*, formé
d'ailleurs dans la société de Leconte de Lisle, a, dans quelque
mesure, le droit de parler d'art; eh bien! ces petits livres de
Déroulède, écrits sans habileté, avec des moyens grêles, je les
tiens pour des âmes vivantes. Le plus bel éloge ? Ouvrez-les,
rien n'y a vieilli, et déjà les livres fastueux de ceux qui rica-
naient sont en puanteur. On ne vit qu'une vie. En toute clairvoyance et avec une magnifique résolution, Déroulède a sacrifié
sa vie littéraire, c'est-à-dire l'existence la plus heureuse qui
soit à notre époque et qui passe singulièrement, pour prendre
deux termes vulgaires de comparaison, l'existence des rois et
celle des milliardaires. Quand il était à la Conciergerie (voir notre
article du *Journal*, 30 octobre 1899), on lui offrait l'Académie et il
répondait « Laissons retomber dans l'oubli ce rêve de ma jeu-
« nesse, que j'ai sacrifié avec tant d'autres rêves aux devoirs vio
« lents et tumultueux d'une politique de combat qui, hélas ! n'a
« pas encore été une politique de délivrance... De bien longtemps,
« je ne serai pas libre. Quand je sortirai de prison, j'aurai pour
« devoir de consacrer au rétablissement du suffrage universel et
« à l'avènement de la République plébiscitaire tout ce qui me res-
« tera de courage, de force et d'énergie. » Il craignait qu'un homme
habillé en vert eût moins de liberté pour monter sur la borne.

il trouve ses forces de persuasion. Nulle habileté, chez ce
grand orateur. Et même faut-il le dire orateur ? Il est si
inégal ! C'est autre chose et mieux : un magnifique excitateur d'hommes. Comment ? Par sa sincérité...

Mais ce n'est pas seulement l'instinct, l'âme généreuse
et bien agissante, c'est la pensée réfléchie qu'il faut aimer
dans Déroulède.

Il y a dans son œuvre un étroit et mince volume, qui
comptera dans l'histoire de notre nation. Ce petit ouvrage
de format in-32, de 303 pages, s'appelle « Le livre de la
Ligue des Patriotes, extraits d'articles et de discours ». Il
a servi la raison française. En le lisant après tant d'années déjà écoulées, on tient Déroulède pour un héros
complet : un sage autant qu'un brave. Feuilletez-le avec
moi...

Ceux qui voudront méditer de telles paroles, déjà
anciennes, à la lueur des événements les plus récents,
seront sur la voie pour distinguer l'ordre naturel de la
pensée de Déroulède. Cette pensée s'est formée des crises
de la nation ; ils reconnaîtront, en l'analysant par eux-
mêmes, et non plus dans les feuilles serviles, qu'elle est
conforme aux intérêts les plus droits du pays, et, pour
tout dire, au bon sens français.

Il y a des hommes de qui la grandeur ne subsiste que
si nul ne la soumet à l'analyse. Déroulède gagne tout à
être rendu intelligible par un examen minutieux. L'histoire de sa pensée et le fait qu'à plusieurs reprises elle
reçut l'assentiment de la nation entière (se souvenir du
duel avec Clemenceau en 1893 et des jours qui précédè-
rent l'acte de la place de la Nation) sont un réconfort pour
un Français. On doute parfois de notre esprit de conduite
nationale, on cherche sur quels intérêts raisonnables peut

se faire notre unité. Déroulède s'est fait aimer, non par la flatterie démagogique, mais en montrant une figure de chef ; il s'est fait entendre de tous en parlant de l'intérêt national. On suspecte parfois nos forces inconscientes, je veux dire nos masses populaires non organisées. Ce sont elles qui nous sauvent! Que ne peut-on pas attendre de leur instinct de la santé sociale puisqu'empoisonnées de toutes parts par nos intellectuels, elles reviennent si souvent à cet obstiné qui proclame les vraies directions du salut public [1].

1. *Scènes et Doctrines du Nationalisme.* p. 262-271 ; cf. *l'Appel au soldat,* p. 473. « En réalité, Déroulède, c'est un homme de rayonnement qui communique ses états d'esprits à tous les êtres qui l'approchent et le leur rend sympathique. Ce don fait de lui un despote qui ne tient aucun compte des caractères individuels et veut tout fondre dans l'action à laquelle il se dévoue. Si Boulanger ne peut lui fournir qu'une victime, qu'un cadavre, il exige sans apitoiement cette suprême contribution ».

LES FUNÉRAILLES DE VICTOR HUGO

Tout le jour ce fut le défilé de Paris dont les rangs pressés se formaient avenue Hoche, pour s'écouler par l'avenue du Bois. Haussée sur un double piédestal de velours violet, une immense urne qui montait jusqu'au cintre proposait aux plus lointains regards le cercueil. Partout des écussons dans des trophées de drapeaux affichaient comme des devises glorieuses les titres de ses œuvres. Leurs noms, toujours jeunes dans l'esprit de ce peuple parisien, habitué des théâtres ou des lectures par livraisons, protestaient contre l'idée de mort. Un immense voile de crêpe, dont on avait essayé de tendre l'angle droit de l'Arc de Triomphe, paraissait, des Champs-Élysées, une vapeur, une petite chose déplacée sur ce colosse triomphal. La garde du corps, confiée aux enfants des bataillons scolaires, était relevée toutes les demi-heures pour qu'un plus grand nombre participassent d'un honneur capable de leur former l'âme.

Ces enfants, ces crêpes flottants, ces nappes d'administrateurs épandues à l'infini et dont les vagues basses battaient la porte géante, tout semblait l'effort des pygmées voulant retenir un géant : une immense clientèle crédule qui supplie son bon génie.

Aux premières heures de la nuit, ce dimanche, vers l'instant où la foule entraînait François Sturel, le culte, un peu officiel jusqu'alors, gagnait les masses. Paris, qui était allé dîner, revenait avec de plus grandes facultés d'enthousiasme. D'abord presque uniquement respectueuses, courbées d'admiration devant cet homme des sommets et des nuages, les petites gens s'attendrissaient en pensant que c'était le dernier soir de la présence réelle. Le vieillard, enlevé au mouvement de la grande ville, allait se décomposer dans les compartiments administratifs de la mort, au Panthéon. Déjà le cercueil devenait invisible, perdu là-haut, dans le sombre de la nuit. Les nerfs frémirent. Jusqu'alors pareil aux grandes divinisations impériales romaines, l'hommage prit l'intensité des fêtes funéraires d'Orient. Dans les Champs-Élysées, dans les avenues d'Iéna, Hoche, Friedland, de l'Alma, Marceau, Kléber, Victor-Hugo, du Bois, de la Grande-Armée, sur les pentes de cette haute colline, toute belle ordonnance fut rompue par l'émotion de ces masses campant autour d'un cadavre. Par la puissance de ce bouleversement moral, et dans la liberté d'une fin de dimanche, quelque chose de trouble émergeait du fond des consciences. Le premier soir de la mort, après une visite au cadavre étendu sur son lit, un journaliste avait écrit : « En face de cette vision funèbre, on comprend les hallucinations, les touchants malentendus d'où sont sorties tant de religions. Il faut un effort de la pensée pour se replacer dans notre siècle de science et d'analyse, pour s'avouer que celui que nous pleurons n'a été qu'un homme... » Ainsi dès le 22 avait commencé l'apothéose ; mais de ce long office des morts la nuit du dimanche au lundi fut l'élévation, l'instant où le cadavre présenté à la nation devient dieu.

Quelles ne sont pas les imaginations de tout un peuple surexcité par la gloire et la mort ? Demain, lundi, quand ces masses porteront le dieu au Panthéon, l'aube aura dissipé ces orageuses vapeurs. Il faut l'avoir vu, le cercueil soulevé dans la nuit noire, sombre lui-même à cette hauteur, tandis que les flammes vertes des lampadaires désolaient de lueurs blafardes le portique impérial et se multipliaient aux cuirasses des cavaliers porteurs de torches qui maintenaient la foule. Les flots, par remous immenses, depuis la place de la Concorde, venaient battre sur les chevaux épouvantés, jusqu'à deux cents mètres du catafalque, et déliraient d'admiration d'avoir fait un dieu. Des adorateurs furent écrasés aux pieds de l'idole. On savait qu'à ce cadavre douze hommes jeunes avaient été donnés, poètes et fanatiques, pour l'honorer et le servir. Jean Aicard, Paul Arène, Victor d'Auriac, Émile Blémont, Courteline, Rodolphe Darzens, Léon Dierx, Edmond Haraucourt, Jacques Madeleine, Tancrède Martel, Catulle Mendès, Armand Sylvestre veillèrent dans un vent terrible qui leur apportait Quasimodo, Hernani, Ruy Blas, les Burgraves, monseigneur Myriel, Fantine et le cher Gavroche, et des milliers de vers bruissants, et des mots surtout, des mots, des mots ! car le voilà son titre, sa force, c'est d'être le maître des mots français : leur ensemble forme le trésor et toute l'âme de la race. A ces écrivains de sa garde, Hugo est sacré comme le bienfaiteur qui leur a donné leurs modèles, leurs rythmes, leur vocabulaire. Durant ces longues heures nocturnes, ils se définissent son rôle historique dans la littérature française. C'est son aspect légendaire qui prévaut dans les masses et qui les courbe d'amour ; pour elles et fort justement, il est ceci : la plus haute

magistrature nationale. Elles le remercient de l'appui
magnifique qu'il a donné aux formes successives de l'idéal
français dans ce siècle. Oui, c'est le chef mystique, le
voyant moderne, non pas le romantique, élégiaque et dra-
maturge, que ces grandes foules assistent.

On a justement défini l'Arc de Triomphe en plein jour :
« une porte sur le vide ». Cette nuit-là, c'était une porte
ouverte sur le néant et sur le mystère. « Je refuse l'oraison de tous les cultes. Je crois en Dieu », disait le poète
dans son testament répandu à des milliers d'exemplaires.
Sur ce seuil, nous le voyions parmi nous faisant son dernier acte, son geste suprême. Il proclamait un inconnu
auprès duquel il demandait qu'on intercédât. Voilà le
mystère. Il donnait une précision grandiose à cette vérité
qu'on voile : l'échec final de tous les efforts. Voilà le
néant. « Eh quoi! ne plus le voir, ce grand ami de
Paris! Il avait, paraît-il, des facultés plus qu'humaines.
Si celui-là meurt ainsi, que sera-ce de moi, misérable ?...
Que lui servent mes hommages! J'aime mieux vivre
obscur, infime, jouir de cette fête dans l'ombre des marronniers, que me défaire sous cette orgueilleuse décoration... »

Comme tous les cultes de la mort, ces funérailles exal-
taient le sentiment de la vie. La grande idée que cette
foule se faisait de ce cadavre, et qui disposait chacun à
se trouver plus petit, charriait dans les veines une étrange
ardeur. C'était beau comme les quais des grands ports,
violent comme la marée trop odorante qui relève nos
forces, nous remplit de désirs...

Et pourtant, de cette foule peu consciente, les uns,
voyant la gloire, frémissent ; d'autres, sentant la mort,
se hâtent de vivre ; d'autres encore, coudoyés par des

coreligionnaires, voudraient fraterniser. Ils font mieux,
ils s'unifient : ce prodigieux mélange d'enthousiastes et
de débauchés, de niais, de simples et de bons esprits,
s'organise en un seul être formidable campé au pied de
la hauteur. Sa face qu'il tourne vers le cercueil et
qu'éclairent les torches funéraires est faite de cent mille
visages, les uns immondes, les autres extasiés, mais
aucun insensible. Sa respiration fait le bruit de la
mer...

Ah ! qu'il voudrait, le pauvre géant populaire, le
monstre inconscient, être vraiment créateur et qu'une
telle journée ne demeure pas seulement un témoignage
prodigieux de l'excitabilité de Paris...

Cet ensemble mystérieux était du moins extrêmement
propre à mettre le perplexe Sturel dans un état philosophique d'où il distinguerait sa vérité. Pour qui cherche
à juger avec moralité, c'est un bon système de se dégager
de l'accidentel et de se placer à un point de vue éternel.
Nul ne pourrait y élever ce jeune homme susceptible de
grandes impressions plus sûrement que Victor Hugo, à
qui cette apothéose donne ce soir-là une autorité surhumaine.

Ce contemplateur nous enseigne qu'il n'y a pas que le
clair, le certain, le fixe, l'isolé : il nous restitue le mystère, le changement, la solidarité de tous êtres et de toutes
choses. On se refuse à le suivre si, en l'écoutant, on
songe qu'il est un contemporain, avec toutes les infirmi-
tés d'un homme sur qui nous renseignent des journalistes
malicieux et capables d'interprétations basses ; mais si,
par l'imagination, on lui prête du recul, si l'on veut bien
l'entendre comme un prophète de jadis, il y a un immense
profit à obtenir de son œuvre. Et l'on a raison d'écouter

sa voix comme une voix primitive. Les mots, tels que
savait les disposer son prodigieux génie verbal, rendent
sensibles d'innombrables fils secrets qui relient chacun
de nous avec la nature entière. Un mot, c'est un murmure
de la race figé à travers les siècles en quelques syllabes ;
c'est le long écho d'un grognement de l'humanité quand
elle sortait de la bestialité. On y trouve le premier éveil
mystérieux de notre ancêtre qui, s'étant dressé sur ses
pattes de derrière, s'exprima. L'individu alors se diffé-
renciait peu de l'espèce, voire de l'animalité entière ; nous
n'avions pas non plus séparé le monde moral du matériel.
À cette fraternité, à cette communion, les mots maniés,
assemblés, restitués dans leur jeune splendeur par Hugo
nous font participer : c'est directement que leur force
mythique agit sur notre organisme ; par l'agencement et
la force de son verbe, Hugo dilate en nous la faculté de
sentir les secrets du passé et les énigmes du futur ; il
jette des lueurs sur les étapes de nos origines et sur la
direction de l'avenir... Parole, parabole, de παρα et βαλλειν,
« jeter à côté » : plusieurs de ses paroles nous ont vraiment menés sur les bords de ce double abîme dont il
parlait volontiers, gouffre d'ombre sous nos pieds, gouffre
de lumière sur nos têtes...

Tout se préparait pour le cortège Hugo. Chacun, avec
un haut sentiment de soi-même, courait prendre le rang
auquel il avait droit. Politiciens, académiciens, littérateurs, artistes de tous genres, industriels, commerçants,
ouvriers, apportaient leur vanité naïve pour contribuer à
l'apothéose. Des insignes corporatifs respectables et
d'autres, un peu grotesques, affirmaient que tous les
petits groupements d'intérêts ont pour raison commune
et supérieure l'intérêt de la patrie. Cet immense dé-

sordre peu à peu s'organisa, manifesta la grande pensée du pays : « Il ne nous quitte pas; il fera partie des
réserves de la pensée française. Nous le conduisons
dans le quartier des savants, des éducateurs, des jeunes
gens. »

A midi moins le quart, vingt et un coups de canon
retentirent sur Paris. A l'Étoile, les discours commencèrent, infectés d'esprit partisan et vaniteux et se traînant
à terre, alors qu'il eût fallu unifier la France et la soule-
ver pour que courageusement, en ce jour de gloire et de
deuil, elle mesurât le terrain qu'elle est en train de
perdre dans les manœuvres générales de l'humanité. Ce
pendant, le char des pauvres, où se croisaient sur un
drap noir deux lauriers, avec l'éclat le plus imposant
s'engagea vers la pente des Champs-Élysées. L'antithèse
ne laissa aucun visage insensible; d'une extrémité à l'autre
des Champs-Élysées se produisit un mouvement colossal,
un souffle de tempête ; derrière l'humble corbillard,
marchaient des jardins de fleurs et les pouvoirs caboti-
nants de la Nation, et puis la Nation elle-même, orgueilleuse et naïve, touchante et ridicule, mais si sûre de servir l'idéal ! Notre fleuve français coula ainsi de midi à six
heures, entre les berges immenses faites d'un peuple
entassé depuis le trottoir, sur des tables, des échelles.
des échafaudages, jusqu'aux toits. Qu'un tel phénomène
d'union dans l'enthousiasme, puissant comme les plus
grandes scènes de la nature, ait été déterminé pour
remercier un poète-prophète, un vieil homme qui, par
ses utopies, exaltait les cœurs, voilà qui doit susciter les
plus ardentes espérances des amis de la France. Le son
grave des marches funèbres allait dans ses masses profondes saisir les âmes disposées et marquer leur destinée.

Gavroche, perché sur les réverbères, regardait passer la dépouille de son père indulgent et, par lui, s'élevait à une certaine notion du respect.

Cette foule où chacun porte en soi, appropriée à sa nature, une image de Hugo, conduit sa cendre de l'Arc de Triomphe au Panthéon. Chemin sans pareil ! Qui ne donnerait sa vie pour le parcourir cadavre ! Il va à l'ossuaire des grands hommes : — au caveau national et aux bibliothèques. — Ici, une fille légendaire sauva Paris, écarta les Barbares : c'est un même office qu'ont à perpétuer les écoles de la Montagne ; elles ont toujours à sauver la France, en lui donnant un principe d'action. Ici la jeunesse hérite de la tradition nationale et, en même temps, s'initie à l'état de la vérité dans le monde, aux efforts actuels de tous les peuples vers plus de civilisation. C'est ici, depuis les bégaiements du XIIᵉ siècle, que se sont composées les formules où notre race a pris conscience et a donné communication au monde des bonnes choses qui lui sont propres.

Certains esprits sont ainsi faits que deux points les émeuvent dans Paris : — l'Arc de Triomphe, qui maintient notre rang devant l'étranger, qui rappelle comment nous donnâmes aux peuples, distribuâmes à domicile les idées françaises, les « franchises de l'humanité », — et cette colline Sainte-Geneviève, dont les pentes portent la Sorbonne, les vieux collèges, les savantes ruelles des étudiants. L'Arc de Triomphe, c'est le signe de notre juste orgueil ; le Panthéon, le laboratoire de notre bienfaisance : orgueil de la France devant l'univers ; bienfaisance de la France envers l'univers. Le même vent qui passe et repasse sous la voûte triomphale court aussi sans trêve le long des murs immenses du Panthéon, c'est l'âme, le souffle des hauts lieux : nul n'approche le mont de l'Étoile, le mont Sainte-Geneviève qui n'en frémisse, et pour les plus dignes, ce sera le moteur d'une grande et durable activité [1].

1. *Les Déracinés*, p. 443-462.

AUTOUR DE LA GARE DE LYON[1]

La voiture du Général sortait de l'Hôtel du Louvre ; elle traversa difficilement le trottoir, et avant qu'elle eût pris son tournant dans la rue, un essaim formidable l'arrêta, cramponné au cheval, aux roues. Dix mille personnes entonnèrent le chant fameux :

> Il reviendra quand le tambour battra ;
> Quand l'étranger m'nac'ra notre frontière,
> Il sera là et chacun le suivra ;
> Pour cortège il aura la Franc'entière !

On entraîne les chevaux à supporter le bruit du canon. Il faut un dressage pour que les hommes ne s'excitent pas trop au bruit des acclamations. Le froid Suret-Lefort en tête, Renaudin, Sturel, Saint-Phlin et Rœmerspacher lui-même foncèrent sur cette foule vers la voiture. Maintenant, on criait : « Partira pas ! Partira pas ! » Une vitre de la voiture s'abaissa, « Le voilà ! Le voilà ! Il est en civil, avec le général Yung », disait Renaudin à Sturel,

1. Au moment du départ du général Boulanger pour Clermont (Éd.).

qui distingua un monsieur blond riant et se penchant pour saluer. Ce fut une vision d'une seconde. Ils devinèrent qu'il parlait, mais ils ne le voyaient plus. Chacun retenait son haleine, et l'on affirma qu'il demandait le passage. La foule s'y fut opposée, mais, plus disciplinés, les hommes du premier rang, des ligueurs, disait-on, firent d'eux-mêmes un couloir vociférant où la voiture se précipita, suivie de trois fiacres pleins d'officiers et d'amis. Comme une débâcle, tout les poursuivit, entraînant les cinq jeunes gens.

— A la gare de Lyon ! dix francs ! — cria Sturel à un cocher.

— Vous nous retrouverez si vous voulez chez Lucas : je vais y dîner avec Saint-Phlin, dit Rœmerspacher.

Sturel, Renaudin, Sturet-Lefort, debout, font une conversation fraternelle et cahotée avec leur cocher, qui, dans son enthousiasme boulangiste, abrutit de coups son cheval. Les cris continus qu'ils traversent les excitent à ne pas se laisser distancer par le coupé dont le dos miroite à vingt pas devant eux, comme un gibier précieux qu'ils chassent. Sturel voudrait revoir la figure du Général et, le plus près possible, l'acclamer. C'est aussi le désir du cocher et de ce long peuple au galop. Ils ont suivi la rue de Rivoli et la rue Saint-Denis. A l'avenue Victoria, les premières centaines de coureurs, essoufflés, s'essaiment. D'autres enthousiastes surgissent de toutes parts. Les quais de l'Hôtel-de-Ville et des Célestins, les boulevards Morland et Diderot, grouillent de gestes, retentissent d'acclamations sans une note hostile. Les quatre voitures, comme un train soulève et entraîne des menus objets dans un courant d'air, détachent de ces berges humaines tous les impulsifs qui, par leurs frénétiques efforts de jarret, de poitrine et de larynx, dont ils suent, ajoute encore à la fièvre générale qui les propulse. Deux cents mètres avant la gare, il fallut aller au pas. La volonté de cette manifestation se dégagea : le peuple s'opposait au départ. On commença de dételer ses chevaux. De leur voiture immobilisée, les jeunes gens, découverts, la bouche pleine de cris, suivaient tous ces mouvements...

C'est une impression extraordinaire de voir dans une trombe humaine un homme emporté. En chapeau rond, en pardessus, si simple, et le centre d'un tel ouragan ! La vague immense, l'animal puissant qu'est cette foule se jette avec son frêle héros, de droite et de gauche, par formidables ondulations qui trahissent des poussées de désirs et de craintes, ses défaillances et ses reprises. C'est de la bataille contre un ennemi invisible et indéterminé. Des sentiments obscurs, hérités des ancêtres, des mots que ces combattants ne sauraient définir, mais par où ils se reconnaissent frères, ont créé ce délire, et, comme ils font l'enthousiasme, ils décideraient aussi la haine. Ces mêmes forces du subconscient national qui, sur les pentes de la gare de Lyon, étreignent d'amour un Boulanger, sur le pont de la Concorde s'efforcèrent de noyer M. Jules Ferry. Que des malins ne viennent pas nous parler de camelots à cent sous ! Le beau spectacle ! Que ce soit un homme âgé, réfléchi, avec des fonctions qui pour l'ordinaire intimident : un général ! et que soudain il soit, comme une paille, soulevé par la brutale familiarité de l'émeute, et qu'elle le prenne au milieu de soi, pour le toucher et le protéger, pour le garder de l'exil : c'est l'image d'une gloire grossière, le pavois d'un chef primitif. Un tel désordre a quelque chose d'animal et de profondément mélancolique, comme des excès mêlés d'impuissance.

Quand Sturel, de sa voiture, eut vu Boulanger et cette belle cohue s'engouffrer dans la gare, il chercha vainement Renaudin et Suret-Lefort. Où s'étaient-ils évaporés ? Il resta quelques instants à jouir de l'émotion que lui commandaient ces torrents humains. Bientôt il en eut des images assez fortes pour susciter toutes les forces de son tempérament. Ébloui qu'un homme eût déchaîné une telle unanimité, le naïf se convainquit de la toute-puissance de cette popularité, et, pour partager ses effusions plutôt que leur dîner, il se fit conduire au restaurant de ses amis. Dans cette minute, il abhorrait la notion du « gentleman » qui croit à des distances de classe. Il était enchanté de la haute idée que son cocher se faisait du Général et que cet homme lui exprimait en termes grossiers pour Jules Ferry. Depuis deux années de voyage et de province, il avait peu vu de Français du peuple. S'il n'avait craint Rœmerspacher, qui malheureusement avait du sens commun, et Saint-Phlin, qui à certains jours était capable de se froisser, Sturel aurait retenu ce citoyen à dîner. Quel contentement de retrouver à Paris les plus humbles de ses compatriotes animés de ce goût pour les héros qu'il avait promené en Italie ! Il pensait : « Je voudrais me dévouer au Général et l'aider, lui et ses nobles lieutenants. »

Tout cela, c'est d'un enthousiaste qui a trois mille francs de rente. Mais, avec les sentiments mêlés d'un chien qui court à son maître, d'un vieux soldat quand le drapeau chancelle et d'un pauvre qui voit une pièce d'or, à l'instant où le Général apparut hors de sa voiture et, soutenu par des agents, commença de marcher, Renaudin s'était élancé.

Si maigre, famélique, ardent, brutal, et ne s'arrêtant jamais pour pousser des « Vive Boulanger ! » il fut de la première vague, qui se heurta contre les portes de la gare rapidement refermées sur le précieux voyageur. Sous le choc, elles ne servirent qu'à marquer un temps : une seconde poussée les brisa et la nappe humaine, en deux secondes, s'épandit sur les vastes quais intérieurs.

Boulanger, essoufflé, mais qui, dans cet abri, commençait de reconnaître les cinquante radicaux venus pour le mettre en wagon, parut alors, plutôt qu'un triomphateur, un gibier que rejoint la meute. Ignorant les détours de la gare et l'emplacement du train de Clermont, il resta un instant à tournoyer sur lui-même. A chaque seconde, des centaines d'enthousiastes étaient projetés avec force des étroits boyaux où ils se déchiraient en passant et, comme un étang rompu, le boulevard se vidait dans la gare de Lyon. Les voyageurs, les brouettes de bagages, les trains en partance, tout, comme de bas récifs quand monte la marée, fut enveloppé, recouvert. Les employés de la gare le guidaient en courant sur la voie, entre les trains. La foule le dépiste ; elle le poursuit, le devance, le cerne. Tous chemins barrés, il se réfugie au hasard dans un compartiment de troisième classe, dont le jeune député George Laguerre s'épuise à maintenir des deux mains la portière, jusqu'à ce que des agents le viennent suppléer en chassant du marchepied les trop zélés partisans. Alors la foule, son siège installé, entonne : *Il reviendra quand le tambour battra...* puis : *C'est Boulange ! Boulange ! Boulange ! C'est Boulanger qu'il nous faut...* et souvent elle s'interrompt pour jurer à grands cris qu' « il ne partira pas ! »

Chaque fois qu'un Andrieux, un Déroulède, en se nommant, a pu forcer ce blocus et se glisse par la portière qu'on entr'ouvre, la masse, aveuglément, s'écrase, pour saisir l'objet de son amour, le rapporter dans Paris. « Le voilà, le grand ami du peuple, et il détruira l'ennemi du peuple ! » L'imagination populaire simplifie les conditions du monde réel; elle suppose que, pour faire son bonheur, il suffit d'un homme de bonne volonté. « Ne sommes nous pas le nombre ? Affirmons par la violence et la multiplicité de nos acclamations qu'en lui seul est notre confiance ! » Formidable sérénade d'une foule, à la fenêtre d'un wagon, pour un général dont elle aime si fort le caractère français qu'elle le voudrait Espagnol. .

Mais quel est celui-là, très grand, décoré, qui se penche vers la portière ? Les ligueurs épars l'acclament, le nomment à leurs voisins un peu défiants, qui disent : — Ce grand là, que veut-il ? — C'est Paul Déroulède, son meilleur ami ! — Silence ! plus haut ! — Il annonce qu'au nom de la Ligue il a remis au Général deux grandes médailles ayant à la face l'une le portrait de Chanzy, l'autre le portrait de Gambetta — Gambetta! Chanzy ! ses modèles ! — Bravo ! Vive Boulanger !

Dans cette crise d'idéalisme, Renaudin s'est glissé jusqu'au wagon et demande à Laguerre la consigne :

— L'Élysée ou Clermont ?

— Le Général partira.

Sur l'autre marchepied, un employé supérieur de la gare :

— Mon Général, si vous voulez sortir dans la cour, je puis faire un chemin.

Il s'irrite :

— Je veux partir, coûte que coûte.

Quelle chaleur sous cette halle où le jour baisse ! Sur les marchepieds, sur les toits des wagons, et puis là-bas, bien loin, la foule, heureuse, s'occupe à chanter la *Marseillaise*, et dans la pause qui suit « arrose nos sillons ! » on entend régulièrement le cri aigu de Mouchefrin : « A l'Elysée ! » N'osant plus tenter de saisir son prisonnier, elle lui jette ses chants, ses cris, ses gestes violents, elle se jette elle-même vers lui et ne sait par quelle invention prouver l'intensité de son amour. — A la manière de cet humble, mentionné par les hagiographes, qui chaque matin faisait une culbute en l'honneur de la Vierge Marie, un gymnaste, éperdu d'enthousiasme, se hisse par des-dessus les têtes le long d'une ferme de fer et, devant la portière du Général, exécute de brillants rétablisse-ments.

Neuf heures ! Depuis une heure le train devrait être parti. La gare pleine de nuit maintenant retentit du long sifflet des convois en souffrance. De main en main, une bouteille de bière et des verres s'en vont vers le Géné-ral, qui a demandé à boire. Puis on se bat pour obtenir ces objets consacrés. Un employé a pu s'approcher :

— Mon Général, si vous tenez absolument à partir, il n'y a qu'un moyen : consentez-vous à monter sur une locomotive ?

Du compartiment, quelqu'un se penche :

— Le Général étouffe ; il demande qu'on le laisse des-cendre et faire quelques pas.

L'intimité est grande entre le héros et sa foule. Tous crient : « A Paris ! » se découvrent, voudraient, à la fois, s'effacer et l'approcher. L'immense tourbillon ! Un cri s'éleva qu'il était par terre. L'anonyme qui venait de tom-ber bénéficia de cette épouvante. Cette folie, cependant,

avec des zigzags brutaux, arrivait à la hauteur d'une locomotive qui siffla et s'enveloppa de fumée. Dans ce nuage,
le Général, avec l'aide des employés, soudain se dégage
et monte auprès du mécanicien. Les quelques centaines
de fanatiques qui le serrent assez pour voir, se jettent
devant la machine comme aux naseaux d'un cheval. Quelques-uns se couchent sur les rails, mais le monstre les
épouvante de sa vapeur précipitée, de ses sifflets et de sa
masse qui déjà s'ébranle. Dix mille personnes qui n'ont
pas compris la manœuvre reprennent en chœur : « Vive
Boulanger ! » Il s'évade de leurs compromettantes
amours. Les plus énergiques des idéalistes et des habiles
qui composent cette foule ne luttent plus que pour s'ac-
crocher à ce grandiose remorqueur. Leur grappe aventureuse couvre les étroites plates-formes, les marchepieds, tous les espaces ; la lumière du gros fanal de
front est demi-voilée par le corps de l'aide de camp
Driant, qui l'étreint, et qui, dans cette position à faire
frémir, se laisse emporter pour ne pas quitter son chef.

C'était neuf heures quarante. A dix heures, le formidable essaim boulangiste qui est venu si étrangement
s'abattre en pleine gare de Lyon, privé de ses frelons,
consent enfin à se disperser. Blanquistes, ligueurs,
simples curieux vont raconter à Paris combien ils étaient
enthousiastes, et par leurs récits ils multiplieront encore
les enthousiastes[1] !

1. *L'Appel au soldat*, p. 63-71.

L'ÉLECTION DE PARIS

Tout cet immense Paris passa la soirée du samedi 26 janvier et la journée du dimanche dans l'état des professionnels qui attendent sur un vélodrome les coureurs partis de Bordeaux. C'était une fête, car les rues, les quais, les brasseries et les énormes faubourgs, tout travail suspendu, bavardaient, mais la crainte, l'espoir, la colère, l'incertitude, tant d'ambitions surexcitées déterminaient des battements de cœur qui pâlissaient les visages. Dès les premières heures du 27, quand les masses anonymes gravirent les lieux de vote, les connaisseurs discernèrent que Boulanger avait sorti de leur indifférence les plus obstinés abstentionnistes.

— Moi, monsieur, — dit à Sturel son concierge qui avait à l'état constant une expression réfléchie, — j'étais pour le petit Prince Impérial !

Et il partit confondre son bulletin avec les bulletins des blanquistes, catholiques, monarchistes, républicains et incolores, dans un parti simplement national.

Cependant vers six heures du soir, à Bouteiller qui, assiégé de pressentiments, lui parlait de précautions à prendre, le président du Conseil répondait, comme un radical doit parler à un opportuniste :

— Dans une heure, monsieur, vous me demanderez
pardon d'avoir douté de Paris.

Une heure plus tard, les premiers résultats parvenaient
aux bureaux presque déserts de la *Justice*, et Clemenceau
jetait cette interrogation :

— Dites donc, un tel, vous qui êtes allé à Nouméa,
racontez-nous la vie là-bas.

Pensait-il que mieux vaut se poser en martyr qu'en
blackboulé, ou bien cet audacieux, qui ne sentait plus
d'objection à l'expédient révolutionnaire d'une Haute
Cour, supposait-il à Boulanger la même hardiesse d'âme ?

Chaque quartier, en connaissant par les chiffres que sa
majorité était boulangiste, le devint unanimement et
attendit quelque chose. Un frémissement nerveux exaltait
non seulement les fidèles enrégimentés mais tout le Paris
romanesque, cette foule immense de curieux, d'imaginatifs et de mécontents qui, dès leur dîner, se dirigèrent
sur les boulevards, les obstruant, les enfiévrant d'un
même désir d'acclamer le vainqueur et de prendre son
mot d'ordre.

Autour de Floquet atterré, ses collaborateurs estimaient
n'avoir pas les moyens de se défendre. On savait qu'à
l'Élysée le poste livrerait les portes ; que les soldats,
sortis de leur caserne, acclameraient Boulanger ; que la
garde républicaine, colonel en tête, s'offrait pour un coup
de main.

Au premier étage du restaurant Durand s'achevait dans
le plus grand désordre un dîner de vingt-cinq couverts,
présidé par Déroulède. Dans la salle du rez-de-chaussée,
dans les escaliers et dans les couloirs, c'était une cohue de
dévouements bruyants qui, à travers les rues, noires au
loin d'une foule pressée, avaient couru en se déchirant

pour apporter les chiffres de la victoire. Chaque résultat partiel augmentait la majorité du chef et faisait déborder la joie dont était comblé, depuis les premiers, le cœur des grands lieutenants. Joie légitime, exagérée encore chez les agents secondaires, chez des hommes de cercles, vaguement rastaquouères, par la forfanterie et l'irréflexion habituelles aux anonymes sans responsabilité. Ils discutaient bruyamment et de la manière la plus compromettante l'opportunité d'un coup de main. Faisant le but de tous ces vivats, de tous ces bras tendus, de tous ces yeux noyés de plaisir, le Général, en habit, heureux, et calme, usait fort joliment de son beau sang-froid pour être le moins étonné, le moins ému de son triomphe, que ses mots, ses gestes, les battements de son cœur n'avaient pas un instant mis en doute.

Il se taisait. Qu'attendait-il ? Et même attendait-il quelque chose ? Il ne s'en ouvrit à personne. Était-il donc obligé de penser tout haut ? Son silence intéresse plus notre imagination que ses phrases, rares et pauvres. Sa méditation en face des serviteurs de sa fortune, voilà ce qui nous ouvre un champ, et surtout quand il s'approche de la fenêtre et contemple cette multitude dont l'acclamation sans trêve le glorifie. Cris obstinés, appels au soldat, mais qui non plus ne précisent rien. Plus loin, par delà les regards, toute la France veille en permanence. Quel énigmatique suspens entre cet homme et ce peuple qui, l'un l'autre, s'interrogent !

Sur l'invitation de Déroulède, de Thiébaud et de Lenglé, le Général demanda quelques minutes de solitude. Demeuré avec ces intimes dans un cabinet, il subit leur assaut, leur instante prière de réaliser par un acte le vœu plébiscitaire de la Seine. Avec cette rapidité d'élocution,

cette construction antithétique des phrases et cette ingé-
niosité d'images saisissantes qui font son éloquence,
Déroulède développa que tout homme a dans sa destinée
deux courbes, une ascendante, une descendante.

— Vous êtes arrivé au point d'intersection, au sommet,
mon Général !...

Un trait principal de Déroulède, c'est de ne point
admettre une volonté qui lui résiste. Il attaque de front,
de flanc et s'acharne :

— Mon Général, je ne vous demande pas de marcher
sur l'Élysée ; les actions de nuit sont dangereuses. Je
vous dis : « Venez demain à la Chambre ; nous tenons
encore nos cadres électoraux, nos comités ; nous aurons
vingt mille hommes convoqués : il en viendra deux cent
mille. Montez à la tribune. Demandez la Dissolution, la
Révision. On vous les refusera. Sortez alors, et nous ren-
trerons... »

Ceux qui connurent une fois les ivresses populaires
ne peuvent rêver sans battements de cœur ce que serait
une pareille journée ? La foule immense sur les quais,
sur la place ; derrière les grilles fermées du Palais-
Bourbon, les rares députés du parti saluant le peuple
avec leurs mouchoirs, l'appelant à oser ; de maigres
troupes un instant hésitantes et puis gagnées enfin par
cet enthousiasme, comme des îlots par l'océan, et les
fiers cavaliers penchés, fraternisant avec les patriotes, au
milieu du délire de la délivrance : c'est alors qu'apparaî-
trait, des couloirs au plein air, le chef, frappé peut-être,
insulté par d'éloquents énergumènes, et qui vient se con-
fier à l'ouragan. Souhaitons que, dès cette minute, les
choses se concluent avec un minimum de brutalité et, par
exemple, qu'on se contente de tremper à la Seine les par-

lementaires, comme des chiens qu'on veut épucer sans les noyer.

A chaque minute du grave colloque entre Boulanger et Déroulède, la porte est frappée, entr'ouverte par des fidèles, dont l'enthousiasme et la jalousie supportent mal l'accaparement du Général. Et lui-même souffre de toute son ardente clientèle. Son succès qu'il attribue à lui seul et à la foule, il craint qu'une intrigue l'exploite.

De ses paroles hachées, on dégage nettement son état d'esprit en face de l'hypothèse, qu'il a souvent étudiée, d'un coup de main sur le Parlement. Depuis que, ministre de la Guerre, il a déjeuné avec Naquet dans ce même restaurant Durand, il a envisagé, comme le général Hoche, comme le général Bonaparte, l'épuration du gouvernement républicain par une épée républicaine. Il s'est fait une idée propre de la tactique à suivre. Il l'a indiquée, dans la nuit chez Laguerre, tandis qu'on discutait les moyens d'un coup de force, au bénéfice des radicaux, pour écarter M. Jules Ferry de la Présidence : Il n'y a pas à donner des ordres aux troupes ; on les consigne. »

Le peuple marchant sur la Chambre, sur l'Élysée, et ne trouvant aucune résistance, est-ce donc là ce qu'il attend, silencieux et qui revient toujours à la fenêtre ? En vérité, que pourrait empêcher ce pauvre M. Clément qui se promène le long de la Madeleine porteur d'un mandat d'arrêt ?

Malgré ces acquiescements de son intelligence à la légitimité et à la possibilité d'une intervention de soldat, l'âme droite, honnête et naïve du général Boulanger garde des préjugés d'éducation. Il se rappelle que son père récitait les invectives de Victor Hugo contre l'Homme du Deux-Décembre. Il redoute le jugement des rédacteurs de l'histoire. Tout à fait ignorant du métier littéraire, il s'épouvante d'un bruit de plumes.

Moins honnête et poussé par des appétits, il aurait marché. Un sage aussi, un homme clairvoyant et soutenu par des idées maîtresses, eût mis, au nom de la science politique, son épée au service des volontés confuses de la France. Avec les pleins pouvoirs que lui donne Paris, le Général devrait être le cerveau de la nation et diriger ce que sollicite l'instinct national. Il défaille, faute d'une doctrine qui le soutienne, et qui l'autorise à commander ces mouvements de délivrance que les humbles tendent à exécuter. Autour de lui, l'inconscient se soulève en magnifique état, mais l'indigence des principes empêche qu'on aboutisse à un programme positif. Le général Boulanger, tout au net, manque d'une foi boulangiste qui se substitue dans sa conscience, à l'évangile dont vit le parlementarisme.

Il rompt ce débat décisif, se dérobe aux obsessions de ces patriotes clairvoyants pour retourner aux fidèles qui veulent lui serrer la main. Enivrés par les grandes satisfactions théâtrales du jour, ceux-ci prolongent des occupations de candidat et ils distraient le Général avec l'expression de leurs dévouements individuels, quand son devoir, c'est maintenant de répondre au sentiment exprimé de Paris.

Parmi ce troupeau, Sturel, le cœur baigné dans du sublime, contemple son Général, écoute ces communards et ces « badingueusards » mêlés, qui gardent la tradition « des plus fortes journées du siècle ». Il n'est pas homme à se désillusionner au contact de ceux qui, à distance, l'ont intéressé ; sa puissante imagination se fixe sur cet état-major électoral et trouve des raisons réelles d'admirer.

Eux sans doute, émoussés par les longs accidents de la vie ne distinguent pas ce jeune homme. Dans son regard ardent, plein de désirs obscurs, ils discerneraient qu'on attend, qu'on exige, après tant de caresses, d'aboutir, et que ce patriote accourt pour voir se former, cette nuit, un organe, le cœur d'une France nouvelle [1]...

1. *L'Appel au soldat.* p. 205-211.

PANAMA

Sur les bancs de la Chambre, on peut comprendre la haine. Bien peu manifestaient durant les longs mois où elle eût été impuissante, mais en décembre 1892, par éclairs, je l'aperçus qui défigurait des visages. Panama, Panama !... J'ai vu tel causeur s'arrêter, étranglé d'un spasme de bonheur, quand passait un adversaire, le regard inquiet, les joues blanchies et tombantes. La haine, comme une bête qui sort de son affût, m'est apparue dans les yeux, entre les dents.

C'est moins par les qualités que par les haines communes qu'on se lie. Exécrer un même homme ! Ah ! la raison puissante de s'aimer !

La haine n'est point un bas sentiment, si l'on veut bien réfléchir qu'elle ramasse notre plus grande énergie dans une direction unique, et qu'ainsi nécessairement elle nous donne sur d'autres points d'admirables désintéressements. Pris tout entiers par une haine, nous sommes capables de pardonner de petits froissements...

La haine emporte tout ; c'est dans l'âme une reine absolue. Mais, entre toutes les haines, la plus intense, la plus belle s'exhale des guerres civiles, et cette reine des

reines, je l'entrevis en décembre 1892, aux couloirs du
Palais-Bourbon [1].

* *

Le 18 octobre, jour de la rentrée des Chambres, les
députés vinrent en grand nombre au Palais-Bourbon.
Dans leurs arrondissements la plupart avaient été obligés
de réclamer la lumière, la lumière complète ; ils s'étaient
vantés d'avoir, à plusieurs reprises, notifié au gouvernement qu'il recherchât toutes les responsabilités ; — c'est
que le populaire ne comprend pas les nécessités politique ; — mais ce 18 octobre, dans les couloirs du Palais-
Bourbon, entre gens de bon sens, ils chuchotent que les
administrateurs du Panama, tous ces Lesseps, tous ces
Cottes, furent toujours des réactionnaires, et que la
République ne doit pas se prêter à leurs efforts pour la
salir.

Seuls, quelques députés, élus de cette législature et
plus préoccupés de popularité électorale que d'autorité
parlementaire, menaient un grand tapage de vertu. Ils parlaient de concussionnaires, d'enquête, d'épuration nécessaire, et prétendaient faire approuver de tous leur dure
morale. Peu de personnes savaient exactement la liste
des vendus. Aussi chacun se méfiait-il, craignant également de paraître redouter la lumière et de se mettre à
dos la bande ténébreuse des criminels. C'était joyeux et
d'une âpreté méphistophélique de voir les habiles se défi-
ler, les épaules voûtées, avec un visage inexpressif, et
d'entendre des malheureux répéter avec les purs dont ils

1. *Du Sang, de la Volupté et de la Mort*, p. 95-100.

étaient atterrés : « Il faut aller jusqu'au bout et, s'il y a
des vendus, les exécuter [1]. »

*
* *

Sturel se vantait de voir croître la peur au Palais-Bourbon. « C'est, disait-il, la panique des animaux quand, à des
signes multiples, ils pressentent un tremblement de terre
et quand le sol commence à manquer sous leurs pas... »
Il décrivait les couloirs où les députés se jetaient, à trois
heures, sur la *Cocarde*, comme, au réveil, ils s'étaient jetés
sur la *Libre Parole* et sur l'*Intransigeant*, pour savoir si
on les dénonçait.. « Leurs figures, qu'ils veulent faire
sereines, trahissent leurs battements de cœur ; les plis de
leur front, leur hébétude, car ils s'épuisent à supputer
les raisons du ministre pour les couvrir. Et la courageuse petite troupe des boulangistes, quel plaisir de la
considérer surprise tout d'abord de ce renfort que lui
apportent les circonstances, puis plus pâle de volupté à
chaque fois qu'un ennemi reçoit en pleine poitrine son
nom, lancé comme un boulet, d'un terrain invisible ! D'où
viennent ces révélations mortelles ? Qui commande la
bataille ? N'importe, on marche au canon. Ceux qui, dans
un mouvement d'amour, autour de Boulanger sentirent
leur cœur battre à la française, se disciplineront par une
haine commune dans l'obscure bagarre imminente.
Comme des esclaves pensent à s'enfuir au plus fort des
querelles de leurs maîtres, l'instant favorise la délivrance
nationale. La France se soulève pour voir. En vain les
parlementaires s'interposent, lui masquent leurs combi-

1. *Leurs Figures*, p. 16, 17.

naisons hâtives et scandaleuses, la supplient de ne pas bouger, de ne point substituer aux lois son instinct, lui promettent, selon l'expédient habituel, que la justice régulière va fonctionner : c'est trop de mystère à la fin [1]... »

* *

L'ACCUSATEUR

(21 novembre 1892).

Plusieurs personnes annonçaient dans Paris la mort du baron de Reinach quelques heures avant qu'elle fût accomplie.

Le samedi soir 19 novembre, tandis que Reinach gravissait l'escalier de M. Constans, Jules Delahaye, député de Chinon, dans son cabinet, travaillait à son interpellation sur l'affaire de Panama, depuis longtemps remise, mais enfin fixée au lundi. Delahaye, comme beaucoup d'orateurs, rédige tout au long ses discours, puis à la tribune, sans réclamer de sa mémoire son texte, il parle selon les conjonctures, n'ayant obtenu de cette préparation écrite qu'une plus sûre maîtrise. Il relisait donc ses feuillets. A trois reprises déjà, il avait porté devant la Chambre la question du Panama ; il songeait que cette fois il n'était pas mieux documenté que les précédentes, et si hardi de caractère, si désireux de frapper fort pour sa gloire et par haine des parlementaires, il se désolait de n'apporter encore que des allusions et des précau-

1. *Leurs Figures*, p. 25.

tions. C'est à cette minute que deux hommes politiques lui firent passer leurs noms qu'il a promis.de taire. L'un, ami ancien et éprouvé, l'autre, personnage considérable et mêlé à toutes les intrigues du gouvernement. Ils lui racontèrent dans leurs grandes lignes les plus secrets événements du jour.

— Reinach, conclurent-ils, va disparaître ou mourir Son désespoir, sa résolution bouleverseront tout. Plus de précautions, nous entrons en plein drame...

Et passant à l'objet même de leur mission :

— Il s'agit, dirent-ils, de demander à la Chambre une commission d'enquête sur tous ces crimes. Aurez-vous cette hardiesse ?

Delahaye comprit qu'il causait avec des envoyés. Les administrateurs du Panama voulaient dériver la colère publique sur les parlementaires.

— Quelles armes, répondit-il, mettrez-vous dans mes mains ? Où sont les preuves ?

Le temps manquait pour se procurer les papiers logés en lieux sûrs. Mais pour l'instant il ne s'agissait pas de prouver ; il fallait dénoncer et réclamer une enquête. De l'enquête surgiraient toutes preuves... Et le personnage politique citait des traits de l'histoire, propre à exciter l'émulation, le dévouement de Delahaye.

— Reculez, ajoutait-il, craignez de vous perdre, et c'est le pays qui se perdra. Vous pouvez libérer la France. A cette heure, je l'avoue, vous devez choisir entre une faiblesse et une témérité... Eh bien ! votre ami qui me connaît vous répond de moi. Allez-y ! demandez, exigez, obtenez une commission d'enquête ; devant elle, je vous le jure, Lesseps et Cottu viendront parler.

Delahaye vit bien que les administrateurs voulaient un

instrument. Mais il se sentit assez fort pour négliger leurs mobiles et ne considérer que sa cause. Il se répéta que l'occasion doit être la maîtresse des hommes. Et cette occasion lui paraissait « providentielle ». Il était sûr de son ami, et mentalement il disait à l'autre : « Toi, tu marcheras, parce que tu parles devant un tiers. » Il pensait encore : « Les calculs de ces deux hommes me sont indifférents ; je prends en moi-même mes motifs de me décider. Ils ne me donnent pas un dossier sur quoi m'appuyer : eh bien ! je m'appuierai sur l'amitié de celui-ci et sur l'intérêt de celui-là. Tous deux savent qu'avant de me casser les reins, je saurais les casser à qui m'aurait trompé. » Le péril et l'honneur tentaient cet homme de quarante et un ans. Être un jour, dans un grand pays, corps à corps, devant tous, à soi seul, l'opposition ! Ne rien dire à personne, aller de l'avant, et puis, à la grâce de Dieu !

Il accepta...

Ce soir de novembre, dans son modeste appartement, Delahaye comprit qu'il le tenait, le bon plat de vengeance qui se mange froid. Il se mit sur l'instant au travail ; il récrivit d'un bout à l'autre son discours et se décida pour l'affirmation absolue des faits qu'on venait de lui exposer sans preuves, car, se disait-il, je dois frapper si fort qu'ils perdent la tête et qu'entraînés par la fureur, dans une sorte de défi, ils m'accordent l'enquête.

Tout le dimanche, il s'enferma avec ses fortes phrases qu'il forgeait, essayait, remettait encore sur l'enclume pour qu'elles ne lui manquassent pas dans la bataille.

Du dimanche au lundi, ce journaliste provincial, de qui l'histoire allait accueillir la collaboration, ne dormit pas. Il se montait dans la solitude à la hauteur de son rôle. Ceux qui sentent la peur, je les dis les braves les plus beaux, car la grande bravoure, c'est de la peur examinée et matée.

La figure de Jules Delahaye parlait, criait ses résolutions quand, le lundi 21 novembre, traversant la salle des Pas-Perdus, avec sa serviette sous le bras et d'un pas élastique, il arrêta Sturel pour lui dire :

— Du nouveau ! du nouveau ! Montez dans les tribunes, trouvez une place coûte que coûte : il va tomber une terrible bombe.

Des mots analogues mettaient la fièvre dans les couloirs qui se vidèrent. A cinq heures, on crut entendre les trois coups au rideau pour l'ouverture d'un drame que tout le monde annonçait sans connaître les collaborateurs ni le scenario. Sturel se jeta dans la tribune des anciens députés. Les élus se pressèrent à leurs bancs. Quelques-uns avaient bu pour mieux soutenir le choc.

Cette inoubliable séance, la « Journée de l'Accusateur », se passa en pleine lumière ; elle fait contraste avec l'obscure « Journée du baron de Reinach », qui fut la mort de Polonius : un rat qu'on tue derrière le rideau.

Les hommes de service, pour mieux voir leurs maîtres dans la honte, augmentèrent la puissance du plafond lumineux quand Jules Delahaye gravit la tribune. Il était blême, avec ses lèvres retroussées qui laissaient voir par éclairs le luisant des dents comme des crocs. De la façon dont il débuta : « J'apporte ici mon honneur ou le vôtre », chacun comprit, comme sur le terrain, quand le directeur du combat dit : « Allez », que c'était l'instant de lutter sans ménagement ni distraction.

Sur les bancs étroits et serrés, les parlementaires aver-
tissaient déjà de la bagarre tragique où nous vîmes les
uns, de figures verdâtres, anéantis ; d'autres prêts à
bondir, si leurs noms éclataient ; d'autres encore empoi-
sonnés soudain d'une bile dangereuse ; quelques-uns,
éperdus de vengeance contentée.

Cette infernale chaudière fit la force de Jules Delahaye.
Il devait s'évanouir ou se griser de ces vapeurs. Ce
désarroi de l'assemblée lui révéla que sa mission passait
en grandeur ses plus hautes espérances. Il crut libérer
de cette tourbe son pays. Debout à la proue de sa barque,
il guettait les brisants, cherchait un passage libre.

Dans cet homme jeune, de cheveux très noirs, énergique, entraîné aux exercices du corps, le pli de la
bouche et tout le bas de la figure, d'une admirable
cruauté, trahissaient ce qu'on nomme « une belle mor-
sure ». Non point une haine sombre, attristante, mais
quelque chose d'âpre et de joyeux, comme d'un lutteur
qui ne demande ni accorde de pitié !

— Je vous apporte, disait-il, mieux que l'affaire Wil-
son. Celle-là n'était que l'impudence d'un homme. Panama, c'est tout un syndicat politique sur qui pèse l'op-
probre de la vénalité... Mais n'ayez pas crainte que
j'abaisse ce débat à des questions de personnes.

Sur cette phrase, les parlementaires, d'un mouvement
instinctif de conservation, ou sur un ordre rapide, s'ac-
cordèrent dans une même tactique. Ils réclamèrent des
dénonciations nominales. Ils eussent alors tenu Delahaye, comme fit Baïhaut qui jeta le véridique Mariotte en
prison. Phrase par phrase, ils commencèrent de hacher
l'orateur.

— Les noms ! les noms ! criait-on sur les bancs.

Mais de l'extrémité gauche de la salle, Déroulède debout lança :

— Je suis avec Delahaye qui réclame la justice et la vérité.

Et, des galeries publiques, tous les visages penchés sur cette cuve disaient : « Nous aussi. »

Le discours que Delahaye avait écrit, avec ses amples développements, offrait trop de prise au vent dans cette tempête. Brusquement il se resserra, put d'autant mieux filer vers son but.

— Pour émettre des valeurs à lots, il fallait une loi ! Un homme intervint qui n'est plus de ce monde depuis hier... Il se fit fort d'obtenir la loi par la toute-puissance de ses relations politiques et par la corruption. Il demanda cinq millions qui lui parurent d'abord suffisants pour acheter les consciences à vendre du Parlement.

— Les noms ! Les noms !

— L'enquête vous les donnera... Ce mort récent connaissait jusqu'au chiffre des dettes des députés. Il tarifa chacun selon son importance politique. Il remit à son homme de confiance, un nommé Arton, qui depuis a passé la frontière, un carnet de chèques pour qu'il « fît le nécessaire ». Telle fut l'expression convenue.

— Les noms ! Les noms !

— Votez l'enquête...

A cette foule hurlante, il jetait, comme des os, des faits secs, mais pleins d'une forte moelle :

— Trois millions furent distribués entre cent cinquante membres du Parlement, parmi lesquels, je dois le dire, il n'y avait qu'un petit nombre de sénateurs.

— Les noms ! Les noms !

— L'enquête ! L'enquête !... S'il me fallait nommer tous les concussionnaires, une séance de nuit serait nécessaire

Ferme dans sa méthode, Delahaye ne nomma personne. Mais brusquement il se mit à préciser des cas particuliers, à définir sans dire. Jeu de salon qu'on pourrait appeler « Cherchez le concussionnaire »; jeu atroce dans la conjoncture.

— Trois millions ne suffirent pas aux appétits démesurément excités. Une meute de politiciens assaillit les administrateurs du Panama pour qu'ils enflassent le budget de la corruption.

« Un jour ce fut l'élection du Nord : il fallait 100,000 francs pour un journal, 100,000 francs pour un autre journal, 100,000 francs pour les frais d'élection...

« Un autre politicien, un ancien ministre, exige 400,000 francs. Cette fois le chèque est touché à la Banque de France...

« Puis c'est un journal qui n'avait que le souffle, qui ne valait pas 20 francs, et qu'on achète 200,000 francs à raison de l'influence qui était par derrière...

« Un autre personnage croit qu'il est patriotique d'acheter un grand journal à l'étranger. Panama paya 500,000 francs. Cette fois le chèque fut endossé par un garçon de bureau. »

— Les noms ! Les noms !

Magnifique jeu de scène ! Delahaye maintenant désignait du doigt les concussionnaires. Oui, son doigt, que six cents parlementaires suivaient, cherchait sur leurs bancs les criminels épars. Au pied de la tribune, au banc ministériel, il voyait Freycinet de qui les yeux ne le quittaient pas. Celui-là, confident avec Clemenceau et Ranc du secret de Cornelius, par sa gravité et son à bout d'haleine, fit mieux qu'aucune fureur de la Chambre sentir à Delahaye quels mystères il effleurait. C'est Rouvier qui montra la plus riche nature. Son regard, sa bouche, son front, tout chargés d'aveux insolents, défiaient, tutoyaient l'Accusateur : « Continue, redouble, et puis quoi?, » Quant à Loubet, au long de cette séance où il agit sensiblement au petit bonheur, chacun lui reconnut l'air d'un niais éperdu.

Nul tableau ne peut restituer cette pantomime tragique de l'Accusateur, menant tous les regards aux quatre coins de la Chambre; et la plus savante excitation à la haine, pas même le bruit des fusils qu'on arme, ne vous remuerait aussi profondément que fit, en cette séance, le timbre furieux de ce cri : « Les noms ! Les noms ! » vociféré par une centaine de simples coquins contraints à réclamer une preuve qu'ils tremblaient qu'Arton ou Reinach n'eussent vendue.

Et de quel coup de voix aussi Delahaye répliquait à sa meute :

— L'enquête ! L'enquête !

A chaque allégation de son réquisitoire, les pupitres soudain battus par cinq cents passionnés pour grossir leur clameur rappelaient le bruit de friture suivi d'un cri que fait le fer rouge sur l'épaule d'un galérien.

Puis, au premier épuisement de cette salle, la voix du dénonciateur, comme entre deux vagues, émergeait, jetait un nouveau défi plus violent qu'un coup de cymbale, meurtrier et joyeux...

Ce long récit n'alla point tout d'un trait. Les cinq cents voix commençaient de submerger cette voix. Elle ne réapparaissait plus qu'à de longs intervalles, comme un

roc que couvre, découvre, puis recouvre le flot. Une
phrase ! un mot ! mais où l'on distinguait combien la
volonté d'un homme vaut plus que les colères d'une foule.
Ce qui fait une force, ce n'est pas seulement l'intensité,
c'est encore la direction. Une seule personne qui sait ce
qu'elle veut, où elle va, brise le désordre de cinq cents
énergumènes. Même leur incohérence soutient, électrise
l'homme qui se ramasse dans son unité morale. Les
furieuses sottises qui, de tous les bancs, assaillaient Delahaye, marquaient d'autant mieux sa logique. « Je suis un
calomniateur ? Eh bien ! votez l'enquête qui me confon-
dra. » Visiblement toutefois il n'allait plus pouvoir placer
un son. Et d'être réduit à une attitude passive, — par la
force brutale, qu'importe ! — cela le diminuait, pouvait
le détruire devant les lecteurs de l'*Officiel*. Il glissait de
sa magistrature d'Accusateur dans une posture d'accusé
qu'Isambert, vieux manœuvrier, précisa en criant :

— Vous n'avez plus le droit de descendre de la tribune
sans donner les noms.

Le président Floquet, penché jusqu'à mi-corps de sa
haute tribune, ne cessait d'insulter l'orateur en l'observant. Il le jugea perdu, impuissant à rompre ce tonnerre
et sans autre ressource que de partir sous les huées.
Alors donnant par son intervention un caractère officiel à
la tactique de cette Chambre, il interpella l'interpellateur'
qu'il devait protéger ; il le somma de livrer les noms !

C'est Cassagnac qui sauva Delahaye. De la main il lui
signifia d'avoir à quitter la tribune. En effet, le coup
porté, pourquoi demeurer là-haut comme une cible et
donner aux parlementaires le temps de se ressaisir ! Mais
pouvait-il descendre comme on fuit ? Dans cet embarras,
Floquet, qui croyait le percer, lui fournit son trait final ;

— Messieurs, reprenait au milieu des transports de la Chambre ce président passionné, veuillez faire silence. J'ai invité pour la seconde fois l'orateur à dire les noms.

Alors se retournant avec la plus furieuse vivacité, l'Accusateur, bras et visage levés, apostropha l'homme aux bajoues pâlies, demeuré court, dans son noble perchoir :

— Je suis étonné, monsieur, qu'après avoir été mis en cause, vous personnellement...

En vain la Chambre de ses huées l'interrompt. Au bout d'une minute, la curiosité, plus forte qu'aucune tactique chez les spectateurs d'un tel drame, baisse les cris assez pour que l'on entende :

— ... vous ne soyez pas le premier à vous joindre à ma demande d'enquête.

Alors, perdant la tête, le vaniteux président — qui bientôt mourra de telles scènes — déclara :

— Je me tiens pour nommé et je voterai l'enquête.

Son coup porté, Delahaye, comme le toréador s'écarte du taureau blessé qui mugit, avait rejoint sa place.

C'est dans de pareilles circonstances qu'on voit quels inconvénients entraînerait l'éligibilité des femmes : les huissiers ne suffiraient point à délacer les corsets de nos belles et furieuses élues.

Deux jours plus tard, au cours d'une séance analogue, Brisson occupant la tribune, un honorable député tomba d'une crise épileptiforme et se prit à aboyer. Lamartine, dans son *Histoire des Girondins*, eût transposé cet incident pour renforcer le dramatique de cette « Journée de l'Accusateur » qui présenta les caractères d'une descente de police dans un bouge. Cet anachronisme ne fausserait pas l'aspect de cet après-midi où bien peu de représentants dominaient leurs nerfs. Deux de ces messieurs pleuraient. L'honorable M. Boissy d'Anglas faisait le jaguar et ses longs cris rauques affolaient la salle tandis que, courbé sur son banc, il cherchait parmi ses collègues de droite une proie où plonger ses griffes. On arrêta un questeur, l'honorable M. Guillaumou, qui, pris de délire, courait étrangler Delahaye.

Mais, surtout, nous nous souvenons de quel pas régulier et rapide, dans le brouillard où finit cette excédante séance, un petit homme gras et glacé escalada la tribune pour glorifier ses actes, auxquels il jugeait qu'on avait fait allusion. Il rappela qu'il avait poursuivi ses « calomniateurs »... « Les débats prirent toute l'ampleur possible et justice me fut rendue par un arrêt sévère... Je puis donc dire en descendant de la tribune que je suis de ceux qui ont su défendre leur honneur. »

C'était l'honorable M. Baïhaut. Il se proposait en exemple d'audace, mais, en dépit d'un prodigieux effort pour fournir dans ses moindres gestes une évidence de tranquillité, on distinguait sous cette glace les convulsions de la terreur.

A le voir, cette Chambre emballée sentit un insupportable malaise : amis et adversaires se turent, comme, après le duel, devant le cadavre.

Sturel rencontra dans la salle des Pas-Perdus Suret-Lefort. Ils ne vibraient pas au même diapason : le jeune député eût admis qu'on se débarrassât de quelques personnages encombrants, mais la campagne ainsi engagée l'inquiétait.

— Je te le demande, répétait-il, qui peut en profiter dans la Meuse ? Les seuls réactionnaires.

Sturel, impatienté qu'on glaçât de si belles circonstances avec des soucis particuliers, s'en allait de boulan-

giste en boulangiste, répétant : « Tue ! tue ! » Et ses
frères ivres de joie répondaient : « Assomme ! »

Il sortit avec Delahaye par la porte de la rue de Bourgogne. Ils furent rejoints par M. de Nelles, un peu nerveux, qui mit familièrement sa main de gentilhomme sur
l'épaule de l'Accusateur et lui dit :

— Quelle imprudence ! mon cher ami. Dans quelle
situation vous vous mettez par une telle campagne ! J'ai
peur pour vous.

Delahaye lui répondit en pleine poitrine :

— Et moi aussi, j'ai peur pour vous, mon cher.

Sturel sentit trembler dans sa main la main de Nelles
et il regardait avec une gêne extrême ce malheureux dont
les yeux, sous un coup si brusque, avouaient tout et
disaient : « N'est-ce pas, Sturel, vous blâmez ce furieux !
Vous l'ancien ami de ma femme, je compte sur votre solidarité. » Ce fut l'affaire de trois secondes : il n'y avait
plus ni baron, ni député, ni gentleman : rien qu'un gibier
palpitant qui bavait[1].

1. *Leurs Figures*, 99-112.

UNE PARISIENNE EN ALSACE-LORRAINE

*(Le frère de Mme d'Aoury, Le Sourd vient
d'être blessé légèrement en duel par un
jeune alsacien, M. Erhmann, qu'il avait
offensé par des commentaires impertinents
sur les volontaires alsaciens au service de
l'Allemagne.)*

Ce ne fut pas long. A peine avais-je dit le sacramen-
tel : « Allez. messieurs ! » que j'eus le plaisir d'arrêter le
combat. Le Sourd avait une piqûre au bras. Ses deux
camarades s'amusèrent un peu, tant son dépit paraissait.
Pourtant il dit d'un fort bon air qu'étant à Lindre-Basse
et, en quelque sorte chez lui, il voulait tendre la main à
M. Ehrmann qui n'y fit pas de difficulté.

— Pardon ! lui dis-je, c'est pour moi que vous vous
êtes mis dans cet embarras ; si vous y consentez, j'aurai
l'honneur de vous assister.

Je me hâtai de prévenir au château Mme d'Aoury. Elle
revint avec moi vers le kiosque où l'on pansait son
frère.

— Monsieur, dit-elle au jeune Alsacien, mon frère s'est
conduit comme un étourdi. Pour sa punition, il ira se

. coucher, et vous nous ferez le plaisir, ainsi que votre
ami, de déjeuner ici.

M. Ehrmann parut plus troublé par la bonne grâce de
la sœur qu'il ne l'avait été par la mauvaise grâce du
frère. C'était décidément un très aimable jeune homme.

Il fut convenu qu'on ne soufflerait mot devant les autres
invités. On inventa toute une fable pour expliquer que
Le Sourd s'était foulé le poignet. Elle prêta, durant le
déjeuner, à mille fantaisies amusantes pour les personnes ·
qui étaient dans le secret. Cette pénible histoire tournait
à la mystification de château. L'Alsacien devint tout naturellement le héros de la journée et, ma foi, il le méritait,
car il éleva très sensiblement le ton de la causerie.

Dans ce déjeuner, comme depuis trois jours, Mᵐᵉ d'A-
oury m'émerveilla par le génie réaliste que j'aperçus derrière ses grâces et ses lassitudes. Quel regard juste et
de petite bête de proie peuvent lancer de beaux yeux,
qui semblent faits seulement pour l'amour ! Jusqu'alors,
je ne l'avais vue qu'à Paris où nous sommes trop divertis
pour bien apprécier les êtres. Eux-mêmes, d'ailleurs, ils
y sont atténués, mal en valeur. Mais dans cette vieille
ferme, ennoblie par de méchants portraits de généraux
et qui n'évoque que des activités simples, une telle jeune
femme, par son isolement même, prenait de l'accent.
Dans la série des propriétaires de Lindre-Basse, elle
faisait une épisode de beauté. Au cours de ce repas, les
ondulations de son esprit, son tact, sa souplesse, en un
mot, son art, que des Allemands eussent méconnu et
traité de frivolité, se faisaient encore plus sensibles par
le contraste même qu'elle offrait avec ce jeune Alsacien,
qui ne pouvait rien dire que d'amplement expliqué, et
qui semblait même expliquer son silence, tant, au début,

il marqua fortement qu'il se taisait. On eût dit de l'un et de l'autre deux caricatures, mais chargées d'intelligence et de sympathie. Bien qu'il eût de nombreuses manières d'être germaniques, M. Ehrmann ne méconnaissait point, cela se vit peu à peu, le chef-d'œuvre français qu'était cette jeune femme. Il devint même touchant, avec sa force et sa jeune raideur, d'ébahissement devant cette reine... Bientôt il eut tout à fait oublié qu'aucune autre personne fût là. Et quand Mme d'Aoury disait des choses bizarres et charmantes, il se renversait un peu, en riant trop fort, pendant une bonne minute.

Successivement, elle avait empêché qu'on parlât de la France, de l'Allemagne, de la germanisation, des partis politiques alsaciens-lorrains, et j'avais admiré chez un jeune homme qui, de naissance, semblait être autoritaire, voire brutal, le pouvoir de comprimer ses mouvements.

— C'est un pouvoir que développe, je crois, depuis trente ans, l'atmosphère des pays annexés. — Elle vit enfin qu'il fallait mettre M. Ehrmann sur l'Alsace. Comme tous ses compatriotes, il était grand promeneur. De quel air convaincu, en hygiéniste, en patriote et en poète, il disait le bonheur de marcher sous les arbres, les arbres et toujours les arbres, par d'interminables sentiers quand les feuilles sont mouillées, et que, bien couverts, nous nous sentons incapables de fatigue ! Mme d'Aoury, qui jamais ne sortaît du parc, sinon, très rarement, pour une heure de voiture, assura que ces marches-là seraient son rêve.

Au sortir de table, il nous fit un véritable cours sur les châteaux des Vosges. J'essayai d'indiquer qu'en Lorraine, à défaut de burgs féodaux, nous avions quelques jolies propriétés. Elles devaient plaire à Mme d'Aoury infiniment plus que les ruines du xiiᵉ siècle. Mais elle ne voulait entendre que M. Ehrmann et les choses de l'Alsace.

Etait-ce bien la même personne qui trois jours avant me disait : — « Ah ! monsieur, comme je m'ennuie dans votre « Est ! » — « Tant que cela, madame ? » — « A braire, monsieur, à braire. » Et comme elle était étendue sur cette même chaise longue, elle avait simulé un immense bâillement, qui m'avait permis de voir ses trente-deux dents intactes jusqu'au fond de sa gueule rose. Oui, c'est bien « gueule » qu'il faut écrire pour rendre sensible cette impression d'animalité jeune.

Maintenant elle nous reprochait de ne l'avoir pas conduite à la Hohkœnigsbourg et à Sainte-Odile. Elle aurait gravi les montagnes, accepté les auberges... Soit ! Je l'admirais trop pour gêner cette hypocrisie, qui n'était d'ailleurs que la magnifique mutabilité de son âme.

Depuis longtemps, les hôtes habituels de Lindre-Basse étaient rentrés dans leurs paisibles chambres ; depuis longtemps, les témoins et moi, demeurés au salon, nous nous taisions, nous digérions, nous pensions à nos affaires, que Mᵐᵉ d'Aoury et M. Ehrmann gardaient encore la même énergie pour célébrer la beauté, la santé et la suprématie de l'Alsace. Je crois que les deux Parisiens étaient un peu froissés. Tout ce que nous obtenions de temps à autre, c'était qu'elle nous invitât à la servir, pour baisser un rideau contre la lumière trop vive, pour demander un verre d'eau, pour ramasser une couverture que son petit soulier perpétuellement agité venait de faire glisser à terre, en découvrant une mince cheville. Et c'était encore l'étranger la cause et l'objet de cette nervosité. Certes, d'aucun être, elle n'acceptait qu'il échappât à son influence, mais pour celui-ci, c'était une folie de

zèle et qui atteignit au sublime, quand de l'Alsace elle
passa à la médecine.

Je n'ai jamais pu me défendre d'une sorte d'amour
mêlé d'un retour un peu triste sur moi-même, à l'égard
des très jeunes gens que comble la fortune. Je fais des
vœux pour tous les grands favoris du sort qui n'ont pas
trente ans. J'honore, je voudrais préserver ces jeunes
dieux qui possèdent la gloire et l'amour. Je pense à eux
avec plaisir, comme à une belle œuvre d'art fragile, et je
me dis : « Il existe au monde un exemplaire de ce que
j'ai tant désiré d'être... Puisse-t-il n'être pas brisé ! »
C'est avec ce sentiment de sympathie légèrement douloureuse que je regardais le jeune Alsacien. Il éprouvait la
joie que tout homme a connue après une première affaire
d'honneur : violent ébranlement physique qui raffermit,
exalte toute l'âme et tout le corps. En outre, il goûtait le
romanesque de sa situation : d'être reçu, fêté, flatté dans
la maison de son adversaire. — C'est assez tard, je crois,
qu'il distingua la beauté singulière de Mme d'Aoury : au
début, il se préoccupait trop des lois de la politesse française, qu'il observait avec raideur. Mais il sut peu à peu
se distraire de soi-même, et naïvement, à sa loquacité
succéda le silence, puis la plus noble, la plus virile compassion tendre, quand elle parla d'une longue maladie
pour laquelle on l'avait opérée.

— Pendant quinze jours et quinze nuits j'ai tellement
souffert ! Je remuais une jambe doucement et je chantais
un air très bas sur deux tons. C'était insoutenable, à
rendre fous ceux qui me soignaient. Mais puisqu'il me
fallait vivre avec une telle douleur, j'aurais tant voulu
qu'elle s'endormît. Alors, je berçais ma douleur.

Et soudain, elle se mit à chantonner, comme elle avait

dit, et à balancer faiblement sa jambe droite, tandis que de ses deux mains allongées et réunies sur son corps, elle semblait endormir un enfant.

C'était un tableau qui donnait l'idée même de la faiblesse, et, pourtant, le jeune docteur exprima notre pensée à tous quand il dit :

— Comme vous êtes courageuse, madame.

— En tout cas, dit-elle en se levant, j'admire le courage. Je ne pense pas que la vie soit ce qu'il y a de plus précieux ; j'aurais mieux aimé que mon frère se fît tuer, que de se conduire sans bravoure, mais je suis contente aussi, monsieur, puisqu'une aventure, où il a tous les torts, nous a permis d'acquérir un ami que tout le monde dans cette maison estime.

Je vis bien qu'elle donnait sa main au jeune homme pour qu'il la baisât. Mais il la retint dans ses deux mains, et il dit avec une profonde émotion dont elle fut déconcertée, car elle craignait le ridicule :

— Il n'y a que les Françaises pour être si généreuses et si délicates.

Par une petite comédie qui lui était familière, elle sortit du salon en courant, en marchant sur sa robe, en trébuchant, en poussant un cri d'effroi, en se retenant à un meuble.

Les deux Alsaciens désiraient marcher. Je les reconduisis jusqu'à la gare, à travers le parc. Ils étaient enchantés, et, dans tous leurs gestes, on voyait la fougue inemployée de deux jeunes soldats.

M. Ehrmann admirait le paysage, sublime, sous le soleil couchant, de douceur et de solitude. Il dit tout d'un coup :

— Imaginez dans ce parc, en place de Mme d'Aoury,

une grosse Prussienne ! Quand même sous ce ciel bleu
pâle, les mêmes bâtiments, les mêmes dessins de prairies
et de bois demeureraient, ce dont je doute, où serait
cette délicatesse et cette fierté qui se répandent sur tout
le domaine ?

Ces paroles de M. Ehrmann me dévoilaient enfin son
cœur ; elles me montraient un compagnon de mes pensées, un croyant de la supériorité française.

— N'est-ce pas, docteur, dit-il en s'adressant à son
compagnon, n'est-ce pas que Mme d'Aoury, c'est une
Française, une Parisienne, le type de la vraie Parisienne ?

Le docteur Werner n'avait pas dit trois mots de toute
la journée ; il appartenait à l'espèce des Alsaciens muets,
excellente et aussi nombreuse que l'espèce des Alsaciens
à vivacité méridionale. Il répliqua :

— J'étais un petit garçon quand nous sommes devenus
Allemands ; vous êtes trop jeune, Ehrmann, vous n'avez
pas vu... moi, je me rappelle les uniformes français sur
le Broglie et sur le Contades. Cela faisait une harmonie,
comme la voix et les gestes de Mme d'Aoury dans une
vieille propriété lorraine.

Les bras m'en tombèrent, et j'aurais voulu prier ces
deux jeunes gens, le muet comme le bavard, de collaborer à mon enquête sur la transformation des mœurs aux
pays annexés. Mais cinq minutes après, la locomotive
les emportait.

Je revins au château par de longs détours ; je respirais
amoureusement ma Lorraine. Je voyais avec évidence
que les Allemands qui n'ont pas créé la beauté de mon
pays, en se l'appropriant, la détruisent. Si la population
welche déserte la province qu'elle a humanisée, c'est une

âme qui se retire et laisse tomber un beau corps. Ils rai-
sonnent juste, ces deux Alsaciens : qu'est-ce qu'un parc
français, sans une jeune Française pour savoir y marcher ? Et qu'est-ce que Lindre-Basse, sans cette divine
fantaisie qui vient toute une après-midi de nous ennoblir
le cœur ?

Je dis à Mme d'Aoury que M. Ehrmann l'aimait.

— Alors, dit-elle, vous croyez qu'il se taira ?

Je fus un peu indigné.

— Comment pouvez-vous prêter la moindre bassesse
à un garçon qui interprète tout avec une si admirable
noblesse ? C'est indigne de vous.

— Vous avez raison, dit-elle, mais je serais encore
plus sûre de M. Ehrmann, s'il était comme son camarade.
En voilà un qui aimerait mieux périr, c'est évident,
qu'ouvrir la bouche ! Quels hommes que vos Allemands !
Je suis exténuée, monsieur [1] !

1. *Au service de l'Allemagne*, p 98-33.

CHAPITRE VII

DISCIPLINES

NATIONALISME, DÉTERMINISME

(Introduction à *Scènes et Doctrines du Nationalisme*).

———

I. POURQUOI JE PUBLIE CE LIVRE. — Je n'avais jamais soupçonné qu'aucun travail de lettres me donnerait la répugnance que je dois surmonter pour rassembler les feuillets de ce livre. Je crains qu'on ne la constate, car je ne me suis pas décidé à récrire, à resserrer et à fondre ces pages improvisées chaque jour aux feux de l'événement. Il vaut mieux que je coure à des travaux qui m'appellent et m'enivrent par avance. D'ailleurs elle est séchée dans tous les encriers de France, l'encre qui me servit à tracer quelques scènes principales de ce livre.

Avec quel enthousiasme, comme on chante la *Marseillaise*, non pour les paroles certes, mais pour la masse d'émotions qu'elle soulève dans notre subconscient, je détaillais sans me lasser le terrible psaume nationaliste ! « Doublons et redoublons ! disais-je. Dreyfus, Panama, Dreyfus ! Nous avons combattu deux fois. Nous avons lancé la francisque à deux tranchants. » Oui, comme nos pères de la légende, pour s'entraîner, entonnaient le bardit « Pharamond ! Pharamond ! » je répandais la double complainte : « Dreyfus et Panama. »

Chacun des articles que réunit ce volume fut l'expression spontanée et minutieusement exacte des mouvements de mon âme. J'ai vécu, et je ne voudrais point avoir vécu autrement. Mais tout de même j'aurais été infiniment plus calme, si j'avais distingué que ce tumulte se résoudrait dans une tactique parlementaire chétive et stérile. Je n'aurais pas cru utile de susciter tant de bons Français, si j'avais distingué qu'ils tourneraient en simples anti-ministériels.

Bons Français, je ne m'en dédis pas, mais bons à quoi ?

Nous avons trouvé dans Rennes notre champ de bataille ; il n'y manquait que des soldats. Parlons net : des généraux. Parlons plus net : un général.

Assurément je ne regrette point le rang où je m'étais placé, à Reuilly, comme à Rennes. C'était le premier, le plus exposé, mais d'où l'on voit les gestes avant que les obscurcisse la poussière qu'ils soulèvent. « Celle de mes « vertus que vous appelez ma vertu politique et que j'ai- « merais mieux que vous eussiez appelée mon dévoue- « ment à ma patrie, doux nom qui me charme toujours, « ne m'a pas trop bien récompensé », écrivait Milton. Quant à moi, tout au contraire, j'ai été comblé de béné-fices. Outre que j'ai vu des histoires passionnantes, l'his-toire et les passions du passé me sont devenues plus intelligibles...

Agir, c'est bien. Mais s'agiter, ce n'est pas agir. Quand certaines circonstances favorables ont passé, il faut se détourner du terrain qui ne se prête plus aux espérances de notre raison...

Chacun porte dans sa conscience des images doulou-reuses et vénérées auprès desquelles le monde est sans couleur. Un deuil, en ne laissant sur les objets aucune beauté qui pût m'attirer et en me disposant aux pensées graves, m'a rappelé à ma vraie destinée.

L'Evangile est terrible pour le serviteur qui avait enfoui son talent. Ai-je un talent ? Si faible qu'il soit, en interprétant les aventures de l'*Energie nationale* dans ces dernières années, j'ai mieux servi l'esprit français que par les trois cents réunions où j'ai dénoncé les parlementaires. Et même il n'est pas besoin pour servir la cause nationale que nous mettions dans nos livres un raisonnement patriotique. Dès l'instant que nous distribuons de l'ordre dans une œuvre passionnée, si nou chassons tout ce qui contrarie la justesse française, si nous appelons à la vie des éléments provinciaux, nous voilà utiles.

Depuis mon premier livre, livre d'enfant, *Sous l'œil des Barbares*, je n'ai donné au travail pour lequel je suis né que les instants que je dérobais à ma tâche politique. Déjà je corrigeai les épreuves de l'*Homme libre* parmi ses soucis d'une campagne électorale. Que ne puis-je légitimement espérer d'une méditation que rien ne distraira plus, quand des expériences variées m'ont désigné d'une manière certaine les objets où porter mon regard !

Toutefois, il convenait que je recueillisse ces pages. On y trouvera l'âme d'un partisan et l'atmosphère d'une bataille. Il y a des couleurs qui durant quelques semaines remplissent tous les yeux, et qui bientôt s'effacent, deviennent introuvables. J'en suis sûr, l'historien des tumultes français [1] consultera plus tard ces pages fié-

---

1. Il faut faire une fortune à ce mot « tumulte », bien supérieur à *fièvre française* que j'employai à plusieurs reprises dans le *Roman de l'Energie nationale*. Le latin *tumultus* qui est de même radical que *tumor*, *gonflement*, rend si bien la sorte de phénomène

vreuses. En outre, je suis heureux d'affirmer mes sentiments pour mes compagnons dans la minute même ou
je vais sur d'autres terrains poursuivre le combat qui
nous a quelques instants fédérés. Enfin, il y a l'honneur, que je ne puis abandonner, d'avoir si bien déli-
béré et si bien lutté !

Ceux qui suivent ma pensée ont le droit de me demander compte des stades par où elle a passé. Ils trouveront
ici ses premiers débrouillements ; ils saisiront sa nécessité profonde dans certaines variantes où je l'essayai. Ils
verront ma soumission à mon innéité.

Une Lorraine du xviiie siècle disait d'un personnage
quelconque : « Je sais bien qu'il a le mérite du naturel,
mais je ne sais pas si son naturel a du mérite. »

Si le lecteur est capable de nous opposer comme une
raison cette jolie plaisanterie, qu'il se hâte d'aller plus
avant dans notre livre, car il y verra sous mille formes
que le problème n'est point pour l'individu et pour la
nation de se créer tels qu'ils voudraient être, (oh ! l'impossible besogne !) mais de se conserver tels que les
siècles les prédestinèrent.

2. LE NATIONALISME, C'EST L'ACCEPTATION D'UN DÉTER-
MINISME. — Rien d'odieux comme le polygraphe qui
touche à tous les sujets. Et sans reviser les éruditions
d'un auteur, je le dis superficiel dès l'instant que je ne

social que nous voulons signifier (boulangisme, affaire de Panama,
affaire Dreyfus) ! Et puis ce mot a des titres vénérables. Rome
s'en servait déjà à propos des Gaulois. « Nation née pour de vains
tumultes », dit Tite-Live. Appelez telle de nos « révolutions » un
tumulte, et voilà des clartés qui s'allument et se répandent le long
de notre histoire.

sens point sous ses phrases une émotion en profondeur. Toute véritable sincérité s'accompagne d'un frémissement. Si l'écrivain ne m'apparaît point en quelque mesure comme un poète, c'est qu'il ne me dit point sa vérité.

J'avais à choisir entre quatre cents articles. Journaliste déjà vieux, je me suis souvent éparpillé ; c'était pour reconnaître mes limites et mes alentours. Les fragments que j'assemble dans ce volume, je ne les sauvai de l'immense ossuaire qu'autant qu'ils touchaient quelque point de mon véritable domaine. Mon domaine ! comme j'ai dit ce mot ! Entendez bien que je veux désigner non point un objet que je possède, mais un objet où je m'applique : mon champ d'étude.

Le jour où je prouverai ma définition de l'idée de patrie, c'est à savoir la Terre et les Morts, par quelque méditation sur les provinces d'Alsace et de Lorraine, peut-être alors mériterai-je qu'on dise : « Il est chez lui. »

Les jeunes gens qui lisent les prédications nationalistes et régionalistes murmurent : « Tiens, c'est intéressant », mais les raisons qui feraient ces questions vivantes en eux n'existent pas. Nationalisme, régionalisme trop souvent demeurent des théories. Je les ferai sentir non point comme des doctrines, mais comme des biographies, nos biographies à nous tous Français...

Toutes ces questions que j'ai prises ici par leurs côtés irritants, bientôt je les aborderai sans querelle, du sein même de ma petite patrie, c'est-à-dire dans l'atmosphère qui les justifie le mieux, et je placerai le lecteur au centre même de ma pensée pour qu'il l'embrasse totalement. Ainsi apparaîtra, sans que nul y puisse contredire, la vertu persuasive de ces vérités. Oui, telles qu'on les trouve dans plusieurs chapitres de ce livre, je les ai indiquées et senties trop loin de leur patrie naturelle qui est un pays frontière, la Lorraine. J'étais dans une sorte d'exil, et, pour tout dire, à la guerre. Mais peut-être paraîtra-t-il utile de suivre et d'accepter toutes les oscillations d'une méthode qui se forme. Toutes les saisons d'une pensée concourent à mûrir son fruit.

Dans ce recueil qui pourrait s'appeler *Dix ans d'études nationalistes*, on trouvera les premières constructions de la solide maçonnerie d'où nous prîmes toutes nos vues : *Un nationaliste, c'est un Français qui a pris conscience de sa formation. Nationalisme est acceptation d'un déterminisme.*

3. DE CŒLO IN INFERNA. — Les catholiques voient dans le patriotisme un prolongement de la morale. C'est sur les commandements de l'Eglise que s'assure leur idée de patrie. Mais si je ne suis pas un croyant ?

Pour un certain nombre de personnes le surnaturel est déchu. Leur pitié qui veut un objet n'en trouve pas dans les cieux. J'ai ramené ma piété du ciel sur la terre, sur la terre de mes morts.

Mon *intelligence* est tentée de toutes parts, tout l'intéresse, l'émeut et la divertit. Mais il y a au plus profond de nous-mêmes un point constant, point névralgique : si l'on y touche, c'est un ébranlement que je ne pouvais soupçonner, c'est une rumeur de tout mon être. Ce ne sont point les sensations d'un individu éphémère qu'on irrite, mais à mon grand effoi l'on fait surgir toute ma race.

... *Douce Antigone*, vierge âgée de vingt ans, tu voulais

te dérober, te réserver pour l'hymen. Mais, Antigone aussi vieille que l'illustre race des Labdacides, il fallut bien que tu protestasses.

Créon est un maître venu de l'étranger. Il dit : « Je connais les lois de ce pays et je les applique. » C'est qu'il juge avec son intelligence. L'intelligence, quelle petite chose à la surface de nous-mêmes !

Antigone, au contraire, dans le même cas, intéresse son hérédité profonde, elle s'inspire de ces parties subconscientes où le respect, l'amour, la crainte non encore différenciés forment une magnifique puissance de vénération.

Sous cette puissance de vénération qu'elle est également prédisposée à ressentir, la cité s'ébranle, se réconcilie autour d'Antigone.

Et voici qu'à son tour Créon, recevant d'un deuil plus que de ses raisonnements, tombe sur ses deux genoux.

Ainsi la meilleure dialectique et les plus complètes démonstrations ne sauraient pas me fixer. Il faut que mon cœur soit spontanément rempli d'un grand respect joint à de l'amour. C'est dans ces minutes d'émotivité générale que mon cœur me désigne ce que je ne laisserai pas mettre en discussion.

Long travail de forage ! Après une analyse aiguë et profonde je trouvai dans mon petit jardin la source jaillissante. Elle vient de la vaste nappe qui fournit toutes les fontaines de ma cité.

Ceux qui n'atteignent point à ces réservoirs sousjacents, ceux qui ne se connaissent pas avec respect, avec amour et avec crainte comme la continuité, de leurs parents, comment trouveront-ils leur direction ?

C'est ma filiation qui me donne l'axe autour duquel tourne ma conception totale, sphérique de la vie.

Tant que je demeurerai, ni mes ascendants ni mes bienfaiteurs ne seront tombés en poussière. Et j'ai confiance que moi-même, quand je ne pourrai plus me protéger, je serai abrité par quelques-uns de ceux que j'éveille.

Ainsi je possède mes points fixes, mes repérages dans le passé et dans la postérité. Si je les relie, j'obtiens une des grandes lignes du classicisme français. Comment ne serais-je point prêt à tous les sacrifices pour la protection de ce classicisme qui fait mon épine dorsale ?

Je parle d'épine dorsale et ce n'est point une métaphore, mais la plus puissante analogie. Une suite d'exercices multipliés à travers les siècles antérieurs ont fait l'éducation de nos réflexes.

Il n'y a pas même de liberté de penser. Je ne puis vivre que selon mes morts. Eux et ma terre me commandent une certaine activité.

Epouvanté de ma dépendance, impuissant à me créer, je voulus du moins contempler face à face les puissances qui me gouvernent. Je voulus vivre avec ces maîtres, et en leur rendant un culte réfléchi, participer pleinement de leur force.

D'autres se décomposent par l'analyse; c'est par elle que je me recompose et que j'atteins ma vérité.

4. Qu'est-ce que la vérité ? — Ce n'est point des choses à savoir, c'est de trouver un certain point, un point unique, celui-là, nul autre, d'où toutes choses nous apparaissent avec des proportions vraies.

Précisons davantage. Combien j'aime cette phrase d'un peintre qui disait : « Corot, c'est un homme qui sait s'asseoir. »

Il me faut m'asseoir au point exact que réclament mes yeux tels que me les firent les siècles [1].

1. *Scènes et Doctrines du nationalisme*, p. 3-12.

LA VALLÉE DE LA MOSELLE

(Invité par son ami, Gallant de Saint-Phlin à une « excursion tout à fait instructive dans la région de l'Est », excursion qui lui donnera le moyen « de substituer des organisations positives au brillant verbalisme des lieutenants boulangistes »., François Sturel vient d'arriver au vieux château lorrain, où Saint-Phlin vit seul avec sa grand-mère, « de la vie qu'ont organisée ses aïeux. ».)

Ce soir-là, envahi par une paix profonde, Sturel comprenait les harmonies de cette prairie, de ce ciel doux, de ces paysans, de son ami, de cette aïeule attentive à surveiller un étranger. Il les effleurait tous d'une pensée, il recevait de chacun une impression, et il regrettait d'avoir distrait sa mère de leur milieu naturel pour se perdre avec elle dans le tumulte aride de Paris. S'il avait pu, dans cette minute, rendre intelligible son état, Mme Gallant de Saint-Phlin se fut écriée : « Mais voilà ce que j'appelle la religion ! »

— Ce qu'il y a de puissant ici, disait Sturel, c'est que

l'on sent les siècles, la continuité de volonté qu'il a fallu pour créer ce paysage. Il est fait de cette vieille maison, belle parce que ses greniers, ses écuries, sa ferme sont parfaitement appropriés ; de cette prairie où paissent ces vaches ; de ces fleurs dans le verger où bourdonnent les abeilles ; de la marche lasse et satisfaite des serviteurs qui reviennent des champs ; le silence qui l'enveloppe éveille des idées de contentement et de repos, non d'isolement et de crainte ; mais surtout, c'est un domaine patrimonial : on y jouit, comme d'une beauté sensible, des habitudes accumulées.

Ah ! sécria Saint-Phlin, j'attendais de toi cette remarque. Des habitudes accumulées ! Comprends-tu maintenant que je ne puisse pas vivre a Paris?

Les deux jeunes gens marchèrent trois minutes dans le silence solennel du parc, et quand leurs yeux se firent aux ténèbres, Saint-Phlin dit à son ami :

— Distingues-tu ce beau chêne ? Tu le remarqueras demain. C'est une des plus belles formes que j'aie vues.

— Plus beau que l'arbre de M. Taine ? dit Sturel, heureux de reporter leurs pensées amicales vers un point du passé où déjà elles s'étaient accordées.

Et formulant les impressions qu'il recevait depuis deux heures :

— Ici, c'est toute la propriété qui d'ensemble constitue cette personne saine, ce beau platane, que le grand philosophe allait contempler au square des Invalides.

*
* *

Saint-Phlin n'atteignait pas encore cet âge où l'animal, ayant perdu sa première brutalité et son agitation, qui le faisaient incapable de voir et de sentir, s'apaise, ouvre les yeux, s'écoute respirer, s'attriste, croit enfin qu'il mourra, et dès lors jouit des réalités dans leur minute, — un cheval en sueur qui passe du soleil à l'ombre, les grandes feuilles pendant d'un antique platane, — et ne reçoit plus des beautés, qui jadis l'eussent entraîné, d'autres sentiments que pour dire : « Je vois, je sais, je sens qu'à chaque minute je me meurs. » Il n'était pas à ce point maté par la suite des jours, mais déjà il se plaisait sous les mêmes allées, avec les mêmes livres qui avaient formé sa jeunesse, à remettre ses pas dans ses pas. Et puis, de naissance, il possédait une âme délicate et charmante ; il avait de sa famille, de ses horizons, de cette étroite patrie, une notion respectueuse et chère. Si l'histoire de Lorraine n'était entrée pour rien dans sa culture classique, cependant il portait les marques d'une société dont ses ancêtres (plus humblement toutefois qu'il ne croyait) avaient partagé les fortunes. Chaque jour il prenait mieux connaissance de sa formation. Il étudiait avec soin les lieux, les habitudes et même les produits naturels ; par là, il devenait l'un de ces êtres avec qui c'est délicieux de sortir le matin dans la campagne, parce que les cultures et les forêts brillantes de rosée, les vapeurs sur les rais de terre forment un horizon philosophique où leurs propos prennent une pleine valeur, et l'on goûte avec eux le suprême plaisir d'analyser des détails sans perdre de vue la vérité d'ensemble.

Au début d'une divine journée et avec une merveilleuse impression d'amitié et d'allégresse, les deux jeunes gens allèrent s'asseoir aux limites du parc, sur un banc ombragé et devant un vaste espace de pâturages. Ils jouirent de la beauté du soleil, quand il s'avance sur les prairies humides et qu'une vapeur confuse flotte dans l'air audessus de ce miroitement enivrant de jeunesse et de grâce.

＊
＊ ＊

On se taisait dans le grand salon, d'un mobilier à la fois fané et solennel, où des toiles heureusement foncées par l'âge représentaient des jeunes femmes et des militaires de la famille. La vieille dame, son ouvrage et ses lunettes sur ses genoux, repassait en esprit avec une grande paix tout ce qu'elle avait vu durant sa longue vie ; elle ne doutait point qu'avec l'âge son petit-fils et Sturel ne jugeassent tout exactement comme elle faisait. Son visage d'un teint clair, d'un dessin ferme, était infiniment agréable à regarder, parce qu'on n'y trouvait aucune bassesse et pas même une trace des passions. Ses paroles très simples, d'une bonne langue, où se marquait une grande idée de son âge et de son chez soi, éveillaient en Sturel des délicatesses et un sérieux nouveau. Ce jeune homme aventureux prit soudain conscience de sa responsabilité. Les sentiments que dans cette calme hospitalité on lui présentait, sans indiscrétion de prosélytisme et avec une dignité bien faite pour séduire une nature poétique, formaient un tout organique : l'un admis, il fallait s'accommoder du reste, à cause de leur enchaînement, aussi nécessaire que celui des diverses parties d'un animal. Ainsi Sturel subissait déjà cette influence, prévue par Saint-Phlin, d'une terre où des âmes de même qualité se sont additionnées. On peut seulement craindre que cette culture de la conscience, ce noble souci de sa dignité ne donnent à un être une trop haute idée de sa personne morale, et par là une vision de soi-même disproportionnée avec sa place dans le monde.

*
* *

> (*Saint-Phlin à Sturel après une promenade à Varennes, et à la veille du départ pour l'excursion projetée.*)

Je ne suis pas un homme d'action. Je ne te conseille même pas ; je te renseigne. Le boulangisme, qui devait être une conscience nationale, n'est jusqu'à cette heure qu'une fièvre. Puisqu'il s'agit d'une tentative dictée par la piété nationale, je voudrais qu'en toi cette piété s'appuyât non seulement sur la générosité de ton âme, mais sur la connaissance de la réalité. Tu veux donner une direction commune aux énergies françaises, les coordonner ; il faudrait d'abord nous rendre compte de ce qu'elles sont dans l'état actuel et puis analyser dans quelles conditions elles seraient unies. Et voici que j'arrive à t'exposer mon projet d'enquête, ce fameux plan de voyage qui va prendre son plein sens dans ton esprit préparé.

Ils allèrent s'asseoir dans le parc jusqu'au souper de sept heures. Puisque Boulanger demandait un rapport sur les départements de l'Est, Saint-Phlin proposait à son ami une tournée en Lorraine :

— Tu ne t'ennuieras pas. La nuit de Varennes, c'est

dramatique comme du théâtre, mais *les pays lorrains*, c'est mille spectacles aussi tragiques et dont les puissants ressorts peuvent être suivis à travers les siècles.

Il avait préparé un magnifique itinéraire, un voyage le long de la Moselle, de sa source à Metz, puis à Trèves et jusqu'au Rhin. Pas en chemin de fer ; les résultats sérieux doivent être obtenus dans les petites villes et les villages le long des routes où l'unification moderne se fait le moins sentir. Faute de relais, la voiture, sur un grand parcours, est inutilisable. De là le choix de la bicyclette.

— Nous prendrons une leçon de choses. Ce ne sera point une analyse totale, mais nous nous préoccuperons de tout ce qui peut fournir les éléments de la connaissance psychologique et politique. Sur ces grands lambeaux disputés entre la France et l'Allemagne, tâchons de déchiffrer comment se forme et se déforme une nationalité. Cette enquête, sur une terre nouvelle pour nous, demeurerait fort superficielle. Mais les diverses Lorraines sont notre pays maternel ; nous savons leur histoire et nous devons retrouver en nous les façons de sentir qu'elles proposent.

⁎

D'Épinal à Toul, 65 kil.

Pour procéder systématiquement et prendre la Moselle à sa source, ils allèrent en chemin de fer chercher à Bussang leur point de départ.

Cette pleine montagne, tout en « ballons » couverts de sapins, est d'un grand air sévère. — Si l'on gravit

les pentes, sur un sol feutré de fines aiguilles où le pied
glisse, et sous une voûte formée par les cimes, seules
respectées, de ces arbres que l'administration ébranche,
c'est indéfiniment un monotone spectacle de troncs bruns
et résineux, tous pareils, s'élevant droit vers le ciel, avec
au bas une maigre mousse. Cette monotonie, cette régularité, cette pauvreté même reposent les nerveux. Ordre,
calme et beauté : une beauté apaisante que Puvis de
Chavannes a mise dans son *Bois sacré*. Parfois ces jeunes
corps sveltes et durs évoquent pour l'imagination, que
leur senteur fortifie, une forêt de lances fichées en
terre. Et sur la hauteur atteinte, sur le chaume, ce moutonnement des têtes, agitées par le vent, est pathétique
comme la rumeur d'un camp. — Les vallées longues,
étroites, étonnent l'œil par leur propreté parfaite : des
tapis d'une herbe luisante, des ruisseaux emportés et
limpides sur les vieilles pierres se détachent d'autant
mieux dans le cadre noir des sapins. — Çà et là, les
hommes ont imposé une maison de garde, une petite
ferme à la montagne : elle reste pourtant maîtresse de sa
beauté et de ses arrangements, et dans certains cantons
forestiers escarpés, nul ne peut exploiter sa vêture.

Il faut comprendre le système général de ces contreforts qui soulèvent, creusent et enserrent le pays. Une
race est née entre leurs bras, avec la mâchoire forte et
la tête carrée, célèbre par son entêtement. Comme des
divinités assoupies, toujours pareilles à elles mêmes, les
Vosges sont assises dans l'éminente splendeur du midi
et au romanesque coucher du soleil et dans le tombeau
étoilé de la nuit. Belle assemblée de montagnes, forte,
paisible et si salutaire qu'à nos nerfs mêmes elle donne
une discipline ! De ces colosses immobiles naît la frivo-

lité, la pente, la fuite l'insaisissable. La Moselle est la
délégation de leurs énergies intimes.

Elle jaillit sur le versant français à trois cents mètres
du tunnel qui franchit le col de Bussang et s'ouvre sur
la magnifique plaine d'Alsace. La « source de la Moselle »
n'est pas la plus forte, ni la plus reculée des gerbes
d'eau qui la forment d'abord, mais celle-là ne tarit jamais.
Tous les « ballons » de la région concourent aux premiers développements de la Moselle, comme une mère
entourée des personnes de sa famille nourrit, caresse
et fortifie pour la vie un petit à ses premiers pas. A
deux kilomètres de Bussang, déjà cette enfant travaille.
Elle fait tourner les roues de moulins, scieries, tissages,
filatures et féculeries. A chaque instant, les industriels
lui opposent des barrages, ralentissant son cours, sa
vie : c'est presque une morte où apparaît déjà la décomposition. Là contre, elle se ramasse, fait effort de toutes
ses ressources, passe l'obstacle et court, pacifiée, vraiment jeune et gaie. C'est de son courage que vivent Saint-
Maurice, le Tillot, Ramonchamp et Rupt, où passèrent
d'abord Sturel et Saint-Phlin. Si jeune, elle a déjà pris la
plus grande importante de toutes ses décisions : elle s'arrête dans sa marche au midi pour se jeter au nord-ouest.

Le Parisien Sturel sent les détails de la nature comme
ferait un convalescent et trouve de neuves délices à l'ampleur des feuillages, au dessin des ombres sur le sol
ensoleillé, à la qualité joyeuse de l'air sur son visage
et dans sa bouche. Tous deux, chaque quart d'heure, se
félicitent d'un mode de locomotion qui ne donne pas seulement un délicieux plaisir de vagabondage, mais qui par
sa rapidité permet aux impressions de se masser en
larges tableaux.

Voici des espaces admirables avec des montagnes trapues, bien garnies en terres, où alternent les spacieux herbages et les immensités d'arbres. A tous instants, d'autres vallées, qui s'ouvrent et vont se perdre dans la principale, fortifient la Moselle, libre, dégagée, charmante, de plus en plus heureuse, par mille contributions empressées. Au pied des ballons, les maisons éparses n'ouvrent que des petits yeux, des fenêtres étroites à cause du froid ; courbées, peureuses, abritées sous leurs longs toits qui montent si haut et descendent presque à terre, elles semblent toujours songer aux écrasantes charges de l'hiver. Le torrent, tout prêt à être mâté, leur offre sa force motrice ; les bois attendent qu'elles les débitent...

*
* *

De Bussang à Épinal, 60 kil.

Vers Châtel, à 15 kilomètres d'Epinal, comme on dévale par les terrasses du trias, la vigne apparaît, se substitue sur de vastes espaces aux forêts et bordera la rivière jusqu'au Rhin, s'améliorant d'étape en étape, pour fournir les crus fameux de la Moselle. Dès Thaon, celle-ci a cessé son travail. Elle glisse parmi des saules épars et de grands peupliers verts, élégamment vêtus jusqu'à terre de branches frémissantes. Gracieuse avec ses circuits, ses eaux bleues, ses parures variées, ses circuits, elle s'amuserait, se déplacerait, si le canal de l'Est voulait bien la quitter. Ce tuteur morne, utilitaire et rectiligne, la contarie. Mais lui-même, par sa paix, sa belle nappe que nul bateau ne ride, assez large dans

certains tournants, met dans cette verdure de prés,
d'arbres et de vignes mélangées aux vergers sur les côtes
silencieuses, la noblesse d'un parc de plaisir...

*
* *

Ils atteignaient sur la rive droite, immédiatement au-
dessous de Charmes, le village de Chamagne, où une
inscription désigne la maison chétive, encore intacte,
qui vit naître en 1600 Claude Gelée.

— Celui-là, dit Saint-Phlin, on a raison de l'appeler
tout court « le Lorrain ». Si notre paysan, mal servi
par ses chefs, n'a pu s'exprimer dans une nationalité
politique, la souffrance qu'il en eut et sa naïveté sont
fixées dans le clair-obscur de Claude Gelée. Enfant,
Claude avait eu des rêveries aussi longues que les jours
d'été, sur les côtes de cette vallée mosellane entre Charmes et Bayon ; la fraîcheur de ses yeux et de son cœur
lui permettait de se pénétrer de la moralité de ce paysage.
L'accent rural, la voix des prairies et des eaux, la modestie de ses parents, de sa classe paisible, de sa race con-
tenue, voilà ce qu'entendit ce tendre bouvier avant de
connaître la majesté romaine.

Les deux jeunes gens trouvèrent une ombre étroite
pour s'asseoir devant ce beau spectacle du soleil sur les
espaces mosellans. Adossés à une ligne de bois, ils
voyaient à leur gauche, sur un léger renflement, les
petites maisons de Chamagne, et toute la vallée qui vient
de loin décrire une courbe devant eux et s'enfoncer à
leur droite dans d'heureuses campagnes avec ses blés,
ses avoines, ses seigles, où alternent les prairies artifi-
cielles, les coteaux de vignes, les vergers et les villages.

Comme basse sourde, le bourdonnement d'une vanne, puis, par saccades, de minute en minute, la masse stridente des sauterelles, le vol des petits moucherons, parfois un appel d'oiseau, parfois un poisson troublant la surface de la rivière, très loin le grelot d'une bête... Il y a des moments du matin où le soleil réjouit si délicatement l'eau, les longs peupliers, les petites herbes imperceptiblement agitées, les bons arbres groupés en boule dans un champ, la vigne sur les pentes, les fonds vaporeux, douze petits hommes là-bas qui travaillent près d'un cheval et d'une voiture et dont on entend un peu les voix, oui, tout cela si délicatement se réjouit qu'on est plein de sympathie, et l'on accorde qu'il y a un élément moral dans le frisson de beauté et que, pour être tout à fait belles, les choses doivent être bienfaisantes.

La matinée s'écoulait, l'instant arriva où la végétation de juillet sous un soleil enfin chaud prend toute son ampleur et pendant quelques heures trouve des puissances qui dépeuplent la campagne. Sturel approuvait l'interprétation de Claude le Lorrain proposée par son ami.

— Mais, ajouta-t-il, cette harmonie des tons, cette pondération, ce bon ordre, cette délicatesse poétique, pour agrandir leur paix mosellane jusqu'à la majesté qu'on voit dans son œuvre, ce grand artiste les complète avec de magnifiques monuments et des ruines... Ah ! que notre conscience lorraine vaudrait davantage, si elle avait l'orgueil de quelques grands souvenirs !

Saint-Phlin saisit avec empressement cet éveil chez son ami :

— Bouteiller, dès le collège, aurait dû nous ouvrir les yeux sur notre race qui n'est pas sans gloire. Du moins

tu vas la connaître au cours de ce voyage, et tu déblaye-
ras en toi des ruines mémorables...

.*.

Proche de Bayon, ils distinguèrent sur la rive gauche
à Neuvillers, le beau château bâti par Chaumont de la
Galaizière, l'administrateur exécré que la France plaça
comme premier ministre auprès du dernier duc Stanislas Leczinski.

Stanislas ! le régisseur du duché pour le compte de la
France ! le Polonais ! Ah ! le mépris irrité de Saint-Phlin !
Il rendait ce Leczinski responsable de Louis XVI, un
lourdaud, de Louis XVIII, fait pour la petite cour de
Lunéville, de Charles X, un Slave, il lui reprochait
d'avoir plus qu'aucun, par son sang polonais, différencié
les Bourbons et la France.

Sturel souriait :

— On lui doit la place Stanislas, où rien n'est laid, ses
grilles, les petits pavillons de Héré, la porte Royale,
les places de la Carrière et d'Alliance, qui font de Nancy
une ville excellente.

— Je ne conteste pas ces jolies choses, disait Saint-
Phlin, mais, après avoir examiné un détail, il faut remonter sur la hauteur et toujours garder une vue d'ensemble.
Sont-elles nécessitées, ces élégantes constructions, par
notre développement national ? Reconnais-les pour un
accident et le caprice d'un étranger, indigne souverain
qui se borne à régner avec sa truelle comme aujourd'hui
un riche banquier dans son domaine. Derrière ces por-
tants de théâtre, l'État, relégué, dédaigné, périssait. Tout
ce que Stanislas installe chez nous m'est odieux, Sturel.

en tant qu'importation qui recouvre et étouffe notre nationalité. Sa petite cour de Lunéville, médiocre parterre transplanté de Paris sans racines, gâte l'atmosphère et notre esprit indigène...

Installé avec des moyens factices, ce *parisianisme* ne s'est maintenu que par la continuité des mêmes moyens. Il ne se fait pas sur place; on devra nous l'expédier du dehors, jusqu'à ce qu'une dose suffisante de sang étranger soit inoculée dans les veines lorraines. — Mais, Sturel, sous cette domination superficielle, une humble sensibilité s'étend encore, profonde, et dont j'attends qu'un jour elle vivifie la France lassée...

*
* *

Les deux cyclistes jouissaient beaucoup du paysage parce que, au lieu de promener leur œil superficiellement comme sur un ensemble déjà vu, ils s'occupaient à replacer mentalement les individus et les choses dans le milieu historique auquel ils survivent. La motte de terre elle-même qui paraît sans âme est pleine de passé, et son témoignage ébranle, si nous avons le sens de l'histoire, les cordes de l'imagination...

*
* *

Ces mornes plaines et ces siècles qui d'abord semblaient ordinaires et maussades à Sturel, maintenant il leur sentait du caractère : il leur savait gré de n'être ornés d'aucun romanesque fade, mais nus et brutes comme l'histoire avant que les historiens la policent. Il disait : « Nous autres Lorrains, nous ne cherchons pas à étonner. » Une fois de plus les deux jeunes gens déploraient les humanités vagues, flottantes, sans réalité, qu'on leur avait enseignées au lycée, quand le vrai principe c'est l'éclaircissement de la conscience individuelle par la connaissance de ses morts et de sa terre.

— Comme nous serions ordonnés et plus puissants, se disaient-ils, si nous comprenions que les concepts fondamentaux de nos ancêtres forment les assises de notre vie ! Mis à même de calculer les forces du passé qui nous commandent, nous accepterions, pour en tirer profit, notre prédestination. Tout médecin admet que pour connaître un homme il ne suffit pas de l'examiner à trente ans : il faut savoir quel enfant il fut, les maladies qu'il traversa et son père et sa mère. Or, nos éducateurs ne se préoccupèrent pas une fois de ce qu'est la Lorraine ! Un jeune être isolé de sa nation ne vaut guère plus qu'un mot détaché d'un texte...

*
* *

De Toul à Pont-à-Mousson, 36 kil.

Ils circulèrent toute la journée à l'ombre de la belle cathédrale, dans les froides et graves petites rues de Toul, morte oublieuse d'elle-même, mais dont le passé ne cède à aucune cité de France ou d'Allemagne.

C'est un grand plaisir de parcourir ainsi les villes en profitant des empreintes lentement données par les hommes et sans supporter les conditions du particularisme, par exemple, tout ce que les petits endroits contiennent de taquineries, de curiosités mesquines et d'intolérance. Pour bien atteindre les qualités locales, il faut

s'abandonner à la pente d'une rêverie très avertie de la
succession des événements...

* *
*

Sturel et Saint-Phlin, que Bar et Neuchâteau ont fami-
liarisés avec ces trois éléments de toute petite ville lorraine, le fonctionnaire, l'indigène et l'immigré, se font
une vue claire de Toul, mais, n'y trouvant aucune réalité nouvelle, et *rappelés*, comme on dit dans leur pays,
par les fortes nourritures de la veille, ils voudraient
retourner immédiatement dans la campagne, où le silencieux, l'anonyme paysan demeure sur les champs et la
vigne sans qu'aucun étranger se mêle à son sang, modifie ses puissances. Seulement Saint-Phlin n'entend pas
que l'enthousiasme nuise à la méthode. Après midi, sur
une table de café, il déplie ses cartes, et consulte ses
notes.

Pour que la vallée mosellane leur soit une chose intelligible, ils doivent se mettre chaque fois dans l'esprit de
leur étape du jour, et, tout en observant le plus grand
nombre de détails possible, ne retenir que ceux qui s'accordent avec son caractère dominant...

* *
*

Tout ce pays est à peu près semblable, caractérisé par
une certaine médiocrité de la ligne qui ne s'enfle jamais
beaucoup. Ces collines où serpente la rivière se vêtent
de vignes à la base, de forêts au-dessus, et parfois leurs
sommets demeurent dénudés. La Moselle, en se jetant à
angle droit vers le nord-est, rejoignit les vastes bois de

la Haie qu'elle avait quittés vers Toul. Paysage d'un joli ton clair et charmant de sérénité heureuse. Il n'affirme rien largement, vigoureusement ; sa grâce se développe un peu incertaine, mais les peupliers près de l'eau expriment un féminin, un pureté extraordinaires. Bientôt le ciel amortit sa grande chaleur et parmi des bouquets d'arbres, le long d'une rivière, — mystérieuse, à mesure qu'elle prenait des tons sombres, comme une enfant en velours violet, — ces paysages un peu maigres et qui, sous le soleil, avaient vite fini de parler, s'enveloppent d'élégante volupté.

Liverdun, Frouard, Custines, Marbache, Dieulouard, où l'on pourrait lire Virgile ! Nul poète, malheureusement, d'un vers immortel ne releva ces lieux. Leurs grâces sont consommées sur place par les Nancéiens du dimanche. D'un mot heureux, le jeune homme de Mantoue a porté sur l'univers le frémissement du lac de Garde égal aux flots de la mer. Des chansons populaires nous firent croire qu'à Triana, près Séville, à la Giudecca de Venise, que n'ombrage même pas une treille, s'étendaient des jardins divins. On est simple, simple, en Lorraine. On craint si fort de surfaire, de s'en faire accroire qu'on apprécie mal ce qu'on possède. Qui voudra interpréter en beauté ces jolis endroits d'une douceur un peu atone ?

A mi-chemin de leur course, Sturel et Saint-Phlin atteignirent le confluent de la Meurthe et de la Moselle. En vain de grandes cheminées et les scories des hauts fourneaux, dites « des laitiers », s'amassent sur ce point jusqu'à menacer de clore la vallée ; Saint-Phlin dit à Sturel :

— Voici l'endroit que j'aimerais entre tous célébrer.

J'y distingue des éléments variés de romanesque. C'est un des points où tenaient les fortes racines de nos Guises. Ils possédaient ici un château, et la Moselle y réfléchit la petite enfance de Marie Stuart, pareille elle-même, ne trouves-tu pas, à cette rivière...

*
* *

(*A propos des Usines Fould à Custine*).

— Ces néo-féodaux, répondait Saint-Phlin, tiennent tous les fils matériels de ces malheureux et ne disposent d'aucune des fibres de leur âme. Il nous appartient de nous emparer des émotions... La force du boulangisme sera de s'appuyer sur les concepts ancestraux, les sentiments héréditaires, sur la conscience nationale.

— La conscience nationale ! — disait Sturel, inquiet. Et, après un silence : — Voyons, nous faisons ce voyage pour que je prenne contact avec les réalités ; cela me rend exigeant. Je ne veux pas me payer de mots. Ces jours-ci, j'ai bien compris que dans la partie la moins parcourue de la vallée et sur les plateaux subsistaient des traits nombreux de notre nationalité et, en vérité, les éléments d'une conscience lorraine. Mais à cette humble civilisation s'est superposée une civilisation parisienne. Comment agir sur l'une et sur l'autre ? Comment trouver le sentiment ou les intérêts communs à une population ainsi dissociée ?

— Patience ! répliquait Saint-Phlin. Nous ne pouvons pas tout examiner à la fois. Jusqu'à ce point de notre itinéraire, nous avons constaté qu'à travers les siècles, en dépit des vicissitudes politiques et économiques, une

population racinée dans un sol maintient ses façons de
sentir. Quand au second problème que tu poses, dès
notre prochaine étape nous allons pouvoir l'aborder. Oui,
demain, tu verras, je crois, les moyens d'accorder dans
un même intérêt, ou plus exactement dans une même
émotion qui les suscitera, l'une et l'autre, la conscience
parisienne et la conscience lorraine, c'est-à-dire sur ce
territoire la conscience nationale.

* *
*

De Pont-à-Mousson à Metz, 28 kil.

Le long de la Moselle, Sturel et Saint-Phlin ont déjà
rencontré environ quatorze forts. Toul en a douze, et
Metz, onze. C'est, pour relier ceux-ci, un enchevêtrement
de lignes stratégiques et de travaux d'art dans un sol
bosselé par les tombes de 1870. En méditant ces espaces
dénaturés, on donne enfin leur sens plein aux codes et
aux rêveries philosophiques où s'affirme l'antagonisme
germano-latin. Un tel paysage, véritable état d'âme social
étale devant nous la conscience de l'Europe. Voilà le lieu
où se font le plus intelligibles la plus précaire sécurité
des peuples et leur surcharge financière. On y voit entre
l'état-major français et l'allemand un état de guerre constant, entretenu par des millions sans cesse engloutis dans
ce sol de frontière. Secrète ou déclarée, cette bataille, si
haut qu'on remonte dans les siècles, ne fait point trêve.
Elles ne sont pas près de désarmer, les deux forces
ethniques qui s'affrontent ici, à perte de vue historique...

*
* *

Les Prussiens, qui brûlèrent et rebâtirent avec magnificence des quartiers de Strasbourg, n'ont ici rien modifié. Metz, une fois franchis les travaux qui l'enserrent, apparaît dans sa servitude, identique à elle-même. Elle émeut d'autant plus, esclave qui garde les traits et l'allure que ses amis et ses fils aimaient chez la femme libre. Sturel et Saint-Phlin la reconnaissant encore française, lorraine et messine, sentirent avec une vivacité qui les troubla une nuée d'impressions se lever des uniformes, des visages prussiens, des inscriptions officielles. Tout les traitait trop clairement de vaincus chassés, d'étrangers tolérés et suspects.

S'il vous est arrivé de passer après des années devant l'appartement où vous vécûtes avec vos parents votre petite enfance heureuse, et si vous avez donné suite à votre soudain désir de visiter ces chambres occupées maintenant par des inconnus, vous les avez traversées avec cette contrainte, avec ce malaise mêlé de mélancolie agréable qu'éprouvent Sturel et Saint-Phlin, et comme eux vous disiez : « Quoi ! si petit, le lieu de souvenirs si nombreux et si grands ! »

Metz, qui gêne l'Univers, est une ville resserrée et basse, aux rues étroites, et cerclée par l'ancien système de ses murailles françaises, comme un vieux bijou mérovingien monté sur fer. Quand ils eurent visité, au hasard de leur après-midi, les maisons de la rue des Tanneurs, la rivière derrière la Préfecture, les nombreux ponts de la Seille et de la Moselle où s'offrent des vues pittoresques les vieilles portes militaires, la vénérable cathédrale avec le cortège de ses filles, églises et chapelles :

— Eh quoi ! se disaient-ils, nous ne savions pas les
maisons si humbles et si vieilles. Toutes ces rues dont
les noms émeuvent les émigrés, et qui, parfois, telle la
Serpenoise, ancienne route de Scarpone, nous relient au
monde romain, ne sont que d'importantes ruelles où les
fenêtres qui se font face voisinent.

Devant ces modestes magasins, aux enseignes encore
françaises, et tandis qu'ils coudoyaient d'innombrables
soldats et quelques indigènes, de types aisés à distinguer
ils crurent comprendre que Metz a perdu son élégance
de bon ton, fameuse avant la guerre. Et cela, loin de leur
déplaire, ajoutait à leur affection. Peut-être l'eussent-ils
moins aimée, à la voir, en même temps qu'un lieu sacré
pour la patrie, un riche entrepôt ou une belle œuvre
d'art. Ils lui savaient gré de favoriser un sentiment désintéressé. Il suffisait qu'elle existât juste pour mettre de la
chair vivante autour de leur notion abstraite du patriotisme.

Depuis cinq jours qu'ils voyageaient et bien qu'ils
eussent compris avec affection chacune de leurs étapes,
ils n'avaient pas encore ressenti la qualité de tendresse
que leur inspira cette cité pour laquelle ils eussent été
heureux de faire un sacrifice. Les jeunes femmes de Metz
font voir un type particulier de douceur qu'ils retrouvaient
dans la physionomie d'ensemble de la ville. Sa vaillance,
son infortune, son cœur gonflé les enivraient d'une poésie
qu'ils n'auraient pu lui exprimer que les deux genoux à
terre et lui baisant la main.

— C'est, pensaient-ils, l'Iphigénie de France, dévouée
avec le consentement de la patrie quand les hommes de
1870 furent perdus de misère, sanglants, mal vêtus sous
le froid, et qu'eux-mêmes, les Chanzy, les Ducrot, les

Faidherbe, les Bourbaki, les Charette, les Jaurès, les
Jauréguiberry renoncèrent. Toi et ta sœur magnifique,
Strasbourg, vous êtes les préférées ; un jour viendra que
parmi les vignes ruinées, sur les chemins défoncés et
dans les décombres, nous irons vous demander pardon
et vous rebâtir d'or et de marbre. Ah ! les fêtes alors,
l'immense pèlerinage national, toute la France accourant
pour toucher les fers de la captive !

*
* *

Le passé, que Sturel ne se lassait pas d'apprendre ni
Saint-Phlin de préciser et de coordonner en l'expliquant,
perdait le caractère morne des constructions d'érudits,
parce qu'ils le rattachaient à une impression vivante. Tout
en causant, ils se livraient, sans l'analyser, à l'atmosphère
de cette Esplanade qui occupe un angle des remparts et
domine la Moselle avec l'horizon des forts. Cette petite vue
modeste et la biographie d'une ville pourtant de troisième
ordre éveillaient dans leurs âmes préparées un tel sens
de tragique qu'ils restèrent plusieurs heures à laisser
s'agiter en eux des pensées d'amour et de respect pour
leur patrie. Sans doute, avant 1870, cette étroite terrasse
plantée ne leur aurait proposé qu'un agréable coup d'œil
sur un paysage de rivière ; maintenant elle nourrissait de
longues rêveries sur une terre esclave...

En dépit de ce Guillaume le Grand, il n'est pas une
terre d'où la patrie française soit plus invoquée, plus
adorée que de cette Lorraine. Sur ce sol, ils peuvent
ériger des trophées, mais l'indigène qui passe dans leur
ombre élève spontanément, pour la leur opposer, une
pensée d'amour vers la France. Les mots allemands peu-

vent bien proclamer : « *Die für immer süss denkwürdige Capitulation von Metz* : la capitulation à jamais doucement mémorable de Metz » ; jamais des syllabes françaises ne s'assembleront pour affirmer une telle façon de voir. Et voilà pourquoi des vainqueurs, conseillés par leur raison nationale, veulent que les écoles du pays annexé n'enseignent plus que l'allemand. C'est pour contraindre chacun à déserter les mots de ses aïeux, et pour tenir en échec l'âme héréditaire de ce territoire...

Ils gagnèrent, pour le souper de sept heures, un restaurant où l'un et l'autre jadis avaient mangé avec leurs familles et qu'ils trouvèrent encombré d'officiers de toutes armes. La salle, très simple, sans lourdeur de brasserie, les servantes, de petites demoiselles lorraines, faisaient un vieil ensemble messin, où ces beaux géants, mécaniques dans leurs saluts et compassés dans leur fatuité, semblaient tout à fait déplacés. Les deux jeunes gens s'attristèrent à reconnaître que ces types-là maintenant se promènent nombreux même à Paris. Sous des casques à pointes, ils retrouvaient ces espèces de figures avec les basses parties énormes qui souvent les avaient irrités chez des contradicteurs de leur entourage. Il y a en France une incessante infiltration d'Allemands, qui, même s'ils renient leur patrie, compromettent nos destinées naturelles, car tout leur être se révolte contre notre vraie vie où ils ne trouvent pas les conditions de leur développement naturel. Les officiers de ce restaurant avec leur morgue alliée à une évidente acceptation de la discipline, avec leur forte carrure, sont d'intéressants types d'humanité, mais des servants d'un autre idéal ! Sturel et Saint-Phlin songeaient avec amour à ce que de tels êtres sont en train de détruire sur un espace de 14,587 kilomètres carrés.

Depuis le début de ce voyage, l'imagination de Sturel était souvent mise en mouvement par des objets usuels, ainsi, sur la table où ils mangeaient, des modèles surannés de la faïencerie de Sarreguemines, comme il en avait manié dans sa petite enfance ; et tel sucrier blanc de forme empire, à filet d'or, décoré de têtes de lion, utilisé comme pot à fleurs sur le bureau de la caissière, bouleversa agréablement tout le jeune homme pour le ramener là-bas, là-bas vers son passé. La couleur aussi et le goût du petit vin de la Moselle ravivaient en lui un ensemble d'images et de sensations auprès desquelles contrastaient plus durement les éclats tudesques et les traîneries de sabres. Cependant que ces délicatesses un peu puériles troublaient les deux Lorrains, l'un et l'autre s'appliquaient à n'en rien trahir : dans ce milieu, il fallait par décence de vaincus éviter la moindre singularité. Seulement, au sortir du restaurant, contre leur habitude, ils se prirent le bras.

Ils marchaient ainsi affectueusement quand ils rencontrèrent quatre bons voyous à la française, si sympathiques que Sturel proposait à Saint-Phlin de leur payer des cigares, mais les voyous, dégoûtés qu'on les examinât, se mirent à poursuivre ces passants indiscrets d'injures pittoresques devant lesquelles les deux amis fuyaient tout réjouis que la discipline sociale allemande n'eut pas encore privé totalement ce pays des bénéfices libéraux de la critique alerte à la française.

Ils choisirent un café parce que les lettres de son enseigne dataient de la bonne époque ; ils n'y trouvèrent aucun soldat allemand. La propriétaire, une petite femme, avait la douceur, la gentillesse de la Moselle dans ses yeux. Ces excellentes gens, qui ont toute la finesse des vieilles villes, s'appliquent encore à plus de courtoisie et

d'urbanité par réprobation de cette lourdeur teutonne qui
pour une sensibilité française sera toujours goujaterie...

A Metz, les petites et les grandes filles de qui Sturel
et Saint-Phlin subissent la puissance émouvante, touchent
par une délicatesse, une douceur infinie plutôt que par la
beauté. Leur image, quand elles parcourent ces rues
étroites, pareilles aux corridors d'une maison de famille,
s'harmonise aux sentiments que communique toute cette
Lorraine opprimée et fidèle. Quelque chose d'écrasé,
mais qui éveille la tendresse ; pas de révolte, pas d'esclaves frémissantes sous le maître, mais l'attente quand
même, le regard et le cœur tout entier vers la France.
C'est ici une caserne dans un sépulcre, mais c'est aussi
un parfum, une manière de vieille province. Depuis 1870,
la France fait voir d'immenses transformations, mais
cette ville où ne sont restées que les classes moyennes et
dans des conditions qui les soustraient à l'influence parisienne et des centres allemands, montre les couleurs
fanées que l'imagination met sur l'ancien temps. Char-
mants anachronismes, dans Metz se promènent de jeunes
sœurs de nos mères. Avec cela une honnête habileté.
Sturel et Saint-Phlin qui cherchaient divers objets et un
mécanicien, assez rare à cette date pour réviser leurs
bicyclettes, s'émerveillèrent de la gentillesse, de la fraternité des « bonjour, monsieur » qu'on répondait à leur
« bonjour » d'entrée. Et les « veuillez m'excuser », les
« pardon », toute cette menue monnaie de la politesse
française, comme les marchands la leur donnaient très
vite, avec fierté, pour leur marquer : « Vous êtes Français,
nous aussi ! » Après cela, pouvait-on discuter les prix ?

* *

Ne faut-il pas, hélàs ! que tous, humblement, nous supportions une solidarité dans le crime commis puisque, après tant d'années écoulées et les enfants devenus des hommes, rien n'est tenté pour la délivrance de Metz et de Strabourg que nos pères trahirent.

Il semble qu'il y ait eu dans le premier instant, chez Gambetta, quelque instinct du devoir; la vie nationale allait tendre uniquement à la réfection de la France. Il préféra passionner la masse agissante sur des abstractions , où il n'y avait que des amorces électorales. La clientèle, tant bien que mal recrutée, qui reçut de ses mains le gouvernement de la France, comprit que le retour de Metz et de Strasbourg dans l'unité française installerait une nouvelle équipe de dirigeants. Elle ne veut pas d'une revanche. Elle fait croire à des vaincus que donner des fêtes à l'Europe, c'est de la gloire. La plus belle au bal ! Voilà le misérable idéal qu'ils composent à la nation. Dans ce printemps de 1889, Carnot en tête, les parlementaires viennent d'inaugurer la danse du ventre et les prostitutions diverses dites Expositions universelles. Ils combattent à l'intérieur l'énergie française, la nation qui voudrait réagir et reprendre ses frontières ; ils donnent aux deux minorités juive et protestante un traitement de faveur et leur attribuent le caractère officiel d'une garde d'élite ; ils vont jusqu'à charger la famille Reinach, issue d'une lie allemande, d'insulter officiellement un général français, né Breton, coupable de confondre dans un soulèvement patriotique l'inconscient du paysan et de l'ouvrier.

Ces pensées qui font sécréter de la haine irritaient Saint-Phlin et appelaient le partisan Sturel à la guerre civile. Malédiction aux traîtres qui abandonnent Metz et désarment la France de son esprit propre! Malédiction sur moi-même assez lâche pour les tolérer! Mais dans ce même instant il leur sembla qu'une main douce se posait sur leurs épaules; ils venaient de lire à l'autre face de la pyramide cette phrase plus pathétique encore que l'anathème :

LES FEMMES DE METZ

A CEUX QU'ELLES ONT SOIGNÉS

O solitude pluvieuse, étroits espaces dont la France se détourne ! Il gît là pourtant assez d'âme pour former les générations qui voudraient s'en approcher, et pour émouvoir l'histoire, si le génie français survit et ne laisse pas au seul Germain le soin de la rédiger. Tête nue, dans un sentiment douloureux et fraternel, les deux Lorrains déchiffrent sur les petites tombes les noms qui subsistent entre tant de milliers anéantis par les pluies, le soleil et le vent. Sous ces pierres, dans cette terre captive, sept mille cadavres s'entassent de jeunes gens qui aujourd'hui atteindraient seulement la quarantaine, et leur vie n'aura pas eu un sens si on refuse de le chercher dans l'éternité de la patrie française. Leur mort fut impuissante à couvrir le territoire, mais elle permet à un Sturel et à un Saint-Phlin de se reporter sans honte complète à cette année funeste. C'est une fin suffisante du sacrifice qu'ils consentirent en hâtant la disparition inéluctable de leur chétive personnalité.

Les fifres et les tambours prussiens qui, sans trêve,

d'un champ de manœuvres voisin retentissent sur les tombes de Chambière ne détournent pas les deux visiteurs de leur pieuse méditation, et avec une tendresse égale à l'orgueil de dénombrer sur l'Arc de Triomphe les généraux de la Grande Armée, ils épèlent la nomenclature des morts, les inscriptions des bannières délavées et des couronnes épandues.

Mais voici à trois mètres du monument français, dans cet exaltant cimetière, où la douleur, la fraternité, l'humiliation et l'orgueil stagnent comme des fièvres, la pierre commémorative qu'eux aussi les Allemands consacrent à leurs morts. Elle jette ce cri insultant : « Dieu était avec nous ! » — Offense qui tend à annuler le sacrifice des jeunes vaincus à qui les femmes de Metz ont fermé les yeux !

Il ne dépend pas du grand état-major allemand de décider sans appel que nos soldats luttaient contre Dieu ! En vérité, la France a contribué pour une part trop importante à constituer la civilisation ; elle rend trop de services à la haute conception du monde, à l'élargissement et à la précision de l'idéal, — dans un autre langage : à l'idée de Dieu — pour que tout esprit ne tienne pas comme une basse imagination de caporal de se représenter que Dieu — c'est-à-dire la direction imposée aux mouvements de l'humanité — serait intéressé à l'amoindrissement de la nation qui conduisit les Croisades dans un sentiment d'émancipation et de fraternité, qui a proclamé par la Révolution le droit des peuples à disposer d'eux-mêmes ! Mais voilà bien la prétention de toute l'Allemagne, du plus mécanique de ses soldats jusqu'au plus réfléchi de ses professeurs. Ce n'est point par hasard, c'est par le développement d'une pensée très raisonnée qu'ils inscrivent Dieu comme leur allié à deux pas de l'ossuaire de nos compatriotes, excluant nos chrétiens du paradis des enfants de Jésus, dépouillant nos athées de leur part d'auteur dans l'œuvre civilisatrice de l'humanité, rejetant nos armées dans le brigandage, et proscrivant la pensée française comme nuisible. Dans cet étroit espace, ce double charnier de Français et d'Allemands produisit une vigoureuse végétation, cette trentaine d'arbres élancés vers les cieux, mais l'Allemagne consciente d'elle-même ne veut pas que « dans le sein de Dieu », dans le concert de l'humanité, le génie français et le génie allemand collaborent. Elle nous excommunie ; elle prêche l'anéantissement de notre langue, de notre pensée. C'est une guerre sacrée. Sur le territoire de Metz et de Strasbourg, l'Allemagne, plus cruelle que les peuples orientaux qui coupent les oliviers et comblent les puits, tend à traduire son principe en actes. Elle supprime la pensée française dans le cerveau des petits enfants, elle ensevelit sous des verbes germains, comme une source vive sous des fascines, une sensibilité qui depuis des siècles alimentait cette race et que ces enfants avaient reçue de leurs pères.

Saint-Phlin et Sturel, à mesure qu'ils maintiennent leur pensée sur ce que veut détruire l'Allemagne, voient avec plus d'horreur l'étendue du crime projeté et avec plus de lucidité sa démence. Ce n'est pas en jetant de la terre sur des cadavres, une formule insolente sur des siècles d'histoire et un vocabulaire sur des consciences qu'on empêche le phénomène nécessité par l'accumulation de leurs forces. Au cimetière de Chambière, devant un sable mêlé de nos morts, la piété pour les martyrs, la haine contre les Français qui mésusent de la patrie, l'opposition à l'étranger, tout cet ensemble de sentiments habituels aux vaincus et portés au paroxysme par le lieu, déterminent chez les pèlerins un mouvement de vénération. Leur cœur convainc leur raison des grandes destinées de la France et par un coup subit trouve ici son état le plus propre à recréer l'unité morale de la nation.

Alors depuis ces tombes militaires, l'imagination de Sturel et de Saint-Phlin se tourne vers quelques penseurs en qui ils distinguent la connaissance et l'amour des éléments authentiques de la France. La patrie, si on continuait à l'entamer, saurait trouver un solide refuge dans de telles consciences. Une demi-douzaine de ces hommes suffisent à conserver le bon ferment pour notre renaissance. Et par-delà les frontières que notre influence ne franchit plus, le verbe français où ils déposent des idées si fortes et si bienfaisantes conquiert encore des intelligences, de telle sorte que par leur action notre génie contraint à l'hospitaliser ces mêmes races qui avaient juré de l'anéantir.

Avec un sentiment filial qu'ils n'éprouvèrent jamais hors de Metz, les deux Lorrains appellent un soldat heureux pour qu'il adjoigne la force à ces glorieux civilisateurs. En même temps ils se rappellent que cette élite proclama toujours la gloire de la France intéressée étroitement à l'intégrité de tous les peuples d'outre-Rhin; qu'elle considérait Strasbourg comme un dépôt de la pensée allemande où devaient s'approvisionner nos laboratoires intellectuels. Et ils ne trouvent point naïf de croire que par cette compréhension supérieure la France s'élève au plus haut degré dans la hiérarchie des nations et, pour reprendre le langage mystique du grand état-major allemand, demeure le soldat initié de plus près aux desseins de Dieu.

C'est ainsi qu'en sortant du cimetière de Chambière, et d'un grand tumulte du cœur, Sturel et Saint-Phlin associent dans un acte d'élévation les noms illustres de la pensée française aux noms obscurs des petits soldats sur la tombe de qui, tête nue, ils viennent d'unifier leurs intérêts individuels, leur hérédité lorraine, la société française et l'humanité. La tristesse générale de ce paysage asservi fait une magnifique atmosphère à la moralité qui les remplit et qui communique à leur visage la dignité sérieuse de ceux qui, après un deuil, se sentent des responsabilités.....

*
* *

De Metz à Sierck, 52 kil.

Cette petite Thionville, aussi dénuée de ressources qu'une guérite de factionnaire, les retenait parce que sous l'enduit allemand ils distinguaient partout les couleurs françaises.

Il est fâcheux que les romantiques qui nous disent avec des expressions saisissantes le grand secret de mélancolie des bois, de la mer et des prairies du centre aient ignoré les petites villes militaires de l'Est et leur atmosphère propre à former les âmes : le son du clairon, tout le jour, le drapeau, le général, les promenades sur le rempart et chaque soir soudain le fracas militaire de la retraite éclatant en apothéose. Ah ! les magnifiques tambours se déchaînant à huit heures sur un geste bref de la grande canne et s'engouffrant dans les rues avec toute la

population derrière ! Cette discipline théâtrale et monotone pénétrait pour en faire des héros et des amateurs de
mort glorieuse, les jeunes garçons des places à la Vau-
ban. Il y a là un état d'âme français qui disparaît sans
avoir reçu son expression *littéraire*...

*
* *

Les jeunes Lorrains dont se détourne la France, sont for-
cés par leur structure mentale d'associer les idées à la française et de préférer la civilisation qui, pendant des siècles,
leur fournit leurs conditions de vie. Sous cette Germanie
arrogante qui frappe sèchement de ses talons les étroits
trottoirs des vieilles villes militaires, une France nombreuse et saine encore fait le fonds de ce pays. Comme,
à certains tournants morts, la nappe d'eau pure de la
Moselle sous la croûte des herbes parasites, elle transparaît cette France, en dépit des plantes germaines jusqu'alors sans racines profondes, dans la douceur du
regard des femmes, seul aveu de leur sensibilité souffrante,
deuil honorable de celles qui vivent avec des frères, des
époux, des pères vaincus. Elle s'affirme dans la fierté du
regard des jeunes géns, quand ils ont entendu la langue
de leur pays et que leur œil s'écrie : « Le papier des
diplomates est nul ! Moi aussi, j'appartiens à la France ! »
Elle se proclame dans la fraternité immédiate et sans
phrases avec des hommes de toute classe et de toute
condition, quand leur main qui serre la nôtre nous
déclare : « Jamais il n'arrivera que nous opposions nos
fusils, et sous une même tente, un jour, nous partagerons
le même péril pour la France ! »

Contre cette fidélité à l'idéal, le grand moyen de l'Em-

pire, c'est de transformer la cérébralité et d'imposer aux
jeunes êtres ce qui contient toute civilisation et toute sensibilité : une langue nouvelle, l'allemande. En les forçant
à déserter la syntaxe, le vocabulaire, ils espèrent les contraindre à renier leurs idées, leur âme propre.

Voilà qui ne se prête pas à une représentation plastique, ni à l'expression scénique. Mais celui qui veut fixer
son attention avec force sur une telle situation reconnaîtra
qu'on n'en connaît pas de plus pathétique, et sa pensée
aura peine à l'embrasser, depuis la place du village où
l'enfant joue avec des noms nouveaux les jeux de ses
pères, jusqu'aux bibliothèques où l'étudiant qui était né
pour la culture française se débat, asphyxié dans l'atmo
sphère du génie allemand.

Les conséquences d'un si barbare jacobinisme impérial
passent notre imagination. Si vous supposez qu'un Voltaire, — d'esprit rapide, faiseur de clarté, et qui répugne
à examiner dans un même moment vingt-cinq aspects de
choses, — ou bien un Victor Hugo, — génial parce qu'il
entendait bruire dans chaque mot français les plus lointains sens étymologiques, — vient de naître depuis 1870
dans quelque village de Lorraine, ne doutez pas que son
cerveau désorienté, tenu en servage par l'enseignement
allemand du maître d'école, manquera sa naturelle destinée. Je prends cette hypothèse pour qu'on se représente
sensiblement la chose ; mais l'ensemble de la génération
subit d'une façon certaine la diminution qu'éprouveraient
ce Voltaire et ce Hugo hypothétiques. Elle est sacrifiée
si les pères et les mères, chaque soir, ne défont pas chez
eux tout le travail du maître. Véritable bataille que se
livrent dans ces jeunes cerveaux de vaincus, les ancêtres
et le vainqueur.

23

Sturel et Saint-Phlin connurent par leur aubergiste de Sierck les manuels d'histoire pleins de haine et de mensonges qu'on met aux mains des petits annexés. Son fils, des livres sous le bras, dit en rentrant de l'école :

— Pourtant, selon mon livre, les Français furent toujours frivoles et battus !

Et le père, mal à l'aise, de répondre :

— Oublie tout ce qu'il t'enseigne, le maître. Il n'y a de vérité qu'en français.

Cette magnifique parole d'un aubergiste qui baisse la voix sur une terre esclave, ramène, une fois de plus, vers leur collège de Nancy, la pensée irritée de Sturel et de Saint-Phlin. Des professeurs, le croirait-on, cédant à quelque fade sentimentalité, se désolaient des avantages brutaux pris par Louis XIV et Napoléon dans une lutte qui dure de toute éternité entre les populations du territoire français et celles du territoire allemand. C'est niaiserie. En l'absence d'une vérité absolue sur laquelle des membres d'espèces différentes se puissent accorder, les fonctionnaires chargés de l'enseignement doivent s'inspirer du salut public. Ce n'est pas une vérité nationale, celle qui dénationalise les cerveaux.

Sturel et Saint-Phlin le sentent : ce qui résiste à l'invasion allemande, c'est un vieux fonds sentimental rebelle à l'analyse ; ce n'est pas l'éducation française puisqu'elle tend à faire des hommes, des citoyens de l'humanité plutôt que des Français et des membres de la société traditionnelle ; ce n'est pas, non plus, le souvenir d'une civilisation matérielle qu'on trouve au moins égale sous le régime allemand. Que vaudraient-ils ces admirables patriotes du pays annexé si leur amour pour la France était raciné dans ce terrain universitaire, bon seulement

pour qu'il y pousse des fleurs de cosmopolitisme ? Ils
résisteront autant qu'ils tiendront fort dans le sol et dans
l'inconscient...

*
* *

De Sierck à Trèves par Remich, 25 kil.

— A quoi bon pédaler si vite ? dit Saint-Phlin, quand
ils eurent atteint Remich. Asseyons-nous en plein air ; la
vallée est large, le soleil tempéré, il y a des groupes
d'arbres épars sur des villages dans les fonds, de vastes
espaces en culture ; vivons dans la minute présente et
prenons conscience de notre santé et de la santé des
êtres.

Sturel remarqua, pour la première fois avec précision
ce que le visage de son ami, autrefois nerveux et mobile,
avait pris de calme et de force. Et, sous cette influence,
il s'appliqua, lui aussi, à se mettre tout dans le moment
présent et à savourer parmi ces trésors éparpillés le goût
de la vie.

Ainsi passèrent-ils un long temps sur le pont à péage
qui relie Remich à Nennig. Non pas que le spectacle ait
rien de surprenant, mais cette grande prairie, ces nombreux villages heureux, ces vaches qui paissent, ces
barques au port fortifient les yeux et l'âme. Un tel paysage, c'est une bonne leçon d'art, car rien n'y figure dont
on ne discerne la nécessité, et la beauté sûre qui s'en
dégage est faite du rapport d'utilité où vivent, depuis une
longue suite d'années, tous ces objets que l'œil simultané-
ment embrasse.

A mesure que par la réflexion ils comprenaient mieux

la Moselle, ils l'aimaient davantage. Quelle variété dans
son décor ! que de climats politiques et sociaux ! Le vieux
duché de Lorraine, puis le tragique pays messin et, pour
leur faire suite, un troisième terrain où le flot français à
plusieurs reprises séjourna et dont il ne baigne même
plus les limites. Que ces régions placides, pourvu qu'on
les laisse reposer, soient belles sous tous les vainqueurs,
voilà une indifférence cruelle qui touche l'âme des deux
jeunes gens d'une sorte de trait romantique.

*
*   *

— Eh ! quelle obstination à considérer les villages de
la Basse-Moselle comme une grenaille que se disputent
les aimants de Paris et de Berlin ? Amenons notre esprit
à un état plus lucide et plus doux. Pourquoi ce territoire
ne poursuivrait-il pas un développement ni parisien ni
berlinois ? Est-ce que ces régions n'ont pas été un centre
du ive au ixe siècle ?..

*
*   *

— Tout s'écoule, disait Saint-Phlin, comme se parlant à
soi-même ; nous sommes boulangistes, nous demandons à
notre pays un effort national qui peut échouer. Si Paris,
continuant à se développer dans la direction d'un Casino,
préférait constamment les étrangers aux Français et poursuivait des fins de plus en plus inconciliables avec les
destinées des provinces, celles-ci auraient à se préoccu-
per de suppléer au cerveau que la capitale cesserait de
leur fournir. Peut-être alors trouverions-nous une ressource à ressusciter la vieille nationalité austrasienne ?

Sturel, mal habitué à la notion de développement, dont les conséquences parfois peuvent faire peur, se blessa de cette hypothèse exactement comme d'une impiété. Dans ces questions de patriotisme, de religion, il n'y a pas de logique qui persuade, c'est de l'ordre sentimental, héréditaire, c'est du vieil inconscient. Saint-Phlin n'insista pas, car il était bien élevé, mais intérieurement il prit en pitié le servage de son ami. Et pourtant, lui-même, comme tout le monde, il soustrayait aux méthodes critiques cinq ou six idées de fond. Il n'y a pas d'esprit libre.

Les deux jeunes gens se promenèrent dans Igel et jouirent des choses, le temps d'apaiser leur humeur, puis ils se regardèrent en souriant.

— O romantique, disait Saint-Phlin, est-ce que je ne vois pas que depuis une heure tu n'as pas donné plus de cinq minutes au monument funéraire des Secundini, tandis que tu ne te lasses pas de regarder les images de la Douleur et de la Mort sur ces pauvres tombes ?

Sturel le reconnut.

— Et pourtant, continuait son ami, on trouve partout des cimetières, et sauf en Provence, il n'y a nulle part, de ce côté des Alpes, un monument qui vaille celui-ci.

— Si je voyageais seul, Saint-Phlin, je visiterais tous les cimetières sur ma route. Cette pierre romaine a quelque chose de raisonnable sans mystère, d'honorable sans élan, comme la manifestation d'un commerçant enrichi. C'est là-haut que je respire, auprès de ces images d'anéantissement que toi, catholique, tu devrais rechercher.

— Erreur! Sturel! Le *Dies iræ* exprime une très petite part de notre doctrine. Le catholicisme est avant tout un faiseur d'ordre, voilà pourquoi j'apprécie les belles pierres sculptées où se témoigne la bonne et solide nature

des Secundini. Une doctrine, supérieure à tous les établissements, m'invite à voir dans les choses du passé bien
moins des suites du passé que des promesses pour l'avenir. C'est peut-être le secret de nos divergences : tu
trouves ta poésie à te considérer comme un prolongement et jamais comme un point de départ. Dès le début
de notre voyage j'ai vu ton imagination se fixer chez les
morts. L'idée que le sol où tu naquis prendrait une figure
inconnue de tes ancêtres te choque gravement. Pour moi,
sachant que rien n'arrive sans la volonté de la Provi-
dence, je suis un optimiste décidé, et certain de ne pas
collaborer à une œuvre qui manque de sens, je porte
toujours mes regards sur les étapes à venir. Je n'ai
jamais senti dans les cimetières cette odeur du néant où
tu t'abîmes. J'y vois l'arbre de la vie, et ses racines y
soulèvent le sol.

Sturel reconnut qu'en effet il répugnait secrètement à
ce que le temps et les circonstances apportent de modifi-
cations. Cette constatation d'un état d'esprit qu'il trouvait lui-même un peu stérile le rendit soucieux jusqu'à
Trèves, où de beaux monuments et l'animation d'une
grande ville le sortirent d'idées qu'il n'avait pas un intérêt immédiat à creuser...

*
* *

*(Les ruines romaines de Trèves amènent
les deux voyageurs à penser à la Provence
romaine, et rappellent à Saint-Phlin une
visite qu'il fit jadis à Mistral.)*

— Nous venons, se disaient-ils, de visiter autant de
monuments du grand peuple qu'on en voit à Orange,

dans Arles ou dans Nîmes, mais la vie sèche de Provence, ses mœurs maigres, son ciel bleu, sa lumière qui
cuit le marbre, répondent mieux à nos idées de bachelier
sur la civilisation latine. Là-bas, la route dure, sonore
sous le pied, mérite le beau nom de voie romaine. Ici,
c'est du sable de Moselle, où la longue suite des conquérants effacent leurs pas les uns les autres. La phrase
commencée dans Trèves par des Romains, brisée par
trente-six peuples, finit sur des sonorités gutturales de
Berlin. En Provence, elle s'est déroulée sans hiatus jusqu'à ce que Mistral y ajoutât son mot.

Ils se rappelaient le Musée Réattu. On peut en plai-
santer, car il s'intitule musée des souvenirs arlésiens et
l'on n'y trouve rien de proprement local que dans la loge
du concierge, une panetière ; et puis, comme le témoignage du génie municipal, il propose officiellement au
visiteur des peintures dans la formule de David et de
Prud'hon. Mais cette naïveté même fait juger avec quelle
force les enfants de ce pays tendent aux formes classiques.
Dans l'instant où la Provence s'ignore et veut être « à
l'instar de Paris », elle suit encore les modes de Rome.
Son grand Mistral est tout classique.....

— C'est que celui-là, précisément, des cimetières
dégage la vie. Mistral a restauré la langue de son pays,
et par là, en même temps qu'il retrouvait une expression
au contour des rochers, à la physionomie des plantes et
des animaux, à la transparence de l'air, à la beauté des
nuages et par cette même voie aux mœurs locales, il res-
tituait à son univers natal un sens naturel. Il a rendu
confiance à une société qui s'était désaffectionnée d'elle-
même. Son œuvre est une magnifique action. Il est le
sauveteur d'une petite patrie.

Sturel croyait la connaître, cette Provence, rude par son vent et ses coteaux pierreux, douce de civilisation. Il avait respiré l'odeur des cyprès qui se mêle à l'odeur des pins, et suivi le Rhône jusqu'à ses embouchures fiévreuses à travers les villes grecques et sarrasines. Il pouvait décrire de mémoire le terrain d'action de Mistral, qui laisse Marseille à la mer et Nice aux cosmopolites, pour préférer Arles, ses tombeaux et ses filles, Avignon et sa colline papale, le bric-à-brac archéologique des Baux qui sont couleur de sépulcre, les effets d'eau de la Sorgue et ses platanes si puissants vers Vaucluse, enfin les ruines romaines de Saint-Rémy.

Un jour d'automne, en montant du village vers les Alpines, derrière un rideau d'oliviers, soudain lui avait apparu le plateau des Antiques. Sur un gazon planté de quelques arbres où sont disposés des bancs de pierre, dans une admirable campagne, s'élèvent un arc de triomphe et un mausolée. Leurs bas-reliefs inspirèrent David et son École. En plus du dessin, quel charme de couleur ! Ah ! cette trouée d'azur, par la fenêtre du premier étage, dans le monument funéraire, bleuté des colonnes au faîte ! Et sur les espaces pleins, ces couleurs d'ocre pointillées d'un carmin qu'ont fait le soleil, la pluie et une moisissure ! Sturel, assis dans l'ombre de ces ruines, avait derrière lui, toute proche, la ligne sévère de la montagne rocheuse, et, sous les yeux, des intensités d'arbres, des accentuations de vigueur au premier plan incliné d'une plaine semée d'oliviers, inondée de pure lumière et ondulée à l'horizon par la Montagnette. Dans cette solitude, une fontaine bruissait. Quelques branches déjà jaunies dans le feuillage vert des ormes semblaient de longs fruits d'or pendants. Le clocher de Saint-Rémy, édifié sans doute depuis une trentaine d'années, troublait seul ce divin ensemble, comme un jeune homme qui parle haut quand les aïeux se taisent.

— Oui, dit Saint-Phlin à son ami que le souvenir de ces beaux jours enchantait, du plateau des Antiques on est bien placé pour aimer la Provence; mais pour *la comprendre comme une chose vivante*, le meilleur point, c'est auprès de Mistral.

Sturel fut curieux de connaître quel état d'esprit permet d'espérer que reverdiront des vieilles tiges dont il s'avouait aimer précisément qu'elles fussent desséchées sans espoir. Il pressa son ami de lui parler plus longuement de ce maître.

La visite de Saint-Phlin chez Mistral.

« C'est en été, vers les dix heures, qu'un matin j'arrivai à Maillane, la ville des platanes et des cyprès. Quand j'eus pénétré dans la maison de Mistral et dans son cabinet frais et fermé à la grosse chaleur, je vis un homme d'une grande beauté; et d'abord il menait la conversation avec un peu de gêne, parce qu'il cherchait à distinguer mon caractère...

« Quand je veux parler avec un homme, disait Mistral, je ne prends pas un « paysan instruit » ; c'est un bêta qui ne comprend rien. J'apprends des « illettrés » : ils savent le nom des oiseaux et des plantes, leurs mœurs, et leur emploi, les traditions ; ils ont des mots vivants auxquels ils peuvent rattacher des idées, des impressions de chez eux. Les expressions de la ville, dénuées d'objet propre dans nos campagnes, y deviennent des à peu près sans convenance réelle. Il est bon d'étendre notre langue quand nos besoins dépassent le champ qu'elle embrasse, mais les croyez-vous si nombreuses, ces personnes faites pour déborder le milieu où elles sont nées ? D'ailleurs celleslà, qu'elles soient bilingues! A Marseille jadis on parlait grec, latin, celtique et aujourd'hui encore la Suisse est trilingue. Souvent, quand j'étais jeune, on m'affirmait qu'à Paris seulement je pourrais m'épanouir (et quelquefois aussi je m'attristais à me représenter les plaisirs de la grande ville), mais je reconnais maintenant que ma langue et ma Provence ont été mon bonheur et mon talent, parce qu'elles étaient les conditions naturelles de mes sentiments. Croyez-moi, les paysans de la campagne de Metz défendront leur patois messin plus longtemps que le français ne résistera, car beaucoup de choses chevillées dans leur race ne peuvent s'exprimer que dans le patois.

« Voilà ce que m'a dit Mistral. Je me rappelle certaines de ses expressions et, pour le reste, je ne crois pas trop m'écarter de son sentiment.

« Je ne m'étais pas proposé en venant à Maillane de lui faire accepter mes idées, qui d'ailleurs, mon cher Sturel, se précisent surtout à parcourir avec toi notre pays ; je me préoccupais seulement de ne pas retourner en Lorraine sans avoir amassé de bonnes provisions. Et je m'abandonnais au plaisir de le comprendre comme un être complet. Ce ne sont pas des théories qu'il faut demander à Mistral; il fortifie parce qu'il ne perd jamais le contact de la réalité. Il dit aux jeunes écrivains de la région : « Tu es le fils d'un petit paysan; tu veux faire le Parisien! Il y en a bien assez. » Voilà le recrutement du félibrige. Tout accepter, tout prendre; l'élimination se fera par la suite.....

Il m'indiqua ses projets pour l'accomplissement de son œuvre. Il a rassemblé tout ce qui flotte de particulier dans l'atmosphère de Provence pour en faire un tout significatif comme un monument. A sa nation, il a donné successivement des poèmes où les coutumes héréditaires sont reliées à l'histoire et aux paysages, de manière à former une âme, puis un glossaire où les mots sont éprouvés et épurés, enfin, une ligne où les bonnes volontés se fortifient et s'utilisent, et maintenant cet infatigable sauveteur voudrait réunir dans un musée provençal tous les objets usuels, les humbles surtout, pourvu qu'ils soient du terroir. Il s'est ainsi créé des intérêts importants qui lui imposent des soins agréables et ne le laissent pas inactif, sans qu'ils soient tels pourtant qu'il ne puisse les embrasser dans leur ensemble. Ces œuvres d'espèces diverses semblent d'abord modestes, mais leur vérité même les propage et les amplifie, tandis qu'au service d'une conception artificielle l'homme le mieux doué s'exténue en efforts inutiles. Et pensant à Gœthe dans Weimar je prononçai son nom : quand il apparut, l'Allemagne, longtemps inondée de peuples étrangers, transportait dans sa langue des images tout à fait déplacées, et les meilleurs talents s'agitaient dans un trouble infécond parce qu'ils manquaient d'un fond national. Chez Mistral, tout jeune, il y eut une émotion quand il entendit le bourgeois, le « monsieur », railler le paysan et la langue terrienne ; il prétendit venger ces nobles dédaignés. Tout entier, il s'appuie sur cette vérité de l'histoire : « La Provence, en se donnant à la France, a bien marqué que ce n'était pas comme un accessoire à un principal, mais comme un principal à un autre principal. »

« Nous étions allés nous asseoir au petit café de la

place, que connaissent tous les pèlerins de Maillane. Je
vérifiai de quel respect confiant l'entourent ses concitoyens. La voiture publique qui m'allait ramener au chemin de fer vint se ranger à notre trottoir. J'aurais voulu,
au moins, par l'âge, être l'égal de mon hôte illustre pour
oser le presser dans mes bras.

« Comme nous nous éloignions, durant quelques
minutes je le vis de dos qui regagnait sa maison. C'est
à cette image dans le grave décor des cyprès que ma
piété s'attache le plus. Il retournait dans son isolement.
Mais dans une maison héritée de son père, parmi les
témoins de sa constance, au milieu de ce riche village, de
cette plaine et des pures montagnes, dont l'abolition ferait
de son œuvre une épave insensée, il est moins isolé qu'aujourd'hui la plupart des hommes supérieurs, qu'interprète avec malveillance un entourage sans unité. Ils s'attristent, parfois, s'aigrissent, et de toutes façons ressen-
tent un perpétuel malaise. Ne penses-tu pas, Sturel, qu'à
nous-mêmes Mistral fournit une grande leçon sur l'importance, pour notre bien-être et pour la conservation de
nos énergies supérieures, d'accepter un ensemble d'où
nous dépendions? C'est, du moins, dans ces sentiments,
avec une profonde émotion, que je quittai ce grand
homme et ce centre d'un monde particulier. »

*
* *

De Trèves à Coblence, 163 kil.

Au soir, (à Cochem), ils se promenèrent sur les collines.
Pendant plusieurs siècles, sous cette même lumière lunaire
et tandis qu'une forêt pendante voilait à demi la rivière,

les pauvres gens entendirent les fées voltiger, survivances dénaturées du « fatum » romain. C'est bon pour des serfs de s'abandonner à l'incohérence de leurs ressouvenirs quand la nuit travaille leurs humeurs. Sturel et Saint-Phlin ne veulent pas qu'un brouillard les désorganise. Les poètes eux-mêmes, à qui l'on passerait de déraisonner, quand ils suivent les nourrices au pays des fées, en rapportent des puérilités qui ont une odeur de petit-lait. Les deux jeunes Lorrains entendent se posséder. Tandis que la nuit ajoute au pathétique des grands arbres immobiles auprès des eaux courantes et à l'air secret des vieilles maisons qui, derrière leur seuil où le pas des morts est lavé, gardent l'odeur du passé, Sturel et Saint-Phlin, près de leur fenêtre ouverte sur un pays que recouvrit, il y a cent ans, le flot français, imaginent tristement ce que deviendra un village messin dans un siècle.

* * *

Vers les sept heures du soir, quand ils arrivèrent dans Coblence avec la Moselle, ils étaient, comme cette rivière, chargés des importantes contributions d'un long territoire. En quatorze jours, leur allure avait bien changé. Ce n'étaient plus des jeunes torrents qui font de l'écume et des jeux de lumière sur tous les obstacles, mais des masses qui veulent qu'on cède où elles portent leur poids. Le puissant pont de la Moselle, la ville sur la droite, la haute forteresse d'Ehrenbreitsten, le Rhin considéré comme l'âme d'un Univers nouveau, leur composaient dans la nuit un accueil qu'ils acceptèrent avec des sympathies de poètes, mais aussi avec les réserves d'hommes pour qui il y a des vérités nationales. C'est bon pour la

Moselle éperdue qu'elle se jette de toutes ses puissances dans le Rhin ! Et s'ils ne peuvent empêcher la pente de leurs curiosités vers la vallée du fleuve magnifique, du moins, à ce point extrême d'un grand courant français, ils savent se dire : « Attention ! nous appartenons à la France. Plus avant s'étendent des espaces étrangers et que nous aurions à comprendre comme tels, bien loin de nous y confondre ! »

*
*   *

Il fallait songer au retour. Saint-Phlin avait promis à sa grand'mère de ne pas la laisser seule plus de huit jours ; Mme de Nelles rappelait Sturel ; lui-même voulait passer à Londres. Mais quels renseignements précis apporter à Boulanger ?

— L'important, c'est de raconter notre voyage au Général... Tu souris ! Ce serait trop malheureux si ça ne l'intéressait pas ! Arrange un peu les choses ou plutôt les mots d'après son ton habituel, mais voici l'essentiel à lui faire entendre... Nous avons vu qu'une nation est un territoire où les hommes possèdent en commun des souvenirs, des mœurs, un idéal héréditaire. Si elle ne maintient pas son idéal, si elle le distingue mal d'un idéal limitrophe, ou bien le subordonne, elle va cesser de persévérer dans son existence propre et n'a plus qu'à se fondre avec le peuple étranger qu'elle accepte pour centre. C'est ainsi que le duché de Lorraine s'est annexé à la France en deux temps, quand la noblesse a délaissé la constitution nationale pour le système français (vers 1711), et quand les intérêts des paysans et des bourgeois se sont accordés avec les passions révolutionnaires de

Paris (1789-1814) ; c'est ainsi encore que Metz deviendra Allemagne le jour où les possédants auront substitué leur langue et par suite leur mentalité à la nôtre. Le long de cette vallée de la Moselle, visiblement nous sommes entamés, et même par cette voie des fusées du mal allemand pénètrent bien avant dans notre nation. Le boulangisme doit être une réaction là-contre. Ce qu'on demande au Général, c'est un service de soldat d'abord : la reprise de Metz et Strasbourg, ouvrages avancés qui couvrent la patrie ; c'est en outre une discipline morale, une raison qui rassure, fortifie, épure la conscience française... Dis-lui bien cela, Sturel. Il s'est trop diminué en Naquettisme, en verbalisme parlementaire. Il est né de notre instinct du danger national. Il n'a pas à choisir entre les passions particulières qui nous animent, signes nécessaires de nos divers tempéraments ; il doit les absorber dans une passion plus vaste, et recréer ainsi l'énergie nationale. Qu'il prenne connaissance du haut rôle qui lui semble réservé d'être un des expédients de la France dans une des périodes les plus critiques de notre histoire.

Sturel, il y a quinze jours, quand il arrivait à Saint-Phlin fier de posséder la confiance d'un chef, s'était choqué de ce mot « expédient ». C'est qu'il se faisait du boulangisme l'idée oratoire qu'en fournissent les tribuns et les journalistes du parti. Aujourd'hui il embrasse la série des événements, il voit une situation nationale presque désespérée ; et que son Général soit l' « expédient » de la France, cela cesse de le froisser, mais le convainc d'aimer davantage l'homme à qui les circonstances confient un rôle si grave et peut-être sacrifié.

Il se voit déjà à Londres :

— Boulanger n'est pas un idéologue. Nos idées déta-
chées des paysages où nous les avons cueillies, lui paraî-
traient un peu en l'air. Il me demandra des conclusions
pratiques.

— Un plan d'action ? Sturel, c'est votre affaire. Mais
de notre point de vue lorrain, voici l'état des choses :
d'abord sa première grande occasion est passée. Que
n'a-t-il saisi l'affaire Schnœbelé ! Faire la guerre, ce jour
là, restituer Metz et Strasbourg à la France, créer un
État catholique autour de Trèves et comme une haie
austrasienne contre le vent de Prusse si dangereux à
nos plantes françaises (j'ai bien le droit de rêver, n'est-
ce pas ?), et puis, soutenant de provincialisme notre
patriotisme, cultiver sur notre sol lorrain les espèces
locales, parce qu'elles résistent mieux à l'envahissement
des graines d'outre-Rhin, c'était le rôle d'un César. De
la méthode électorale où ses conseillers l'engagent, je
n'attends rien. Ce sauveur qui veut que les petites gens
le sauvent ignore notre tempérament politique. Si positifs que soient les intérêts liés à notre patriotisme, que
seuls les observateurs superficiels croient d'ordre sentimental, nos populations n'interviendront pas dans le
débat du Général et des parlementaires. Elles se bornent
à lui donner le droit moral de saisir le pouvoir à Paris
et la certitude que la France acceptera le fait accompli.
Qu'il ose et qu'il réussisse !

— Pourquoi ne viens-tu pas à Londres ? dit Sturel,
inquiet.

— A Londres ! Oh ! je ne prétends pas lutter de dialectique avec M. Narquet. Ma tâche, et je ne crois pas
choisir la plus vaine, c'est de fortifier mon petit pays.
Sais-tu ma conclusion de notre enquête ? Je me décide à

me marier. Je serai un chaînon dans la série lorraine, et, si Dieu le permet, mes enfants auront des cerveaux selon leurs aïeux et leur terre. Et sais-tu bien, au lieu de te fixer à Paris, reviens avec ta mère à Neufchâteau et imite-moi.

Sturel distingua dans cette philosophie quelque chose d'égoïste et de satisfait. A cette façon de dire «imite-moi», il sentit en outre que son ami prenait de soi-même une opinion orgueilleuse et desséchante. Comment ose-t-on ériger en loi sa méthode propre, sa convenance, et proposer à un égal d'abandonner ses buts naturels! Sturel se tut et pensa avec une affection tendre à l'exilé de Londres. Tout l'après-midi, il y eut de la froideur entre eux, d'autant que Coblence, à qui ils dédaignaient de donner un sens, ne les unissait point comme eût fait certainement Metz.....

Saint-Phlin avait l'esprit social et Sturel l'esprit partisan. Et puis chez l'un et l'autre à la suite de cet effort de l'intelligence, se produisait un ébranlement de la sensibilité. Ils étaient moins des gens à système que des âmes totales, agissantes, et tandis que l'un rêvait de servir un chef et de se dévouer, l'autre projetait de fonder une famille et, par avance, aimait ceux en qui revivraient ses pensées. Leur cœur montrait ses exigences, et des solutions diverses les attiraient. Après avoir posé la question nationale dans des termes communs et s'être développés quelques instants d'accord, ils se séparaient à la façon d'une branche vigoureuse qui se divise en deux rameaux. L'instinct qui les décidait spontanément, l'un à prendre le fil normal de la vie, l'autre à chercher une aventure, les avertissait de leur diversité naturelle. Mais quelle que fût leur contrariété de cet obscur malen-

tendu, aucun d'eux ne songeait à dénier les obligations
intellectuelles et morales contractées envers son compagnon de route, et bien souvent, par la suite, Sturel devait
se répéter :

— Si j'avais pensé le monde comme j'ai pensé la
Lorraine, je serais vraiment un citoyen de l'humanité ; du
moins, ma conscience m'autorise à me déclarer un Français de l'Est. J'aime et j'estime Gallant de Saint-Phlin,
en dépit de sa prudence qui s'exagère et qui me contrarie,
parce que je le connais formé par les siècles pour être
mon compatriote.

Et Saint-Phlin, de son côté, eut plusieurs fois l'occasion
de rendre témoignage à Sturel :

— C'est une graine emportée par le vent, disait-il, et
qui peut fleurir sur le meilleur ou sur le pire terrain,
mais elle y portera nos qualités héréditaires et montrera
aux étrangers ce que vaut la plante lorraine [1].

1. *L'appel au soldat*, p. 260-396.

L'ÉDUCATION DE PHILIPPE

Il est clair que, si je veux qu'un enfant donne son amitié à toutes les choses qui la méritent, il ne servira guère que je lui fasse apprendre par cœur les plus beaux aphorismes du monde...

Il faut que je trouve des images qui soient vivantes pour un petit garçon dans sa vie de tous les jours, des images, entendez-moi bien, qui déchaînent en lui de la musique[1].

* *
*

Si nous cherchons le meilleur dressage pour qu'un enfant se fasse de convenables « amitiés », il faut d'abord que son imagination se forme en toute confiance auprès de ses parents. Une magnifique condition, c'est ensuite que le pays où il habite, au lieu d'être une chose inanimée, un milieu morose, devienne une influence. Toute région présente une pensée, et cette pensée demande à pénétrer les cœurs. Que l'enfant la respire. Il ne s'agit point de savoir des choses sur un pays, car cela fait une

1. *Les Amitiés françaises*, p. 22.

assez vaine curiosité, mais, tandis que l'enfant s'anime
au contact d'un horizon, sa mobilité, son plaisir lui amassent des matériaux ; et très aisément, avec de petits pèlerinages, l'on peut dégager chez un jeune garçon ses dispositions chevaleresques et raisonnables, le détourner de
ce qui est bas, l'orienter vers sa vérité, susciter en lui le
sentiment d'un intérêt commun auquel chacun doit con-
courir, le préparer enfin à se comprendre comme un moment dans un développement, comme un instant d'une
chose immortelle [1].

*
* *

Je doute si le petit garçon Philippe aimait naturellement
les bêtes. A deux, trois ans, il se jetait sur le caniche et
sur les chats avec une sorte de fureur nerveuse. Les chats
filèrent sous les meubles, gagnèrent la porte et bientôt
cessèrent leurs visites. Il continua de poursuivre et
d'étreindre Simon, dit le *Velu*. « Bonne bête... il est
beau... pas méchant. » Le reste de ses propos s'étouffait
dans la fourrure de ce fameux caniche, où il plongeait sa
figure. Puis, tout à coup, on entendait deux cris : de
l'animal, qui n'aime pas qu'on froisse ses longues oreilles,
et de Philippe, qui, mordillé un peu trop fort, s'épou-
vantait.

— Je veux qu'on le punisse — disait-il.

— Non, c'est lui qui a raison : tu l'ennuies toujours.

« Je l'ennuie ! » Quelle injure ! quelle idée insupportable à un petit garçon que les grandes personnes ne

1. *Les Amitiés françaises*, p. 25-28.

peuvent pas regarder sans sourire et sans dire en ouvrant les bras : « Bonjour, Philippe ; viens un peu avec moi, Philippe ! »

Dès lors il mit son orgueil à séduire ce caniche que les siècles ont préparé au parasitisme et qui dit à tout venant, avec sa queue, ce que chante Kundry, dans *Parsifal* : « Servir ! servir ! »

Est-il mordillé ? Sans se plaindre, il donne deux, trois petites tapes au coupable, qui en profite pour faire mille grâces.

— Tu as encore fourré tes doigts dans sa gueule ?

Nulle réponse, sinon, après quelques minutes, une petite main posée sur mon bras et une réprimande d'une douce fermeté :

— Je te dirai que ça n'est pas très poli de dire « gueule » ; ça se dit seulement d'une bête féroce.

Ainsi Philippe, qui ne sait nommer encore que très peu de choses, éprouve auprès de son chien les riches complications de sentiment que créent en s'associant la propriété et l'amour.

Cette belle éducation parut pourtant incomplète et, comme Philippe atteignait sa cinquième année, l'on fit venir d'Allemagne une *Fraulein*. Elle aimait les enfants, savait comment leur plaire et ne doutait point d'apprivoiser ce petit Français, encore qu'il eût de tout son corps les mêmes mouvements de méfiance qu'elle-même trahissait devant le caniche.

Après trois jours de complaisance, elle obtint de son élève qu'il s'allât promener avec elle. Mais, en descendant l'escalier, il appelait : « Simon ! Simon ! » bien qu'il l'eût dans les jambes. Tel un chevalier, au début d'une chaude journée, dit à son écuyer, qui jamais ne le quitta d'une semelle : « C'est aujourd'hui, camarade, que nous marchons botte à botte. »

Nous étions encore loin du goûter, heure fixée pour le retour, quand j'entendis la porte d'entrée, puis la voix de Philippe, celle du *Velu*, puis tous leurs pas pressés. Enfin, ils apparurent : lui, en tête, très rouge et qui trébuchait dans l'animal idiot et joyeux, suivis l'un et l'autre de la demoiselle méconnaissable, comme Perrette quand elle eut tout son pot par terre.

— Eh ! qu'y a-t-il, *Fraulein ?*... T'essouffle pas, Philippe !... A bas les pattes, Simon !

— Mais, monsieur, c'est une chose impossible...

— Ecoute, petit papa, c'est une chose que je vais te dire...

Tous les deux parlaient ensemble, comme on chante à l'Opéra. Et quels bras pathétiques ! Représentez-vous, sur la plaine de Hollande, deux moulins, l'un tout proche, l'autre petit, à cause de la distance, agités par le même vent de la mer. J'essayai vainement de dompter cette tempête.

— Le petit peut le dire, monsieur.

— Je vais te raconter... C'est à cause de Simon. *Fraulein* prétend que les chiens n'ont pas d'âme.

— Monsieur comprend bien : c'est une chose que je ne puis pas dire... Je sais que je ne dois pas contrarier le petit, mais les animaux, ils n'ont pas d'âme.

— Tu vois ! — criait le féroce Philippe, la désignant du doigt comme une hérésiarque, tandis que la pauvre demoiselle, infiniment digne dans cette catastrophe, semblait dire : « Je vois que monsieur admet l'âme des bêtes; je prévois que je retournerai dans la grande Germanie, mais il y a ma conscience ! »

Magnifique document sur la naissance des guerres de religion ! Une fois de plus, la répugnance à accepter une étrangère se couvrait de prétextes théologiques. J'aurais bien voulu me dérober, mais Philippe me pressait :

— N'est-ce pas que tu m'as dit qu'un chien avait une âme ?

Il fallut que j'en convinsse ; j'essayai de tout sauver par une distinction :

— Ça dépend des climats !

— Ah ! ça dépend des climats, — répétait-il avec ses yeux honnêtes, pleins d'angoisse ; — mais, enfin, Simon, tu es sûr qu'il a son âme ?... Vous voyez bien, *Fraulein*.

La maison a perdu sa paix. Philippe s'est fait expliquer « climats ». Il admet qu'en Allemagne les chiens n'ont pas d'âme, mais il tourne contre l'étrangère cette pensée que je croyais conciliatrice.

— Ces Allemands ! Qu'est-ce que ça peut être que leurs chiens ? C'est moi qui ne voudrais pas aller dans leurs climats !

Parfois on rit de ses grommelages, parfois on le punit, quand il hausse les épaules et rectifie avec mépris l'accent de sa *Fraulein*. Ces gros événements rendent celle-ci sombre ou caustique. Elle a repoussé quelques élans du caniche — c'était un jour de boue — en disant :

— Appelez votre fidèle Simon.

Fidèle ! fidèle ! De quel ton moqueur elle a prononcé cela ! Philippe m'en fait mille plaintes.

— Mais, — lui dis-je, c'est un compliment. Fidèle, c'est pour désigner une personne qui a promis de ne jamais vous abandonner et qui se ferait tuer plutôt que de vous peiner exprès. Ainsi tu es mon fidèle petit Philippe.

— Ah ! dit-il, la tête inclinée sur l'épaule, — c'est un compliment, tu en es sûr ?

Mon affirmation le rend plus aimable, et comme l'amabilité sur le visage de Philippe est aussi conquérante que le charme d'une matinée d'avril sur un jardin de Lorraine, la *Fraulein* se déraidit.

— Moi aussi, dit-elle, j'ai connu de bons chiens. Dans mon pays, quand j'étais petite comme vous, il y avait un terre-neuve...

Philippe est juste. Il sait que c'est une race excellente, et toute la soirée il a questionné la *Fraulein* sur ce terre-neuve, qui, un jour, a retiré de l'eau son petit maître. Je les crois réconciliés.

Le voilà dans son lit, la veilleuse allumée ; sans doute il commence à dormir ; de la pièce voisine où je travaille, j'entends la *Fraulein* qui, sur la pointe des pieds, gagne la porte. Mais tout d'un coup, dans cet heureux silence, la petite voix, comique à la fois de sommeil et de colère, se lève :

— Ces Allemands ! c'est stupide, qui disent que leurs chiens n'ont pas d'âme. Le terre-neuve, alors, avec quoi qu'il aurait eu sa fidélité ?

Je ne veux pas qu'on punisse Philippe pour cette réflexion. Ça pourrait le dégoûter de raisonner logiquement. Et pourtant on désirerait que la *Fraulein* ne se fît pas de chagrin. Or, voici qu'au matin elle a préparé sa malle. Philippe pleure sous une table, d'où sa petite figure boursouflée, ses grands yeux et ses boucles trempées de larmes apparaissent, de temps à autre, pour surveiller, presser, humilier ma complicité honteuse.

- Si la politique, c'est l'art de faire vivre des gens côte à côte, voilà qu'à propos d'un chien, d'une demoiselle

protestante et d'un petit garçon, je dois résoudre un vrai
problème de gouvernement. La belle occasion de relire
l'édit de Nantes, qui fixait et limitait avec tant de sagesse
les droits de deux grands partis !

Après le plus sombre des déjeuners, j'emmène dans
mon cabinet les parties belligérantes.

— Eh bien, *Fraulein* ?

— Monsieur, j'en suis bien fâchée. Je n'ai rien à dire
contre la maison ni contre les égards. Et le petit est
doux. Mais il se bute sur l'âme des chiens. Monsieur,
c'est contre ma conscience. Les bêtes n'ont pas d'âme.
D'ailleurs, je n'en suis pas au premier enfant que j'élève,
mais jamais je n'aurais pensé qu'un caniche me ferait
tant de misères.

— Permettez, *Fraulein*, vous jugez la croyance à
l'âme des bêtes déraisonnable et inacceptable pour votre
conscience... Soit ! mais le petit est catholique romain.
Saint Thomas d'Aquin, qui déclare que notre âme est
immatérielle et immortelle, accorde que les animaux possèdent une âme immatérielle ; il nie seulement qu'elle soit
immortelle. Vous admettrez bien que Philippe suive la
doctrine de l'Ange de l'École ?

— Je n'ai rien à discuter contre la religion de l'enfant ;
mais, moi aussi, j'ai ma conscience ; il ne faut pas qu'il
me presse toujours pour que j'accorde que ce chien a une
âme, car cela, jamais ! jamais !

C'est une martyre, avec un fort accent.

— Vous avez mille fois raison, *Fraulein*. Je suis partisan de la plus absolue liberté des croyances. Vous ne
serez ni obligée ni chicanée en rien pour ce qui touche
l'âme immatérielle des chiens... Philippe en va prendre
l'engagement et vous dire ses regrets pour vos contra-

riétés... Et toi, petit, écoute : je ne t'ai pas acheté pour
que tu sois internationaliste. C'est-à-dire qu'il faut que tu
cesses de t'occuper des chiens d'Allemagne. Tant pis
pour ces étrangers si leurs *velus* n'ont pas d'âme. Cela ne
te regarde pas. Borne-toi à t'occuper des chiens français.
Et mademoiselle non plus n'aura rien à faire avec Simon.
Comment parlerait-elle à son âme, puisqu'elle ignore
qu'il en possède une ?

— C'est vrai, — dit Philippe, — qu'ils n'en ont pas
dans ces climats.

Nous délimitons les droits et devoirs du petit garçon et
de la demoiselle.

— Il appartient à toi seul de veiller au *Velu*.

— J'ai seul le droit de le battre alors ?... Doucement,
avec la main.

— C'est ton serf. C'est pour toi qu'il vit, mais c'est à
toi d'examiner sa pâtée, de remplir son vase d'eau et
d'étendre son tapis. S'il est bien coiffé et obéissant, tu en
auras des compliments quand tu le promèneras; mais si
tu oublies de lui essuyer le museau après ses repas, ou
les pattes les jours de boue, et s'il salit les belles robes
de *Fraulein*, elle pourra te reprocher ton « sale chien ».

— Je le sais, dit simplement Philippe en baissant par
deux fois ses paupières sur ses grands yeux sincères et
en agitant la tête de bas en haut.

— Que monsieur m'excuse, — dit l'Allemande, —
mais je n'ai jamais vu quelque chose de si original.

Philippe, lui, ne me trouve pas original.

C'est parfaitement vrai ce qu'il vient de me répondre :
tout ce que je lui ai dit, il le *savait* de toute éternité.
Petit-fils d'une longue suite de propriétaires lorrains, il
sait qu'un caniche, petit-fils de chiens de moutons, a une

âme pour servir et pour être aimé ; il sait aussi de naissance ce principe capital : que chacun s'attache à sa bête
et repousse la bête du voisin.

On ne peut pas parler exactement d'idées innées, mais
l'hérédité nous transmet une disposition physique à certaines affinités. Philippe pense par nos prédécesseurs
communs, et dans les raisonnements que je mets à sa
portée il reconnaît des moyens pour nommer ses ébran-
lements nerveux. Je lui rends un grand service : je lui
donne les mots pour les vérités qu'il a dans le sang, les
mots pour dégager cette conception de l'univers « à la
lorraine » qu'il porte dans les brouillards de sa conscience.

Fraulein est montée dans sa chambre pour défaire sa
malle. Philippe, content qu'elle l'ait embrassé, construit
sur mon plancher, avec mes livres, un long tunnel que le
Velu en trépignant risque de renverser.

J'observe avec complaisance leur société. Ah ! comme
un être vivant est commandé par les siècles ! Comme Philippe et le *Velu*, dans tous leurs gestes, dans tous leurs
rapports, sont appropriés l'un à l'autre par la série de
leurs aïeux ! Simon semble toujours enthousiasmé quand
son petit maître se met à quatre pattes, mais celui-ci,
dans cet abaissement, demeure magnifique d'autorité. Je
suis très frappé de la majesté qu'il y a sur la figure des
petits enfants... Philippe contenant son frère inférieur
Simon forme vraiment un groupe d'expression royale.

Il a vu que je ne travaillais pas. Il s'approche. Il baisse
la voix et secoue la tête comme un sage :

— Écoute, je vais te dire une chose .. En Allemagne,
si les chiens n'ont pas d'âme, crois-tu que les personnes
en aient ?

— Philippe !

— Ce n'est pas pour *Fraulein*, — se hâte-t-il d'expliquer en niant avec son doigt levé, — mais je pensais cela à cause de ce que tu a dit des climats.

Je l'embrasse, et à voix basse, moi aussi, je lui réponds :

— C'est un peu bête, ce que tu penses là, mais, que ce soit un secret entre nous, moi-même, je pense comme toi [1].

*
* *

(Après la lecture du ROLAND FURIEUX.)

Philippe ne rêve plus que d'enchantements et de tournois. Notre jardin et les rues de notre petite ville lorraine sont remplis de paladins, de magiciens et de belles aventurières. En vérité, ne serait-il pas dommage que de telles puissances de sentiment se dissipassent, alors que leurs vapeurs peuvent être dirigées et solidifiées sur de dignes objets qu'elles doreront pour toute sa vie ? Fixons ce bel émerveillement sur quelque chose de réel et mêlons ces images qui fuiraient à des images qui demeureront.

— Écoute, petit, je veux te montrer le château d'un paladin, le château forteresse qu'habitait un compagnon de Roland, de Roger et de Mandricard... C'est près d'ici, dans un magnifique endroit isolé...

Rien d'aussi puissant sur l'esprit de Philippe, je l'ai vingt fois aperçu, que les images d'isolement, de ruine, de fuite et d'abandon : il a peur et pitié, respire du mystère. Mais de si belles sensations alliées à la gloire et à

[1] *Les Amitiés françaises*, p. 65-86.

l'extraordinaire d'un aventureux paladin, voilà pour l'eni-
vrer d'impatience. Aussi dois-je promettre que nous ferons
l'excursion dès le lendemain. Et déjà son imagination
suscitée exige mille détails [1]...

* *

(Sur la côte de Vaudémont.)

Sur cette côte militaire, jamais ne chanta le violon des
tziganes, qui soupire, pleure et se pâme. Les terres n'y
sont jamais ardentes, les nuits peu sentimentales ; le rude
ciel lorrain n'a pas, comme ceux d'Espagne ou d'Italie,
inventé de précieuses détresses. Plaine agraire, toute
herbacée, qu'arrosent d'incessants nuages. De ce silence
et du repos des forces dans ces vastes espaces, faut-il
conclure que les Lorrains sont morts ? La terre demeure
toujours docile ; toujours elle nous propose des mœurs,
une discipline, mais les chefs ont disparu. Il est passé, le
temps où les hommes de notre comté partaient avec leurs
chevaliers en Terre Sainte ; le temps où ils accompagnaient Bassompierre et Charles III. Les dignes fils de
ces fortes bandes poursuivent aujourd'hui çà et là des destinées individuelles. Sur ce noble cimetière où les villages
eux-mêmes se resserrent, je sens peser une spiritualité
morte ; je ne vois palpiter que les longues suites de peupliers, d'arbres courbés dans une même direction et qui
semblent de douces volontés, des marches, des émigra-
tions. Au nord, au sud, à l'est, à l'ouest, ils escaladent
là-bas les lignes de l'horizon... Grands peupliers lorrains

1. *Les Amitiés françaises*, p. 107, 108.

où le vent des routes fraîchit, vous dites sur la plaine immense au cultivateur immuable les allégresses du voyage. Au milieu des champs centenaires, vous avez toujours vingt ans. Partez joyeuses, ô routes romanesques : mon fils et moi, nous demeurerons. Dans son midi, peut-être, voudra-t-il quêter ailleurs son plaisir. C'est à moi de disposer devant les regards sérieux de son aurore les fruits éternels du pays, pour qu'il n'y ait de beau jardin, selon son goût, qu'un jardin de Lorraine en septembre.

Il me souvient d'une berceuse... *Je chante pour que tu t'endormes, et je t'endors pour que tu grandisses. Tu monteras comme un bel arbre, et tu t'élargiras comme tout un village. Dans le village nul ne sera si haut, et de tes fortes racines tu rejetteras toute une forêt...*

Si je berce le petit Philippe dans un demi-rêve de vérité et de poésie, c'est pour former en lui une disposition insensible à recevoir mon héritage comme le plus beau des héritages. Les séries d'images qui l'émeuvent ou qui l'amusent par ce doux après-midi passé gaiement en confiance avec moi, qui ne suis pas encore assombri de vieillesse, lui demeureront à jamais aimables et fécondes et, quand je ne respirerai plus, mes meilleures émotions, que je place dans un être tout perméable, seront devenues son âme. Doucement, j'ébranle le vieil âge accumulé dans ce petit garçon. Je me confonds dans une vie toute neuve et dans un vieil héritage. Je me glisse avec mes bouquets, souvenir de ma brève saison, dans la barque de l'immortalité, en même temps que je m'assure d'occuper le cœur de mon cœur[1].

1. *Les Amitiés françaises*, p. 119-122.

* *

Une grande toile dans l'église de Vaudémont représente un magnifique chevalier vêtu de son armure et qui songe. Le peintre assure qu'il a voulu peindre saint Gengoult, fort honoré jadis au diocèse de Toul. Quant à moi, j'ai dit à Philippe que c'était le paladin de Vaudémont. On peut demander à l'histoire, cette « petite science conjecturale », des services de diverses sortes ; je veux surtout qu'elle nous donne le moyen d'étendre notre sensibilité à travers les siècles et de ressentir plus d'humiliation et plus d'orgueil qu'il n'y en a dans une destinée individuelle. Qu'éprouve donc Philippe, tandis qu'avec une rougeur de joie il regarde le pseudo-paladin et qu'il compare chaque pièce de l'armure aux images qu'il garde de Roland, de Roger et de Mandricard ? Il sent qu'il y a des supériorités de par le monde, et il s'enorgueillit de contempler un chef de sa race.

Nous fîmes encore quelques tours dans le village, et presque sur chaque maison nous remarquions un débris de sculpture encastré au-dessus de la porte.

— Vois-tu — disais-je à Philippe — ces souvenirs précieux du château ? Chaque foyer lorrain est comme un reliquaire où l'on vénère quelque vestige de l'antique construction. C'est ainsi qu'en chacun de nous il y a des survivances, qui, bien dégagées, nous donneraient du style.

Assurément, je doute qu'il m'entendît, mais lui-même faisait un monologue, et, sa main dans ma main, il paraissait plus grave. Quand fut venu l'instant de descendre vers notre voiture, que nous voyions toute petite au bas de la côte, il me pria que nous retournions une fois encore devant le portrait du paladin.

— Comme il a l'air triste ! — disait-il.

— C'est d'avoir perdu son beau château de Vaudémont. Je sais que d'Autriche, quelquefois, il vient jusque sous ces grands arbres, et, sans parler à personne, durant des heures il regarde la plaine. Il règne sur un royaume plus riche et plus vaste, mais qu'importe ! C'est ici et nulle part ailleurs son Vaudémont. Ainsi moi, je sais qu'il y a des petits garçons plus jolis et plus sages que Philippe, mais je ne les accepterais pas en échange de mon Philippe : et toi aussi, tu sais peut-être qu'il y a des maisons où l'on trouve de plus beaux jouets encore que chez nous, mais tu refuserais de nous quitter. Eh bien ! le pauvre paladin a dû s'exiler de sa tour abolie, mais, qu'il le veuille ou non, il demeure ce qu'il fut à travers les siècles, le paladin de Vaudémont.

— C'est trop moral, — dit Philippe, — ce que tu dis là.

— Trop moral ? Qu'est-ce que tu veux dire, petit, par « moral » ?

— C'est moral ; ça pique à la gorge, surtout quand tu fais les gestes en parlant.

Il y a du vrai dans ce que dit Philippe ; cette journée finit un peu tristement. Je voudrais bien savoir pourquoi, car le temps est magnifique, et nous sommes heureux de notre promenade. Par quel mystère, si l'on plonge sous les ombres taciturnes du passé, rencontre-t-on la vaste nappe de tristesse ? Au moindre forage jaillissent des regrets ; c'est une sorte de revenez-y, comme à des existences où nous eûmes — n'est-ce pas la coutume ? — plus de désirs que de satisfactions ; et, pour nous assouvir, il nous faudrait revivre pleinement et heureusement toutes les vies antérieures où nous fûmes excités et déçus quand nous étions encore des germes[1].

* *
*

A Domrémy.

Quand Philippe sera grand, je devrai, quelque jour, lui dire ce : « Va, advienne que pourra ! » Dans les meilleures préparations, il y a une part de hasard, ou plutôt une prédestination plus forte que tous nos conseils. Jeanne était née pour sauver la France. Elle ne se prêta, toutefois, à ce grand rôle que parce qu'elle s'inclinait devant les prophéties locales, devant les saints de l'Eglise et devant les sages Lorrains, qui disaient le bon droit du Dauphin. A toi aussi, modeste petit garçon, il faut que l'on enseigne d'écouter tout ce qui est vénérable[2].

* *
*

A Wœrth.

Une fois de plus, l'après-midi, nous sommes allés sur les champs de bataille où circulait une foule nombreuse. Elle portait des couronnes de chêne, qui sont en Allemagne les lauriers de la victoire. Parfois nous avons croisé des frères de notre langue, et tous regardaient Philippe ruisselant de sueur, mais enivré, ému de mille durs récits. Dans le fond de Wœrth, je l'ai reposé, rafraîchi, réjoui d'un goûter passable, puis nous avons gravi la côte vers le monument de l'empereur Frédéric. A mi-chemin, c'est le lieu d'un drame que je veux transmettre à mon fils comme un ferment utile. Un témoin, un

1. *Les Amitiés françaises*, p. 131-135.
2. *Les Amitiés françaises*, p. 141, 147.

habitant de Wœrth, m'a certifié qu'au plus fort déchaîne-
ment de la bataille, le 6 août, vers les deux heures, il vit,
au-dessus de son village, des Prussiens entraîner vers la
hauteur un officier français nu-tête et déchiré. Dans le
même temps, à brefs intervalles, des bataillons allemands
descendaient en courant vers la Sauer pour entrer en
ligne. De l'un d'eux, un officier allemand se détacha, se
jeta à la rencontre du prisonnier et lui cracha dessus...

— Philippe, je te livre cette tradition; j'y vois plus net
que dans les livres ce qui sépare la France et la Prusse.
On ne comprend rien que par comparaison. Cette
effroyable impulsion d'un Prussien, cette seconde qu'a-
près trente ans, on pourrait croire engloutie demeurera
dans ton esprit pour qu'elle t'aide à sentir continuellement et sûrement la qualité particulière de l'honneur à la
française, et même pour te fournir une vue sur toutes les
activités d'outre-Rhin. Nos prières et celles de la Prusse,
où qu'elles se dirigent, ne peuvent pas se confondre. De
nécessité éternelle, elles forment une dissonance. Un
chant involontaire s'échappe de mon cœur, où nulle syllabe n'est parente des rauques, des épaisses fureurs du
barbare colosse blond... Cet affront n'est pas encore lavé.
Nos pères, nous-mêmes et toi, nous le subissons. Je te
signale notre face salie; cependant je te prie, Philippe,
que tu trouves des excuses à ces deux générations, dont
l'une faillit à garder l'honneur et dont la seconde ne sut
point le rétablir : elles n'auront point totalement démé-
rité si elles te passent un pur sentiment de l'orgueil et du
plaisir qu'il y avait à vivre en France quand la belle figure
de la France apparaissait à tous intacte[1].

1. *Les Amitiés françaises*, p 200-203.

CHAPITRE VIII

L'ACCEPTATION

LE 2 NOVEMBRE EN LORRAINE

Le jour des Morts est la cime de l'année. C'est de ce point que nous embrassons le plus vaste espace. Quelle force d'émotion si la visite aux trépassés se double d'un retour à notre enfance! Un horizon qui n'a point bougé prend une force divine sur une âme qui s'use. Le 2 novembre en Lorraine, quand sonnent les cloches de ma ville natale et qu'une pensée se lève de chaque tombe, toutes les idées viennent me battre et flotter sur un ciel glacé, par lesquelles j'aime à rattacher les soins de la vie à la mort.

Monotone psaume, formules dont nous savons l'apparente sécheresse, mais elles ramènent notre esprit au point où il trouve sa pente et s'enfonce dans des abîmes de méditations... Une fois encore, faisons glisser entre nos doigts ce chapelet.

Certaines personnes se croient d'autant mieux cultivées qu'elles ont étouffé la voix du sang et l'instinct du terroir. Elles prétendent se régler sur des lois qu'elles ont choisies délibérément et qui, fussent-elles très logiques, risquent de contrarier nos énergies profondes. Quant à nous, pour nous sauver d'une stérile anarchie, nous voulons nous relier à notre terre et à nos morts.

C'est une méthode dont je n'ai pas toujours distingué la bienfaisance. J'étais un fameux individualiste et j'en disais sans gêne les raisons. J'ai appliqué à mes propres émotions la dialectique morale enseignée par les grands religieux, par les François de Sales et les Ignace de Loyola, et c'est toute la genèse de l'*Homme libre*, 22 ; j'ai prêché le développement de la personnalité par une certaine discipline de méditations et d'analyses. Mon sentiment chaque jour plus profond de l'individu me contraignit de connaître comment la société le supporte et l'alimente tout. Un Napoléon lui-même, qu'est-ce donc, sinon un groupe innombrable d'événements et d hommes ? Et mon grand-père, soldat obscur de la Grande-Armée, je sais bien qu'il est une partie constitutive de Napoléon, empereur et roi. Ayant longuement creusé l'idée du « Moi » avec la seule méthode des poètes et des mystiques, par l'observation intérieure, je descendis parmi des sables sans résistance jusqu'à trouver au fond et pour support la collectivité. Les étapes de cet acheminement, je les ai franchies dans la solitude morale. J'ai vécu les divers instants d'une conscience qui se forme. Ici l'école ne m'aida point. Je dois tout à cette logique supérieure d'un arbre cherchant la lumière et cédant avec une sincérité parfaite à sa nécessité intérieure. Je proclame que, si je possède l'élément le plus intime et le plus noble de l'organisation sociale, à savoir le sentiment vivant de l'intérêt général, c'est pour avoir constaté que le « Moi », soumis à l'analyse un peu sérieusement, s'anéantit et ne laisse que la société dont il est l'éphémère produit.

Voilà déjà qui nous rabat l'orgueil individuel. Le « Moi » s'anéantit sous nos regards d'une manière plus terrifiante encore si nous distinguons notre automatisme.

Quelque chose d'éternel gît en nous dont nous n'avons que l'usufruit, mais cette jouissance même est réglée par les morts. Tous les maîtres qui nous ont précédés et que j'ai tant aimés, et non seulement les Hugo, les Michelet, mais ceux qui font transition, les Taine et les Renan, croyaient à une raison indépendante existant en chacun de nous et qui nous permet d'approcher la vérité. L'individu, son intelligence, sa faculté de saisir les lois de l'univers ! Il faut en rabattre. Nous ne sommes pas les maîtres des pensées qui naissent en nous. Elles sont des façons de réagir où se traduisent de très anciennes dispositions physiologiques. Selon le milieu où nous sommes plongés, nous élaborons des jugements et des raisonnements. Il n'y a pas d'idées personnelles ; les idées mêmes les plus rares, les jugements même les plus abstraits, les sophismes de la métaphysique la plus infatuée, sont des façons de sentir générales et apparaissent nécessairement chez tous les êtres de même organisme assiégés par les mêmes images. Notre raison, cette reine enchaînée, nous oblige à placer nos pas sur les pas de nos prédécesseurs.

Dans cet excès d'humiliation, une magnifique douceur nous apaise, nous persuade d'accepter nos esclavages : c'est, si l'on veut bien comprendre, — et non pas seulement dire du bout des lèvres, mais se représenter d'une manière sensible, — que nous sommes le prolongement et la continuité de nos pères et mères.

C'est peu de dire que les morts pensent et parlent par nous ; toute la suite des descendants ne fait qu'un même être. Sans doute, celui-ci, sous l'action de la vie ambiante, pourra montrer une plus grande complexité, mais elle ne le dénaturera point. C'est comme un ordre architectu-

ral que l'on perfectionne : c'est toujours le même ordre.
C'est comme une maison où l'on introduit d'autres dispositions : non seulement elle repose sur les mêmes
assises, mais encore elle est faite des mêmes moellons et
c'est toujours la même maison. Celui qui se laisse pénétrer de ces certitudes abandonne la prétention de sentir
mieux, de penser mieux, de vouloir mieux que ses père
et mère ; il se dit : « Je suis eux-mêmes. »

De cette conscience, quelles conséquences dans tous
les ordres il tirera ! Quelle acceptation ! Vous l'entre-
voyez. C'est tout un vertige délicieux où l'individu se
défait pour se ressaisir dans la famille, dans la race, dans
la nation, dans des milliers d'années que n'annule pas le
tombeau.

« *Je dis au sépulcre* : *Vous serez mon père.* » Parole
abondante en sens magnifiques ! Je la recueille de l'Église
dans son sublime Office des Morts. Toutes mes pensées,
tous mes actes essaimeront d'une telle prière, — effusion
et méditation, — sur la terre de mes morts.

Les ancêtres que nous prolongeons ne nous transmet-
tent intégralement l'héritage accumulé de leurs âmes que
par la permanence de l'action terrienne. C'est en maintenant sous nos yeux l'horizon qui cerna leurs travaux,
leurs félicités ou leurs ruines, que nous entendrons le
mieux ce qui nous est permis ou défendu. De la campagne,
en toute saison, s'élève le chant des morts. Un vent léger
le porte et le disperse comme une senteur. Que son appel
nous oriente ! Le cri et le vol des oiseaux, la multiplicité
des brins d'herbe, la ramure des arbres, les teintes chan-
geantes du ciel et le silence des espaces nous rendent
sensible, en tous lieux, la loi de l'éternelle décomposition, mais le climat, la végétation, chaque aspect, les plus

humbles influences de notre pays natal nous révèlent et nous commandent notre destin propre, nous forcent d'accepter nos besoins, nos insuffisances. nos limites enfin et une discipline, car les morts auraient peu fait de nous donner la vie si la terre devenue leur sépulcre ne nous conduisait aux lois de la vie.

Chacun de nos actes qui dément notre terre et nos morts nous enfonce dans un mensonge qui nous stérilise. Comment ne serait-ce point ainsi ? En eux, je vivais depuis les commencements de l'être, et des conditions qui soutinrent ma vie obscure à travers les siècles, qui me prédestinèrent, me renseignent assurément mieux que les expériences où mon caprice a pu m'aventurer depuis une trentaine d'années.

Dans le pays où les miens ont duré, la vallée de la Moselle me paraît trop populeuse encore, trop recouverte de passants pour que j'entende bien ses leçons. J'aime à gravir les faibles pentes qui la dessinent, à parcourir indéfiniment, loin des centres d'habitation, le vieux plateau lorrain et, par exemple, le Xaintois, ancien pays historique où se dresse la montagne de Sion-Vaudémont.

Venant de Charmes-sur-Moselle, quand j'atteins le haut de la côte sur Gripport, au carrefour où passe la voie romaine, soudain dans un coup de vent je reçois sur ma face tout le secret de la Lorraine. Au loin s'étendent devant moi les solitudes agricoles, et, dans un ciel froid brusquement, émerge, isolée de toute part, la falaise que spiritualise le mince clocher de Sion. Quel enchantement sous mes yeux, quel air vivifiant me baigne, quelle vénération dans mon cœur! Sainte colline nationale ! Elle est l'autel du bon conseil. Dans toutes les saisons elle nous répète ce que Delphes disait aux démocrates mégariens :

de faire entrer dans le nombre souverain leurs ancêtres, pour que la génération vivante se considérât toujours comme la minorité. Mais en novembre, quand d'épais nuages l'enserrent et que le vent y jette les voix de cent cloches rurales, je vais vers elle comme vers l'arche salvatrice, qui porte sur les siècles et dans le désastre lorrain tout ce qui survit à la mort.

Ma pensée française a trois sommets, trois refuges : la montagne de Sion-Vaudémont, Sainte-Odile, et le Puy-de-Dôme. Le Puy-de-Dôme régnait chez les Avernes ; il fut le maître et le dieu du pays où j'ai pris mon nom de famille. Sainte-Odile d'Alsace et Sion de Lorraine président la double région où je veux enclore ma vie ; ils symbolisent les vicissitudes de la résistance latine à la pensée germanique. Pourquoi ne dirais-je pas un jour les beaux dialogues que font ces trois divinités, quand le massif central français contrôle et redresse la pensée de nos hardis bastions de l'Est ? Mais le 2 novembre m'invite à des soins plus étroits ; ma piété familiale ordonne qu'en ce jour je me préoccupe d'adapter, mieux encore, mon esprit aux vérités qui sont le fruit lentement mûri de la terre de mes morts [1].

[1] *Amori et dolori sacrum.* p. 273-282.

ÉPILOGUE DU VOYAGE DE SPARTE

Après deux années, enfin, mon voyage prend forme dans mon souvenir, et la Grèce me parle utilement. Ce long recul fut nécessaire, pour que d'un tel discours, deux, trois conseils se dégageassent. Quand on a tenu des objets nombreux et nouveaux devant son regard, il faut laisser mourir les images qui ne peuvent pas vivre.

L'élaboration fut pénible. Ce n'était pas moi qui résistais aux puissances d'Athènes, c'était Venise, Séville, Tolède qui se débattaient en moi. Elles voulaient subsister. Athènes, par sa perfection, humilie, efface l'univers. Ces belles villes, mes anciennes favorites, menacées de glisser au rôle de servantes, me disaient d'une voix pressante :

— Tu penches à nous sacrifier. Que feras-tu de cette reine morte ? Elle ne peut qu'irriter en toi l'intelligence de ton irrémédiable subalternité.

Cette plainte de mes maîtresses eut une longue autorité sur mon cœur. Mais la cruelle Athènes poursuivait son irrésistible action. Et la querelle dut se taire quand je revis Venise, Séville, Tolède. Sur les canaux de Venise, je puis encore respirer, évoquer les heures d'enchantement que sa féerie, jadis, me donna, mais nulle fusée ne s'élève plus au-dessus de sa lagune. Elle est devant mon froid regard le cadre d'un grand feu d'artifice éteint.

Et cependant la despote, à qui je sacrifie de sûres amitiés, n'est pas devenue ma parente. Elle ne tient que ma raison. Et qu'est-ce que ma raison, qui me semble à certains jours une étrangère, une personne instruite, préposée de l'extérieur à mon gouvernement ? Je conçois, tant bien que mal, l'équilibre et l'harmonie de cette civilisation grecque ; je ne l'éprouve pas. Même après la leçon classique, je continuerai de produire un romanesque qui contracte et déchire le cœur.

Je reconnais les Grecs pour nos maîtres. Cependant il faut qu'ils m'accordent l'usage du trésor de mes sentiments. Avec tous mes pères romantiques je ne demande qu'à descendre des forêts barbares et qu'à rallier la route royale, mais il faut que les classiques à qui nous faisons soumission nous accordent les honneurs de la guerre, et qu'en nous enrôlant sous leur discipline parfaite ils nous laissent nos riches bagages et nos bannières assez glorieuses.

Rien de plus beau que le Parthénon, mais il n'est pas l'hymne qui s'échappe naturellement de notre âme ; il ne réalise pas l'image que nous nous composons d'une éternité de plaisir. Épictète disait malheureux l'homme qui meurt sans avoir gravi l'Acropole. Ah ! s'il existait un pèlerinage que Pascal nous eût ainsi recommandé comme la fleur du monde ! Je rêve d'un temple dressé par un Phidias de notre race dans un beau lieu français, par exemple sur les collines de la Meuse, à Domrémy, où ma vénération s'accorderait avec la nature et l'art, comme celle des anciens Grecs en présence du Parthénon. Des Françaises de pierre m'y attendraient, assez pareilles aux

vierges champenoises des églises de Troyes et plus voi-
sines de mon âme que les Vénus et les Minerve. Et je
voudrais que sous notre ciel nuancé une cloche soudain
s'ébranlât. Alors je me rappellerais mon enfance et mes
morts ; je me résignerais aux limites que mes expériences
m'ont de toutes parts fait toucher, et je méditerais, avec
une délectation triste, le désaccord que sentent les
modernes entre la vie et la pensée.

Il en est pour moi de l'âme athénienne comme des
montagnes et des fleuves de l'Attique : les arbres ont été
coupés, la terre a glissé, l'eau s'est évaporée. Je vois
l'ossature de ces belles formes et le lit de cette fraîcheur;
je ne peux, en Grèce, me désaltérer ni me reposer.

Avec quel plaisir, en quittant cette Athènes fameuse,
j'ai retrouvé mon humble Lorraine ! C'était le début de
l'automne, quand nos filles abritent encore sous les
halettes leurs visages rudes et doux, un peu moqueurs,
et que, déjà, sur nos prairies d'un vert mêlé de jaune,
apparaissent les veilleuses. C'était le temps de la cueil-
lette des mirabelles dans nos étroits vergers qu'entoure
la grande paix lorraine : un doux ciel bleu pommelé de
nuages, d'immenses labours que parsèment des bosquets, un horizon de molles côtes viticoles, et des routes
qui fuient avec les longs peupliers chantants.

Le troisième dimanche de septembre a lieu la fête
patronale de ma petite ville. Ce dimanche-là, quand le
soir tombe sur les pâquis où la Moselle bruit et glisse
fraîchement, toutes les cloches d'Essegney, de Charmes,
de Chamagne annoncent, pour le lendemain, la messe des
âmes, et dans la rue, les polissons excités se jettent aux
jambes des passants, comme nous faisions à leur âge. Que
la nuit vient rapidement !

C'est ici le reposoir d'où je peux le mieux étudier et
trier ce qui m'est convenable dans mon butin de Grèce.
Ici rien ne me distraira. Aucun souffle n'agite en automne
l'atmosphère dorée qui vernit ces vieux pays de mon
enfance. Sur le grave vallon d'Ubexy, c'est moi-même
que je retrouve. Les trois tilleuls de Florémont sont des
parents de mes pensées. Et Chamagne, pauvre village où
Claude Gellée naquit, me montre ses prairies transfigu-
rées par un rayon de la lumière antique.

Pour mon usage, les mirabelliers lorrains valent les
arbres de Minerve. Celle-ci, elle-même, me l'a dit.

La déesse m'a donné, comme à tous ses pèlerins, le
dégoût de l'enflure dans l'art. Il y avait une erreur dans
ma manière d'interpréter ce que j'admirais ; je cherchais
un effet, je tournais autour des choses jusqu'à ce qu'elles
parussent le fournir. Aujourd'hui, j'aborde la vie avec
plus de familiarité, et je désire la voir avec des yeux aussi
peu faiseurs de complexités théâtrales que l'étaient les
yeux grecs.

N'étant pas de sang hellénique, je ne sécrète aucune
pensée athénienne ; il n'est pas question que personne de
chez nous répète les beaux miracles de Parthénon ; mais
si la France relève, par l'intermédiaire romain, de la
Grèce, c'est une tâche honorable, où je puis m'employer,
de maintenir et de défendre sur notre sol une influence
civilisatrice...

Ainsi, dans ce voyage d'études, quand la Grèce rava-
lait mes richesses d'emprunt, j'ai acquis, par cette impérieuse, une vue juste de mon rôle. Je me suis aperçu
qu'entre tous les romans que la vie me propose, la Lorraine est le plus raisonnable, celui où peuvent le mieux
jouer mes sentiments de vénération.

—Reste, m'a dit la Grèce, où te veulent tes fatalités.
Tu n'as pas à masquer, dénaturer ni forcer ce qu'il y a
dans ton cœur, mais simplement à le produire. Demeure
à l'Orient de la France, avec ta petite nation, à combattre pour ma beauté que tu n'es pas prédestiné à
vivre [1].

1. *Le Voyage de Sparte*, p. 277-283.

AU SERVICE DE L'ALLEMAGNE

SAINTE ODILE

Vue de la plaine, le couvent de Sainte-Odile semble une petite couronne de vieilles pierres sur la cime des futaies. Il occupe au sommet de la montagne un énorme rocher coupé à pic vers l'Est, accessible d'un seul côté et qui surplombe trois précipices de forêts. Sans doute on trouve dans les Vosges des sites également pittoresques, mais celui-ci suscite la vénération. Sainte-Odile, depuis douze siècles, demeure la patronne de l'Alsace ; sa montagne est, avec la cathédrale de Strasbourg, le plus fameux monument du pays ; et, si l'on veut prendre en considération que son mystérieux « mur païen » fut construit par une peuplade qui venait de bâtir Metz, on admettra qu'elle préside l'ensemble du territoire annexé. Aussi, vers l'automne de 1903, quand il me fut permis de revenir en Alsace et de reprendre mon travail sur le pays annexé, je ne pensai point que je pusse trouver une retraite plus convenable pour mettre en œuvre mes notes de Lindre-Basse et de Strasbourg.

J'avais recueilli des documents qui nous montrent notre

génie français et latin refoulé par le génie germanique ;
j'étais préoccupé d'en tirer une moralité alsacienne et
lorraine. Pour juger des institutions allemandes en
Alsace et en Lorraine, il faut d'abord que nous nous
fixions dans un parti pris sur le rôle historique de ces
deux marches de l'Est ; il faut que nous reconnaissions
ce que cette vallée rhénane renferme de permanent et
qu'il s'agit de maintenir. Sainte-Odile est le vrai sommet
d'où sentir et comprendre avec amitié la continuité de
l'Alsace et du pays messin.

Comment saurais-je rendre sensible la solitude, les
plaisirs et la musique d'un long automne à Sainte-Odile ?

C'est avec amour et confiance qu'à chaque visite je me
promène sur la forte montagne. Il n'en va pas de même
ailleurs. Ailleurs, qu'un oiseau donne un coup de sifflet,
qu'autour de moi les mouches accentuent leur bourdonnement, que les aiguilles des sapins miroitent au soleil,
c'en est assez, ma vie fermente, je souffre d'une sorte
d'exil : je regrette ma demeure, mes pairs et toutes mes
activités. Sur la montagne du Montserrat, plus étrange
sinon plus belle que l'Ottilienberg, je ne pus jamais m'oublier, me donner. « Je salue vos puissances, disais-je au
mont sacré des Catalans, mais nulle pierre de vos gra-
dins ne saurait servir au tombeau qu'il faut que je m'édi-
fie. » Sainte-Odile, au contraire, me semble l'un de mes
cadres naturels et je foule, infatigable, les sentiers de
ma sainte montagne en me chantant le psaume qui
m'exalte : « Je suis une des feuilles éphémères que, par
milliards, sur les Vosges, chaque automne pourrit, et,
dans cette brève minute, où l'arbre de vie me soutient
contre l'effort des vents et des pluies, je me connais
comme un effet de toutes les saisons qui moururent. »

26

Je m'enfonce dans ce paysage, je m'oblige à le comprendre, à le sentir : c'est pour mieux posséder mon âme. Ici je goûte mon plaisir et j'accomplirai mon devoir. C'est ici l'un de mes postes où nul ne peut me suppléer. A travers la grande forêt sombre, un chant vosgien se lève, mêlé d'Alsace et de Lorraine. Il renseigne la France sur les chances qu'elle a de durer.

Bien que je doive d'heureux rythmes à Venise, à Sienne, à Cordoue, à Tolède, aux vestiges même de Sparte, et que je refuse la mort avant que je me sois soumis aux cités reines de l'Orient, j'estime peu les brillantes fortunes que me firent et me feront de trop belles étrangères. Bonheurs rapides, irritants, de surface ! Mais à Sainte-Odile, sur la terre de mes morts, je m'engage aux profondeurs. Ici, je cesse d'être un badaud. Quand je ramasse ma raison dans ce cercle, auquel je suis prédestiné, je multiplie mes faibles puissances par des puissances collectives, et mon cœur qui s'épanouit devient le point sensible d'une longue nation...

Les matinées de septembre, à Sainte-Odile, sont des matinées de bonheur. On voit une plaine aussi douce, aussi neuve, dans ses blondes vapeurs flottantes, que la jeune fille classique de l'Alsace. Délicieusement mouvementée, bien qu'aux regards distraits elle paraisse unie, cette vallée du Rhin prouve les grâces et les forces de la ligne serpentine. Ses chemins, jamais droits, ondulent avec nonchalance. La jeune plaine d'Alsace auprès de la vieille montagne ! serait-on tenté de dire ; mais que le soleil atteigne la montagne si noire, elle s'éclaire, devient jeune à son tour. Plaine rhénane ou montagne vosgienne, c'est ici une bienfaisante patrie, le lieu des plaisirs simples. Une nation laborieuse y sait jouir de son bonheur ter-

restre. Quelles figures satisfaites chez les pèlerins qui
défilent sur la terrasse de Sainte-Odile ! Se bien promener et bien manger, en gaie compagnie, c'est la devise de
l'Alsace heureuse.

Mais à mesure que l'hiver approche, on ne voit plus
qu'à travers des espaces d'humidité les villages devenus
bruns, les terres rosées, les prés d'un vert clair. De longs
rubans de nuages restent indéfiniment accrochés à la
montagne, et l'Alsace, en bas, devient un archipel dans
une mer lointaine et bleuâtre.

Parfois, vers midi, notre montagne est dans le soleil,
mais la plaine passera la journée sous un brouillard
impénétrable. A quelques mètres au-dessous de nous,
commence sa nappe couleur d'opale. Sur ce bas royaume
de tristesse reposent nos glorieux espaces de joie et de
lumière ! C'est un charme à la Corrège, mais épuré de
langueur, un magnifique mystère de qualité auguste. Je
parcours avec allégresse les sentiers en balcon de mon
étincelant domaine forestier. Qu'une branche craque dans
les arbres, j'imagine que les dieux invisibles prennent ici
leurs hivernages. Si l'on m'excuse d'apporter aux bords
du Rhin une image classique, c'est une goutte glissée du
sein d'une déesse qui noie ce matin notre Alsace.

A certains jours, vers cinq heures du soir, une couleur
forte et grave emplissait la plaine. Et c'est bien « emplissait » qu'il faut dire, car de ma hauteur je voyais si nettement, au delà du Rhin, se relever les hautes lignes de
la Forêt-Noire, qu'à mes pieds c'était une immense cuve
où s'amassaient du sérieux, du triste et du noble.

La beauté de Sainte-Odile n'est point toute sur sa terrasse : elle habite encore la Bloss et l'Elsberg, que char-
gent de mystérieux monuments...

Par le plateau de la Bloss, on arrive de plain-pied sur les rochers du Mænnelstein et du Schafstein et, brusquement, on trouve le vide, tout un immense précipice. C'est une vue sur la douce, riche et diverse plaine d'Alsace, et sur le groupe puissant des montagnes solitaires et boisées. Une série de contreforts se détachent de la chaîne des Vosges et s'inclinent vers la plaine pour y mourir. J'aime ces formes éternelles plus que les gais villages, et ces bois monotones plus que les champs parcellaires. O douceur altière de ces alternances de montagnes! Les reines de la nature reposent heureuses dans une atmosphère lilas. Et contre ma figure, il y a de délicieux mouvements d'air... Sur la pierre plate du Schafstein, sans aucun garde-fou, je suis en face des libres espaces. Tout près de ma main, frêles dans la brise, voici des rameaux verts et jaunes, pointes des arbres qui surgissent de l'abîme, ayant poussé, Dieu sait comment, dans les interstices de la dure roche. De ces ramures et par-dessus la profonde vallée de Barr, le regard glisse sur un premier plan de montagnes, fort basses, qui semblent un moutonnement de cimes verdâtres, un crêpelage comme sur le dos des brebis. Une seconde, une troisième chaîne forment des masses de bleu noir, puis se dégradent en bleu gris, jusqu'à ce que là-bas, là-bas, sur la plus haute crête, apparaisse la très mince silhouette de la Hohkœnigsbourg, dans une buée jaunâtre, dans un glacis de couleur paille.

Jusqu'à quatre heures, les montagnes, épaisses de feuillages à l'infini, ondulent, vernies d'une brume dorée qui leur donne du mystère et du silence. De ces spacieuses solitudes, rien n'émerge que les deux tours féodales d'Andlau, rien n'étincelle que l'étroite prairie sur

le ballon près du Spesbourg. Ni la peinture ni les mots
ne peuvent rendre les fortes et sereines articulations d'un
immense paysage sévère ; il y faudrait une musique
épurée de sensualisme. Dans cette harmonie d'or cendré,
sur du vert, mon âme écoute un plain chant dont le sens
s'augmente à mesure que je m'y prête...

Jour par jour, à la fin d'octobre, Sainte-Odile se teinte.
La coloration débute dans les vallées intérieures. Au pré
de Truttenhausen, quel enrichissement du spectacle !
Mais le brouillard, sur ces couleurs, épaissit son empire.
Parfois, après une pluie, on revoit des parties importantes de la montagne ; quelque chose de sa gloire, chaque
fois, a disparu. Pourtant contre l'obscur, le ténébreux
hiver, je ne blasphémerai pas. L'hiver élimine l'éphémère, met en vue les solidités. Voici les troncs, le sol,
les rochers. J'embrasse mieux l'ensemble dans ce qu'il a
de persistant. Cette Sainte-Odile de novembre, sévère,
concise et dépouillée, semble vue par un froid vieillard.
Dans la trame des siècles, les vieillards suppriment les
particularités éphémères ; ils s'en tiennent aux masses
éternelles, aux blocs sur quoi se fonde l'humanité. —
Quand l'hiver dépouille ma montagne, je vois mieux les
dolmens préceltiques, le castellum romain et les tours féodales, témoins quasi géologiques des moments dépassés
de notre civilisation. Et puis, là-bas, sur l'horizon, une
ligne épaisse de brouillard marque plus fortement le Rhin.

LA PENSÉE DE SAINTE-ODILE

Un philosophe est venu à Sainte-Odile. M. Taine a
connu ces délices de la solitude, de l'espace et de la

solennité. Ses sentiments de vénération furent éveillés
par ce paysage. Il les exprime dans une méditation, dans
un examen de conscience, dans une prière fameuse.

« Du haut de ces terrasses, dit-il,... comme on se
détache vite des choses humaines ! Comme l'âme rentre
aisément dans sa patrie primitive, dans l'assemblée silencieuse des grandes formes, dans le peuple paisible des
êtres qui ne pensent pas !... Les choses sont divines et
voilà pourquoi il faut concevoir des dieux pour exprimer
les choses... Les premières religions ne sont qu'un langage exact, le cri involontaire d'une âme qui sent la sublimité et l'éternité des choses en même temps qu'elle perçoit leurs dehors... Quand nous dégageons notre fond
intérieur enseveli sous la parole apprise, nous retrouvons involontairement les conceptions antiques, nous
sentons flotter en nous les rêves du Véda, d'Hésiode ;
nous murmurons quelqu'un de ces vers d'Eschyle où,
derrière la légende humaine, on entrevoit la majesté des
choses naturelles et le chœur universel des forêts, des
fleuves et des mers. Alors, par degré, le travail qui s'est
fait dans l'esprit des premiers hommes se fait dans le
nôtre ; nous précisons et nous incorporons dans une force
humaine cette force et cette fraîcheur des choses... Le
mythe éclôt dans notre âme, et, si nous étions des poètes,
il épanouirait en nous toute sa fleur. Nous aussi, nous
verrions les figures grandioses qui, nées au second âge
de la pensée humaine, gardent encore l'empreinte de la
sensation originelle, les dieux parents des choses, un
Apollon, une Pallas, une Diane, les générations de héros
qui avaient le ciel et la terre pour ancêtres et partici-
paient au calme de leurs premiers auteurs. A tout le
moins, nous pouvons nous mettre sous la conduite des

poètes et leur demander de nous rendre le spectacle que
nos yeux débiles ne suffisent pas à retrouver. Nous
ouvrons l'*Iphigénie* de Gœthe... »

Ainsi parle Taine et, sur ce large préambule, dans un
magnifique éloge, il exalte la Vierge de Mycènes, *Sacrifice* et *Sacrifiante*, comme la plus pure effigie de la Grèce
ancienne et le chef-d'œuvre de l'art moderne : l'abrégé
de ce qu'il y a de plus parfait au monde.

Cette belle élévation témoigne que les heures passées
sur la montagne de Sainte-Odile sont, nécessairement,
des heures de prière ; elle traduit une grande âme émue
par la nature septentrionale. Ce chant incite, échauffe
nos idées, héroïse nos sentiments et nous monte d'un
degré, mais que formule-t-il qui nous serve ? Nous ne
pourrions guère le traduire en actes. Stérile sublimité !
De cette haute minute, allons-nous retomber à notre dis-
persion, ou bien, contraignant nos âmes, saurons-nous
les arracher aux attendrissements diffus de la rêverie
pour saisir des réalités alsaciennes ?

Des dolmens et des menhirs, une puissante muraille druidique, un castellum romain, un couvent, des burgs moyen-
âgeux peuvent distraire, sans plus des passants étrangers,
mais si je suis un Alsacien, je dois savoir et sentir que
cette noble montagne ne fut point ainsi surchargée pour
qu'elle m'offrît des promenades ou des thèmes de rêverie.
Aux pentes de Sainte-Odile, une intelligence virile, avec
ces pierres semées, remonte le sentier de ses tombeaux.
C'est un ensemble où la nature et l'histoire collaborent.
Toutes les puissances de Sainte-Odile se fondent dans un
chant civilisateur.

Cette discipline que leur terre et leurs morts commandent à l'Alsacien, Taine l'eût reconnue, s'il s'était moins

détaché de ses Ardennes natales. Il exprime des idées viables et fécondes, chaque fois qu'il est le fils du notaire de Vouziers et le petit garçon formé par des promenades en forêt. Son erreur, à Sainte-Odile, fut de ne pas se soumettre aux influences du lieu : il a méconnu les leçons de ces remparts et de ces tombes. Sa pensée ne s'accorde pas à l'horizon des Vosges et du Rhin. On vérifie sur un tel cas que le meilleur génie devient artificiel et stérile s'il se dérobe à ses fatalités. Le plus vif sentiment de la nature et Virgile lui-même nous tenant par la main nous égareraient dans nos bois. Pour nous guider sur notre sol, nul ne peut suppléer nos pères.

Si l'on avait traduit en marbre l'hymne de M. Taine, nous verrions aujourd'hui l'Iphigénie allemande se dresser sur la terrasse du monastère. Elle y ferait pendant à l'étendard impérial qui flotte à l'autre horizon sur la Hohkœnigsbourg. C'est démontrer par l'absurde que sur un champ de bataille, il n'y a pas de place pour la fantaisie.

On n'imagine point de lieu où disconvienne davantage qu'à Sainte-Odile la tradition normalienne, pseudo-hellénique, anti-catholique et germanophile. Les événements de 1870 prouvent mieux qu'aucune dialectique l'erreur de M. Taine, ou, pour parler net, son insubordination.

Larsque j'entre sur mon sol sacré, sur la terre où s'incorporent mes pères qui la firent, tout respire et enseigne leur histoire. Je me vois assujetti à des puissances génératrices que je puis définir. La connaissance que j'en ai ne me laisse point m'égarer ; elle me suggère une amitié pour ceux qui humanisèrent cette nature. Je ne mènerai point sur l'Ottilienberg la vierge grecque acclimatée à Weimar par Gœthe ; mais j'honore, en lui

donnant son plein sens, sainte Odile que j'y trouve hono-
rée, et je me subordonne, pour mieux progresser, à
l'antique patronne de l'Alsace...

Odile fut le signe et le gage de l'entente d'un vainqueur
tout neuf et d'un clergé civilisé. Elle représente un idéal
de paix, de charité, de discipline, une moralité enfin
que l'analyse peut séparer du catholicisme, mais qui, formée à l'ombre des églises, porte à jamais leur marque.
Cette vierge fut tant admirée qu'on la sanctifia ; les poètes et les émotifs suivirent les politiques ; ils inventèrent
et propagèrent les légendes. Odile, c'est le nom d'une
victoire latine, c'est aussi un soupir de soulagement alsacien : une commémoration du salut public.

COMMENT L'ACTIVITÉ ÉTERNELLE DE L'ALSACE S'ADAPTERA-T-ELLE AUX CIRCONSTANCES PRÉSENTES?

Pour que cette légende, née d'une crise, demeurât vénérable sur une terre où, sans cesse, arrivent d'outre-Rhin
de nouvelles masses humaines, il a fallu que chaque
génération approuvât la fille d'Adalric de s'être soustraite
à la tradition brutale de ses pères. Il a fallu qu'à travers
les siècles, sur cette rive gauche du Rhin, une élite se
félicitât quand des éléments germains étaient latinisés.
Aujourd'hui encore, sur la riche région où l'Ottilienberg
règne, les éléments germaniques et gallo-romains sont en
contact. Le problème le plus actuel et le plus pressant y
demeure celui qu'incarne sainte Odile. Et voilà bien
pourquoi la fille légendaire du farouche Adalric demeure
la patronne de l'Alsace, alors qu'ont disparu tant d'autres

saints fameux, qui, petit à petit, ne s'étaient plus ratta-
chés à rien de réel.

Notre sol a produit cette belle figure d'Odile dans le
moment où nous fûmes le plus près de réaliser de grandes
destinées, à l'aube de la fortune carolingienne, et quand
le christianisme n'avait pas encore complètement disci-
pliné les jeunes forces barbares. Mais sainte Odile n'est
pas d'une époque. Elle est une production de l'Alsace
éternelle, le symbole de la plus haute moralité alsacienne.
Elle représente ce qu'il y a sur cette région de permanent
dans le transitoire.

Les volontés, que la conscience alsacienne projette et
glorifie dans la légende de sainte Odile, s'étaient mani-
festées, dans une longue série d'actes, bien avant que la
sainte ne fût née, et, longtemps après qu'elle est morte,
ces mêmes volontés continuent de nous animer. L'office
rempli par la citadelle romaine, par le mur druidique qui
soutint l'assaut des Cimbres et des Teutons, et par les
veilleurs du Mæunelstein et du Wachstein qui guettaient
les passages du Rhin, fut indéfiniment poursuivi, avec
des chances variées, avant que fût acquise la plus incomplète romanisation des Germains ; et cette gloire merveilleusement servie par les Louis XIV et les Napoléon
nous allait être donnée, quand le flot de 1870, en humi-
liant la civilisation romaine, vint remettre en question
notre existence sur le Rhin. Ainsi, de nos jours, il nous
faut le même miracle qu'au temps d'Odile, fille d'Adalric.
Nous attendons que notre sol boive le flot germain et
fasse réapparaître son inaltérable fond celte, romain,
français, c'est-à-dire notre spiritualité.

Comme il éclate sur le sommet de la Montagne, notre
devoir alsacien ! Cette sainte montagne, au milieu de

nos pays de l'Est, elle brille comme un buisson ardent.
Ainsi éclairés nous ne nous perdrons pas dans les circonstances passagères et les accidents extérieurs. Nous
n'avons pas à adapter notre devoir aux fluctuations du
combat éternel des Latins et des Germains, Nous voulons
nous attacher à une série d'activités qui se lient les unes
aux autres, qui donnèrent des résultats et qui éveillent la
vénération. Ceux qui élevèrent ces pierres, ce mur, ces
menhirs, ce monastère, ont disparu, mais ce qu'il y avait
dans leur activité, qui était conforme à la vérité du pays,
a subsisté. Cette énergie juste vit toujours en nous et
veut être employée.

La romanisation des Germains est la tendance constante de l'Alsacien-Lorrain. — Telle est la formule où
j'aboutis dans mes méditations de Sainte-Odile. Elle a
l'avantage de réunir un très grand nombre de faits et de
satisfaire mon préjugé de Latin vaincu par la Germanie.
J'y trouve un motif d'action et une discipline. Dans l'état
des choses, les Alsaciens et les Lorrains ne peuvent plus
collaborer avec les Allemands : faut-il donc qu'ils s'abandonnent ? Je leur propose et je me propose un système
de direction qui tienne compte des rapports qu'il y eut
toujours entre la France, l'Alsace-Lorraine et la Germanie, en même temps qu'elle nous justifie d'agir comme
nous tendons naturellement à faire. Aussi je puis dire que
ce système contient de très nombreux faits historiques et
tout notre cœur. Il ordonne nos notions du passé de la
manière qui satisfait le mieux notre esprit ; il nous fait
prévoir l'avenir tel que la générosité de notre sang nous
commande de le prophétiser.

Si l'on ignore le malaise qu'éprouvent certaines personnes pour agir, tant qu'elles n'ont pas fondé leur acti-

vité sur un principe spirituel, l'on ne pourra pas comprendre mon allégresse dans cette fin d'automne, alors que la montagne et sa légende me devenaient une solidité et que je pouvais dire avec les simples : « Sainte Odile, patronne de l'Alsace ! »

Pourtant cette plénitude n'allait point sans amertume, car du même coup que j'avais discerné ma juste tâche, je revoyais en esprit la plaine messine désertée. Strasbourg dénaturé... Ah ! comment ces deux reines captives pourront-elles imposer leur génie ou même y demeurer fidèles ?

C'est bien de dire que les conquis conquerront par l'esprit leurs rudes conquérants. C'est la vérité historique, philosophique, fondamentale de toute activité vraiment citoyenne sur la rive gauche du Rhin. Mais comment cela, qui doit être nécessairement, sera-t-il ? Par où l'Alsacien, le Lorrain, seront-ils avertis d'une manière vivante de ce devoir que le philosophe peut bien reconnaître, mais que le philosophe n'est pas en mesure de faire pratiquer ? Comment l'instinct de civilisateur latin, que notre raison constate et honore, à travers les siècles, chez les populations de ce terroir, s'éveillera-t-il aujourd'hui et comment agira-t-il ? De quelle manière l'Alsacien-Lorrain veut il accomplir sa prédestination ?

Je me rappelle ce dimanche de novembre, un jour de la Toussaint, où je me promenais dans les sentiers de Sainte-Odile, en achevant de reconnaître les grandes pensées du paysage. Elles étaient fortes et précises, tangibles sous ma main, dans mon âme, et cependant ne nuisaient point aux rêveries vagues et profondes qui se lèvent des pierres historiques et des forêts illimitées. Sous les arceaux du couvent, des grands bois et des

burgs, j'entendais les cloches des églises et les clochettes
des vaches. Tout chantait la durée du mont et la rapidité,
du passant. Messes incomparables ! J'aurai dans l'âme
jusqu'à ma mort les prairies de Sainte-Odile, la délicatesse de leurs colchiques d'automne et la volonté des
morts qu'ils recouvrent. Mais je me répétais, dans cet
extrême délice, qu'une tradition, par elle-même, n'est
qu'une fleur, — une « veilleuse », comme nous appelons
en Lorraine le colchique, — une veilleuse des morts,
s'il ne surgit pas une volonté vivante qui donne au verbe
une chair.

J'avais vu monter de la plaine des promeneurs, hommes,
femmes, enfants, pour la plupart des Alsaciens, et, certes,
bien loin qu'ils fussent des vaincus, leurs manières
d'être témoignaient de solides et nobles habitudes et une
grande confiance en eux-mêmes. « Il ne serait point difficile, me disais-je, que de telles gens se dévouassent
sur les champs de bataille, dans les armées de la France,
mais chaque jour, chacun de ces Alsaciens, pris comme
il est par des intérêts positifs, peut-il trouver en soi
une dose suffisante d'énergie pour combattre le germa-
nisme ?... »

A ce moment la seconde porte du chalet, celle qui
mène sur Barr, s'ouvrit et M. Ehrmann entra au milieu
de nous [1]...

J'étais là de regarder les images de l'automne et de me
tenir dans l'abstrait de l'histoire. Le jeune docteur Ehrmann me donnait l'occasion de connaître l'âme d'un fils
de Français au service de l'Allemagne [2].

1. *Au service de l'Allemagne*, p. 43-62.
2. M. Ehrmann venait d'achever son année de volontariat.

J'allais dans une jeune conscience mystérieuse recueillir une pleine brassée de faits. Toute la journée M. Ehrmann me raconta ce qu'est la France pour un petit garçon de la bourgeoisie alsacienne [1].

UN ALSACIEN AU SERVICE
DE L'ALLEMAGNE

Récit de M. Ehrmann.

Le 4 octobre 1902, un peu avant sept heures du matin, nous nous trouvâmes une vingtaine de jeunes gens habillés en civil, dans la cour de la vieille caserne d'artillerie de la place d'Austerlitz. J'étais le seul Alsacien...

A onze heures, un volontaire me dit :

— Nous allons boire un verre de bière et puis nous déjeunerons.

Je m'excusai de ne pouvoir les suivre. Ils partirent ensemble et déjà ils étaient liés. Je regagnai ma chambre. Je me sentais comme une île douloureuse au milieu d'un brutal océan d'indifférence. Si j'avais été soldat en France, j'aurais eu dans ma chambrée des compagnons un peu jaloux, défiants, désagréables, c'est possible! et aussi des sous-officiers raides et contrariants; mais je crois que j'aurais trouvé en moi-même une bonne humeur, une qualité de vie supérieure et entraînante pour fondre toutes les préventions : celles des autres et les miennes propres. J'aurais été si évidemment un soldat de bonne volonté et

1. *Au service de l'Allemagne,* p. 68-6

un compagnon désireux de plaire, qu'entre nous tous, il se serait créé un lien fraternel. Ou bien encore, je me serais convaincu que j'étais à mon propre service, que je collaborais à la puissance de la France, et dans des petitesses sainement interprétées, j'aurais voulu voir des grandeurs...

Vers neuf heures du soir, harassé de fatigue et sans doute d'inanition, je quittai la caserne et regagnai ma chambre.

J'enlevai, j'arrachai mon uniforme pour m'habiller en civil.

Telle était mon horreur de mon nouvel état que je pensai à M. Le Sourd pour lui donner raison. Il me sembla que j'avais méconnu où était la vraie virilité. Je vis mon devoir dans la désertion. Je commençai à garnir de vêtements et de linge une valise. L'Orient-express traverse Strasbourg à minuit vingt ; en une heure, sans risques réels, il me mènerait à la frontière. J'allais être à Lunéville, libre de toute contrainte, la poitrine dégagée, jouissant de la beauté du monde, rendu à ma dignité aussi bien qu'à ma véritable patrie. Cette perspective m'enivrait plus qu'une convalescence. J'étais le noyé qui repousse le fond où les herbes, quelques secondes, le retinrent.

Mon premier soin serait d'écrire à mon père... Mais cette lettre, puisque je disposais de trois heures avant le départ du train, j'allais la rédiger. Je la déposerais à la boîte même de la gare.

Une véritable fièvre me dictait mes mots et mes phrases ; il ne me fut pas difficile d'exprimer avec force mon horreur de cette nauséabonde journée ; mais une réflexion me gêna, c'est que mon père et moi, nous

n'avions jamais supposé que cette caserne pût m'être
agréable, et cependant les raisons d'y entrer nous avaient
paru les meilleures. Je vis bien qu'il ne suffisait pas de
dire : « Je vais passer six mois abominables. » Je devais,
en outre, lui démontrer que nous nous étions exagéré
les inconvénients d'une désertion.

Pas plus qu'à vous donner les règlements de la caserne,
je ne songe à vous émouvoir avec les misères d'un jeune
bourgeois au service de l'Allemagne. Passons sur ces
humilités. Je me propose de vous faire voir comment,
d'une simple irritation de ma sensibilité, j'ai pu tirer une
discipline.

Au bout de la semaine, j'avais fait le tour de mes
ennuis. Je n'attendais plus d'inconnu. Ma vie demeurait
affreuse ; elle avait, du moins, perdu ses ténèbres. Je
préfère un brutal corps à corps aux mouvements vagues
d'un ennemi, le soir dans le taillis. Je voyais nettement
mon but, je devais empêcher qu'une caserne allemande se
rît d'un Alsacien-Français.

C'est sur cette considération que je résolus de rester.
Je sentis que si je partais, toute ma vie, dans le secret
de mon cœur, je me mépriserais, et que cette décision
demeurerait un point de mon passé où j'éviterais, toujours, de porter mon regard. La pensée de Mme d'Aoury
fut la première solidité où j'appuyai ma résolution. Que
penserait de moi cette dame qui avait bien voulu se ranger à mon opinion contre son frère, si elle me voyait me
dédire? L'attitude du lieutenant et la risée des soldats

confirmèrent ma disposition. Je me vis engagé dans un duel avec la caserne allemande. Au début, je pouvais, comme tant d'autres, le décliner, mais une fois le contact pris, passer en France, c'était une dérobade.

Je resterai, me dis-je. Ce sera plus dur que je n'imaginais; très dur, même. Eh bien! je me donnerai beaucoup de mal. Toutes mes révoltes que je contiendrai me tonifieront, et la haine me fera plus de virilité... Puisque ce lieutenant a sur ma personne tous les droits, parmi lesquels le droit de m'humilier, il n'y a qu'un moyen, c'est que je conquière son estime de militaire. Je suis seul de mon pays parmi tous ces Allemands; il sera tenté de me dire : « Prenez exemple sur vos camarades. » Mon ambition doit être de renverser les rôles et qu'il reconnaisse les qualités militaires de l'Alsace.

Tout cela est chétif, monsieur, je le sais. Je préférerais, comme fit mon grand-père, le soldat de la Grande-Armée, entrer dans Berlin victorieusement, mais tout ce que l'on peut exiger d'un homme, c'est qu'il se batte pour le mieux sur le terrain où il pose sa destinée.

Pendant huit jours, je me suis vu, senti, accepté comme un agneau de douleur. Puis j'ai reconnu que ce rôle de résigné était le moins convenable et que je devais être d'abord un militaire exact.

Cette ligne de conduite, d'après mon récit, vous pourriez croire que je l'ai inventée, un coude sur la table, en réfléchissant, dans ma chambre ; c'est plutôt un sentier où je me suis aperçu que je cheminais pour éviter les embarras au jour le jour. Les circonstances m'ont dirigé. Du dedans et du dehors, j'avais mes empêchements : ce qui m'a soutenu, c'est une constante exaltation de l'âme.

*
* *

Les brutalités sont traditionnelles dans l'armée allemande, ce qui s'explique par la servilité des basses classes : où manque le ressort de l'honneur, on essaye nécessairement le ressort du bâton. L'empereur les réprouve. Nos chefs craignaient donc deux fois le scandale : à cause du public et à cause de l'empereur. Il m'était facile d'avertir les journaux sans me compromettre. Devais-je saisir cette occasion de jeter du discrédit sur mon régiment ?... Au milieu des difficultés que le service allemand propose à un Alsacien, je pense que la règle, c'est d'abord de nous attacher à tout ce qui entretient et augmente notre propre sentiment de notre dignité. Je résolus de ne point faire en fraude un rapport où je ne voyais qu'une petite utilité et, par suite, quelque vilenie. Si l'on était en guerre, je tirerais avec allégresse depuis les rangs français sur la batterie allemande où j'ai servi, parce que je courrais à ciel ouvert un risque, mais, dans l'état des choses, je n'accepterais pas de communiquer à l'état-major français ce que j'ai pu voir et savoir grâce à ma qualité de volontaire alsacien.

. En vérité, ce n'est pas par goût que j'examine des problèmes aussi subtils. Nous autres, Alsaciens, nous ne sommes pas faits pour couper les cheveux en quatre. Ni la maison de mon père, ni mes études médicales ne m'ont préparé à la casuistique. Si le sort m'avait permis de mener l'existence facile d'un étudiant de Nancy ou du Quartier Latin, je n'aurais pas, soyez-en sûr, de dialectique intérieure Mais c'est une conséquence de la dé-

chéance politique et militaire, que des gens simples négligent leur honneur, ou bien, pour le sauver, doivent
raisonner et distinguer. — Cette obligation, voilà le véritable tourment d'un vaincu.

Un Parisien formé par des scènes de théâtre se figurera que ma pire souffrance était, au cours des longues
sorties, quand ma batterie entonnait le chant : *La garde
sur le Rhin (die Wacht am Rhein)*...

> Vers le Rhin, vers le Rhin, vers le Rhin allemand !
> Qui veut être le gardien du fleuve ?

> Chère patrie, n'aie crainte,
> La garde est fidèle et sûre,
> La garde le long du Rhin.

J'allais, muet, au rythme de leurs chansons. Nulle
bouffée de sang ne montait à mon visage et mon cœur
demeurait calme. Mes pas étaient emboîtés dans leurs pas
et mes bras dans leur balancement, mais mon âme se
fermait à leur cadence ennemie. « Ils peuvent, disais-je,
m'enchaîner, me traîner et faire de mon corps un chiffre
dans les hordes qu'ils animent contre ma patrie : leur
captif ne s'inventera pas d'inutiles scrupules. » Ma raison, jamais, ne perdit sa magistrature. Toujours elle
me répéta : c'est ici le malheur et la faute de la France,
ce n'est point ton péché. Et parfois elle introduisait dans
l'hymne germanique le serment séculaire de l'Alsace à
la France :

> Chère patrie, n'aie crainte,
> La garde est fidèle et sûre,
> La garde le long du Rhin.

*
* *

Au cours d'une vie où nous avions, aux mêmes heures, les mêmes corvées et, par force, les mêmes gestes, dans une machine qui nous mettait tous sous les mêmes rouleaux, et bien que nous fussions du même rang social, pas une minute je ne cessai de connaître qu'ils étaient des étrangers. Et chez eux je sentais la même obsession. A des rappels qu'ils se faisaient devant moi, à des : « Je te l'avais dit,.., nous l'avions deviné », je me voyais l'objet inépuisable de leurs entretiens. Parfois leurs sentiments émergeaient en ma présence :

— C'est égal, Ehrmann, il est difficile d'imaginer un homme aussi peu militaire que vous.

J'exécutais les divers exercices d'une manière très satisfaisante, mais ils ne pouvaient accepter mon allure sans raideur, mettons le mot qui éclaire tout, ma souplesse de troupier français. Leur groupe m'observait quand je venais les rejoindre, et comme on dénoncerait un scandale, ils s'exclamaient :

— Non, Ehrmann, cette manière de traverser la cour !...

Ils souriaient, mais en même temps, ils étaient agacés, et moi j'étais fier, car ce qu'ils voyaient de différent dans ma manière d'être, ils disaient à chaque fois que c'était français. Ainsi j'étais invité à me surveiller de très près pour être digne d'une si magnifique délégation que les circonstances me donnaient.

Au jour le jour et dans le train-train de la vie, il me semble que les Français se distinguent des Allemands par l'urbanité, le goût des nuances, la générosité, enfin

'altruisme Un Français est un individu pour qui les
autres individus existent.

Naturellement, il ne m'est rien arrivé d'héroïque ou
simplement de mémorable ; nous sommes sur le médiocre
terrain d'une caserne en temps de paix ; mais, à titre d'indication, je puis vous rapporter quelques menus incidents
qui produisirent un grand effet sur mes « camarades »
allemands. Par exemple, un matin, quelques secondes
avant la revue, je vis que l'un d'eux s'étant appuyé contre
un mur avait le dos poudré de plâtre. Le temps manquait
pour qu'il courût à sa chambrée, prît sa brosse et se
dévêtît. Il allait être puni. En quelques coups du plat de
ma main et puis en frottant sur le drap avec mon mouchoir, je fis envoler cette poussière blanche. Mon obli-
geance les stupéfia, et comme il n'était pas question, je
puis le dire, que je manquasse de fierté, ils doutèrent de
leur rogue sans-gêne.

Aussi bien, sans que je recherche si c'est un manque
d'âme ou un défaut de culture, il y a, chez les Allemands
de la meilleure bourgeoisie, une rudesse de mœurs, une
manière pesante qui semblerait d'une muflerie scanda-
leuse aux Français les moins dégrossis.

Dans ce temps-là, le roi de Saxe anoblit le père d'un de
mes camarades. C'est une des pensées de l'empereur de
faire entrer les industriels et les banquiers dans l'aristocratie, d'attacher à l'état des choses les gens qui ont de
l'argent. Dernièrement, un marchand de cuir verni a été
nommé baron. Notre camarade reçut de son père un panier
de vin du Rhin. Il voulut que les volontaires de sa batterie
vinssent le boire chez lui. Ce qui vous semblera moins
naturel qu'à des estomacs allemands, il mit cette dégusta-
tion à onze heures, c'est-à-dire immédiatement avant le

déjeuner. Je n'avais pu décliner sa politesse, mais comme
je me souciais peu de l'inviter à mon tour, j'apportai un
gros pâté de viande. Ils n'en revenaient pas et ils disaient :

— Voilà comme nous imaginons le Français aimable.

Les pauvres faits que je rapporte se plaçaient d'une
façon plus naturelle dans la suite de nos rapports qu'aujourd'hui dans mon récit. Ils ne contenaient rien où personne pût voir des avances, rien qui diminuât un Alsacien. J'étais un camarade loyal, j'aimais à rendre des
services et, pour tout dire, à prendre barre sur les autres
en leur devenant utile ; certes je n'étais point le compagnon avec qui l'on se déboutonne pour des beuveries et
des bavardages. Je rendais impossible toute familiarité,
mais puisqu'il fallait qu'il y eût entre des Allemands et
un Alsacien des rapports, ne convenait-il point que je les
forçasse à m'estimer et que, par une série de faits, je les
convainquisse de la qualité supérieure de nos mœurs ?

Dès le quatrième mois, je puis dire que la France avait
partie gagnée au régiment...

* *

Le jour de mon départ de la caserne, je gagnai l'appartement que le gigantesque maréchal-des-logis chef occupait avec sa femme. Je les trouvai en pleurs ; il me dit que
leur unique enfant, une petite fille de trois ans, venait de
mourir. Le pauvre géant ne pensait plus à prendre l'attitude militaire. Je lui serrai la main, et en gagnant l'hôtel
de la « Ville de Bâle », je fis un détour pour commander
une couronne.

Mes camarades avaient commencé leur déjeuner. Je dis
la cause de mon retard. Ils n'en revenaient pas.

— Une couronne ? Mais pourquoi faire ? Vous quittez le service aujourd'hui.

Le lendemain, à mon réveil, comme je m'enivrais de ma délivrance, le maréchal-des-logis a fait irruption dans ma chambre. Il m'a pris les deux mains, et il sanglotait. Je crois qu'il aurait voulu m'embrasser.

— Vous êtes vraiment un grand cœur, Monsieur Ehrmann. Au moment où je ne peux plus vous servir de rien ! Monsieur, on doit le dire, les *Français* ont plus d'humanité que les autres.

Il m'a traité de Français ! C'est le dernier mot que j'ai entendu de cette caserne et l'un de ceux qui, de ma vie, m'aura le plus donné de plaisir.

*\
* *

Tel fut le récit de l'Alsacien Ehrmann.

Son accent était rude et parfois, dans ce « procès-verbal », bien que je voulusse garder à chaque phrase sa force et sa loyauté, j'ai dû redresser des tournures. Peut-être que M. Ehrmann eût fait sourire un Parisien frivole par la satisfaction qu'il montrait nûment de ses mœurs et de ses allures françaises... Ce sont là des poussières : des poussières de la frontière sur l'uniforme d'un soldat. Elles me font mieux aimer ce jeune homme qui porte dans sa solide tête rhénane le bel héritage français.

En plus d'une réelle beauté morale, je trouve, dans ce récit d'un volontaire, la réponse à mon problème de Sainte-Odile. Non point une solution d'idéologue, mais la vivante réponse des actes.

A Sainte-Odile, je voyais la raison d'être et le devoir éternel de l'Alsace, mais je cherchais de quelle manière nos Alsaciens d'aujourd'hui adapteraient aux circonstances présentes leur séculaire volonté de ne pas subir. Comment agira, dans ce début du xxᵉ siècle, l'antique vertu alsacienne qui soumit toujours la brutalité germanique à la spiritualité latine ? Comment cette « marche » demeurera-t-elle un instrument civilisateur français ? Je me le demandais en vain.

On ne peut plus compter sur une croyance religieuse pour lier à la France les Alsaciens, comme du temps d'Odile le catholicisme les liait à la latinité. Leur tempérament militaire ne suffira pas davantage à les tenir sous le charme français, puisque, aujourd'hui, l'Allemagne impériale professe le culte des vertus guerrières. Leurs intérêts économiques ? Mais, par suite de notre système protectionniste, les produits de l'Alsace ne peuvent plus s'écouler qu'au delà du Rhin.

Sur quoi donc étayer la France en Alsace-Lorraine ? C'est un problème que M. Ehrmann résout en agissant.

Après une terrible déception, il arrive, naturellement, qu'on s'abandonne à de vaines lamentations ou bien à d'impuissantes menaces. Pourtant, c'est d'un homme faible. Que sert d'ouvrir toujours une vieille plaie ? Pourquoi se diminuer ou s'irriter dans le sentiment perpétuel d'une infériorité ? Par le bénéfice de l'âge, M. Ehrmann n'a pas vu, de ses yeux vu, les démoralisantes catastrophes de 1870. Mieux que ceux qui furent les témoins du malheur et qui mesurent les changements, il peut continuer de vivre. Il ne place pas la qualité française de l'Alsace dans le fait qu'un préfet français administre l'Alsace, ni dans le fait qu'un régiment français occupe la caserne de la place d'Austerlitz, ni dans le fait que les manufactures de Mulhouse écoulent leurs produits sur Paris. Ce sont là des faits politiques, militaires, économiques, que l'accident de 1870 a pu modifier, mais cet effroyable accident n'empêche pas M. Ehrmann de sentir en lui-même une délicatesse fière qui est l'honneur à la française, une politesse de mœurs qui est la moralité proprement française, et tout cela si fort mêlé au sang que, s'il se penche sur son cœur, il entend tout au fond : « Mieux vaut ne pas vivre que de vivre une vie où soient contrariées les tendances de mon âme. »

On posait à faux la question, quand on demandait s'il convient qu'un Alsacien-Lorrain quitte ou non sa petite patrie. Une partie demeurait, une autre s'exilait ; mais il était à redouter que, faute d'une juste vue du problème, ces deux résolutions demeurassent également infécondes. M. Ehrmann nous engage à nous tenir à notre véritable nature. Il nous prêche d'exemple qu'il faut retourner à notre vérité d'Alsaciens, formés héréditairement sous les mêmes influences et du même mouvement que la France. Nous devons continuer à faire notre emploi, et si quelque voie nous est bouchée, ingénieusement et tenacement, comme ferait un dialecticien, nos actes reviendront à l'assaut par un autre argument.

Préférer la France et servir l'Allemagne, cela semblait malsain, dissolvant, une vraie ruine intérieure, un profond avilissement. Les plus sages pensaient que cette contradiction engendrerait le machinisme, l'hypocrisie et tous les défauts de l'esclave ; mais M. Ehrmann se place d'une telle manière qu'une nouvelle vertu alsacienne apparaît sous notre regard. D'une équivoque est sortie une fière discipline, sans charme peut-être, ni gloire évidente, mais grave et qui réserve la force du passé avec l'espoir de l'avenir.

Du milieu de ces incertitudes, M. Ehrmann surgit comme un type. Il s'empare de la situation pour produire une nouvelle et magnifique activité conforme à l'antique activité alsacienne. Sur cette terre alsacienne évacuée par nos soldats, trente-deux ans après le dernier coup de fusil, d'innombrables irréguliers peuvent encore couvrir la patrie française : le médecin dans sa clientèle, l'avocat au Palais, l'industriel, le propriétaire rural doivent agir comme M. Ehrmann a fait au régiment.

C'est une conduite qui ne peut être réglée par des principes exacts ; c'est un art auquel on propose un but: chacun, dans la sphère d'intérêt où il agit, se défendra de subir : chacun se proposera de se maintenir et de rayonner : chacun tendra à manifester ce que la France garde de supériorité dans son échec militaire. Heureux si le vaincu parvient à mettre en suspicion, dans la conscience de ses vainqueurs, leur propre civilisation.

La besogne, modestement accomplie par M. Ehrmann à la vieille caserne d'artillerie de la place d'Austerlitz, c'est celle des légionnaires de Rome sur le Rhin et d'Odile à la Hohenburg. Il est une garde avancée, on disait autrefois une garde folle, de la latinité, un défenseur de nos bastions de l'Est. Au service de l'Allemagne, comme il eût été, jadis, au service de la France, il est le traditionnel héros alsacien.

Un héros ! non point ce qu'on nomme ainsi dans une médiocre littérature, mais un homme plein de sa terre et de sa race, qui, par sa libre volonté, au prix de joyeux sacrifices, se range dans sa prédestination. Quelle honnête souplesse chez M. Ehrmann ! D'une race où la tête est si chaude, il atteint par nécessité à une sûre possession de soi-même. Il tient à distance ses compagnons de caserne et agit envers eux, tantôt avec bonté, tantôt avec sécheresse, pour des raisons raisonnées. Est-il au monde une tragédie plus noble et plus éducatrice que ces mouvements d'un instinct qui s'arrête et raisonne les obstacles ?

La vue claire et le respect du fait, voilà ce qui, en s'alliant à la magnanimité intérieure, constitue le véritable héros.

Et pourtant, lorsque M. Ehrmann eut fini, je n'essayai pas de lui exprimer ma respectueuse admiration. Qui étais-je pour dire à cet Alsacien français : « Vos morts se réjouissent que vous acceptiez de souffrir pour les continuer. » C'est à l'Alsace et à la France de dire cela. Mais l'Alsace est muette et la France empêchée. Eh bien ! M. Ehrmann peut se passer d'encouragement : il est né pour ressentir des passions vigoureuses, et dans une époque où tant d'hommes ne se connaissent pas de but, celui-là, du moins, sait à quoi faire servir sa virilité, sa jeunesse, ses forces d'amour et de haine.

J'avais remarqué qu'il rassemblait sur Mᵐᵉ d'Aoury la fleur des qualités françaises, la douce fierté, le tact, la mesure, le sourire, et qu'il se faisait une joie d'opposer un peu naïvement cette jeune femme aux Allemandes. Aussi, pour le remercier, je lui dis simplement que je rapporterais à Mᵐᵉ d'Aoury l'emploi de son temps au service.

— Oui, dit-il, pourvu qu'elle consente à vous écouter de toute sa raison française[1].

1. *Au service de l'Allemagne.* p 53-76; 84 86; 99-100 : 107-108; 113; 114-116

APPENDICE

M. LE PRÉSIDENT. — L'ordre du jour appelle la suite
de la première délibération sur le projet de loi tendant
à modifier les articles 6, 9, 10 et 14 de la loi du 9 décembre 1905 sur la séparation des Églises et de l'État.

La parole est à M. Maurice Barrès.

M. MAURICE BARRÈS. — Messieurs, jeudi dernier, dans
la première partie de cette discussion, la pensée catholique et la thèse juridique ont été exposées avec la plus
grande force par M. de Castelnau et par M. Groussau.

Je n'ai pas la qualité, ni la science pour rien ajouter à
l'argumentation de mes deux éminents collègues. Je voudrais m'en tenir à une argumentation de moralité et introduire dans ce débat un principe qui, selon moi, doit le
dominer, je veux dire le principe du respect des morts.
(*Applaudissements au centre et à droite.*)

On dit que nous avons en France une religion qui nous
rallie tous et que c'est le culte des morts. Dans la rue,
chacun de nous se découvre au passage du cercueil d'un
inconnu, fût-il accompagné par les prêtres. (*Très bien !
très bien ! sur les mêmes bancs.*)

Les enfants se réconcilient auprès du lit de mort de leurs parents, et dans quelques jours nous allons suspendre nos débats pour porter des chrysanthèmes sur les tombes.

Si ce respect n'est pas un mensonge, une romance de café-concert, s'il est, comme je le crois, vivant dans nos âmes, nous voudrons trouver, en dépit de la séparation, le moyen d'accomplir la volonté des morts, le moyen de leur donner les prières qu'ils ont demandées et payées. (*Très bien ! très bien ! à droite et sur divers bancs.*)

Tel est, messieurs, le caractère de mon intervention. Je monte à cette tribune en avocat des morts, au nom de ce respect des morts qui est un de nos caractères nationaux, et pour réclamer l'accomplissement de leur volonté. (*Applaudissements au centre et à droite.*)

Je rends hommage à l'équité des tribunaux qui ne craignent pas de se mettre en travers d'une injuste passion politique et qui tendent à faire rentrer dans les familles du fondateur les biens de la fondation. C'est préférable à la confiscation, mais ce n'est pas satisfaisant; cette solution laisse inaccomplie la volonté du mort. Je vois bien que la famille du fondateur demeure libre d'employer à faire dire les messes la somme qu'elle vient de récupérer, mais je me méfie ! Négligence ou cupidité, ne peut-il pas arriver que cette famille s'approprie la somme ?

M. MAURICE ALLARD. — Alors il ne faut pas la lui rendre.

M. MAURICE BARRÈS. — Et fût-elle consciencieuse — comme il arrivera le plus souvent — quel moyen aura-t-elle, cette famille, d'assurer la perpétuité des intentions du fondateur ? Un exécuteur éternel ! Voilà ce qu'il nous faut trouver pour les morts. Et sans revenir sur le fait de la séparation, en prenant les choses au point où elles

sont, je ne vois aucune impossibilité à ce que l'établissement communal qui recevra la fondation puisse en remplir les charges. (*Applaudissements à droite.*)

Qui donc m'a donné cette confiance que ne parvient pas
à troubler M. le rapporteur? C'est M. le ministre lui-
même. (*Mouvements divers.*)

Le 13 avril 1905, M. Groussau disait à la Chambre :
« Il y a, vous le savez, des communes qui ont reçu des
libéralités sous la condition d'employer une partie des
revenus à faire dire des messes... Je désire savoir ce que
vous en pensez. »

M. le rapporteur Briand répondait :

« Si la commune a reçu un don avec charges, elle est
bien obligée de subir ces charges ; mais, ce faisant, elle
ne subventionnera pas le culte, elle ne fera que remplir
une obligation. » (*Très bien ! très bien ! à droite.*)

Et tout le monde, le ministre, le rapporteur, M. Groussau, et divers interrupteurs, s'accordaient pour répéter :
Cette charge figurera au budget communal : les communes qui ont la charge de faire dire des messes pour
leurs bienfaiteurs continueront à inscrire ces messes dans
le budget de leurs dépenses, même si la loi de séparation
est votée.

Au Sénat, le 29 décembre 1906, M. le sénateur Guillier disait : « Je suppose supprimé un établissement,
fabrique ou mense épiscopale, qui a reçu certaines
sommes à charge par exemple de faire dire des messes.
Son patrimoine est recueilli par un établissement communal d'assistance ou de bienfaisance. Celui-ci fera-t-il
dire les messes ? »

M. le président de la commission répondait : « Bien
entendu ! Comment sera-t-il pourvu à la célébration de

ces messes ? Je n'en sais rien. Nous ne pouvons pas
entrer dans le détail à cette occasion. Nous ne pouvons
que poser des principes. »

Et M. le ministre intervenait : « J'ai dit que ces patri-
moines seraient transmis aux établissements communaux
avec les charges qui les grèvent. » (*Très bien ! très bien !
à droite et sur divers bancs.*)

Enfin, messieurs, je crois pouvoir m'appuyer sur un
précédent, je crois pouvoir raisonner par analogie.
L'Assistance publique a encaissé à maintes reprises des
sommes qui lui ont été léguées à charge de remettre une
partie des revenus aux curés pour leurs aumônes. Jusqu'au 13 décembre 1906, ces revenus ont été versés
tous les trois mois entre les mains des curés. Mais au
13 décembre, c'est-à-dire quand nous nous sommes
trouvés sous le régime de la séparation, l'Assistance
publique s'interrompit de rien verser. Elle se disait sans
doute que, les curés n'ayant plus de personnalité juridique, elle n'avait plus à les connaître. Eh bien ! voici que
ces jours derniers les curés des paroisses de Paris ont
reçu une lettre de l'Assistance publique les informant
qu'en vertu d'une délibération du comité consultatif, en
date du 18 juillet dernier, les intérêts des legs étaient à leur
disposition, comme par le passé, à la condition qu'ils
fournissent un état nominatif des personnes secourues.

En vérité, si l'administration connaît les curés comme
distributeurs d'aumônes, elle peut les connaître comme
diseurs de messes. Et les garanties dont vous vous con-
tentez pour les aumônes seront celles que vous aurez
pour les messes : l'affirmation du curé qu'il a rempli son
obligation. (*Très bien ! très bien ! à droite et sur divers
bancs.*)

D'ailleurs, messieurs, pourquoi m'attarder à des textes fort importants, mais d'intérêt secondaire auprès de la parole essentielle que vous avez prononcée ?

Vous avez dit : « Nous ne sommes pas des voleurs. » (*Applaudissements sur les mêmes bancs.*)

Messieurs, j'ai tort d'attaquer les difficultés juridiques que vous paraissez nous opposer. Là n'est pas votre château fort. Votre principale résistance est dans ce domaine de la moralité où j'ai voulu placer aujourd'hui la discussion. Vos arguments de légistes sont tout de façade, des moyens d'avocat. Une pensée plus profonde vous anime, et c'est une pensée de mépris.

« Eh ! quoi ! dites-vous ; moi, État laïque, tenir un compte d' « orémus » ? Et pour qui me prend-on ? »

Votre préjugé anticlérical est plus fort, dans la circonstance, que votre respect inné des morts.

M. LÉONCE DE CASTELNAU. — Très bien !

M. MAURICE BARRÈS. — Je vous entends bien. Vous dites : « Nous respectons la volonté des morts, mais des morts intelligents, des morts qui nous ressemblent (*Rires à droite*), des morts qui ne croient pas à l'efficacité des prières et des messes pour assurer le repos éternel. »

Ah ! messieurs, l'efficacité des prières, vos pères ou vos grands-pères y croyaient, vos femmes n'en doutent guère, et vous-mêmes à votre lit de mort... (*Interruptions à l'extrême-gauche*)... Oh ! je ne dis pas que vous finirez en croyants ! Cela, je ne le sais pas...

M. GAYRAUD. — Certains ont fini ainsi.

M. MAURICE BARRÈS. — Et l'on pourrait trouver que la qualité de vos votes ne vous mérite pas une si grande grâce. (*Nouveaux rires.*)

Mais je crois pouvoir supposer qu'une de vos dernières

paroles lucides sera pour dire à ceux qui vous assiste-
ront : « Ne m'oubliez pas ; j'étais bien d'accord avec
vous ; pensez à moi quelquefois. »

Eh bien ! qu'est-ce que cette pensée si naturelle, cette
pensée extrême d'un père à ses enfants, d'un ami à ses
compagnons ? Ne vous y trompez pas, c'est la demande
d'une prière. (*Exclamations à gauche. — Applaudissements à droite.*)

Besoin de se survivre, désir de ne pas mourir tout
entier, d'intéresser encore quelqu'un après sa mort,
d'obtenir un témoignage favorable sur sa tombe, de
reposer dans la mémoire de ses amis et coreligionnaires.
C'est un besoin profond et universel de notre nature.

L'Église l'a distingué et s'est chargée de le satisfaire
en l'enrichissant, quand elle a établi les prières pour les
morts.

J'aimerais, si c'était le lieu, vous faire admirer cette
chaîne de prières qui relie le vivant aux morts et à ceux
qui naîtront. Je ne crois pas qu'on puisse imaginer un
lien social plus puissant et plus idéal. Mais cette apologie
n'est pas nécessaire à ma thèse. Ce qui importe, c'est de
vous faire reconnaître dans l'institution des prières pour
les défunts un sentiment naturel à tous les hommes, un
besoin universel qui réclame chez nous tous sa satisfaction, quelle que soit d'ailleurs l'opinion religieuse ou philosophique qui nous anime. (*Applaudissements à droite et
sur divers bancs.*)

Tenez, il y a quelques semaines, quand M. Clemenceau
et M. Brisson sont allés à Amiens rendre hommage à la
mémoire de René Goblet, que demandaient-ils aux concitoyens, aux amis politiques du regretté patriote ? De
tourner vers lui leurs pensées. « Vous qui êtes ses core-

ligionnaires, leur disaient-ils, rendez-lui témoignage et gardez son nom. »

MM. Brisson et Clemenceau n'ont pas parlé le langage catholique, assurément ; ils ont parlé la langue de leur politique ; mais tout ce qu'ils ont dit pourrait se traduire par la vieille formule : Donnez une prière à l'âme de René Goblet. (*Applaudissements à droite. — Exclamations à gauche et à l'extrême-gauche.*)

Messieurs, c'est très bien. On aime à voir se maintenir ainsi la pratique de tant de siècles ; on aime à la reconnaître, à la surprendre sous des vêtements nouveaux. Mais quoi ! ne sera-t-il donc permis qu'aux puissants, aux triomphants, aux heureux, de recevoir le témoignage de leurs coreligionnaires ? Tout le monde ne peut pas être de ceux de qui le nom est maintenu par les pouvoirs publics dans la conscience de leurs concitoyens. Il y a les obscurs, les modestes qui se contenteraient d'une messe annuelle et qui même la préfèrent à toutes nos gloires de bronze ou de marbre, parce qu'ils y attachent des faveurs surnaturelles.

Ah ! c'est entendu ! Chacun de nous, messieurs, pourvu qu'il meure au sein de la majorité, est à peu près assuré de se maintenir sur la place publique de son arrondissement. (*Rires et applaudissements à droite et au centre.*)

Car une statue...

M. AYNARD. — C'est le châtiment !

M. PÉCHADRE. — Vous, monsieur Barrès, vous êtes immortel !

M. MAURICE BARRÈS. — Vous êtes bien aimable de le penser, mon cher collègue (*Nouveaux rires sur les mêmes bancs*), mais je dois dire qu'il est tout de même plus facile de l'être de son vivant qu'après sa mort. (*Très bien ! très bien ! à droite et au centre. — On rit.*)

Au contraire, je le répète, le député qui meurt faisant partie de la majorité a les chances les plus sérieuses de demeurer, en pied ou en buste, sur la place publique du chef-lieu de sa circonscription. (*On rit.*)

Mais cette haute satisfaction avec fanfare (*Nouveaux rires*) et présence assurée d'un membre du cabinet, ne doit pas nous endurcir le cœur jusqu'à ne pas tenir compte de ceux qui, pour contenter leur noble désir d'immortalité, n'ont pas cherché d'autre moyen que de remettre leur mémoire à quelques fidèles groupés sur les marches de l'autel. (*Applaudissements au centre et à droite.*)

Ils ont voulu que leur chef spirituel, le curé, après leur mort, une fois l'an, prononçât leur nom au prône le dimanche, célébrât une messe pour le repos de leur âme, les tirât de la poussière pour les mêler encore quelques minutes à notre vie. Il n'y a rien que d'honnête, d'excellent dans une telle volonté. (*Applaudissements à droite et sur divers bancs au centre.*)

Essayez de descendre dans la conscience d'un croyant qui rédige ses dernières dispositions et d'y voir naître et se développer la pensée d'une fondation ; vous serez ému de la beauté, de la force, de l'utilité d'un tel désir de vaincre la mort, de rester uni au delà de la tombe avec la société où il a peiné, de reposer dans la conscience de ses coreligionnaires.

Le fondateur lève les yeux plus haut que ses intérêts positifs. Il se soucie du jugement de ses concitoyens présents et à venir. C'est un des moments où il est le meilleur citoyen. Aucun de nous, de quelque conviction qu'il se réclame, n'a d'intérêt à diminuer un tel état d'esprit dans le monde. (*Nouveaux applaudissements sur les mêmes bancs.*)

Et ce désir d'immortalité, désir noble et fécond pour la société, se complète du plus touchant témoignage de confiance envers nous. Comment pourrions nous le trahir ?

Quoi! ce Français, ce bon citoyen vient de glisser avec plus de douceur sous la terre du sommeil parce que nous, législateurs, et vous, administrateurs, nous lui garantissons la durée de sa mémoire, et voici que nous entrons dans le cimetière, nous fracturons le cercueil, nous violentons la main raidie pour en arracher la pièce de quarante sous qu'il destinait à sa messe ! Ah ! je ne suis pas de cette besogne-là. (*Applaudissements à droite et sur divers bancs au centre.*)

Monsieur le ministre, je ne voterai pas votre projet. Je veux, dans cette fête funèbre de novembre, pouvoir me mêler à la foule qui envahit les cimetières, sans qu'une voix, celle de ma conscience, s'élève et me dise : « Hypocrite, va-t'en ! Que viens-tu faire ici, toi qui appartiens à la bande des dévaliseurs de cadavres ? » (*Vifs applaudissements à droite et sur divers bancs au centre. — Bruit à gauche et à l'extrême-gauche.*) [1]

[1] *Journal Officiel du* 29 octobre 1907.

TABLE DES MATIERES

CHAPITRE PREMIER
LES SOURCES

CHAPITRE II
CULTE ET CRITIQUE DES HÉROS

CHAPITRE III

LE MIROIR LORRAIN

CHAPITRE IV

PAYSAGES

CHAPITRE V

STANCES, MÉDITATIONS, EXAMENS DE CONSCIENCE 175

CHAPITRE VI

SCÈNES ET PORTRAITS 245

ÉVREUX, IMPRIMERIE CH. HÉRISSEY ET FILS

conférence sur Pascal.

Nul n'était mieux préparé que ce fervent héritier de nos traditions nationales, à présenter et à analyser devant un auditoire de lettrés français la noble figure de ce grand savant patriote et de ce grand philosophe chrétien.

Le patriotisme est une religion où le culte des grands ancêtres tient une place essentielle.

Pour conserver fort et vivant l'amour de la patrie, il est nécessaire d'étudier et de méditer l'existence des êtres supérieurs qui ont enrichi de leurs œuvres le patrimoine national.

L'étude d'un génie comme Pascal n'est donc pas seulement pour Maurice Barrès l'occasion d'une de ces merveilleuses analyses littéraires où il excelle ; c'est le prétexte d'une véritable leçon de patriotisme expérimental.

La Ligue des Patriotes ne se félicite donc pas d'avoir organisé cette belle fête de l'esprit pour le profit matériel qu'elle est sûre d'en tirer, mais encore et surtout pour le profit moral qu'en tireront avec elle tous les assistants qui rempliront dans l'après-midi de mercredi la vaste salle du boulevard Saint-Germain.

Les vaines tentatives de quelques agités pour déraciner des cœurs français l'amour de la patrie, n'ont heureusement produit, jusqu'ici, qu'un résultat insignifiant.

Mais il serait fou de s'imaginer que la longue leur propagande malsaine n'arriverait pas à atteindre les forces vives de la nation si les patriotes

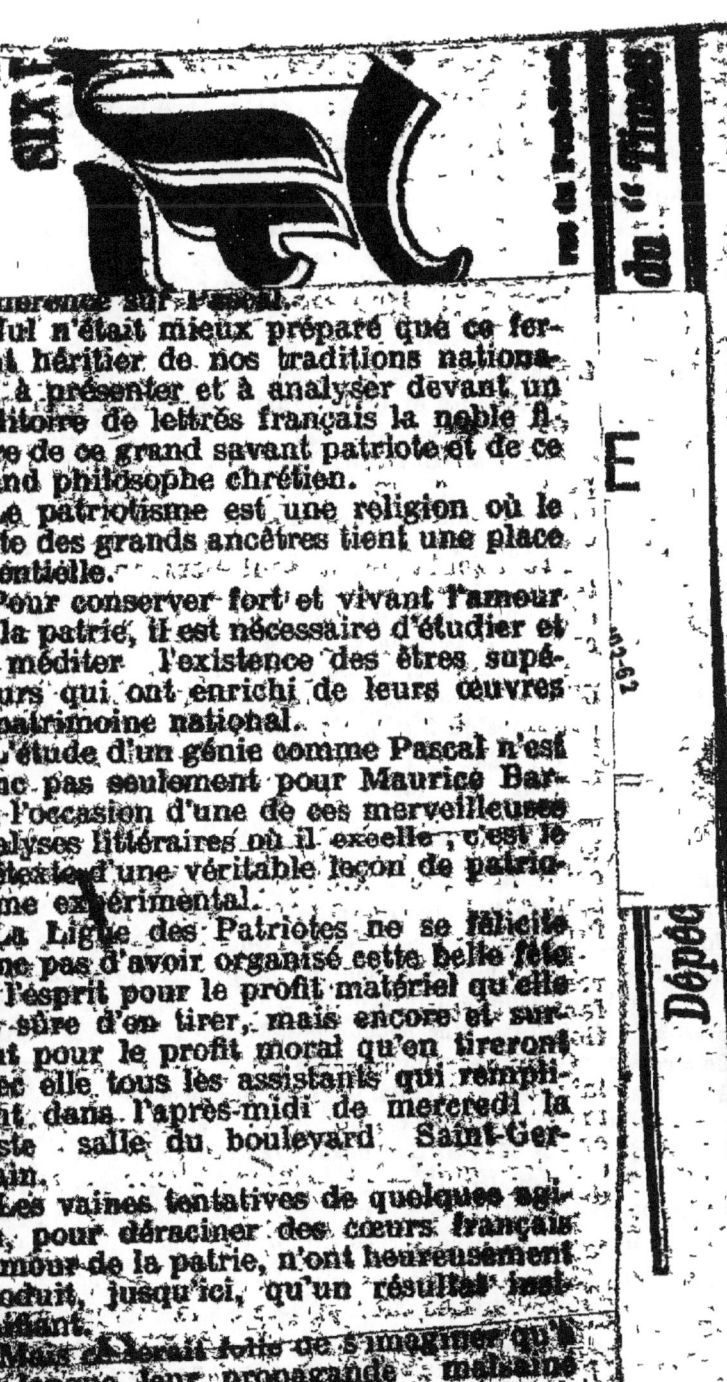

ŒUVRES DE MAURICE BARRÈS

Le culte du moi. Trois romans idéologiques.
   * *Sous l'œil des Barbares*. Nouvelle édition augmentée
      d'un examen des trois idéologies . . . . 1 vol.
   ** *Un homme libre*. Nouvelle édition avec la préface
      de 1905 . . . . 1 vol.
   *** *Le Jardin de Bérénice* . . . . 1 vol.

L'Ennemi des lois . . . . 1 vol.

Du Sang, de la Volupté et de la Mort. Nouvelle édition
   de 1903, revue et augmentée . . . . 1 vol.

Un Amateur d'Ames. Illustrations de L. Dunki, gravées
   sur bois . . . . 1 vol.

Amori et Dolori sacrum (La Mort de Venise) . . . . . vol.

Les Amitiés Françaises . . . . 1 vol.

Le Voyage de Sparte . . . . 1 vol.

Le Roman de l'énergie nationale
   Livre premier : *Les Déracinés* . . . . 1 vol.
   Livre deuxième : *L'Appel au Soldat* . . . . 1 vol.
   Livre troisième : *Leurs figures* . . . . 1 vol.

Scènes et Doctrines du Nationalisme . . . . 1 vol.

Les Bastions de l'Est
   * *Au service de l'Allemagne* . . . . 1 vol.

OPUSCULES

Huit jours chez M. Renan. Une brochure in-32 . . . . **1 fr.**

Trois stations de Psychothérapie. Une brochure in-32 . . **1 fr.**

Toute Licence sauf contre l'Amour. Une brochure in-32. **1 fr.**

Le Culte du Moi. Tirage spécial de la préface *Sous l'œil
   des Barbares*. Une brochure in-18 jésus . . . . **1 fr.**

Stanislas de Guaita. Une brochure in-8 . . . . . (épuisé).

Contre les ouvriers étrangers, 1893 . . . . (épuisé).

Assainissement et Fédéralisme. Discours prononcé à
   Bordeaux le 29 juin 1895 . . . . (épuisé).

La Terre et les Morts. *Sur quelles réalités fonder la
   conscience française.* 1899 . . . . (épuisé).

L'Alsace et la Lorraine, 1899 . . . . (épuisé).

Les Mauvais Instituteurs (Les Aliborons), 1907 . . .

Une Journée parlementaire, comédie de mœurs en
   trois actes . . . . **2 fr.**

ÉVREUX, IMPRIMERIE CH. HÉRISSEY ET FILS

FONDÉ EN 1879

ARGUS de la PRESSE

L'INFAME BESOGNE

EST CHER

Adresse : _____
Date : 14 MAI 1900
Signature : _____

Une Conférence
de Maurice Barrès

Je ne saurais trop remercier Maurice Barrès de la grande preuve d'amitié qu'il donne à la Ligue des Patriotes en acceptant de faire pour elle, mercredi prochain, à la Société de Géographie une conférence sur Pascal.

Nul n'était mieux préparé que ce fervent héritier de nos traditions nationales, à présenter et à analyser devant un auditoire de lettrés français la noble figure de ce grand savant patriote et de ce grand philosophe chrétien.

Le patriotisme est une religion où le culte des grands ancêtres tient une place essentielle.

Pour conserver fort et vivant l'amour de la patrie, il est nécessaire d'étudier et de méditer l'existence des êtres supérieurs qui ont enrichi de leurs œuvres le patrimoine national.

L'étude d'un génie comme Pascal n'est donc pas seulement pour Maurice Barrès l'occasion d'une de ces merveilleuses analyses littéraires où il excelle, c'est le prétexte d'une véritable leçon de patriotisme expérimental.

La Ligue des Patriotes ne se félicite donc pas d'avoir organisé cette belle fête de l'esprit pour le profit matériel qu'elle est sûre d'en tirer, mais encore et surtout pour le profit moral qu'en tireront avec elle tous les assistants qui rempliront, dans l'après-midi de mercredi la vaste salle du boulevard Saint-Germain.

Les vaines tentatives de quelques agités, pour déraciner des cœurs français l'amour de la patrie, n'ont heureusement produit, jusqu'ici, qu'un résultat insignifiant.

Mais ce serait folie de s'imaginer qu'à la longue leur propagande malsaine n'arriverait pas à atteindre les forces vives de la nation, si les patriotes avertis n'y opposent pas un contre-poison énergique.

Ce contre-poison, c'est dans l'inépuisable trésor de notre histoire nationale que nous le trouverons.

En célébrant les nobles caractères et les hautes intelligences qui ont vécu cette histoire, en honorant successivement la mission de Jeanne d'Arc et l'œuvre de Pascal, la Ligue des Patriotes a conscience de remplir exactement le programme qu'elle s'est imposé et qui consiste à entretenir dans les âmes françaises la flamme du patriotisme.

Mais il lui serait impossible d'accomplir ce pieux devoir sans le concours d'un Déroulède ou d'un Maurice Barrès.

C'est pourquoi je termine ces quelques lignes comme je les ai commencées, par un sincère remerciement adressé à l'homme de science et de cœur qui n'hésite pas à mettre au service de la vieille association à laquelle il est resté fidèlement attaché les merveilleuses ressources de son talent et la haute autorité de sa critique.

MARCEL HABERT.

On trouve des billets pour la conférence de Maurice Barrès, qui aura lieu le mercredi 16 mai, à deux heures et demie de l'après-midi, dans la salle de la Société de Géographie, boulevard Saint-Germain, soit à la salle [...] soit aux bureaux de la Ligue des [...]

FONDÉ EN 1879

ARGUS de la PRESSE

Le plus ancien Bureau de Coupures de Journaux

(Près du Boulevard Montmartre)

12, rue du Faubourg Montmartre

Entrée Particulière : 37, rue Bergère

Adr. Télég. ACHAMBURE-PARIS

N° DE DÉBIT :

Extrait de _____

Adresse : _____

Date : _____

Signature : _____

OPINIONS

Une Conférence
de Maurice Barrès

Je ne saurais trop remercier Maurice Barrès de la grande preuve d'amitié qu'il donne à la Ligue des Patriotes en acceptant de faire pour elle, mercredi prochain, à la Société de Géographie une conférence sur Pascal.

Nul n'était mieux préparé que ce fervent héritier de nos traditions nationales, à présenter et à analyser devant un auditoire de lettrés français la noble figure de ce grand savant patriote et de ce grand philosophe chrétien.

Le patriotisme est une religion où le culte des grands ancêtres tient une place essentielle.

Pour conserver fort et vivant l'amour de la patrie, il est nécessaire d'étudier et de méditer l'existence des êtres supérieurs qui ont enrichi de leurs œuvres le patrimoine national.

L'étude d'un génie comme Pascal n'est donc pas seulement pour Maurice Barrès l'occasion d'une de ces merveilleuses analyses littéraires où il excelle ; c'est le prétexte d'une véritable leçon de patriotisme expérimental.

La Ligue des Patriotes ne se félicite donc pas d'avoir organisé cette belle fête de l'esprit pour le profit matériel qu'elle est sûre d'en tirer, mais encore et surtout pour le profit moral qu'en tireront avec elle tous les assistants qui rempliront, dans l'après-midi de mercredi la vaste salle du boulevard Saint-Germain.

Les vaines tentatives de quelques agités, pour déraciner des cœurs français l'amour de la patrie, n'ont heureusement produit, jusqu'ici, qu'un résultat insignifiant.

Mais ne serait-ce pas de s'imaginer qu'à la longue leur propagande malsaine n'arriverait pas à amoindrir les forces vives de la nation, si les patriotes avertis n'y opposent pas un contre-poison énergique.

Ce contre-poison, c'est dans l'inépuisable trésor de notre histoire nationale que nous le trouverons.

En célébrant les nobles caractères et les hautes intelligences qui ont vécu cette histoire, en honorant successivement la mission de Jeanne d'Arc et l'œuvre de Pascal, la Ligue des Patriotes a conscience de remplir exactement le programme qu'elle s'est imposé et qui consiste à entretenir dans les âmes françaises la flamme du patriotisme.

Mais il lui serait impossible d'accomplir ce pieux devoir sans le concours d'un Déroulède ou d'un Maurice Barrès.

C'est pourquoi je termine ces quelques lignes comme je les ai commencées, par un sincère remerciement adressé à l'homme de science et de cœur qui n'hésitera à mettre au service de la vieille association à laquelle il est resté fidèlement attaché les merveilleuses ressources de son talent et la haute autorité de sa critique.

MARCEL HABERT

On trouve des billets pour la conférence de Maurice Barrès qui aura lieu le mercredi ..., désir de Science et Conseil de l'Expérience ... à la salle de la Société de Géographie, ... boulevard Saint-Germain, soit à la salle ...

Un grave incident
à la Recette Principale

Les facteurs d'imprimés refusent de marcher. — On les expulse. — Les marins de Brest

Aux abords de la recette principale ont présenté, ce matin, la même animation qu'hier et les mêmes mesures d'ordre ont été prises.

Les agents ne laissent personne s'arrêter en quelque endroit que ce soit autour du bâtiment et les « circulez » se font entendre sans répit.

Les équipes des facteurs de lettres et d'imprimés sont venus prendre le service comme d'habitude ; mais, si le service des lettres a été assuré normalement, il n'en a pas été de même en ce qui est des imprimés.

En effet, les facteurs d'imprimés de la seconde série, après s'être installés devant leurs tables, ont fait mine — ici une fois cette besogne terminée, vers 8 h. 30, se sont croisé les bras avec un ensemble parfait, au lieu de partir pour la distribution.

Leur chef de service était alors M. Serres, receveur principal, qui harangua les facteurs et les invita à partir en distribution.

Ceux-ci alléguèrent alors qu'ils ne voulaient pas être exposés à recevoir des insultes et même des coups de la part de leurs camarades grévistes et aussi de la part des ouvriers qui les injuriaient à leur passage dans les rues.

M. Serres leur fit savoir qu'on les escorterait, s'il le fallait et que leurs voitures seraient au besoin surveillées par des agents cyclistes. Les facteurs ne se laissèrent pas...

Le receveur principal qui avait à ses côtés M. Bérard, chef du service intérieur, fit alors prévenir M. Ornati, commissaire de police divisionnaire. Celui-ci monta dans la salle accompagné de MM. Millet, officier de paix et Bureau, commissaire de police, et d'une vingtaine d'agents.

Une dernière fois, M. Serres exhorta ses subordonnés à travailler ou comme ils s'y refusaient encore, M. Ornati les fit expulser. Quelques « hou ! hou ! » furent poussés, quelques cris d'animaux retentirent, mais aucun incident regrettable ne se produisit et aucune arrestation ne fut opérée.

Tellement, les deux cents facteurs d'imprimés se dispersèrent.

Ceux de la troisième division se virent refuser l'accès des salles.

M. Serres prévint, ainsi qu'il l'avait téléphonique... M. Simyan.

L'arrivée des marins

Vers dix heures, un fort détachement de marins, installés sur des fourragères, en uniforme de sacs et de modèles, fit son apparition dans la rue Jean-Jacques Rousseau.

Ce détachement, en provenance de Brest, se compose de deux premiers maîtres, de six seconds maîtres, de quatorze quartiers-maîtres et de trente matelots.

Ils ont été ils sont installés dans des locaux qui leur ont été réservés et sont prêts à remplacer les chauffeurs — dont quatre sont manquants — de l'administration qui viendraient à quitter le service.

Au Central Télégraphique

Vaine tentative de débauchage

Le recrutement repris ce matin à...

Téléphone Rédaction 7811

Dépêches du "Matin" de Paris, du "Times"

L'INVITATION
A LA PRIÈRE

Nous vivons dans un temps prodigieusement intéressant. Il n'a peut-être pas le pittoresque extérieur de certaines époques de notre passé, et les cailloux intérieurs et les décombres de l'ancien en font un paysage plein de ce que nous appelons désormais un charme...

(texte illisible)

L. Dumont-Wilden.

Vive la liberté !

(texte illisible)

CHANT DE COQS

Communications diverses

AU THÉÂTRE

LIVRES ET PÉRIODIQUES

Le « Léopoldville » est arrivé hier

Les agents d'affaires

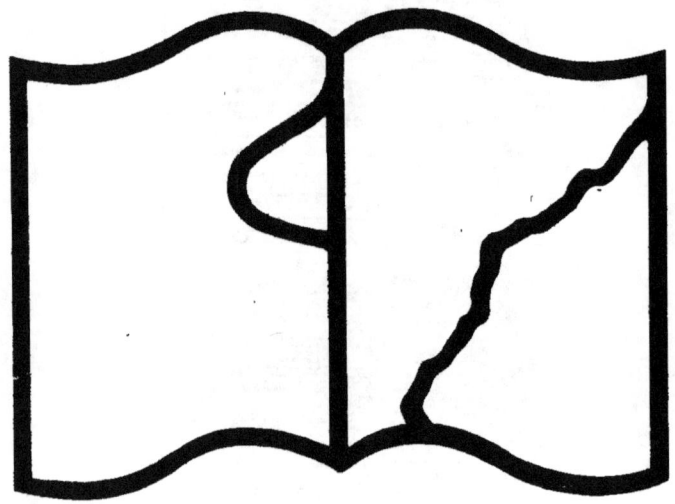

Texte détérioré — reliure défectueuse

NF Z 43-120-11

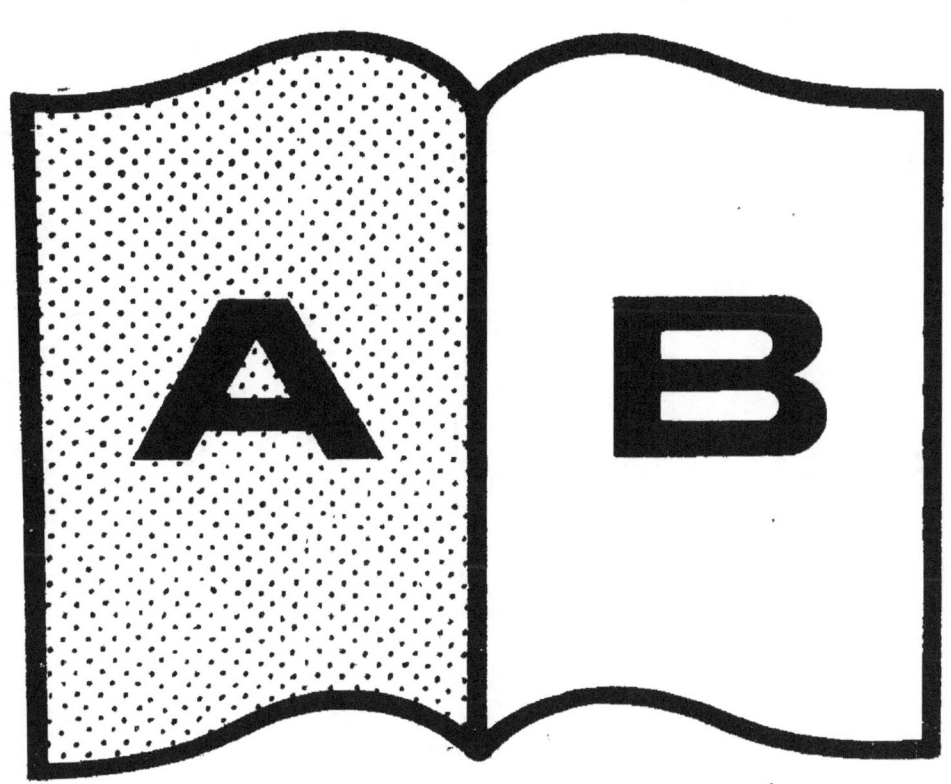

Contraste insuffisant

NF Z 43-120-14

www.ingramcontent.com/pod-product-compliance
Lightning Source LLC
Chambersburg PA
CBHW070354030726
47504CB00001B/179